연민 이가원 선생의 생애와 학문

3

연민학회 편

보고사

74세 되던 1990년에 우현 송영방 화백이 그린 초상화.
연민선생이 연옹소상자찬(淵翁小像自贊)을 짓고 쓰셨다.

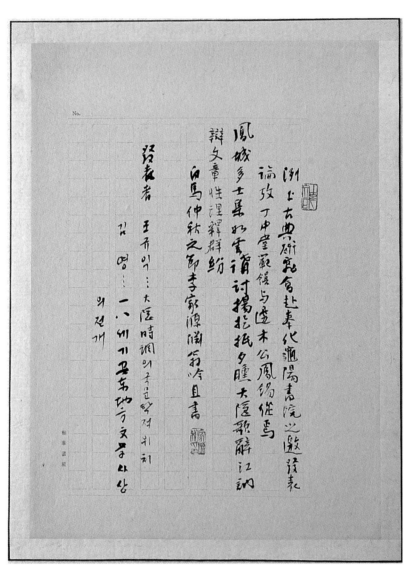

渭上古典研究會赴奉化謁陽書院之遊發表

論攷丁中堂範鎭与遂末公鳳錫從焉

鳳城多士集於雲帘討揚抵夕膛大陸藾辭江訥

辯文章性理釋群紛

白馬仲秋之節李家源淵翁吟且書

招表者 王并익... 大陸時調의국문학적위치

김 영... 一八세기 平南地方文學사상

외전개

열상고전연구회 제10회 발표회(1990년 9월 22일, 봉화 구양서원) 때에
연민선생께서 써 주신 시

차 례

<u>1부</u> 연민선생의 학술활동 : 문학에서 국학까지

연민 선생과 고소설 | 유춘동
연민 선생의 고소설 번역본 및 주석본의 현재, 활용 및 계승 방안 ····· 9

『연암소설연구(燕巖小說研究)』의
선행 연구 영향에 관한 고찰 | 이현식 ····················· 20

연민선생의 퇴계시 연구에 대하여 | 조기영 ················· 54

연민선생『한문신강』의 특징과 현대적 의의 | 김성은 ··········· 80

『담원국학산고(薝園國學散藁)』와
『연민국학산고(淵民國學散藁)』 비교 | 안장리 ················· 95

<u>2부</u> 연민선생의 문학이론 : 연민 학문의 영향력

회봉(晦峯) 하겸진(河謙鎭)과
연민 이가원의 문학론 고찰 | 이영숙 ····················· 125

연민선생의 악부관(樂府觀)을 논함 | 왕샤오둔(王小盾) ·········· 150

연민 선생의 시가 연구 | 윤덕진 ························· 190

연민선생의 '법고창신(法古創新)'론이
학계에 미친 영향 및 그 여파 | 윤호진 ····················· 209

3부 연민선생의 저작 : 그 고유한 특징과 세계로의 약진

"옥류산장시화(玉溜山莊詩話)"의 특성에 대하여 | 구지현 ········ 243

이가원『조선문학사(朝鮮文學史)』의
서술 양식에 대하여 | 이암 ················· 265

연민선생의『한국한문학사(韓國漢文學史)』
중국어 번역 출판 | 리우창(劉暢) ················· 277

『실학연구지자(實學研究之資)』의 자료적 가치 | 허경진 ········ 291

4부 연민선생의 번역과 주석 : 그 특징과 의의 및 학문의 전승

연민 이가원의『퇴계시역주(退溪詩譯註)』
번역에 나타난 미의식 | 신두환 ················· 311

〈춘향전〉 주석서 고찰 | 이윤석 ················· 346

연민선생과 연암소설 번역 | 서현경
『양반전』을 중심으로 ················· 367

연민선생과『열하일기』 번역 | 서현경 ················· 390

『금오신화』의 번역본 고찰 | 이대형
연민 번역본의 특성 ················· 424

이가원 역주『서상기』에 대하여 | 강동엽 ················· 457

연민본『골계잡록(滑稽雜錄)』에 대하여 | 정명기 ················· 471

발문 · 3권 편집을 마치면서 | 조영심 ··· 487
참고문헌 ··· 490

1부

연민선생의 학술활동

문학에서 국학까지

연민 선생과 고소설

연민 선생의 고소설 번역본 및 주석본의 현재, 활용 및 계승 방안

유춘동 / 선문대

1. 서론

연민 선생님께서는 한학자(漢學者)이셨지만 고소설 연구자라 불러도 손색이 없을 만큼 고소설 분야에서도 여러 편의 탁월한 업적을 남기셨다. '영정조(英正祖) 문단에서의 대소설적 태도'처럼 조선시대 유학자들이 지녔던 소설관(小說觀)의 종합적인 조명, 『춘향전』, 『열하일기』, 연암소설(燕巖小說)의 번역본 및 관련 연구는 여전히 현재의 고소설 연구자들에게 읽히고 있으며, 새로운 연구의 출발점 역할도 하고 있다.

연민학회에서는 그동안 연민 선생님의 한문학 성과 이외에, 연민 선생님의 고소설 번역본이나 주석본을 놓고 몇 차례 학술대회를 개최하여, 연구의 성과와 의미에 대하여 심도 있는 논의를 진행한 바 있다.[1]

---

1) 전인초, 임성래, 이현식에 의하여 『서상기』, 『춘향전』, 『연암소설연구』에 대한 심도 있는 논의가 있었고, 이후 2010년 연민학 학술대회를 통하여 서현경, 이대형, 강동엽, 이윤석 등이 "연민선생의 번역 및 주석본 소설에 대한 연구"라는 주제로 『양반전』, 『금오신화』, 『서상기』, 『춘향전』을 자세히 검토한 바 있다. 그리고 안장리, 정명기에 의하여 『인물전』, 『골계잡록』이 지닌 자료의 가치와 성격도 논의되었다. 열상고전연구회편, 『연민 이가원 선생의 생애와 학문』, 보고사, 2005. ; 『연민학지』 12~13집 참조.

앞으로도 '연민학(淵民學)'을 계승하고 발전시키기 위해서는 한문학 분야 이외에 연민 선생님께서 관심을 가지셨고 기초를 닦아놓으신 여러 분야를 다시 조명해 볼 필요가 있다. 이는 연민 선생님을 모르는 현세대들에게 국문학 분야의 주요 학자로 각인시키는 계기를 제공한다는 점과 학문의 계승적 발전이라는 측면에서 중요하기 때문이다.

필자는 고소설 연구자로서, 연민 선생님의 고소설 번역본과 주석본, '호랑이 이야기'와 같은 단행본과 중요한 연구 성과를 학부 수업과 대학원 수업에서 다루고 있다. 이 과정에서 이를 좀 더 활용할 방안에 대해 생각해 보았다. 중등교육과정에서 반드시 읽어야 할 고전(古典)으로 인식되는『춘향전』,『구운몽』,『금오신화』,『열하일기』의 경우, 연민 선생님의 번역본이 여전히 주 교재(敎材)로 사용되고 있으며, 특히『열하일기』는 연민 선생님의 번역본이 출판 시장에서 가장 우위를 점하고 있다.2) 이러한 상황을 생각해 본다면 앞으로 연민 선생님이 이룩하신 고소설 관련 성과에 대해 연구자로서 관심을 갖고 활성화시킬 방안을 고민해 보아야 할 시점이다.

이 글에서는 이러한 점에 초점을 두고, 앞으로 연민 선생님의 '고소설' 및 관련성과의 활성화 방안에 대하여 논의해보고자 한다.

2. 연민 선생의 고소설 번역본 및 주석본의 현황과 현재

주지하다시피 연민 선생님께서 고소설과 고소설 관련 분야에 관심을 갖고 연구하신 성과는『이가원 전집(李家源全集)』에 집적되어 있다.『연암

---

2) 시중에『열하일기』번역본은 여러 종이 출간되었다. 이 중에서 고미숙, 길진숙, 김풍기가 연민선생님의 번역본을 갖고 다시『열하일기』를 재조명하여 간행한『세계 최고의 여행기 열하일기』가 시중에서 가장 많이 읽히는 책이다. 고미숙, 길진숙, 김풍기,『세계 최고의 여행기 열하일기』, 그린비, 2008.

소설연구(燕巖小說硏究)』, 『한국호랑이이야기』, 『골계잡록(滑稽雜錄)』, 『열하일기역주(熱河日記譯註)』, 『춘향가(春香歌) / 춘향전주석(春香傳註釋) / 개고춘향전주석(改稿春香傳註釋)』, 『금오신화역주(金鰲新話譯注) / 『구운몽주석(九雲夢注釋)』, 『이조한문소설선역주(李朝漢文小說選譯注)』, 『서상기역주(西廂記譯注)』 등이 대표적인 예이다.[3]

1965년에 을유문화사에서 출판된 『연암소설연구』는 연민 선생님의 연암에 대한 일련의 연구 결과를 하나로 묶은 책이다. 이 책은 90년대 이전, 연암 소설 연구의 대표적인 저서로 평가받고 있으며 지금까지도 연암 연구자들에게 연구를 위한 필독서로 인정받고 있다.[4]

이 책은 '연암소설연구'라고 했지만 '연암연구'라고 할 만큼 연암에 대한 폭넓은 자료와 내용으로 구성되어 있다. 단행본의 전반부에는 연암의 가계, 교유관계, 당파적 성격, 당대의 문학관과 연암의 문학관, 후반부에서는 연암과 관련된 방대한 자료를 제시하고 있다. 이 책의 큰 미덕은 연암 자료 및 관련 자료의 집대성을 통해서 작자와 작품을 이해하려는 방법을 취했다는 것이다. 이로 인하여 지금의 연구자들은 계속해서 이 책을 연구서와 자료집 두 가지 목적에서 참조하고 있다.

『연암소설연구』의 아쉬운 점은 전집에 마지막으로 실린 뒤로는 재간(再刊)되지 않아, 시중에서 쉽게 구할 수 없고, 제본을 해서 읽어야 한다는 점이다. 아울러 현 세대는 이 책을 볼 때, 제시된 원문(原文)을 해석할 수 없는 상황이기 때문에, 정작 연민선생님의 연암소설 연구의 방향을 설명하기 보다는 관련 자료를 읽고 해석하는데 더 많은 시간을 할애하는 문제점이 있다. 따라서 이를 보완하여 책을 다시 간행할 필요가 있나.

---

3) 이 외에도 『이조명인열전(李朝名人列傳)』, 『한국명인소전(韓國名人小傳)』 등이 있다.
4) 이현식, 앞의 책, 266면.

『한국호랑이이야기』는 연민 선생님께서 『호질 연구』를 위하여 호랑이 이야기를 수집하고 정리하는 과정에서 출간된 책이다. 이 책은 『삼국유사』에서부터 책이 간행될 무렵까지 문헌(文獻)이나 구전(口傳)으로 전해지던 호랑이와 관련된 대표적인 이야기를 집대성해 놓았다. 현재 수업 시간에 대학생, 대학원생들과 연민 선생님의 책들을 강독해 보고 있는데, 학생들이 제일 좋아하는 것이 아이러니하게도 이 책이다. 호랑이 이야기의 종합보고서(綜合寶庫書)라고 할 만큼 이 책은 우리나라에 전하는 다채로운 호랑이의 이야기를 한 권으로 정리했고, 무엇보다 호랑이 이야기의 다양한 재미를 줄 수 있다는 점에서 학생들의 흥미를 끄는 것으로 보인다. 하지만 이 책 역시 이제 시중에서 쉽게 구해 볼 수 없고, 제본을 해서 읽어야 하는 상황이다.

『골계잡록』은 한국의 야담, 소화(笑話) 연구사에서 중요한 위치를 차지하는 책이다. 이 책에는 『태평한화골계전(太平閑話滑稽傳)』, 『촌담해이(村談解頤)』, 『어면순(禦眠楯)』, 『속어면순(續禦眠楯)』, 『명엽지해(蓂葉志諧)』, 『파수록(破睡錄)』, 『어수신화(禦睡新話)』, 『담정총서(潭庭叢書)』, 『진담록(陳談錄)』, 『성수패설(醒睡稗說)』, 『교수잡사(攪睡襍史)』, 『기문(奇聞)』 등이 수록되어 있다.

책의 편찬 과정에서 몇 가지 오류가 지적되었지만[5] 조선시대 대표적 문헌설화집인 서거정의 『태평한화골계전』을 시작으로, 1950년대 민속학 자료 간행회에서 수집 정리한 『고금소총(古今笑叢)』에 묶인 난해한 이야기들을 최초로 연구자들과 일반인들을 위하여 알기 쉽게 번역하고 의미를 부여했다는 점에서 이 책은 중요한 성과물이다. 하지만 이 책 또한 이제 시중에서 쉽게 구하기 어려운 상황이다.

『춘향전 주석』은 고소설 주석본의 정전(正典)이라고 부를 만큼 많은

---

5) 정명기, 앞의 논문, 61면.

고소설 연구자들이 보았고, 지금도 이 책을 뛰어넘는 새로운 주석본을 만들기 위하여 여러 연구자들이 노력하고 있다. 이 책은 연민 선생님께서 가독성(可讀性)을 높이기 위하여 생전에 몇 차례 읽기 쉬운 개정판으로 출간하신 바 있다. 그러나 개정판의 서문(序文)에서 볼 수 있는 것처럼 우여곡절 끝에 개정판이 간행되었고,[6] 이 과정에서 몇 가지 오류가 있어, 결국엔 처음 나온 주석본만큼 큰 호응을 얻지 못하였다. 이로 인하여 국문학 초학(初學) 연구자들이나 중진의 연구자들도 연민 선생님의 『춘향전』 주석본을 읽기 위해서는 전집을 보거나 두 가지 형태로 간행되었던 책을 함께 펴놓고 대조해야 하는 상황도 생기게 되었다.[7]

『연암 박지원 소설집』과 『금오신화』는 앞의 책들과는 비교해 볼 때, 상대적으로 일반인들, 중등학생들, 대학생들에 이르기까지 쉽게 연민 선생님의 번역본을 접하고 읽을 수 있는 상황이다. 이는 허경진 선생님의 노력이 크다. 연민 선생님 생전에, 두 분 선생님께서 이 책의 중요성을 인식하고 협의하시어 전문 대중출판사에서 책을 간행했고,[8] 지금은 다른 곳에서 『연암 박지원 소설집』만 출간되고 있다.[9] 대학에 갓 입학한 학생들에게 『연암 박지원 소설집』을 읽어보았냐고 물으면 대부분 학생들이 읽었다고 말한다. 어떤 책으로 읽었는가를 물으면 두 분 선생님이 함께 펴낸 책을 읽었다고 하는 학생들이 대부분이다. 학생들에게 번역자가 어떤 분인가를 물으면 자세히 알지는 못하는 경우

---

6) 개정판은 정음사에서 간행된 것이 아니라 태학사에서 내용을 대폭 축소하여 새로 출간했던 주석본을 말한다. 이가원 역주, 『춘향전』, 태학사, 1995.

7) 이를 보완한 새로운 수석론이 이윤석에 의하여 최근 간행되었다. 이윤석, 『완판본 춘향전 연구』, 보고사, 2016. 그러나 연민 선생님의 원 주석본을 보고자 한다면 다시 두 가지 책을 참고해야 하는 상황이다.

8) 이가원, 허경진 옮김으로 한양출판에서 시리즈로 책을 간행하였다. 현재 한양출판은 이런저런 사정으로 폐업한 상황이다.

9) 이가원, 허경진 옮김, 『청소년을 위한 연암 박지원 소설집』, 서해문집, 2006.

가 많지만 일부 학생들은 연민 선생님이란 사실을 알고 있는 이들도 있다.

『구운몽 주석』은 연민 선생님께서 가장(家藏) 한글본『구운몽』을 갖고 주석본을 펴낸 것이다. 이 책의 추천사는『구운몽』연구의 권위자였던 정규복 선생님이 쓰셨는데, 한글본『구운몽』의 실상을 파악하기 위해서는 반드시 이 책을 참고해야 한다고 적고 있다.

하지만 발표자가 생각하기에는 연민 선생님의 고소설 주석본 중에서 이 책만이 크게 빛을 보지 못한 것으로 판단된다. 그 이유는 여러 가지가 있겠지만『구운몽』의 원작(原作)이 한문본(漢文本)이었단 설이 지배적이어서 한문본 위주로『구운몽』이 읽혔고, 한문본을 저본으로 한 주석본이 연구자들에게 더 많이 이용되었기 때문으로 여겨진다.

그러나 최근 정규복 선생님의 학설과는 정반대로 한글본『구운몽』이 한문본 보다 선행한다는 학설이 다시 논의되고 있고, 이 과정에서 연민 선생님이 갖고 계셨던 한글본, 주석본의 위상이 재고(再考)되는 상황이다.『구운몽』은 현재 여러 종의 번역본과 주석서가 있다.10) 이 책들은 한문본이나 서울대학교에 소장되어 있는 한글본을 대상으로 한 번역서이기 때문에, 한글본『구운몽』의 중요한 면모와 성격을 제대로 보여주지 못하고 있다.

연민 선생님께서 저본으로 사용하신 가장본(家藏本)『구운몽』은 현재 일본 동양문고에 남아있는 세책본(貰冊本)과 맥이 닿아있다.11) 세책본은 돈을 받고 빌려주던 책을 말하는데,『구운몽』의 경우, 세책으로 어떤 특성을 지니고 있는지, 어떤 내용적인 특성과 세(貰)를 놓기

---

10) 고려대 민족문화연구소에서 정규복 선생님, 서울대 출판부에서는 김병국 선생님께서 주석본을 내신 바 있고, 그밖에 민음사, 펭귄클래식 등에서 일반인들을 위한 책도 간행된 상황이다.

11) 이윤석 외,『세책 고소설 연구』, 혜안, 2003.

위한 전략을 갖고 있었는지는 제대로 논의되지 못했다.『구운몽』의 새로운 연구를 위해서는 앞으로 이 부분이 확실하게 논의되어야 할 것이다. 이를 위해서는 연민 선생님이 갖고 계셨던『구운몽』, 그리고 연세대학교 출판부에서 마지막으로 간행되었던 이 책이 다시 간행되어야 할 상황이다.

『이조한문소설선역주(李朝漢文小說選譯注)』,『서상기역주(西廂記譯注)』또한 연민 선생님의 번역과 주석의 공로(功勞), 연구서의 위상 등이 제대로 평가받지 못한 책들이다. 앞의 실린 책에는 모두 61편의 한문소설, 전(傳) 등이 번역되었고, 대조를 위하여 원문(原文)이 옆에 함께 실려있다.

연민 선생님의 책과 대비가 되는 대상이 현재 '한문소설 주석 및 연구서'의 최고라고 평가받는『한국한문소설교합구해(韓國漢文小說校合句解)』[12)와『교감본한국한문소설(校勘本韓國漢文小說)』[13)이다. 연민 선생님께서 간행하신 책들과 40여 년이 지난 현재의 책들을 대조해보면 오히려 예전만 못하다는 느낌을 지울 수 없다. 새로 발굴된 자료를 증보하고, 한문(漢文)원문의 제시 및 교감(校勘)만 이루어졌을 뿐, 번역은 한 작품도 되어 있지 않다.[14) 이로 인하여 전문 연구자들이야 이 책의 원문을 읽고 작품을 이해하는데 별 문제가 없겠지만 일반인들이 이 책을 이용하기란 대단히 어려운 상황이다. 이로 인해서 교감본은 최근 성과서를 보고 번역은 훨씬 이전에 나온 연민 선생님의 번역본을 참고하는 일이 주변에서 벌어지고 있다.

『서상기역주(西廂記譯注)』는 최초의 한문희곡으로 평가받는『동상

---

12) 박희병,『한국한문소설교합구해』, 소명출판, 2005.
13) 장효현 외,『교감본 한국한문소설』1~7, 고려대학교 민족문화연구소, 2007.
14) 박희병은 정길수와 함께 앞의 책에 수록된 작품을 번역하고 있으나 현재 중단된 상황이다.

기(東廂記)』와 최근에 발굴된 한문희곡『북상기(北廂記)』의 발굴로 인하여 다시 연구자들에게 읽혀지고 있다. 한문희곡은 국문학 연구 분야에서도 연구자의 수가 적고, 아울러 원문에 등장하는 용어들이 어려워서 해석에 어려움이 많다. 이로 인하여 연민 선생님께서 기초를 놓으신 『서상기』를 참고하여 한문희곡들을 번역하는데 다시 이용되고 있다.

지금껏 중문학 연구자들과 국문학 연구자들이 여러 차례에 걸쳐『서상기』의 번역본 및 주석본을 간행했지만 여전히 연민 선생님의 성과에 못 미친다는 것이 학계의 중론이다.15) 또한 특기할만한 점은 이 책이 『서상기』 이본 중에서도 추사(秋史) 언해본을 주석본의 대상으로 삼았다는 점이다. 이 점은 제대로 부각되지 않은 측면이 있는데, 추사의 언해 의도, 당대 언어 및 번역의 양상 등을 규명하는데 중요한 자료가 될 수 있다.

이상 연민 선생님께서 이미 4~50년 전에 연구하시고 초석을 놓으셨던 중요 저작물이 현재도 유용한 측면이 있으며, 어떻게 현재의 연구자와 일반인들에게 읽히는지 간략하게 살펴보았다. 민음사에서 출간되는 세계문학전집의 간행사(刊行辭)를 보면 "세대마다 문학의 고전은 새로 번역되어야 한다. (중략) 오늘에는 오늘의 젊은 독자들에게 호소하는 번역이 필요하다."고 새로운 번역의 필요성을 역설하고 있다.16) 그러나 이는 한국 고소설 분야에서는 예외적인 일이 되고 있다. 그만큼 연민 선생님의 업적이 뛰어나고, 솔직하게 말한다면 고소설 연구자들의 역량이라는 것이 예전의 연민 선생님을 따라가지 못한다는 방증이 될 수 있다. 더 나아가 고소설 연구라는 것이 특정 작품에만 매몰되어 있다는 사실도 보여주고 있다.

---

15) 김학주, 「讀〈東廂記〉」, 『아세아연구』 8(2), 1965. ; 조만호, 「〈東廂記〉考」, 『도남학보』 16, 1997. ; 여세주, 『한문희곡 東廂記』, 푸른사상, 2005.
16) 민음사, 『세계문학전집』 간행사.

3. 연민 선생의 고소설 번역본 및 주석본의 활성화 방안

연민학의 발전과 계승을 위해서 현재 연민학회는 정기적인 학술대회 개최와 이와 관련 있는 의미 있는 작업들을 차례로 진행하고 있다. 이를 더욱더 발전시키기 위해서는 한문학 분야 이외에 기타 영역에서도 이와 비슷한 수준으로 연민 선생님의 업적을 알리는 작업들을 병행할 필요가 있다.

특히 앞에서도 언급했지만 연민 선생님의 주요 저작물은 전집에 실려 있지만 현재는 책들이 모두 절판되었기 때문에, 현 세대의 학생들과 연구자들은 연민 선생님의 책을 쉽게 볼 수 없다는 점이다. 그리고 책을 본다고 해도 세로쓰기로 되어 있거나 원전이 그대로 노출된 문제점 등이 있어 읽는데 또 다른 어려운 점이 있다.

따라서 이번 기회에 제안해 보고 싶은 점은 연민학회의 지속적인 연민학 계승 사업의 하나로 연차적으로 연민 학회에 소속된 해당 분야의 전문가들로 하여금 자발적으로 주요 저서를 재간행(再刊行)하는 작업을 하게하거나 보완된 주석본을 간행하는 사업을 전개하는 작업을 해 볼 필요가 있다. 또한 새로운 세대를 위하여 현재의 중등교육과정의 학생들이 접하기 위한 알기 쉬운 출판물의 간행도 고려해 볼 만하다. 그리고 전문연구자들, 신진연구자들을 위해서는 연구의 길잡이가 될 수 있는 '길라잡이용' 책들도 의욕적으로 발간할 필요가 있다.

학회의 재정과 운영을 생각해서 당장의 사업은 어렵고 앞서 언급했던 것처럼 해마다 책 한두 권씩만이라도 간행하여 새로운 세대에게 연민 선생님의 글을 읽힌다면 국문학 성과의 저변 확대와 후속 연구자들에게도 큰 도움이 될 것이다.[17]

---

17) 최근에 간행된 허권수 교수의 『연민 이가원 평전』과 『한문신강』은 좋은 사례라고 할 수 있다.

그 방안 중의 하나로 한국연구재단의 토대연구사업으로 '국학연구자'를 과제로 삼아 연민 선생님의 주요 저서를 간행하는 작업도 시도해 볼만한 일이다. 한국연구재단에서는 국문학 연구의 토대를 마련하기 위하여 해마다 각종 사업을 진행하고 있는데, 지금껏 국학, 국문학 1세대 학자들의 연구 성과를 집적하는 연구 사업은 이루어지지 못한 것으로 보인다. 앞으로 기회가 된다면 연민 선생님을 비롯하여 중요한 1세대 학자들의 저술을 선정하여, 현재와 미래 세대들이 선학자(先學者)들의 뛰어난 업적을 다시 읽어보게 하는 작업도 의미가 있을 것으로 판단된다.

이 과정에서 연민 선생님께서 해놓으신 주석(註釋)을 플랫폼을 만들어 연구자들에게 제공할 수도 있다. 현재 고전 연구의 필요한 전거(典據)의 대부분은 고전번역원에서 제공한 인터넷 자료를 활용하고 있다. 이때 고소설의 주석은 찾아보기가 대단히 어려운 것이 사실이다. 연민 선생님이 남기신 고소설에서의 주석과 전거 등을 자연스럽게 공개하고 연구에 활용하게 한다면 '연민학'을 다른 방향에서 활성화시킬 수 있데 큰 기여를 할 수 있을 것으로 기대한다.

이렇게 된다면 연민 선생님을 일방적으로 한학자로서만 기억하는 것이 아니라 국문학 모든 분야의 관심과 애정을 지니셨던 대학자로 인식할 것이라 생각한다.

4. 마무리

연구자로서 혼자만 생각한 참신한 과제라고 여겼던 것이 이미 수십 년 전의 선학들이 고민했던 것이며, 이를 논문이나 한 권의 단행본으로 제출한 것을 보고 당황해 했던 적이 여러 번 있다. 이는 아마도 모든 연구자라면 누구나 경험했을 법한 일이다. 연민 선생님이 해놓으신 작업들이 이러한 일들의 대표적인 경우에 해당된다. 연민학의 계승과 발전을 위해서는 이러한 선행 업적을 다시 환기시킬 필요가 있다.

앞으로 연민학회의 구성원 중에서 후속 세대에 속하는 회원들이 '연민학'을 발전시키기 위해서는 적극적으로 다양한 연구를 진행할 필요가 있다. 그 방안 중의 하나로 발표자가 생각하는 것은 연민 선생님께서 남기신 '이야기 문학 자원'을 적극적으로 활용하는 것이다. 물론 이때의 작업은 연민 선생님의 작업을 그대로 간행하는 것이 아니라 선생님의 작업을 보완하고 더 나아갈 수 있는 방향 제시나 결과물로 이어져야 할 것이다.

『연암소설연구(燕巖小說硏究)』의 선행 연구 영향에 관한 고찰

이현식 / 서남대

1. 머리말

『연암소설연구』는 연암 박지원(영조 13년, 1737 순조 5년, 1805)의 소설 12편(실전된 2편 포함)을 선정하고, 이를 내용, 문학적 배경과 사상, 풍자성과 후대에 끼친 영향 등으로 나누어 분석한 이가원의 저서다.[1] 논의 내용은 소설뿐만 아니라, 박지원의 생애와 사상, 작품의 시대적

---

[1] 이 책은 1965년 5월 을유문화사에서 출간되었고, 1966년에 성균관대학의 박사 학위 논문으로 제출되었다. 이 책은 이전에 발표된 논문들을 일부 수정하여 묶은 것인데, 발표 논문의 대략을 보이면 다음과 같다.

「許生에 나타난 燕巖朴趾源의 敎育思想」, 『새교육1』 0-8(통권 65), 大韓敎育聯合會, 1958.8; 「燕巖朴壯源의 生珪와 思想」, 『思想界』 63, 思想界社, 1958.6; 「燕巖小說研究: 第一期作 九傳에 대하여」, 『延世論嚴』 1, 연세대학교대학원, 1962.5; 「廣文者傳研究 : 燕巖小說研究 其三」, 『人文科學』 7, 연세대학교 인문과학연구소, 1962.6; 「燕巖小說과 實學思想—특히 『兩班傳』을 中心으로 하여」, 한국사상강좌편집위원회편, 『韓國思想講座』 4, 日新社, 1962.12; 「熱河日記論」, 『世界文藝思想講座』 3, 1963.1; 「虞裳傳 研究」, 『국어국문학』 26, 국어국문학회, 1963.6; 「虎叱研究」, 『延世論嚴』 2, 연세대학교대학원, 1963.8; 「兩班傳研究」, 『大東文化研究』 1, 성균관대학교 대동문화연구원, 1963.8; 「燕巖文學과 文體波動」, 『人文科學』 10, 연세대학교 인문과학연구소, 1963.12; 「燕巖의 實學思想—『燕巖小說研究』 總敍 一韻」, 『陶南趙潤濟博士回甲紀念論文集』, 新雅社, 1964; 「英·正代 文壇에서의 對小說的 態度」, 『延世大 80周年紀念論文集—인문과학편 길』, 1965.

문맥과 후대와의 관련성 등 연암 문학의 전반적인 상황을 폭넓게 다루었다.[2]

이 저서에서 볼 수 있는 방대한 자료의 발굴과 소개는 연구사에 있어서 전무후무한 성취였다. 후배 연구자들은 이를 통해 소설 각 부분의 문맥과 의미뿐만 아니라 연암 문학을 더 잘 이해할 수 있었고, 이를 바탕으로 새로운 논의를 전개할 수 있었다. 이를 두고 후배 연구자는 연암 소설 연구뿐만 아니라 연암 연구의 박물학적 업적으로 평가했다.[3]

이 저작에는 몇 가지 특징이 있다. 첫째는 연암 소설 10편론을 내세우고, 둘째는 주변 자료를 통해서 텍스트를 이해하려는 역사 전기적 접근법을 쓰고 있으며, 셋째는 텍스트 내용 중 우리 민족 고유 요소를 드러내려는 민족주의적 시각이 뚜렷하고, 넷째는 실학사상을 부각시키면서 계급타파 의식이나 봉건적 가치의 비판을 강조하는 등 근대성에 대해 특별한 관심을 보이는 점이다.

본고는 이 저서가 지닌 연구사적 위치와 그 의의를 점검하기 위한 시도다.[4] 특히 이 책이 지닌 네 가지 특정을 중심으로 그 연구의 독

2) 이가원 이전에 연암소설을 전반적으로 언급한 연구자는 金一根(「燕岩小說의 近代的 性格과 新文學의 系譜」, 경북대학교 석사학위논문, 1956)이다. 그는 근대성에 관심을 가지고, 반봉건적 사상과 풍자적 수법을 다루었을 뿐이다. 시대적인 배경과 연암의 생애를 다루기도 했지만 그 관심이나 성취에 있어서『연암소설연구』와 비교하기 어렵다. 「燕岩小說의 近代的性格」(金一根, 『慶北大學校論文集-人文社會科學』1, 1956, 161~186면)은 이 논문의 전반부를 전재한 것이다.
3) 閔丙秀, 「朴趾源 文學의 硏究史的 檢討」, 車溶柱 편, 『燕巖硏究』, 啓明大學校出版部, 1978, 9면. 이 논문은 원래『韓國學報』3(一志社, 1978)에 실렸던 것이다.
4) 필자는 이전에 이 연구서가 지닌 성과와 한계를 논한 적이 있다. 이현식, 「연암 박지원 소설 연구의 성과와 한계에 대하여-『연암소설연구』를 중심으로」, 열상고전연구회 편, 『연민 이가원 선생의 생애와 학문』, 보고사, 2005. 이 논문은 원래『淵民 李家源 先生 八秩 頌壽 紀念論文集』(洌上古典硏究會 편, 1997)에 실렸던 것으로 이곳에 전재되었다.

창과 수용의 여러 면면을 살펴보려고 한다. 이를 통해 이 책이 선행 연구의 어떤 부분을 수용했으며, 그것을 바탕으로 어떤 성취를 이루었는지 더듬어 볼 것이다. 이 작업은 이 저서가 후대에 끼친 영향이 어떠했는지를 가늠해 볼 수 있는 단서도 아울러 제공할 것이다.

2. 연암 소설의 범위 및 개념

2.1. 소설 10편론

연구사의 초기부터 연암의 소설을 10편으로 거론한 것은 아니었다. 연암 문학의 초기 연구자들은 주로 「양반전」과 「허생전」과 「호질」 등에만 관심을 가졌다. 20세기 초반에 들어와 『방경각외전(放璃閣外傳)』의 작품이나[5] 「이열부사장(李烈婦事狀)」이 추가되었으나[6] 이가원 이전에는 소설작품의 범위에 대하여 뚜렷한 논의나 합의가 형성되지 않았다.

초기 연구사에서 논란거리가 되었던 것은 「열녀함양박씨전」이었다. 규장각에는 박지원과 정약용의 작품이 선별 수록된 편자 미상의 필사본 『담곡외기(談縠外記)』가 있다. 이 책자에는 연암 작품으로 「호질」, 「허생원전」, 「열녀전」, 「양반전」 등이 수록되어 있는데, 「열녀전」은 「열녀함양박씨전」이다.

---

5) 신기형도 9편만을 분석했다. 그는 「이열부사장」은 행장문이요, 「열녀함양박씨전」은 열녀의 전이고 일종의 인정소설로 볼 수 있다고는 했으나 작품 설명에 서는 누락시켰다. 申基亨, 『韓國小說發達史』, 彰文社, 1960, 203면. 조윤제는 연암의 소설에서 「호질」과 「열녀함양박씨전」을 제외시켰다(趙潤濟, 『韓國文學史』, 東國文化社, 1963, 308면).

6) 李爽求 옮김, 「兩班傳」, 『協同』 3, 朝鮮金融組合聯合會, 1947.
이석구 옮김, 「호질」, 『協同』 5, 朝鮮金融組合聯合會, 1947.

선별된 작품들의 면면을 보아 이 책의 편자가 「열녀함양박씨전」을 소설로 간주했던 것으로 판단할 수 있다. 그렇다면 이는 「열녀함양박씨전」을 소설로 인식한 최초의 문헌인 셈이다. 하지만 문제는 여기에 실린 내용이 「열녀함양박씨전」 전체가 아니라 그 앞에 붙은 서문 부분이었다는 점이다. 말하자면 편자는 작품 전체가 아니라 서 부분만을 소설로 취급했던 것이다.

이런 판단을 그대로 수용한 사람은 김일근이었다. 그는 「열녀함양박씨전」을 소설 작품으로 간주하고 분석한 최초의 연구자였지만, 그가 소설로 간주한 것 역시 전체 중 서문 부분이었다.

> 우리들이 小說로서 논하는 대상은 물론 실재 인물 전기인 『烈女咸陽朴氏傳』 자체 전부가 아니고, 그 서문 중에 남에게 들은 이야기 형식으로 기록한 부분을 말하는 것이다.
> 사실 『朴氏傳』은 서문이 본문보다 분량이 많은 이채를 띠는 것이며, 작자의 의도는 朴氏婦人의 표창보다도 이를 빙자하여 (서문을 통하여) 평소에 품었던 여성 해방과 남녀 인간의 본능 문제에 대한 소회를 토로함에 好機를 얻었다고 볼 수 있다.[7]

그는 근거로 삼은 것은 허구성 유무였다. 이 때문에 그의 시각은 뒤에 크게 변했다. 그는 연암 작품의 사실성을 강조하면서 점차 연암작품 전체를 수필로 보아야 한다는 데로 나아갔다. 곧 처음에는 「열녀함양박씨전」의 본전만을 수필로 보았으나, 나중에는 「양반전」을 제외한 초기 9전은 물론이고 「허생전」과 「호질」, 「열녀함양박씨전」의 서문까지 모두 수필로 간주해야 한다고 주장했던 것이다.[8]

---

7) 김일근, 「燕岩小說의 近代的性格」, 차용주 편, 『연암연구』, 계명대출판부, 1984, 266면.
8) 김일근은 열녀함양박씨의 「旌閭記」를 발굴한 후에 「열녀함양박씨전」 병서가 허구에

이가원의 시각은 이와 달랐다. 그는 「열녀함양박씨전」의 본전과 병서를 모두 소설로 간주했다. 그가 근거로 삼은 것은 전기문학(傳記文學)의 양식이었다. 그는 서문 부분은 「史評」인데, 이처럼 본전에 앞서 「사평」을 전개한 것은 열전체(列傳體) 중에서 흔히 볼 수 있는 변조라고 평가하고, 이런 형식이 「마장전」, 「우상전」, 「호질」에서도 발견된다고 방증 자료를 제시했다.[9] 이것은 연암소설 10편론의 근거가 되었다.

연구사에서 소설 10편론의 개념을 처음 제기한 사람은 이가원이 아니라 김태준이다. 김태준의 『조선소설사』는 연암을 문장가·소설가로 다시 평가하면서 그의 작품 가운데 10편을 소설작품으로 적시했다. 비록 10편의 작품을 모두 분석한 것은 아니었지만 이는 연암 소설 10편론을 언급한 최초의 기록이었다.

그러므로 나는 經世家의 燕巖을 그의 一面인 文章家·小說家로서 보고자하며 그리하여 그 全集 속에 있는 短篇物을 摘究코저 한다. 그런데 이 貴重한 文集이 今年에 朴多山의 손에 出版된 것은 慶賀할 일이다. 燕巖의 小說로는 熱河日記 속에 있는 「虎叱」·「許生員傳」數篇

의한 소설이 아니라 사실의 기록이므로 수필로 보는 이론도 성립된다고 했고(1987), 다시 더 나아가 이를 傳記的 隨筆이라고 단정하여(1990) 자신의 견해를 수정했다. 이런 견해는 그 후의 논문에서 「양반전」과 「역학대도전」, 「봉산학자전」을 제외한 모든 작품을 수필로 보아야 한다는 것으로 정리되었다.(1999) 그는 자신이 장르적 특성을 이해하지 못했기 때문에 처음에 소설이라고 했으나 이제는 체험인가 허구인가 하는 점을 기준으로 하여 견해를 바꾼다고 해명했다. 이 수필론은 성현경에 의해 계승되었다.

김일근, 「「열녀함양박씨전」과 朴氏의 旌閭記攷」, 『建國語文學』11·12합집, 건국대학교 국어국문학 연구회, 1987, 553면, 556면.

김일근, 「김영동저『박지원소설연구』서평」, 『국어국문학』103, 국어국문학회, 1990, 299면.

김일근, 「隨筆的 視覺에서 본 朴燕巖의 散文學」, 『建國語文學』23·24합집, 건국대학교 국어국문학 연구회, 1999, 226면.

9) 李家源, 『燕巖小說研究』, 乙酉文化社, 1965, 740면.

과 燕巖外傳 속에 있는 「馬馹」·「閔翁」·「金神仙」·「穢德」·「兩班」·
「廣文」·「虞裳」諸傳과 其他 烈女咸陽朴氏傳 등이었다. 또 外傳에는 「易
學大盜」·「鳳山隱者」等篇도 있었다고 하나 썩은 社會·썩은 冠冕·썩은
儒學을 몹시도 譏罵한 것이어서 直後에 떼여버렸다고 한다.10)

이곳에 등장한 10편의 목록은 이가원의 그것과 그대로 일치한다. 흥
미로운 것은 『조선소설사』에 『담총외기』가 언급된 점이다. 이는 『담총
외기』가 김태준의 10편론에 영향일 끼쳤을 가능성을 시사하는 대목이
다. 다만 「열녀함양박씨전」은 제목만 거론했으므로 『담총외기』처럼
병서 부분만 소설로 인정했는지, 아니면 이가원처럼 그 전체를 소설로
보았는지는 확인할 수 없다.

현재로서 정리할 수 있는 것은, 이가원 이전에 연암 소설 10편론의
개념이 있었고, 「열녀함양박씨전」에 대해서는 부분적으로만 소설로
간주한 시각이 존재했었다는 점이다. 이는 이가원이 기존의 관점을 한
편으로 수용하면서도 한편으로는 그것을 뛰어넘고 있음을 말해주는
것이다.11) 이런 판단의 밑바탕에는 전기문학에 대한 이해가 있었는데,
이는 이가원의 소설 개념의 중요한 요소다.

---

10) 金台俊, 『增補朝鮮小說史』, 學藝社, 1939, 172면. 김태준은 1930년부터 『조선소설
사』를 동아일보에 연재했다. 나중에 이 글은 1933년 『조선소설사』로 엮었고, 1939년
에 『증보조신소설사』로 마무리되었다.

11) "연암의 소설로는 『열하일기』 속에 있는 「호질」·「허생전」 수편과 연암외전 속에
있는 「마장」·「김신선」·「예덕」·「양반」·「광문」·「우상」 제전과 기타 「열녀함양박씨
전」 등이 있다. 또 외전에는 「역학대도」·「봉산학자」 등 편도 있었다고 하나 썩은 사
회, 썩은 관면, 썩은 유학을 몹시도 기매한 것이어서 직후에 때어버렸다고 한다." 이런
정황은 김사엽의 경우도 마찬가지였다. 그 역시 연암 소설로 10편의 작품을 지목했지
만, 「허생전」과 「양반전」의 내용만 짧게 요약하고 소개하는데 그쳤다(金思燁, 『改稿
國文學史』, 正音社, 1954, 480면).

2.2. 소설 개념의 특징

이가원의 소설 개념에는 몇 가지 특징이 있다. 첫째로 중국의 전통적 관념을 받아들이면서 중국과 구별되는 우리의 독자적 요소도 중요하게 생각한 점이다. 둘째는 소설이 전기성(곧 허구성)과 사실성의 결합으로 이루어진다고 생각한 점이다. 셋째는 한문소설의 속성을 여러 가지로 구분하여 한문 소설의 유형을 나누었다는 점이다.

2.2.1. 동양적 전통 중시와 민족주의적 시각

연암소설의 범위나 성격에 대한 논란은 지금도 계속되고 있다. 그 내용은 크게 두 가지이다. 그 중 하나는 특정 작품을 연암의 작이라고 볼 것인가 하는 문제다. 이 경우에 문제가 된 것은 「호질」과 「허생전」이다. 「호질」은 연암 스스로 남의 글을 베껴 쓴 것이라고 하였고, 「허생전」은 비장들과 나눈 대화를 기록한 『옥갑야화(玉匣夜話)』(혹은 『진덕재야화(進德齋夜話)』)의 일부분이기 때문이다.[12]

다른 하나는 특정 작품을 장르적으로 소설이라고 부를 수 있는가 하는 문제다. 연구사의 초기에는 장르에 대한 관념이 명확하지 않았고, 단지 전통적 관점만이 존재했다. 이에 대하여 반론을 제기한 것이 서구적 근대소설의 개념이었다. 그 중 대표적인 것이 수필론이다. 이는 김일근에 의해 제기된 후 이원주와 성현경으로 이어졌다.

이원주가 소설은 plot, character, setting, theme 등으로 구성된 구조(structure)가 있는, 객관의 문학이어야 한다고 생각한 것은 그 구체적인 증거다. 이 연구자는 이를 근거로 「우상전」, 「마장전」, 「김신선전」, 「열녀함양박씨전」 등 4편의 작품을 소설에서 **빼야** 한다고 주장했다.

---

12) 이에 대해서는 여러 논의가 있었으나 소설 개념과 관련한 논란이 아니라서 여기에서는 직접 다루지 않는다.

虞裳傳은 譯官 李彦瑱의 詩話를 中心한 傳記로서 構成의 要素는 찾을 수 없고, 君子文의 正道를 말한 馬駔傳이나 神仙思想의 오류를 指摘한 金神仙傳은 多分히 作者의 觀念이 그대로 表出되어 있으므로 客觀의 文學일 수 없으며, 이야기 形式을 빌어 쓴 一種의 譚話隨筆로 處理함이 무방할 것이다. 또한 烈女 咸陽朴氏傳에는 序頭에 짧은 한 篇의 揷話가 실려 있는데, 萬一 이러한 括話까지를 小說로 處理한다면 熱河日記에서는 無數한 小說을 끌어 낼 수 있을 것이다. 나는 本考에서 이를 削除해 버릴 것이다.[13]

이가원의 소설 10편론은 이런 논란을 전혀 인정하지 않은 것이었다. 그는 소설의 개념을 폭넓게 설정하고, 수필적 소설과 열전계의 소설이 함께 존재할 수 있다고 주장했다. 서구의 근대소설의 관점에서 보면 의문을 품을 수 있지만 동양의 역사적 경험을 고려하면 이는 불가피한 것이라는 것이다. 연암의 작품 등 실학계 소설을 선정하여 번역하고 주석을 붙인 「이조전기소설연구」의 서문은 이를 확인시켜준다.

이 작품들을 읽고 나서 '이것들이 어째서 모두가 小說의 가치를 지닐 수 있겠는가' 하는 의문을 품을지도 모른다. 이는 실로 현대인의 眼孔에는 小說만이 뜨일 뿐이기 때문이다. 동양의 小說 중에는 筆記的인 小說, 곧 隨筆的인 小說이나, 또는 列傳系의 小說이 존재할 수 있음을 새삼스러이 말하여 둔다. 이에 대한 實證으로서는 天台山人의 「朝鮮小說史」나 魯迅의 「中國小說史略」 중에 수록된 작품들을 들 수 있을 것이다.[14]

이런 설명은 소설 개념에 있어서 서구보다는 동양적 전통을 우선적으로 고려했기 때문이다. 이는 위의 인용문에서 보듯이 김태준과 노신

---

13) 李源周, 「燕巖小說考(1)」, 『어문학』 15, 1966, 42면.
14) 이가원 편역, 『李朝漢文小說選』, 敎文社, 1984, 6면.

의 영향으로 생각된다. 노신은 『중국소설사략』에서 반고의 「한서·예문지」기록나 청의 『사고전서총목제요』 등에서 소설 개념을 고찰했다. 그리고 자국의 역사 경험을 기준으로 중국의 신화와 전설을 소설의 남상으로 삼고, 육조부터 명에 이르기까지 각 시대별로 대표 적인 소설을 내세워서 소설사를 서술했다.[15]

중국의 전통적 경험을 수용한 것은 김태준도 마찬가지였다. 그도 『조선소설사』에서 『한서』나 『사고전서(四庫全書)』 등을 거론하며 서구의 노벨과 는 다른 패설·해학·야담·수필 등에서 소설을 찾으려고 했고, 비록 서구적인 노벨이 아니더라도 로맨스와 스토리와 픽션이 있는 이야기 혹은 전기 등을 중심으로 소설사를 쓰려고 한다고 했다. 이는 노신의 관점을 수용한 것이었다.[16]

하지만 이가원은 중국적 전통만 중요하게 생각한 것이 아니었다. 그는 이와 함께 우리나라의 독자적인 측면도 중요하게 인식했다. 표기문자에 대한 인식에서 이런 점들이 확인된다.

　　우리나라 古代小說 중에서 漢字로 표기된 작품이 한글로 표기된 그것에 비하여 量的으로나 質的으로나 거의 相垺할 만큼 많다고 생각된다. 이는 물론 奇形的인 발전이기는 하지마는 역시 역사적인 實證에 비추어서 어찌할 수 없는 사실이었다.

---

15) 노신은 1920년에서 1924년 사이 북경대학 등에서 소설사를 강의했는데, 이 강의 노트를 정리하여 북경대학 新潮社에서 『중국소설사략』이라는 제목으로 1923년과 1924년에 上·下冊이 각기 출판되었다. 1925년에 북신서국에서 한 책으로 묶였다가 1931년에 北新書局에서 수정본이 나오기 시작해서 1935년에 최종 수정판이 출판되었다(趙寬熙 譯注, 『중국소설사략』, 살림, 1998, [노신, 『중국소설사략』]15~18면).

16) 김태준은 전공이 중국문학이었고, 그가 중국을 여행했을 때는 노신의 『중국소설사략』이 출판된 후였다. 아마도 그는 그것을 보았을 것이다. 그의 『조선소설사』 서술이 이에 대한 반응이었는지는 확실하지 않지만 그가 소설 개념에 있어서 동양적 전통을 기준으로 삼은 것은 노신의 관점을 수용한 것이기도 하다. 이는 그가 스스로 고백한 것이기도 하다.

그리하여 漢字로 표기된 古代小說의 叢中에서 가다기는 그 시대의
主潮的인 위치를 점유한 작품이 없지 않은 만큼 그들이 우리 文學史 상
에 있어서 第二義的인 漢字로 표기되었다고 해서 우리 財産目錄 중에
서 뽑아버림에는 극히 어려울 것도 사실이었다.17)

이가원은 우리나라에서 한자소설과 한글 소설이 비슷하게 발전한
것을 기이한 것이라고 평가하고 한자로 표기된 소설을 제이의적(第二
義的)이라고 했다. 이는 그가 한문소설보다 한글 소설이 지닌 의의를
더 특별 하게 인식했음을 보여준다. 그는 소설 개념에 있어서 동양적
전통을 중시할 뿐만 아니라 우리 것을 중시하는 민족주의적 시각을 함
께 지 니고 있었던 것이다.

이와 같은 시각은 김태준의 그것과 유사하다. 김태준은 노신처럼 동
양적 전통을 중시했지만, 한편으로는 우리 것을 중시하는 민족주의 적
시각을 지녔다. 조선 소설의 기원을 삼국의 설화에서 찾고, 고대 소설
이 비록 명나라를 배경으로 했지만 우리의 정서를 담고 있다며 옹호하
고, 한글 창제 이후 비로소 진정한 조선소설이 시작되었다며 한글 소
설에 깊은 애정을 보였다.18)

이가원이 김태준처럼 동양적 전통을 중시하고 민족주의적 시각이
지녔다고 해서 김태준의 시각을 오롯이 수용한 것은 아니다. 그의 시
각은 오히려 노신과 김태준의 시각을 통합적으로 수용했다고 하는 것
이 적절하다. 이를테면 단군신화를 우리 소설의 시원으로 인정하되,

---

17) 이가원 편역, 『李朝漢文小說選』, 앞의 책, 7면.
18) 그는 조선의 소설이 명대를 배경으로 한 것이 많고, 작품의 수준도 명대 소설 에
   못 미치는 것도 많지만, 조선적 정조를 관찰할 수 있다는 점에서 그 연장 이라고 보기
   어렵다고 지적했을 뿐 아니라, 홍길동전 춘향전 등 우리나라 소 설의 가치를 알려야
   한다거나 우리나라 소설이 충효 등 봉건사상에 빠졌지만 소설이 시대의 기록이기 때문
   에 어쩔 수 없는 일이라고 변명하고, 소설의 체 재가 천편일률적인 점까지 감싸 안아야
   한다고 주장한다(김태준, 앞의 책, 16~17면, 21~25면).

그 의미를 조선민족의 웅계 부족과 호계 부족 사이의 투쟁으로 해석한 것은 좋은 예가 된다.

노신과 김태준은 소설의 기원에 관한 생각이 서로 달랐다. 노신은 신화를 그 기원으로 생각했다. 『중국소설사략』에서 『예문유취』·『열자』 등에 나타난 신화를 길게 소개한 것은 이 때문이다.[19] 하지만 김태준은 설화에서 시원을 찾았다. 그 역시 신에 대한 제의 의식이 문학의 기원이라고 여겼고, 단군신화의 존재도 인정했으나, 우리 소설의 기원으로 삼은 것은 『삼국사기』의 찬덕, 거진, 도미, 은달에 관한 설화, 『삼국유사』의 태공춘추 공과 무왕의 설화 등이었다.[20]

이가원이 단군신화를 소설의 기원으로 생각한 것은 마치 노신의 태도를 취한 것으로 보이지만, 그것을 우리 민족의 이야기로 이해한 것은 오히려 김태준과 같다. 이것은 이가원의 소설 개념이 노신과 김태준의 관점을 통합적으로 수용하고 있음을 보여주는 것이다. 이는 그가 스스로 고백한 일이니 의심할 일은 아닐 것이다. 이런 통합적 관점은 연암 소설에 대한 분석에 그대로 투영되어 있다.

2.2.2. 사실성과 허구성

신화와 설화에 대한 강조점의 차이는 노신과 김태준 각자의 개성을 반영한다. 이를 두고 김태준은 삶의 사실적 묘사를 더 중시한 것이고, 노신의 관심은 인위적인 가필 곧 작위성을 강조한 것으로 평가한 것은 의미있는 지적이다.[21] 이 차이 때문에 노신은 신화를 폭넓게 다룬데

---

19) 조관희 역주, 앞의 책, 40~57면.
20) 김태준, 앞의 책, 32~38면.
21) 김하림, 「魯迅과 金台俊의 小說史 연구」, 『中國語文論叢』 22, 2002, 477~481면.
   김태준이 신화보다는 구체적인 인물에 관심을 가진 것은 사회주의사상과 관련이 있을 가능성이 높다. 그러나 비록 두 사람이 어느 한쪽을 중시했다고 해도, 어느 한쪽만 인정했다고 하기는 어렵다. 이 둘은 모두 소설의 기본적 속성인데다 실제 분석에서

반하여 김태준은 신화를 분석 대상에서 제외시켰던 것이다. 이가원은 이런 관점을 통합적으로 수용하면서 연암 소설을 분석했다. 이는 사실성과 허구성을 함께 거론한 것에서 확인할 수 있다.

이 편의 形態的인 면을 考察하여 보면 問答式의 展開가 제법 활발하였으며, 寫實主義的인 手法을 지닌 作品이라 생각된다.[22] (「마장전」)

이에서 연암의 소설은 출발하는 첫걸음에 벌써 寫實主義的인 體臭를 多分히 풍겼음을 높이 評價하지 않을 수 없을 것이다. 그리하여 본전이 형태적으로 보아서는 비록 傳記體에 지나지 않으나, 사상적인 면에 있어서는 우언과 풍자를 겸한 작품이었다.[23] (「마장전」)

綜論的으로 말한다면 虞裳이 비록 實存的인 人物이었고, 이 作品이 비록 寫實的 描寫일지라도 역시 虛構性, 곧 燕巖의 이른바 「託諷滑稽」的인 萬言과 諷刺의 그것에 벗어나지 못함도 사실이었다.[24] (「우상전」)

이제 이 「민옹전」에 대하여 綜論的으로 말한다면, 민영감이 비록 실존적인 인물이었고 이 작품이 비목 사실적인 묘사일지라도 역시 허구성, 곧 연암의 이른바 託誤滑稽적인 우언에 벗어나지 못하는 만큼 이 「민옹전」이 그의 소위 구전 중에서 중요한 위치에 놓여 있음을 알아야 할 것이다.[25] (「민옹전」)

위의 분석에서 언급된 항목은 형태, 사상, 수법 등의 요소 등이다.

이 둘 모두 인정되기 때문이다.
22) 이가원, 『연암소설연구』, 앞의 책, 139면.
23) 이가원, 위의 책, 136면.
24) 이가원, 위의 책, 416면.
25) 이가원, 위의 책, 286~287면.

형태는 문답식과 열전체로 나누어지고, 사상은 우언과 풍자 등이 거론
되었고, 수법에서는 사실주의가 지적되었다. 특이한 것은 사실적 묘사
나 사실주의적 수법이란 말이 사상이나 세계관이 아니라 실재성과 같
은 의미로 쓰고, 또 우언과 풍자란 말이 사상이면서(「마장전」) 허구성
의 증거로 거론되고 있다.(「우상전」과 「민옹전」)

정리하자면 세 작품은, 묘사는 사실적이지만(혹은 수법은 사실주의 적
이지만) 허구성을 지녔다는 것이다. 「우상전」과 「민옹전」에 대해서는
이런 표현을 직접 썼으니 더 확인할 필요가 없다. 「마장전」에 대해서
는 허구성 대신 우언과 풍자라는 표현을 썼지만, 우언과 풍자를 허구
성의 증거라고 했으므로, 이 역시 사실적이면서 허구적이라고 평가한
셈이 된다.

이는 아마도 이 작품들이 지닌 특정 때문일 것이다. 연암은 이언진
에 대해서는 소문을 들었고, 민옹은 직접 만난 적이 있다. 이언진은 뒤
에 김조순(金祖淳)의 「이언진전(李彦瑱傳)」, 이상적(李尙迪)의 「이우상
선생전(李虞裳先生傳)」 등으로 기록될 만큼 알려진 인물이었고, 민옹
역시 연암 주변에 꽤 알려졌던 것으로 생각된다. 이는 연암이 스스로
적고 있는 내용이요, 이가원도 이것을 인정했다.

그런데 이가원은 두 작품의 사실성을 인정하면서도 이것들이 허구
성을 지녔음을 지적했다. 두 작품이 사실의 기록이 아니라 소설로 변
용된 것이라는 뜻이다. 이런 인식은 소설의 속성에 대한 이가원의 생
각을 드러낸다. 이는 사실성과 허구성을 대립적으로 인식할 뿐 아니라
이 둘을 소설의 핵심적 요소로 보고 있음을 의미한다.

이가원의 이런 인식이 어디에서 왔는지를 속단하기는 조심스럽다.
하지만 두 개념이 노신과 김태준의 그것과 유사한 점이 있는 점만은
분명하다. 다만 두 선배가 각기 한 쪽을 강조했으므로 그는 이 둘을
통합적으로 수용했다고 할 수 있을 것이다. 소설의 개념에 대한 김태

준과 노신의 영향은 이에 그치지 않는다. 유형을 분류하고 사조를 언급한 것도 사실은 이들의 영향이다.

2.2.3. 유형론과 사조론

한문소설의 실제 분석에서 유형과 사조 개념은 특별한 차이가 없지만, 이가원의 분석에는 유형과 사조라는 말이 자주 등장한다. 이들 개념은 어디에서 온 것일까? 용어로만 본다면 유형론은 노신의 영향이라면, 사조론 김태준의 영향이라고 할 수 있다. 다만 구체적 분류에서는 노신의 영향을 더 많이 받은 것으로 보인다.

우리나라 소설연구사에서 유형론에 대한 언급이 없었던 것은 아니다. 김기동은 이전에 국문소설을 중심으로 역사소설(歷史小說), 연애소설(戀愛小說), 도덕소설(道德小說), 전기소설(傳奇小說)의 4가지 유형으로 나누었다. 뒤에 한문소설과 국문소설을 함께 다루면서 전자는 전기소설(傳奇小說), 의인소설(擬人小說), 풍자소설(諷刺小說)로, 후자는 역사소설(歷史小說), 군담소설(軍談小說), 연애소설(戀愛小說), 도술소설(道術小說), 가정소설(家庭小說), 괴기소설(怪奇小說), 동물소설(動物小說) 등으로 구분했다. 연암의 작품은 풍자소설로 분류되어 있다.[26]

이가원의 사조론과 유형론은 이와 다른데, 여기에는 두 가지 계통이 있다. 하나는 『중국문학사조사』와 『한국문학사조사』에서 사용된 것이

---

26) 金起東, 『國文學槪論』, 大昌文化社, 1955, 176~189면.
　　金起東, 『韓國古代小說槪論』, 大昌文化社, 1956.
　　金起東, 『李朝時代小說論』, 精硏社, 1959, 84~86면, 496~621면.
　　『국문학개론』에서는 국문소설을 기준으로 4가지 유형으로 나누었으나 연암소설에 대한 언급이 없다. 『한국고대소선개론』에서는 한문소설과 국문소설을 함께 다루었는데, 모두 10개 유형을 나누었다. 『이조시대소설론』에서는 傳奇小說, 擬人小說, 道術小說, 英雄小說, 諷刺小說, 翻案小說 등 15가지로 분류하면서 연암 작품을 모두 풍자소설로 분류했다.

다. 두 책에서 이가원은 중국의 문학사조에 대하여 현실사조, 낭만주
의, 불교사조, 복고운동, 유미주의, 민족의식, 고전주의 등의 용어를
사용했다.[27] 한국의 문학사조에 대해서는 반항의식, 낭만주의, 유불
사조, 복고운동, 사실주의 등의 용어를 썼다.[28]

한문학에 대한 문예사조론은 우리나라에서 처음 시도된 것이다. 이
런 식의 분류는 서구 문학의 분류법을 한문학 실상에 맞추어 적용한
것으로 판단된다. 서구 문학의 유입이 주로 일본을 통해서 이루어졌다
는 점에서, 문예사조론은 이의 영향일 가능성이 높다. 다만 이에 대해
서는 아직은 구체적으로 확인되지 않는다.

다른 하나는 한문소설을 다룰 때에 사용한 유형론이다. 「이조전기
소설연구」에서는 4가지로 분류했다. '신괴(神怪, 神仙·道釋의 기괴담),
염정(艶情, 佳人·才子의 연애고사), 우언(寓言, 한 건의 故事를 창조하여
다른 뜻을 기탁한 것), 호협(豪俠, 豪男·俠女의 무용담)'이 그것이다. 여
기에서 연암소설이 두 편만 거론되었는데, 「호질」은 우언으로 「허생」
은 호협으로 분류되었다.[29]

---

27) 李家源, 『中國文學思潮史』, 一潮閣, 1959. 이에 대하여 전인초는 이 책이 1939년
이후 5년 동안 집필한 초고이며 중국인의 민족성과 문학정신을 연계시키고 시대정신
까지 포괄하여 중국 문학의 내외면을 종합적으로 고찰한 것으로 평가했다. 일반 중국
문학사가 조대별 장르별 서술을 주로 하는데 비하여 이 저서는 독창적인 시각과 논리
가 돋보인다고 평가했다(全寅初, 「中國文學思潮史·西廂記譯註·阿Q正傳新譯」, 열
상고전연구회 편, 『연민 이가원 선생의 생애와 학문』, 보고사, 2005, 354~357면).
28) 李家源, 『韓國漢文學史 : 韓國漢文學思潮研究』, 民衆書館, 1961.
   이런 사조의 구분에 대하여 이혜순은 다음과 같이 지적했다. "이가원 교수의 경우
여기서 사조라는 개념에는 문학 경향, 사상적 배경, 표현 방법까지 모두 포함하여
추출된 각 시대의 주도적 문풍을 의미한다.(중략) 이러한 논의는 한국 고전문학의 사
적 흐름을 일목요연하게 이해하게 해주는 이점이 있으나, 이것이 실제 작품들에 의해
밑받침되었다기보다는 역사적인 일반적 논의에 근거한 바 크다는 결함을 보여준다."
李慧淳, 「『한국한문학사』의 의의」, 열상고전연구회편, 『연민 이가원 선생의 생애와
학문』, 보고사, 2005, 330면.
29) 이가원, 「李朝傳奇小說研究」, 『현대문학1』 1-7, 현대문학사, 1955, 180~191면.

『이조한문소실선』에는 연암 작품 10편이 모두 번역 수록되어 있다. 이 책에서는 분류가 조금 바뀐다. 우선 한문소설 전체를 형태적으로 지괴(志怪)·가전(假傳)·골계(滑稽)·전기(傳記)로 구분한 후, 연암작품 중 「호질」은 가전, 「김신선전」은 지괴, 나머지는 전기로 분류했다. 그리고 이를 다시 염정(艶情)·지괴(志怪)·우언(寓言)·풍자(諷刺)·협사(俠邪)·골계(滑稽) 등의 사조로 나누었다. 연암 소설로는 「우상전」과 「열녀함양박씨전」이 우언, 나머지가 모두 풍자로 분류되었다.[30]

『연암소설연구』에 와서 이런 분류는 없어진다. 대신 작품에 대한 설명에서 10편을 전기체에 속한 것(「마장전」, 「예덕선생전」, 「광문자전」, 「양반전」, 「우상전」), 열전체의 변조인 것(「민옹전」, 「김신선전」, 「열녀함양박씨전」), 전기체를 탈피한 것(「호질」, 「허생전」)으로 나누어 설명했다.

한문소설의 분류에 있어서 내용상으로는 사조론과 유형론이 크게 차이가 없다.[31] 연암 소설을 논하면서 가끔씩 사실주의라는 말을 사용하지만 이는 사건이나 인물이 실존했다거나 묘사가 사실적이라는 뜻이요, 문학사에서 말하는 문예사조를 논한 것은 아니다. 하지만 어느 것이든지 김기동의 분류와는 계통이 다르다.

그의 유형론은 노신의 영향으로 보인다. 『중국소설사략』은 중국 소설을 육조의 지괴(志怪) 당의 전기(傳奇) 송의 화본(話本)처럼 왕조와 유형을 묶어서 표현했다. 유형으로 보면 지괴(志怪) 전기(傳奇), 화본

이가원, 「李朝傳奇小說研究」, 『漢文學研究』, 탐구당, 1969, 225~249면.

30) 이가원 편역, 『李朝漢文小說選』, 앞의 책, 8~9면.

31) 이가원이 한문소실의 유형을 나눈 것은 전 시기를 통틀어 10개 정도이다. 그 중 실학 시기의 소설은 최대 8항목이다. 그 중 연암 소설에 대해서는 앞서 지적한 대로 시기마다 그 명칭이 달랐다. 마지막 저서인 『朝鮮文學史』에서는 「김신선전」은 志怪, 「예덕선생전」은 萬言, 허생은 俠義, 「마장전」·「광문자전」·「민옹전」·「양반전」·「호질」(「봉산학자전」·「역학대도전」)은 풍자, 「우상전」·「열녀함양박씨전」은 전기로 구분했다(이가원, 『朝鮮文學史』 中, 太學社, 1997, 1198~1235면).

(話本) 강사(講史), 신마소설(神魔小說), 인정소설(人情小說), 풍자소설
(諷刺小說), 재학소설(才學小說), 협사소설(狹邪小說), 협의소설(俠義小
說)과 공안(公案), 견책소설(譴責小說) 등으로 나누어졌다. 각 시대의
대표적인 양식을 들어 역사적 변화의 특징을 드러낸 셈이다.

　김태준도 왕조별로 소설사를 서술했으나 정치적인 사전을 함께 고
려했다. 곧 삼국시대의 실화, 고려시대의 패관문학, 이조의 전기소설,
임진·병자 시대의 신문예, 일반화한 연문학(곧 국문소설-필자주), 근대
소설, 신문예운동 후 40년간 소설관 등의 편을 나눈 것이 그것이다.
이는 유형론이라고 할 수도 있지만 대표작품과 작가 위주로 장과 절을
나눈 것으로 보는 것이 적절하다.

　김태준이 노신과 달라진 것은 김태준이 역사 혹은 문학사 일반의 관
점을 염두에 두고 소설사를 서술했기 때문으로 생각된다. 그 덕에 김
태준의 체제는 독자성은 있으나 한편으로는 조금 불안정한 느낌을 준
다. 두 사람의 유형론을 비교하면 이가원의 유형론은 김태준보다는 노
신의 것과 유사하다.

3. 연암 소설 연구의 세 가지 관점

3.1. 역사 전기적 방법

　앞서 지적했듯이 이 저서가 지닌 가장 뛰어난 성취는 방대한 자료의
발굴이다. 이가원은 연암 소설을 해설하기 위해 단순히 그 내용을 설명
하는 것에 머물지 않았다. 그는 박지원 개인에 대한 정보를 수집 하고,
연암의 실학사상과 문학관을 정리하고, 당시 사회적 환경과 문단의 경
향을 정리했다. 연행과 문체반정의 성격과 전개 과정도 소개 했다.

　또한 작품의 해설에 있어서 주석을 달고 사실 관계를 확인하는 고증

적인 방식을 취했다. 각 구절마다 관련된 자료를 방대하게 인용함으로써 이를 통해서 그 의미가 드러나게 했다. 이는 저자 자신이 직접 설명하기보다는 자료가 스스로 설명하도록 하기 위한 것으로 느껴진다.[32]

인용된 자료의 성격은 다양하다. 그 중 하나가 관련설화다. 「호질」을 설명하기 위해 일부분의 유사성을 지닌 『파한집(破閑集)』의 「호어(虎語)」, 『삼국유사(三國遺事)』의 「논호림(論虎林)」과 「호변(虎變)」, 『태평광기(太平廣記)』와 『호회(虎薈)』에 실린 호랑이 이야기뿐만 아니라, 전반적 유사성을 지닌 『어우야담(於于野談)』의 「호정(虎穽)」, 우광정(李光庭)의 「호예(虎睨)」 등을 거론한 것이 그것이다. 「허생전」에서 「와룡처사유사(臥龍處事遺事)」 등을 거론한 것도 마찬가지다.[33]

다른 하나는 등장인물과 관련된 자료다. 「예덕선생전」에 나오는 선귤자(蟬橘子)는 곧 이덕무(李德懋)다. 이가원은 선귤자를 소개하기 위해 이덕무에 관한 여러 자료를 제시했다. 또 「김신선전」에서 김홍기를 소개하면서 청장관전서(靑莊館全書)의 김홍기(金洪器)에 관한 자료나 유본학(柳本學)의 「김광택전(金光澤傳)」을 소개했다.[34] 이런 자료들은 각 작품의 해설에 광범위하게 활용되었다.

이 외에 특정 내용이나 사상을 설명한 자료도 있다. 「마장전」의 골계선생(滑稽先生) 우정론에 대해서 유준(劉峻)의 「광절교론(廣絶交論)」을 제시한 것이나, 농민에게서 토지가 이탈되었다는 「예덕선생전」의 한

---

32) 이현식, 앞의 글, 266~267면. 연암소설의 분석에 사용된 자료를 두고 논하더라도 설화 차원의 자원부터 글자나 표현의 출전에 이르기까지 매우 다양한 자료들이 인용되어 있다. 작품과 직접 관련되는 일차 자료만이 아니라 일차 자료를 설명하기 위한 이차 자료도 등장한다. 개인의 문집에서 실록에 이르기까지, 또 한글 근세 자료부터 중국의 고대문헌까지 모두 망라되어 있다.

33) 이가원, 『연암소설연구』, 앞의 책, 507~512면, 512~519면, 601면. 이가원은 이외에도 여러 사항을 거론했다. 「김신선전」에서 「趙神仙傳」, 「駕書曹生傳」, 「曹神傳」, 「金光澤傳」을 인용한 것이 이에 해당한다(같은 책, 386~390면).

34) 이가원, 위의 책, 159~169, 368면.

부분을 설명하기 위해 『과농소초(課農小抄)』를 인용하여 박지원의 중
농사상을 풀어낸 것이 여기에 속한다. 「호질」에서 언급된 말을 설명하
기 위해 「거협(胠篋)」이나 「도척(盜跖)」의 내용을 인용한 것도 마찬가
지다.35)

고사나 어휘의 출전과 문맥을 설명한 자료도 적지 않다. 「마장전」의
'衛鞅張皇, 孝公時睡 應侯不怒, 蔡澤噤暗, 故出而讓之'에 대하여 「상
군열전(商君列傳)」과 「범수(范睢)·채택열전(蔡澤列傳)」을 인용한 것, 「
민옹전」의 '翁嘗支離其辭'에 대하여 『장자』의 구절(支離其形, 支離其
德, 支離叔)을 인용한 것 등이 여기에 속한다. 범을 찬양한 「호질」의 출
천을 『역경』, 『서경』 등에서 찾은 것도 마찬가지다.36)

이 저서가 주석적 고증적 방법에서 성취한 내용은 셀 수 없을 정도로
방대하다. 이 저서가 발표된 이후에 새로운 자료가 더 보충된 것이 없는
것은 아니지만, 이 저서가 인용한 자료의 분량을 총체적으로 뛰어넘은
경우는 없다. 앞으로도 그럴 가능성은 거의 없을 것으로 보인다.

이런 성취는 어디에서 온 것일까? 이가원이 소설의 선정이나 개념
에서 김태준의 『조선소설사』의 영향을 받았다는 것은 앞에서 지적했
다. 그러나 주석과 고증 작업에서의 성취는 대부분 이가원 자신의 것
이다. 김태준의 경우 연암소설을 해설한 내용은 14쪽 정도이지만 『연
암소설연구』는 전체 750쪽이 넘는다. 둘 사이의 영향 관계를 논하는
것은 별 의미가 없다.

고증 작업에서 김태준이 언급한 것은 「허생전」의 근원설화 정도이
다. 그는 「허생전」의 유사야담으로 『계서야담(溪西野談)』과 「허후산유

---

35) 이가원, 위의 책, 143면, 175면, 497~504면.

36) 이가원, 위의 책, 141면, 233면, 529~531면. 그 외에도 다양한 자료들이 인용되었다.
「우상전」에서 『海行摠載』를 인용하여 통신사명단을 모두 소개한 것이 그것이다
(397~404면).

사(許后山遺事)」를 지목했다.

> 燕巖보담 三十九歲를 뒤저나서 純祖 때에 禮判까지 한 李義準의 『溪西
> 野談』에도 燕巖의 것과 비슷한 「허생전」을 볼 수 있으니 … 그런데 許后山
> 遺事가 넘우도 燕巖集에 낱아난 說話와 넘우도 符合한 즉 實在人物인
> 許后山의 東南經略에 關한 說話가 事實이 珍奇하기 때문에 各色으로
> 變하여 口碑로 喧傳된다. 許后山文集에 臥龍處士遺事가 있는데[37] …

이에 비해 이가원이 인용한 자료는 매우 다양하다. 허생에 대해서는
와룡처사, 이지함, 이중환 등뿐 아니라, 『계서야담』·『동야휘집』에 끼친
영향을 논했다.[38] 변승업에 관해서는 『어우야담』과 『동야휘집』에 실린
일화를 발굴했고, 허균의 「장생전」과 『홍길동전』, 『갓쉰동전』, 「규렴객
전」까지 더듬었다. 무인도 모티브는 『수호전』을, 도적에 대해서는 임거
정, 정희량 등을 함께 논했다.[39]

논의만 확대된 것이 아니다. 김태준의 착오를 바로잡기도 했다. 김
태준은 박윤원의 구술을 근거로 허생을 허후산이라고 생각했으나, 이
가원은 「와룡정유집(臥龍亭遺集)」을 직접 검토한 후 허생으로 비정할
수 있는 인물은 허후산이 아니라 6대조인 와룡처사 허호라고 판단했
다. 뿐만 아니라 와룡처사 이야기가 근원설화라는 것을 처음 지적한
사람도 면우(俛宇) 곽종석(郭鍾錫)이었다고 지적했다.[40]

이와는 별도로 허생의 처로 된 인물이 실은 그의 애희였으며, 변씨
는 변승업이 아니라 변승업의 조부요, 경제적 거상일 뿐 아니라 정치
적인 거물이라고 지적했다.[41] 이가원은 판본 검토를 통해서 새로운 내

37) 김태준, 앞의 책, 173~174면.
38) 이가원, 『연암소설연구』, 앞의 책, 600~601면, 645면, 721~728면.
39) 이가원. 위의 책, 590면, 603~606면, 635~638면, 647~650면, 657면.
40) 이가원, 위의 책, 599~601면.

용을 소개하기도 했다. 『옥갑야화』가 다른 책에서는 『진덕재야화』로
되어 있는 경우도 있으며, 여기에는 『옥갑야화』의 「후지」와는 다른 내
용의 「후지」가 있다고 소개했다.

판본에 대한 관심은 그의 학문의 경향으로 보아 자연스러운 일이지
만 한편으로는 노신의 영향일 가능성도 없는 것은 아니다. 노신은 중
요한 작품에 대해서는 판본에 대한 언급을 빠뜨리지 않았다. 판본에
따라 내용의 출입이 어떠한지에 대해 광범위하게 검토했다. 그렇지만
그 영향 관계는 판본에 대한 관심이라는 면에서만 논할 수 있을 뿐 그
성취를 동일시할 수는 없다.

이가원의 주석과 고증적인 작업은 대부분 이가원 자신의 노력으로
성취한 것이다. 그는 20세 이전에는 서당과 향리의 스승에게서 전통적
인 교육을 받았다. 가학에 따라 성호와 다산의 글을 읽었고, 주변의 권
면으로 연암의 글을 접했다. 이후에도 국립중앙도서관에서 방대한 자
료를 섭렵했다. 아마도 이런 일련의 과정이 주석 고증적인 작업을 수
행할 수 있었던 배경이 되었을 것이다.[42]

3.2. 민족주의적 시각

민족주의적 시각은 소실의 개념을 논한 곳에서 일부 설명했지만, 그
외의 부분에서도 적지 않다. 연암 소실에는 우리나라 관직명이나 속
담, 수수께끼, 은어, 설화 등이 언급된 부분이 많다. 이가원은 이것들
을 부각시키고 이의 외연을 탐색했다. 이러한 관심과 부각은 이가원이
민족주의적 시각을 지니고 있음을 의미하는 것이다.

『연암소설연구』에서 민족문학에 대해 언급한 것은 여러 곳에서 발

---

41) 이가원, 위의 책, 602~606면, 586면, 592면.
42) 허경진, 앞의 책, 20~26면.

견된다. 그는 우리나라식 이름을 쓰고 '傀儡垂帷, 爲引繩也'처럼 우리
나라의 속담과 은어를 사용한 것을 민족문학의 특성이라고 지적했고,
(「마장전」) '醫無自藥 巫不己舞' 등의 우리 속담을 많이 쓴 것에 대해서
민족문학적 의식의 선양이라고 평가했다.(「예덕선생전」)43)

  설화에 대한 관심도 마찬가지다. 이 저서에서 아내와 첩이 달인 약
이 달라지는 이유(「마장전」), 두꺼비·토끼의 설화(「민옹전」), 양반이 해
야 할 것과 하지 말아야 할 것 등을 논한 34개 항목(「양반전」), 우리말
의 탑삭부리'의 변형인 '趙闥拖'라는 인명을 쓴 것(「마장전」) 등을 지적
한 것이 구체적인 증거다.44)

  민족주의적 시각은 일제시기를 거친 학자들의 대부분에게서 나타나
므로 이를 특정인의 영향이라고 한정하기 어려운 측면이 있다. 그러나
이 저서의 표현은 홍기문의 발언과 대비된다. 홍기문은 연암이 조선의
관직명을 그대로 쓴 것, 조선 전래의 속담을 많이 인용한 것, 조선의
야담 사화를 많이 인용한 것이 조선의 향토색을 잘 반영한 것이라고
평가했다.

  구체적으로 정승(「허생전」)이나 통인(「열녀함양박씨전」) 등의 직책,
'衰服者不食'(「호질」)이나 '枉十里蘿蔔 箭串菁, 石郊茄菰水瓠胡瓠,
延禧宮苦椒蒜韭葱薤, 青坡水芹, 利泰仁土卵'(「예덕선생전」) 등의 관
용어구, 황희와 임제의 이야기(「蜋丸集序」), 송욱 이야기(「念齋記」), 눈
뜬 장님 이야기와 정옹의 글씨 이야기(척독), 과부가 돈을 굴리는 이야
기(「열녀함양박씨전」) 등의 설화를 증거로 꼽았다.45)

---

43) 이가원, 『연암소설연구』, 앞의 책, 149~152면, 182면.

44) 이에 대해서는 필자가 이미 언급한 내용이 있다(이현식, 앞의 글, 287~288면).

45) 洪起文, 「朴燕巖의 藝術과 思想」, 『한국한문학연구』 11, 한국한문학회, 1988,
   184~185면. 이 논문은 원래 조선일보(1937년 7월 27일에서 8월 1일 사이)에 실렸던
   것을 전재한 것이다.

이가원과 홍기문의 예가 꼭 일치하는 것은 아니지만, 연암 문장에서
우리 문화의 편린을 찾아내고 민족주의적 숨결을 불어넣으려는 점에
있어서 두 사람의 인식은 적지 않게 닮았다. 이가원이 홍기문의 분석
을 이 시기에 접했는지 확인할 수 없지만 둘 사이의 유사성을 부인하
기는 어렵다.

3.3. 반봉건 의식과 근대성에 대한 관심

3.3.1. 반봉건 의식과 근대성에 대한 관심

『연암소설연구』에서 발견되는 특징 중의 하나는 근대성에 대한 관
심이다. 이가원은 문학을 그 사회의 반영물이라고 생각했다. 사회는
그 시기의 경제적인 토대 위에서 성립하고 소설은 그런 모습을 반영한
다는 것이다. 특히 연암의 소설은 봉건사회가 붕괴되던 시기에 지어졌
으므로 그 안에는 이런 모습이 잘 드러나 있다고 생각했다.

이와 관련하여 이가원이 특히 관심을 보인 내용은 두 가지다. 계급
타파와 봉건 윤리의 부정이 그것이다. 그가 계급타파의 증거로 찾은
것은 양반 계층에 대한 비판과 비양반계층에 대한 관심과 애정이다.
또 봉건 윤리의 부정에 대한 증거로 꼽은 것은 충과 열, 남녀차별에
대한 비판이다.

양반계층에 대한 비판은 당쟁의 잔인성 부각, 훈척배의 부패와 허위
적 유학자의 모순, 양반층에 대한 비판의 내용으로 구성된다. 곧 당쟁
의 잔포성에 대한 규탄(「호질」), 능력 있는 사람들의 소외에 대한 한탄
과 훈척배에 대한 비판(「허생」)[46], 북곽선생의 위선과 아부에 대한 비

---

46) 훈척배는 주로 서인을 가리킨다. 이가원은 이들이 국혼을 통해서 정권을 유지 하는
동시에, 경상도에는 감사와 장관에 남인을 배제하려고 했었다는 기록을 인용하여 훈
척배의 폐해를 증명했다(이가원, 『연암소설연구』, 앞의 책, 684~686면).

판(「호질」), 정선 양반의 몰자각성에 대한 지적(「양반전」), 이완 장군의
무정견한 모습의 부각(「허생」) 등이 구체적 내용이다.

이가원은 이런 일련의 내용을 계급타파 의도로 몰아갔다. 「양반전」
의 해석 부분을 살펴보자.

> 이 편의 主題는 역시 그의 「自序」 중에서 提示되어 있다.
> 士酒天爵, 士心爲志, 其志如何? 弗謀勢利, 達不離士, 窮不失士, 不
> 飭名節, 徒貨門地, 酤鬻世德, 商賈何異? 於是述兩班.
> 여러 가지 兩班들 중에서 가장 대표적인 「士」는 窮과 達을 헤이지 않
> 고 다만 뜻을 高尙히 가져야 할 것이거든 당시의 兩班인「士」는 名節에
> 는 힘쓰지 않고 다만 門閥과 代德을 팔아먹기가 일쑤였다. 이는 저 장
> 사치와 차이가 없음을 諷刺하였다. 이는 당시 封建社會의 痼瘼인 階級
> 打破를 强調한 것이었으며, 역시 單一性을 띤 主題라 생각된다.47)

연암은 「양반전」이 본래적 가치를 추구하지 못하고 타락한 「士」는
장사치와 다를 바 없다는 내용이라고 설명했다. 그런데 이가원은 이
를 계급타파 의식으로 해석했다. 타락한 「사」에 대한 비판을 연암의
말처럼 「사」의 본질성 회복의 촉구로 해석할 수도 있었으나, 이렇게
해석한 것은 그의 경향성을 보여주는 것이다.

둘째로 이가원은 비양반층에 대한 관심도 계급타파의식으로 해석했
다. 「예덕선생전」에 중인인 선귤자가 천민 엄행수를 예덕선생이라고
칭하고 친구로 삼은 내용이 있다. 이가원은 이를 '友道'에서의 계급타
파 의식이라고 했다.48) 「광문자전」에서 패두인 광문이 직접 구걸한
것이나 약방 수인이 광문을 '長者'라고 부른 것, 양반 오입쟁이들이 광

---

47) 이가원, 위의 책, 294~295면.
48) 이가원, 위의 책, 178~179면.

문과 벗한 내용들도 모두 계급의식의 타기로 평가했다.[49]

상공업에 대한 긍정적 평가 역시 마찬가지다. 이가원은 「허생전」의 주제를 둘로 나누었는데, 그 중 하나가 "당시 소위 「사민」의 계급적 타파로서 상·농의식의 고취에 있다"[50]고 했다. 「허생전」에서 상농의 고취를 읽은 것은 특별한 일이 아니지만, 상농의 고취를 계급의 타파로 연결시킨 것은 이가원의 경향성을 보여주는 것이다.

또한 이가원은 봉건 윤리에 대한 부정적 인식을 부각시켰다. 충의는 가난하고 천한자의 구호라고 말한 장덕홍의 목소리를 부각시켜서 충의를 통치계급의 도구라는 평한 것이나, 열녀의 죽음에 대해 연암이 지나친 절열사상의 남용과 절열의 가식을 비판했다고 해석한 것은 바로 충의나 열과 같은 봉건 윤리에 대해 이가원 자신이 부정적 인식을 지니고 있었음을 보여주는 것이다.[51]

남녀차별에 대한 인식도 마찬가지다. 그는 미색이 남자나 여자나 똑같이 좋아하는 것이라고 한 광문의 말을 남권독재의 봉건성에 대한 일추(一椎)라고 평가했고, 과부의 수절을 규정한 이조 법전을 남권독재의 봉건성으로 해석했다. 이는 남녀차별의 봉건 윤리를 비판하고 부정한 것이다. 이 역시 충의나 열에 대한 비판과 동일한 인식이다.[52]

연암 소설이 계급의식을 타파하고 봉건 윤리를 부정했다는 평가는 이가원 이전에도 꽤 광범위하게 존재했다. 따라서 그 연원을 반드시

---

49) 이가원, 위의 책, 216면.
50) 이가원, 위의 책, 597면. "이 편의 第一의 主題는 당시 소위 「四民」의 階級的 打破로서 商·農意識의 鼓吹에 있었으며, 第二의 主題는 곧 당시 僞學者 의 唯一의 利器인 北伐策의 虛構性을 暴露하는 한편 그와 正反對的인 北學論을 主張함에 있었던 것이다. 이에 簡明하게 말한다면 前者는 곧 許生이 安城, 濟州道·無人空島 등을 地理的 背景으로 삼아 商·農을 營爲한 것이었고, 後者는 곧 許生이 李浣에게 列擧한 三大策의 提示였다." 「양반전」에서도 이와 유사한 해석을 내렸다(316~317면).
51) 이가원, 앞의 책, 148면, 743~748면.
52) 이가원, 앞의 책, 212면, 745면.

김태준과 관련시킬 수는 없지만 그의 영향을 부인할 수는 없다. 「허생전」
에 나오는 김태준과 이가원의 언급을 비교하면 이를 짐작할 수 있다.

　　夜話에는 一介寒儒가 때로 實果를 專賣하며 때로 海外에 貿易하야
大金을 뭉은 것이니 이는 磻溪隨錄과 星湖僿說같은 實學影響을 많이
받은 것이며 조선 農村의 救濟와 未來社會의 豫言이라고도 볼 수 있으
며 儒生도 商賈와 實業을 經營할 수 있다는 것은 燕巖獨特한 平等思想
의 發露이다. 大金을 헤쳐서 海賊을 준 것도 水滸傳의 百八英雄을 忠
義人으로 歸結한 것과 같은 筆法으로 盜賊이란 원래부터 種子가 있는
것이 아니요 衣食의 缺乏에 의한 것이며, 貧窮과 盜賊은 惡政의 産物
이라는 見解에서 出發한 것이다. 그만큼 夜話 속에 있는 許生의 行動
은 實社會의 指針이 된다.53)

　　이제 위에서 논급한 것을 綜合하여 본다면 邊山을 중심으로 한 一千
個의 好漢은 모두 당시 統治階級의 虐政에 대하여 달갑게 받으려고 하
지 않은 人民들 중에서도 代表的인 英雄들이었으니, 그야말로 그들은
곧 「水滸」의 聚義廳・忠義堂 위에 列坐한 百八個의 義士와 다름없는
存在인 만큼 「水滸」가 「忠義水滸傳」의 아름다운 이름을 얻었음에 비하
여 이 「許生」도 역시 「忠義許生」이란 이름을 얻어야 의당할 것이리라
생각된다.54)

허생이 도적에게 돈을 주고 무인도로 이끈 것에 대해 김태준은 그들
을 『수호전』처럼 영웅으로 충의인으로 표현한 것이라고 평가했다. 도
적은 먹을 것과 입을 것의 결핍에서 나오고, 악정의 산물이기 때문이
라는 것이다. 또한 허생의 행위를 실생활의 지침이라고 해서 그들을

53) 김태준, 앞의 책, 176면.
54) 이가원, 『연암소설연구』, 앞의 책, 658~659면.

도와야 한다는 뜻을 표현했다. 여기에는 사회주의 혁명에 대한 욕구와 이에 대한 참여를 독려하는 의식이 담겨 있다.

이가원의 해석도 이와 비슷하다. 그는 변산 도적의 행위를 통치계급에 대한 저항으로 보고, 그들을 인민들의 대표적인 영웅이요, 『수호전』의 108명 의사와 같은 존재로 평가했다. 또한 이들을 도운 허생의 행적 역시 충의로 해석했다. 김태준의 그것처럼 봉건 체제에 대한 도전을 긍정적으로 평가한 셈이다.

그러나 이가원이 김태준의 견해를 무조건 따른 것은 아니었다. 허생의 상행위에 대해서 김태준은 선비도 장사를 하고 직업을 가질 수 있다는 뜻이요, 이를 연암의 평등사상이라고 풀었다. 하지만 이가원은 허생이 변씨에게 장사꾼의 대접을 받으려고 하지 않았으니, 계급적인 면에서 완전히 탈피하지 못한 모순이라고 푸는 데서 그쳤다.[55]

또 김태준이 『반계수록』과 『성호사설』의 학문을 실학이라고 하며, 실과를 전매하며 때로 해외에 무역한 것을 이의 영향이라고 했지만, 이가원에게서는 이런 관점이 발견되지 않는다. 그는 실학을 북벌론에 대한 비판과 북학론의 전개라는 측면에서 조명하고, 오히려 능력 있는 양반의 소외와 훈척배의 횡포에 대한 비판에 초점을 맞추고 있다.

3.3.2. 당파 의식과 송시열 일파에 대한 비판

이가원은 연암의 비판 의식의 바탕에는 실학이 있는데, 실학은 당대 양반의 잘못된 학문을 교정하려는 욕구와 북벌론을 정치에 이용한 훈척배의 발호를 비판하려는 의식에서 만들어졌다고 생각한다. 그리고 연암이 비판한 구체적인 대상을 서인 혹은 노론, 특히 송시열 일파로 이해한다.

---

55) 이가원, 위의 책, 647면.

단적으로 말하여 당시의 僞學者란 과연 누구들을 일렀겠는가가 問題이다. 이는 곧 尤菴 宋時烈 一派를 일렀다는 說이 가장 사실에 가까운 듯싶다. 그리하여 作者 燕巖이 老黨이 先輩 중에서 崇拜하는 人物은 오로지 저 拙修齋 趙聖期의 한 사람뿐인 만큼 拙修齋의 學派와 對跖的인 尤菴의 一派와 思想的으로 葛藤임은 앞에서 이미 논급한 바 있거니와[56] …

「호질」을 분석한 내용 중 일부분이다. 송시열은 북벌론자였고 연암은 북학론자였으니, 호랑이가 비판한 위학자 북곽선생이 송시열 일파라는 것이다. 뿐만 아니라 연암이 긍정적으로 평가한 조성기와 송시열의 대척적 관계를 부각시킨 후, 이를 연암과 송시열의 갈등에 대한 증거로 삼았다. 이런 분석은 「허생전」에도 이어진다.

이가원은 허생의 불우함을 소개하면서 그 원인을 권력을 잡은 훈척배 때문이라고 생각했다. 그러면서 당시의 훈척배와 소외된 인물들을 열거했다. 이 때 훈척배들로 거론된 사람은 주로 서인이었다. 반면 대립된 인물들로 거론된 사람은 졸수재 조성기를 제외하면 주로 유형원과 안정복 등과 같은 남인이었다.

이는 이가원이 그 당시 집권세력이 서인이었고, 실학의 주도층이 남인이었다고 생각했기 때문이다. 실제로 그가 묵적동에 사는 허생을 몰락한 남인으로 판단하고, 허생의 비판이 송시열 일파를 향한 것이라고 단정한 것도 이런 판단 때문이다.[57] 이와 같은 인식은 일정한 연원이 있는 것으로 생각된다.

그러나 權丙勳(1864~1941)에 이르러서는 公公然하게 「北郭先生은 곧 宋時烈을 이른 거야!」하였고, 滄東 李昇圭는 역시 「이 北郭先生은

---

56) 이가원, 위의 책, 544면.
57) 이가원, 위의 책, 674~681면.

곧 당시 北伐策을 假裝한 尤菴 宋時烈을 은연 중 指摘한 것이야!」하였
고, 山康 卞榮晚은 「虎叱의 北郭先生은 尤菴을 「모델」로 한 거야!」하
였고, … 또 聖岩 金台俊은, 「그는 深博한 抱負를 가지고 베풀 곳이 없
어서 當世에 隆盛한 尤菴學派를 譏刺하며 衒學的인 腐儒老學을 譏弄
하며 繁文縟禮의 陋習을 攻擊하며, 當局者들의 無能을 痛罵하야 …」와
같이 辛辣하게 喝破하였다.58)

이가원이 근거로 든 것은 권병훈, 이승규, 변영만 등의 이야기와 김
태준의『조선소설사』구절이다. 권병훈은 안동 권씨로『육서심원(六書
尋源)』을 편찬한 인물이다. 나머지 인물은 명륜학원의 스승이다. 이런
관계는 북곽선생의 정체를 북벌주의자로 규정하고, 송시열을 모델로
생각하는 인식이 특정 학맥 혹은 인맥 사이에서 일반적으로 존재했었
음을 시사한다.59)

---

58) 이가원, 위의 책, 544~545면. 비슷한 내용이 429면에도 나온다.
59) 스승 변영만도 이가원에게 큰 영향을 준 인물이다. 그는『영릉지』를 읽고 송시열이
   글을 지을 줄 모른다고 비판한 적이 있다. 인물의 기술은 참된 면모를 담아야 하는
   것인데, 효종이 역대의 성제와 철왕의 덕을 다 지녔다고 했으니, 오히려 효종의 모습을
   알아볼 수 없게 만든 것이라고 평가했다(卞榮晚,「讀寧陵誌」,『山康齋文鈔』, 1957,
   21면좌~22면우).
   이가원은 연암이 비판한 위학자로 이가환과 김장생을 추가하기도 했다. "이제 연암
   이 이른바「易學大盜」는 만일 당시 老黨 중의 腐敗한 僞學者가 아니라면 혹시 새로운
   西學을 主唱하는 錦帶 李家煥 一派의 學者를 誹謗한 作品이 아닐까 한다", "만약
   北郭先生이 明確히 尤菴을 가리킨 것이라면 이「鳳山學者」와 竝置에 놓여 있는「僞
   學」의 學者는 곧 沙溪 金長生(1548~1632)을 가리킨 것이나 아닌가 생각된다. 이는
   沙溪가 일찍이 鳳山에 寓居하였기 때문이었다"(이가원, 위의 책, 426면. 430면)
   김장생은 송시열의 스승이다. 그에 대한 비판은 앞의 기조와 별반 다르지 않다. 그런
   데 이가환은 남인이다. 이가환은 이익의 종손이면서 천주세례인 이승훈의 외숙이기도
   하다. 시파로서 천문역학과 수학에 지식이 높았지만. 뒤에 벽파에 의해 천주교도로
   몰려 처형당했다. 이가원은 연암이 남인을 긍정적으로 보았다고 판단했지만, 이가환
   을 사학으로 몰아 배격한 것에 대해서는 연암 이 벽파였기 때문이라고 설명했다(이가
   원, 위의 책, 470면).

3.3.3. 사회주의 사상과의 관련성

이가원은 어린 시절부터 실학에 관심이 컸다. 그의 가계는 남인 계통의 문벌이었다. 생장 환경 역시 그 영향 하에 있었다. 이가원이 연암에 대해 관심을 가진 것도 어릴 때의 일이다. 이는 김태준을 만나기전의 일이었으므로 연암에 대한 관심이 김태준에 의한 것이라고 하기는 어렵다.[60] 그러나 연암소설에 대한 분석에 있어서 김태준의 영향은 적지 않았을 것으로 보인다.

김태준의『조선소설사』는 실증주의적 면모와 함께 사회주의적 시각을 함께 가지고 있다. 그는 1930년 북경 여행 때에 공산혁명의 열기가 뜨거운 중국의 모습을 경험했고, 스스로 고백하기를 공산혁명에 참여한 곽말약의 영향을 받았다고 했다. 그는 문학을 사회주의 운동 의 방편으로 여겼고, 불행히도 그로 인해 1948년에 처형당하고 말았다.

이가원은 명륜전문학원 시절에 김태준의 제자였다. 이가원은 그와관련된 협의 때문에 영주농고와 김천여중의 교사직에서 물러나야 했고, 한국동란 중에는 구류를 겪기도 했다. 성균관대학에서 파면당한것도 같은 이유였다. 하지만 마지막 선택에서 그는 다른 킬을 택했다. 김태준이 유림들을 사회주의 혁명에 가담시키라고 권했을 때 이가원은 그를 따르지 않았다. 그는 신생으로서 후배 양성의 킬을 택했다.[61]

계급타파와 봉건 윤리에 대한 비판은 사회주의적 혁명론과 중첩되는 부분이 많다. 근대성과 사회주의 사상의 목표가 동일한 것은 아니지만 봉건주의를 극복의 대상으로 삼기 때문이다. 이가원의 경우 이것을 구분하기는 쉽지 않다. 그에게 사회주의적 색채가 적지 않기 때문이다. 그러나 분명한 것은『연암소설연구』가 계급투쟁이나 공산혁명

---

60) 허경진, 앞의 글, 23~24면.
61) 허경진, 앞의 글, 25~28면.

을 지향하지 않았다는 것이다.

이를 추론하기 좋은 예가 「허생전」의 무인도 건국에 대한 서술이다. 이가원은 변산 군도의 행위에 대해서는 인민대중의 적인 제왕·귀족·훈벌·관료·지주·토호 등의 악랄무쌍한 학정에 대한 반기라고 규정했다. 그들을 임꺽정이나 정희량과 같은 영웅으로 평가하기도 했다.62) 언뜻 보면 사회주의 혁명을 암시하는 것처럼 보인다.

그러나 이가원은 이것을 단지 이상국을 건설하려는 욕망으로 취급한다. 그뿐 아니라 이상국에 대한 이들의 비전이 유가적인 것이요, 훈척배의 세도 학정에 벗어나서 낙토를 찾으려는 행위라고 규정한다.63) 이런 인식은 허균의 소설을 혁명소설이라고 표현한 것과 비교하면64) 오히려 낯설게 느껴진다.

이는 공산주의자인 최익한의 말과 비교하면 더 확연해진다. 최익한은 비록 위학자로 송시열을 지목하지 않았지만, 연암이 혁명적 의식을 가지고 있었음을 누누이 강조한다.

> 燕巖의 유토피아로서 表現되였던 無人島의 社會는 勿論 原始的 農民民主主義 思想으로서 構成되였으며 모든 政治와 文化를 否定하는 虛無主義의 外觀을 讀者에게 줄 수도 있을 것이다. 그러나 그 外觀의 內面에 있어서는 自己와 當時 人民들이 가장 憎惡하고 慣怒하던 封建的 搾取制度와 兩班社會의 不合理한 機構들을 뿌리채로 一掃하여 버리려는 革命的 情熱을 內包하고 있었으며 平等과 自由와 幸福한 生活로써 쌓아 올리려는 未來의 祖國을 建設하기 위한 一種의 마당쓸기의 工事를 展開한 것이였다. 그의 建設的이고 革命的인 意義은 依然히 남아 있는 것이다.65)

---

62) 이가원, 앞의 책, 653면, 657면.
63) 이가원, 앞의 책, 652면, 656면.
64) 이가원, 앞의 책, 107면, 111면.

최익한의 목소리는 격앙되어 있다. 그는 무인도의 건설을 원시적 농민 민주주의 사상이라고 평가했다. 그리고 그것을 봉건적 착취제도와 양반사회의 불합리한 기구를 일소하려는 혁명이라고 설명했다. 이가원은 이를 계급의식의 타파나 봉건적 가치를 부정한 것이라고 했으나 이를 계급투쟁과 같은 사회주의 혁명의식으로 확대시키지 않았다.

이것은 이가원의 학문적 성격을 잘 보여주는 부분이다. 그가 사회주의자의 영향을 받았으나 공산주의 혁명을 추구하지 않은 것은 아마도 그의 유가적 성장 배경, 사상 문제로 겪었던 젊은 시절의 고초, 실학적 학문관 등이 복합적으로 작용한 결과일 것이다. 그리고 이런 부분이 노신이나 김태준과 구별되는 특징이기도 하다.

4. 맺음말

이 논문은 『연암소설연구』가 선행 연구로부터 받은 영향과 이가원 자신의 성취를 검토한 것이다. 이가원의 소설 개념은 노신의 『중국소설사략』과 김태준의 『조선소설사』로부터 큰 영향을 받았다. 노신은 중국의 전통적 관점을 중시했고, 김태준은 민족주의적 시각을 지녔다. 노신은 허구성을 강조했고, 김태준은 사실성을 주목했다. 또한 두 사람은 소설의 유형을 분류했다. 이가원은 두 사람의 견해를 통합적으로 수용했다.

이 저서는 연암 소설 10편을 분석했다. 이것은 두 가지 성과로 평가할 수 있다. 하나는 연암 작품이 장르를 확정한 것이고 다른 하나는 연암 소설의 범위를 선정한 것이다. 전지는 수필론에 대응한 것이고

---

65) 崔益翰, 「朴燕巖의 實學思想」, 『실학파와 정다산』, 1955(『한국한문학연구』 11, 한국한문학회, 256면)에서 재인용.

후자는 이에 대한 구체적 확인 작업이었다. 이는 김태준의 영향도 있었지만 전기문학에 대한 그의 분명한 관점에 힘입은 것이다.

이 저서는 역사 전기적 방법을 취했다. 그 때문에 박지원 개인에 대한 정보, 연암의 실학사상과 문학관, 당시 사회적 환경과 문단의 경향뿐 아니라 작품 해설에 있어서도 방대한 자료를 인용했다. 이런 성과는 대부분 이가원 자신의 성취다. 이린 시절의 서당 교육과 20세 이후의 신식교육, 일찍부터 눈을 뜬 실학자에 대한 관심, 국립중앙도서관에서 섭렵한 방대한 자료들이 이의 기반이 되었다.

이 저서는 민족주의적 시각을 보여준다. 연암 소설에는 우리나라 관직명이나 속담, 수수께끼, 은어, 설화 등이 언급된 부분이 많은데, 이가원은 이것들을 지목하여 민족문학적 의식의 선양이라고 평가하고 이의 외연을 탐색했다. 민족주의적 시각은 당시 지식인의 일반적인 시각이었지만, 이에 관한 서술은 홍기문의 그것과 유사한 점이 많다.

이 저서는 계급타파와 봉건적 가치의 부정을 연암 사상의 근대성으로 평가했다. 양반계층에 대한 비판과 비양반계층에 대한 애정, 충과 열, 남녀차별에 대한 비판들이 각각의 증거로 평가되었다. 이는 김태준의 관심과 유사하다. 이 저서는 연암의 실학이 구체적으로 노론, 특히 송시열 일파를 비판한 것으로 이해했다. 이는 김태준과 영남 인사들의 영향이다.

계급타파와 봉건적 가치에 대한 비판은 사회주의적 관점을 반영한다. 이 역시 노신과 김태준의 영향으로 생각된다. 그러나 이 저서에는 공산주의 혁명을 추종하는 내용은 나타나지 않는다. 이는 이 저서의 영향 관계를 돌아볼 때 오히려 의외의 시각이다. 이는 아마도 그의 학문이 유교적인 것에 뿌리를 두었고, 그 자신이 반공의 억압을 경험했던 것과 무관하지 않을 것이다.

이 논문에는 빠진 것들이 적지 않다. 연암 사상의 실학 개념에 대한 논의도 필요하고, 문학관이나 풍자성에 대한 부분도 다루어야 했지만 동시에 다 다룰 수가 없었다. 문체반정과 정치적인 역학 관계 등도 빠뜨려서는 안 되는 문제였지만 다루지 못했다. 이런 문제는 여러 자료를 충분히 검토한 후에 다시 논할 수 있을 것이다.

본고는 이가원의 체험과 공부가 이 저서에 어떤 영향을 미쳤는가를 논의했을 뿐 『연암소설연구』의 논리와 해석의 타당성이나 문제점에 대하여서 언급하지 않았다. 마찬가지로 『연암소선연구』의 성과가 당대의 어떤 논리와 대립되었고, 후대에 얼마나 적극적으로 수용되었는지, 또 어떻게 극복되었는지에 대해서도 자세하게 논의하지 못했다.

이 저서의 여러 항목을 분석했지만 여기서 논의된 항목들이 그 특징과 배경을 모두 드러낸 것은 아니다. 이 외에도 크고 작은 부분에서 논의할 내용이 적지 않을 것이다. 선배들의 성과 중에서도 언급하지 못한 것도 적지 않을 것이고, 간접적인 영향까지 더한다면 빠뜨린 것이 많을 것이다. 논의가 더 세밀하지 못한 것도 보충해야 할 문제다. 모두 후고를 기약한다.

연민선생의 퇴계시 연구에 대하여

조기영 / 연세대

1. 서론

해동고정(海東考亭)이라고 칭송되는 조선조 퇴계 이황(1501~1570)은 하나의 시인이라기보다 철학가였기[1] 때문에 성리학의 업적에 비하여 문학적 업적을 다소 소홀하게 다루어 온 것이 사실이지만, 그의 문학 또한 성리학을 바탕으로 하여 순정(純正)하고 고묘(高妙)한 경지에 이르렀음은 부인할 수 없다. 퇴계는 평생 2천여 수의 시작품을 남겼는데, 이는 그의 문학적 표현이 학문 범주의 한 부분이 되었으며 전문 문인 못지않게 활발한 창작활동을 했음을 의미하는 것이다.

연민은 조선조 성리학자에게 있어서 시라는 것이 하나의 소기(小技)에 지나지 않았지만 실제에 있어서는 작가의 인품과 학문과 기상이 모두 여기에 나타나기 때문에 결코 소홀히 할 수 없으며, 또 시로써 일가를 구축하였다면 그의 천부적인 소질과 사회 환경과 학문적인 조예에 따라 독특한 사상 감정과 독특한 형태의 작품이 생산되는 것이므로 퇴계시 또한 그렇다고 보았다.[2]

연민은 퇴계의 시작품을 대체로 조선시와 한시로 나눌 수 있다고 한

---

1) 이가원, 「퇴계시의 특징」, 『퇴계학보』 43집, 1984. 8면.
2) 앞의 책, 15면.

뒤, 퇴계의 순수한 조선시에는 한글 전용, 국한 혼용으로 된 시가가 있어 「도산십이곡」·「권선지로가」 등 10여 편이 있다고 하였다.3) 여기서 연민은 조선시의 범주를 한글 전용이나 국한 혼용으로 된 시가에 국한시키지 않았다. 이는 다산 정약용이 한문으로 표기한 시 또한 조선 사람의 민족적 정서, 사회적 환경, 시대적 사조 등의 특성을 지녔기 때문에 조선시의 범주 안에 포함시켜야 한다고 말한 것4)에 근거한 것이다.

연민의 학술연구는 대체로 퇴계를 통하여 도덕적 자주적 학문자세, 교산을 통하여 합리적이고 비판적인 현실관, 연암을 통하여 실증적이고 실학적인 문학사상을 체득하였다.5) 이에 퇴계의 문학 연구에 있어서도 도덕적이고 자주적인 면을 주목하고 강조하는 양상을 보였다.

그 가운데 「퇴계선생의 문학」에서는 퇴계의 문학을 한국적인 순수한 문학과 한문학으로 나누어 단가(短歌)·가사(歌辭)·한시를 중심으로 논의하면서 퇴계의 문학사상 내지 견해에 대해 멀리 공자에 연원하여 온유돈후(溫柔敦厚)한 유가의 시교(詩敎)를 굳게 지키면서 수사입성(修辭立誠)의 작품을 생산하였으며, 도잠·두보·구양수·소식 등의 장점을 참용했으나 그 실질은 송대 성리학자의 문이재도(文以載道)적 견해에 위배됨이 없이 훌륭하게 독자성을 지닌 일가를 이루었다고 보았다.6) 그리고 퇴계는 하나의 창작가에 그친 것이 아니라 문학에 대한 풍부한 이론과 명료한 조감의 안목을 갖춘 비평가라고 할 수 있으며, 우리 시가문학에 대한 지대한 관심은 민족주체사상에 근거한 우리 문화의 자부심을 표현한 것으로써 민족자주적인 의식에 있어서 이미 퇴

---

3) 앞의 책, 8면.
4) 『여유당전서』 권6, 「老人一快事六首效香山體·其五」. "我是朝鮮人 甘作朝鮮詩."
5) 졸고, 「연민의 '퇴계학' 연구에 대하여」, 『연민 이가원 선생의 생애와 학문』, 열상고 전연구회 편, 보고사, 2005. 410면.
6) 이가원, 「퇴계선생의 문학」, 『한국문학연구소고』, 연세대학교출판부, 1980. 101~ 102면.

계로부터 선한(先韓)·후한(後漢)의 개념의 싹을 틔워 놓았다고 평가하
였다.7)

「퇴계선생의 문학」에서 논의한 내용을 요약하면 온유돈후(溫柔敦厚)
한 시교(詩敎) 고수, 수사입성(修辭立誠)의 작품 생산, 도잠·두보·구
양수·소식 등의 장점 참용, 문이재도(文以載道)적 견해, 선한(先韓)·
후한(後漢)의 개념 맹아(萌芽) 등이 된다. 물론 온유돈후(溫柔敦厚), 수
사입성(修辭立誠), 도두구소(陶杜歐蘇), 문이재도(文以載道), 선한후한
(先韓後漢) 등은 퇴계의 문학 뿐 아니라 퇴계시 전반에 걸쳐서 내포되
어 있는 사상 및 연원이 되는 내용이기도 하다. 「퇴계시의 특징」이라
는 논문 내용을 보면, 퇴계는 유가 시교의 중요 방법인 온유돈후(溫柔
敦厚)를 근본 바탕으로 삼아 도연명과 두보는 물론이고 백거이·구양
수·소식 등 여러 시인들의 장점을 섭취했고, 만년에는 더욱 주희의 시
를 좋아하여 처음에는 몹시 청려(淸麗)했으나 뒤에는 점차 화미(華靡)
함을 버리고 전실(典實)·장중(莊重)·간담(簡淡)으로 돌아갔다고8) 하
여 어느 정도 이것을 확인할 수 있다.

여기서 연민의 퇴계시 연구와 관련된 논문들의 내용을 살펴보도록
한다.9) 이미 「퇴계선생의 문학」에서는 한국적인 순수 시가문학의 시
조와 가사, 한시로 나눈 뒤, 퇴계의 한시는 도잠·두보·구양수·소식
을 숭상하였으나 온유돈후(溫柔敦厚)의 유가적 시교를 굳게 지켰다고
하였다.

---

7) 앞의 책, 102면.
8) 「퇴계시의 특징」, 14면.
9) 연민의 퇴계시에 대한 연구는 대략 다음과 같다. 「퇴계시의 특징」, 제7차 퇴계학
   국제학술대회, 1984. ;『퇴계학보』제43집 ;「도산잡영과 산수지락」, 제8차 퇴계학
   국제학술대회, 1985. ;『퇴계학보』제46집. ;「퇴계선생의 「화도집음주이십수」 초탐」,
   단국대 퇴계기념 중앙도서관낙성기념 국제학술대회의, 1986. ;『퇴계학의 현대적 조
   명』, 1987. ;『퇴계시역주』, 정음사, 1987.

다음으로 「퇴계시의 특징」에서는 퇴계시가 온유돈후(溫柔敦厚)에 근거하며, 도문일치(道文一致)·훈도덕성(薰陶德性)·우국연민(憂國隣民)·부전도두(不專陶杜)라는 시의식을 지녔음을 밝혔다. 그리고 퇴계의 시는 훈도덕성(薰陶德性)과 우국연민(憂國憐民)의 두 가지로 나눌 수 있는데, 특히 도덕적인 성품의 양성을 중시하는 훈도덕성(薰陶德性)의 작품이 태반에 이른다고 추정하였다.[10]

「도산잡영과 산수지락」에서는 백거이의 분류법에 의거하여 풍유(諷諭)와 한적(閒適)으로 나눈 뒤, 풍유시는 겸제(兼濟), 곧 『맹자』의 천하를 겸선(兼善)한다는[11] 뜻으로써 위정자를 상대로 풍자(諷刺)한 것이고, 한적시는 또한 『맹자』의 자신을 독선(獨善)한다는 뜻으로써 산림에서 시를 읊어 성정을 도야하고 심신을 조양(調養)하여 작은 허물이라도 지니지 않으려고 했던 음영(吟詠)이라고 보았다.[12]

「퇴계선생의 '화도집음주이십수' 초탐」에서는 퇴계의 시가 『시경』의 온유돈후(溫柔敦厚)를 종지로 삼아 도잠의 상시우도(傷時憂道)와 두보의 애국연민(愛國憐民)의 사상을 동조하는 한편 위응물·백거이·구양수·소식·주희 등 여러 시인의 장점을 골고루 섭취했으나, 그 성정은 도잠에 가깝고 학문은 주희에 가깝다고 하였다.[13]

그리하여 연민의 퇴계시 연구의 요점 및 견해를 정리하면 이미 위에서 밝힌 온유돈후(溫柔敦厚), 문이재도(文以載道), 산수지락(山水之樂), 수사입성(修辭立誠), 도두구소(陶杜歐蘇), 선한후한(先韓後漢) 등으로 요약됨을 확인할 수 있다. 이 가운데 선한후한(先韓後漢)의 개념은 퇴

10) 「퇴계시의 특징」, 7~17면.
11) 『맹자』, 「盡心上」, "古之人 得志 澤加於民 不得志 脩身見於世 窮則獨善其身 達則兼善天下."
12) 「도산잡영과 산수지락」, 7면.
13) 「퇴계선생의 '화도집음주이십수' 초탐」, 37면.

계가 우리 시가문학에 대한 지대한 관심에서 출발하여 우리 문화의 자
부심을 표현한 민족자주적인 문학의식이기 때문에 본고에서 다루고자
하는 연민의 퇴계 한시 연구라는 범위에서 다소 벗어나는 내용이기에
제외하고 나머지 다섯 가지 내용을 중심으로 연민의 퇴계시 연구 양상
에 대해 살펴보도록 한다.

2. 온유돈후(溫柔敦厚)

　연민은 퇴계가 일찍부터 유가의 전통적인 시교(詩敎)를 이어받아『논
어』에 나오는 사무사(思無邪)[14]와 『예기』에 나오는 온유돈후(溫柔敦
厚)[15]를 시인의 종지로 삼았다고[16] 하였다. 연민은 이보다 앞서『시경』
의 온유돈후(溫柔敦厚)에 대하여 논의하면서『시경』의 작품이 주로 다
사롭고 보드랍고 야박하지 않고 함축성 있고 온자하기 짝이 없었다고
평하여[17] 온유돈후(溫柔敦厚)의 구체적인 의미를 풀이한 적이 있다.
　그리고 연민은 「퇴계시의 특징」에서 다시 온유(溫柔)는 온윤(溫潤)·
화유(和柔)를 이르고, 돈후(敦厚)는 독실(篤實)함을 이른다고 하여 당대
공영달(孔穎達)의 소(疏)를 참고하여 온유(溫柔)를 해석하였다.[18] 공영
달은 온유(溫柔)의 의미에 대하여 온(溫)은 얼굴빛이 온윤(溫潤)함을 이
르고, 유(柔)는 정성(情性)이 화유(和柔)함을 이른다고 하였다. 옥처럼
온화하고 부드러운 얼굴빛과 너그럽고 부드러운 성정을 유지하는 인

---

14)『논어』,「爲政」“詩一言以蔽之曰 思無邪.”
15)『예기』,「經解」“溫柔敦厚 詩敎也.”
16)「퇴계시의 특징」, 8면.
17) 이가원,「시경과 우리 문학」,『한문학연구』, 탐구당, 1969. 159면.
18)『흠정예기의소』권63,「經解」,“溫謂顏色溫潤 柔謂情性和柔 詩依違諷諫 不指切
　　事情.”

간다움의 회복이 시의 가르침이 된다는 공영달의 해석을 퇴계가 수용한 것이다.

> 우리 동방의 노래는 대부분 음란하여 족히 말할 것이 못된다. 「한림별곡」과 같은 유형은 글하는 사람의 입에서 나왔으나 교만하고 방탕한데다 아울러 점잖지 못하고 까불기까지 하여 더욱 군자가 마땅히 숭상해야 할 바가 아니다. 오직 근세에 이별의 「육가(六歌)」가 세상에 성대하게 전하니 오히려 저것이 이것보다 좋다고는 여기지만, 또한 안타깝게도 세상을 희롱하고 공손하지 못한 뜻이 있고, 온유돈후(溫柔敦厚)한 내용도 적었다.[19]

당대 한유는 온윤(溫潤)하고 심순(深淳)함을 얻은 문장을 관도지기(貫道之器)로 여겼는데[20] 이는 온유돈후(溫柔敦厚)가 도학적인 시는 물론 문학적인 표준이 되기에 충분하다고 여겼기 때문이다. 연민은 나아가 유가에서는 온유(溫柔)적인 음률로서 인류사회를 평화적인 방향으로 이끌어 나가려 하며, 또 돈후(敦厚)는 애처롭고 야박한 민간의 풍속을 순박(醇樸)·독실(篤實)한 방향으로 선도하는 입성(立誠)적인 사실풍(寫實風)을 일으키게 한다고 보았다.

다음의 시는 퇴계의 「붉은 복사꽃 아래서 김계진에 부치다(紅桃花下寄金季珍)·2」인데 연민은 이 작품에 대해 지극하게 칭찬을 하였는데, 곧 방형(芳馨)·비측(菲惻)한 가락으로서 미세불무(靡細不撫)의 정성이 깃들었다고 평하였다.

19) 『퇴계선생문집』 권43, 발, 「도산십이곡발」. "吾東方歌曲 大抵多淫哇不足言 如翰林別曲之類 出於文人之口 而矜豪放蕩 兼以褻慢戲狎 尤非君子所宜尙 惟近世有李鼈六歌者 世所盛傳 猶爲彼善於此 亦惜乎其有玩世不恭之意 而少溫柔敦厚之實也."
20) 『기찬연해』 권75, 저술부, 評文下. "韓愈得其溫潤深淳 以爲貫道之器."

늦은 비 보슬보슬 새소리도 슬프외다.	晚雨廉纖鳥韻悲
수많은 꽃봉오리 말없이 지는 고야.	千花無語浪辭枝
어느 임이 한 피리로 봄시름을 불어왔나	何人一笛吹春怨
꽃다운 풀 하늘가에 한없는 그 생각을.21)	芳草天涯無限思

연민은 결국『시경』을 비분(悲憤)·격렬(激烈)한 변조(變調)인 쇠세지음(衰世之音)을 숭상하지 않고 비분함이 아닌 완곡한 풍유로, 격렬함이 아닌 측달(惻怛)로써 거센 민심을 변화시켜 온윤(溫潤)·화유(和柔)·독실(篤實)의 경지로 선도하는 데 오묘한 진리를 지닌 문학적 전범이 된다고 본 것이다.22) 이는『시경』의 사회적인 효용성, 인간의 정서를 순화시키고 그 개별적인 순화의 집체는 이상적 사회의 건설이라는 정치적 과제의 실현으로 귀결한다는 「시경과 우리 문학」의 방향성23) 및 연민의『시경』의식과 크게 다르지 않다고 할 수 있다.

연민은 퇴계의 시에 대하여 훈도덕성(薰陶德性)과 우국연민(憂國憐民)의 두 가지 내용으로 나눌 수 있다고 하였는데, 이는 퇴계의 삶 속에 들어있는 즐거움과 근심이기도 하지만, 우국연민(憂國憐民)은 지나친 비분강개(悲憤慷慨)라기보다는 은인측달(隱忍惻怛)에 해당하는 것이라고 하여24) 온유돈후(溫柔敦厚)에서 벗어나지 않았음을 말하였다. 이는 낙이불음(樂而不淫)·애이불상(哀而不傷)이라는25)『시경』의 정서적 기조와도 연관되는 것이다.

그리고 연민은 퇴계의 시 「꿈을 적다(記夢)」 가운데 끝의 두 구를 인

---

21) 『퇴계시 역주』, 195면.
22) 「퇴계시의 특징」, 7면.
23) 윤덕진, 「연민 시가 시학을 고찰함」, 『연민 이가원 선생의 생애와 학문』, 열상고전연구회 편, 보고사, 2005. 153면.
24) 「퇴계시의 특징」, 10면.
25) 『논어』, 「八佾」. "子曰 關雎 樂而不淫 哀而不傷."

용하여 우국(憂國)의 측달(惻怛)한 심경과 풍년을 기원하는 온유돈후
(溫柔敦厚)의 시교를 대표하는 것이라고 보았다.26)

자나 깨나 구중궁궐 그 얼마나 깊돗던고	寤寐天門幾許深
별안간 떨어지니 놀란 가슴 퍼덕이네.	薳薳下墮只驚心
나라 걱정뿐이오니 그밖에 무엇 있나	箇中憂國無餘事
풍년 들어 그 혜택 널리 미침 원합니다.27)	長願年豐普得霖

3. 문이재도(文以載道)

문이재도(文以載道)라는 말을 가장 처음 언급한 사람은 송대 주돈이
(周敦頤)이다.28) 그는 엄정한 시문의식에 입각하여 재도(載道)적인 문
학관을 제시한 장본인이다. 연민은 퇴계가 시의 실질에 있어서 이러한
송대 성리학자들의 문이재도(文以載道)적인 견해에 위배됨이 없이 훌
륭하게 독자성을 지닌 일가를 이루었다고 평가하였다.

"글은 의사를 전달할 뿐이다. 그러나 학자들은 문장을 해득하지 않을
수 없다. 만약 문장을 해득하지 못한다면 비록 문자를 섞었다고 할지라
도 말과 글에 의하여 의사를 전달할 수 없을 것이다."29)

윗글에서 퇴계가 학자로서 문장을 해득하지 못해서는 안 된다고 말
한 것에 대하여 연민은 퇴계가 인문입도(因文入道)30)의 입장에 있었던

---

26) 「퇴계시의 특징」, 13면.
27) 『퇴계시 역주』, 280면.
28) 『통서』, 「文辭」, "文所以載道也."
29) 『퇴계전서』권4, 언행록, 권5, 유편, 「雜記」, "先生嘗曰 辭達意而已 然學者不可不
解文章 若不解文章 雖粗文字 未能達意於言辭."

것이 아니라 문이명도(文以明道)의 입장에서 소견을 표명한 것이라고 하였다.[31] 인문입도(因文入道)는 도본문말(道本文末)에 입각한 문학관 이며, 문이명도(文以明道)는 문이재도(文以載道)와 서로 통하는 말이 다. 문이명도(文以明道)는 『문심조룡』에서 이른바 성인에 의하여 문장 이 이루어지고 성인은 문장에 말미암아 도를 밝힌다는 내용에[32] 근거 하는 것으로 퇴계의 문학관이 인간의 원류적인 문학의식에 따르는 표 현 정서에서 시작하고 있음을 지적한 것이다.

따라서 연민은 퇴계의 도(道)에 대한 해석에 있어서도 형이상학적인 도학(道學)이나 도덕의 개념에 국한되는 것이 아니라 보다 광의적인 의 미로서 천지자연의 도와 생민교화(生民敎化)의 도까지 포함하는 것이 라고 보았다. 이것 또한 『문심조룡』에서 이른바 천지자연의 빛을 표현 하고 모든 백성의 귀와 눈을 깨우쳐준다는[33] 원류적인 문학의식에 근 거한 표현 및 효용론에 해당하는 것이다. 연민은 나아가 공자에 이르 러 성인의 경지를 이어 홀로 빼어났으며 육경(六經)을 해득하여 개진함 에 반드시 금옥처럼 소중하게 소리로 내고 글로 펼쳐서 사람들의 정성 (情性)을 갈고 다듬으며 주고받는 언어표현을 조직하게 하였다는[34] 전 통적인 문학관을 계승함과 아울러 의식을 갖지 못한 자연경물조차도 무성한 채색을 갖추는데 하물며 마음을 가진 사람이 문식이 없을 수

---

30) 명 임준, 『견소집』 권2, 서, 「送丁玉夫序」. "韓昌黎歐陽六一 因文入道 至而未至者 也."; 金富倫(1531~1598)의 『설월당선생문집』 권4, 雜著, 「退溪先生言行箚錄」에서 는 "先生曰 學者 欲知入道之門 却於朱子大全中求之 則易得用力之地矣."라고 하여 퇴계가 入道之門을 『주자대전』에서 구해야 한다고 하였다는 기록이 보인다.

31) 「퇴계시의 특징」, 9면.

32) 『문심조룡』 권1, 「原道第一」. "知道沿聖以垂文 聖因文而明道 旁通而無涯 日用而 不匱 易曰 鼓天下之動 存乎辭 辭之所以能鼓天下者 迺道之文也."

33) 앞의 책. "寫天地之輝光 曉生民之耳目矣."

34) 앞의 책. "至夫子繼聖獨秀 前哲鎔鈞六經 必金聲而玉振 雕琢情性 組織辭令 木鐸啓 而千里應 席珍流而萬世響."

없다는[35] 인간의 원초적인 표현 본능을 표명한 것이라고 보았다.

연민은 16세기 초에 조광조의 도학파와 남곤의 사화파(詞華派)가 대립하여 도학파가 패배했는데, 퇴계는 특히 문학에 있어서 도문일치(道文一致)의 이념을 지녀 도학파의 좌절을 슬퍼하면서도 끝까지 온유돈후(溫柔敦厚)의 바른 법도를 지켰다고 하였다.[36] 도문일치(道文一致)의 이념이란 학자로서 도를 추구하되 문장을 해득하지 못해서는 안 된다는 문학의식을 의미하는 말이다. 이는 인문입도(因文入道)의 도본문말(道本文末)이 아니라 종도출문(從道出文)[37]의 도문일치(道文一致)에 해당하는 개념이다.

그리고 연민은 퇴계가 조광조의 죽음에 이르러서도 후회하지 않는 과격함보다는 급류에 휩쓸리지 않고 용퇴(勇退)하는 길을 택하여 "근심스러운 가운데 즐거움이 있고, 즐거운 가운데 근심이 있다"[38]는 삶을 지향하였다고 보았는데, 여기서 근심은 우도(憂道)와 우국(憂國)에 해당하며 즐거움은 만권의 도서를 통해 지극한 즐거움을 추구하는 삶과 임원(林園)·산수의 즐거움이라고 규정하였다.[39] 이는 퇴계가 근심과 즐거움이 서로 감발하고 융통하는 정서를 모두 시로써 표현하였다는 내용과 서로 통하는 것이라고 하였다.[40]

연민은 퇴계의 시를 훈도덕성(薰陶德性)과 우국연민(憂國憐民)으로

---

35) 앞의 책. "形立則章成矣 聲發則文生矣 夫以無識之物 鬱然有彩 有心之器 其無文歟."
36) 「퇴계시의 특징」, 8~9면.
37) 『주자어류』 권139, 「論文上」. "陳曰 文者 貫道之器 且如六經是文其中所說 皆是這道理 如何有病 曰不然 這文 皆是從道中流出 豈有文反能貫道之理 文是文 道是道 文只如喫飯時下飯耳 若以文貫道 却是把本爲末 以末爲本 可乎."
38) 『퇴계선생연보』 권3, 부록, 「墓碣銘」. "憂中有樂 樂中有憂."; 『高峯集』 권3, 碑銘, 「退溪先生墓碣銘」.
39) 「퇴계시의 특징」, 9면.
40) 『퇴계선생문집』 권43, 발, 「도산십이곡발」. "凡有感於情性者 每發於詩."

나눌 수 있으며, 특히 도덕적인 성정을 양성하게 하는 훈도덕성(薰陶德
性)의 작품이 태반에 이른다고 말하였다.[41] 도덕적인 성품을 닦아 기
르는 방편으로 시를 인식한 것이나, 시대적 정치상황을 근심하고 백성
들의 삶의 처지를 연민한 것이나 모두 퇴계의 삶 속에 들어있는 즐거
움과 근심의 주류이기 때문에 그의 재도(載道)적인 문학의식에 연유하
는 것이 아닐 수 없다. 특히 훈도덕성(薰陶德性)을 나타낸 작품에서는
재도(載道)적인 입장에 입각한 도문일치(道文一致)의 표현 양상이 뚜렷
하게 나타난다고 말한 뒤, 퇴계가 18세에 지은 「들판 연못(野池)」[42]과
61세에 지은 「냇가를 걸어서 산을 넘어 서당에 이르다(步自溪上踰山至
書堂)」를 인용하였다.

이슬 맺힌 고운 풀이 물가에 둘러 있고   露草夭夭繞水涯[43]
작은 연못 맑고 싱싱해 티끌조차 없어라.   小塘淸活淨無沙[44]
구름 날고 새 지나감이 원래 상관 있었나   雲飛鳥過元相管
다만 때때로 제비가 물결 찰까 두려워라.   只怕時時燕蹴波[45]

바위 벼랑에 꽃이 피었는데 봄날이 적적하고   花發巖崖春寂寂
시냇가 숲에 새가 울고 물소리는 졸졸거려라.   鳥鳴澗樹水潺潺
우연하게 산 뒤로 가서는 제자들을 이끌었고   偶從山後攜童冠
한가하게 산 앞에 이르러선 고반을 물었노라.   閒到山前問[46]考槃

---

41) 「퇴계시의 특징」, 11면.
42) 『퇴계선생연보』 권1, 연보, 十三年戊寅, 先生十八歲. '遊春詠野塘一絶'로 되어 있다.
43) 『퇴계선생문집』, 『외집』 권1, 詩, 「野池」. '露草夭夭繞碧坡'로 되어 있다.
44) 『성호사설』 권10하, 시문편, 논시문. '方塘活水淨無沙'로 되어 있다.
45) 『퇴계선생문집』, 『외집』 권1, 시, 「野池」. '只恐時時燕蹴波'로 되어 있다.
46) 『퇴계선생문집』 권3, 서, 「答李宏仲」.; 『퇴계선생년보』 권2, 연보. 四十年辛酉, 先
生六十一歲.; 「언행록」 3, 유편, 「樂山水」.; 『해동잡록』 5에는 모두 '閒到山前看考槃'
으로 되어 있다.

　연민은 「들판 연못(野池)」에서 천리가 유행할 때 인욕이 틈탈 것을
비상하게 경계하여 그 본연의 자세를 굳게 지켰다고 했는데, 이는 김
부윤(金富倫)의 견해[47]를 참고하여 밝힌 것이다. 퇴계의 제자인 김성
일은 이 작품이 주자의 「관서유감(觀書有感)」[48]에 담긴 뜻과 같다고
하였다.[49] 그리고 연민은 성리학자들의 시작품이 흔히 심오한 철리(哲
理)를 포함하고 표현이 너무나 질박한 데 기울었으나, 이와 달리 퇴계
의 이 작품은 탄백(坦白)·평이(平易)하여 오래도록 사람들의 기억 속
에 남았다고 평하였다.[50] 또 「들판 연못(野池)」이 청년기에 스스로 삼
가고 조심하는 심정을 간절하게 표현한 것이라면, 「냇가를 걸어서 산
을 넘어 서당에 이르다(步自溪上踰山至書堂)」는 학덕이 높고 깊은 노숙
한 스승의 풍영(諷詠)의 즐거움을 엿볼 수 있는 작품이며,[51] 두 작품
모두 이학(理學)의 순정(純正)하고 고묘(高妙)한 경지를 잘 형용하였다
고[52] 보았다.

4. 산수지락(山水之樂)

　연민은 「도산잡영과 산수지락」에서 백거이의 분류법에 의거하여 퇴
계시를 풍유(諷諭)와 한적(閒適)으로 나눈 다음, 한적(閒適)의 시작품
가운데 「도산잡영」 48편을 들어서 「도산잡영」의 핵심이 산림지락(山林

---

47) 『설월당선생문집』 권4, 잡저, 「退溪先生言行箚錄」, "謂天理流行 而恐人欲間之."
48) 『회암집』 권2, 시, 「觀書有感二首」, "半畝方塘一鑑開 天光雲影共徘徊 問渠那得淸
　　如許 爲有源頭活水來." "昨夜江邊春水生 蒙衝巨艦一毛輕 向來枉費推移力 此日中
　　流自在行."
49) 『언행록』 1, 유편, 「學問」.
50) 「퇴계시의 특징」, 10~11면.
51) 「퇴계시의 특징」, 11면.
52) 「퇴계선생의 문학」, 『한국문학연구소고』, 106면.

之樂)에 있으며, 산림지락(山林之樂)은 산수지락(山水之樂)으로 귀결되
며, 산수지락(山水之樂)은 다시 공자와 맹자의 인지지락(仁智之樂),53)
나아가서는 주자에게 그 연원을 두었다고 보았다.54) 퇴계시의 주류를
이루는 한적(閒適)의 시작품의 주요 내용이 산수지락(山水之樂)이라는
유가의 전통적인 정신 및 사유가 들어있음을 밝힌 것이다.

연민은 퇴계 스스로 근심스러운 가운데 즐거움이 있고, 즐거운 가운
데 근심이 있는55) 삶을 지향하였다고 밝히면서 근심은 우도(憂道)와
우국(憂國)이며, 즐거움은 만권의 도서를 통해 지극한 즐거움을 추구
하는 삶과 임원(林園)·산수의 즐거움이라고 하였다.56) 또 이는 근심
이든 즐거움이든 서로 감발하고 융통하는 정서를 모두 시로써 표현하
였다는 의미를 지니는 것으로 파악하였다.57) 이에「냇가를 걸어서 산
을 넘어 서당에 이르다(步自溪上踰山至書堂)」에서 '휴동관(攜童冠)'은
공자의 기수(沂水) 풍영의 즐거움58)을 계승한 낙사(樂事)이고, '고반(考
槃)'59)은 도산서당의 터를 발견하여 새롭게 수축하고 인재를 육영하고
자 하는 기쁨을 표현한 것이라고 보았다.60)

따라서 퇴계가 지향했던 즐거움을 정리하면, 만권생애(萬卷生涯)와
같은 낙천지명(樂天知命)과 요산요수(樂山樂水)에 연원하는 산수지락
(山水之樂)이라고 할 수 있다. 만권생애(萬卷生涯)와 같은 낙천지명(樂

53)『논어』,「雍也」."子曰 知者樂水 仁者樂山 知者動 仁者靜 知者樂 仁者壽."
54)「도산잡영과 산수지락」, 6~18면.
55)『퇴계선생년보』권3, 부록,「墓碣銘」."憂中有樂 樂中有憂.";『高峯集』권3, 碑銘,
　　「退溪先生墓碣銘」.
56)「퇴계시의 특징」, 9면.
57)『퇴계선생문집』권43, 발,「도산십이곡발」."凡有感於情性者 每發於詩."
58)『논어』,「先進」."曰 莫春者 春服旣成 冠者五六人 童子六七人 浴乎沂 風乎舞雩
　　詠而歸 夫子喟然歎曰 吾與點也."
59)『시경』,「衛風·考槃」."考槃在澗 碩人之寬 獨寐寤言 永矢弗諼."
60)「퇴계시의 특징」, 11면.

天知命)은 다시 낙도(樂道)적 즐거움과 명도(明道)적 즐거움으로 나눌
수 있다. 산수의 즐거움이 공자·맹자에 연원하는 것이라면, 낙천(樂
天)의 즐거움은 안회(顏回)가 누추한 골목에서 살고61) 원헌(原憲)이 깨
진 옹기로 창문을 낸62) 안빈낙도(安貧樂道)63)에 연유하는 것이다. 당
대 백거이도 이러한 즐거움을 흠모하여 자신의 아호를 낙천이라고 정
한 것이리라.

천지자연의 도와 생민교화(生民敎化)의 도를 포함시킨 재도(載道)적
문학관을 지향하고 전개했던 퇴계는 일찍부터 만권의 도서를 통하여
지극한 즐거움을 추구하는 삶을 염원하였다. 다음의 작품은 퇴계가 19
세에 읊은 것이다.

> 오직 초가에 있는 만권의 도서를 사랑하여　　獨愛林廬萬卷書
> 한결같은 마음으로 지내온 지 십여 년이네.　　一般心事十年餘
> 근래에는 근원적인 실마리를 만난 듯했으니　　邇來似與源頭會
> 내 마음을 모조리 잡고서 태허를 보았다네.64)　都把吾心看太虛

아울러 퇴계는 한적시(閒適詩) 「도산잡영」 가운데 하나인 「완락재
(玩樂齋)」에서 주경(主敬) 공부로부터 태극의 오묘한 경지에 이르는 묘
미, 학문을 통한 명도(明道)의 진정한 즐거움을 추구하는 모습을 보여

---

61) 『논어』, 「雍也」. "子曰 賢哉回也 一簞食一瓢飮 在陋巷 人不堪其憂 回也不改其樂
賢哉回也."; 『맹자』, 「離婁章句下」. "顏子當亂世 居於陋巷 一簞食一瓢飮 人不堪其
憂 顏子不改其樂 孔子賢之."
62) 한영, 『한시외전』 권1. "憲聞之 無財之謂貧 學而不能行之謂病 憲貧也 非病也. 若
夫希世而行 比周而友 學以爲人 敎以爲己 仁義之匿 車馬之飾 衣裘之麗 憲不忍爲
之也."
63) 『논어』, 「述而」. "子曰 飯疏食飮水 曲肱而枕之 樂亦在其中矣 不義而富且貴 於我
如浮雲."
64) 『퇴계선생문집』, 『외집』 권1, 시, 「詠懷」.; 『退溪先生年譜』 권1, 年譜.

주었다.

공경을 주장해도 집의 공부 종요롭네	主敬還須集義功
잊고 돕지 않고도 점차로 융통하리.	非忘非助漸融通
염계의 태극도에 묘한 경계 알고 보니	恰臻太極濂溪妙
천추에 이 기쁨 같을 것을 알았노라.65)	始信千年此樂同

　명종 12년(1557)부터 명종 16년(1561)에 이르는 5년 동안 도산서당(陶
山書堂)의 당(堂)과 사(舍) 두 채가 이루어져 모두 모두 세 칸이 되었는
데, 중간의 한 칸을 완락재(玩樂齋)라고 한 것은 주자의 「명당실기(名堂
室記)」에서 "즐거워하면서 완상함에 진실로 내 몸을 마칠 때까지 싫지
않으리니 또 어느 겨를에 바깥을 연모하겠는가?"66)라고 한 데서 따왔
다고 하였다.67) 이 또한 『시경』의 「고반(考槃)」68)에 나오는 은자의 즐
거움에 연유한 것이라고 할 수 있다.
　퇴계는 「도산잡영」의 창작 배경 및 동기가 되는 「도산잡영병기(陶山
雜詠幷記)」에서 주자의 산림지락(山林之樂)을 본떠서 퇴계 자신의 산림
지락(山林之樂)을 추구했음을 나타냈다. 다만 산림지락(山林之樂)에는
노장사상의 허무함을 연모하고 고상(高尙)을 일삼는 사람과, 도의(道
義)를 사랑하고 심성을 수양하려는 사람이 있어 두 가지 유형 모두 자
기중심적인 유락(遊樂)에 빠져서 진정한 즐거움을 이루지 못할 수 있

65) 『퇴계시역주』, 289면.
66) 『회암집』 권78, 기, 「名堂室記」. "樂而玩之 固足以終吾身而不厭 又何暇夫外慕哉."
67) 『퇴계선생문집』 권3, 시, 「陶山雜詠幷記」. "自丁巳至于辛酉 五年而堂舍兩屋粗成
　　可棲息也 堂凡三間 中一間曰 玩樂齋 取朱先生名堂室記 樂而玩之 足以終吾身而不
　　厭之語也 東一間曰 巖栖軒 取雲谷詩 自信久未能 巖栖冀微效之語也 又合而扁之曰
　　陶山書堂."
68) 『시경』, 「衛威·考槃」. "考槃在澗 碩人之寬 獨寐寤言 永矢弗諼 考槃在阿 碩人之薖
　　獨寐寤歌 永矢弗過 考槃在陸 碩人之軸 獨寐寤宿 永矢弗告."

다고 하였다. 곧 퇴계의 산림지락(山林之樂)이 성정의 일탈과 불평을
경계하는 조화로운 자연 완상과 유락이었음을 말하였다.

　이에 연민은 퇴계가 추구한 진정한 즐거움이 「도산잡영병기(陶山雜
詠幷記)」의 끝부분에 들어있다고 보았다.

　　"옛사람의 즐거움을 마음에서 얻고 바깥 물건에서 빌리지 않는다. 무
　릇 안연이 누추한 골목에서 살고 원헌이 깨진 옹기로 창을 낸 처지에
　어찌 산수지락(山水之樂)을 두었겠는가? 그러므로 무릇 바깥 물건에
　기대가 있으면 모두 진정한 즐거움이 아니다."
　　"그렇지 않다. 저 안연이나 원헌이 처한 것에서도 다만 마음대로 편
　안하게 산 것을 귀하게 여길 뿐이다. 이 사람으로 하여금 이런 경지를
　만나게 하였다면 그 즐거워함이 어찌 우리들보다 깊지 않겠는가? 그러
　므로 공자나 맹자가 산수에 대해서 일찍이 자주 일컬으면서 깊이 깨달
　았던 것이다. 만약 진실로 당신의 말과 같다면, 점(點)을 허여한다는 탄
　식이 어째서 다만 기수(沂水) 가에서 나왔으며, 해를 마치겠다는 염원
　을 어째서 오직 노봉(蘆峰)의 꼭대기에서 읊었겠는가? 이는 반드시 까
　닭이 있을 것이다."[69]

　퇴계는 공자가 증점(曾點)이 말한 봄옷이 이루어지면 몇몇 제자들과
무우(舞雩)에서 바람 쐬고 기수(沂水)에서 목욕하고 읊조리다 오겠다는
산수의 유상(遊賞)[70]을 유가의 이상적인 산수지락(山水之樂)으로 여겨
진정한 즐거움으로 인식했으며, 주자가 운곡에 지어놓은 초가집과 같

---

69) 『퇴계선생문집』 권3, 시, 「陶山雜詠幷記」. "曰 古人之樂 得之心 而不假於外物 夫顔
　　淵之陋巷 原憲之甖牖 何有於山水 故凡有待於外物者 皆非眞樂也 曰 不然 彼顔原之
　　所處者 特其適然而能安之 爲貴爾 使斯人而遇斯境 則其爲樂 豈不有深於吾徒者乎
　　故孔孟之於山水 未嘗不亟稱而深喩之 若信如吾子之言 則與點之歎 何以特發於沂水
　　之上 卒歲之願 何以獨詠於蘆峯之巓乎 是必有其故矣."
70) 『논어』, 「先進」. "曰 莫春者 春服旣成 冠者五六人 童子六七人 浴乎沂 風乎舞雩
　　詠而歸 夫子喟然歎曰 吾與點也."

은 곳에서 한해를 마치도록 즐겁게 살고픈 염원71)을 나타낸 배경에는 김부륜(金富倫)이 말한 것처럼 호연지기(浩然之氣)와 같은 산수의 청기(淸奇)한 풍광을 좋아하는 마음이 있었던 것이다.72)

5. 수사입성(修辭立誠)

연민은 퇴계가 공자에 연원하여 온유돈후(溫柔敦厚)한 유가의 시교(詩敎)를 굳게 지키면서 수사입성(修辭立誠)의 작품을 생산하였다고73) 하였으며, 또 유가에서 돈후(敦厚)는 애처롭고 야박한 민간의 풍속을 순박(醇樸)하고 독실(篤實)한 방향으로 선도하는 입성(立誠)적인 사실풍(寫實風)을 일으키는74) 배경이 되었다고 주장하였다.

수사(修辭)는 작문(作文) 및 표현 양식을 말하며, 입성(立誠)은 정성을 다하듯이 진실한 표현 의도를 말한다. 허황된 수식(修飾)이나 부화(浮華)한 문장과는 거리가 있는 말이다. 이 말은 가장 먼저『주역』에서 사용되었는데, 문장 교화는 성실함에 기초해야 하며 겉으로 문장 교화를 닦아 다스리고 안으로는 성실함을 세운다면 사업의 공훈을 보유하게 된다고 하였다.75) 그 뒤『문심조룡』에서 문장을 지음에 진실을 나타내기 위해서는 부끄러움이 없어야 한다는 인간의 양심적인 표현의 문제로 수용했으며,76) 송대에 이르러서는 도덕적인 문질(文質)77)의

---

71)『회암집』권6, 시,「雲谷二十六詠・草廬」. "青山遶蓬廬 白雲障幽戶 卒歲聊自娛 時人莫留顧."

72)『언행록』3, 유편,「樂山水」. "先生得陶山 未成精舍時 常言山水淸奇 甚合所求 夢寐間 常在此中."

73)「퇴계선생의 문학」,『한국문학연구소고』, 101면.

74)「퇴계시의 특징」, 7면.

75)『주역』, 건괘. "脩辭立其誠 所以居業也."

76)『문심조룡』,「祝盟」. "修辭立誠 在於無愧."

의미로 수용하기도 하였다.[78]

　퇴계가 전통적인 시교인 온유돈후(溫柔敦厚)나 유가의 전통적인 시정신인 사무사(思無邪)를 중시한 배경에는 음탕하고 사특한 시작품이 사람의 심성을 그르치고 풍속을 어지럽히는 결과만 가져올 뿐이라고 인식했기 때문이다. 따라서 모든 시문이 사달(辭達)[79]이라는 단순한 표현 행위에 그치지 말고 진실한 내용을 갖추는 데에 이르러야 한다고 주장한 것이다. 그것이 입성(立誠)이다.

시가 사람을 그르치지 않고 사람이 스스로 그르치며	詩不誤人人自誤
흥이 일고 감정이 알맞으면 이미 금할 수가 없어라.	興來情適已難禁
바람 불고 구름 이는 곳에는 귀신이 도와 시를 짓고	風雲動處有神助
비릿한 피가 사라질 때에 저속한 노래도 끊어지니라.[80]	葷血消時絶俗音

　사달(辭達)이라는 시문의 표현 양식이 도덕적으로 진실한 수준에 도달한다면 인간 본연의 성정을 기르는 방편이 되기에 충분하며, 이것이 바로 수사입성(修辭立誠)의 본령이 된다고 본 것이다. 이는 달리 사달성진(辭達成眞)이라고 말할 수 있다.[81] 사달성진(辭達成眞) 또한 퇴계가 추구하였던 문학의식 가운데 하나이다. 결국 수사입성(修辭立誠)이나 사달성진(辭達成眞)은 모두 화려한 사장(詞章)이 아니라 도덕적인 내실이 있는 표현의 진정성(眞正性)을 지향하는 개념이다.

---

77) 『논어』, 「雍也」. "子曰 質勝文則野 文勝質則史 文質彬彬然後 君子."

78) 『이정유서』 권11, 「師訓」. "脩辭立其誠 文質之義."

79) 『퇴계전서』 권4, 언행록, 권5, 유편, 「雜記」. "先生嘗曰 辭達意而已 然學者不可不解文章 若不解文章 雖粗文字 未能達意於言辭."

80) 『퇴계선생문집』 권3, 시, 「吟詩」.

81) 졸고, 「퇴계시논고」, 『연세어문학』, 제20집, 연세대학교 국어국문학과, 1987. 참조.

　　시 짓는 중간에는 몇 개의 시구로써 회포에 맞추어도 무방하니 다만
시 짓는 데 빠져서는 안 된다. 마땅히 일과 때에 대응하지 않고 평담하
게 스스로를 유지한다면 어찌 시구를 무척 생각한 것보다 낫지 않겠는
가? 그 참된 맛이 흘러넘침에 이르게 되니, 또 도리어 늘 읊조리기를
좋아하는 사람과도 다르게 되리라.[82]

　　시를 짓는 데 골몰하거나 기교에 치우쳐서 표현의 진정성을 상실하
기보다는 비록 평담(平淡)하게 자신의 마음을 유지하여 회포를 나타낸
다면 자연히 문장의 진실성을 이루어 수사입성(修辭立誠)의 극치 및 사
달성진(辭達成眞)의 묘미를 거둘 수 있다고 본 것이다.

해 기운 창문 안에서 떠도는 먼지를 보며	日斜牕裡見游塵
수레바퀴 굴리듯이 번갈아 노래하고 짓네.	迭唱頻題似轉輪
문장이 보잘것없는 재주라고 비웃지 마라	莫笑文章爲小技
가슴 속의 묘한 경지 진실하게 그려낸다네.[83]	胸中妙處狀來眞

　　연민은 『서경』「순전(舜典)」에서 말한 '시언지(詩言志)'라는 전통적
인 시의식에 근거하여 퇴계가 「도산육곡(陶山六曲)」을 지음에 언지(言
志)와 언학(言學)으로 나누어 전개하였다고 평하였다.[84] 언지(言志)는
수사(修辭)나 사달(辭達)이라는 개념과 서로 통하는 것이다. 여기서 말
하는 수사(修辭)가 작문(作文)·사달(辭達)·언지(言志) 등을 포괄하는
보편적인 표현 양식의 개념이기 때문이다. 이어서 연민은 퇴계가 많은
언지(言志) 중에서도 가장 먼저 언학((言學)을 말한 것은 벼슬길을 버리

---

82) 『퇴계전서』 권4, 언행록, 권5, 유편, 「雜記」. "作詩間 以數句適懷 亦不妨 但便是陷
　　溺耳 當其不應事時 平淡自攝 豈不勝如思量詩句 至其眞味發溢 又却與尋常好吟者
　　不同."
83) 『퇴계전서』 권3, 퇴계선생전서속집, 권2, 「復用前韻」.
84) 「퇴계시의 특징」, 9면.

고 학문의 길을 선택한 퇴계 자신의 시경(詩境)이 그럴 수밖에 없었던
것이라고 보았다.[85]

여기서 언지(言志)와 언학(言學)을 차례로 거론하여 서술한 것은 앞
에서 논의한 그의 도문일치(道文一致)의 시의식과 무관하지 않다. 이는
수사의 진정성을 중시하고 문장의 도덕성을 깊이 인식하고 있었던 증
좌가 아닐 수 없다. 이와 같이 퇴계가 수사입성(修辭立誠)을 말한 데에
는 학문의 진실성과 엄정성에 기초하여 문학 또한 진실성과 도덕성과
효용성 등을 갖추어야 한다는 의식에서 비롯된 것이라고 할 수 있다.

이에 퇴계의 매화시를 통하여 수사입성(修辭立誠) 및 사달성진(辭達
成眞)의 면모를 살펴보고자 한다. 연민은 퇴계가 사군자 가운데 특히
매화를 좋아하여 매화시를 많이 남겼다고 하였다. 그 가운데 「다시금
도산의 매화를 찾아 읊으니 열절이었다(再訪陶山梅十絶)」의 여덟 번째
작품에 대하여 연민은 도수매(倒垂梅)의 절묘한 신경(神境)을 섬세하게
묘사하였으며,[86] 섬염(纖艶)하기 짝이 없다고 하여[87] 수사의 입성(立
誠)적인 극치와 사달(辭達)의 성진(成眞), 곧 진실성 및 사실적인 표현
미까지 이루었다고 보았다.

한 송이 등졌다 해도 의심쩍은 일이거늘	一花繞背尙堪猜
어이 줄줄이 드리워 거꾸로 폈단 말가.	胡柰垂垂盡倒開
나는 이를 힘입어서 꽃 밑에서 쳐다보니	賴是我從花下看
하나하나 머리 들어 그 마음을 보았노라.[88]	昂頭一一見心來

---

85) 위의 책, 같은 곳.
86) 이가원, 『조선문학사』, 상, 465면.
87) 「퇴계선생의 문학」, 107면.
88) 『퇴계시역주』, 439면.

6. 도두구소(陶杜歐蘇)

앞에서 인용한 「다시금 도산의 매화를 찾아 읊으니 열절이었다(再訪
陶山梅十絶)」 가운데 여덟 번째 작품의 원주에는 다음과 같은 내용이
있다.

> 여덟째 절에서 한 꽃이라 운운한 것은 양성재의 매화시에 "한낱 꽃이
> 힘입을 이 없이 사람을 등지고 피었도다" 하였는데, 내 일찌기 중엽매
> 를 남녘 고을 친구에게 얻었더니, 꽃이 피자 하나하나가 모두 땅을 향
> 해 거꾸로 드리워서 곁에서 보면 화심을 볼 수 없고 반드시 나무 아래
> 에서 얼굴을 들어 쳐다보아야만 비로소 둥근 화심의 하나하나가 보이
> 어 가히 사랑스러우니 두보의 "강가의 한 그루가 드리워 피었도다"라
> 이른 것이 아마 이런 종류의 매화인가 싶다.[89]

위의 내용만 보더라도 퇴계는 여러 시인의 장점을 섭취하여 고유한
시경(詩境)을 이루었음을 알 수 있다. 양만리(楊萬里)의 "한 송이 꽃잎
이 덩그렇게 사람 등지고 피었구나(一花無賴背人開)"[90]와 두보의 "강
가 한 그루 나무에 줄줄이 드리워 피었구나(江邊一樹垂垂發)"[91]라는 시
구에서 '일화(一花)'와 '수수(垂垂)'의 시어를 취하였다고 밝혀 놓았다.

연민은 「퇴계시의 특징」에서 부전도두(不專陶杜)라고 하여 퇴계의
시가 특히 도연명과 두보에게 받은 영향이 커서 2천여수의 작품 중에

---

89) 『퇴계시역주』, 440~441면.; 『퇴계선생문집』 권3, 시, 「再訪陶山梅十絶」. "第八首
　一花云云 誠齋梅花詩 一花無賴背人開 余得此重葉梅於南州親舊 其著花一皆倒垂向
　地 從傍看望 不見花心 必從樹下仰面而看 乃得一一見心 團團可愛 杜詩所謂江邊一
　樹垂垂發者 疑指此一種梅也."

90) 「梅花下小飮」.

91) 「和裴迪登蜀州東亭送客逢早梅相憶見寄」.; 蘇註에는 '垂垂'자는 雪中梅花에만 쓸
　수 있다고 하였다.

는 도연명과 두보에 가까운 이취(理趣)와 조격(調格)이 가장 많다고 말한 뒤 다음의 두 구절을 소개하였다.[92]

> 율리의 도연명은 시를 이룸에 참으로 뜻이 즐거웠고
> 栗里賦成眞樂志
> 초당의 두보는 작품을 고치고 스스로 길게 읊조렸네.[93]
> 草堂改罷自長吟

> 도연명은 술 끊었다가 곧장 술 생각하고   陶公止酒還思酒
> 두보는 읊지 말라 해도 다시금 읊었도다.[94]   杜老懲詩更詠詩

그리고 연민은 퇴계가 도연명의 소산(蕭散)하고 충담(沖澹)한 이취를 좋아하였고, 화운(和韻)도 잘 하여 「도집의 음주에 화운하니 이십 수다(和陶集飮酒二十首)」가 대표적인 작품이며, 「율리로 돌아가 밭갈다(栗里歸耕)」·「율리에 은거하다(栗里隱居)」·「술을 마시다(飮酒)」·「김도성에게 차운한 삼절이다(次韻金道盛三絶)」 등도 모두 도연명과 관련이 깊은 작품이며, 「도산서당(陶山書堂)」에서 '도산'의 뜻도 '대순친도(大舜親陶)'에 이어서 '연명궁가(淵明躬稼)'에서 취하였음을 밝혔다.[95] 순임금이 친히 질그릇을 굽고 도연명이 몸소 농사지은 옛일을 삶의 모범으로 생각하고 안분지족(安分知足)의 낙천적인 삶을 지향한 의미가 내포하였음을 말한 것이다.

---

92) 「퇴계시의 특징」, 13면.
93) 『퇴계선생문집』 권3, 시, 「吟詩」.
94) 위의 책, 권4, 시, 「隆慶丁卯踏靑日 病起獨出陶山 鵑杏亂發 窓前小梅一樹 皓如玉雪團枝 絶可愛也」.
95) 「퇴계시의 특징」, 14면.

순이 친히 그릇 구어 즐겁고도 마음 편코	大舜親陶樂且安
연명 몸소 농사하니 얼굴 역시 기뻤다오.	淵明躬稼亦歡顏
성현의 그 심사를 내가 얻음 아니로되	聖賢心事吾何得
백수로 돌아왔나니 이에 숨어 살으리랏다.96)	白首歸來試考槃

'고반(考槃)'에 대해서는 이미 앞에서 도산서당의 터를 발견하여 새롭게 수축하고 인재를 육영하고자 하는 기쁨을 표현한 것이라고 보았다.97) 이는 『시경』에 나오는 작품 이름98)으로서 숨어 지내는 곳에 집을 짓고 스스로 산수지락(山水之樂)을 만끽하며 살겠다는 낙천적인 의미를 담고 있다.

그리고 연민은 두보와 관련된 작품으로 「노두유인에게 화답하다(和老杜幽人)」가 대표적이라고 하였다.99) 그렇다고 해서 퇴계의 시가 오로지 도연명과 두보만 전공한 것이 아니라고 하였다. 연민은 「퇴계선생의 「화도집음주이십수」 초탐」에서 퇴계의 시가 『시경』의 온유돈후(溫柔敦厚)를 종지로 삼아 도연명의 상시우도(傷時憂道)와 두보의 애국연민(愛國憐民)의 사상을 깊이 동조하는 한편 위응물·백거이·구양수·소식·주희 등 여러 시인의 장점을 골고루 섭취하였다고 말하였다.100)

그 가운데서도 성정은 도연명에 가깝고 학문은 주희에 가까워 이 두 사람과 관련되는 시가 다른 시인에 비해 풍성하였으며,101) 주자와 관련된 시로는 「한가롭게 무이지를 읽고 구곡도가에 차운하니 열 수다(閒讀武夷志·次九曲櫂歌韻十首)」, 도연명과 관련된 시로는 「도집의 음주

---

96) 『퇴계시역주』, 288면. ;『퇴계선생문집』권3, 시, 「陶山雜詠·陶山書堂」.
97) 「퇴계시의 특징」, 11면.
98) 『시경』, 「衛威·考槃」, "考槃在澗 碩人之寬 獨寐寤言 永矢弗諼 考槃在阿 碩人之薖 獨寐寤歌 永矢弗過 考槃在陸 碩人之軸 獨寐寤宿 永矢弗告."
99) 「퇴계시의 특징」, 14면.
100) 「퇴계선생의 「화도집음주이십수」 초탐」, 37면.
101) 앞의 책, 같은 곳.

에 화운하니 이십 수다(和陶集飮酒二十首)」가 대표적인 작품이라고 하
였다.[102] 그리고 그 내용에 담겨있는 사상과 높은 생각과 고운 운치를
살피면서 퇴계의 시와 비교하였는데, 퇴계가 평소부터 도연명의 자연
을 사랑하고 벼슬을 좋아하지 않는 높은 정취를 숭앙하여 난세를 당하
여 벼슬을 버리고 전원으로 돌아온 정경이 매우 비슷하였으므로 영진
(榮進)의 길을 버리고 천고의 지음으로 삼았다고 하였다.[103]

　이상으로 볼 때 연민은 퇴계시의 원류가 도두구소(陶杜歐蘇)뿐만 아
니라『시경』과 주자라는 심원한 문학적 원천이 상호 작용하고 그밖에
여러 시인들의 적지 않은 영향으로 거대한 물줄기를 형성하듯이 2천여
수의 시작품을 생산하였으며, 탄탄한 성리학적 학문 기반에 말미암아
학문적으로도 질량감이 풍부하고 성대한 작품세계를 구축할 수 있었
음에 주목한 것이다.

7. 결론

　본고에서는 연민의 논저인「퇴계시의 특징」,「도산잡영과 산수지
락」,「퇴계선생의 화도집음주이십수 초탐」,『퇴계시 역주』등을 중심
으로 그 연구 양상을 살펴보고자 하였다. 이에 연민의 퇴계시 연구
양상을 온유돈후(溫柔敦厚), 문이재도(文以載道), 산수지락(山水之樂),
수사입성(修辭立誠), 도두구소(陶杜歐蘇)의 다섯 가지 항목으로 나누
어 살펴보았다.

　첫째로 일찍부디 유가의 전통적인 시교(詩敎)를 이어받아 사무사(思
無邪)와 온유돈후(溫柔敦厚)를 시인의 종지로 삼았다고 하였다. 퇴계의

---

102) 앞의 책, 같은 곳.
103) 앞의 책, 37~48면.

시를 훈도덕성(薰陶德性)과 우국연민(憂國憐民)으로 나눌 수 있으며, 이들은 온유돈후(溫柔敦厚)에서 벗어나지 않는 것이라고 하였다.

둘째로 송대 성리학자들의 문이재도(文以載道)적인 견해에 위배됨이 없이 훌륭하게 독자성을 지닌 일가를 이루었다고 평가하였다. 도(道)는 형이상학적인 도학(道學)이나 도덕의 개념에 국한되지 않고 천지자연의 도와 생민교화(生民敎化)의 도까지 포함하는 것이라고 보았다. 그리고 도문일치(道文一致)의 문학관을 지키면서 온유돈후(溫柔敦厚)의 바른 법도를 지켰다고 하였다.

셋째로 백거이의 분류법에 의거하여 퇴계시를 풍유(諷諭)와 한적(閒適)으로 나누고 한적(閒適)의 시작품 가운데 「도산잡영」의 핵심은 산림지락(山林之樂)에 있으며, 산림지락(山林之樂)은 산수지락(山水之樂)으로 귀결되며, 산수지락(山水之樂)은 다시 공자와 맹자의 인지지락(仁智之樂)과 주자에게 연원을 둔 것이라고 하였다. 그리고 퇴계는 만권생애(萬卷生涯)와 같은 낙천지명(樂天知命)과 요산요수(樂山樂水)에 연원하는 산수지락(山水之樂)을 즐겼다고 보았다.

넷째로 퇴계가 공자에 연원하여 온유돈후(溫柔敦厚)한 유가의 시교를 굳게 지키면서 수사입성(修辭立誠)의 작품을 생산하였다고 주장하였다. 모든 시문이 사달(辭達)이라는 단순한 표현 행위에 그치지 말고 진실한 내용을 갖추는 데 이르러야 한다는 사달성진(辭達成眞)이 수사입성(修辭立誠)이라고 하였다.

다섯째로 퇴계시의 원류는 구체적으로 도두구소(陶杜歐蘇)뿐만 아니라 『시경』과 주자라는 심원한 문학적 원천이 상호 작용하고 그밖에 위응물·백거이 등 여러 시인들의 영향으로 2천여수의 시작품을 생산하였으며, 성리학적 학문 기반에 연유한 질량감이 풍부하고 성대한 작품세계를 구축하였다고 보았다.

연민의 퇴계시 연구는 한시 연구의 고전과도 같은 의의를 지니는 것

으로 후학들의 연구 활동에 지대한 도움과 훌륭한 지침이 되기에 충분
하다고 생각한다.

연민선생 『한문신강』의 특징과 현대적 의의

김성은 / 성신여대

연민선생이 남긴 호한한 저술 가운데 오늘날 한문학에 입문하는 사람들이 가장 먼저 접할 법한 저서가 바로 『한문신강(漢文新講)』이다. 제목과 같이 『한문신강』은 한문에 대해 새롭게 강의한 내용을 담은 책으로, 연민선생은 1960년, 44세였던 해에 이 책의 저술을 마친 뒤 다음과 같이 서문(序文)을 붙였다.

'신강(新講)'이라면 마치 사학(斯學)에 대하여 무슨 참신한 새로운 경지를 발명했을 듯싶지만, 그런 것은 아니다. 솔직히 말한다면 지난날의 촌학당(村學堂) 중, 학구(學究)들처럼 시간과 규칙을 무시하고 오로지 '다독(多讀)'·'다작(多作)'만으로서 능사가 다한 듯이 생각하던 낡은 방법을 일체 청산하고, 주로 '문자' 원류의 고찰, '문법' 체계의 성립, '해석' 문제의 연구, '문체' 변천의 나눔, '원전(原典)' 뽑기의 정확 등에 중점을 두어 이를 아무쪼록 현대화함에 전력하였을 뿐이다. '한문'하면 읽기도 전에 벌써 딱딱하고도 어려운 듯이 생각한다. 그리하여 어떤 이는 '한문은 진부했다'느니, 또는 '한문은 문법도 없다'느니 하고들 법석대는 것이 일쑤이다. 그러나 그들은 이에 대하여 아무런 노력도 없이, 강구도 없이 뜬 말로 배척해 버림에 지나지 않는 것이다. 그러니까 우리는 이에 대하여 해결할 방법을 제시하지 않으면 안 될 것이다.[1]

이를 미루어보면 '신강'이라는 제목은 한학(漢學)에 대한 굉장히 새
로운 '내용'을 담고 있음을 의미하기보다는, 예로부터 전해오던 한문
을 문자, 문법, 해석, 문체 등의 새로운 '방법'으로 나누어 체계적으로
강의한 것이라는 의미를 담고 있다는 것을 알 수 있다. 연민선생이 이
책을 지을 무렵인 1960년경에 이미 한문은 "진부"하고 "문법도 없는"
체계적이지 못한 과거의 유물로 여겨지고 있었다. 연민선생은 전통적
인 한학 학습의 방식으로는 더 이상 한문이 명맥을 이어나가지 못할
것이라고 생각하였는바, 이는 "해결할 방법을 제시하지 않으면 안 될"
상황에 처해있다는 위기감에서 비롯된 것이었다. 따라서 근대적인 학
문체계에 익숙해진 학생들을 위해서 새로운 학습서를 저술하여 전통
한문학을 현대적인 방법론의 틀로 새롭게 변모시키고자 한 것이다.

이러한 동기 속에 연민선생은 몇 해에 걸쳐 「한문(漢文) 문자(文字)
의 연구」, 「한문 문법(文法)의 연구」, 「한문 문체(文體)의 분류적 연구」
등의 논문을 저술하면서 새로운 한문 강의의 형태를 차근차근 구상하
였고, 한편으로는 강의를 위해 엮었던 한문선집들을 다시 추려내어 이
론과 실제응용을 겸한 효율적인 학습교재가 완성되도록 하였다. 연민
선생이 이 책을 저술하면서 새로운 체제를 갖추기 위해 구체적으로 어
떤 책들을 참고하였는지는 분명하게 명시되어 있지 않지만, 책 곳곳에
서 한국 뿐 아니라 일본과 중국에서 나온 당시의 한문 문법서와 한글
문법서 등을 참고하였던 흔적들을 발견할 수 있다. 즉 기존의 한문학
에 관련된 근대 이후의 저술들을 참고하되, 한글에 익숙한 세대를 고
려하여 나름대로의 한학 강의서의 체제를 독립적으로 구축하고자 하
였던 것이다. 따라서 『한문신강』은 연민선생이 구상했던 새로운 한문

---

1) 이가원, 『한문신강』, 『이가원전집』 7, 정음사, 1986, 4면. 이하 이 책을 인용할 때에
   는 면수만을 표기하기로 한다. 책의 원문을 인용할 때에는 한자를 한글과 병기(併記)
   하도록 한다.

강의의 면모가 총체적으로 담겨있는 것일 뿐만 아니라, 연민선생의 학적 지향을 분명하게 보여주는 저술이라고 할 수 있다.

본고에서는 이러한『한문신강』이 비슷한 시기에 나왔던 여타 한문학 입문서들이라고 할 수 있는 저서들과 구별되는 특징들을, 그 방법적인 측면에 입각하여 살펴보고자 한다. 이를 위해서 먼저 전체적인 체제를 조망하면서 그 특징을 살펴볼 것이며, 이어서 각 편들이 지닌 특징들을 몇 가지 제시할 것이다. 비록 이것으로써 제법 방대한 내용이 담긴『한문신강』의 특징을 세세히 드러내지는 못할 터이지만, 이를 통해 저술이 완성된 지 60여년이 되어가는 지금에 있어서 이 저서가 지니는 의의를 다시 한 번 살피는 데에는 도움이 되리라 생각한다.

1. 전체 체제의 개관

이 책은 총 '문법(文法)'·'해석(解釋)'·'문자(文字)'·'문체(文體)'·'원전(原典)'의 다섯 편으로 이루어져 있다. 앞서 언급하였듯이 체계적인 학습을 할 수 있도록 고심하였던 연민선생은 책의 체제를 마련하는 데에서부터 주의를 기울였는데, 그 결과 문법편과 해석편을 문자편의 앞에 두기로 결정하였다. 본래 언어를 설명함에 있어서 문법보다는 언어의 기본적인 단위가 되는 문자에 대한 논의가 앞서야할 것이지만, 문자편에 다소 어렵게 느껴질 내용이 있으므로 문법 및 해석편을 먼저 배치하여 독자들이 좀 더 쉽게 한문에 접근하게 한 것이다. 실제로 문자편에는 결승(結繩)·서계(書契)·팔괘(八卦)에 대한 설명이나 자형(字形)·자성(字聲)·자의(字義)에 대한 논의 등 한문에 익숙하지 않은 초학에게는 어려울 법한 내용이 담겨 있는데, 연민선생은 그보다는 실제로 구체적인 한문의 문장들을 통해 문법과 해석법을 익힘으로써 한문 전반에 먼저 익숙해질 필요가 있다고 생각하였다. 이는 실제 구문들을 통해 한문을 익히고 난 뒤에 보다 쉽게 관련된 지식을 습득하게 하기 위함으로서, 무엇보다도 학습의 효율성을 고려한 짜임새를 갖춘 것이라 할 수 있다.

먼저 문법편은 크게 '품사론(品詞論)'과 '구문론(構文論)'으로 나뉜다. 연민선생은 한문 해석에 있어서 무엇보다도 다양한 구문의 해석과 아울러 품사상 특수한 글자들의 용법을 익힐 것을 강조하였으며, 가장 첫 편인 문법편에서 이 두 가지에 관련된 문법을 단계별로 제시하였다. 연민선생의 표현을 빌자면 문장을 이루는 기본재료가 되는 단어의 형식과 작용을 연구한 것이 품사론이고, 품사론에서 연구한 단어가 어떻게 서로 얽혀서 완전한 생각을 나타내게 되는가의 운용 관계를 다룬 것이 구문론에 해당되는바, 후자는 통사론에 해당하는 논의라고도 할 수 있다. 문법편 뒤에 이어지는 해석편에서는 구문론에서 익힌 것 이외의 특수 용법을 중점적으로 설명하였는데, 피동(被動)·사동(使動)·가정(假定)에서부터 도치(倒置)에 이르기까지 문장을 21개의 형태로 나누어서 각각에 해당하는 실제 문장들을 접하고 해석하도록 하였다.

문자편과 문체편은 한자의 기원과 한문 문체 분류에 대한 개론에 해당한다. 문자편에서는 한자의 초기 형태인 결승(結繩)이나 서계(書契), 팔괘(八卦) 및 한자를 창조한 이로 알려진 복희(伏羲), 창힐(蒼詰) 등에 대해 설명하고, 육서(六書)의 기원과 의미를 하나하나 고구한 뒤, 다시 형(形)·음(音)·의(義)를 문자의 3요소로 보아 이에 대해 간략하게 언급하였다. 여기에서는 방대한 내용을 개괄하면서도 그 출전 및 참고할 문헌들을 명확하게 제시하여 독자들이 스스로 찾아서 읽음으로써 심도 깊은 관련 지식을 얻을 수 있도록 하였다는 것이 가장 큰 특징이다. 예컨대 문자편에서 육서(六書)의 원리를 설명하기 이전에, 이 육서의 명칭과 순서가 어디에서 유래한 것인지를 반고(班固)의『한서(漢書)』「

예문지(藝文志)」에서 시작하여 그 출전을 정리하였고, 육서 가운데 전
주(轉注)의 경우 그 정의를 내리는 데에 있어서 이설이 많으므로 이를
다시 정리하여 독자들이 직접 참고할 수 있도록 하였다.

　한편 문체편은 한문 문체 분류에 대한 변천과 아울러 각 문체들에
대한 간략한 설명을 제시한 편이다. 문체 분류의 변천을 다룬 부분에
서는 먼저 변문파(騈門派)와 산문파(散文派)로 나누어 중국과 한국의
문체의 흐름에 대해 살펴보고 이어서 신파(新派)의 문체 분류에 대하
여 서술하였는데, 이 부분은 단순한 개론을 넘어서 본격적인 연구에
가깝다고 하겠다. 여기에 이어서 편의 마지막에는 한문의 각 문체들을
15가지로 분류하여 설명하고, 다시 그에 해당하는 하위 문체들을 제시
하였다. 연민선생은 원전들을 읽고 이해하는 데에 있어서 문체의 분류
에 대한 학습이 반드시 필요하다고 여겼는바, 비슷한 시기에 나온 여
타의 한문학 입문 서적들과 비교할 때 가장 극명하게 변별점을 갖는
지점 중 하나이기도 하다.

　마지막 원전편은 실제 한문 작품들을 주석 및 해제와 함께 제시하여
강독용으로 활용할 수 있도록 한 것이다. 이는 다시 세 강으로 나누어
지는데, 각 강마다 주석 및 부호 표기에 있어 단계를 두어서 점차 학습
자의 역할을 늘림으로써 원전 자체에 스스로 접근할 수 있도록 하였
다. 예컨대 1강에서는 쉬운 주석과 인명 및 지명을 나타내는 부호를 달
았으며, 2강에서는 1강에서보다 주석의 난이도를 높였고, 3강에서는
현토나 부호조차 달지 않아 독자가 자력으로 해석하기를 요구하였다.
한편 각각의 한문 작품들은 연관성이 있는 중국과 한국의 글을 번갈아
보여주면서 중국과 한국의 한문이 지닌 서로 다른 풍격을 느낄 수 있
도록 하였으며, 다양한 시대의 다양한 문체들을 배치하여 다채로운 글
들을 접할 수 있도록 하였다. 이에 대해서는 아래에서 다시 살펴보기
로 한다.

2. 독립적인 품사 체계의 성립

연민선생은 전통적인 한학교육을 벗어나는 첫 단계로 우선 한문 문법을 체계적으로 정리해야 한다고 여겼다. 이에『한문신강』에서는 문법 가운데에서도 가장 먼저 품사론에 대해 다루었는데, 그러면서 이것이 문법학의 가장 중요한 부분임을 거듭 강조하였다. 그러므로 품사론은『한문신강』에서의 문법을 다룬 부분에 있어서 가장 눈여겨보아야 할 부분 중 하나이다.

연민선생은 품사론에 있어서 한글 문법을 참고하면서도 한문 고유의 특성에 맞춘 체계적인 문법을 마련하고자 하였다. 연민선생은 최현배 선생의『우리말본』을 익숙히 읽으며 한글 문법을 고찰하였을 뿐 아니라, 일본과 우리나라 학자들이 연구한 한문 문법도 아울러서 다수 참고하였는데, 이는 모두 한글 문법과의 연관성을 염두에 두면서도 한문 고유의 문법을 최대한 효율적으로 설명하기 위함이었다. 그리고 그 결과 연민선생은 품사를 아래와 같이 총 11가지로 나누었다.

> 명사(名詞)·대명사(代名詞)·동사(動詞)·형용사(形容詞)·부사(副詞)·접속사(接續詞)·보조사(補助詞)·전치사(前置詞)·조사(助詞)·종결사(終結詞)·감탄사(感歎詞)

한문에서 품사의 종류와 구분에 대해서는 지금까지도 학자들마다 의견이 나뉘지만,[2] 여타의 품사 구분론과 비교해 보았을 때 연민선생의 품사구분론의 가장 큰 특징은 '보조사(補助詞)'의 설정에 있다. 보조

---

2) 한문의 품사구분은 중국의『마씨문통(馬氏文通)』에서 시도된 이래 한·중·일 여러 학자들에 의해 연구되었고 논의가 매우 다양하다. 이에 대해서는 안재철, 「학교 한문 문법의 품사 분류와 그 내용에 관한 문제」, 『한문교육연구』 제17권, 한국한문교육학회, 2001 등을 참고할 수 있다.

사는 한글 문법에서 보조동사와 보조형용사를 합한 '보조용언'에 해당
하는 부분으로,[3] 한문 문법에서는 흔히 '조동사(助動詞)'라고 일컬어진
다. 그러나 연민선생은 한문 문법에서 이것이 동사를 보조할 뿐 아니
라 형용사도 보조하여 그 뜻을 완전하게 만드는 품사이기 때문에 당시
일본 학자들이 주장하던 '조동사'란 용어 대신 '보조사'라는 용어를 사
용할 것을 주장하였다.

   또 다른 특징으로는 '조사(助詞)'의 설정을 들 수 있는데, 연민선생은
이 '조사'를 한글 문법에서 체언에 해당하는 명사나 대명사 뒤에 붙는
조사와도 같은 것이라 보았다. 이렇게 볼 경우 조사가 부사 아래 붙는
다고 할 때에 설명상의 모순이 생기기 때문에 이를 후치사(後置詞)와
같은 다른 용어로 불러야 한다는 견해가 있기도 하지만,[4] 연민선생의
경우에는 한문 문법에서의 조사를 명사(명사구) 또는 부사의 아래에 붙
어서 그 뜻을 강조하거나 보태는 품사로서 한글 문법에서보다 폭넓게
보았던 것이다.

   요컨대 연민선생은 한글 문법과의 연계성 속에서 한문의 품사구분
이 이루어져야 한다고 보았으며, 따라서 한글을 쓰는 이에게 익숙한
독자적인 품사 구분이 필요하다고 여겼다. 이에 중국과 일본에서 이
루어진 품사론들을 참고하면서도 나름대로의 합리적인 품사체계를
만들고자 하였던 것이다. 한문 품사에 대한 논의는 여전히 진행 중이
며, 연민선생이 설정한 품사가 여타의 그것들에 비해 얼마나 적합한
지를 면밀하게 논하는 것은 필자의 역량을 벗어나는 일이다. 그렇지

---

 3) 최현배, 『우리말본』, 정음사, 1985, 390~408면, '도움풀이씨'에 대한 설명이 이에
    해당된다.
 4) 실제로 조종업은 『한문통석』에서 연민선생의 품사 구분을 따르면서도 조사를 전치
    사와 합하여 '전후치사(前後置詞)'라고 하였다. 조정업, 『한문통석』, 형설출판사,
    1975, 59면 참조.

만 그럼에도 불구하고, 분명한 지향성을 가지고 이와 같이 독자적인
품사체계를 만들어내었다는 점만큼은 오늘날에도 시사하는 바가 크
다고 생각된다.

3. 본격적인 문체 분류에 대한 서술

문체편에는 15개로 한문 문체를 분류하고 이를 다시 세분화하기에
앞서서, 나름대로의 기준을 택하여 중국과 한국의 선집과 문집을 예
로 들어가면서 문체에 대한 분류를 시도하였으며, 청말(淸末) 이후에
논의된 문체 분류를 소개하고 논평을 덧붙였다. 이는 한문 문체에 대
한 최초의 논의로, 그 자체가 하나의 연구로서도 큰 의미를 갖는다고
할 수 있다.[5] 이 부분에 대해 논하기에 앞서, 아래와 같이 목차를 제
시한다.

> 제1장 중국 변문파(騈文派)의 문체분류
> 제2장 한국 변·산겸종파(騈散兼宗派)의 문체분류
> 제3장 중국 변·산겸종파(騈散兼宗派)의 문체분류
> 제4장 중국 산문파(散文派)의 문체분류
> 제5-6장 중국 신파(新派)의 문체분류(상)·(하)

연민선생은 크게 한문의 문체론을 구파(舊派)와 신파(新派)로 나누

---

5) 실제로 이 부분은 이가원, 「한문문체의 분류적연구」, 『아세아연구』 vol.3 No1, 고려
   대학교 아세아문제연구소, 1960, 「한문문체의 분류적연구(二)」, 『아세아연구』 vol.3
   No1, 고려대학교 아세아문제연구소, 1960에 실렸던 논문을 가져온 것이기도 하다.
   그간 이루어진 한문문체 연구에 대해서는 김종철, 「한문문체 연구의 회고와 전망」,
   『동방한문학』 제31집, 동방한문학회, 2006 참조.

고, 구파의 문체론을 다시 변문파·변문과 산문을 겸한 종파(변산겸종파)·산문파로 나누었다. 변문파는 그 기원을 『문선(文選)』에서 찾았고, 변문과 산문을 겸한 것으로는『문심조룡(文心雕龍)』을 대표적인 것으로 보았으며, 산문파로는 『고문사류찬(古文辭類纂)』과 『경사백가잡초(經史百家雜鈔)』를 대표로 들어, 시대의 흐름에 따른 한문의 문체 분류를 간명하게 보여주면서도 각각의 저서에서 제시한 문체 분류 및 범주에 대한 공과를 논하는 것을 잊지 않았다. 따라서 그 안에는 세부 문체의 분류에 대한 비판부터 시작하여 '문(文)'의 개념 및 범주 설정에 관한 논의에 이르기까지6) 다양한 논의가 담겨있어, 아직 본격적으로 연구된 적이 없었던 '문체'라는 분야에 있어서 향후에 다룰법한 사항들을 폭넓게 제시하고 있다.

다음으로 신파에 대해 살펴보기로 한다. 이 부분을 서술할 때에 구파와 신파의 구분에 대해서는 구체적으로 언급하지는 않았지만, 다음의 내용을 참고할 수 있다.

중국(中國) 신파(新派)의 문체론(文體論)은 벌써 청말(淸末)에 대두(擡頭)되었으나 서양(西洋)으로부터 직접 채용(債用)된 것은 적고, 간접적(間接的)으로 일본(日本)으로부터 수입(輸入)된 것이 많았으므로 동·서양(東西洋)의 문체론(文體論)을 본받고, 구설(舊說)을 참고하되 과학적(科學的)인 기초(基礎)를 근거(根據)로 일설(一說)을 세운 이는 적었던 것이다.7)

---

6) 예컨대『문선』에서 제재와 내용을 기준으로 하위 문체를 분류함에 있어서 기준의 적용이 균등하지 않았던 것이나 칠(七)과 소(騷) 등을 따로 문체로 설정한 것에 대해 비판한 부분,(209~210면) 그리고 장병린(章炳麟)이 설정한 문(文)에 대한 범주에 대해 비판적 서술을 한 부분(218면) 등을 들 수 있다.

7) 226면.

위의 언급을 미루어보건대 연민선생은 청나라 말엽과 중화민국초기에 직접적으로든 간접적으로든 서양의 이론의 영향을 받아 새롭게 정비된 문체론을 신파라고 보았던 것이다. 물론 이러한 구분 자체는 새삼스러울 것이 없겠으나, 이를 되짚는 까닭은 이것이 연민선생이 지향했던 이상적인 문체 분류를 보여주고 있기 때문이다. 즉 연민선생은 동양과 서양의 문체론을 섭렵하고, 옛 문체론을 고려하면서도 과학적인 체계를 갖춘 문체론을 가장 이상적인 것으로 보았던 것이다. 따라서 여기서 나열한 중국의 문체론은 양계초(梁啓超)의『중학이상작문교학법(中學以上作文教學法)』, 유영제(劉永濟)의『문학론(文學論)』등의 저서를 포함하고 있는데, 그 중에서 가장 비중이 있게 다루어진 것이 바로 시기(施畸)의 문체론[8]이다. 이것이 연민선생이 생각한 이상적인 문체론의 기준에 가장 부합하다고 여겼기 때문이다.[9] 연민선생은 나아가 시기(施畸)의 심상(心象) 분석을 토대로 한 문체구분과「문장연화표(文章演化表)」에 의거하고 구파의 문체 분류를 참고하여 새로운 문체구분을 정리하여 제시하기까지 하였다. 물론 그러면서도 앞에서와 같이 각각의 문체론이 지닌 장점과 함께 문제점에 대해서도 기술해두었다.

변문파와 산문파의 구분이 과연 문체 분류에 있어서 얼마만큼 의미 있는 기준이 될 것인가,[10] 또한 시기(施畸)의 문체 분류의 틀을 가져오는 것이 얼마나 실제로도 유용한가 하는 등의 논의는 쟁점이 될 수 있다. 실제로 시기의 문체 분류가 지닌 한계점을 연민선생 스스로도 지

---

8)『한문신강』에서는 시기(施畸)의 저서를『중국문장론』이라고 하였으나(230면), 아마도 그의『중국문체론』을 가리키는 듯하다.

9) 다른 연구에서도 시기(施畸)의 문체론은 비슷한 평을 받고 있다. 李文沛,「把美的旗幟插向文章學研究領域–簡評施畸的『中國文詞學研究』」,『江蘇師范大學學報』, 哲學社會科學版, 1984 및 張天定,「体式精嚴 注重實用–評施畸的『中國文体論』」,『開封教育學院學報』, 2003 등 참고.

10) 특히 한국의 변산겸종파에 대한 설명은 더욱 그렇다.

적한바 있듯이 말이다. 그러나 한문 문체에 있어서 나름대로의 기준을 가지고 접근하여 분류를 시도하고 다양한 문체론들을 선별함으로써, 직접 한문 문체에 대한 연구의 한 방향을 보여주고, 나아가 향후의 본격적인 후속 연구를 요청하였다는 점만으로도 이미 충분한 의미가 있는 작업이었다고 할 수 있을 것이다. 그 이후로 몇 십 년이 지나서야 본격적인 한문 문체에 대한 논의가 후속 연구자들에 의해 시작되었다는 점을 고려하면 더욱 그러하다.

4. 정확하고 짜임새 있는 원전 선택

『한문신강』의 다섯 편 가운데 가장 많은 비중을 차지하는 것이 바로 원전편이다. 여기에는 옛글로부터 연민선생 당대의 글에 이르기까지 총140편이 수록되어 있는데, 연민선생은 고금의 방대한 작품들을 선록하는 데에 있어서도 각별한 주의를 기울였다. 아래는 책의 서문에 보이는 원전편에 관련된 언급이다.

그 중, 여러 편에는 대체로 편찬의 내용이 소개되어 있는 만큼 이에 췌언할 필요가 없거니와, 특히 '원전'에 대해서 두어 마디 말해둔다. 이는 앞서 몇 대학에서 강독으로 쓰던 노트 「한문학산초(漢文學散鈔)」・「한중시문소초(韓中詩文小鈔)」 등을 합하여 엮은 「한문이선(漢文李選)」 170편 중에서 또 140편을 뽑은 것이다. 이의 특색은 우리나라의 작품과 중국의 그것과를 꼭 편편마다 비교・대치시켰으며, 또 현존한 우리나라 작가의 것 6・7편을 실었으니, 이도 역시 종전 선가(選家)의 상고(尙古)・천금적(淺今的)인 잘못을 시정하려는 의도에서이다. 그리고도 오히려 수십 가(家)의 것을 뽑지 못해서 '창해유주(滄海遺珠)'의 느낌이 없지 않다.[11]

　이를 보면 연민선생은 오랜 시간에 걸쳐 강독을 위해 고금의 시문들 가운데 작품 전체 혹은 작품의 일부분을 뽑아 선집을 마련해두었음을 알 수 있다.『한문신강』의 원전편에 실린 작품들은 그 선집들 가운데에서도 다시 선록된 것이니, 이 편은 바로 선집 중의 선집에 해당된다고 할 것이다.

　먼저 원전을 뽑아 배치하는 데에 있어서 보이는 첫 번째 특징은, 우리나라의 한문 작품과 중국의 작품을 하나하나 섞어놓았다는 것이다. 연민선생은 서문에서 우리의 한문에는 '청아(淸雅)'·'천면(芊眠)'한 정서가 담겨 있으며, 중국의 한문에는 '웅혼(雄渾)'·'광막(廣漠)'한 경지가 담겨 있다고 하였다. 한문학이 우리나라에 토착화되면서, 중국의 그것과는 다른 그 고유의 특성을 가지게 되었다고 본 것이다. 원전편에서는 그 고유의 특성을, 중국작품과의 비교를 통해 독자가 스스로 느낄 수 있도록 짜임새를 갖추어 놓았다. 예컨대 다산(茶山) 정약용(丁若鏞)이 아들에게 경학(經學)과 경세제민(經世濟民)에 힘쓸 것을 가르친 편지를 발췌하고, 이어서 북송(北宋)의 학자 사마광(司馬光)이 아들에게 근검을 가르친 편지를 발췌하여 자식을 경계한 두 편지를 나란히 보여준다거나, 평양의 번화한 모습을 읊은 정지상(鄭知常)의 시「서도(西都)」와 함께 중국 강남(江南)의 경치를 읊은 작자미상의 악부시「강남(江南)」을 배치하여 비슷한 주제나 형식의 시문을 함께 살필 수 있도록 하였다.

　원전편의 작품 선택의 두 번째 특징은 고금의 작품을 빠짐없이 담았다는 것이다. 위의 서문에서 밝혔듯, 연민선생은 이전의 선집들이 과거의 문장만을 실었던 관습에서 벗어나 연민 당대 작가들의 작품도 원전편에 함께 실었음을 강조했다. 옛 작품만을 인정하고 현재 작품을

---

11) 5면

천시하는 풍조를 비판하고, 개화기 이후의 문학도 전시대와 동떨어지지 않은 연속된 것으로 바라보고자 한 것이다. 그러므로 자료를 취사하는 방식은 크게 보면 연민선생의 한문학사에 대한 관점과도 같은 맥락에 놓여있다고 할 것이다.[12) 그 결과 원전편에는 중국의 작자미상의 일명씨(佚名氏) 악부나 신라 설총(薛聰)의 「화왕계(花王戒)」로부터 시작하여 연민선생 당대에 이르기까지의 한문 작품들이 고루 수록되어 있다. 예를 들자면 연민선생 당대의 작품으로는, 회봉(晦峯) 하겸진(河謙鎭)이 연민선생의 「문편(文篇)」을 읽고 이에 대해 논한 편지인 「여이연생논문서(與李淵生論文書)」나 산강(山康) 변영만(卞榮晚)이 연민선생의 서실에 대해 지은 「연생서실명(淵生書室銘)」 등의 작품뿐만 아니라 변영만의 제자가 연민선생에게 보낸 편지글도 실려 있어 한문으로 시문을 지은 거의 마지막 세대의 글까지 생생하게 보여준다. 중국의 글일 경우에도 양계초(梁啓超)의 「청대학술개론자서(淸代學術槪論自序)」, 장병린(章炳麟)의 「손문찬(孫文贊)」, 진독수(陳獨秀)의 「문학혁명론(文學革命論)」 등의 작품들까지 수록해 두었다. 한편 많은 부분을 차지하는 것은 아니지만, 여성이나 천민의 글이나 소설까지도 실어서 작가층과 문체의 다양성도 확보해두었다.

원전편에서 보이는 또 다른 특징으로, 원전의 출처 및 관련 정보를 정확히 밝히려는 태도를 들 수 있다. 원전편에 실린 모든 작품에는 작가 및 해당 작품에 대한 간략한 정보, 해당 텍스트의 출처와 세부 내용에 덧붙인 각주 등이 수록되어 있는데, 이것은 연민선생이 지녔던 고증적 태도를 여실히 보여주는 것이라고 할 수 있다. 물론 현재의 연구 성과를 반영하여 간혹 수정할 만한 부분들이 없지는 않겠으나, 당시

---

12) 연민선생의 한문학사에 대한 관점에 대하여는 심경호, 「『조선문학사』의 한문학 부문 서술에 관하여」, 열상고전연구회 편, 『연민 이가원 선생의 생애와 학문』, 보고사, 2005에 자세하다.

한문학계에 집적된 연구량이 지녔던 한계 등을 고려해본다면 오히려 철저한 고증을 높이 기릴 법하다.

지금까지『한문신강』이 지닌 몇 가지 특징들을 검토하였다. 이제 결론을 대신하여, 마지막으로 서문의 또 다른 한 부분을 인용하고자 한다.

> 그렇다고 해서 나는 누구에게도 '한문'을 결코 배우기 쉽다고 강조해 본 적은 없었다. 왜냐하면 사학(斯學)의 경지는 너무나 깊고, 높고, 넓고, 멀어서 더듬기가 자못 어려운 까닭이다. 그리고 오늘날 우리가 가위 전폐된 이 '한문'을 다시금 배우지 않으면 안 되는 당면의 과업은 아직도 한 개의 만만치 않은 숙제이기 때문이다. 그러나 오늘날 우리가 '한문'을 배우려는 목적은 오로지 정지상(鄭知常)·이제현(李齊賢)의 '시(詩)'나, 허균(許筠)·박지원(朴趾源)의 '문(文)'과 같은 작품을 낳겠다는 것이 아니고, 다만 유구 수천 년을 써내려오는 도중에 많은 저적(著籍)이 남아 있어서 우리의 '방고(邦故)'·'조의(祖懿)'를 올바르게 인식, 또는 연구하려면 이를 해독하지 못하고는 안 될 것이며, 아울러 '동양학'의 원천을 깊이 더듬어 보려고 해도 역시 이를 닦지 않고는 무엇에도 착수할 수 없겠기 때문이다.[13]

지금으로부터 반세기 이전에 지은 글이지만, 오늘날에도 이 글이 시사하는 바는 크다. 오늘날 한문으로 시문(詩文)을 짓는 사람은 극히 드물고, 그 숫자는 앞으로 점점 줄어들 것이다. 이러한 상황에서 연민선생은 한문으로 된 우리나라의 무수한 저적을 올바르게 이해하는 데 있어서, 나아가 동양학을 이해하는 데 있어서 적어도 한문을 "올바르게"

[13) 4~5면

해석하지 않으면 안 된다는 점을 강조하였다. 아무런 체계가 없다는 비판을 받으며 전폐될 위기에 놓였던 한문을 새로운 방식으로 강의하면서도, 기본적으로는 정확하게 원문을 이해하고 그간의 연구들에 비판적으로 접근해야 한다는 목표를 견지하였던 것이다.

연민선생이 살았던 때에 비해 현재 대학생 및 한학 입문자는 더욱 진일보한 한글세대라고 할 수 있다. 게다가 한문을 전공하기로 마음을 먹지 않은 이상, 전통적인 한문학의 방법으로 오랜 시간을 들여서 글을 읽어가며 자득해나가는 여유를 가진 사람은 더욱 찾기 어렵다.『한문신강』은 한문 공부에 오랜 공력을 들일 수 없는 독자들을 배려하여 만들어진 한문 입문서이면서도, 입문서로만 치부할 수 없는 깊이를 지니고 있다. 그런 의미에서 오늘날에도 이 책이 가지는 의의는 결코 적지 않다.

『담원국학산고(薝園國學散藁)』와
『연민국학산고(淵民國學散藁)』 비교

안장리 / 한국학중앙연구원

1. 서론

한국학이란 무엇인가? 한국학 연구자 백 명에게 물어보면 백가지 답을 얻을 수 있다고 한다. 『표준국어대사전』에서 한국학이란 "한국에 관련된 각 분야를 연구하는 학문. 한국의 역사, 지리, 정치, 경제, 사회, 문화 따위를 다룬다."고 되어 있다.[1] 현재 한국학 연구자들은 대개 역사면 역사, 정치면 정치, 문화면 문화 등 각 분야를 연구하고 있으며 분야에 따라 역사학자, 정치학자 등으로 구분한다.

'국학'은 한국학의 내재적 명칭으로 여겨진다. 즉 대외적으로는 '한국학'이라 명명하는 것을 대내적으로는 일컬을 때 쓰이는 것으로 여겨진다. 그러나 일제 강점기 많은 국학연구자들에게 국학연구가 애국활동이기도 했다는 점은 모두가 아는 사실이다.

국학은 일본 사람이 일컬으면 일본학이며, 중국 사람이 일컬으면 중국학이다. 국학에는 그 나라 연구자의 연구라는 함의가 있다. 자국의 학문을 하는 자국인을 국학연구자라 할 때 국학연구자는 누구보다 잘

---

1) 국립국어원, 한국학, 표준국어대사전 http://stdweb2.korean.go.kr

아는 자국의 연구자라는 장점을 지니고 있지만 한편으로는 학술적 객
관성을 훼손할 수 있다는 단점도 있다. 왜냐하면 국학연구자에게는 한
국학이 무엇인지 객관적으로 밝히려는 목적도 있지만 국가적 이익을
추구하는 주관적 의도도 배제할 수 없기 때문이다.

우리가 흔히 국학연구자라고 할 때 이들이 지닌 또 하나의 특징은
지금처럼 분과학문만을 연구하는 것이 아니라 문학, 사학, 철학 등을
아울러 연구 대상으로 삼는다는 점이다. 담원 정인보(1893~?)의 경우
『조선상고사』를 보면 역사학자이고, 『양명학연론』을 보면 철학연구자
이고, 『조선문학원류초본』을 보면 문학연구자이며 나아가 『담원시조
집』을 보면 시인이다. 역사, 철학, 문학 등을 두루 연구하였고 이를 아
우른 글쓰기를 한 셈이다.[2] 연민 이가원(1917~2000)의 경우 『한국한문
학사』를 보면 문학연구자이며, 『이조명인열전』을 보면 역사학자이다.
유학이나 이황에 대한 연구를 보면 철학연구자이다. 그러면서 이들은
국가적 행사에서 요청하는 글들을 다방면으로 집필하기도 하였다. 이
런 점에서 정인보와 이가원은 국학연구자이다.

'국학산고(國學散藁)'는 이들이 이처럼 국가에 필요한 한국학 제분야
에 대한 연구를 수행하면서 집필한 글들을 엮은 책이다. 그러므로 이
책을 살펴보면 국학이 무엇인지 밝힐 수 있을 것으로 여겨진다. 본고
에서는 이와 함께 이들이 국학 연구를 통해 추구하려 한 것이 무엇인
지도 밝히고자 한다.

정인보와 이가원은 모두 한학자이며 교육가이다. 이들은 모두 조선
명문가 자손으로 어려서부터 가학을 하였다. 정인보는 연희전문대학
에서 1922년부터 1937년까지 15년간 교편을 잡고 국학을 연구하면서

---

2) 안장리는 「인문학적 사유를 바탕으로 한 장르변형 글쓰기」(『동방학지』 130, 2005.6)
   에서 정인보의 「唐陵君遺事徵」이 文史哲을 아우른 글쓰기임을 주장하였다.

인재를 양성하였다. 『담원국학산고』는 1929년부터 1950년까지 20여
년간 집필한 글들 중에 일부를 1955년에 후인들이 엮었다. 이가원은
1964년부터 1982년까지 연세대학교에 재직했으며, 『연민국학산고』는
1949년부터 1976년까지 27년간 집필한 글 들 중에 일부를 엮은 것이
다. 이들의 글은 모두 같은 학교에서 오랫동안 후학을 양성하면서 집
필했다는 공통점이 있으며, 광복 이전의 집필과 광복 이후의 집필이라
는 점에서 차이가 있다.

이러한 공통점과 차이점을 고려하여 앞으로의 논의를 진행하고자
한다. 『담원국학산고』는 정인보가 납북된 후 후학들이 저자의 기존 글
들을 묶어 출판하였으며, 『연민국학산고』는 저자의 의도에 의해 일정
기간 집필한 글을 엮었다는 특성을 지니지만 모두가 당사자들이 국학
연구자로 살아가는 과정에서 집필한 글들이므로 동등하게 분석하여
비교하도록 하겠다.

2. 연구대상

2.1. 『담원국학산고』

『담원국학산고』는 정인보가 납북된 이후인 1955년에 문교사(文敎
社)에서 발행하였다. 총 5편으로 나누어져 있는데 제1편 '조선고서해
제편'에는 18편의 고서를 해제하였으며, 제2편 '국학인물론'에서는 정
철, 정약용, 신채호 등의 국문학, 실학, 사학 분야업적에 대해 논하였
다. 제3편 '고사번정'에서는 성부돈(止誣論)·광개토경평안호태왕릉비
문석략(廣開土境平安好太王陵碑文釋略)·사릉전설변정(蛇陵傳說辨正)·
괘릉고(掛陵考) 등 네 가지 역사적 사실을 변정하였으며, 제4편 '양명
학연론'에서는 양명학에 대해 소개하였고, 제5편은 기타로 비문 6편,

추념문 3편, 산고 4편 등을 수록하였다.

이들을 다시 주제별로 분류하면 '양명학', '실학', '애국인물과 민족사학', '언어와 문학(시조 가사문학 포함)', '국방과 지리' 등 5가지로 구분할 수 있다.

2.1.1. 양명학

양명학에 대한 글로는 양명학을 소개하고 그 의미를 밝힌 '양명학연론'을 들 수 있으며 이외에 조선 양명학파로 거론한 정제두의『하곡전서(霞谷全書)』, 이광사의『원교집(圓嶠集)』, 이충익의『초원유고(椒園遺藁)』, 정동유의『주영편(晝永編)』, 이면백의『감서(憨書)』그리고 홍대용의『담헌서(湛軒書)』, 유희의『문통』등에 대한 해제가 '조선고서해제편'에 수록되어 있다.[3]

'양명학연론'에서 정인보는 조선의 주자학이 사영파(私營派)와 존화파(尊華派)만 있었다고 비판하였다.

> 조선 수백년간 학문으로는 오직 유학이요. 유학으로는 오직 程朱를 신봉하였으되 신봉의 폐 대개 두 갈래로 나뉘었으니 하나는 그 학설을 받아 자가 편의를 꾀하려는 사영파이요, 하나는 그 학설을 배워 中華嫡傳을 이 땅에 드리우자는 존화파이다. 그러므로 평생을 몰두하여 심성을 강론하되 實心과는 얼러볼 생각이 적었고, 一世를 麾動하게 도의를 표방하되 자신밖에는 보이는 무엇이 없었다. 그런즉 世降 俗衰함을 따라 그 학은 虛學뿐이요. 그 행은 假行뿐이니 실심으로 보아 그 학이 허인지라 僞俗으로 보아 실이다. 그러므로 수백년간 조선인의 실심 실행은 학문영역 이외에 구차스럽게 간간 잔존하였을 뿐이요, 온 세상에 가

3) 이중에 특히 이광사, 이충익 등은 강화학파로 세분되기도 한다. 강화학파에 대한 연구로는 정양완 심경호가 한국정신문화연구원에서『강화학의 문학과 사상』이라는 제목으로 1993, 1995, 1999년 3차례에 걸쳐 4권의 책으로 출판한 바 있다.

득 찬 것은 오직 가행이요 허학이라[4]

주자학자 중에 사영파는 아전인수격으로 자신을 위해 주자학을 이용하는 부류이고 존화파는 자신을 버리고 중국에 자신을 맞추는 부류라고 하였다. 주자학자가 이처럼 부정적인 부류가 된 이유를 실심의 부재에서 찾았다. 주자학자가 심성과 도의를 주장하였지만 실심을 고려하지 않았기에 허학과 가행만 남게 되었다고 비판하였다. 이 글에서는 이런 허학과 가행이 지속되어 결국에는 국권을 빼앗겼다는 뜻을 피력하기도 하였다. 주자학이 이렇게 된 것에 대해 학문적 차원에서 이렇게 말하기도 하였다.

> 학문이 실심과 관계없으매 自私念이 자연히 주 되게 되고 이것이 주가 된 즉 학문이 이를 싸고돌게 된 것이다.[5]

'자사념'은 스스로의 사사로운 생각이며 자기의 이익만을 생각하는 인욕과 같은 뜻이다. 이 글에서 정인보는 실심이 없는 학문은 자기 욕심에 빠져 학문연구를 통한 이익은커녕 오히려 해악이 더 크다는 점을 강조하면서 국학에서 실심의 중요성을 제시하였다. 정인보는 실심에 대해 다음과 같이 설명하였다.

> 우리의 실심은 의연히 혈혈하여 누구나 돌아보는 사람이 없으매 의복은 남루하고 면목은 黧黑하여 죄 없이 비실비실하면서 골목길 으슥한 데로 넋잃은 듯이 떠돌아 다닌다 그러면서두 차마 인간을 내어버리

---

4) 정인보, 「양명학연론」, 「국학산고 외」『담원정인보전집』2, 연세대학교 출판부. 1983, 114면

5) 정인보, 앞 책, 같은 면 참조.

고 멀리 가지는 못하여 때때로 얼굴을 보인다. 보이어도 누가 눈도 거들뜨는 사람이 없건만 그래도 혹 떠볼까하고 아주 가지는 못한다. 그러다가도 혹 떠보게 될 때는 어떠한 明鏡같이 휙 한번 비치며 옳다던 것도 그른 것으로, 안해야 한다던 것도 꼭 해야 할 것으로 가릴 수 없이 분별된다. 이것은 어디서 얻어온 것도 아니요 무엇에 인한 名利心도 아니다.6)

이는 매우 비유적인 표현인데 실심을 낙척한 지사로 의인화하여 그 형상을 그려내고 있다. 자신을 버린 세상에 대해 불만이 있고 심지어 떠나고 싶지만 그래도 안타까워 떠나지는 못하고 혹시나 다시 자신이 쓰이지 않을까 기대하며 바장이는 모습이 눈에 선하다. '골목길 으슥한 데로 넋 잃은 듯이 떠돌아 다니다'는 표현에서 정인보가 생각하는 세상의 '실심'에 대한 홀대와 '실심'의 고뇌가 여실히 드러나 있다. 세상 모든 사람들이 허학과 가행에 심취해서 실심을 돌아보지 않는다는 정인보의 질타가 담겨 있기도 하다.

정인보는 실심을 '명경(明鏡)' 즉 밝은 거울과 같다고도 했다. 단 한 번 비치는 것만으로도 시비, 당위여부를 분별해준다고 하였다. 그리고 이런 면에서 '지행합일(知行合一)'을 주장하고 '치양지(致良志)'를 외친 양명학을 실심을 돌이키게 할 수 있는 학문으로 이해하였다. 정인보가 양명학에 주목한 이유는 주자학을 허학(虛學)으로 양명학을 실학의 원천으로 여겨 이를 국학의 근간으로 삼으려했던 것으로 여겨진다. 정인보가 조선에서 양명학의 '치양지(致良志)'를 추구한 인사들을 찾고 이들의 저술을 소개한 것은 이를 국학저술의 일환으로 여겼기 때문이다.

정제두(鄭齊斗)의 『하곡전서(霞谷全書)』해제에서는 정제두를 조선 양명학의 뚜렷한 한 사람이라 일컬으면서 그 연원을 시대의 반동으로

---

6) 정인보, 앞 책, 115~116면.

보았으며, "학을 허론에 구할 것이 아니라 一點天良의 속일 수 없는 이 한 자리로부터 眞僞 善惡의 辨破를 關頭로 하여 나가지 아니하고는 眞學問을 바랄 수 없는 것이다"라는 입지를 세운 점을 평가하였다.7)

이광사(李匡師)의『원교집(圓嶠集)』에서는 이광사가 정제두의 학을 이어 종형 항재(恒齋) 이광신(李匡臣,『의주왕문답(擬朱王問答)』저자)과 같이 왕양명을 종주로 삼았고 이광사의 큰아들 여실(黎室) 이긍익(李肯翊)과 셋째 아들 신재(信齋) 이영익(李令翊)이 다 국고(國故)를 연구하여 곤제(昆弟) 부자가 학원(學苑)의 정화를 천유(擅有)하였다고 기록하였다.8) 그리고 이광사가 훈민정음학, 조선사학, 서결(書訣) 등 음운, 국사, 서예에 볼만한 글을 남겼다고 했으며 다음과 같이 그 가치를 평가하였다.

세상에서 圓嶠를 아는 이가 많다. 무식한 무리 원교를 모르고 성을 떼이고 광사라 부르기도 하나 서법의 고절함을 일컫는 것은 누구나 거의 異辭가 없다. 그러나 선배의 전하는 말을 들으면 원교의 서법이 문장에 미치지 못하고 문장이 또 그 인품에 미치지 못한다 하였다 한다. 이제 우리로서 원교의 遺集을 보건대 詞華보다는 國故에 치중하는 그 정신, 민족성을 突兀하게 발양하는 그 문필이 조선학술부흥기에 있어 두렷한 한 營壘로 추중하지 아니할 수 없으며, …9)

위에서 정인보는 이광사에 대한 평가를 세 층위로 구분하였다. 첫째 이광사의 서예를 평가하는 일반인 부류이다. 일반인 중에는 이광사를 그저 광사라 낮춰 부르기도 한다고 하였는데 이는 첫째 부류의 무지함

7) 정인보, 앞 책, 17면.
8) 정인보, 앞 책, 38면.
9) 정인보, 앞 책, 39면.

을 비판한 것이다. 둘째 부류는 이광사에 대한 이해가 깊은 당대 인물들로 이광사가 인품, 문장, 서예 등을 두루 갖춘 선비였음을 평가하는 부류이다. 세 번째는 정인보와 같은 부류로 조선학술을 부흥한 공이 있음을 꿰뚫어 본 부류이다. 국고(國故)는 국학(國學)의 다른 이름이다. 이광사가 문장을 아름답게 꾸미는 일보다는 민족성을 드높일 국학 연구에 몰두한 점이 평가할만하다는 말인데 여기서 정인보가 국학을 가장 중시했음을 확인할 수 있다.10)

정동유(鄭東愈)의 『주영편(晝永編)』에서는 "원래 宏博 精深한 학자요 더욱이 邦典과 國故에 주력하던 이이므로 조선문·조선지리·조선역사에 대한 독특한 隻眼을 다 이 遺編을 통하여 按索할 수 있다."고 평가하였다.11) 이외에도 이면백(李勉伯)의 『감서(憨書)』, 홍대용(洪大容)의 『담헌서(湛軒書)』 그리고 유희(柳僖)의 『문통(文通)』 등도 실심의 전통을 이어 국학발전에 기여할 수 있는 내용이 있다고 평가하여 해제를 붙였다.

정인보에게 조선의 양명학자는 조선문 조선지리 조선역사 등 민족유산의 재평가를 위해 조선학을 한 학자들로 평가된 셈이다..

2.1.2. 실학

실학에 대한 글로는 '국학인물론'의 「정약용(丁若鏞)의 생애와 업적」, 실학의 선구자로 평가한 이익의 「성호사설을 교간하면서」와 조선고서 해제에서의 『곽우록(藿憂錄)』 그리고 노론학자로만 알고 있는 이이명의

---

10) 중국에서는 胡適의 「文學改良推移」, 陳獨秀의 「문학혁명론」을 시작으로 유교 중심의 고전평가를 다시하여 새로운 가치를 발견하자는 운동이 일었는데 이를 '國故整理運動'이라고도 한다. 즉 '국고'란 '국가민족적인 문화유산을 발굴 재평가하는 일체의 일'을 말한다고 할 수 있겠다.

11) 정인보, 앞 책, 5면.

『소재집(疎齋集)』이 지닌 실학적 면모를 소개하였다.

정인보는 정약용에 대한 글에서 "朝鮮近古의 학술사를 綜系하여 보면 磻溪가 一祖요 星湖가 二祖요 茶山이 三祖인데 그 중에도 精博明切함은 마땅히 다산에게 더 미룰 것이니…그 집성의 美를 향유…"라고 하여 유형원, 이익에 이어 조선의 학문을 집성하였다고 하였으며 그 학문의 실체에 대해 '신아구방(新我舊邦)'의 실학이라고 하였다.[12]

정인보는 「성호사설을 교간하면서」에서 이익의 『성호사설』과 『곽우록』이 오랫동안 알려지지 않음을 안타까워하면서 이익을 조선의 사학을 세운 인물로 평가하였다.

조선의 사학이 없은 지 오래다 조선의 사를 조선을 중심하지 아니하여 마치 李純之·金淡 이전의 曆書와 같이 順天府 기후만을 표준하였다. 이렇게 自性을 잃은 지 오래다. 선생의 학문은 사학으로써 근거를 삼았나니 선생은 眞學者이라 내외를 알았다. 본말을 알았다. 또 眞僞假誠을 明辯하였다.[13]

이순지와 김담은 세종대 대표적인 천문학자로 천문을 관측하는 기계를 만들고 우리나라의 기후와 천문을 관측한 인물이다. 즉 그 이전에는 중국의 기후를 기준으로 하였으나 이들에 의해 우리의 기후를 기준으로 삼을 수 있게 되었는데 조선사학에서 이익이 바로 이순지와 김담같은 역할을 했다는 말이다. 그리고 그 실례로 고조선의 마지막 왕 우거(右渠)가 한나라에 망한 뒤에 재상 成己가 재기하여 우거의 옛 성을 지키다가 한나라 군사에게 죽게 된 사실을 기술함에 있어 그동안에는 성기의 행위를 '모반'으로 표기하였는데 이익이 이를 문제삼아 바로

---

12) 정인보, 앞 책, 63면.
13) 정인보, 앞 책, 106~107면.

잡은 점을 들었다.[14) 또한『곽우록(藿憂錄)』해제에서는 이익이 붕당론
과 균전론에서 탁견을 보였음을 평가하였다.[15)

이이명의『소재집』에서는 이이명의 노론 4대신의 하나로 당쟁의 주
요인물로 평가되고 있지만 그의 문집을 자세히 보면 진주처럼 귀중한
내용이 있다고 하면서 북경에 사신으로 갔을 때 경교(景敎)의 교리와
역산(曆算)을 살핀 일은 김육(金堉) 이후 대표적 논의였다고 평가하였
으며, 특히 「동국강역도설(東國彊域圖說)」은 농포(農圃) 정상기(鄭尙
驥), 여암(旅菴) 신경준(申景濬), 고산자(古山子) 김정호(金正浩) 등이 경
의를 표할 정도의 가치가 있는 지리설을 담고 있다고 평가하였다. 정
인보가 내세운 실학자들은 조선학을 조선의 입장에서 주체적으로 수
행한 학자임을 알 수 있다.

2.1.3. 애국인물과 민족사학

민족사학과 애국인물에 대한 글로는 '국학인물론'의 「단제(丹齊)와
사학(史學)」과 고사변정(古史辨正)의 「광개토경평안호태왕릉비문석략
(廣開土境平安好太王陵碑文釋略)」, 「정무론(正誣論)」, 「사릉전설변정(蛇
陵傳說辨正)」, 「괘릉고(掛陵考)」, 비문 등의 이충무공순신기념비문(李
忠武公舜臣紀念碑文), 한산도제승당비문(閑山島制勝堂碑文), 노량충사
비문(露梁忠祠碑文), 병천기의비문(並川紀義碑文), 윤봉길열사기념비
문, 순국선열추념문(殉國先烈追念文), 우정선생추도문(偶丁先生追悼
文), 창전형추도문(蒼田兄追悼文), 이충무공기념사업회취지서(李忠武公
紀念事業會趣旨書) 등을 들 수 있다.

정인보는 단재 신채호에 대해 "단재의 사학은 세상이 다 아는 바와

---

14) 정인보, 앞 책, 107면.
15) 정인보, 앞 책, 47면.

같이 명실상부한 거얼이다"라고 하면서 단재 사학의 세 가지 특징으로
고증, '조선사의 열쇠'라고 할만큼 역사의 요점을 잡는 능력, 오래된 역
사적 사실을 생동적으로 보이게 하는 역량 등을 들었다. 게다가 그의
학문방식이 고조선의 발상지, 전쟁 연고지, 천도 왕래 지역 등을 직접
답사하고 이를 토대로 역사서와 비교하고 또 금석과 유허(遺墟)를 찾
아 전인미발(前人未發)의 사료를 발굴하여 저술하였기에 더욱 대단하
다고 하였다. 더 나아가 자기를 속이지 않는 학문적 태도가 탄복할만
하다고 평가하였다. 아울러 신채호가 불교에도 능통했음을 소개하면
서 끝으로 다음과 같은 신채호의 시를 실었다.

<blockquote>

외론 등불 비치는데 근심스럽기만 한 건	孤燈耿耿伴人愁
일편단심 다 태워도 자유롭 수 없기에	燒盡丹心不自由
밝은 해를 되돌릴 하늘 창도 얻지 못한 채	未得天戈回赫日
부끄럽게 몽당붓으로 조선을 그리고 있을 뿐	羞將禿筆畵靑丘
이역 생활 십년에 귀밑머리엔 서리 내렸고	殊方十載霜侵鬢
삼경 달빛만 병들어 누운 베갯머리에 비쳐 드네	病枕三更月入樓
말하지 마시게 강동의 농어회 맛있다고	莫說江東鱸膾美
지금같이 고깃배 맬 땅도 없는 마당에	如今無地繫漁舟

</blockquote>

이 글은 1936년 4월호 『신동아』에 실린 글이다. 나라 잃고 아픈 몸
을 이끌고 외국에 떠돌면서 광복의 방법을 찾지 못한 채 조선 역사나
기록할 수밖에 없는 자신을 부끄러워하는 신채호의 태도가 잘 그려져
있다. 당시에는 조선의 역사를 찾고 서술하는 것만으로도 불령선인이
라고 하여 박해를 받았을텐데 그 정도 밖에 하지 못하는 자신을 부끄
러워하는 이 반성문 같은 시로 정인보는 이런 글을 실음으로써 조선
독자들이 허학과 가행을 버리고 실심으로 국학을 연구할 것을 촉구하
였던 셈이다.

「광개토경평안호태왕릉비문석략」은 호태왕릉비의 해석에 대한 변정을, 「정무론」은 한사군 설치 지역에 대한 변정을, 「사릉전설변정」은 사릉의 용어에 대한 변정을, 「괘릉고」는 괘릉의 주인에 대한 변정을 제기한 글들이다. 정무론에서 정인보는 당시의 상황을 다음과 같이 비판하였다.

> 우리는 날로 못나져 가고, 남은 날로 왕성해지고, 우리는 날로 쓸려만 가고 남은 날로 불 일 듯하여, 불꽃 일 듯 불 태울 듯한 세력을 믿고 뽐내어, 거액을 쓰고 많은 힘을 들여 한번 뚫어 헤친 뒤에는 야단스럽게 기록하고 눈부시게 그리고, 찍어내고, 가득히 진열하니 보는 이는 어리둥절하고 듣는 이는 두려워하여 서로 증거를 대며 믿어서, 일찍이 조금도 의심치를 않는다. 새 학문을 했답시고 고고학이라도 좀 안다는 자도 또한 넘겨다보고는 서로 도와 영화롭게 여기니, 사람이 미혹으로만 달려서, 되돌아올 줄 모름이 이와 같을 수가 있다니, 원![16)

일본이 자신들의 세력을 바탕으로 돈과 힘을 들여 역사를 왜곡함에도 불구하고 우리는 날로 왜소해져서 이를 믿을 뿐 아니라 고고학이라는 신학문을 하는 연구자조차 이를 돕고 또 자랑스럽게 여기는 상황을 한탄하고 있다. 정인보가 생각한 국학연구는 이러한 일본의 역사왜곡에 대항하여 진실을 밝히는 것이었음을 확인할 수 있다.

비문, 추도문 등은 해방 이후에 조선의 위인들을 기념하기 위해 지은 글이다. 이순신에 대해서는 우리 역사 가운데 그가 아니면 민족이 없고 나라가 없을 한 분으로 내세웠으며, 이를 기념할 기념사업회, 전승지인 한산도, 노량에 기념비, 아산의 신도비 등을 지었고, 독립을 위해 애쓴 병천의 유관순, 예산의 윤봉길, 일제 강점기에 순국한 선열들,

---

16) 정인보, 『국역담원문록』 권3, 64면 번역문 인용.

삼일 운동 후 절개를 지킨 임우정, 교육계에서 활동한 창전 등 지금의
조선을 있게 한 인물들을 추도하였다.

2.1.4. 언어와 문학

언어와 문학으로는 '국학인물론'의 「정송강과 국문학」, 조선고서해
제의 『고금석림(古今釋林)』, 『훈민정음운해(訓民正音韻解)』, 『항해총서
(沆瀣叢書)』, 비문의 세종대왕어제훈민정음반포오백주년기념비문(世
宗大王御制訓民正音頒布五百週年紀念碑文) 등을 들 수 있다. 정인보는
「정송강과 국문학」에서 조선 500년 우리나라 가곡의 대표저자로 정철
과 윤선도를 들고 특히 정철의 「관동별곡」, 「사미인곡」, 「속미인곡」은
김상헌, 권필, 이안눌, 김만중 등의 칭탄을 받았다고 하고 정철과 윤선
도를 다음과 같이 비교하였다.

> 고산의 단가는 그 체재가 좁으니만큼 이 경계를 나타낼 수 없으며 단
> 가로도 송의 강의 광화문 드리드라 내병조 상직방의 ㅎ르밤 다숫경의
> 스믈 석뎜 티는 소릭 라든지 신군망교리 적의내 마츰 수찬으로 산하변
> ㄱ초와 근정문밧기러니 라든지 다 절세한 풍치가 있다. 고산은 이에 짜
> 르다. 그러나 고산은 말마다 유자요 송강은 그렇지 아니하다. 각가가
> 독주하는 바 있고 낫고 못하고 말하기에 불감하나 단가로도 중체를 갖
> 춘 이는 송강이다.[17]

윤선도가 유가적 특성에 한정된 반면 정철은 다양한 면모를 보여준
다고 하여 정철을 더 높이 평가하고 있다. 정인보는 또한 "몀월이 쳔촌
만락을 아니 비췬 딕 없다"는 「관동별곡」의 한 구절을 예로 들어 "정히
밤은 깊고 사방은 고요한 그림으로 미치지 못할 그림이다."라고 하여

---

17) 정인보, 「국학인물론」, 「국학산고 외」 『담원정인보전집』 2, 56면.

자연스럽고 적절한 표현을 한 점을 평가하였다. 또한 정철의 가사에 대해 천부적 재능이 있을 뿐 아니라 여기에 대한 견식이 넓고 연구하는데 까지 나아갔다고 평가하였으며, 정철이 이를 여사로 하지 않고 일생의 문학적 생각을 이에 모았다면 순수한 국문학의 절대적 경지를 더 널리 열었을 것이라고 안타까워하였다.

언어에 있어서는 특히 한글에 대해 신경준의 『훈민정음운해』 해제에서 "이는 옛 성인이 미처 궁구하여 얻지 못한 것으로 온 천하에 없는 것이다"라고 한 서문을 인용하여 당시 '모화' '존주'를 벗어나는 학풍을 이었다고 평가하였다.[18] 또한 홍길주의 『고금석림(古今釋林)』은 연암의 문장을 이었으며, 이의봉의 『고금석림』은 고어와 이두 그리고 만주, 몽고, 일본, 흉노, 안남, 토번 돌궐 등을 연구하는데 필수적인 서적으로 평가하였다.

2.1.5. 국방과 지리

국방과 지리에 대한 글로는 '조선고서해제'의 『음우비(陰雨備)』, 『무예도보통지(武藝圖譜通志)』, 『팔도도(八道圖)』, 『대동여지도(大東輿地圖)』, 『택리지(擇里志)』 등을 들 수 있다. 저자가 밝혀지지 않은 『음우비(陰雨備)』는 지리, 역사, 민속, 국가계획 등을 두루 통달한 연구와 명철한 분석력이 있는 사람으로 국방에 대해 서술한 책인데 이 저자에 대해 스승 이건방의 말을 인용하면서 다음과 같이 한탄하였다.

나의 스승인 이난곡 선생이 저자의 어떠한 분임을 추론하되 "이 반드시 貴官이 아니라 寒儒일 것이요 達者가 아니라 畸士일 것이니 近古 수백년 동안 富貴利達한 이는 이러한 생각부터 가진 이가 없었을 줄 안

---

18) 정인보, 앞 책, 34면.

다.”고 말씀하셨다. 세상에서는 나를 몰라도 나는 一念이 저를 잊지 못
하고 말이 쓰이지 못할 줄을 모름이 아니로되 스스로 耿耿함을 차마 무
시 못하는 深衷 孤懷 이제 와서 一卷 殘編에 低回할 뿐이니 이 어찌 한
사람의 불행을 痛惜할 뿐이랴[19]

　　스승이 부귀 영달한 인물은 이처럼 국방에 대한 깊은 통찰을 할 수
없음을 말하여 당시 세태을 비판한데 대해 정인보는 그런 위치에 있지
않음에도 불구하고 그래서 아무리 훌륭한 국방책을 제시해도 받아들
여질 수 없음을 알면서도 그럼에도 불구하고 이를 글로 남기지 않고는
견디지 못하는 저자같은 사람에 대한 안타까움과 결국 이런 사람을 쓰
지 못해 나라를 잃는 지경에 이른 망국에 대한 한탄을 토로하고 있음
을 확인할 수 있다.
　　『팔도도』에서는 백리척으로 팔도지도를 만든 정상기를 실심으로 실
용을 구한 위인으로 평가했으며, 『대동여지도』는 김정호가 조선 지도
를 집대성하였다고 하였고, 『택리지』에서는 김정호의 지도에 비견되
는 지리지로 평가하였다.

2.2. 『연민국학산고』

　　『연민국학산고』는 ‘논고(論攷)’ 24편, ‘서언(序言)’ 58편(‘자서(自序)’
26편 포함), ‘해제’ 14편, ‘후기’ 3편, ‘개요’ 7편, ‘논’ 3편, ‘서평’ 12편
등으로 이루어져 있다. ‘서언, 해제, 후기, 개요, 논, 서평’ 등은 모두
책에 대한 서술이며, 이 중에 자서 26편은 본인이 집필한 저술에 대한
서술이다. 논고 24편은 새로운 사료를 발굴하고, 기원을 밝히거나, 변
증하는 글과 현황 및 앞으로의 방향을 제시하는 글 등이다.

---

19) 정인보, 앞 책, 38면.

이들을 주제별로 구분하면, '유학과 실학', '역사인물', '문자와 한문학', '서예와 전각' 등으로 나눌 수 있다.

2.2.1. 유학과 실학

유학과 실학에 관련된 글로는 '논고'의 「〈釋奠〉片攷」, 「韓國 儒敎의 現況」, 「燕巖의 實學思想과 朱子學」, 「釋〈成均〉」, 「儒林運動의 當面課題」, 「先人들의 靑年訓練」 들을 비롯하여 『性理諸家解抄』 해제, 이황의 작품인 『退溪全書』 해제, 또 그를 기념하는 『陶山尙德祠還安時感吟集』 서, 『溫惠花樹契帖』 서, 성균관 등 유학 교육기관에 대한 『太學志』 서, 『바람과 구름이 지나가는 곳』 서, 경서를 비롯한 제자백가에 대한 『四書·五經選集』 자서, 『易經新義』 서, 『韓非子譯解』 서, 『四書·三經譯本』 서, 『論語』 논 종친회 산물인 『景泗流芳』 서, 족보에 대한 글인 『金寧金氏大同譜』 서, 『濟州高氏靈谷公派派譜』 서, 『昌寧曺氏摠制公派派譜』 序, 유학 고장의 지역지인 『嶺南樓臺志』 서, 『安東志』 序 그리고 실학서적인 『星湖僿說』 서, 『實學叢書第一輯』 자서, 『實學叢書第二輯』 자서, 『磻溪年譜』 해제, 『實學叢書第三輯』 자서, 『實學叢書第四輯』 자서, 『實學叢書第五輯』 자서 등을 들 수 있다.[20]

석전(釋奠)은 문묘에서 공자에게 제사지내는 것을 말하는데 이 논고에서 이가원은 중국 석전의 기원과 우리나라에서의 관련 기록을 찾고 석전의 진행 방식에 대해 고찰한 뒤에 한국전쟁으로 어려움에 있음에도 불구하고 서울을 수복한 뒤 유림의 힘을 모아 석전제를 지낸 일을 자부하면서 다음과 같이 당부의 말을 담았다.

---

20) 실학총서 1집에는 『징비록』, 『지봉유설』이, 2집에는 『반계수록』이, 3집에는 『성호사설유선』이, 4집에는 『담헌서』가, 5집에는 『열하일기』 등이 수록되어 있다.

석전에는 특히 奏樂이 잇는 것이 하나의 가관의 점일 것이다. 장엄한 神幕이 열리자 우아한 고전 음악의 연주는 실로 稀世의 음이 아닐 수 없다. 이에서 종종 인간의 塵夢이 환성되는 듯하며 先哲의 끼치신 교훈에 잠깐 나의 심신이 淸灑 闓悅의 경지에 스며들어가는 듯도 하다. 비록 고전적이요 봉건적인 유물일지라도 결코 홀시할 수 없을 것이다.21)

이로 볼 때 이가원에게 공자나 중국은 우리 전통의 전범이 되는 존재이며, 현재에도 그 가치를 존속하는 실체임을 확인할 수 있다. 특히 석전제에서의 주악을 듣고 심신이 맑고 기쁘게 된다는 표현에서 정서적으로도 유학에 심취되어 있음을 확인할 수 있다. 이가원은 사서오경 등 중국 경서 및 제자백가의 글들에 정통했을 뿐 아니라 조선시대 선비들의 유교활동 및 가문 현창 사업 등에도 동참하거나 선봉에 서서 이끌어 나갔다. 이황의 후손임을 자랑스럽게 생각하고 이를 기념하는 모임에 동참하였으며 유학의 전통을 지닌 고장에 대한 자부심을 표현하기도 하였다.

실학에 대한 인식도 주자학의 한 부분으로 인식하였다. 「燕巖의 實學思想과 朱子學」에서 "이조 후반기의 실학이란 주자학을 반대하는 어떠한 하나의 학풍으로 간주하는" 연구자를 속학으로 규정하고 박지원, 유형원, 이병휴, 이익, 정약용, 김정희 등이 모두 주자학을 신봉했음을 이들의 글을 인용하여 증명하였다. 즉 정약용이 "이제 正學이 쇠퇴하고 속된 이론이 고착되었으나 오히려 퇴계 이후 다시 성호가 있어 우리들이 남은 편린을 사숙하는 중에 또한 족히 그 통로를 얻으니 대개 성호의 학문은 평생 朱子를 신봉했었다"는 글을 인용하여 이익의 학문이 주자학을 존숭하였음을 밝혔다고 하였다.22)

---

21) 이가원, 『연민국학산고』, 『이가원전집』 3, 동서문화사. 1977. 25면.
22) 이가원, 앞 책, 59~61면.

또한 이 글에서 양명학에 대해서는 다음과 같이 언급하였다.

> 그러면 우리나라의 駁朱派는 어디에서 생겼던 것일까? 우리나라 王
> 學은 이조 후반기의 일부 극소수 소론학자에 의하여 수입되었으나 그
> 들의 세력은 너무나 미약하였으므로 駁朱의 능력조차 없었던 것임에도
> 불구하고 한말에 이르러서 주자학에 대한 염증은 크게 부풀어 올랐던
> 것이다. 그 이유를 따진다면 첫째 주자학의 말폐가 이조의 정치를 혼란
> 시키었고 둘째로는 倭酋의 소위 '문화정책'에 영합한 경학원을 둘러싼
> 친일유학배가 悲憤欲死의 경지에 이른 韓士들의 눈에 하나의 가시로
> 띄었으므로 그들을 미워하는 눈초리가 주자학에까지 사무쳤던 것이라
> 생각된다.[23]

위 글에서 이가원은 양명학의 주자학 반박은 대단한 것이 아니었
으며, 주자학에 대한 부정적 견해가 팽배된 것은 주자학의 말폐와 친
일유학자 때문이라고 하면서 당대 주류는 주자학이었음을 주장하고
있다.

2.2.2. 역사인물

인물에 대한 글로는 1669명을 수록한『李朝名人列傳』자서, 37명
을 수록한『韓國名人小傳』자서,『人物韓國史』및『海東人物志』서
평 그리고『蒼竹軒實紀』서,『大韓義烈錄』서,『勉菴文集』서 ,『菊
軒年譜』서,『耕山小史』서,『愚軒集』서 등을 실었는데 이들은 임란
의병, 한말 순절자 또는 삼강오륜을 실천한 인물의 문집에 대한 서문
등이다. 필자는 이가원의 인물전을 분석하여 이가원이 애국애족을 최
상의 가치로 두었으며, 현실보다 대의를 중시하고 성리학, 문장, 벼

---

23) 이가원, 앞 책, 64면.

슬, 학통, 혈통 등을 중시하기도 했지만 야사에 전하는 일사의 행적을
드러내어 조선후기 실학자들의 정신과 일맥상통한다고 한 바 있다.[24]
인물론에 대한 자세한 논의는 앞의 논의를 참조하면 될 듯하다. 다만
언급할 것은 이가원은 인물론의 전범을 사마천의 사기에 두었다는 점
이다.

2.2.3. 문자와 한문학

이가원은 오랫동안 한문학교수로 재직하면서 관련 연구를 많이 하
였다. 「漢文字 倂用論」, 「『漢文全廢와 國譯問題』槪要」, 「最近 우리
漢文學界의 경향」, 「漢文學의 土着化」 등 현실적인 문제에 대한 글을
쓰기도 했으며, 한자 사전인『大字源』을 만들고 서문을 썼으며, 한문
교재를 만들고 그에 대한 서문으로『漢文新講』자서, 『大學漢文新選』
自序, 『中等漢字語新選』자서, 『標準漢文』자서 등을 지었다. 문학작
품으로 한국한문소설인『金鰲新話』해제, 『金鰲新話譯註』자서, 『李
朝漢文小說選』자서, 『燕巖·文無子小說精選』자서, 『燕巖小說硏究』
자서, 『九雲夢』논 및 한문소설의 대표작가인 박지원 작품에 대해서
『熱河日記』논, 『燕巖選集』서, 『燕巖小說硏究』자서, 〈燕巖의 逸
書·逸文 및 附錄〉소고, 연행문학의 백미『熱河日記』등을 지었다.
또한 김시습에 대한 연구서인『梅月堂金時習硏究』에 대한 서문, 정약
용 연구서인『茶山文學硏究』개요를 써주기도 하였다. 이외 시가분야
로 한국한시인『韓國歷代名詩選集』에 대한 서문을 써주기도 하고, 설
화집『한국 호랑이 이야기』를 모으고 서문을 쓰기도 했으며, 시조집인
이황의『陶山別曲』해제, 가사집인『邦慶舞蹈辭』의 해제, 『萬憤歌硏
究』개요, 『安東의 詩歌文學』개요를 쓰기도 하였다. 또한 이를 총괄

---

24) 안장리, 「연민 이가원의 인물전 일고」, 『연민학지』17, 2012.

한 문학연구로『韓國漢文學史』,『韓文學硏究』,『韓國漢文小史』등을 쓰고 서문을 썼을 뿐 아니라 중국문학에 대한 글로는〈淸大 寫實主義文學〉소고를 비롯하여 시경에 대해『詩經譯注』서평을 하거나「讀詩淺知」로 개요를 소개하기도 하였으며,「개얌나무」,『中國文學思潮史』를 짓고 서문을 쓰기도 하였다. 중국소설『阿Q正傳譯本』자서를 지었고, 중국희곡인『西廂記』해제 및『西廂記譯注』를 하고 서문을 쓰기도 하였다. 그리고 논고로「《古文眞寶》刊行年代의 是非」를 썼다.

이가원은『연민국학산고』서문에서 "그 중에는 몇 편 국학이 아닌 중국에 관한 것이 없음은 아니었으나 역시 국학과 약간의 관련이 있으므로 할애하지 못하였다."고 하였다. 이는 당대 정서를 고려한 완곡한 표현일 뿐이다. 이가원은 중세한문문명권적인 사고를 지닌 동아시아인이기도 하였기 때문이다. 그러므로 중국에 관한 것 역시 국학의 범주에 둘 수밖에 없었을 것이다.

우리 유학을 얘기하려면 중국의 공자를 얘기해야 하듯이 우리 한문학을 거론하기 위해서는 중국의『시경』, 중국문학사의 흐름 등을 함께 살펴야 한다고 생각하였고 이는『시경』작품의 하나인 개얌나무에 대한 논고에서도 확인할 수 있다.

이가원은 이 시에 대해 '춤을 추면서도 인민의 주재자인 천자를 생각하는 시'로 규정하고 이 시의 영향은 중국에 있어서는 굴원의「초사」, 소동파의「적벽부」, 고려 정몽주의「사미인사」, 조선 정철의「사미인곡」등으로 이어진다고 하면서 다음과 같이 말은 맺었다.

> 참 그렇다. 이 개얌나무의 몇 글귀에서 풍기는 향기는 하나의 서민적인 무대 위에 일시적인 가늘한 정서에 일어났으나 면면히 끊이지 않은 채 몇 천년 뒤의 독자인 나로 하여금 영원의 감명을 지니게 함은 실은 우연치 않은 일이다.[25]

천년전 중국의 작품에서 '영원한 감명'을 받을 수 있는 것은 문학의
보편성에 기인한다고 할 수 있지만 앞에서 언급한 대로 중국, 고려, 조
선으로 면면히 이어지는 전통의 기원으로 여겨지는 작품이라는 점에
서 인간 보편 정서 이전의 역사적 동질성이 작용하였다고 할 수 있고
이는 이가원의 한문문명권적 정서의 발로로 볼 수 있는 것이다.

　나아가 한글에 대한 논의로 「〈靈碑〉小攷」, 『杜詩諺解批注』 서평
등을 쓰기도 하였다. 영비(靈碑)는 한글로 새겨진 금석문 중 가장 오래
된 비문이며, 『두시언해』는 최초의 한시 언해라는 점에서 한글 역사상
가치가 큰 자료들이다. 이렇게 한글 자료를 존중하는 태도에서 이가원
이 언문진서를 차별하는 존화적 차원에서의 중국문학을 연구한 것이
아니라 중세한문문명의 산물인 한국한문학 이해를 위한 필요악으로
중세 중국문명을 국학의 대상으로 삼았던 것으로 볼 수 있다.

2.2.4. 서예와 전각

　이가원은 서예가이기도 하였다. 여러차례 개인 전시회를 열기도 하
였는데 관련 글로는 『印刻敎範』 서, 『大東印譜』 서, 『劍如書藝集』
서, 『齊白石印譜』 서, 『古今瓊章帖』 서, 『평보 서희환 서예작품집』
서평, 『韓國歷代 名人筆蹟』 서평, 「글씨의 올바른 길」, 「여성과 서예」
등이 있다.

　이가원은 「글씨의 올바른 길」에서 서예의 의미에 대해 다음과 같이
의견을 피력하였다.

　　글씨는 우리 東方人의 생활에 있어서의 모든 사상과 감정의 표현이
　다. 하늘에는 日月星辰의 天文이 있고 땅에는 水火木金土의 地文이 있

---

25) 이가원, 앞 책, 129면.

는 것과 마찬가지로 인류에게는 六經 곧 詩書易과 禮記 樂記 春秋의
人文이 있는 것이다. 만일에 이 인문이 없다면 인류의 사상 감정이 정
착될 곳이 없을 것인 동시에 하나의 쓸쓸한 사막이 온 대지에 깔려 있
을 뿐이리라 생각한다. 그러므로 이 글씨를 예로부터 六藝의 하나로서
조금도 헐후히 생각한 적이 없었던 것이다.26)

이가원은 자신을 동방인으로 표현하고 있다. 천문, 지문, 인문이라
하여 세상이 문으로 이루어졌다고 하였으며 인문으로 중국의 사서오
경을 들고 중국 주나라 때 교육과목인 예악사어서수 즉 예용, 음악, 궁
술, 마술, 서예, 수학 등 육예의 중요성을 언급하고 있다.

3. 담원과 연민의 국학 비교

국학에 대한 연구는 1890년대 애국계몽기부터 국문과 국사에 대한
계몽과 보급을 위해 시작되었지만 본격적인 국학연구는 1930년대 일
제강점기 중에서도 일제의 통치가 더욱 심해졌을 때 정인보가 「조선학
에 있어서 정다산의 지위」라는 글을 『신조선』에 게재하면서 시작되었
다고 한다.27) 국학의 연원으로 실학의 세계를 밝히고자 했으며, 이 국
학연구에 안재홍, 문일평, 백남운 등이 참여하게 되었다고 하였다.28)
정인보 국학의 특징은 반봉건 근대화와 반외세 자주독립을 위한 연구
였다는 점이다. 광복후 국학은 좌우익의 사상분열과 신탁통치 그리고

---

26) 이가원, 앞 책, 135면.
27) 이해영, 「국학연구의 어제와 오늘」, 『국학이란 무엇인가』, 한국국학진흥원, 2004,
   37~38면.
28) 이후에 이루어진 최현배, 김윤경, 양주동 등의 국어국문학 연구가 이를 이은 점은
   두말할 필요가 없다.

한국동란으로 인해 연구의 목적이 바뀔 수밖에 없었다. 근대화의 상징인 미국문화와 전쟁 억제를 위해서라는 핑계로 간섭하는 열강의 영향에서 벗어나 자주 통일을 이루는 것이 국학의 과제가 되었다고 한다.[29] 그러나 이를 위해서는 먼저 일제 강점기에 왜곡되고 말살되거나 또는 일제강점기라는 극단적인 상황에서 돌아보지 못했던 우리의 정체성에 대한 재확립도 필요한 상황이었다. 이가원은 국학연구에 있어서 후자에 좀 더 의미부여를 하였던 듯하다.

정인보와 이가원의 국학연구를 '철학과 실학', '역사와 인물', '언어와 문학' 등으로 구분하여 비교해 보면 다음과 같다.

3.1. 철학과 실학

1930년대 국학연구에 있어서 철학의 부재를 얘기하곤 한다. 역사와 문학 또는 언어 분야에서 국학연구는 활발하게 이루어져 왔으나 철학 분야에서는 당대 국민에게 정신적 지침을 줄 수 있는 저서 같은 것이 부족했다는 것이다. 민족이 중시되고 우리민족이 쓰는 말을 표현한 한글, 이로 구현된 국문문학, 우리 민족을 주체로 서술하는 민족사학 등에 비해 민족철학은 개발되지 않았다. 증산교, 단군신앙 등 민족종교가 발달되기는 했지만 민족종교의 이름으로 민족의 총체적 결집이 이루어진 것은 아니다. 이에 대해 종교학자 강돈구는 다음과 같이 언급하였다.

일본과 중국에서는 특정 교단에 속한 사람일지라도 일본인과 중국인이라는 정체성의 중요성을 결코 간과하지 않는 것으로 보인다. 이들에 비해 한국은 대체적으로 특정 교단에 속한 신앙인으로서의 정체성이

---

29) 이해영, 앞 글, 43면.

한국인이라는 정체성보다 우위에 있는 것으로 보인다.30)

일제강점기나 광복후에도 한국인의 경우 유교신봉자면 유교인, 불교신봉자면 불교인, 기독교신봉자면 기독교인이라는 인식이 한국인이라는 인식보다 우선시 되었다는 건데 그러기에 단군을 우리 민족의 시조라고는 하지만 공자, 석가, 예수와 동등한 인물로 보았다. 즉 신앙대상으로 보았지 우리의 아버지와 같은 조상으로 여기지는 않았다는 말이다.

그런 면에서 정인보는 양명학자요 이가원은 주자학자였다. 주자학은 당대 주류학문이었고 양명학은 소수학문이었다. 그러기에 이가원은 양명학의 주자 반박은 주자학 말폐에 대한 몇몇 소론학자들의 일시적인 현상으로 치부하였다. 주자학을 신봉한다는 인물들이 일본에 협력한 점은 정인보와 이가원이 모두 공감한 듯하다. 다만 그 원인에 대한 이해는 달랐다. 정인보가 이것이 실심이 부족한 주자학 자체의 병폐로 여긴 반면 이가원은 이는 사람의 문제요. 주자학 자체의 문제가 아니라고 보았다. 그러므로 광복 후 우선적으로 해야 할 일은 일제에 의해 말살된 유림을 다시 세우는 일이라고 하였다. 이가원은 「유림운동의 당면과제」에서 유림에 대한 당대적 비판을 거론하면서 이에 대한 반론보다는 바람직한 실천이 먼저 수행되어야 한다고 하였다. 그 실천의 내용으로 '자주 태세 확립', '완세불공 및 종파적 오만 금지', '곡학아세 금지', '국가 대사에 적극적으로 참여하여 정의확립' 등을 할 것을 주장하였다.31) 이런 주자학의 말폐 또는 국가말의 폐단을 극복하기 위해 정인보와 이가원이 한결같이 내세운 학문은 실학이다. 정인보가 이

---

30) 강돈구, 「한국종교교단의 '국학운동」, 『종교연구』 70, 한국종교학회, 2013. 97면.
31) 이가원, 앞 책, 113면.

익과 정약용을 내세웠다면 이가원은 박지원을 내세워 각각 주자학을
극복하는 실학, 주자학을 정통으로 잇는 실학임을 주장하였다.

이들은 이익과 정약용 그리고 박지원이 실학자인 점에 동의했지만
평가하려는 면모는 달랐다. 정인보는 이들이 조선의 관점과 입장에서
국학을 수행한 점을 평가했다면 이가원은 실학자들이 유가적 입장이
었지만 시대에 대해 비판적이었으며, 바람직한 사회를 만드는데 있어
서 우리에 맞는 구체적인 방안을 제기했다는 점을 평가하였다. 정인보
와 이가원은 실학에 있어서 내세우려는 점에 차이가 있었지만 각 시대
국학의 전범을 실학으로 여겼다는 점에서는 공통적이다.

3.2. 역사와 인물

일제 강점기 역사학은 연구관점과 방법에 있어서 식민주의 사학, 민
족사학, 실증사학 등으로 구분하기도 하는데 정인보가 민족사학을 지
향했다면 이가원은 실증사학에 가까웠다고 할 수 있다.[32] 정인보는
'고사정변'의 변증을 통해 역사적 사실의 변정을 수행하였는데 일본이
삼국시대에 조선을 점령한 적이 있었다거나 한나라가 평양을 점령한
적이 있었다는 사실에 대해 부정하는 내용에서 보다시피 조선의 역사
적 위상을 약화시키는 주장에 대한 논박을 수행하고 있다.

이가원도 일개 조선의 하급관원으로 독도를 지키기 위해 동분서주
했던 안정복을 내세워 민족의 영토를 수호하는 일의 당위성을 주장한
바 있다. 그러나 정인보가 신채호의 영향을 받아 『조선사연구』 등 조
선의 정체성을 세우기 위한 역사서을 집필한 데 반해 『중국문학사조
사』, 「〈청대 사실주의 문학〉소고」 등을 통해 우리 문학이 중국문학과

---

32) 식민사학과 민족사학도 실증사학을 기반으로 하고 있지만 역사주체의 입장을 제국
   주의 또는 민족주의에 두고 있다는 점에서 식민사학과 민족사학으로 구분된다.

밀접한 관련이 있으며, 실학 문학의 중심인 사실주의가 이미 청대에 서양과학과의 만남을 통해 이루어져 왔음을 논하여 은연중에 중국과 한국의 학문이 분리해서 논할 수 있는 것이 아님을 부각시켰다. 이러한 면모는 서예와 전각을 논하는데도 확인되는데 이가원은 서예와 전각의 향유층의 기저를 '동방인(東方人)'이라고 명명하여 동아시아적 관점에 서있음을 보여준다.

정인보는 인물론에서 국문학 발전에 기여한 정철과 실학에 기여한 이익, 정약용 등을 내세웠다면 이가원은 학문과 문학에 역량을 보였던 인물들을 내세우되 혈통과 학통, 성리학, 벼슬 등을 인물평가의 기본에 두는 태도를 보이고 있다.[33]

정인보와 이가원이 모두 학문과 문학을 수행한 인물을 우선적으로 평가하되 정인보가 기존 학문을 극복하는 국문문학에 역량을 보이거나 기존 역사관이나 세계관을 반대한 학자를 평가한 데 반해 이가원은 학문의 전통을 이어온 학자와 한문학을 중시하였다.

3.3. 언어와 문학

한글은 국학의 대표적 대상의 하나였다. 국문문학은 한글을 수단으로 우리의 삶과 사유를 가장 잘 표현한 결과물이라 할 수 있다. 정인보는 『담원시조』 등을 통해 우리문학을 창작 향유하고 우리언어를 연구한 학문에 높은 의미를 부여하였다.

이가원도 오래된 한글 비문을 소개하거나 박지원과 같은 문호가 한글을 남기지 않았음을 안타까워하는 등 한글에 대한 애정을 드러냈다.

---

33) 이가원의 인물전으로는 『한국인명소전』과 『이조명인열전』이 있는데 전자는 삼국시대에서 현대까지 인물 중 대표적 인물 37명을 소개하고 있으며, 후자는 조선시대 1669명 인물을 소개하고 있는데 전자에서는 특히 학문과 문학적 역량을 드러낸 인물을 주로 다루었다.

그러나 이가원이 지은 글은 한문으로 된 글이 매우 많으며 일생의 연구로 수행한 국학의 내용도 거의 한문에 관련된 것이었다고 해도 과언이 아니다. 일제 강점기 국문학은 국문으로 창작된 것으로 한정했지만 광복 후에는 한문으로 표기되었어도 우리나라에서 산출되어 우리의 정서를 표출한 작품들은 광의의 국문학이라는 이름으로 국문학에 편입되었으며, 이제 한국한문학은 한국문학을 풍부하게 해주는 중요 요인으로 평가받고 있다.

정인보가 윤선도와 정철의 국문학을 비교하면서 그래도 정철의 국문학이 훌륭하다고 평가한 데 반해 이가원은『시경』의 시가 감명적이며 정철의 국문학은 이 시경의 정신을 계승하고 있다고 평가하였다. 언어적 차이보다 정신적 계승에 무게를 두고 있으며 한국과 중국을 아우르는 문학세계를 학문의 대상으로 삼고 있음을 확인할 수 있다.

4. 결론

정인보와 이가원은 광복전후를 대표하는 국학연구자이다. 본고에서는 한국의 대표적인 사학인 연세대학교에서 인재를 양성해왔던 정인보와 이가원의 국학연구를 비교하였다. 이들에 대한 연구는 작게는 연세대학의 국학, 크게는 한국 사학의 국학연구 및 그 영향을 이해하는데 기여하는데 목적이 있었으며, 구체적으로는 광복전후 '국학'의 동이점을 파악하는데 목적이 있었다. 위에서 비교한 내용을 정리하면 다음과 같다

정인보는 일제의 조선문화 말살정책에 항거하는 일환으로 국학을 수행하였으며, 조선의 우수한 정체성을 드러내는데 목적을 두고 역사, 철학 분야 연구를 수행하고 문학창작까지 하였다. 이러한 노력에 의해

국학의 원류로 '실학'이 현창되고 '민족사학', '시조문학' 등이 부각되었으며, 정인보는 대표적인 국학연구자로 평가받게 되었다.

이가원은 일제에 의해 말살되었던 유교문화를 국학의 대상으로 삼았다. 유교문화를 제대로 계승 실천하지 못했기 때문에 나라가 망하는 지경에 이르렀다고 생각하고 광복되어 연구 환경이 좋아진 점을 이용하여 주자학의 정통을 이은 이황을 비롯하여 실용적 과학적 문물의 도입을 주장하고 역사와 사회에 대해 비판적 안목을 지녔던 박지원을 비롯한 조선후기 학자 문인들에 대한 연구를 수행하였다.

이가원의 국학연구는 정인보만큼 평가받았다고 할 수 없다. 이는 당대 민족과제인 자주통일과 거리가 있어보였기 때문이며 한문, 한문학에 대한 기존의 부정적 인식이 잔존하기 때문으로 여겨진다. 그러나 민족과제를 해결하기 위해서는 우리 자신에 대한 연구와 이해가 선행되어야 한다고 할 때 한국한문학을 비롯하여 유교한문문명권에서 생성된 한국문화를 소개 연구한 이가원의 국학연구는 자주통일을 위한 노력이 필요할 때, 또 통일 후에도 언젠가는 우리가 수행해야 할 우리 정체성 찾기의 한 부분임에는 틀림없다. 그런 점에서 한국학연구의 폭과 깊이가 더해갈수록 이가원의 국학연구에 대한 평가도 달라질 것으로 여겨진다.

2부

연민선생의 문학이론

연민 학문의 영향력

회봉(晦峯) 하겸진(河謙鎭)과
연민 이가원의 문학론 고찰

이영숙 / 영남대

1. 머리말

회봉 하겸진은 1870년에 태어나 조선과 대한제국, 일제강점기를 거쳐 해방을 맞이한 다음해인 1946년까지 살다간 인물이다. 역사상 가장 큰 격변기라고 할 수 있는 시기를 살았던 인물이다.

그가 출생한 시기는 1866년 병인양요로 인하여 화서(華西) 이항로(李恒老, 1792~1868), 노사(蘆沙) 기정진(奇正鎭, 1798~1879) 등이 서양 문물을 배척하여 통상에 반대하고, 1876년 일본과 강화도 조약을 체결한 뒤 면암(勉庵) 최익현(崔益鉉, 1833~1906)이 '倭洋一體論'을 내세워 개항에 반대하는 상소를 올리는 등 위정척사운동이 확대되던 시기였다.[1]

한편 연민 이가원은 1917년 안동에서 태어나 일제강점기에 유년시절을 보내고 광복과 한국전쟁, 4.19혁명 등 근현대사의 굵직한 사건들을 몸소 겪으며 깨어있는 지식인으로서 한국한문학의 맥을 이어온 인물이다.

---

[1] 이영숙, 「晦峰 河謙鎭의 「和陶詩」와 「首尾吟」 硏究」, 경상대학교 한문학과 박사학위논문, 2012.

그는 일제 식민지교육을 받지 않겠다는 조부의 가르침에 따라 어려서부터 가정에서 집안 대대로 이어져온 가학을 전수받았다. 그의 조부 노산(老山) 이중인(李中寅)은 그를 가학을 이어갈 재목으로 보고 어려서부터 엄하게 훈도하였으며, 그가 성장해감에 따라 문중의 학식이 뛰어난 인물에게 그를 인도하여[2] 학자로서 대성할 수 있도록 훈육하였다.

최근에는 한문학사를 논함에 있어 일제강점기를 한문학의 종장으로 보는 종래의 단절적 시각에서 벗어나 이 시기를 '근대한문학'이라는 용어로 다시 한문학의 범주에 포함시키는 연구가 진행되었다. 그렇게 연속성을 확인한 한문학은 연민이라는 대학자를 통해 단절적 시각을 극복하고 현대까지 그 명맥을 이어오게 되었다. 국문창작이 대중화되었고, 국문학이 문단의 주를 이루는 현대에 한문학의 명맥을 유지하는 것이 무슨 의미가 되느냐는 이의를 제기할 수 있다. 그러나 고문과 고적을 통한 문헌자료를 연구할 수 있는 초석을 다졌고, 우리나라 근대한문학으로 이어져온 한문학을 현대에서 다시 정리하고 집대성 하였다는 점에서 연민의 공은 실로 크다고 할 수 있다.

회봉과 연민은 29년이라는 동시대를 살았던 인물이지만 회봉의 말년이 연민의 유년기였으므로, 두 사람이 실질적인 학문으로의 사승관계는 이루지 못했다. 그리고 청년이 된 연민이 회봉에게 서신을 보내 학문의 길에 대한 자문을 구하는 등 서신의 왕래가 있기는 하였지만 두 사람의 조우로 이어지지는 못했다. 그러나 서신으로 주고받았던 내용을 살펴보면 두 사람간의 학문에 대한 신뢰가 깊었다는 것을 알 수 있으며, 또한 회봉의 학문적인 연원이 퇴계에 닿아 있는 것[3]으로 두

---

2) 연민이 성장해 감에 따라 노산은 조카 陽田 李祥鎬에게 나아가 글과, 操行, 글씨를 배우게 하고, 東田 李中均에게 나아가 『논어』와 시창작법을 배우게 하였으며, 愛礵 李和聖에게 나아가 시문창작을 배우게 하였다.

인물의 교집합이 만들어진다.

　본고에서는 회봉과 연민이 주고받았던 서신을 통해서 두 사람간의 교분에 대해 알아보고, 그 교분의 바탕이 되는 두 사람의 문학론에 대해 알아보려고 한다. 근대한문학이 현대로 이어지는 교차점에 서 있었던 두 사람의 문학론에 대한 공통점과 상이점을 알아보고 비교해 보는 것은 한문학의 명맥이 현대로 어떻게 계승되고 변천되어 왔는지 가늠하게 되는 중요한 자료가 될 것이다.

2. 회봉과 연민의 인연

　회봉과 연민은 연민이 태어난 1917년부터 회봉이 작고한 1946년까지 동시대를 살았다. 하지만 현실에서 두 사람의 조우는 없었으며, 네 번의 서신왕래가 있었다. 1942년 연민이 회봉에게 먼저 서신을 보낸 것이 첫 인연이었다. 1942년이면 회봉의 나이 72세로 작고하기 4년 전이다. 그러므로 동시대를 살아온 것은 29년이었으나 서로 교류를 하고 지낸 것은 4년밖에 되지 않는다. 그러나 그 4년 동안에 회봉과 연민은 끈끈한 사제지간과 같은 관계로 발전하였으며, 회봉은 연민의 훌륭한 인도자가 되어 주었다.

　1942년 연민은 회봉의 친척 청아(菁阿) 하문견(河文見)이 서울에서 돌아가는 길에 회봉에게 서신을 부쳤다. "본인의 집은 禮安에 있으며 선생의 사람됨을 일찍이 들어 한 번 만나 뵙고 학문의 요체에 대해 듣고 싶었으나, 길이 멀고 막혀 힘쓸 방법이 없었으며 밀주변노 없어 찾

---

3) 퇴계학을 계승한 寒洲 李震相(1818~1886)의 학문을 俛宇 郭鍾錫(1846~1919)이 계
　승하였고, 면우 곽종석의 학문을 회봉 하겸진이 계승하였으므로, 회봉의 학문은 퇴계
　학에 그 맥이 닿아있다.

아뢰지 못하였다."는 아쉬움을 전했다. 그리고 다른 날 소통할 수 있는 기회를 만들 수 있게 되기를 바라는 마음도 전했다.[4] 이에 회봉은 바로 "퇴계 가문의 후손으로서 가학 淵源에서 전수된 것이 많을 것이니 지나는 길이 있으면 한 번 방문하여 속마음을 터놓고 이야기해 보도록 하세"[5]라는 답신을 주었다.

그리고 다음 해인 1943년 연민은 회봉에게 다시 서신을 보내 서울에 있는 학교에 적을 두고 공부를 하려한지 5년이 되었으나, 성취도 없이 27년의 세월이 흘러 가버린 것에 대한 안타까움을 토로하였다. 학문적인 성취가 여의치 않고, 학문의 길이 어려움에 대한 개인적인 고충을 회봉에게 전한 것이다. 이후 연민은 보다 적극적으로 회봉에게 학문의 고충에 대한 질의를 하였으며, 자신이 지은 글을 보내 평가받기도 하였다.

이렇게 학문에 매진하고 있는 연민에게 감흥을 받은 회봉은 스스로 자사를 지어 연민에게 부치며 그의 학문을 독려하였다. 그 자사는 다음과 같다.

李君 家源의 자를 淵生이라고 하네	李君家源 字曰淵生
연생은 자질이 좋아 총명하고 지혜롭네	淵生好資 聰智而明
일찍이 유학하여 사방에 그 명성 떨쳤네	蚤歲游學 四噪厥聲
아아! 퇴계선생이 유학을 집대성하시고	於維退翁 集儒大成
明과 誠을 밝히는 학문과 博과 約의 방법을	明誠之學 博約之詮
스스로 생각지 않고 어찌 힘쓰지 않겠는가?	自其無念 曷不勉旃
가학의 바른 학문이 그 淵源이니	家學之正 此其淵源
그 근원 이어지게 하고, 그 못 깊게 할 지어다	源源其源 淵淵其淵[6]

4) 李家源, 『淵淵夜思齋文藁』, 「與晦峯河翁謙鎭」.
5) 河謙鎭, 『晦峯先生遺書』 권19, 「答李淵生」.
6) 河謙鎭, 『晦峯先生遺書』 권19, 「李淵生字辭」.

회봉은 이 자사에서 연민의 학문적 연원이 퇴계에게서 전해졌음을
밝히고, 그 가학을 면면히 이어갈 재목으로 성장해주기를 기원하고 있
다. 이는 연민의 타고난 자질이 영민함을 통찰한 결과이며, 그가 가학
을 계승하여 깊이를 더하고 외연을 넓혀 나가는 일은 우리나라 한문학
의 깊이와 외연을 갖추어 나가는 일이기도 했다.

이처럼 연민에게 민멸되어가는 한문학에 대한 계승의 기대를 걸었
던 회봉은 그의 큰 성장을 지켜보지 못하고, 그토록 염원하던 조국의
광복을 지켜본 다음해인 1946년 세상을 떠나게 되었다. 이에 연민은
다음과 같은 만사를 지어 그의 죽음을 애도하였다.

제가 아는 것이 일천하고 어리석은 것을	以吾淺且癡
그대께선 어찌 안다고 하셨는지요	君子曷云知
온화한 문장은 읽어 보았고	豈弟文辭讀
맑고 화평한 기상도 알겠습니다	清夷氣象知
이제 사람이고 하늘이고 의지할 데 없고	人天今莫據
음탕한 것, 고상한 것 세상엔 갈래 많습니다	淫雅世多枝
여생이 얼마 남지 않은 줄 헤아리지 못했으니	未勘餘無幾
꿈속에서 과제 받기를 원하나이다	願將夢課之[7]

연민은 회봉에 대해 문장은 온화하고, 기상은 화평하다는 평가를 내
리고, 여전히 학문의 길에 갈래가 많아 정도(正道)를 선택하는 것이 쉽
지 않은 고충을 토로하고 있다. 그러면서 회봉의 여생이 길지 않음을
헤아리지 못한 자신의 불찰을 고백하고, 꿈속에서나마 훈도 받을 수
있는 기회를 얻게 되길 기원하고 있다. 이 짧은 글로 연민이 학문에
있어서의 정신적 안내자로 회봉을 깊이 신뢰하고 존숭하였음을 알 수
있다.

---

7) 李家源, 『淵淵夜思齋文藁』, 「晦峯河翁輓辭」.

3. 회봉과 연민의 문학론 비교

3.1. 문이재도(文以載道)로의 요약

앞서도 언급하였듯이 회봉과 연민은 서신 왕래를 통해 서로의 생각을 나누며 자문을 구하고 길을 제시해주는 사제지간과 같은 모습을 보였는데, 주고받았던 서신에서 두 사람은 문학에 대한 서로의 생각을 피력하기도 하였다. 이 장에서는 두 사람의 서신뿐만 아니라 문학작품 및 여러 자료를 종합하여 두 사람의 문학관에 대해 알아보기로 하겠다.

먼저 회봉은 문학가로 보다는 유학자로서의 면모가 더 많이 알려진 사람이다. 유학자로서의 면모에서도 파리장서사건과 2차 유림단 사건에 가담해 두 번의 옥고를 치른 것에 초점이 맞춰져 그 면에만 치중하여 연구되어진 면이 없지 않다. 하지만 회봉이 문학가로서 보여준 면모 또한 그의 전체 일생에 있어 적지 않은 비중을 차지하고 있다.

회봉은 1700수에 가까운 시를 남겼고, 그 중「和陶詩」120수는 도연명시를 화운한 많은 작가들 가운데 극원(屐園) 이만수(李晚秀, 1752~1802) 이후 가장 많은 양을 화운하였다.[8] 대부분의 작가들에게서 소량의 화운시만 전하는 점에 비춰보면 회봉의「화도시」는 존재만으로도 문학사에 일정한 의미가 된다고 할 수 있다.

「首尾吟」134수는 우암(尤庵) 송시열(宋時烈, 1607~1689) 이후로는 처음인 작품으로 그 문학적 의미가 큰 작품이다. 그리고「孝子河處士傳」·「成生傳」·「孝婦朴氏傳」·「金龜軒傳」·「李孝子傳」·「黃孝子傳」·「名將列傳」·「勇將列傳」·「李孺人傳」·「西洲翁傳」으로 10편에 이르는 전을 작품으로 남겼다. 이들 전에는 효자와 효부, 명장, 용장이 주인공으로 등장하는데 이는 일제치하라는 시대적 상황이 작용했음을 알 수 있다.

---

8) 屐園 李晚秀는 총 159首를 和韻하여 도연명의 시 전체를 화운하였다. 하지만 晦峯은 蘇東坡가 화운한 시만 화운하여 총 120首를 화운하였다.

민족의식 고취라는 의도에서 지어진 것이기는 하지만 10편의 전(傳)은
적지 않은 수로 그의 문학적 성취를 알 수 있게 한다. 그리고 그가 만년의
역작으로 남긴『東詩話』는 우리나라 한문학의 종장을 정리하는 시화로
서의 의미가 큰 저술이다. 이러한 그의 저술을 통하여 회봉의 문학가로
서의 면모를 알 수 있다.9)

한편 연민은 5세 때부터 문장을 짓기 시작하여 세상을 떠날 때까지
2500여 편의 문장을 지었다. 그 가운데는 정통한문학의 각각의 문체
를 다 포괄하고 있다. 서간, 잠, 명, 송, 찬, 서, 발, 기, 제문, 축문,
논, 설, 비갈, 묘지, 행장, 전 등에 두루 미치고 있어10) 옛날의 대가
에 비해도 손색이 없다. 그리고 연민은 문학사류(文學史類)에 해당하
는『중국문학사조사』,『한국한문학사』,『한국한문소설사』,『조선문학
사』3冊을 저술하였으며, 한시문창작집(漢詩文創作集)으로『淵淵夜思
齋文藁』,『淵民之文』,『通故堂集』,『貞盦文存』,『遊燕堂集』,『萬花
齊笑集』이 있다. 또한 한글 시문창작집으로『東海散藁』,『雜同散異
集』,『瓶花集』,『碧梅漫藁』,『靑李來禽藁』가 있으니 그가 일생동안
이룬 저술과 창작활동은 회봉에 버금간다고 할 수 있다. 이는 문학가
로서의 연민의 면모를 나타낸 저작들로 그는 민멸되어가는 한문학의
맥을 이어 21세기까지 이어지도록 하였다.

회봉은 유학자이면서 도학자이고, 문학가이다. 그리고 연민은 한학
자, 국문학자이면서 문학가였다. 이들이 글을 짓고, 문학에 대해 서신
을 주고받으며 담론한 흔적들을 고찰해 보면 그들의 문학 전반을 아우
르는 하나의 기준이 '文以載道'라는 것을 알 수 있다. 먼저 회봉의 문
학에 대한 생각을 고찰해보고, 다시 연민의 문학에 대한 생각을 고찰

9) 이영숙,「晦峰 河謙鎭의「和陶詩」와「首尾吟」硏究」, 경상대학교 한문학과 박사학
위논문, 2012.
10) 허권수,「연민 李家源先生의 한문학 성취과정에 대한 고찰」, 洌上古典硏究 제28집.

해 나가면서 두 사람의 문학론을 비교해 보도록 하겠다.

> 우리 유자는 마땅히 도를 얻는 것을 우선의 일로 삼아야지 문장은 그
> 다음 일이다. 옛날 사람들은 문장에 뜻을 두지 않아도 도에 밝았고 그
> 래서 문장도 좋았다. 지금 사람들은 문장에 뜻을 두고 도에 대해서는
> 들어본 적도 없기에 글을 많이 지으면 지을수록 더욱 나빠지고 있다.
> 그것은 무엇 때문인가? 문장은 도를 싣는 것이기 때문이다. 문장이 도
> 와 둘이 되면 이는 헛것이며, 기궤한 것일 뿐이다.[11]

위의 글에서 회봉은 재도론적 관점의 문학관을 명확하게 드러내고
있다. 옛 사람들은 도에 뜻을 두었기에 도에도 밝았고 문장도 좋았지
만, 지금 사람들은 문장에만 뜻을 두고 도에는 뜻을 두지 않으므로 문
장이 나빠지고 있다는 것이다. 그래서 문장은 도를 실어야 하는 것이
며 이를 벗어난 문장은 모두 헛된 것일 뿐이라고 말한다.

재도적 문학관은 주돈이(周敦頤)에 의해 수립되었으며 주희에 의해
확립되었다. 문학과 도학의 융합을 실현하여 형식과 내용의 통일을 이
루려 한 것[12]으로, 정이(程頤)는 일찍이 작시를 완물상지(玩物喪志)로
간주하고 문학적 표현의 추구를 남의 이목을 기쁘게 해주는 광대의 행
위로 매도한 적이 있을 정도[13]로 도의 범위를 벗어난 문학은 그 효용
가치를 인정하지 않았다.

이러한 재도적 문학관은 조선이 건국되고 성리학이 유입된 이후 끊
임없이 재기되었고 도학자들에 의해 계승되었다. 16세기 사림파는 '以

---

11) 河謙鎭, 『晦峯先生遺書』 권18, 「答奇希文」. "吾儒當以得道爲先務 文章其每下爾
   古之人無意於爲文而道明 故文亦好 今人有意於爲文而於道未有聞也 故爲文愈多而
   愈不好 其故何也 文所以載道也 文而與道爲二 則俳優耳 弔詭耳"
12) 양광석, 「古文家와 道學家의 文學觀」, 『儒敎思想硏究』, 2005, 416면 참조.
13) 李義康, 「俛宇 郭鍾錫 漢詩의 人格美」, 『南冥學硏究』 제28집, 2009, 176면 참조.

道爲文'을 문학의 지표로 삼았으며, '道'를 이루면 '文'은 부수적으로
따라오는 것으로 보았다. 즉, 진정한 문학이란 문학을 위한 특별한 노
력에 의해서 이루어지는 것이 아니고, 오로지 덕행과 학문에 의한 내
적인 자기완성에 의해서 저절로 이루어져야 하는 것이었다. 그러므로
이들의 문학이란 도학자가 아니고는 이룰 수 없는 것이며 박실함과 윤
리도덕을 근본으로 삼는 것이었다.14) 회봉은 사림이 견지했던 이 재도
적 문학관을 그대로 계승하였다. 15)

한편 연민도 문학에 도를 담아야 한다는 점에 있어서는 회봉과 일치
하였다. 그는 회봉과 서신을 교환하며 문학에 관한 본인의 의견을 피
력하고 회봉과 문학에 관해 논의하기도 하였다. 그는 경서를 바탕으로
한 글쓰기를 강조하였는데, 이는 연민의 다음 시를 보면 알 수 있다.

모든 학문은 경학이 가장 큰 것인데	萬學經爲大
백가들은 멋대로 떠들어 대네	百家漫自喧
정덕과 이용후생은	正德與利厚
하나만 빠져도 치우치게 된다네	缺一已爲偏16)
어린 나이부터 고서를 외우면	嬰年誦古書
하늘을 찌를 듯 장엄한 생각 솟고	沖霄壯懷飛
육경을 조용히 음미하면	六經嘿嘗薇
지어진 글귀도 맑고 구슬프다네	造句亦淸悲17)
… 후략 …	

14) 林熒澤, 「16세기 士林派의 文學意識」, 『韓國文學史의 視覺』, 創作과 批評史, 1984, 34~35면 참조.
15) 이영숙, 「晦峰 河謙鎭의 「和陶詩」와 「首尾吟」 硏究」, 경상대학교 한문학과 박사학위논문, 2012.
16) 이가원, 『遊燕堂集』, 「和陶淵明飮酒二十首」.
17) 이가원, 『遊燕堂集』, 「和陶淵明飮酒二十首」.

위의 시에서는 모든 학문의 바탕이 경서가 되어야 함을 강조하고,
정덕(正德)과 이용후생(利用厚生) 어느 한쪽으로도 치우치지 않아야 함
을 말하고 있다. 그리고 아래 시는 고서를 중시하여 그것을 중심으로
공부하고, 육경을 깊이 음미하면 글을 지으면 저절로 맑아지며 구슬퍼
진다고 말한다. 즉, 경서와 고서에 대한 공부가 학문과 문장을 이루는
근본이 됨을 밝히고 거기에 힘쓸 것을 나타낸 시라고 하겠다. 연민은
"경서에는 남아 있는 뜻이 있으니, 진실된 마음으로 읊은 것을 구하면
저절로 남는 스승이 있을 것입니다."18)라고 하며 후학을 독려하기도
하였다. 이처럼 경서에 대한 공부가 학문과 문장의 근본이라고 생각한
연민의 문학에 대한 생각은 문장에는 바른 도를 나타내어야 한다고 믿
었던 조선시대의 유학자들과 크게 다르지 않다.

특히 위의 시에서 육경을 중심으로 공부해야 함을 강조한 연민의 생
각은 회봉의 다음 생각과도 일치한다.

말도 또한 꾸미지 않을 수 없는데 말을 꾸미는 방법엔 다른 것이 없
다. 六經을 근본으로 하고, 韓愈와 歐陽脩・朱熹의 문장을 참고로 하여
그 뜻을 넓힌다면 胸中의 언어가 자연스럽게 되어 나날이 많아져서 말
이 성대하게 될 것이다. 이와 같은 것을 "문장 짓는 것을 구차하게 해서
는 안된다."라고 한 것이니, 오로지 문장만 짓는 사람들이 억지로 가슴
을 쥐어짜고 章句를 꾸미는 것으로 일을 삼는 것과는 다른 것이다. 그
러므로 문장에 능한 사람이 반드시 도가 있는 것은 아니지만, 도가 있
는 사람은 반드시 문장에도 능하다.19)

---

18) 李家源, 『淵淵夜思齋文藁』, 「答金書山」.
19) 河謙鎭, 『晦峯先生遺書』 권18, 「答奇希文」. "辭亦不可以不修 修辭之道 無它 以六
經爲根本 參之遷揚 韓歐紫陽之文 以博其趣 則自然胸中之言 日以多 而辭沛然矣
如此者 蓋曰爲文不可苟也 非若專務文章者之搯擺胃腎 棘句鉤章 以爲工也 是以能
文者 未必有道 而有道者 必能文"

　여기에서 회봉도 연민과 마찬가지로 말을 꾸미는 일은 六經을 기본
으로 하라고 말한다. 그리고 순정한 고문을 바탕으로 글을 지어야 한
다는 뜻으로 한유·구양수·주희를 본받을 것을 이야기하고 있다. 이
들은 순정한 고문을 대표하는 인물로, 회봉이 문장에 대한 지향점을
어디에 두고 있는지 잘 알 수 있게 해준다. 회봉은『昌黎集』등의 문집
을 벗들과 같이 읽으며 차운해서 시를 짓기도 하였는데, 이런 활동은
모두 순정한 고문을 바탕으로 하는 문장을 짓기 위한 문장수련의 과정
이라고 할 수 있다.[20]

　회봉이 저술한 시화집『동시화』의 발문에서 그의 제자인 李一海는
'선생은 육경의 뜻을 계승하여 문장을 이룬 것이 매우 광범위하다.'[21]
라고 하였다. 문장을 지을 때는 육경을 기본으로 하고 고문을 계승한
문장을 지으려 했던 회봉의 의지가 그의 문장에도 그대로 나타났다는
것을 알 수 있다.[22]

　위의 문장에서 회봉이 순정한 고문을 대표하는 인물로 거론한 한유,
구양수, 주희에 대하여 연민은 "주자의 문장이 한유와 비슷하다면, 퇴
계는 구양수와 비슷하고, 주자의 기상이 맹자와 같다면 퇴계의 기상은
顔子와 비슷합니다."[23]라고 언급하였다. 주자가 한유에 비견되고, 퇴
계가 구양수에 비견되었으니, 연민이 한유와 구양수의 문장에 대해 가
진 생각에 대해서는 구체적으로 언급하지 않아도 어떠하리라 하는 것
은 짐작해 볼 수 있다.

　문장에서 주자와 퇴계를 거론한 연민의 이 말은 회봉이 퇴계가 주자

20) 이영숙,「晦峰 河謙鎭의「和陶詩」와「首尾吟」硏究」, 경상대학교 한문학과 박사학
　　위논문, 2012.
21) 河謙鎭,『東詩話』권2, "先生承六籍 爲文章 甚廣"
22) 이영숙,「晦峰 河謙鎭의「和陶詩」와「首尾吟」硏究」, 경상대학교 한문학과 박사학
　　위논문, 2012.
23) 李家源,『淵淵夜思齋文藁』,「答晦峯河翁」.

의 법을 계승하였다고 말한 서신에 대한 답서에서 나온 말이다. 회봉
은 연민에게 보내는 서신에서 유자들이 심성이기(心性理氣)의 논변에
빠져 문장이 모두 헛된 말들이 되었다는 이야기를 하며, 연민은 이를
병통으로 여겨 말기적인 폐단을 개선하여 기운을 예리하게 하고, 뜻을
높게 할 것을 당부하였다.[24] 문장은 바른 도를 담아야 한다는 관점에
있어서 회봉이 연민에게 정도(正道)를 제시하였고, 연민도 그와 뜻을
같이하고 있다는 것을 두 사람의 서신을 통하여 알 수 있다. 선배로써
한문학의 미래를 이어갈 후학에 대한 애정 어린 훈도를 엿볼 수 있다.

이렇게 재도론적 문학관을 고수한 회봉이지만 그도 자유로운 성정
표현에는 긍정의 입장을 나타내었다. 그러므로 그는 다양한 문학작품
과 많은 시작을 남길 수 있었다. 그가 성정 표현에 자유로울 것을 이야
기한 다음의 글을 보자.

심하구나! 시가 情感에 관계됨이여. 정감에 감화하여 입으로 나오게
되는 것은 모두 시다. 비록 그 느낀 바에 和悅·憂愁·刺怨의 다름이 존
재하지만 그것을 요약함에 있어 正道를 잃지 않는다면 이는 괜찮다. 工
拙은 논할 바가 안 된다. 옛사람들은 한 글자를 안정되게 하고자 일생
동안 마음을 다하기도 하였으니, 이는 마음이 진실로 괴로운 것이고 그
性도 이미 닳아 버리게 된다. 더구나 공교롭고자 구한들 또한 반드시
공교로울 수 없음에랴. 이 또한 시를 짓는 것이 어려움을 나타낸 것이
다. … 지금 그의 시는 종종 율격에 맞는데, 세상에 가볍게 공교롭기를
구하는 자들이 바란다고 해서 미칠 수 있는 것이 아니다. 이는 어떤 도

---

24) 河謙鎭, 『晦峯先生遺書』권19, 「答李淵生」. "我東前輩專用道學爲尙, 故其文亦循
習紫陽義法. 紫陽之文, 或者疑其太冗而非古也. 然其實理勝義盡, 最爲經傳之流亞,
而退溪先生又紫陽之譜承也. 此非吾言乃天下之公言也. 及其寝久, 而寝失其傳焉.
則挽近諸儒, 埋沒於心性理氣之辨, 焦勞於考據口耳之習, 其著作之積案, 而盈箱汗
牛而充棟, 緊是有之無補, 無之靡闕之空言也. 足下意必病其然也. 思欲追蹤古先作
家, 以稍救末俗之委靡, 其氣誠銳, 其志誠高."

를 따른 것인가? 돌아다니며 둘러보니 山河는 옛 것이 아닌데 지금 사람과 옛 사람이 섞여서 義憤이 性이 되는 것을 능히 그만둘 수 없으므로 그 느낀 바에 인하여 표현되는 것이 자연스러웠기 때문일 것이다. 자연스럽게 표현되는 것이 天機다. 천기가 만들어 내는 것은 어디에서든 마땅치 않겠는가? 유독 시만 그러한 것이겠는가?[25]

이글은 1916년 하영규(河永奎, 1871~1926)가 개성의 선죽교 등을 유람하며 지은 시에 대해 지어준 서문이다. 여기에서 회봉은 자연스러운 성정의 표현을 중요시하고 있다. 자연스럽게 표현하여 정도를 잃지 않으면 되는 것인데, 이것을 공교하게 만들기 위해 몸과 마음을 괴롭히는 것은 이미 제대로 된 성정이 아님을 강조하고 있다. 자연스러운 성정의 표현은 긍정하되 그것을 억지로 공교하게 하고자 하는 것은 부정하는 회봉의 문학관은 그대로 그의 詩作에 반영되었다.[26]

이처럼 성정의 표현은 자유롭게 하되 글에 있어서 인위적인 기교를 경계하였던 회봉은 연민에게도 이를 경계시켰다. 그는 1944년 연민이 서신과 함께 보낸 두 편을 글을 보고 "무릎이 저절로 굽는다."는 등 극찬을 하면서도 "잘 지으려고 인위적으로 노력하는 흔적이 보인다."라고 지적하여 인위적으로 수식과 기교가 담긴 글을 조심하도록 하였다. 그리고 퇴계선생의 후손으로서 가학을 잘 전수하게 되길 기원했다.[27]

---

25) 河謙鎭, 『晦峯先生遺書』 권29, 「西行詩卷序」. "甚哉 詩之關於情性也 情性之感 而宣之於口 皆詩也 雖所感 有和悅憂愁刺怨之異 要之 不失於正 斯可矣 工拙非所論也 古之人 有欲安一字 盡一生之心者 是其爲心誠苦 而其性則已鑿矣 況求欲爲工 而亦未必能工者乎 此又見詩之難爲也 … 今其詩往往合於律呂 有非世之沾沾求工者之可冀 而及焉 是邁何直哉 意其遊歷騁眸 山河非舊 人鬼錯糅 義憤之爲所性者 有不能自已者 故因其所感而發之自然 自然之發 是名爲天機 天機所造 何適不宜 獨詩也歟哉"

26) 이영숙, 「晦峰 河謙鎭의 「和陶詩」와 「首尾吟」 硏究」, 경상대학교 한문학과 박사학위논문, 2012.

27) 河謙鎭, 『晦峯先生遺書』 권19, 「答李淵生」. 謙竊恐此二篇者 不能不爲 有意於爲文 而或反易陷於不眞不衷之科 則非小慮也 謙非敢過疑足下 愛望之深爲此 奉規未知能

글을 짓는데 있어서 두 사람의 직접적인 교감을 나타낸 것이다.

자유로운 성정에서 우러나는 감정을 경서와 고문에 근거한 순정한 문장으로 표출해야 한다고 믿은 것이 회봉과 연민의 문학관이라면 이는 모두 '法古'에 해당한다고 할 수 있다. 이처럼 옛 것을 법 삼아 순정한 문장을 지어야 한다는 것은 회봉과 연민의 공통점이라고 할 수 있다. 이 '법고'를 바탕으로 한 관점에서 한 걸음 더 나아가 회봉은 간결함을 강조하였고, 연민은 새로운 것의 창출을 중요시하였다.

> 무릇 문장을 짓는 법으로 처음에는 長短으로 법을 삼지 말아야 한다. 이는 학의 다리와 개구리의 목이 각자 하늘로부터 품부 받은 형상이라 바꿀 수 없는 것과 같다. 그러나 긴 것보다는 차라리 짧은 것이 나으니 왜 그런가? 문장이 길면 퍼지고, 퍼지면 번거롭기만 하여 실속이 없게 된다. 문장이 짧으면 간단하고, 간단하면 깔끔하여 번잡하지 않게 된다. 『주역』의 「大傳」에 말하기를 "길한 사람의 말은 적다."라고 하였고, 韓愈도 또한 "오직 진부한 말을 제거하는데 힘써야 한다"고 하였으니, 진부한 말이란 번잡하면서 실속이 없는 것을 말한다.[28]

진부하게 말만 늘어놓는 문장보다는 간결하면서 실속 있는 문장을 지어야 한다는 회봉의 생각을 나타내고 있다. 경전을 바탕으로 한 도가 담긴 글을 짓되 진부하지 않고 간결해야하는 것이 회봉이 추구한 좋은 문장이었다. 여기에 대해 회봉은 다음과 같이 비유하고 있다.

曲恕 而不揮却否字辭 謙未甞在賓階之列 而爲此則妄也 辭中特擧退陶爲要旨者 欲足下不失家學淵源之正焉

28) 河謙鎭, 『晦峯先生遺書』 권29, 「答孫瑞見」, "大抵爲文之法 初不以長短爲率 如鶴脚蛙頸之各自天形不可變也 然而與其長也 寧短 何者 長則蔓 蔓則煩而不實 短則簡 簡則潔而不雜 易大傳曰 吉人之辭 寡 韓文公亦云 惟陳言之務去 陳言者 雜而不實之謂也"

당신 집안의 온갖 물건 중 책·금슬·그릇의 종류는 모두 쓸 데가 있
는 것이다. 그것은 각각 알맞은 곳에 적절하게 쓰이는 것이니 앞에다
번잡하게 늘어놓아서는 안된다. 또 당신의 지난번 西溪의 모임과 같은
때 고기·술·나물·다과와 같은 종류가 모두 갖춰 바쳐졌다. 제공되는
것은 반드시 그 절도가 있어야 하니 이것저것 섞어서 자꾸 삼켜서는 안
된다. 문장을 짓는 법도 또한 이와 어찌 다르겠는가?29)

문장을 간결하며 실속 있게 짓는 것은 집안의 물건을 용도에 맞게
사용하기 쉽도록 정리정돈을 해두는 것과 같으며, 음식을 먹을 때 절
도에 맞게 예의를 갖춰 먹는 것과 같다고 말한다. 물건은 여러 가지로
많지만 용도에 맞게 정리가 되지 않은 상태라면 제대로 사용하기가 쉽
지 않고, 귀한 음식이 많더라도 절도에 맞게 먹지 않으면 큰 낭패를
입기 쉽다. 이런 것처럼 문장을 짓는 것도 용도에 알맞은 표현을 번잡
하지 않은 범위에서 적절하게 사용하고, 그 격식과 절도에 맞게 적절
한 조화를 이루어야 한다.30) 회봉이 문장의 간결함을 강조하였다면
연민은 다음과 같이 새로운 문장의 창출하여 신구(新舊)가 조화를 이
룰 것을 강조하였다.

나는 일찍이 古文辭를 전공했는데, 무릇 글을 지을 때에는 경서를 으
뜸으로 할 것을 힘써 주장하여 경서를 날줄로 삼고 그 나머지는 씨줄로
삼아 옛 것에 얽매이지 않고 세속에 흐르지도 않았다. 지금 문장을 짓
는 사람들이 내 글을 古蒼하다고 한다. 어찌하여 그러하겠는가? 그 까

29) 河謙鎭, 『晦峯先生遺書』 권29, 「答孫瑞見」. "賢座家中百物 如書冊琴瑟器皿之類
皆賴而用也 而用之各適其宜 不可以雜然幷陳於前也 又如賢座曩日西溪之會 牲酒蔬
菜茶果之屬 皆備而供也 而供之必有其節 不可以幷取 而亟呑之也 文之義法 亦何以
異於是哉"
30) 이영숙, 「晦峰 河謙鎭의 「和陶詩」와 「首尾吟」 研究」, 경상대학교 한문학과 박사학
위논문, 2012.

닭을 궁구해 보면 '세속에 흐르지 않았기 때문'이다. 그러나 옛날 사람에게 내 글을 읽어보게 하면 반드시 "옛날 사람이 지은 글은 아니다"라고 할 것이다. 대체로 내가 사는 시대가 고려시대나 조선시대가 아니고, 또 한나라나 당나라도 아닌데, 어떻게 고려, 조선, 한나라, 당나라의 글을 지을 수 있겠는가? 그래서 묵은 말을 제거하기에 힘쓰고, 오늘날 말도 버리지 않는다. 우리나라의 토산품으로 비록 깨어진 기와와 못쓰는 자갈 등도 금싸라기처럼 아낀다. 經書를 날줄로 삼고, 緯書를 씨줄로 삼으려는 한 조각 충심은 진하고 구슬퍼 영원히 사라지지 않을 것이다.[31]

위의 글에서 연민은 경서를 으뜸으로 삼아 문장공부를 해야 함을 밝히고 있다. 이는 앞서 그가 경서와 고문을 바탕으로 공부해야함을 강조한 것과 그 맥을 같이하고 있다. 한편 이 글에서는 경서와 고문을 바탕으로 하는 공부 즉, 법고에서 한 발 더 나아가 그것을 바탕으로 새로운 것을 수용하여 진일보한 문장을 지어야 함을 강조했다. '묵은 말을 쫓아내기에 힘쓰고, 지금 말도 버리지 않는다.'라는 말에서 시대가 달라졌으니, 옛 것을 바탕으로 시대에 맞는 새로운 문장을 지어야 한다는 것에 방점이 찍혀 있다는 것을 알 수 있다. 회봉과 달리 연민이 활동했던 시대는 정통 한문학을 고수하던 시대와는 더욱 동떨어진 시대였으므로, 연민은 옛 것을 바탕으로 하되 새로운 감각을 살린 문장을 지어야 한다고 본 것이다. 그리하여 연민은 옛 것을 살리되 새로운 것을 추구하며, 또한 새로운 것을 추구하되 부화하지 않은 문장을 지어야 한다고 하였다.

---

31) 李家源, 『貞盦文存』, 「通故堂集自序」.

내가 자네를 걱정하는 것 또한 적지 않네. 죽은 기운을 굳게 지킬 뿐이고, 활기를 구하지 않는 것이네. 저 文辭와 언어 사이에서 화려하게 빛을 내려는 것은 모두 외적인 것이네. 어찌 족히 일곱 자의 몸을 아름답게 하겠는가?

무릇 학문을 함에 있어서는 옛 것을 추구하되 고루하지 말아야 하며, 새롭되 속되지 말아야 하며, 約禮하되 좁지 말아야 하며, 博文하되 浮華하지 말아야 되네. 자네는 俗儒들의 말에 얽매이지 말고, 또 스스로 주장하는 견해도 세우지 말고, 맑은 마음을 다하여 글을 많이 외우도록 하게.[32]

이 글은 연민이 그의 아우인 춘초(春初) 이국원(李國源)을 독려하면서 준 글이다. 이 글에서 연민은 '옛 것을 추구하되 케케묵지 말며, 새롭게 하되 속되지 말며, 約禮하되 좁게 하지 말며, 博文하되 浮華하게 하지 말아야 된다.'는 점을 강조하였다. 이는 법고창신(法古創新)의 노선을 따라 옛 것과 지금 것의 조화를 이루라는 의미[33]로 연민이 살았던 시대와 무관하지 않은 문학관이라고 하겠다.

3.2. 온유돈후(溫柔敦厚)함의 추구

고문과 경서를 바탕으로 하여 지은 순정한 문장, 부화하지 않으며 간결함을 강조한 문장, 옛 것을 바탕으로 하되 새로운 것과 조화를 이루는 문장, 이는 회봉과 연민이 추구한 문장이다. 거기에서 더 나아가 회봉과 연민은 그들이 지은 문장이 온유돈후할 것을 추구했다.

회봉이 지은 비평집 『동시화』의 서문에서 정인보는 회봉의 문학에 대해 다음과 같이 평가하였다.

---

32) 李家源, 『淵淵夜思齋文藁』, 「答春初」.
33) 허권수, 「연민 李家源先生의 한문학 성취과정에 대한 고찰」, 洌上古典硏究 제28집.

내가 지금 낙동강 동서지역을 살펴보니 선생이 가장 연세가 많은 학자로 시와 고문에 있어서 세상 사람들이 선생을 뛰어넘을 수 없다. 선생은 시에 있어서 사람들이 다투어 숭상하는 것을 모두 달갑게 여기지 않으시고, 홀로 櫟翁과 紫霞와 같은 분들을 좋아하였다. 『大戴禮記』에서 말이 급박하지 않으면서도 이미 뜻을 이룬 것을 '溫柔敦厚'라고 하였는데 선생이 여기에 가깝다. 그런데 지금은 늙었으니, 이 도를 잇는 사람이 없어지게 될까 안타깝다.[34]

정인보는 이 글에서 회봉의 시를 '온유돈후'로 요약했다. '온유돈후'는 거침없는 감정 표현이 아니라 절제되고 절제된 감정이 깊이와 무게를 갖고 표현되었을 때 나타나는 것이라 할 수 있다. 이는 경전을 바탕으로 한 학문이 온축되고, 끊임없는 심성 수양이 바탕이 되어 외적으로 발현된 것으로, 문이재도적 문학관이 문학적으로 표출되어 이루어진 결과라 하겠다.

회봉의 시만 온유돈후한 것이 아니라 그가 좋은 시로 인정한 시들도 역시 온유돈후함이 있었다. 회봉이 익재와 자하의 시를 절창으로 인정한 것으로 인해 정인보는 회봉이 '홀로 櫟翁과 紫霞와 같은 분들을 좋아하였다.'라고 표현하였는데, 익재와 자하의 시는 온유돈후함을 시상과 잘 조화시킨 시작이라 할 수 있다.[35]

과장 없이 실제에 충실한 모습만으로 사람의 감명을 이끌어 낼 수 있는 절제된 표현으로 된 시, 그리고 그 표현의 느낌에 온유돈후함이 묻어난 시, 회봉이 좋은 시로 여긴 시는 이런 조건을 갖춘 시였다.

---

34) 河謙鎭, 『東詩話』 권1, 「東詩話序」. "普 所見當今洛江東西 先生最爲耆儒 而詩古文 世無逾先生 其於詩 凡群所競尙 皆不屑焉 獨好櫟霞數公 語不迫而意己至者 戴記所 云 溫柔敦厚 先生近之 今老矣 欸玆道危無繼緖"
35) 이영숙, 「晦峰 河謙鎭의 「和陶詩」와 「首尾吟」 研究」, 경상대학교 한문학과 박사학위논문, 2012.

시의 표현에 있어서 온유돈후함을 추구한 것은 연민도 마찬가지였
다. 연민은 퇴계시를 연구하는 논문에서 온유돈후에 대해 다음과 같이
규정하였다.

> 시에는 正과 變이 있으니, 正音은 治世之音이요, 變은 衰世之音이
> 다. 그러므로 유가에서는 溫柔的인 음으로서 인류사회를 평화적인 방
> 향으로 이끌어 나가려 하며, 또 敦厚는 衰薄한 民風을 醇朴, 篤實한 방
> 향으로 善導하는 立誠的인 事實風을 일으키게 된다. 그런 까닭으로 悲
> 憤激烈한 쇠세지음을 숭상하지 않고, 비분이 아닌 婉喩로, 격렬이 아닌
> 惻怛로써 거센 민심을 변화시켜 溫柔, 和柔, 篤實의 경지로 선도함에
> 妙諦가 있는 것이다.36)

위의 글에서 연민은 시에는 치세지음과 쇠세지음이 있는데 온유돈
후한 음이 인류사회를 평화적인 방향으로 이끌어 나가며, 쇠박한 민풍
을 순박, 독실한 방향으로 선도하므로 완유, 측달한 문장으로 온유, 독
실함의 경지에 나가는 것이 시의 묘체라고 말하고 있다. 퇴계시의 온
유돈후함을 논하면서 거론한 말인데 시에 대한 연민의 견해가 압축된
말이라는 것을 알 수 있다. 그리고 이는 시뿐만 아니라 문장에도 적용
된다는 것은 미루어 짐작해 볼 수 있을 것이다. 이러한 글을 통하여
연민이 추구한 문장도 온유돈후한 문장이었다는 것을 알 수 있다. 특
히 연민은 비분을 완유로 바꾸고, 격렬이 아닌 측달로써 민심을 바꿀
수 있다고 생각하며 시에 의한 교화를 통해 사람의 仁한 본성을 되살
릴 수 있다고 생각하였다. 이에 대하여 연민의 시학은 공자와 마찬가
지로 인성을 개인적 자아로 삼고, 시교를 통해 그것을 확충함으로써

---

36) 이가원, 「퇴계시의 특징－온유돈후에 대하여－」, 『退溪學報』 제43집, 퇴계학연구원,
   1984.

'사회적 자아'를 형성해가는 인성을 지향했다고 규정[37]하기도 하였다.

회봉의 문장은 정인보에 의해 온유돈후함으로 압축되어졌고, 연민 또한 앞서 회봉을 추모하는 만시에서 회봉의 문장은 온화하다는 말로 온유돈후와 비슷한 뜻을 실어 그의 시를 압축했다. 그러면 회봉이 추구했던 온유돈후함은 회봉뿐만 아니라 연민도 함께 추구했던 것이며, 두 사람은 온유돈후한 문장을 순박, 독실하면서 묘리가 있는 문장으로 인정하였다는 점을 알 수 있다.

3.3. 연암을 바라보는 두 시각

회봉과 연민은 문학론에 있어서는 위의 서술에서 보듯 비슷한 성향을 띠고 있으며, 그들의 문학에 대한 견해가 완전히 일치하는 부분도 상당하다. 이는 경서에 대한 공부를 바탕으로 온축된 인간의 성정이 문학으로 표출되었다는 것에 대한 공통된 인식에서 출발하였기 때문으로 보인다.

그런데 이렇게 일치했던 회봉과 연민의 견해가 서로 달리 나타나는 부분이 있으니 그것은 바로 연암의 문학에 대한 평가이다. 여기에서는 연암에 대한 회봉과 연민의 생각에 대해 알아보도록 하겠다.

먼저 회봉의 문집인 『晦峯先生遺書』에서 회봉이 연암의 문학에 대해 평가한 자료는 크게 두 편이 보인다. 하나는 「論虎叱」이며, 나머지 하나는 「書朴燕巖玉璽論後」가 있다. 이 두 편의 자료에서 회봉은 연암에 대해 부정적인 견해를 보이고 있다. 먼저 「논호질」을 살펴보자.

회봉은 순정한 고문을 바탕으로 글을 짓되 간결하고 실속 있게 하며, 그 격식과 절도에 맞는 적절한 조화를 중요시하였다. 그러므로 조선후기 풍자와 해학으로 사회의 부조리를 고발하고 양반들의 위선을

---

37) 남상호, 「연민 이가원의 溫柔敦厚의 시학」, 『연민학지』 제21집, 2014.

비판하는 등 문학에 있어 뛰어난 업적을 남긴 연암 박지원(朴趾源, 1737~1805)에 대해서는 부정적인 견해를 나타내었다.

> 윗글은 朴燕巖의 熱河日記로 玉田縣 沈由朋의 벽에 걸려 있는 것에서 얻었다고 한다. 金于霖은 이것은 연암이 아니면 지을 수 없는 글이라고『燕巖集』속에 편입하였다. 지금 연암의 다른 글을 보니 진실로 우림의 말이 그러한 듯하다. 그러나 우림이 말하기를 "이것은 先秦諸子들과 나란히 두어도 선두를 다툴 것이다."고 한 것은 지나치다. 선진제자들이 어찌 이같이 기괴하고 불순하단 말인가. 연암은 중국인의 작품이라 의탁하고 싶었지만 끝내 자신의 작품이라는 것을 숨기지 못했다. 중국인에게도 그러한데 하물며 선진제자에 있어서랴. 正祖께서는 일찍이 열하일기를 보시고 南公轍에게 말하기를 "네가 나를 위하여 박지원에게 순정한 글을 지어 올려 열하일기를 지은 죄를 속죄하라고 고해라."라고 하였으니 대체로 그 기괴함을 싫어하신 것이다. 聖王께서 기괴한 글을 물리치고 바른 글을 인정하심이 이와 같은데 유독 문장만 그러하겠는가?38)

여기서 회봉은 연암의 글을 선진제자(先秦諸子)의 글과 비견할 만하다고 한 김택영(金澤榮, 1850~1927)의 견해에 대해 부정하고 있다. 연암은 그의 글로 양반사회의 부조리를 비판하고 풍자하며 고착되어 변화하지 않는 조선사회에 대해 변화의 물꼬를 트고자한 인물이다. 그래서 그의 문체는 다분히 개혁적이고, 사회비판적이며, 양반들을 풍자하

---

38) 河謙鎭,『晦峯先生遺書』권27, 「論虎叱」. "右文 朴燕岩熱河日記 謂得之玉田縣 沈由朋舖壁 金于霖 獨以爲非燕岩不能作也 遂編于燕岩集中 今以燕岩他文觀之 誠有如于霖所言者 然于霖直云 此與先秦諸子 竝驅而爭先 則過矣 先秦諸子 曷嘗有如此詭奇 而不醇者乎 燕岩意欲託爲華人之作 而終不能掩其燕岩也 則華人且然 而況於先秦乎 我正廟嘗取 觀熱河日記 謂南公轍曰 爾可爲余 告朴趾源 著進一部醇正之文 以贖熱河日記之罪 蓋厭其爲奇也 聖王之黜奇與正 如此 獨文也乎哉"

고 조롱하는 재기발랄함이 넘친다. 회봉은 이러한 연암의 글에 대해
기궤하고 불순하다며 비판하고, 정조가 시행한 문체반정(文體反正)에
대해서는 기괴함을 배척하고 순정한 문장을 회복하기위한 시책이었음
을 말하고 있다. 연암의 문장은 회봉의 관점에서 보면 도를 벗어난 기
궤하고 불순한 문장으로 사람들을 현혹시키는 글이었다. 이 글 말미에
서 회봉은 유독 문장만 그러하겠는가? 라고 말하며 다른 것도 마찬가
지라는 여운을 남기고 있다.39)

또한 회봉은 「書朴燕巖玉璽論後」에서는 연암이 「三器論」에 나오는
말을 몰래 훔쳐서 쓰고 거기에 대한 출처를 밝히지 않았다고 말하며,
연암이 몰랐을 리 없는데 말하지 않은 것은 작가로서의 양심을 저버린
행동이라고 비판하였다.40) 이 두 글에서 회봉이 밝힌 연암에 대한 입
장을 보면 문장은 기궤해서 문제이며, 남의 글을 차용해서 쓰고도 밝
히지 않은 점은 작가로서 남의 글을 훔치는 행위를 한 것이라서 문제
가 된다. 이 두 글로 미루어 보아 회봉의 연암에 대한 견해는 호의적이
지는 않은 것으로 보인다.

이렇게 연암에 대해 호의적이지 않았던 회봉에 비해 연민은 연암을
유난히 좋아한 인물이다. 그가 연암을 좋아한 것에 대해 이야기한 다
음 글을 살펴보자.

---

39) 이영숙, 「晦峰 河謙鎭의 「和陶詩」와 「首尾吟」 硏究」, 경상대학교 한문학과 박사학
위논문, 2012.
40) 河謙鎭, 『晦峯先生遺書』, 「書朴燕巖玉璽論後」, "文章最忌盜竊 何謂盜竊 暗取古
人言句 不書某人某言名 以別之而有若已辭然者 是名盜竊 此如一手而掩人之目也
何可得哉 韓文公有謂降而爲文 乃剽賊從漢迄 今用一律蓋深病之也 韓代惟 朴燕岩
之爲文最能 自出機軸 奇偉雄渾變動 無常傑然爲藝苑之首 而其爲玉璽論 曰苟曆數
在躬安事乎 一璽得之者 本非由璽而興焉 則未足爲瑞於天下也 明矣 亡之日 或係頸
而降禪代之際 或奉獻之不暇 則其凶衰不祥也 莫過於此器也 是說也 人尤稱之然 予
獨不甚喜之 爲其陰竊三器論中語 而諱之若已出焉耳 三器之論 明載於祝穆所編 事
文類聚之書 童行學子皆能習而誦之 豈以燕巖之博極群書 而顧有未見者哉 燕巖猶犯
是忌則餘復何說."

'惺顚燕癖'이라는 네 글자는 세상을 떠난 나의 친구 樂村 丁駿爕이 나를 일컬은 말이다. 나를 일러 "惺叟 許筠에게 미치고, 燕巖 朴趾源에게 癖이 있다."라고 했다. 이때에 나는 『연암소설연구』로 성균관대학교에서 박사학위를 받았다. 그래서 '憙譚實學之齋'라는 서재의 이름을 '惺顚燕癖之室'이라고 했다.[41]

위의 글에서 연민은 연암에게 '癖'이 있다고 할 만큼 연암을 좋아했다는 것을 알 수 있다. '벽'이라는 말은 사람을 대상으로는 잘 사용하지 않는 말이다. 그런데 그가 연암을 독실하게 좋아하는 것을 달리 표현할 길이 없어 '벽'이라는 말로 그 좋아하는 정도를 강조하여 나타낸 것으로 보인다. 그리고 그는 『연암소설연구』로 박사학위를 받았을 뿐만 아니라 『한국한문학사』나 『조선문학사』에서 박지원을 비중 있게 다루었으며, 연암의 소설 9편을 모두 번역하여 『이조한문소설선』에 넣어 새 생명을 불어 넣었고, 『열하일기』도 번역하여 보급하였다.[42]

이처럼 연암의 문학을 유난히 좋아하게 된 데에는 늘 새로운 것을 추구하면서도 오래된 것과 조화를 이루어야 한다고 보았던 연민의 문학에 대한 생각이 영향을 미친 것으로 보인다. 연민이 연암의 문학의 특징으로 꼽았던 '법고창신'을 시대에 맞게 계승한 일면이라고 할 수 있겠다.

4. 마무리

이상으로 회봉과 연민의 문학론에 대해 알아보았다. 회봉과 연민은 고문을 바탕으로 하는 전아한 문장을 지어야 한다는 점에 있어서는 그

---

41) 이가원, 『淵淵夜思齋文藁』, 「惺顚燕癖之室藁小叙」
42) 허권수, 「연민 李家源先生의 한문학 성취과정에 대한 고찰」, 『洌上古典硏究』 제28집.

들의 견해가 일치하였다. 여기에서 더 나아가 회봉은 간결한 문장을 지을 것을 강조했고, 연민은 옛 것을 바탕으로 하되 새로운 것과 조화를 이룰 수 있는 문장을 지어야 한다고 했다. 뿌리는 같고 가지는 다르다고 할 수 있는 두 사람의 문학론이다. 이런 사소한 차이점은 있어도 종국에는 두 사람이 지향한 문장은 그들의 생각을 융합하여 하나로 합해놓은 것으로 전아하고, 간결하며, '法古'하되 '創新'한 문장이다.

문학론에 있어서 비슷한 노선을 보이던 회봉과 연민은 연암 박지원의 문학에 대한 견해에 있어서는 생각을 조금 달리한 측면이 있다. 회봉은 다분히 개혁적이고, 사회비판적이며, 양반들을 풍자하고 조롱하는 재기발랄함이 넘치는 연암의 문장에 대해 기궤하다고 비판했으며, 그가 남의 글을 차용해서 쓰고 출처를 밝히지 않은 것에 대해서는 도둑질과 같은 행동이라며 비판하였다. 이는 기상이 화평했던 그의 기질과도 연관이 있어 보인다.

이에 비해 연민은 연암의 문장을 독실히 좋아하여 그의 서재이름을 '惺顚燕癖之室'으로 바꾸었으며, 연암이 남긴 저술에 대한 정리를 자기 일신의 업으로 생각할 만큼 9편의 소설과 『열하일기』 등을 번역하여 연암문학의 대중화를 선도했다고 할 수 있다.

회봉과 연민은 사승관계는 아니지만 서신을 통해 교환한 문학론에 관한 이야기나, 회봉이 연민에게 전수해주며 강조했던 문학론에 대한 내용 등은 근대한문학의 종장에 있었던 회봉의 문학론이 연민에게 일정부분 전해졌다는 것을 알 수 있게 한다. 이는 벽사(碧史) 이우성(李佑成)이 연민의 만사를 지으며 심재(深齋) 조긍섭(曺兢燮), 회봉(晦峯) 하겸진(河謙鎭), 산강(山康) 변영만(卞榮晩), 위당(爲堂) 정인보(鄭寅普)에 이어 연민 이가원이 있다고 평가하였던 것[43]과 맥을 같이한다. 그러

---

43) 허권수, 「연민 李家源先生의 한문학 성취과정에 대한 고찰」, 洌上古典硏究 제28집.

므로 근대한문학이 현대로 이어지는 과도기의 교량과 같은 역할을 했던 인물이 회봉과 연민이라고 할 수 있다.

연민선생의 악부관(樂府觀)을 논함

왕샤오둔(王小盾)/중국 온주대(溫州大)

1. 연기(緣起)

한문학은 문체적 특징을 중요시한다. 문체는 문학적 기능의 상징이며, 문체적 규범을 습득하는 것은 또한 기술성이 강한 활동이므로, 동아시아 지역에서 한자를 사용한 고대 문인들은 전부 명확한 문체 의식이 있었다. 이러한 상황은 20세기 이후에 이르러서야 변화가 생긴다. 그 중 하나의 표현은, 우리가 볼 수 있는 한문학사는 일반적으로 작가나 작품을 단원(單元)으로 하였고, 문체를 단원으로 하지 않았다는 점이다. 이는 사람들의 숙고를 불러일으킨다. 서양 학술은 운문변체(韻文辨體)를 그다지 주목하지 않는데, 상술한 상황은 동아시아 각국의 학자들이 문학사를 집필할 때 서양의 영향을 수용하였음을 말해준다.

그러나 연민선생의 『韓國漢文學史』[1]에서 우리는 연대와 문체를 모두 중요시하는 현상을 볼 수 있었다. 이를테면, 「邃古時代의 漢文學」(고조선) 章에는 '俗曲', '漢體의 詩歌', '散文의 發生과 神話系의 소설' 등 節이 있고, 「北方의 反抗意識」(고구려) 章에는 '俗曲', '漢體의 詩歌' 등 節이 있다. 「南方의 浪漫思潮」(신라·백제) 두 章에는 '鄕歌',

---

1) 趙季·劉暢(옮김), 李家源, 『韓國漢文學史』, 鳳凰出版社, 2012.

'鄕曲', '唐體의 詩歌', '神話系의 小說' 등 節이 있으며, 「南北思潮의
合流」(統一以後의 新羅) 章에는 '鄕歌', '唐體의 詩歌', '神話系의 小說'
등 節이 있다. 주목할 만한 점은, 제육장부터 악부와 사부 두 가지 문
체에 대해 논의를 진행하였는데, 각각 '樂府의 成立'(고려초기), '辭賦
의 登場'과 '樂府의 發展'(고려후기) 등으로 나누어 기술하였다. 그리
고 제8장(李朝初期)부터는 다섯 章에 걸쳐 '辭賦'와 '樂府'에 대해 논의
하였다. 이로부터, 운문문학에 대해서 연민선생은 속곡·향가·향곡·
사부·시가 등 여섯 개 문체로 나누었음을 알 수 있다. 저자는 어떻게
이처럼 문체의 변별에 엄격한 문학관을 가지게 되었을까? 이는 그의
한문학 창작과 관련이 있지 않을까? 이는 한국의 문학 전통에 부합하
는가? 이러한 문제들은 모두 깊이 생각해볼 가치가 있다. 이를 위해,
본고는 악부관의 관점에서 상술한 문제들을 고찰함으로써, 한국학자
의 중국 문체관념에 대한 수용과 변용에 대해 탐구해 보고자 한다.

2. 『한국한문학사(韓國漢文學史)』의 악부관

『한국한문학사』에서 연민선생은 '樂府'에 대해 세 차례의 이론적 기
술을 진행하였다.

첫 번째는 제3장(고신라)에서 '樂府系인 악곡은 향가와 別系로 보아
야 할 것이다.'[2] 그의 말인즉, 향곡은 악부계 악곡이지만, 향가는 악부
계 악곡이 아니라는 뜻이다. 이들의 차이는, 향가는 당지의 토어(土語)
로 전승되어 불려진 민가(民歌)로, 힌자로 기록된 깃은 본언의 노습이
아니며, 향곡은 궁정의 가곡으로 반주(伴奏)가 있었고, 안정된 곡체와

---

2) 이가원, 『한국한문학사』, 보성문화사, 2005, 33면.
　趙季·劉暢(옮김), 李家源, 『韓國漢文學史』, 鳳凰出版社, 2012, 36면.

가사가 있었다는 것이다. 즉, '향가는 사람의 입에서 불리어진 것을 樂
器에 올릴 수도 있거니와 올리지 못할 것도 있겠지만 향곡은 모두 악
기를 통한 詞曲이 아니면 안 되는 것이다.'3) 이러한 이론으로 보았을
때, 『삼국사기』 권32 「樂」에서 기재된 신라 속악곡은 모두 악부계 악
곡이다. 유리왕 시기의 '會樂'과 '辛熱樂', 탈해왕 시기의 '突阿樂' 등
18곡이 이에 포함된다. 이로부터 연민선생이 보기에, '樂府의 실질은
궁정 음악이었으며, 특히는 궁정 俗樂이었다.'

　이러한 인식에 바탕하여, 연민선생은 신라의 왕산악(王山岳)이 지은
「玄鶴」과, 궁정악사인 옥보고(玉寶高), 귀금(貴金), 우륵(于勒), 니문(尼
文), 법지(法知), 계고(階古), 만덕(萬德) 등이 지은 「新調」, 「飄風」, 「加
耶」, 「河臨」, 「嫩竹」을 樂府계 가곡으로 보았다. 이러한 가곡은 모두
궁정의 악곡으로 本土에서 나온 것이며, 속악곡에 속한다.

　두 번째는 『한국한문학사』 제6장(고려 초기)에서, '고조선 및 고구려
대의 俗曲이나 羅·濟代의 鄕曲은 모두 한국에 있어서 樂府以前의 樂
府이다. 그러나 그들은 엄격히 따진다면 樂府의 本義를 명확히 지니
고 있느냐는 것이 문제이다. 樂府라는 명사는 『漢書』의 「禮樂志」에서
처음 출현하였다. 漢武帝 劉徹(前 156~前 87)이 郊祀의 예를 정하고
樂府라는 官署를 세우고 李延年을 協律都尉로 삼아 協律的인 시가를
채집하여 악부를 짓게 하였는데, 그 이후로 악부는 '協律之詩歌'를 가
리키게 되었다. 한국의 樂府는 실로 高麗에 이르러서 성립되었으며,
고려의 樂府는 俗樂·唐樂·雅樂 등의 三種으로 분류할 수 있다.'4) 이
단락은 연민선생의 '樂府'에 대한 관념은 『한서』에서 온 것임을 알 수

---

3) 原書, 34면.
　번역본, 37면.
4) 원서, 84~85면.
　중국어 번역본, 101면.

있다. 『한서』와 마찬가지로, 연민선생은 궁정음악기구 및 이 기구에서 만든 '協律的인 詩歌'를 '樂府'라고 보았다. 그는 또한 『한서』에서 이른 바 '무제가 樂府를 세웠다'는 설에 의해, '樂府'를 두 가지로 나누었다. 하나는 악부의 본의를 명확히 지니고 있는 악부로, 고조선·고구려·신라·백제의 궁정속악곡이다. 또 하나는 악부의 본의를 이미 갖춘 악부로, 고려 궁정에서 장악한 여러 가지 악곡사(樂曲辭)·당악곡(唐樂曲)과 속악곡사(俗樂曲辭)이다. 『高麗史·樂志』에 의하면, 이러한 악부곡사(樂府曲辭)에는 첫째로, 아악악장(雅樂樂章) 「正安之曲」 등 29곡, 태묘악장(太廟樂章) 「太定之曲」 등 10곡, 예종(睿宗) 11년(1116) 10월에 새로 지은 구실등가악장(九室登歌樂章) 18곡, 공민왕 12년(1363) 5월에 새로 지은 태묘악장, 공민왕 16년(1367) 정월에 휘의공주(徽懿公主)의 혼전(魂殿)에 대향(大享)을 설치하여, 교방에서 연주하였던 새로 지은 악장, 공민왕 20년(1371) 10월에 새로 지은 태묘악장이 있다. 둘째, 당악대무곡(唐樂隊舞曲) 「獻仙桃」 등 5지(支) 대무(隊舞)로 20여곡, 당악곡파(唐樂曲破) 「惜奴嬌」, 당악(唐樂) '令' '慢' 諸曲, 「萬年歡」 등 42곡이 있다. 셋째, 고려속악곡 「동동」 등 31곡, 고려에 전해진 삼국속악곡(신라 6曲, 백제 5曲, 고구려 3曲)이 있다.

이러한 악곡 중에서 연민선생은 특히 속악곡을 중시했다. 『한국문학사』에서 고려악부 부분에서 중점적으로 속악 31곡을 소개하였다. 이는 '진정한 樂府는 마땅히 樂府의 本義—시를 채집하여 樂을 만드는 제도—를 具備해야 한다.'는 연민선생의 견해를 보여준다. 즉, 가장 전형적인 '樂府'는 궁정악서에서 채집한 속악곡이다.

셋째로, 『한국한문학사』 제7장(고려후기)에서 연민선생은 악부의 발전에 대해 논술하였는데, 이러한 발전은 크게 두 가지로 표현된다고 보았다. 그 중 하나는 문인들이 속악곡사의 창작에 참여한 것이다. 이를테면 이제현(李齊賢)은 「別曲」과 9편의 「小樂府」를 지었고, 안축(安

軸)이「翰林別曲」을 모방하여「關東別曲」8장과「竹溪別曲」다섯 章을 지었다. 다른 하나는 문인들이 사(詞)를 창작하기 시작했다는 것이다. 그리하여, 연민선생은 '고려후기의 악부는 '俗樂'과 '詞'를 모두 포함한다. 이에는 '詞'가 이때에 이르러서는 어엿이 한 자리를 점유하였기 때문이다.'5) 여기서 연민선생은 '文體적으로 혹은 主題가 삼국樂府나 고려樂府에 의거하여 창작한 準歌辭'는 '樂府'라는 하나의 새로운 악부 개념을 제기하였다. 이러한 작품은 가창에 부합하지 않았을 수도 있으나, 저자가 보기에 '歌辭之體'에 해당하고, '樂工之曲'의 본색에 부합하기 때문이다. 아래 세 단락은 방증이다.

　　昨見郭狖龍, 言「及菴欲和小樂府, 以其事一而語重, 故未也.」僕謂「劉賓客作'竹枝歌', 皆夔峽間男女相悅之辭. 東坡則用二妃, 屈子, 懷王, 項羽事綴爲長歌. 夫豈襲前人乎. 及菴取別曲之感於意者翻爲新詞, 可也.」作二篇挑之. (李齊賢『益齋亂稿』卷四)6)

　　樂府句句字字皆協音律, 古之能詩者尙難之. 陳後山楊誠齋皆以謂「蘇子瞻樂詞雖工, 要非本色語」況不及東坡者乎? 吾東方語音與中國不同, 李相國 李大諫 猊山 牧隱皆以雄文大手, 未嘗措手. 唯益齋備述衆體, 法度森嚴. 先生北學中原, 師友淵源, 必有所得者. 近世學者不學音律, 先作樂府, 欲爲東坡所不能, 其爲誠齋 後山之罪人, 明矣. (徐居正『東人詩話』卷上)7)

　　東國無樂府. 西京題詠, 唯牧隱與李相國混外, 近世三淵金翁作亦佳, 然皆律體也. 鄭知常「官船」一絶, 始得樂府音調, 爲千年絶唱, 足與盛庸方駕. (申光洙『石北文集』卷一〇「關西樂府序」)8)

---

5) 원서, 122면.
6) 이가원, 『한국한문학사』, 보성문화사, 2005, 126면.
7) 이가원, 『한국한문학사』, 보성문화사, 2005, 126면.

위의 세 문단은 모두『한국한문학사』에 인용된 것으로, 연민선생 악
부관의 원천으로 볼 수 있다. 첫 번째 문단은 민사평(閔思平, 1294~
1359, 及菴)이 곽충룡(郭翀龍)과 '小樂府'를 수창한 일을 말하였다. 유
우석과 소동파가 지은 두 종의『竹枝歌』를 예로, '別曲 중에서 뜻(意)
에 感發하는 것을 취하여, 新詞로 翻할 것'을 건의하였으며, '夔峽間
男女相悅之辭'인「竹枝歌」를 소악부로 보았다. 두 번째 문단에서 소
위 '樂府'는 '詞'의 대명(代命)이다. 이처럼 다른 이름으로 지칭하는 관
습은 송대의 문인에게서 나온 것이지만, 고려이래의 전통에-高麗樂
중의 '唐樂'은 古詩音調의 代命이다-부합한다. 그러므로 사체는 '高
麗樂府之體'라고 할 수 있다. 세 번째 문단에서 이른바 '樂府'는 고시
음조(古詩音調)의 대명(代命)이다. 이처럼 다른 이름으로 지칭하는 관
습 역시 중국으로부터 온 것으로, '樂府'를 한위육조 악부민가지시체
(樂府民歌之詩體)로 이해하는 것이다. 그래서 '東國에 樂府가 없다.'고
한 것이다. 그러나 고려사람 정지상(鄭知常)이「官船」'비 개인 긴 언
덕에는 풀빛이 푸르다(雨歇長堤草色多)'을 지은 후로, 칭찬하는 자(揄揚
者)와 모방하는 자(仿效者)가 많았다. 이로써 '樂府'는 신시체의 명칭이
되었다. 이러한 시체는 4구로 한 편을 이루고, 근체율시와 구별되며,
조선반도 삼국이래의 속곡사에 근접한다. 그래서 조선시대 사람이 가
사를 모방하여 창작할 때 생각한 악부시체는 바로 이러한 절구체, 즉
「竹枝歌」체였다.

　이러한 의가사(擬歌辭)의 기준에 근거하여, 연민선생은「龍飛御天
歌」와 성간(成侃)의「宮詞」를 '樂府'로 보았다.9) 정인지(鄭麟趾)의 말
에 의하면, '「龍飛御天歌」은 '雅' '頌'의 유음을 계승하여, 管絃을 입

---

8) 이가원,『한국한문학사』, 보성문화사, 2005, 91면.
9) 원서, 174~175면.
　번역서, 218~219면.

힌'10) 작품이다. 그리고 이익은 이 노래가 고가의 강조에 맞음을 말하
였다.11) 그리고 성간의 「宮詞」에 대해서, 허균은 '唐樂府體'의 전형이
라 하였다.12) 이로부터 알 수 있는 바, 악부시의 음악성을 중요시하는
점에서, 연민선생은 조선시대 학자들과 공통된 인식을 가지고 있었다.

마찬가지로, 연민선생은 속곡이라는 제목으로 지은 사(辭) 역시 '樂
府'로 보았다. 그는 제7장에서 '樂府의 登場'을 기술할 때, '樂府'와 '辭'
를 구분하였다. 비록 이 두 가지 모두 가사의 유변에 속하지만, 연민선
생은 '樂府·歌曲 중의 詞의 이름을 가진 것은 이에 넣지 않았다.'13)고
하였다. 뜻인즉, '辭와 樂府의 分界는 주로 초사의 '兮'체를 사용하였
는가에 있는 것이 아니라, 속곡(俗曲) 구체(舊體)를 쓰지 않는가에 있다
는 말이다. 이러한 견해 역시 고려와 조선시대 문인들의 관습에 부합한
다. 예를 들면, 이제현의 「小樂府」의 작품은 주로 고려 속곡의 번역에
서 왔으며, 본토 악부의 소재를 사용하였고, 김종직(金宗直)의 「東都樂
府」의 사(辭)는 「會蘇曲」·「憂息曲」·「鵄述嶺」 등 일곱 수로, 역시 삼
국 속곡의 구제(舊題)를 채용하였다.

종합하면, 『한국한문학사』의 악부관은 삼국이래의 궁정 속악곡을
에워싸고 전개되었다. 연민선생에 의해 '樂府'로 확인된 문학은 주로
두 가지인데, 하나는 궁정악곡과 서로 연관되는 '協律之詩歌'이고, 다
른 하나는 궁정악곡의 문체와 주제에 따라 지은 사(辭)로, 흔히 볼 수

10) 「龍飛御天歌」卷首「龍飛御天歌序」.
　　'繼雅頌之遺音 被之管絃'.
11) 『星湖僿說類選』 卷四下 「治道門三·國朝樂章」.
　　'此因皇風樂腔節葉歌, 歌卽四言詩也, 卻與古合也'.
12) 『惺叟詩話』.
　　東詩無效古者, 獨成和仲擬顔陶鮑三詩深得其法, 諸小絕句得唐樂府體, 賴得此君,
　　殊免寥寂.
13) 원서, 117면. 역서, 143면.

있는 것은 '竹枝'체와 장단구사체(長短句辭體)이다.

3. 연민선생 악부관의 주요 원천

　민족전통의 관점에서 보면, 연민선생의 악부관은 고려시대와 조선
시대 초반까지 거슬러 올라갈 수 있다. 이 시기의 '樂府'는 주로 두 가
지 의미를 담고 있었다. 첫째는 사학적 각도로 본 '樂府', 즉 '樂'의 '府'
로, 궁중에서 음악을 관장하는 기구이고, 두 번째는 문학적 각도로 본
궁정의 음악 부서에서 장악한 악장을 가리키며, 나아가서는 이러한 악
장을 모방하여 만든 작품을 가리킨다. 후자는 두 종류의 작품으로 구성
되었는데, 하나는 신라·고려 속곡가사를 번역하여 쓴 절구체의 짧은
시이고, 또 하나는 당악곡·속악곡과 연관되는 기타 문체이다.

　사학적 함의의 '樂府'는 『삼국유사』나 『삼국사기』에는 보이지 않고,
『고려사』에 최초로 보인다. 『고려사』에 다음과 같은 기술이 있다.

　　松林縣……有五冠山. 世傳孝子文忠居是山下. 樂府有「五冠山」曲.
　　(『高麗史·地理志』)14)

　　詩文淸便, 長短句若干篇行於世. 嘗貶寧海, 得海浮査, 制爲舞鼓, 至
今傳于樂府. (『高麗史·李混傳』)15)
　　爲人精巧, 於文章技藝皆盡其能, 尤好釋敎. ……時邀永嘉君權溥以
下國老八人爲耆英會, 製「紫霞洞」新曲. 今樂府有譜. (『高麗史·蔡洪
哲傳』)16)

---

14) 『高麗史』 卷五六, 中冊, 255면.
15) 『高麗史』 卷一〇八, 下冊, 374면.
16) 『高麗史』 卷一〇八, 下冊, 376면.

倭寇萬德社, 殺掠而去. 濯以輕騎追捕, 悉還其俘. 終濯在鎭, 寇不復犯. 自製「長生浦」等曲, 傳樂府. (『高麗史・柳濯傳』)[17]

이 몇 가지 사건의 연대는 대체로 헤아릴 수 있다. 이혼(李混)이 충렬왕(忠烈王) 5년(1307)에 하정사(賀正使)의 신분으로 원조(元朝)에 출사하였다가,[18] 귀국 후 모함을 받아 좌천되었다. 그가 무고(舞鼓)를 만든 것은 이 시기의 일로, 1308년 혹은 이보다 조금 뒤일 것이다. 채홍철(蔡洪哲)은 충렬왕(忠烈王)・충선왕(忠宣王)・충숙왕(忠肅王) 3대에 걸쳐 관직을 역임하다가, 충혜왕(忠惠王) 후 원년(1340)에 죽었다. 류탁(柳濯)은 공민왕(恭愍王) 시기의 장령(將領)으로, 그가 지은 「長生浦」는 공민왕 初年(1351년 혹은 이보다 조금 뒤에)에 고려속악에 들어갔다. 이 몇 가지 사건은 모두 기원 14세기 앞 60년 사이의 일로, 이제현이 생존해 있던 시기이다. 이밖에도 『고려사・악지』에는 또 하나의 '樂府'에 관한 기록이 있다. 즉 당악 「傾杯樂」 사(詞)에 '曾樂府兩籍神仙, 梨園四部絃管'라 한 것이다. 주목해야 할 것은, 이 「傾杯樂」 詞는 송대의 사인(詞人) 류영(柳永)에게서 나와, 정화(政和) 4년(1114)~6년 사이에 송휘종(宋徽宗)이 악을 賜하여 고려에 전해진 것[19]으로, 『고려사』에서 악부에 관한 최초의 기록이다. 사(詞) 중의 악부 또한 궁정에서 음악을 관리하는 기구를 말한다. 이로부터 추론을 진행하자면, 『고려사』의 '樂府' 개념은 고려의 '唐樂'의 유입으로 인해 만들어진 것이다.

위의 기록에서 말하는 '至今傳于樂府'는 무고지악(舞鼓之樂)과 「紫霞洞」 등 곡은 『고려사』를 수찬(修纂)하는 시기-조선 세종대-까지 줄

---

17) 『高麗史』卷一一一, 下冊, 426면.
18) 『高麗史』卷三二 「忠烈王世家」, 上冊, 667면.
19) 王小盾, 「『高麗史・樂志』'唐樂'的文化性格及其唐代淵源」, 『域外漢籍硏究』第1輯, 中華書局, 2005.

곧 유전되었다는 말이다. 이는 하나의 과정을 의미하는데, 악부가 악
서(樂署)를 가리키는 것은 고려인의 관점에 부합할 뿐만 아니라, 또한
기록자로써 조선인의 관점에 부합함을 설명한다. 이로 인해, 『조선왕
조실록』에서도 악부가 악서를 가리키는 것을 볼 수 있었다. 이를테면,

> 上曰, 圖讖非帝王之事, 若不廢, 則但序於樂府耳, 不宜首進. ……以
> 河崙「觀天庭」爲第一曲, 「受寶籙」則削之樂府.[20)

> 慣習都監啓, 「元興曲」及「安東紫靑調」, 請於樂歌復用. ……二曲雖皆
> 載諸樂府, 然廢而不用久矣.[21)

> 御經筵. 謂參贊官權孟孫曰, ……「夢金尺」·「受明命」, 太祖太宗樂章
> 也, 今皆不列於樂府. 「夢金尺」·「受寶籙」, 太宗嘗以爲夢中之事 圖讖
> 之說, 不宜歌頌, 河崙固請, 只以「受寶籙」序於樂府, 「夢金尺」則未嘗登
> 歌. ……上曰, 若以「荷皇恩」爲不可廢, 則「受明命」當序於樂府也. 今樂
> 府改「聖澤」爲「海瑞」者, 蓋指近日所得靑琅玕也. 細碎之事, 豈宜登於
> 樂府? ……[22)

> 庚午年, 樂學提調朴堧上言曰, 樂府之樂, 有祭享樂, 有宴享樂.[23)

> 御製樂府曰, 蕞爾阻聲敎, 豈能逃一怒? ……[24)

이러한 기록들에서 '樂府'는 주로 궁정 악서를 가리킨다. 이를테면,

---

20) 『太宗實錄』 卷二二, 太宗十一年(1411) 閏十二月 辛巳.
21) 『世宗實錄』 卷五四, 世宗十三年(1431) 十月 丁酉.
22) 『世宗實錄』 卷五五, 世宗十四年(1432) 三月 乙亥.
23) 『端宗實錄』 卷六, 端宗元年(1453) 六月 戊申.
24) 『世祖實錄』 卷二二, 世祖六年(1460) 十一月 癸未.

'樂府에 기재되었다(載諸樂府)'와 '樂府의 음악(樂府之樂)'과 같은 것이다. 동시에 '궁정의 樂署에서 장악한 樂歌'로 의미가 확장되었다. 이를테면, '序於樂府', '御製樂府' 등이다. 이는 사실상 '樂府'의 두 가지 개념의 전환을 보여준다. 후자는 사실상 문학적인 '樂府'이다.

조선반도에서 문학적인 악부 개념은 이제현의 「小樂府」에서 보인다. 이 작품은 모두 9수인데, 모두 7언4구체로 거개가 고려 가곡을 번역한 것이다. 「小樂府」라는 이름은 송대 문인의 습관적인 표현에서 온 것으로, 육조시기 유행한 절구 형식의 악부시체와 당대의 「竹枝」體(전부 7언4구임)를 '小樂府'로 보았다.[25] 이러한 관습은 이제현을 통해 조선 문인들에게 영향을 미쳤다. 예를 들면, 신위(申緯)의 「小樂府」 40수는 7언4구 시체로 시조를 번역하였고, 신광수(申光洙)의 「關西樂府」(「關西伯四時行樂辭」)108수 역시 7언4구체 시가로 당지의 지리와 풍속, 역사를 읊었다. 사실상, 조선조 수백 년 동안 세 가지 문학적 요소는 '樂府'의 문체적 상징으로 인식되었다. 첫 째는 7언4구체이고, 둘째는 가사를 모방한 작품이며, 셋째는 한字로 번역한 민가이다. 중국의 악부시 개념-漢魏六朝의 舊題의 모방을 '樂府'로 보는 관념- 역시 조선에 전해졌지만, 대다수의 조선 시인의 문학적 실천은 이제현과 연관된 세 가지 인식을 기초로 하였다.

연민선생의 악부관은 주로 이제현과 조선사가(朝鮮史家)의 상술한 관념에서 온 것이다. 그리하여 『한국한문학사』는 삼국시대로부터 고려까지의 궁정악장과 속곡가사를 '樂府'로 보았을 뿐만 아니라, 이제현의 「소樂府」와 비슷한 일련의 작품을 악부로 보았다. 이 책에서 '樂府'라고 한 작품을 보면, '樂府'를 판단함에 있어 아래 네 가지 기준을 사용하였다.

---

25) 『池北偶談』 卷一五, 「小樂府」條.

첫째, 궁정음악 기구에서 만든 '協律之詩歌'는 악부이다. 이러한 기준으로 이 책에서 악부에 넣은 가사에 (1)『時用鄕樂譜』에 기재된 「風入松」(「笙歌寥亮」, 平調) 등 가사[26]와 (2) 이항복(李恒福)이 지은 「鐵嶺宿雲詞」등이 포함된다.『韓國漢文學史』[27]에 '時調로 널리 유행되었다.'와 '이 노래는 서울에 널리 퍼져, 宮人들이 익혀서 노래했다(此歌播都下, 宮人皆習唱)'는 것을 후자가 악부에 속하는 이유로 꼽았다.

둘째, 7언4구체(宮詞體와 竹枝詞體)를 전형적인 악부사체(樂府辭體)로 보고, 아래 작품들을 악부에 넣었다. (1) 성간(成侃)이 지은 「宮詞」로,『한국한문학사』(原書, 175면)에서 '이는 宮詞이지만 실은 樂府체이다.'라고 평가하였다. (2) 신광수의 「關西樂府」(「關西伯四時行樂辭」) 108수. (3) 조수삼(趙秀三, 1762~1849)의 「外夷竹枝詞」122수와 「高麗宮詞」 22수로, 후자에 대해 저자는 '「竹枝」調를 모방하여 지었다'고 밝혔다. (4) 신좌모(申佐模, 1799~1877)의 「仿關西樂府」. (5) 이학규(李學逵)의 「金官竹枝詞」(1808) 30수. (6) 김려(金鑢)의 「黃城俚曲」 204수. (7) 박규수(朴珪壽, 1807~1876)의 「鳳韶餘響」 100首. (8) 윤달선(尹達善)의 「廣寒樓樂府」(1852년 作) 108首로, 저자는 「향랑가」라는 작품에 근거하여 소곡 108첩을 쓰고, 「광한루樂府」라 이름하였다 하였다. (9) 이유원(李裕元)의 「海東樂府」 100首로, 「碓樂」·「鄭瓜亭」·「眞勺」 등 속곡구제(俗曲舊題)를 많이 사용하였다.

셋째, 문체 혹은 주제 면에서 삼국악부와 고려악부에서 지은 辭(長短句詞를 포함)를 모방한 것은 모두 악부이다. 그래서 삼국·고려속곡의 舊題·本事의 작품은 '樂府'로 분류되었다. 그 중에 김종직(1431~1492)의 「東都樂府」와 김만중(金萬重 1637~1692)의 「西浦樂府」가

---

26) 번역본, 219면.
27) 원서 218면, 번역본 275면.

있다. 『한국문학사』에서는 「西浦樂府」에 대해 '高麗(俗曲)의 「三藏」·
「蛇龍」 두 노래를 演述한 것이다.'라고 하였다. 그 밖에도 이학규의 「
嶺南樂府」(1808년 作) 68편(俗曲 俗事와 舊題를 많이 사용), 이익(李瀷)의
「星湖樂府」 111편(대체로 俗曲과 舊題를 사용), 이익의 「黃葉飛詞」[28]
등이 있다. 대체로 이 악부들은 '絃歌를 입히기 위해(被諸絃歌)' 지은
것이다.

넷째, 본토 가사를 한역하여 쓴 것으로, 주로 시조와 기타 유행가사
의 한역이 이에 해당된다. 이를테면, 이항복의 「解愁絲詞」로, '이항복
이 당시에 유행되던 노래를 漢譯한 것'이 있고, 또 남구만(南九萬)의 「
鐵嶺宿雲詞」가 있는데, 이항복의 「鐵嶺宿雲詞」 등 '옛 時調 11수를 漢
譯한 것'이며, 김춘택(金春澤)의 「將進酒辭」가 있는데, '정철의 「將進
酒辭」를 한역한 것'이다. 이 밖에도 「송강가사」의 한역시, 김상숙(金相
肅)과 성해응(成海應)이 한역한 「思美人曲」, 무명씨가 한역한 「관동별
곡」이 있다. 그 외에도, '세 편의 시조를 번역'한 남유용(南有容)의 「新
詞三閡」, '대체로 시조를 漢譯'한 홍양호(洪良浩)의 「靑丘短曲」 26수,
'전부 시조의 한역'인 신위(申緯)의 「小樂府」 40수, '대체로 시조를 한
역한 작품'인 이유원의 「小樂府」 45수 있다.

아래 부분에서 본토 가사의 한역을 중시하는 것은 연민선생 악부관
의 중요한 특징이라는 것에 대해 논의하고자 한다.

---

28) 저자 李瀷은 "대략 「草堂詩餘」의 詞句에 의거하여 한 편을 이루었으며(略依「草堂詩
餘」詞句成一篇)", "대체로 우리나라는 樂歌가 신라시대부터 있었는데, 조정이나 향당
의 樂은 俚諺을 따를 뿐, 한 사람도 韻語에 絃歌를 입힌 적이 없으니, 또한 夷俗의
비루함이다(蓋我邦有樂歌自新羅世, 而朝廷鄕黨之樂都循俚諺, 未有一人作韻語被
諸絃歌,亦夷俗之陋也.)"라 하였다.

4. 연민선생 악부관의 특징과 본질

악부는 중국에서 생겨난, 역사적이면서도 문학적인 개념이다. 역사적 개념으로서의 악부는 궁정의 음악기구를 가리키던 말이다. 『漢書·禮樂志』에서는 '武帝가 郊祀의 禮를 정하고, ……樂府를 설립하고, 詩를 채집하게 하고 밤에 읊게 하였다. 그래서 趙·代·秦·楚 지역의 노래가 있게 되었다.'[29]고 하였는데, 이는 비교적 영향력 있는 기술이다. 이는 한대에는 악부를 궁정의 의식을 위한 례악을 담당하는 관서로 이해하였음을 말해준다. 한무제는 이 관서를 통해 제도화된 예악 활동을 전개한 동시에, 시를 채집하여 악을 만들었다. 그리하여 역사에서 '한무제가 악부를 세웠다.'고 하였다.[30] '시를 채집하여 樂을 만드는 것(採詩製樂)' 또한 악부의 주요 직능이었기 때문에, 사람들은 궁정 악서(樂署)에서 노래하던 가사도 '樂府'라고 불렀다. 이렇게 문학적인 '악부' 개념이 생겼으며, 두 가지 의미가 파생되었다. 하나는 악부의 가창으로 인해 형성된 시체로, 역대 문인들이 이러한 시체를 모방하여 지은 것까지 포함된다. 또 하나는 일반적 의미의 가사를 가리킨다. 일본 승려 헨조콘고(遍照金剛)의 『文鏡秘府論·論文意』에서 '樂府者, 選其淸調合律唱, 入管弦, 所奏卽入之樂府聚至. 如「塘上行」·「怨詩行」·「長歌行」·「短歌行」之類是也.'[31]라 하였다. 여기서 악부는 한위륙조(漢魏六朝)의 궁정 음악 관서를 가리킬 뿐만 아니라, 이 관서에서 노래하던 가사를 가리킨다. 당대 조린(趙璘)의 『因話錄』 권삼에,

---

29) 『漢書·禮樂志』.
　　武帝定郊祀之禮……立樂府, 采詩夜誦, 有趙代秦楚之謳.
30) 王小盾, 「『文心雕龍·樂府』三論」, 『文學遺産』, 2010, 第3期.
31) 『文鏡秘府論匯校匯考』, 中華書局, 2006, 1350면.
　　盧盛江은 이 말의 앞부분은 '樂府者, 選其淸調, 合律呂, 入管弦, 所奏卽入之樂府, 聚至詩官.'일 것이라 했다. (위의 책, 1351면.)

'李賀作樂府, 多屬意花草蜂蝶之間.'[32)]라고 하였는데, 여기서 '악부'
는 한위륙조 악부가사의 체재와 풍격, 내용을 모방한 작품을 가리킨
다. 이 밖에도, 당대의 시인 사언(謝偃)의 작품 중에「樂府新歌應敎」
라는 시가 있고, 류언사(劉言史)는「樂府雜詞三首」를 지었는데, 이 시
제 중의 '악부'는 모두 가사의 다른 이름이다.

시가 풍조의 변화로 인해, 송대 이전에는 주로 두 가지 악부시 문체
가 있었다. 하나는, 한위륙조의 악부가사체이다. 시구의 형식이 다양
하나, 주로 격률에 엄격하지 않으면서, 5언7언시에 가까운 체재를 사
용하였다. 그 중에서 격률의 변화가 풍부하고, 편폭이 비교적 긴 시체
를 '歌行'이라 불렀다. 또 하나는, 수나라 이래로 유행한 성시체(聲詩
體)와 곡자사체(曲子辭體)이다. 성시는 악공에 의해 채집되어 가창된
문인시로, 대부분 7언4구의 체재를 사용하였으며, 곡자사는 연회의
곡조에 맞추기 위해 지은 가사로 장단구 형식을 많이 취하였다. 위진
시기로부터 사람들은 첫 번째 문체를 습관적으로 채택하였으며, 동시
에 악부 구제를 계속 사용하여 시사를 기술하는 것에도 중시를 돌렸
다. 당나라 시대에 이르러 성시체와 곡자사체 외에도 사람들은 스스
로 만든 신제로 현실생황을 반영하였다. 이러한 문체를 '新樂府體'라
하였다.

'악부'라는 말은 고려후기에 조선반도에 처음 출현하였다. 이 시기
에 위에서 소개한 악부관은 모두 한국에 전해졌다. 혹자는 악부를 음
악적으로 수용하였고, 혹자는 문학적으로 수용하였다. 그리하여 다음
과 같은 세 가지 악부관이 형성되었다. 첫 번째는 음악 관청으로써의
'樂府' 개념으로, 악부의 본의를 중시하고, 문학작품과 소리(音)의 연
관을 중시하였다. 두 번째는 문체에 입각한 '악부' 개념으로, 한당(漢

---

32)『唐國史補·因話錄』, 上海古籍出版社, 1979, 85면.

唐) 악부시의 시제와 글쓰기 방식의 모방을 중시하였다. 세 번째는 앞
두 가지를 절충한 것으로, 악부 문체와 향토문화의 결합을 중시하며,
작품과 '事'의 연관을 중시하였다. 이제현에서부터 조선 사신들의 악
부관은 첫 번째 악부관이다. 이는 연민선생의 악부관의 주요 원천이기
도 하다.

  그러나 조선시대 이후로, 두 번째 악부관이 점차 조선반도에서 유행
하였다. 성현(成俔)의 『虛白堂集』은 이러한 유행의 확실한 예증이다.
문집에 한위륙조의 악부 시제와 시체를 모방하여 지은 작품들을 수록
하였다. 「漁父歌」,「金銅仙人辭漢歌」 등 '歌體'시 9수,「桃源行」·「野
田黃雀行」 등 '行體'시 14수,「大堤曲」·「明妃曲」등 '曲體'시 10수,「節
婦吟」·「隴頭吟」 등 '吟體'시 5수,「鴛鴦篇」·「美人篇」 등 '篇體'시 7
수,「箜篌引」·「飛龍引」 등 '引體'시 5수,「征婦怨」·「湘妃怨」 등 '怨
體'시 8수, 이 밖에도 '詞體'·'謠體'·'歎體'가 있으며, 또 '樂府雜體'
37수가 있다. 성현은『樂學軌範』의 저자로, 뛰어난 음악적 수양을 가
지고 있었다. 이러한 작품들은 음악과 연관이 없을 뿐만 아니라, 도리
어 중국 작가들보다도 변체에 중시를 돌렸다. 이는 순문학에 대한 추
구를 반영하였으며, 또한 중국 악부시체에 숙달하려는 노력을 보여주
었다. 이러한 추구는 당시에는 이론 표현(理論表現)이 있었다. 허균은
李達이 지은 「採蓮曲」·「襄陽曲」 등에 대해 '調和, 格亮, 彩絢俱均,
眞盛唐能品'[33]라 하였는데, 이 중국 악부의 시제와 시체의 각도에서
평가를 진행한 것이다. 또 이수광(李晬光)은『芝峰類說』에서 '漢魏間
樂府歌辭, 質而不俚, 腴而不艶, 有古詩言志, 聲依永之遺意. 嗣是以
還, 作者代出, 然或重襲故常, 或無復本義. 李太白才調雖高, 題與義
多仍其舊. 延至於今, 此學之廢亦久矣.'[34]라는 이동양(李東陽)의 말을

---

33) 趙鍾業, 『韓國詩話叢編』, 太學社, 1996, 677면.

인용하였으며, 또한 '余謂此言是, 但其所自爲擬古樂府諸篇, 雖或有
警句, 未免俳優强作之態, 決非本色.'라는 평을 내렸다. 이는 악부 문
체의 '本色'에 대한 주목을 말해준다.

　위의 두 가지 견해는 16세기말 17세기 초에 나타난 것으로, 이는 조
선 문인의 악부 문학 창작이 고조에 달했던 시기이다. 그 중에서 대표
적인 申欽과 심광세(沈光世)의 작품과 견해로부터 볼 때, 이 시기 악부
창작의 번영은 악부관의 변화를 이루어냈다. 신흠은 「補樂歌」·「漢郊
祀歌」·「漢鐃歌」·「古樂府」 등 이름으로, 2백수에 가까운 악부시를
지었다. 서문에 이르기를,

　　蓋樂府者, 古人用之於郊祀, 用之於軍旅. 漢之「練時日」「鐃歌」是
　　已.……顧其昉也, 不唯音, 唯其事也. 流之遠也, 則有其音而無其事. 雖
　　無其事, 音自可貴. 擬而肖之者, 昔人譬之新豐, 貴其音也. 余竊不自
　　揆, 仿而爲之, 間雜耳目所睹記, 附以爲篇. 非謂音與事備, 抑傷世之一
　　端云爾.[35]

　뜻 인즉, 악부는 두 가지 본질적인 속성을 가지고 있다는 말이다. 하
나는 '事'이고, 다른 하나는 '音'이다. 그 근원으로 거슬러 올라가면,
진정한 本色은 '事'로 대표된다. 후에 악부가 사곡문학(詞曲文學)으로
발전되면서, '音'을 중시하고 '事'를 소홀히 하면서, '音을 귀하게 여기
는' 경향이 생겨났다. 그 정도로 돌아가기 위해, 신흠(申欽)은 악부시
몇 수를 지었다. 그의 의도는 '音과 事를 구비'하는 것으로, 적어도 '세
상을 탄식(傷世)'하려 하였다. 이는 신흠이 처음에는 두 번째 악부관에
서 출발하였음을 말해주는데, 악부구제(樂府舊題)의 글쓰기 방식을 사

---

34) 南晚星(校譯), 『芝峰類說』, 乙酉文化社, 1994, 634면.
35) 『象村集』卷三, 「樂府體四十九首序」.

용한 것에서 알 수 있다. 그는 세 번째 악부관을 탄생시켰는데, 신흠의 '不唯音唯其事' 이론은 사실상 세 번째 악부관의 기초가 되었다.

침광세의『海東樂府』(「休翁樂府」)는 세 번째 악부관의 전형이다. 침광세가 지은 악부시 44수는 삼국이래의 역사 사실을 소재로 하였는데, 중국 악부시와 조선반도 역대 속곡의 구제(舊題)를 모두 채택하지 않았는데, '事'를 종지로 삼은 것이 확연하게 드러난다. 심광세는 「해동악부」 서문에서 그의 창작의 두 출발점에 대해 말하였다. 첫째는 '東國之書'를 널리 알리기 위해서이고, 두 번째는 명대 시인 이동양(李東陽)에게서 계발을 받아, 동사(東史) 중에서 '贊詠鑑戒'할 수 있는 것을 골라, 가시를 만들어, 아이들을 가르치려 한 것이다.[36] 이 두 출발점은 모두 '事'이다. 결국, 심광세는 목적한 바를 이루었으며, 조선 문학사에서 '해동악부' 현상을 이룩하였다. 심광세 이후로 임창택(林昌澤)·이광사(李匡師)·이학규(李學逵) 등이 「해동악부」를 지었다. 자료에 의하면, 임창택의 특징은 '文與事稱, 往往有上追漢魏之氣'[37]이고, 이광사의 특징은 '李西涯의 樂府體를 모방한 것(仿李西涯樂府之體)'[38]이며, 이학규가 악부시를 지은 것은 '補史'를 위해서였는데, '上自羅代, 下至麗季, 凡爲事屬嶺表, 人系嶺鄕, 則隨遇命題, 逐題成章.'[39]고 하였다. 이로부터 알 수 있는바, 세 번째 부류의 악부는 이동양의 「擬古樂府」 100수를 모방하는 과정에 형성되었다. 이동양의 말에 의하면, 이러한 악부시의 특징은 역사사실을 읊어, 교훈을 기탁하는 것(詠史事而寓鑒戒)으로, '間取史冊所載, 忠臣義士, 幽人貞婦, 奇踪異事, 觸之

---

36) 成俔, 申欽, 沈光世 등의 악부시는 모두『漢文樂府詞資料集』(계명문화사, 1988)에 실려 있다.

37) 金澤榮,『重編韓代崧陽耆舊傳』卷一,『林昌澤』.

38) 丁若鏞,『與猶堂全書』第一集 卷一四,「跋海東樂府」.

39) 李學逵,「嶺南樂府序」,『漢文樂府詞資料集』第四卷, 132면.

目而感之乎心……或因人命題, 或緣事立義'40). 1844년, 조현법(趙顯範)이 「江南樂府」 151수를 지었는데, 자서(自序)에서 같은 의미를 중복하였다.

> 凡前之所聞, 後之所見者, 有一言一行之可以贊詠勸戒者, 則不較古今與顯微, 一依「海東樂府」體, 分別題目, 作爲歌詩.41)

즉, 『海東樂府』체는 독자적으로 만들어낸 신제(新題)로써, 영사와 회고로써 대의를 논하는 악부시체라는 말이다. 이러한 경향은 한당(漢唐)이래의 영사시는 대체로 근체시 형태를 취하고, 풍세시는 대체로 악부의 형태를 취하는 관습을 개변시킴으로써, 조선에서 지속적인 영향을 미쳤다.

이러한 배경에서 『한국한문학사』를 보았을 때, 연민선생의 악부관의 특징은 매우 선명해진다. 즉, 문학사적으로 일반화된 관습을 존중하면서도, 악부와 민족음악의 연관성을 존중하는 것이다. 바꾸어 말하자면, 체계화된 문학사 저술로써 『한국한문학사』는 위에서 기술한 세 가지 악부관을 모두 반영하였다. 조선조 문학과 관련 네 章에서 모두 '악부'라는 절을 만들었고, 맨 마지막에 두 번째와 세 번째 악부관과 관련된 작품을 소개하였다. 그러나 분량으로 보면, 확실히 첫 번째 악부관에 편중하였음을 알 수 있다. 책에서 고려의 악부문학과 관련된 두 章은 '樂府의 등장'과 '樂府의 발전'을 제목으로 하였다. 저자가 고려의 악부를 높이 평가한 것은, 고려악부가 악부의 전형적인 형태를 대표하였으며, 또한 악부의 성숙한 형태를 대표하였기 때문이다. 실제로 본서에서 악부 개념에 대한 이론적 탐색은 첫 번째 악부에 초점을

---

40) 李東陽, 「擬古樂府引」, 『李東陽集』, 長沙岳麓書社, 1984, 1면.
41) 趙顯範, 「江南樂府序」, 『漢文樂府詞資料集』, 第四卷, 363면.

맞추어 진행하였다.

　연민선생은 어떻게 이러한 문학사적 경향을 가지게 되었을까? 이는 숙고해볼 만한 문제이다. 그의 문집으로부터 한 가지 특별한 정황을 볼 수 있었다. 즉, 연민선생은 마지막 두 종의 악부시 창작에 참여하지 않았다. 그가 지은 시편은 악부 구제(舊題)를 모방한 적이 없으며, 심지어 문집에서 '악부'라는 두 글자도 거의 언급하지 않았다. 그러나 그는 엄청난 열정을 「춘향가」를 짓는데 쏟았다. 이에 대해 연민선생은 '본토의 '正音'문자로 지은 고전소설 중에서, 『춘향전』을 가장 사랑하였다'고, 『貞盦文存』에 실린 「春香歌自序」에 그 연유를 밝혔다. 연민선생은 『춘향전』의 수많은 이본 중에서 선본을 선정하였으며, 중국과 조선의 고전적 395종을 참고하여 주석을 달고 1957년에 간행하였다. 그 후에도 『춘향전』에 관한 8편의 연구논문을 발표하였다. 1975년에 이르러 연민선생은 『춘향전』을 기초로 대하 장편시 한 편을 짓기로 결심하였다. 삼년이라는 시간이 걸려, 4760句 33320字에 달하는 장편 「춘향가」가 드디어 완성되었으며, 1979년에 국민서관(國民書館)을 통해 간행되었다. 연민선생은 감개무량하여 '竊覸夫晚華柳振漢之一七五四年甲戌作「春香歌」, 爲七言四百句, 桐山尹達善之一八五二年壬子作「廣寒樓樂府」, 爲一百八疊, 七言四百三十二句. 則較諸二家之作, 其規模之鴻厖, 不待同日而語矣.'[42]라 하였다. 이는 「춘향가」에 대한 연민선생의 중시를 보여준다. 그가 유진한이 지은 「춘향가」와 윤달선이 지은 「광한루악부」와 비교를 진행한 것은, 이들이 모두 7언체 장편이기 때문이다. 그러나 연민선생이 보기에 이들의 문체적 특성은 서로 달랐다. 1754년 유진한이 전라도에서 예인들이 공연하는 판소리를 보고 계발을 받아 「춘향가」를 지었는데, 이 작품은 판소리를 한역

42) 이가원, 『貞盦文存』, 友一出版社, 1985, 49~51면.

한 것이 아니다. 「광한루악부」는 이와 달리, 번역과 창작을 진행한 詩로 줄거리와 인물 유형은 전부 「香娘歌」의 구제(舊題)를 따랐다. 그래서 『한국한문학사』는 유진한을 악부시인에 넣었으나, 책의 마지막장의 '악부' 편에서 윤달선의 「광한루악부」를 소개하였으며, 「要令」·「官僮唱」·「李生唱」·「香娘唱」·「總論」 등을 인용하였다. 연민선생이 보기에 「춘향가」와 「광한루악부」와 같은 작품이야말로 한국 악부사의 극치였던 것이다.

그렇다면, 연민선생은 왜 이토록 「춘향가」 창작에 심취하였을까? 이 문제의 답은 사실 아주 분명한데, 이는 그의 민족문화 감정과 연결되어 있다. 『한국한문학사』에서 연민선생은 수차 한문자와 민족문화의 연관성을 강조하여, '자국의 문자를 창조하기 전에 벌써 한문자를 써 내려왔으므로 한문자를 곧 자국의 문자로 간주한 적도 없지 않았다.'[43]고 하였다. 동시에 민족문학과 한문학의 차이도 강조하여, '韓國의 한문학이 비록 중국문학의 형태와 체재를 적용하였으나 그렇다고 해서 全的으로 중국문학에서의 부용적인 존재가 아닌 민족의 자주적인 독특한 풍모와 체취를 지니고 있음을 새삼스레 인식을 환기시키지 않을 수 없다.'[44]고 하였다. 그리하여 그는 '시는 진실로 唐을 배워야 하되, 또한 唐과 비슷해질 필요는 없다(詩固當學唐, 亦不必似唐)'고 한 김창협(金昌協)의 말과 '만약 중화를 본받고, 한당의 문체를 인습하면, 나는 그 작법이 높아질수록 뜻은 실제로 더 낮아지고, 문체가 비슷해질수록 말은 더욱 거짓됨을 알 뿐(若乃效法於中華, 襲體於漢唐, 則吾徒見其法益高而意實卑, 體益似而言益僞)'이라고 한 박지원의 說을 추앙하였다. 결론적으로 그의 문학적 주장은 한자로 본민족의 독특한 문학

---

43) 이가원, 『한국한문학사』, 보성문화사, 2005, 1면.
44) 위의 책, 5면.

을 구현하는 것이었다. 「춘향가」가 바로 이러한 문학의 대표이다. 「춘향가」는 한자로 지어졌으며 '민족 자주의 독특한 풍모와 개성'이 다분하기 때문이다.

「춘향가」의 민족특색은 대체로 「춘향전」에서 온 것이다. 「춘향전」에서 민족적 풍모와 개성은 이미 구비되었다. 「춘향전」이 이야기의 구조나 인물 유형 등 면에서 원명대(元明代)의 문학작품 「西廂記」・「玉堂春」・「杜十娘」과 비슷하지만, 한민족의 특색이 다분한 소설임에는 틀림없다. 이 작품은 많은 민간의 구어, 민간 가사와 경구(警句)를 사용하였으며, 남녀주인공 이몽룡과 성춘향을 양반귀족과 기생의 딸로 설정함으로써, 춘향의 순결하면서도 굳센 민족 개성을 부각하였다. 또한 이몽룡이 과거에 급제하여 어사의 신분으로 악인들은 징벌하고 춘향이를 구하는 줄거리는 한반도의 남부 지방에 유행하던 열녀이야기, 억울함을 씻는 이야기, 어사 이야기 등 요소를 작품 속에 융해시켜, 대단원의 결말을 이루어냈다. 이를 통해, 18~19세기 조선의 풍속과 각 계층의 생활을 묘사하였다. 「춘향전」의 이러한 특징이 연민선생으로 하여금 「춘향전」을 사랑하게 하였다.

위의 내용을 종합하면 다음과 같다. 연민선생의 악부관은 민족정감이 다분한 문학적 입장을 기초로 하였다. 연민선생이 생각한 악부는 문학적 개념이면서도, 가치판단을 포함한 것이었다. 『한국한문학사』에서 악부라는 이름으로 된 여러 부류의 문학 작품을 수용했지만, 연민선생이 긍정적으로 평가하여 조선반도 수천 년 악부사의 핵심이라고 한 것은 '악부의 정신'에 부합하는 작품이었다. 이 부류의 작품들은 초기에 역대의 음악 관청에서 지어진 '協律之詩歌'이다. 이 작품들은 삼국이래의 속곡을 기초로 하였으며, 이로 인해 두 가지 형식상의 특징을 가지고 있다. 첫째는 7언4구체 혹은 「죽지사」체라는 것이고, 둘째는 본토에 뿌리내린, 본토 가사의 한역을 중시하였다는 것이다. 이 부류의 작품은 중화를 배웠으나 중화를 초월한 것으로, 족히 민족문학 속에 홀로 우뚝 설 수 있다. 연민선생이 지은 「춘향가」가 그러하다. 실제로 5천행에 달하는 장시 「춘향가」는 연민선생의 악부관에 대한 웅위한 검증이다.

최영화 역

论渊民先生的乐府观

王小盾 / 中國 溫州大

1. 緣起

汉文学是以讲究文体为特点的。由於文体是文学功能的标志，而习得
文体规范又是一项技术性很强的活动，所以在整个东亚地区，使用汉文
字的古代文人都有明确的文体意识。这种情况到20世纪以後有所改变。
其中一个表现是：我们所看到的汉文学史，一般以作家、作品为单元，
而不是以文体为单元。这一情况令人深思。它至少说明，由於西方学术
不甚注意韵文辨体，所以，东方各国学者的文学史的写作，也接受了这
一影响。

但是，在渊民先生的《韩国汉文学史》[1]中，我们却看到了既重年代又
重文体的情况。比如在《邃古时代之汉文学》(古朝鲜)一章，有"俗曲"、
"汉体诗歌"、"散文产生与神话系小说"等小节;在《北方反抗意识》(高句
麗)一章，有"俗曲"、"汉体诗歌"等小节;在《南方浪漫思潮》(古新羅、百
濟)两章，有"乡歌"、"乡曲"、"唐体诗歌"、"说话系小说"等小节;在《南北
思潮合流》(統一新羅)一章，同样有"乡歌"、"唐体诗歌"、"说话系小说"等
小节。值得注意的是，从第六章开始，该书对乐府、辞赋二体作了逐章讨

---

1)《韩国汉文学史》，李家源著，赵季、刘畅译，凤凰出版社，2012年。

论, 分別題为"乐府之成立"(高麗初期)、"辞赋之出现"、"乐府之发展"(高麗後期)等;而从第八章(李朝初期)开始, 又连续五章介绍了"辞赋"、"乐府"。这就是说, 即使对於韵文文学, 作者也分出了俗曲、乡歌、乡曲、辞赋、乐府、诗歌等六体。作者为什麽会有这种严於辨体的意识? 这是否同他的汉文学创作实践有关? 是否符合韩国的文学传统? 颇值得深究。为此, 今拟从乐府观的角度来考察上述问题, 以探究韩国学者对於中国文体观念的接受和改变。

2. 《韓國漢文學史》中的樂府觀

在《韩国汉文学史》中, 渊民先生对"乐府"一词作了三次理论表述。

(一) 在第三章(古新羅), 他提出:"乐府系乐曲与乡歌应视作不同系别"(页36[2])。他的意思是, 乡曲是乐府系乐曲, 而乡歌则不是。其间差别在於:乡歌是用当地土语传唱的民歌, 汉字所记并非它的原貌;乡曲则是宫廷歌曲, 有伴奏, 亦即有稳定的曲体和歌辞。也就是说, "乡歌为口头传唱, 乐器伴奏可有可无;而乡曲则乃定有乐器伴奏之词曲"(頁37)。按照这一理论, 《三国史记》卷三二《乐》中所记载的新罗俗乐曲皆是"乐府系乐曲"。其中包括儒理王时的《会乐》、《辛热乐》, 脱解王时的《突阿乐》等, 共18曲。可见在渊民先生看来, 乐府的实质是宫廷乐, 特别是宫廷俗乐。

正是出於这一认识, 渊民先生把新罗第二相王山岳所作的《玄鹤》, 以及宫廷乐师玉宝高、贵金、于勒、尼文、法知、阶古、万德等人所作的《新调》、《飘风》、《加耶》、《河临》、《嫩竹》等曲, 也判为乐府系歌曲(頁37-40)——这些歌曲都是宫廷歌曲, 产自本土, 属俗乐曲。

---

　2)《韩国汉文学史》中的页码, 下同。

(二) 在《韩国汉文学史》第六章(高麗初期), 他指出："古朝鲜、高句丽之俗曲, 及罗、济之乡歌, 均为韩国乐府以前之乐府。然若严格分辨, 其是否明确具备乐府本义, 乃一问题。'乐府'之名首见於《汉书·礼乐志》。汉武帝刘彻(前156-前87)确定郊祀之礼, 设'乐府'之官署, 命李延年为协律都尉以采集协律之诗歌而制成乐府, 故此後乐府即指协律之诗歌。事实上, 韩国至高丽时方才设立乐府, 而高丽之乐府可分俗乐、唐乐、雅乐等三种。"(頁101)这段话表明, 渊民先生的"乐府"观念是来自《汉书》的。和《汉书》一样, 他把宫廷音乐机构及其所制"协律之诗歌"看作"乐府"。他并且按照《汉书》所谓"武帝立乐府"之说, 分别"乐府"为两种：一是未明确具备乐府本义的"乐府", 即古朝鲜、高句丽、新罗、百济的宫廷俗乐曲;二是已具备乐府本义的"乐府", 即高丽宫廷所掌的种种乐曲辞, 包括雅乐曲辞、唐乐曲辞和俗乐曲辞。根据《高丽史·乐志》, 这样的乐府曲辞有：(1)雅乐乐章,《正安之曲》等29曲;太庙乐章,《太定之曲》等10曲;睿宗十一年(1116)十月新制九室登歌乐章18曲;恭愍王十二年(1363)五月新制太庙乐章;恭愍王十六年(1367)正月於徽懿公主魂殿设大享, 教坊所奏新撰乐章;恭愍王二十年(1371)十月新撰太庙乐章。(1)唐乐队舞曲,《献仙桃》等5支队舞, 含二十多曲;唐乐曲破《惜奴娇》;唐乐"令""慢"诸曲,《万年欢》(慢)等42曲。(3)高丽俗乐曲,《动动》等31曲;高丽所传三国俗乐曲, 其中新罗6曲、百济5曲、高勾丽3曲。

在这许多乐曲中, 渊民先生特别看重俗乐曲,《韩国文学史》在高丽乐府部分即著重介绍了俗乐三十一曲。这表明了他的一个看法：真正的"乐府"须"具备乐府本义", 亦即形成了采诗制乐的制度;因此, 最典型的"乐府"是宫廷乐署所采集的俗乐曲。

(三) 在《韩国汉文学史》第七章(高麗後期), 渊民先生论述了乐府的发展, 认为这种发展有两大表现：其一是文人投入俗乐曲辞的创作, 比如李齐贤作了《别曲》和9篇《小乐府》, 安轴仿《翰林别曲》创作了《关东别曲》八章、《竹溪别曲》五章;其二是文人开始了词的创作。所以他说:"高丽後期乐府,'俗乐'、'词'两类均包含在内。因为'词'发展到这个时期,足可理直气壮地占有一席之地。"在这里, 渊民先生提出了一个新的"乐府"概念,亦即在文体上或主题上,按三国乐府、高丽乐府创作的准歌辞。这些作品未必付之歌唱,但在作者心目中是歌辞之体,符合乐工之曲的本色。以下三段话可以作为旁证:

> 李齐贤《益斋乱稿》卷四:"昨见郭翀龙,言:'及庵欲和小乐府,以其事一而语重,故未也。'仆谓:'刘宾客作《竹枝歌》,皆夔峡间男女相悦之辞。东坡则用二妃、屈子、怀王、项羽事缀为长歌。夫岂袭前人乎? 及庵取别曲之感於意者翻为新词, 可也。'作二篇挑之。"
>
> 徐居正《东人诗话》卷上:"乐府句句字字皆协音律,古之能诗者尚难之。陈後山、杨诚斋皆以谓:'苏子瞻乐词虽工,要非本色语。'况不及东坡者乎? 吾东方语音与中国不同,李相国、李大谏、猊山、牧隐皆以雄文大手,未尝措手。唯益斋备述众体,法度森严。先生北学中原,师友渊源,必有所得者。近世学者不学音律,先作乐府,欲为东坡所不能,其为诚斋、後山之罪人,明矣。"
>
> 申光洙《石北文集》卷一〇《关西乐府序》:"东国无乐府。西京题咏,唯牧隐与李相国混外, 近世三渊金翁作亦佳,然皆律体也。郑知常 《官船》一绝,始得乐府音调,为千年绝唱,足与盛庸方驾。"

这三段话皆为《韩国汉文学史》所引(頁155、156、109),可以看作渊民先生"乐府"观的依据。第一段说到闵思平(1294~1359,别號与菴)拟与郭翀龙唱和"小乐府"事。它以刘禹锡、苏东坡所作两种《竹枝歌》为例,建议"取别曲之感於意者翻为新词",乃把作为"夔峡间男女相悦之辞"的《竹枝歌》看作"小乐府"。第二段所谓"乐府"是"词"的代名。这种指代习惯虽然出自宋人,却也符合高丽以来的传统--高丽乐中的"唐乐"辞体实即宋代词体, 故可以说, 词体即高丽乐府之体。第三段所谓"乐府"则是古诗音调的代名。这种指代习惯也来自中国, 即把"乐府"理解为汉魏六朝乐府民歌之诗体, 故云"东国无乐府"。不过, 自从高丽人郑知常(? –1135年)创作了《官船》"雨歇长堤草色多"一诗之后, 揄扬者、仿效者都很多, "乐府"便成为一种新诗体的名称。这种诗体四句成篇, 有别於近体律诗, 而接近於朝韩半岛三国以来的俗曲辞, 所以, 朝鲜时代人创作拟歌辞之时, 心目中的乐府诗体就是这种绝句体, 亦即《竹枝歌》体。

正是根据这种拟歌辞的标准, 渊民先生把《龙飞御天歌》和成侃《宫词》等朝鲜时期的作品判为"乐府"(頁218–219)。因为按郑麟趾的说法,《龙飞御天歌》是一篇"继《雅》《颂》之遗音, 被之管弦"的作品。[3] 李瀷且认为它合於古歌之腔调∶"此因皇风乐腔节叶歌, 歌即四言诗也, 却与古合也。"[4] 至於成侃(和仲)《宫词》, 许筠则说它是模拟"唐乐府体"的典型∶"东诗无效古者, 独成和仲拟颜、陶、鲍三诗深得其法, 诸小绝句得唐乐府体, 赖得此君, 殊免寥寂。"[5] 由此可见, 在重视乐府诗的音乐性这一点上, 渊民先生和朝鲜学者甚有共识。

同样, 渊民先生把按俗曲题目所作之辞也看做"乐府"。他在第七章讨论"辞赋之出现"时, 对"乐府"和"辞"作了分别。尽管这两者都是歌辞的流变, 但他说∶"使用乐府词之题目者, 兹不列入。"(頁143)他的意思是∶辞与乐府之分界, 主要不在於是否采用楚辞"兮"字体, 而在於是否不用俗曲旧题。这一看法也是符合高丽、朝鲜作家之习惯的。比如李齐贤(1288~1367)《小乐府》, 其作品主要译写自高丽俗曲, 即采用本土乐府的素材;金宗直(1431~1492)《东都乐府》, 辞为《会苏曲》、《忧息曲》、《鶊述岭》等七首, 也采用三国俗曲的旧题。

---

3)《龙飞御天歌》卷首《龙飞御天歌序》。

4)《星湖僿说类选》卷四下《治道门三·国朝乐章》。

5)《惺叟诗话》。

总之,《韩国汉文学史》的乐府观是围绕三国以来的宫廷俗乐曲而展开的。被他确认的"乐府"文学主要有二 : 一是同宫廷乐曲相关联的"协律之诗歌";二是依宫廷乐曲之文体和主题所制之辞, 较多见的是《竹枝》体和长短句词体。

3. 淵民先生樂府觀的主要來源

从民族传统的角度看, 渊民先生的乐府观可以追溯到高丽时代和朝鲜时代早期。这时的"乐府"主要有两个涵义 : 其一是史学角度的"乐府", 指"乐"之"府", 亦即宫中的掌乐机构;其二是文学角度的"乐府", 指宫廷乐署所掌的乐章, 进而指模拟这种乐章而制作的作品。後者由两类作品组成 : 一是译写新罗、高丽俗曲歌辞的绝句体小诗, 二是同唐乐曲、俗乐曲相联系的其他文体。

史学涵义的"乐府"未见于《三国遗事》、《三国史记》等书, 而最早见于《高丽史》。在《高丽史》中有如下表述 :

> 《高丽史·地理志》: "松林县……有五冠山。 世传孝子文忠居是山下。乐府有《五冠山》曲。"6)
>
> 《高丽史·李混传》: "诗文清便, 长短句若干篇行於世。尝贬宁海, 得海浮查, 制为舞鼓, 至今传于乐府。"7)
>
> 《高丽史·蔡洪哲传》: "为人精巧, 於文章技艺皆尽其能, 尤好释教。……时邀永嘉君权溥以下国老八人为耆英会, 制《紫霞洞》新曲。今乐府有谱。"8)

---

6)《高丽史》卷五六, 中册页255上。
7)《高丽史》卷一○八, 下册页374上。
8)《高丽史》卷一○八, 下册页376上。

《高丽史·柳濯传》："倭寇万德社，杀掠而去。濯以轻骑追捕，悉还其俘。终濯在镇，寇不复犯。自制《长生浦》等曲，传乐府。"9)

这几件事的年代大致可考。 李混曾於忠烈王五年(1307)以贺正使身份出使元朝10)，归国时受诬陷而贬官。他制舞鼓一事，应该发生在此时，即1308年或稍後。蔡洪哲历官忠烈王、忠宣王、忠肃王三朝，卒於忠惠王後元年(1340)。柳濯则是恭愍王朝的将领，所作《长生浦》在恭愍王初年(1351年或稍後)列为高丽俗乐。这几件事都发生在公元14世纪前60年，相当於李齐贤(1288~1367)年代。除此之外，在《高丽史·乐志》中另有一处关於"乐府"的记录，即唐乐《倾杯乐》词有云"会乐府两籍神仙，梨园四部弦管"云云。值得注意的是：这篇《倾杯乐》词出自宋代词人柳永，乃是在政和四年(1114)至六年间因宋徽宗赐乐而传入高丽的11)， 是 《高丽史》关於"乐府"的最早记录。 词中所谓"乐府"， 其涵义同样是指宫廷掌乐机构。因此可以推测，《高丽史》的"乐府"观念，是因高丽"唐乐"的输入而建立起来的。

以上记录中所谓"至今传于乐府"云云，意思是说舞鼓之乐和《紫霞洞》等曲一直流传到修纂 《高丽史》之时--朝鲜世宗时期。它意味著一个过程， 说明以"乐府"指乐署不仅是作为当事人的高丽人的观念， 而且是作为记录者的朝鲜人的观念。正因为这样，在《朝鲜王朝实录》中，我们同样看到了"乐府"作为乐署的提法，如：

太宗十一年(1411)闰十二月辛巳，"上曰：'图谶非帝王之事。若不废，则

---

9)《高丽史》卷一一一，下册页426上。

10)《高丽史》卷三二《忠烈王世家》，上册页667下。

11) 参见王小盾：《〈高丽史·乐志〉"唐乐"的文化性格及其唐代渊源》，载《域外汉籍研究》第1辑，北京：中华书局2005年5月。

但序於乐府耳, 不宜首进.'⋯⋯'以河崙《觐天庭》为第一曲,《受宝籙》则削之乐府.'"[12]

　世宗十三年(1431)十月丁酉 : "惯习都监启 :《元兴曲》及《安东紫青调》, 请於乐歌复用.⋯⋯二曲虽皆载诸乐府, 然废而不用久矣."[13]

　世宗十四年(1432)三月乙亥 : "御经筵. 谓参赞官权孟孙曰 :'⋯⋯《梦金尺》、《受明命》, 太祖、太宗乐章也, 今皆不列於乐府.《梦金尺》、《受宝籙》, 太宗尝以为梦中之事、图谶之说, 不宜歌颂, 河崙固请, 只以《受宝籙》序於乐府,《梦金尺》则未尝登歌.⋯⋯'上曰 :'若以《荷皇恩》为不可废, 则《受明命》当序於乐府也. 今乐府改《圣泽》为《海瑞》者, 盖指近日所得青琅玕也. 细碎之事, 岂宜登於乐府? ⋯⋯'"[14]

　端宗元年(1453)六月戊申 : "庚午年, 乐学提调朴堧上言曰 :'乐府之乐, 有祭享乐, 有宴享乐.'"[15]

　世祖六年(1460)十一月癸未 : "御制乐府曰 :'蕞尔阻声教, 岂能逃一怒? ⋯⋯.'"[16]

　这些记录中的"乐府", 主要涵义是指宫廷乐署, 例如所谓"载诸乐府"、"乐府之乐";同时也引申而指宫廷乐署所掌的乐歌, 例如"序於乐府"、"御制乐府". 这实际上表现了"乐府"的两种涵义的转换. 後一涵义, 其实也就是文学角度的"乐府".

　在朝鲜半岛, 文学角度的"乐府"概念最早见於李齐贤(益斋)的 《小乐府》. 这批作品共九首, 皆七言四句体, 大都是对高丽语歌曲的译写. 它所用的"小乐府"一名, 来自宋代文人的习惯说法, 即把六朝时期流行的绝句形式的乐府诗体以及唐代的《竹枝》体(皆爲七言四句)看作"小乐

---

12)《太宗实录》卷二二.《朝鲜王朝实录音乐记事资料集》第1册, 页210.

13)《世宗实录》卷五四,《朝鲜王朝实录音乐记事资料集》第2册, 页129至130.

14)《世宗实录》卷五五,《实录资料集》, 第二册, 页166.

15)《端宗实录》卷六.

16)《世祖实录》卷二二.

府"。[17]这一习惯通过李齐贤影响了朝鲜文人, 比如申纬(1769~1845)《小乐府》四十首, 以七言四句诗体翻译时调; 又如申光洙(1712~1775)《关西乐府》(又名《關西伯四時行樂詞》)一百零八首, 也用七言四句体诗歌吟咏当地的地理、风俗和历史。事实上, 在朝鲜朝的几百年间, 有三个文学要素一直被理解为"乐府"文体的标志。这三个要素是: (一)七言四句体; (二)对歌辞的模拟; (三)用汉字译写民歌。尽管中国的乐府诗观念——以模拟汉魏六朝乐府旧题为"乐府"的观念——也传入朝鲜, 但大部分朝鲜诗人的实践是建立在同李齐贤相关的这三条理解之上的。

　　渊民先生乐府观的主要来源, 就是李齐贤和朝鲜史家的上述观念。所以,《韩国汉文学史》不仅把三国至高丽的宫廷乐章和俗曲歌辞看作"乐府", 而且把类似於李齐贤《小乐府》的一系列作品看作"乐府"。结合此书所认定的"乐府"作品来看, 它在判别"乐府"时使用了以下四条标准:

　　(一) 它认为宫廷音乐机构及其所制的"协律之诗歌"是"乐府", 因此, 被它列为"乐府"的歌辞有 : (1)《时用乡乐谱》所载《风入松》(《笙歌寥亮》, 平調)等歌词(頁219); (2)李恒福(1556~1618年)所作的《铁岭宿云词》。《韩国汉文学史》页275说明後者为乐府的理由是 : "以时调广为流行"; "此歌播都下, 宫人皆习唱"。

　　(二) 它认为七言四句体(《宫詞》體、《竹枝詞》體)是典型的乐府辞体, 因而把以下作品判为"乐府": (1)成侃(1427~1460年)所作的《宫词》,《韩国汉文学史》页220评曰: "名为《宫词》, 实为乐府体。"(2)申光洙(1712~1775年)《关西乐府》, 又名《关西伯四时行乐词》, 108首(頁394~396), 宫词体。(3)赵秀三(1762~1849年)《外夷竹枝词》122首、《高丽宫词》22首。後者自称"拟《竹枝》调作"(頁398)。(4)申佐模(1799~1877年)《仿关西乐府》(頁399)。(5)李学逵《金官竹枝词》(1808年)30首(頁401)。(6)金鑢《黄城俚曲》

---

17) 参见《池北偶谈》卷一五"小乐府"条。

204首(頁401-402)。(7)朴圭寿(1807~1876年)《凤韶馀响》100首(頁405)。
(8)尹达善《广寒楼乐府》(作於1852年)108首, 自称"依《香娘歌》一作小曲
百八叠, 名之曰《广寒楼乐府》"(頁406)。(9)李裕元《海东乐府》100首, 多
用《碓乐》、《郑瓜亭》、《真勺》等俗曲旧题(頁407)。

(三) 它认为在文体上或主题上, 仿三国乐府、高丽乐府所作之辞(包括
長短句詞), 都是乐府辞;因此, 凡采用三国、高丽俗曲之旧题、本事的作
品便被判为"乐府"。其中有金宗直(1431~1492年)《东都乐府》(頁220);有
金万重(1637~1692年)《西浦乐府》。《韩国汉文学史》说 :《西浦乐府》"乃
高丽(俗曲)《三藏》、《蛇龙》二歌之演述"(頁361)。另外的乐府作品有:李
学逵《岭南乐府》(作於1808年), 68首, 多用俗曲俗事和旧题(頁400);李瀷
(1681~1763年)《星湖乐府》, 共111首, 大多采用俗曲旧题(頁392);李瀷
《黄叶飞词》, 自称"略依《草堂诗馀》词句成一篇", 并说"盖我邦有乐歌自
新罗世, 而朝廷乡党之乐都循俚谚, 未有一人作韵语被诸弦歌, 亦夷俗
之陋也"(頁393)--总之是为"被诸弦歌"而作的。

(四) 它认为本土歌辞的汉文译写是"乐府", 其中主要是时调和其他流
行歌辞的汉译。例如李恒福《解愁丝词》, "乃李恒福将当时流行之歌译
成汉文"(頁277);又南九万(1632~1711年)《铁岭宿云词》, 乃是对李恒福
《铁岭宿云词》等"十一首古时调之汉译"(頁361);又金春泽(1670~1717年)
《将进酒辞》, 即"汉译之郑澈《将进酒辞》"。另外判属"乐府"的有:《松江
歌词》之汉译诗, 金相肃(1717-?)、成海应(1760-? 年)所作汉译《思美人
曲》, 无名氏汉译之《关东别曲》(頁362-363)。还有 : 南有容(1698~1773
年)《新词三阕》, 乃其"翻译之三篇时调"(頁393);洪良浩(1724-?年)《青丘
短曲》26首, "大体为时调之汉译"(頁397);申纬《小乐府》40首, "均为时调
之汉译"(頁399);李裕元《小乐府》45首, "大体为汉译时调之作", 七绝体,
自称"原於益斋先生《小乐府》法"(頁408-409)。

下文还要谈到:重视本土歌辞的汉译, 是渊民先生乐府观的重要特点。

4. 淵民先生樂府觀的特點和本質

　　"乐府"是一个产自中国的历史概念和文学概念。作为历史概念，它原指宫廷音乐机构。《汉书·礼乐志》说："武帝定郊祀之礼……立乐府，采诗夜诵，有赵、代、秦、楚之讴。"[18] 这是关于"乐府"一词的经典表述，表明在汉代人看来，"乐府"是指服务於宫廷仪式活动的礼乐机构。汉武帝通过这一机构开展了制度化的礼乐活动和服务於礼乐的采诗制乐活动，所以史称"武帝立乐府"。[19] 同样由於采诗制乐是乐府的主要职能，所以人们还以"乐府"一名指称在宫廷乐署中演唱的歌辞。这样就产生了文学角度的"乐府"概念，引申出两个义项：其一指通过乐府歌唱而形成的诗体，包括历代文人对这种诗体的拟作；其二指一般意义上的歌辞。日本僧遍照金刚《文镜秘府论·论文意》说："乐府者，选其清调合律唱，入管弦，所奏即入之乐府聚至。如《塘上行》、《怨诗行》、《长歌行》、《短歌行》之类是也。"[20] 这里的"乐府"，既指汉魏六朝的宫廷音乐机构，又指在这种音乐机关中演唱的歌辞。唐代赵璘《因话录》卷三说："李贺作乐府，多属意花草蜂蝶之间。"[21] 这里的"乐府"，偏指仿效汉魏六朝乐府歌辞之体裁、风格、内容的作品。另外，唐代诗人谢偃有《乐府新歌应教》诗，刘言史有《乐府杂词三首》。这些诗题中的"乐府"，是歌辞的别名。

　　由於诗歌风尚的变化，宋代以前主要有两种乐府诗文体。一种是汉魏六朝的乐府歌辞体。其诗句形式多样，但主要采用一种无严格格律、近於五七言古体诗的体裁。其中音节格律较富变化、篇幅较长的诗体，被称作

---

18)《汉书》卷二二《礼乐志》，中华书局，1959年，页1045。

19) 参见王小盾《〈文心雕龙·乐府〉三论》，载《文学遗产》2010年第3期。

20)《文镜秘府论汇校汇考》，中华书局(北京，下同)，2006年，页1350。卢盛江认为：此句前半应为"乐府者，选其清调，合律吕，入管弦，所奏即入之乐府，聚至诗官。"同上本，页1351。

21)《唐国史补·因话录》，上海古籍出版社，1979年，页85。

"歌行"。另一种是隋代以来流行的声诗体和曲子辞体。声诗是被乐工采入歌唱的文人诗，其体多为七言四句；曲子辞是为了配合燕乐曲子而作的歌辞，其体多为长短句。从魏晋开始，人们习惯采用前一种文体，同时也注意沿用乐府旧题以写时事；到唐代，除声诗体和曲子辞体以外，人们还喜欢自制新题来反映现实生活，称"新乐府辞"。

"乐府"一词是在高丽後期(14世紀上半葉)出现在朝鲜半岛的。 这时候，以上乐府观念都已传入。有人从音乐角度接受它，又有人从文学角度接受它，于是形成以下三种乐府观：第一种立足於作为乐署的"乐府"观念，重视"乐府"之本义，重视文学作品同"音"(本民族歌曲)的关联；第二种立足於作为文体的"乐府"观念，注意模仿汉唐乐府诗的诗题和写作方法；第三种则是前二者的折衷，即重视乐府文体同乡土文化的结合，因而重视作品同"事"的关联。从李齐贤到朝鲜史臣，其所禀持的其实只是第一种乐府观。如上所说，这也是渊民先生乐府观的主要来源。

不过，在进入朝鲜朝以後，第二种乐府观就逐渐流行於朝鲜半岛了。成俔(1439~1504)《虚白堂集》是一明显例证 ： 文集中收录了一批拟汉魏六朝乐府诗题和诗体的作品，包括《渔父歌》、《金铜仙人辞汉歌》等"歌体"诗9首，《桃源行》、《野田黄雀行》等"行体"诗14首，《大堤曲》、《明妃曲》等"曲体"诗10首，《节妇吟》、《陇头吟》等"吟体"诗5首，《鸳鸯篇》、《美人篇》等"篇体"诗7首，《箜篌引》、《飞龙引》等"引体"诗5首，《征妇怨》、《湘妃怨》等"怨体"诗8首。除此之外有"词体"、"谣体"、"叹体"，还有37首"乐府杂体"。成俔是《乐学轨范》的作者，有很好的音乐素养；以上作品不仅未涉及音乐，相反比中国作家还刻意辨体。这便反映了一种纯文学的追求，亦即掌握中国乐府诗体的追求。这种追求在当时是有理论表现的。比如许筠(1569~1618年)称李达所作《采莲曲》、《襄阳曲》等"调和，格亮，彩绚俱均，真盛唐能品"。[22] 这便是从模拟中国乐府诗题、诗体的角度立论的。又如李晬光(1563~1628年)《芝峰类说》引李东阳语云 ： "汉魏间乐府歌辞，质而不俚，腴而不艳，有古诗言志、声依永之遗意。嗣是以还，作者代出，然或重袭故常，或无复本义。李太白才调虽高，题与义多仍其旧。延至於今，此学之废亦久矣。"并评论说："余谓此言是，但其所自为拟古乐府诸篇，虽或有警句，未免俳优强作之态，决非本色。"23) 这段话也表现了对乐府文体及其"本色"的关注。

以上两段话出现在16世纪、17世纪之交。这正是朝鲜文人的乐府文学创作进入高潮的时期。从其代表人物申钦(1566~1628)、沈光世(1577~1624年)的作品与言论看，其时创作繁荣还促成了乐府观的分化。申钦在"补乐歌"、"汉郊祀歌"、"汉铙歌"、"古乐府"等名义之下，写作了近两百首乐府诗，序云：

> 盖乐府者，古人用之於郊祀，用之於军旅。汉之《练时日》、《铙歌》是已。……顾其昉也，不唯音，唯其事也。流之远也，则有其音而无其事；虽无其事，音自可贵。拟而肖之者，昔人譬之新丰，贵其音也。余窃不自揆，仿而为之，间杂耳目所睹记，附以为篇。非谓音与事备，抑伤世之一端云尔。24)

他的意思是，"乐府"有两个本质属性：一为"事"，二为"音"。追溯其始，真正的本色是由"事"代表的。後来乐府发展为词曲文学，重视了"音"，却遗忘了"事"，亦即有"贵其音"的倾向。为反其正道，申钦重新创制了乐府诗若干首。他的目的便是"音与事备"，起码要做到"伤世"。这说明，申钦原是从第二种乐府观出发的，　因为他采用了拟乐府旧题的写作方式；但他却催生了第三种乐府观——他的"不唯音唯其事"的理论，事实上成了第二种乐府观的基石。

---

22) 赵锺业《韩国诗话丛编》，汉城太学社，1996年，页677。

23) 南晚星校译《芝峰类说》，汉城乙酉文化社，1994年，页634。

24)《象村集》卷三，《乐府体四十九首序》。

沈光世的《海东乐府》(又名《休翁樂府》)便是第三种乐府观的典型。沈氏所作乐府诗44首，以三国以来的历史故事为素材，既不采用中国乐府诗的旧题，也不采用朝鲜半岛历代俗曲的旧题--明显以"事"为宗旨。他在《海东乐府》序文中说，其创作有两个出发点：一是为了弘扬"东国之书"；二是受明朝诗人李东阳的启发，要从东史中选择可以"赞咏鉴戒"者，"作为歌诗"，"以教儿辈"。[25] 这两个出发点也都是"事"。结果，沈光世达到了上述目的，在朝鲜文学史上造成了一个"海东乐府"现象。在他之後，林昌泽(1680~1721年)、李匡师(1705~1777年)、李学逵(1770~1834年)等人都作有《海东乐府》。从评论资料看，林昌泽的特点是"文与事称，往往有上追汉魏之气"[26]；李匡师的特点是"仿李西涯乐府之体"[27]；李学逵写作乐府诗的目的则是补史："上自罗代，下至丽季，凡为事属岭表，人系岭乡，则随遇命题，逐题成章。"[28] 由此看来，第三种乐府观是在模仿李东阳(西涯)《拟古乐府》一百首的过程中形成的。根据李东阳自己的说法，这种乐府诗的特点是咏史事而寓鉴戒："间取史册所载，忠臣义士，幽人贞妇，奇踪异事，触之目而感之乎心……或因人命题，或缘事立义"。[29]1844年，赵显范作《江南乐府》151首，其自序也重复了同样的意思，云：

　　凡前之所闻，後之所见者，有一言一行之可以赞咏劝戒者，则不较古今与显微，一依《海东乐府》体，分别题目，作为歌诗。[30]

---

25) 成倪、申钦、沈光世等人的乐府诗，均载《汉文乐府词资料集》，汉城启明文化社，1988年版第一卷。

26) 金泽荣《重编韩代崧阳耆旧传》卷一《林昌泽》。

27) 丁若镛《与犹堂全书》第一集卷一四《跋海东乐府》。

28) 李学逵《岭南乐府序》，《汉文乐府词资料集》，第四卷，页132。

29) 李东阳《拟古乐府引》，载《李东阳集》，长沙岳麓书社，1984年，页1。

30) 赵显范《江南乐府序》，《汉文乐府词资料集》，第四卷，页363。

　　这就是说，《海东乐府》体是一种自创新题、通过咏史怀古来论说大义的乐府诗体。它改变了汉唐以来咏史诗多用近体、讽世诗多用乐府的习惯，在朝鲜朝产生了持续的影响。

　　从以上背景来看《韩国汉文学史》，其乐府观的特点就很明显了。这特点就是：在尊重文学史上的约定俗成的基础上，重视乐府同本民族音乐的联系。换言之，作为一部系统的文学史著作，它对上述三种乐府观都有反映－在关於朝鲜朝的四章中均设有"乐府"一节，　并以最後两章介绍了第二种、第三种乐府观的相关作品。但在论述比重上，它明显偏重第一种乐府观。书中关於高丽乐府文学的两章分别以"乐府之成立"、"乐府之发展"为题目，这两个题目也意味著：作者推重高丽乐府，认为高丽乐府既代表了乐府的典型形态，又代表了乐府的成熟形态。事实上，此书关於乐府定义的理论探讨，也只针对了第一种乐府。

　　淵民先生为什麼会有这种文学史倾向呢？值得思考。从其文集可以看到一个特别情况，即：淵民先生并不参预後两种乐府诗的创作，所作诗篇从来不拟乐府旧题，他的文集甚至很少提到"乐府"二字;但他却以极大热情投入了《春香歌》的写作。《贞盫文存》所载《春香歌自序》记录了此事的缘由：在用本土"正音"文字书写的古典小说中，淵民先生最爱读《春香传》。他曾在诸本中遴选最善之本加以注释，徵引中朝古籍395种，刊行於1957年。後来他又发表了8篇关於《春香传》的研究论文。到1975年，他发愿"将此《春香传》一书，做出来大河长篇诗一篇"。费时三年多，这篇长达4760句、33320字的《春香歌》终克完成，於1979年由汉城国民书馆刊行。淵民先生感叹道："窃覸夫晚华柳振汉之一七五四年甲戌作《春香歌》，为七言四百句;桐山尹达善之一八五二年壬子作《广寒楼乐府》，为一百八叠，七言四百三十二句。则较诸二家之作，其规模之鸿厖，不待同日而语矣。"31) 这表现了他对《春香歌》的看重。至於他之所以要把柳振汉所作《春香歌》、尹达善所作《广寒楼乐府》拿来比较，则是因为二者都是七言体长篇。 不过在他看来， 二者的文体性质并不一样 ：
1754年，柳振汉在全罗道看到了艺人表演的PANSORI，受其启发而创作
了《春香歌》;这篇作品并非PANSORI的译作。《广寒楼乐府》与此不同，
乃是一篇亦译亦创之诗，情节角色全依《香娘歌》之旧。所以《韩国汉文
学史》未把柳振汉列为乐府诗人，却在该书最末一篇《乐府》中介绍了尹
达善的《广寒楼乐府》，并引用了"耍令"、"官僮唱"、"李生唱"、"香娘唱"、
"总论"等章节(頁406-407)。不妨说， 在作者心目中， 像《春香歌》、《广寒
楼乐府》这样的作品才是韩国乐府史上的极致。

那麽，渊民先生为什麽会醉心於《春香歌》的创作呢? 这问题其实昭然
若揭：答案正在於他的民族文化情结。在《韩国汉文学史》一书中，渊民
先生曾经强调汉文字同民族文化的关联 ："在本国文字创造之前，皆以
汉文字进行书写， 故未曾不视汉文字为本国文字"(頁1);同时也强调民族
文学同汉文学的差异 ："虽然韩国汉文学摘用中国文学之形态与体裁，
但其决非全然中国文学之附庸， 而是有著本民族自主之独特风貌与个
性， 未尝不令人唤起崭新之认识"(頁4)。所以他推崇金昌协"诗固当学唐，
亦不必似唐"之说，以及朴趾源"若乃效法於中华，袭体於汉唐，则吾徒见
其法益高而意实卑，体益似而言益伪"之说(頁4-5)。他的文学主张，说到
底， 便是要用汉字来抒写本民族的独特文学。《春香歌》正是这种文学的
代表-既用汉字书写，又富於"本民族自主之独特风貌与个性"。

《春香歌》的民族特色，很大程度上来源於《春香传》。在《春香传》那
里，民族的风貌与个性已然具备。尽管《春香传》在故事结构、人物类型
等方面和元明文学作品《西厢记》、《玉堂春》、《杜十娘》等相似，但它却
是一部富有朝鲜民族特色的小说。它大量运用民间口语、民间歌辞和警
句;它把男女主人公(李夢龍和成春香)分别定位为两班贵族和艺妓之女;

---

31)《贞盦文存》, 收录渊民先生62岁至68岁的作品, 汉城友一出版社, 1985年版, 页49~51。

它著力刻划了春香纯洁、坚贞的民族个性;它设计了李梦龙科举及第, 以御史身份惩治恶人、 救出春香的情节;它把流行於朝鲜半岛南部的烈女传说、伸冤传说、御史传说的元素融入作品, 构思出一个大团圆结局;它通过这一切, 描绘了18至19世纪的朝鲜风俗和各阶层生活……正是这些特异之处, 造就了淵民先生的"最爱"。

綜上可知：淵民先生的乐府观, 乃是以一种富於民族情感的文学立场为基石的。淵民先生心目中的"乐府", 不仅是一个文体概念, 而且包含价值评判的成份。尽管《韩国汉文学史》容纳了各种以"乐府"为名义的文学制作;但此书所肯定的, 认为可以作为朝鲜半岛几千年乐府史之核心的, 却只是符合乐府精神的作品。这种作品最初产自历代乐署, 是"协律之诗歌"。它们以三国以来的俗曲为成长的基础, 因而有两大形式特点：一是采用七言四句体或《竹枝词》体;二是植根於本土, 注重对本土歌辞作汉文译写。这种作品效法於中华而又超越中华, 足以独立於民族文学之林。淵民先生所作的《春香歌》也是这样。因此不妨说, 《春香歌》这篇近五千行的长诗, 实际上是对淵民先生的乐府观的宏伟印证。

연민 선생의 시가 연구

윤덕진 / 연세대

1. 시가 연구 방법론

저는 연민 선생님 시가 연구의 방향을 세 가지로 규정한 바가 있습니다.

첫째, 민족주의, 둘째 유가적 합리주의, 셋째 실사구시의 실증적 자세 — 이들은 결국 시가만이 아닌 연민 문학 연구, 아니 연민 정신세계의 본질을 이루는 요소와 합치하는데 이 정합적인 양태는 도덕적 엄숙주의와 결합하여 일견 삼엄한 위엄을 보이기도 한다. 이 위엄은 연민 선생의 시조 창작 같은 데에서 드러나는 연면한 정서와 대조되어 자칫 당혹감을 느끼게도 한다. 그러나 이 당혹감은 정서와 이성의 조화를 꾀하는 『詩經』의 溫柔敦厚의 詩敎가 연민 시학의 지표라는 사실을 간과했기에 일어나는 것이다.[1]

연민 선생님의 문학 훈도를 입고 시가 연구의 길에 들어서는 면려함까지 받은 학은을 돌이키면서, 그 동안 외람히 끄적인 잡문의 참월을 교정하는 기회를 가지고자 합니다. 이에 세 가지 방향을 이루는 요인

---

1) 졸고, 「연민 시가시학을 고찰함」, 『열상고전연구』제20권, 2004.

을 풀어 내 보고자 합니다.

시가의 민족주의란 당연히 민족형식을 전제하게 됩니다. 연민 선생님이 추구한 형식은 시조 혹은 가사라고 생각합니다. 이는 몸소 지으신 창작품에 의해 증거되는 바이거니와, 연민 선생님 창작 동기의 본원이라고도 할 수 있는 퇴계 선생의 국문시가관에서도 민족형식의 자립에 관한 입장을 뚜렷이 읽을 수 있습니다. 그 연계성을 보이기 위해 연민 선생님이 퇴계의 국문시가관을 규명하신 대목을 인용합니다.

> 퇴계는 …… 우리의 曲이나 歌辭는 당시의 漢詩와는 근본적으로 달라서 吟이 아닌 唱이 필요함을 강조하였다. 이에 먼저 漢詩는 읊을 수는 있으나, 노래하기에는 어려운 까닭을 밝힌 것이다. 뒤를 이어서 우리의 曲과 歌辭는 반드시 唱이 필요한 동시에 國俗에 通行되는 우리의 말로 지어야 할 것을 강조하였다.[2]

「陶山十二曲跋」의 "그러나, 오늘의 詩는 옛날의 詩와는 달라서 읊을 수는 있겠으나, 노래하기에는 어렵게 되었다. 이제 만일에 노래를 부른다면 반드시 俚俗의 말로서 지어야할 것이니, 이는 대체로 우리 國俗의 音節이 그렇지 않을 수 없기 때문이다."[3] 라는 구절에 대한 변해입니다. 퇴계 선생은 「書漁父辭後」를 통하여 국문시가에 대한 지극한 애정을 보여주셨거니와, 당시의 완고한 편견을 넘어서는 국문시가 제작은 퇴계 선생도 염려하신대로 "시끄러운 단서(鬧端)"를 일으킬 수도 있는 위험을 무릅쓴 용단이라고 할 수 있습니다. 이 용단을 뒷받침한 것은 농임(聾巖), 신재(愼齋) 등 주자학 선비의 동조의 호남시단에서

---

2) 리가원, 「퇴계의 시가문학 연구」, 『한국문학연구소고』, 연세대출판부, 1980, 43~44면.
3) 然今之詩異於古之詩, 可詠而不可歌也. 如歌之, 必綴以俚俗之語, 蓋國俗音節, 所不得然也. (번역은 위의 책을 따름)

일어나는 국문시가 향유의 체험일 것입니다. 연민 선생님은 이 용단의
기저에는 친민(親民)의 사유가 받치고 있다고 보셨습니다.[4]

　저는 연민 선생님의 국문시가에 대한 입장이 한글전용론에 연계되
어 있다고 봅니다.

　　그러므로 여태까지는 漢文學이 朝鮮文學의 主潮를 高占하였지만 멀
　지 않은 將來에 한글이 主潮를 占有하게 될 것이 예상된다. …… 다음
　사람들이 이 『朝鮮文學史』를 계속 쓰려면 文學主潮를 의당히 한글作品
　으로 代置해야 되지 않겠는가?[5]

　새로운 세대의 문학은 새로운 용기인 한글 문학 형식에 담아야 한다
는 주장은 가깝게는 당대문학으로서 시문(時文)의 가치를 인정한 연암
일계에 닿아 있고, 멀리는 퇴계 선생의 국문시가 옹호에 溯源한다고
볼 수 있습니다. 연민 선생님의 연암 연구가 소위 구전(九傳)이라는 소
설에 집약되어 있거니와, 이 구전의 주인공들이 모두 낙척불우(落拓不
遇)의 방외인이거나 소외지경(疎外之境)의 민초들이라는 데에서 친민
적인 국문시가 옹호와 같은 맥락을 잡아볼 수 있게 됩니다.

　두 번째, 유가적 합리주의에 대하여는 「유가사상과 한국문학」에서
이 방향을 직접 표명하시기도 했지만, 문학사 기술의 큰 줄기를 낭만
사조와 사실사조의 교체 발전으로 요약하신 자세에서 이 방향을 확연
히 볼 수 있습니다. 두 사조의 교체란 성정이 교융하는 문학의 본질이
실현되는 모습의 확대형이라고 할 수 있습니다. 유가 문학의 발원으로
서 『詩經』의 시교(詩敎) 자체가 질박한 민중의 정서에서 출발하여 수

---

4) 우리의 曲이나 歌辭는 平民的임을 의미한 것이라 일러도 지나친 일은 아니리라 생각
　된다(위의 책, 44면)
5) 리가원, 後敍, 『조선문학사』 하책, 태학사, 1997, 1720면.

기치인(修己治人)의 실리적 효용에까지 당도하는 것이기도 합니다. 연민 선생님이 시교의 본질로서 내세우시는 "온유돈후(溫柔敦厚)"야말로 문학의 합목적적인 표지인 것입니다.

온유돈후 시관에 대하여는 1984년 독일 함부르크 대학에서의 제7차 퇴계학 국제학술회의의 주제 발표문 요지에 명료합니다.

退溪의 詩에는 儒家 傳統的 詩教인 溫柔敦厚를 하나의 宗旨로 삼았다. 溫柔는 溫潤·和柔를 이름이오, 敦厚는 篤實함을 이름이다. 詩에는 正과 變이 있으니, 正音은 治世之音이오, 變音은 衰世之音이다. 그러므로 儒家에서는 溫柔的인 音으로써 人類社會를 平和的인 방향으로 이끌어 나가려하며, 또 敦厚는 衰薄한 民風을 醇樸·篤實한 方向으로 善導하는 立誠的인 寫實風을 일으키게 된다. 그런 까닭으로 悲憤·激烈한 變調인 衰世之音을 崇尙하지 않고 悲憤이 아닌 婉喩로, 激烈이 아닌 惻怛로써 거센 民心을 變化시켜 溫潤·和柔·篤實의 境地로 善導함에 妙諦가 있는 것이다.

연민 선생님은 소위 순수문학의 탐미적인 성향을 가장 경계하셨는데, 이는 유가적 합리주의에 의거한 문학의 사회적 책무를 망각하는 자세를 몰가치한 것으로 평가하셨기 때문입니다. 문학은 마땅히 민중을 교화할 수 있는 방향성을 지녀서 사회의 발전을 위하여 복무해야한다는 입장의 견지는 연민 선생님 문학사 기술의 중심입니다. 신라의 향가나 고려의 속가는 불교 신앙에의 경사와 애정 주제의 세속적 편향을 지녀서 절제와 중용의 미학을 실현한 조선조의 시조나 가사보다 품격이 떨어진다는 견해가 시가사를 조망하는 연민 선생님의 입장이며 이 입장을 선생님의 직접 창작으로까지 이끌어 나가신 것으로 생각합니다.

세 번째, 실사구시의 실증적 자세는 엄격한 고증의 시가 관련 논문도처에서 절로 드러나는 것이어니와, 가사 연구자인 제 개인으로서는 이에 대한 특별한 경험을 말씀 드릴 수가 있습니다.

조선조의 가사는 송강가사가 출간되기 이전까지는 주로 구전에 의지하여서 문헌적 실증에 허술한 간극을 지닐 수밖에 없는 것이 사실입니다. 그런 가운데에 1960년대에 발굴된 가사집『雜歌』는 지봉 이수광이『지봉유설(芝峯類說)』가사조에서 언급한 대부분의 작품을 싣고 있음으로써 가사 연구의 획기적인 계기를 마련한 귀물이라고 할 수 있습니다. 나손(羅孫) 김동욱 선생이「임란전후 가사 연구」라는 거편을 쓸 수 있었던 것이 바로 이 가사집의 발굴에 의했습니다. 저는 가사 연구에 본격적으로 들어서면서 이 가사집을 구하려고 하였으나 오로지 나손 선생의 임사본만을 단국대 도서관에서 관람할 수 있었고, 원본의 정체는 오리무중인 가운데에 나름대로 몇 편의 가사 논문을 작성해 보니, 주로 다른 가사집에 실린 작품들과의 대교를 통한 가사의 전승 방식에 관한 것이 될 수밖에 없었습니다.

그러던 중에, 어느 날 연민 선생님께서 집안의 고서들을 정리하면서 내어주신『雜歌』! 저는 그 날 손에 그 고서의 창연한 부피를 드시고 지으시던 미소를 잊을 수가 없습니다.『雜歌』를 영인하여『열상고전연구』제9집에 싣고, 같은 잡지 제 21집에야「가사집『잡가』의 시가사상 위치」라는 졸문을 싣는 동안, 저는 연민선생님 가사 발굴 논문의 실증적 접근 방식에 주로 의존하게 되었습니다. 퇴계 선생 작자설의 가사 작품에 대한 선생님의 고증을 80년대 이후 대두된 구비전승 이론에 기대어 의혹으로 대하던 중, 〈목동문답가〉에 대한 임유후(任有後) 작자설 변증의 비실증적 태도를 질정하는 연민선생님의 퇴계 작자설을 자료 대비에 의하여 확인하게 되었습니다. 곧, 문답가가 아닌 〈목동가〉 단편 자료인 퇴계 8대 총손부(冢孫婦) 박씨(? ~ 1797)의 필사본[6]이 원본에 가장 가까운 신본임을 확증하게 된 것입니다.[7]

또 하나의 특별한 가사 자료 열람은 연민선생님이 발굴하신 〈萬憤歌〉입니다. 이 작품은 순암 안정복의 수택본인『雜同散異』제44책에 실린 것을 연민 선생님이 소개하였는데[8], 소개의 의도는 유배가사 최초 작품으로서의 자리매김이었습니다. 곧, 송강 〈美人曲〉이전의 계보를 확립하는 자료로 삼았는데, 주로 어구 대조를 통하여 같은 시상을 이어받은 점에 착안하셨습니다. 두 작품이 함께 지닌 비탄의 분위기는『楚辭』에 연원하고, 고려 〈정과정곡〉을 거친 나머지임을 변증하는 경로는 실증을 넘어서 작품 안으로 깊숙이 들어가 완미한 결과입니다. 이런 탐구는 올바른 향유를 가능하게 하는 정서적인 자질이 전제되어야함을 몸소 보여주신 사례로 기억됩니다. 저는 가사 연구 제자까지 대동하고 국립도서관에 가서 원본을 찾으려『雜同散異』와『雜書』까지 들추어 보면서 해직 기간 동안 도시락을 싸들고 출근하여 고서를 뒤지던 연민 선생님의 풍모를 회상하게 되었습니다. 이 때, 몸소 전사한『實學硏究之資』전10권이 이룩되었는데, 양은 많지 않지만 중요한 시가 작품을 담아 놓은 것은 문학 연구, 나아가 문학사 기술에 있어서 시가의 역할을 잘 인식하고 계셨던 까닭입니다.

연민 선생님이 시가의 중요성을 깊이 인식하고 계셨던 사실은「유가사상과 한국문학」의 모두에 공자가 논어에서 시에 대해 언급한 여러 군데의 대목을 인용하면서 문학의 원류로서 시의 중요성을 강조하는 데에서 확인할 수 있습니다. 실로, "먼저 다른 事物을 이끌어서 자기가 말하고자 하는 것을 引起할 수 있고, 그 시대 風俗의 美와 惡을 관찰할 수 있으며, 交際에 있어서 和而不流할 수 있고, 怨而不怒의 諷諫을 할 수 있으며, 忠孝의 實行에 옮길 수 있으며, 科學的인 課本으로

---

6) 리가원 찬,『實學硏究之資』제8권, 112~118면에 실린 연민 선생의 전사본을 이용함.
7) 졸고,「가사집『잡가』의 시가사상 위치」,『열상고전연구』제21집, 2005, 188~190면.
8) 리가원,「만분가 연구」,『동방학지』제6권, 1963.

서 鳥獸와 草木의 名目까지도 많이들 알게 된다"9) 다는 시의 본질과
기능은 문학 본래의 입성적(立誠的) 진실과 교화적 효능을 원론적으로
교시하는 것이기에 오랜 동안 문학 연구의 지침이 되어 왔고, 앞으로
도 두고두고 반추될 수 있는 것이겠습니다.

2. 시가 연구의 목적

연민 선생님이 시가를 연구하는 목적을 어디에 두셨느냐는, 뒤집어
말한다면 시가 연구의 동기가 무엇이냐가 될 수 있습니다. 앞서 민족
형식의 탐구와 같은 구체적인 의도를 지적하기도 했습니다만, 순수한
계기가 되는 것은 아마도 시가에 대한 애호라고 하겠습니다. 연민 선
생님 자신이 한시뿐만 아니라 시조·가사를 직접 짓는 작가의 대오에
서신 것은 오늘 날 시가 연구자들이 오로지 이론 틀의 모색에만 치중
하여 창작의 실상을 모르게 된 것과는 대조적이라 하겠습니다.

연민 선생님 무렵이야 소싯적부터 한시를 지을 수 있는 시대적 조건
이 현재와는 다르다는 변명도 있겠지마는 시조가 한시를 번역하여 지
었다는 망상을 가지지 않으려면 적어도 시조를 한번 지어보아서 그 발
상이 전혀 한문으로는 이루어지지 않음을 겪어보아야 할 것입니다. 시
가 양식에 대한 실제적인 체험이 적은 텃수로 한시와 국문시가를 아울
러 시가로 분류하신 의도를 여쭈었을 때에 연민 선생님께서는 "詩言志
歌永言"의 원론을 드시며, 노래와 시가 분리되지 않은 이상에서만이
시와 노래의 관계가 온전하게 회복될 수 있음을 일러 주셨습니다. 이

---

9) 『論語』의 "詩可以興, 可以觀, 可以羣, 邇之事父, 遠之事君, 多識於鳥獸草木之名"
에 대한 연민 선생님의 해석을 요약함. (「유가사상과 한국문학」, 『한국사상대계』1,
성균관대학교 대동문화연구원, 1973, 535~536면.)

는 존재 양식에 따라 시와 노래를 분리하려는 서구적인 착상과는 다른 동양의 관계론적 사유의 소산임을 깨달은 것은 그 말씀을 들은 지 오래 지난 근래에 이르러서였습니다.

연민선생님 필생의 저서인 『조선문학사』는 1993년 9월부터 1996년 4월까지 3년에 거쳐 쓰여졌습니다. 저는 이 기간 동안 조력자의 명분을 얻어 집필처를 드나들 수 있는 행운에 의지하여 집필 방식을 규지할 수 있었습니다. 먼저 차례를 잡아 놓고 (이 차례는 "공작계획서"라고도 불리었을 만치 작품들까지 배열한 자세한 것이었습니다.) 원본을 확증하기 위한 자료 수집에 착수합니다.(선생님은 한시 같은 경우는 작품을 거의 암기하고 있느니만치 원본을 대조하는 일만이 필요한 것인데 이 일을 주로 협찬 위원인 제자들이 맡았습니다.) 원본 확증이 끝나면 차례대로 배열하면서 중간 중간에 사적인 얼개를 잡는 설명을 붙이면 문학사가 기술되는 것이었습니다. 그러므로 이 문학사 기술은 새로운 이론을 세우기 위해 문학사의 현상들을 추상화하는 작업보다는 이미 현상을 통해 드러났던 원리와 본질을 다시 문학사의 개별 현장에 투사하여 확인하는 작업이었다고 할 수 있습니다. 낱낱의 작품이 어느 시기에 속하고 어느 장르에 속하는 가의 계선을 따지는 것보다는 작품이나 장르 상호간에 어떤 관련을 가지는가를 모색하는 것이 이 작업의 주된 방향이라고 할 수 있습니다. 『조선문학사』의 사관을 평한 글이 많지만 관계론적인 것으로 규정한 다음과 같은 언급이 요체를 꿴 것으로 볼 수 있습니다.

본질적인 측면에서 서로 관련되거나 형상의 양태, 또는 생성의 연원이 유사한 작품들을 대상으로 하여 장르를 설정하고 유비적인 방법으로 그 문학현상을 고찰하는 방식이다. 그것은 작품의 실체를 상정하지도 않고 그렇다고 해서 본질에 대한 탐색을 포기하지도 않는다. 그것은 존재의 진리를 나타내려는 인간 언어의 추구가 지닌 모순과 같은 무한한 순환을 운명처럼 떠맡는 것으로서, 類比는 이러한 방법에 효과적인 수단이 될 수 있다. 필자는 현재의 시점에서도 이 방법이 작품에 미시적으로 접근하면서 동시에 전체 역사 현실에 대한 감각을 잃지 않는데 도움이 된다고 생각한다. 그것은 기본적으로 관계론적 장르 개념에 입각한다는 점에서 역동적인 문학 현상을 파악하는데 특히 효과적인 방법이 된다고 생각한다. 그러나 그 장르 개념이 문학사에 곧바로 원용될 수 있는 것은 아니다. 그 방법에서는 어디까지나 특정한 관련 대상들을 장르로 엮는 연구자의 임의성이 주도적인 역할을 하기 때문이다. 문학사와 같은 객관적 서술이 중시되는 작업에서는 좀 더 전통적인 개념이나 통념이 중시될 수 밖에 없다. 이가원 교수의『조선문학사』는 바로 그 방법을 보여주고 있는 전범이다.10)

얼핏 보기에 허술한 장르 체계가 실은 "개별 사물은 그 자체로 유기적인 총체이면서 다른 사물과 감응의 관계를 맺어 전체적으로 유기적인 관계를 형성하는 것으로 파악하는 관계적 존재론에 기반한" 개방적인 것임을 알리기 위하여 詩歌의 부문에서 실례를 들어보기로 합니다.『조선문학사』의 장르 체계의 기반은 연민 선생님이 밝히신 대로 유협(劉勰)의『文心雕龍』이나 요내(姚鼐)의『古文辭類纂』같은 데서 볼 수 있는 동양의 전통적인 문장관입니다. 여기서는 기본적으로 운문과 산문의 이대 부문을 설정합니다. 이 기준은『시경』이나『서경』(또는『주역』) 같은 연원에까지 소급되면서 불변의 모형으로 제시됩니다. 이대 부분 아래의 분류는 관점에 따라 변화가 있지만『조선문학사』에서 채택한 것은 사부류(辭賦類) · 시가류(詩歌類) · 잠명류(箴銘類) · 송찬류(頌讚類) · 애제류(哀祭類) · 조령류(詔令類) · 주의류(奏議類) · 논변류(論辨

---

10) 최유찬, 「우리 학문의 길」,『한국문학의 관계론적 이해』, 실천문학사, 1998, 77~78면.

類)·서독류(書牘類)·서발류(序跋類)·증서류(贈序類)·잡기류(雜記
類)·소설류(小說類)·전장류(傳狀類)·비지류(碑誌類) 등등 15가지입니
다. 시가류에 대한 개념 정의를 보면 시가류에 속하는 하위 장르는 38
가지인데 이 가운데 『조선문학사』에서 언급된 것을 중심으로 그 실현
양상을 검증해 보기로 합니다.

시가 항목이 적용된 실례는 〈秘詞〉〈麥秀歌〉〈西京〉〈大同江〉〈箜
篌引〉 등등 한자로 된 시에서부터 시작됩니다. 〈비사〉에 대하여는 "五
言·五韻·十句로서 운율과 체재를 대략 갖추었다" 고 했으니 『고려사』
의 열전 〈金謂磾〉에 기록된 그대로를 원사로 인정한 것으로 볼 수 있습
니다. 고조선의 문학을 영위한 문자가 한자이었느냐에 대하여는 의심
을 둘만하지만 정다산(丁茶山)이 "甘作朝鮮詩"라 표방한 것처럼 조선인
이 지은 한시는 조선시로 자인할 수 있다는 맥락에서 보면 이 의심이
해소될 수 있습니다. 연민 선생님은 우리 문학사 내에서 한시라는 장르
명을 사용하지 않는데 이는 우리의 한시는 중국의 한시와 다른 독자성
을 지닌다는 인식에 바탕 합니다. 우리 한시는 중국의 양식을 빌어 왔을
지언정 청아(淸雅) 천민(芊芅)한 특성을 유지하기 때문에 중국의 한시와
는 구별될뿐더러 애초에 중국의 양식을 빌어온 것이 조선만의 특수한
사정이 되기도 하니 부르기로 한다면 조선시오, 범위를 넓힌다면 시가
라는 보편의 명칭에 해당한다는 생각으로 이해됩니다.

또 〈西京〉〈大同江〉[11]에 대하여 "문자로 정착되지 못한 채 구비문
학으로 널리 불리어졌을 것" 이라고 하면서 『고려사』의 "고려에 들어
선 뒤에 지어진 것(此入高麗以後所作)" 이라는 언급에 동의하여 "노래

---

11) 西京古朝鮮卽箕子所封之地 其民習於禮讓知尊君親上之義 作此歌 言仁恩充暢以
及草木雖折敗之柳亦有生意
周武王所封殷太師箕子于朝鮮 施八條之教以興禮俗朝野無事 人民懽悅 以大同江
比黃河永明嶺比嵩山頌禱其君 此入高麗以後所作也. (『高麗史』志「樂」)

를 사랑하는 고려 민중들은 箕子가 실제적으로 평양까지 왔거나 또는
아니 왔거나를 초월하여 눈앞에 잘 보이는 서경과 대동강을 歌題로 채
택할 수 있었을 것이다. 이는 실로 引譬連類的이며 觸類傍通的인 응
용법이다"[12] 라 해석한 것처럼 누 천 년을 지속할 수 있는 노래의 전승
력을 인정할 때에 표기와 같은 부차적인 관습이 장르를 규정하는 절대
적 조건이 아니라는 시각을 얻을 수 있을 것입니다. 또한, 노래의 주체
로서 민중의 자연스레 흥기하는 취향을 중시하는 입장이 여기에 드러
나면서, 이후 시가사를 관류하는 중요한 요인으로 삼게 되는 것도 알
수 있습니다.

우리 시가의 시원에 해당하는 작품을 사서에 기록된 것들로부터 거
론하는 것은 예의 실증적인 자세가 반영된 것이기도 하지만 "朝鮮과
殷은 같은 東夷系로서 지리적으로나 민족적으로 서로 거리감을 별로
못 느끼는 터수" 라는 실정이 감안된 것이기도 합니다. 이 대목에서 우
리가 읽어내야 할 것은 "한자 동이기원설" 같은 국수적인 허구가 아니
라 이후 전개될 시가사의 운명이 한자, 향찰, 국자(國字) 등 다양한 표
기의 경로를 밟게 되리라는 역사적 전망입니다. 요컨대, 우리 문학사
의 시가라는 장르 부류는 이 다양한 표기의 이면에 존재하는 것이며
이런 관점에서 상고의 구비시가, 향가, 시조, 한시 등등 서로 다른 표
기법을 지닌 실체들을 시가라는 부류에 포함시킬 수 있었습니다.

문학적 가치를 가진 사상은 표기나 양식의 제한을 넘어서 전달된다
는 입장은 한시와 시조간의 공존관계에서 이루어진 악부시를 규정하는
방식을 통하여 확인됩니다. 『조선문학사』에서는 본격적인 악부문학의
등장을 고려에 이르러서 부터로 봅니다. 『고려사』「樂志」의 분류대로
아악·당악·속악의 체제가 잡힌 단계에서 "協律的인 시가"[13]라는 악

---

12) 이가원, 『조선문학사』 상권, 1995, 태학사. 38면.

부의 본의가 실현된 것으로 보기 때문입니다. 그러나, 이 때에도 속악이 주가 되는 것이지 아악이나 당악을 앞세우지 않았습니다. 정지상의 〈送人〉을 "海東의 渭城三疊"이라하여 비로소 악부의 음조를 얻은 것으로 평한 것처럼 독자성을 지니고 있으면서도 보편적 기준을 성취한 단계를 문학 장르 발전의 진정한 면목으로 평가하였습니다. "高麗俗樂考諸樂譜載之 其動動及西京以下二十四篇 皆用俚語"를 "이 노래들은 『고려사』 편찬 당시에는 오히려 우리말로 전승되고 있었음을 알 수 있다. 고려의 속악은 이씨조선에 들어와 궁중악으로 편입되었고 『훈민정음』이 반포된 후에 비로소 정음문자로 정착되었던 것이다"로 해석한 데에도 볼 수 있듯이 민중들 사이에서 자생적으로 생성된 노래가 전승력을 가지고 지속되다가 궁중으로까지 이입되는 과정에서 악부문학이 형성되었다는 관점을 명확히 보여주고 있습니다. 이런 관점은 단계마다의 장르 생성을 별개의 현상으로 보는 단절적인 시각에서는 얻을 수 없는 것이기에 전통의 통서를 존중하는 『조선문학사』의 사관이 빛을 발하는 대목이라고 하겠습니다.

연민 선생님이 『조선문학사』에서 위대한 작가로 꼽으신 가운데에도 두드러진 인물들은 바로 한시와 민족 형식간의 조화를 꾀하여 훌륭한 악부시를 남긴 분들입니다. 익재(益齋) 이제현(李齊賢)은 고려의 원나라 복속 기간 동안 자칫 망실될 수도 있었던 민족 형식 시가의 보존을 속요의 번사 작업에서 찾고 이를 후배들에게도 권면하였습니다. 연민 선생님이 "朝鮮의 杜甫"로 추숭하였던 만치 우국 연민의 충정이 작품 안팎으로 충일한 분이셨습니다. 서거정은 익재의 소악부를 고평하여 "우리 東方의 말소리가 中國과 같지 않으므로 李相國·猊山·牧隱 등

---

13) "협률적"이라는 규정을 "음악과 관련이 있는" 성격으로 이해합니다. 좀 더 구체적으로 한다면 "노래 불리워질 수 있는"이 될 수 있습니다. 한시 가운데 노래 불리어진 기록이 남아 있는 것들을 주로 악부에 넣었던 데에서 그렇게 짐작할 수 있습니다.

이 비록 雄文大手였으나 일찍이 이에 손이 미치지 못하였고, 다만 益
齋가 衆體를 갖추고 法度가 森嚴하였다. 先生이 中原에 北學하여 師
友淵源에서 반드시 얻은 바 있었을 것이다."[14] 라 하였습니다.

조선 후기의 소악부에 대하여, 연민 선생님은 「紫霞詩 評攷」라는
논문에서 특히 "諺歌漢譯" 이라는 장을 두어 이 문제를 집중적으로 다
루었습니다. 자하(紫霞) 소악부의 자서 가운데 밝힌 것처럼 노래가 전
치 않는 언어(諺語)로 된 소곡(小曲)이 한역의 수훈에 의해 유지되었을
뿐만 아니라 새로운 생명을 지니게 되었다고 보셨습니다. 곧, 후세의
이 한역시를 읽는 이가 풍전(風前)·월하(月下)나 향사(香炧)·등광(燈
光)에 이를 한번 읊는다면 관현에 못지않게 상음할 수도 있다는 것입
니다.[15] 시조의 애잔한 정서를 한시의 전아한 품격으로 상승시켜서 향
유하는 경로를 가리키는 동시에 이 두 장르를 소통하게 하는 요인, 곧
"뜻으로 말하면 시요, 가락을 붙여 부르면 노래(詩言志 歌永言)"라는
시가의 본질이 우리 시가를 통해 구현되는 모습을 적시한 것이기도 합
니다.

위와 같이 소악부라는 중간 양식에서 보여주는 한문시가와 국문시
가 사이의 원활한 교섭을 고려말과 조선말의 두 대가를 통하여 보여주
는 연민 선생님의 시가관은 보편적인 장르 체계와 특수한 적용 사례인
실제 작품 사이의 포섭 관계를 긴밀하게 파악하는 방식입니다. 실제로
『조선문학사』에서 국문시가가 왕성하게 대두하기 시작하는 단계인 16
세기부터 17세기까지의 시가 관련 장르를 분류한 것을 보면, 사부, 시
가, 악부(詞·俗樂), 한림별곡체가, 단가, 가사 등으로서 전통적인 문체
분류에 해당하는 보편 체계와 역사상에 실제 했던 문학 종류를 주로

---

14) 『東人詩話』. 인용은 리가원, 『조선문학사』 상권, 327면.
15) 리가원, 『韓文學硏究』, 139~140면.

당대적 명의를 고려하여 적절히 배분한 것을 볼 수 있습니다.

『조선문학사』의 장르 체계를 통하여 보여주고자 한 것은 장르들 간의 관계망이었습니다. 문학은 이 관계망 안에서 존재하는 것이지 평지돌출의 천재성이나 고립무원의 독자성에 의존하는 것이 아님을 알려서 문학을 연구하는 후배들이 온당한 시각을 갖추게 하려는 것이 이 거대한 문학사의 저술 의도임을 알 수가 있었습니다. 『韓國漢文學史』와 『조선문학사』는 문학의 이념형 갈래와 역사적 갈래의 실상을 절충시키고 주요 자료들을 망라해서 예시하였다는 점에서 현재적 가치를 지닌다고 할 수[16] 있습니다. 이 가치 추구는 문학의 사회적 기여를 중시하는 재도론에 기인하는 연민 선생님의 문학사관이 으레 당도할 최종적인 단계이기도 한 것입니다.

3. 시가사 내지 문학사에 대한 전망

유구한 자국 문학사를 탐구하거나, 광대한 중국 한문학을 규명하거나, 연민 선생님의 관심은 문학의 보편적인 체계가 조선문학의 특수한 성격 안에서 실현되면서, 자국문학의 독자성을 견고히 하는 동시에 세계문학의 자산을 풍부하게 하는 양면의 기여를 하는 일입니다. 이 일을 위하여 전통을 가능하게 하는 언어와 정서의 상관관계를 면밀히 따져야하는데, 연민 선생님은 여러 가지 환경적 요인에 의하여 한문학에서부터 이 문제를 풀어나가야 했지만, 번역이라는 통로를 개발하여서 옛과 지금이 소통히게끔 히는 역힐을 문학에 부여할 수 있었습니다.

1950년대의 『금오신화』를 필두로 전개되는 연민선생님의 번역 사업

---

16) 심경호, 연민학술상 수상 강연.

은 고전의 대중화라는 시대의 요구를 따르기도 한 것이지만, 그 본질
에 문학 양식의 보편적인 교섭이라는 전제를 깔고 있기도 합니다. 그
러나, 이 교섭이 일방적인 영향 관계일 수 없고, 자국문학의 특수성을
지켜나가는 한도에서의 상호 수수 관계이어야 한다는 명제가 연민 선
생님 번역 사업에 전제되어 있습니다. 한시 번역에 있어 축자적 직역
보다는 거의 원본의 겉모습을 벗어난 의역을 자재히 함이 연민 선생님
번역의 특징입니다.

강호에 바장인지 며칠이나 되었던고	落魄江湖知幾日
예면서 읊으면서 높은 다락 오르거다	行吟時復上高樓
공중에 뿌리는 빗발 잠깐 동안 변해지고	橫空飛雨一時變
눈에 드는 긴 강물은 만고 길이 흐르도다	入眼長江萬古流
지난 일은 아득하여 깃든 학이 늙어지고	往事滄茫巢鶴老
나그네 회포 많아 들 구름 뜨는 듯이	羈懷搖蕩野雲浮
시인의 자료로선 번화가 아랑곳가	繁華不屬詩人料
한 번 웃고 말이 없이 푸른 물가 굽어보노라[17]	一笑無言俯碧洲

    한시를 가리고 읽어볼 때에 느끼는 가락은 가사에서 느끼던 것입니
다. 한시 두 구 한 련에 상응하는 가사의 두 줄 한 련은 한시와 가사가
함께 지닐수 있는 형식적 공유항입니다. 아울러, 4/3으로 마디 짓는
한시 한 줄의 호흡을 가사 한 줄의 앞 구, 뒷 구로 받은 것도 같은 성격
의 수응이라고 할 수 있습니다. 그런데, 이러한 수응을 자칫 의도적인
형식 이월로만 보고 한시를 번역하여 가사가 이루어졌다고 생각한다
면, 연민선생님의 본래 번역 의도를 오해하는 것일 뿐 아니라, 한시와
가사의 공존 관계를 깨뜨리는 일이 됩니다.

---

17) 리가원, 〈矗石樓〉, 「퇴계선생 시 역주」, 『퇴계학보』 3권, 1974.

우리가 번역된 가사를 읽으면서 느끼는 분위기는 한시를 읽을 때에 느꼈던 것과 동일한 것입니다. 연민 선생님의 번시 의도는 이처럼 양식을 바꾸어도 변하지 않는 시세계의 온존에 있습니다. 특히, 퇴계 선생의 시교(詩敎)에 시작의 연원을 대고 있는 연민 선생님의 번시에서는 온유돈후의 따스하고 도타운 어세가 그대로 느껴집니다. 아마도, 이 연원에 국문시가 제작까지 벋어있었던 퇴계 선생의 시에 대한 트인 관심이 자리하고 있으며, 여기서 트였다고 지적하는, 표기체계와 양식 간의 구별을 넘어서는 시의 본질에 대한 인식은 조선 후기 한시와 국문시가의 발전으로 이어지는 선진적인 지표가 될 수 있다고 봅니다.

한글문학의 미래를 예견하거나 한문학의 유산 보존을 주장하거나 간에 연민 선생님의 문학에 대한 입장은 문학이 인류의 생활이 변화해 나가는 데에 따라 발전한다는 긍정적인 진보 사관에 놓여 있습니다. 『조선문학사』에서 근대문학을 과감하게 배치하신 것은 이러한 입장이 확인된 것이라고 볼 수 있습니다. 거기서 선록한 작품들의 성향이 다분히 복고적인 취향에 기울어 있다고 볼 수도 있지만, 요즘도 외래 영향설에만 치우쳐 있는 근대문학 연구가 귀결하기 마련인 전통의 부재나 단절 문제를 해결할 수 있는 기회는 『조선문학사』처럼 전시기 문학사의 통서를 되찾는 데 말고는 찾을 수 없을 것입니다. 서구 문물이 물밀 듯 몰려오는 가운데에 일어난 망국 직후에 태어나신 연민 선생님 세대들에게 민족문학의 보존이란 절대적 명제이었습니다. 그들에게는 급변하는 문학 창작의 현장에 가담하는 것이 곧, 자신들 내부에 온존하여 있는 전통을 지키는 일이기도 했습니다. 문학사의 격변기에 외래 양식에 적절하게 대응해야하는 책무는 문학사의 주체로 자신을 인식하고 있는 자에게 응당한 시대의 명령입니다. 익재와 퇴계와 자하가 그 책무를 성실히 수행하여 조선 문학사를 이끌어 온 모습과 연민 선생님이 망실될 위기에 놓인 민족문학 형식에 몸소 가담한 모습은 시대만 달리할 뿐 같은 성격으로 보입니다.

저는 연민 선생님께서 수주(樹州) 변영로(卞榮魯)를 동란 시기 부산 피난지에서 해후하였을 때에 지으신 〈樹州頌 三曲〉이라는 시조에서 근대문학에 대한 연민 선생님의 대응 자세를 읽을 수 있었습니다.

> 弱冠 때 들린 소리 飄逸하던 임이시라
> 三蘇에 비겨 본들 뭇 입술 닫혀지랴
> 꽃다운 그 雅號 마저 큰 형님의 주심을
>
> 〈壁노래〉 한 가락에 잔 가득 기우리니
> 넷 벽은 우뚝컨만 바람결이 쌀쌀하이
> 風霜이 또 오늘이라 굳다고만 하리오
>
> 기쁜 채 슬프외다 바닷 빛에 거듭 뵈니
> 漂迫한 이 몸이라 임 詩境 아료마는
> 봄바람 소매 시츠니 못내 느껴 합니다.

수주는 산강재(山康齋) 변영만(卞榮晩) 선생의 막내 동생이시니 산강 재와의 교유가 더 빈번했던 연민 선생님으로선 그 아우에서 먼저 형님을 떠올림이 당연하였을 것입니다. 이즈음의 연민 선생님은 한문 번역에 힘을 기울이고 있던 때로서 우리 번역 문학의 본격적인 단계를 보여줄 『금오신화』(1953)가 한창 성고 중에 있었을 터이요, 수주는 현대시 쪽에 건너가 있어 무슨 생각을 하는지 서로 모르는 채이니 " 漂迫" 한 지경이라 할 수 있습니다. 두 분 사이만 그러한 것이 아니라 세상이 모두 뒤숭숭하니 사방이 닫혔던 일제시대에서 나은 것이 없는 사정입니다. 이 시조는 이런 정황에서 일종의 말건넴(문답체)의 의도로 지어 졌다고 할 수 있습니다. 수주의 답은 일제 시기에 〈四壁頌〉이라는 절 창으로 시를 안다고 하는 뭇 선비의 칭송을 모았던 때에 미리 주어져 있었다고 볼 수 있거니와, " 네 壁이 나를 지키이매/ 내 또한 네 壁을 지키리라/ 寸步라도 네 壁을 내어 디디면/ 그 네 壁 밖은 殊土요 異鄕이리!"의 悽絶하고 孤高한 民族精神의 結晶[18]에 대한 민족문학 연구자의 수응으로 이루어진 이 문답은 전통과 현대가 혼류하는 문학사의 바다에 던져진 채로 문학사 주체로서의 책무를 무겁게 안고 있었던 연민 선생님의 당대적 고뇌를 엿보게 합니다.

한편, 연민 선생님이 시가 작자로서 직접 나서신 동기를 찬찬히 살피는 일이야말로 문학의 당대적 발전을 몸소 실현해 나가야하는 문학 연구자들의 귀감이 찾는 것입니다. 특히, 한시와 국문시가를 아울러 시가류로 파악하는 필연성은 작시 현장에서가 아니고는 확증될 수 없는 사항입니다. 성리학의 '理와 氣'를 설명하실 때에 연민 선생님께서 즐겨 예시한 계란의 노른자와 흰자의 불가분리함처럼 '詩와 歌'는 애당초 분리될 수가 없는 것인데, 이를 의도적으로 떼어 놓는 데에서부터 고전문학과 현대문학의 절리가 일어난 것입니다.

우리가 연민 선생님의 단아한 시조·가사 작품을 대할 때에 받는 인상이 퇴계 선생의 한시 번역에서 느끼던 것과 똑같은 것은 단순한 전통 추수가 아니라 문학사의 통서 보존에 해당하는 일이겠으며, 이 통서 보존이 없으면, 미래 문학사에 대한 전망이 결코 얻어질 수 없다는 결정적인 교시를 암암리에 전하는 신호이겠습니다. 선생님이 『조선문학사』의 후서로서 선창하신 〈산유화가〉의 마지막 대목을 인용하면서, 이 노래야말로 미래 한국문학사에 대한 간결한 참요임을 다시 깨치고자 합니다.

---

18) 변영로, 〈四壁頌〉 마지막 연에 대한 해석, 박두진, 『한국현대시론』, 일조각, 1970, 72~73면에서 인용함.

〈산유화〉는 우리 민족의 꽃이다. 〈산유화〉, 〈산유화〉야, 해마다 三
千里 이 江山에 봄철이 오면 南北의 善男·善女 兄弟·姉妹 손에 손을
잡고 平壤 大同江·牡丹峯, 서울 木覓山 朝鮮의 江 洌水를 찾아 술 빚
고, 詩 읊고, 노래 부르며 꽃놀이를 가련다. 이 〈민족의 꽃 산유화〉를
우리 祖國統一의 노래로 삼아 목 놓아 높이 불러보련다.

연민선생의 '법고창신(法古創新)'론이 학계에 미친 영향 및 그 여파

윤호진 / 경상대

1. 머리말

마치 알약이나 캡슐에 유효하고 필요한 성분만 추출하여 담아놓은 것처럼 고사성어는 옛선인들의 지혜가 압축되어 있는 것이다. 다만 우리나라가 한자문화권에 있었기 때문에 우리나라 옛날의 고사성어는 주로 중국의 고사성어와 크게 다르지 않다. 이는 오늘날 외국 제약회사의 알약이나 캡슐을 자연스럽게 먹듯이 예전에는 자연스러운 일이었고, 또 크게 이상하게 여기지 않았다.

그런 가운데에서도 요즈음 우리 땅에서 나는 약초로 우리 고유의 약을 개발하여 세계적으로 이름있는 상표로 만든 것처럼, 연암 박지원도 우리 것을 아끼고 가꾸어야 한다고 주장한 사람 가운데 하나였고, 그가 이러한 주장을 펼치며 했던 하나의 말이 그의 문학세계와 사상을 대표하는 성어가 되었을 뿐만 아니라, 그것에 그치지 않고 오늘날까지도 많은 사람들의 입에 오르내리고 있으며, 현대 문명을 상징하는 인터넷 상에서조차 디지로그를 대표하는 것으로 인식이 되어 흔히 사용되고 있다.

　다름 아닌 법고창신이라는 이 말은, 연암이 자신의 제자인 박제가가 젊었을 적에 지은 문집인 『초정집』의 서문에서 사용하였다. 연암과 연암 그룹의 일원에 의해 사용되고 지지되었던 이 말은 근대에 들어 연민 이가원 선생이 그의 역저 『연암소설연구』에서 연암의 문학관을 논하는 자리에서 최초로 이야기되었다. 그 뒤에 몇몇 학자들에 의해 연암의 본뜻과 연민의 해석, 그리고 이를 이해하는 사람들 간에 적지 않은 괴리가 있다고 지적을 하였음에도 불구하고, 연암과 연민이 본래 의도했던 것과는 상당히 다른 모습으로 오늘날까지 이어져 오고 있다.

　여기에서는 제자의 서문에 쓴 하나의 말이 우리 시대의 학계는 물론 인터넷 상에서까지 큰 영향력을 행사하는 현상에 대해 그 원인과 과정을 간략히 살펴보고자 한다. 이를 위해 이 성어가 본래 연암에 의해 어떻게 쓰였으며, 후대의 연민에게는 어떻게 받아들여졌으며, 그 뒤에 어떠한 반향을 불러일으켰는가를 개략적으로 살펴보고자 하는 것이다. 그리고 그렇게 달라진 모습의 법고창신이 현재의 문화를 이끌어가는 동력원의 하나로 어떻게 자리잡아가고 있는가 하는 점도 대략 살펴보고자 한다.

2. 연민의 법고창신에 대한 소개와 그 반향

　여기에서는 본래 법고창신이란 무슨 뜻으로 쓰였으며, 중간에 어떠한 과정을 거쳐, 지금 사람들은 어떻게 이해하고 있는가? 무엇 때문에 그러한 원인이 일어났던가를 살펴보고자 한다.

2.1. 법고창신에 대한 연암의 원의

　이미 여러 연구자들이 연암이 말한 법고창신의 본래의 의도를 말하였기 때문에 굳이 반복적으로 이야기할 것은 없지만, 내용의 전개상 간단히 연암의 원문을 통하여 그 내용을 살펴보기로 한다.[1]

주지하는 바와 같이 연암의 법고창신의 논의는 사실 당시 문인들이 글을 짓는 커다란 두 경향, 즉 명나라의 전후칠자를 중심으로 하는 의고주의와 공안파를 중심으로 하는 창신주의의 폐단을 지적하고 그 대안을 제시한 것이라 할 수 있다.

> 명나라의 여러 작가들이 '법고'와 '창신'에 대하여 서로 비방만 일삼다가 모두 정도를 얻지 못한 채 다 같이 말세의 자질구레한 폐단에 떨어져, 도를 옹호하는 데는 보탬이 없이 한갓 풍속만 병들게 하고 교화를 해치는 결과를 낳고 만 것이다. 나는 이렇게 되지나 않을까 두렵다. 그러니 '창신'을 한답시고 재주 부릴진댄 차라리 '법고'를 하다가 고루해지는 편이 낫다고 생각한다.[2]

연암은 명나라 작가들을 법고를 일삼는 사람과 창신을 일삼는 사람들이 서로 비방하지만, 이들도 모두 말세의 폐단에 빠져있다고 하였다. 연암에게 큰 문제는 명나라 사람이 아니라, 조선의 문사들이 명나라를 좇아 우왕좌왕, 옳거니 그르거니 시비를 따지고, 이해득실을 점치는 경향을 우려한 것이고, 혹시라도 이러한 점이 없지나 않나 자신을 단속하는 글이라 하겠다.

---

1) 이러한 내용을 전문적이고 집중적으로 다룬 것은 오수경, 「법고창신론의 개념에 대한 검토-박제가의 '시학론'과 관련하여-」(『한문학연구』 제10집, 계명한문학회, 1999.) 197~207면 참조.

2) 此有明諸家於法古刱新。互相訾警而俱不得其正。同之並墮于季世之瑣屑。無裨乎翼道而徒歸于病俗而傷化也。吾是之懼焉。與其刱新而巧也。無寧法古而陋也。(朴趾源, 『燕巖集』卷1「楚亭集序」) 이 글의 번역과 원문은 민족문화추진회에서 인용함. 이하 같음.

　　문장을 어떻게 지어야 할 것인가? 논자(論者)들은 반드시 '법고(法古: 옛것을 본받음)'해야 한다고 한다. 그래서 마침내 세상에는 옛것을 흉내내고 본뜨면서도 그것을 부끄러워하지 않는 자가 생기게 되었다. 이는 왕망(王莽)의 『주관(周官)』으로 족히 예악을 제정할 수 있고, 양화(陽貨)가 공자와 얼굴이 닮았다 해서 만세의 스승이 될 수 있다는 셈이니, 어찌 '법고'를 해서 되겠는가. 그렇다면 '창신(刱新: 새롭게 창조함)'이 옳지 않겠는가. 그래서 마침내 세상에는 괴벽하고 허황되게 문장을 지으면서도 두려워할 줄 모르는 자가 생기게 되었다. 이는 세 발 [丈] 되는 장대가 국가 재정에 중요한 도량형기(度量衡器)보다 낫고, 이연년(李延年)의 신성(新聲)을 종묘 제사에서 부를 수 있다는 셈이니, 어찌 '창신'을 해서 되겠는가. 그렇다면 어떻게 해야 옳단 말인가? 나는 장차 어떻게 해야 하나? 아니면 문장 짓기를 그만두어야 할 것인가? 아! 소위 '법고'한다는 사람은 옛 자취에만 얽매이는 것이 병통이고, '창신'한다는 사람은 상도(常道)에서 벗어나는 게 걱정거리이다. 진실로 '법고'하면서도 변통할 줄 알고 '창신'하면서도 능히 전아하다면, 요즈음의 글이 바로 옛글인 것이다.3)

　　연암은 여기에서 문장을 지음에 있어, 옛것을 따를 것이냐 아니면 새로운 것을 창출해 낼 것인가 하는 문제를 법고와 창신으로 이야기하고 있음을 알 수 있다. 그러나 법고와 창신은 모두 문제가 있는 것이므로, 해서는 안 될 것이라고 하였다. 법고를 하는 사람들은 옛것에 얽매이는 것이 문제고, 창신을 하는 사람은 너무 앞서 나가는 것이 문제라는 것이다.

---

3) 爲文章如之何。論者曰。必法古。世遂有儗摹倣像而不之耻者。是王莽之周官。足以制禮樂。陽貨之貌類。可爲萬世師耳。法古寧可爲也。然則刱新可乎。世遂有怪誕淫僻而不知懼者。是三丈之木。賢於關石。而延年之聲。可登淸廟矣。刱新寧可爲也。夫然則如之何其可也。吾將奈何無其已乎。噫。法古者。病泥跡。刱新者。患不經。苟能法古而知變。刱新而能典。今之文。猶古之文也。(朴趾源, 『燕巖集』卷1 「楚亭集序」)

법고를 하는 사람은 진부하고 구태의연한 반면에, 창신을 하는 사람은 파격적이며 상식을 벗어나는 경우가 흔하다는 것이다. 보다 바람직한 것은 옛것을 본받되 변화할 줄 알고, 새로운 것을 창조하되 상식에서 벗어나지 않도록 해야 한다는 것이다. 한편으로는 변증법적이면서도 절충을 추구하며, 한편으로는 대립적이면서도 조화를 추구하는 묘한 논조이다.

연암의 법고와 창신에 대한 생각은 위의 글 같지는 않지만, 그의 다른 저작들인 『초정집』 서문, 「좌소산인에게 보내는 글」, 『자소집』 서문 등에 수록되어 있다. 그런데 이들 모두의 경우는 한결 같이 법고와 창신을 해서는 안 된다는 것이다.

2.2. 연민의 법고창신에 대한 소개

연암에 대한 소개와 연구는 한문학사상의 어느 작가보다도 일찍부터 활발하게 연구가 되었으며, 그에 대한 연구실적을 정리한 것만 해도 대여섯 차례 이상이 될 정도로 많은 연구가 이루어졌다.

연암에 대한 관심은 처음에 그의 『열하일기』를 중심으로 한 소설에 대한 것에서부터 시작이 되었다. 연암 연구의 초기 주자 가운데 한 사람이었던 연민은 『연암소설연구』(초판1964년, 을유문화사)를 출간하여 연암연구의 한 획을 그었다는 평가를 받았다. 그는 이 책의 5장 연암의 문학관에서 '문장에 대한 이론'으로 '1.法古創新, 2.寫意爲主, 3.聲色情境, 4.組織方法, 5.設證取勝'을 들었는데, 첫 번째 법고창신에 대한 내용은 다음과 같다.

그는 文章은 첫째 創新이 高貴한 것임을 밝혔다. 그리하여 일찍이,

噫。法古者。病泥跡。刱新者。患不經。苟能法古而知變。刱新而能典。今之文。猶古之文也。(『燕巖集』卷1「楚亭集序」)
　아! 소위 '법고'한다는 사람은 옛 자취에만 얽매이는 것이 병통이고, '창신'한다는 사람은 常道에서 벗어나는 게 걱정거리이다. 진실로 '법고'하면서도 변통할 줄 알고 '창신'하면서도 능히 전아하다면, 요즈음의 글이 바로 옛글인 것이다.

　라 하여 먼저 문장에는 법고와 창신의 두 가지가 있을 뿐이다. 그러나 잘못 法古만을 주장하면 泥跡의 우려가 없지 않을 것이요, 함부로 創新에만 힘을 기울인다면 不經에 빠지기가 일쑤일 것이다. 만일 법고에서 變할 줄을 알며, 창신에서 典雅할 수 있다면 能事가 畢하였음을 밝히고는 뒤를 이어서

天地雖久。不斷生生。日月雖久。光輝日新。載籍雖博旨意各殊。(『燕巖集』卷1「楚亭集序」)
　하늘과 땅이 아무리 장구해도 끊임없이 생명을 낳고, 해와 달이 아무리 유구해도 그 빛은 날마다 새롭듯이, 서적이 비록 많다지만 거기에 담긴 뜻은 제각기 다르다.

　라 하여 天地와 日月이 비록 오래되었다 하더라도 그 生生과 日新은 잠시도 그칠 사이가 없음과 마찬가지로 載籍이 비록 많다 하더라도 그 뜻은 제각기 다름을 들어서 이에 立證하였다. 그리고 또,

帝典之曰若稽古。佛經之如是我聞。迺今時之右謹陳爾。(『燕巖集』卷5「自序」)
　제전(帝典:『書經』의 堯典·舜典)의 '왈약계고(曰若稽古)'나 불경(佛經)의 '여시아문(如是我聞)'도 바로 지금의 '우근진'과 같은 성격의 투식어일 뿐이다.

　라 하여 「堯典」 머리의 "曰若稽古"나 불전 머리의 "如是我聞" 등은 곧

요즈음의 "右謹陳"과 다름이 없을 것이다.

그럼에도 불구하고 오늘의 소위「古文派」들은 다만 序, 記 등의 虛威, 浮濫을 일삼는 동시에 俗字, 俗語의 이용하는 것을 가벼이 小家, 妙品으로 指斥하였음을 개탄하였다.

彼一號古文辭。則但知序記之爲宗。架鑿虛譌。挐挹浮濫。指斥此等。爲小家妙品。(『燕巖集』卷5「自序」)
그러나 저들은 일단 古文辭라 하면 단지 序와 記가 으뜸이 되는 줄만 알아서, 거짓으로 글을 짓고 부화한 표현들을 끌어다 쓰고는, 정작 이러한 글들에 대해서는 小家의 妙品이라고 배척한다.

그러나 창신을 한다 해서 巧에 흐른다면 이는 차라리 법고에서 잘못된 陋한 것만도 못할 것을 밝히면서 다음과 같은 말로써 결론을 내렸다.

與其刱新而巧也。無寧法古而陋也。(『燕巖集』卷1「楚亭集序」)
그러니 '창신'을 한답시고 재주 부릴진댄 차라리 '법고'를 하다가 고루해지는 편이 낫다고 생각한다.

연암의 글에 이미 법고창신에 관한 내용이 있었지만, 이것을 정리하여 소개한 것은 연민의 이 글이 처음이다. 위에서 볼 수 있는 바와 같이 연민은 연암의 문학관 가운데 문장에 대한 이론의 첫 번째 내용으로 법고창신을 들어 위에서와 같이 설명하였는데, 연민이 여기에서 주장한 것은 연암의 주장에서 크게 벗어나지 않는다. 연민은 연암의 법고이지변, 창신이능전의 논의를 편의상 법고창신으로 묶어서 말한 것일 뿐이다.

그러나 그 제목을 법고창신이라 하여, 후대 사람들에게 적지 않은 오해를 불러일으키도록 한 것으로 보인다. 즉 연암은 법고와 창신을 하지 말아야 할 것으로 이야기를 하였고, 연민도 연암의 뜻을 따라 그렇게 요지를 전개하였지만, 제목이 법고창신이라 되어 있으므로 깊이 있게 눈여겨보지 않은 사람은 연암 문학의 핵심이 법고창신이라고 연민이 소개한 것으로 오해를 하여 법고창신이 연암문학을 대표하는 용어가 되었던 것으로 보인다.

2.3. 법고창신에 대한 몇 가지 이해

연암이 법고이지변, 창신이능전(法古而知變, 創新而能典) 해야 한다고 한 것을 연민이 법고창신이라 축약하여 말한 이후로 법고창신의 개념에 대해서 많은 논란이 있었다. 법고창신을 긍정적으로 보는 경우, 법고창신을 하나로 이해하는 경우, 법고와 창신을 나누어 이해하는 경우 등 여러 가지가 있어왔다. 그간 학자들의 법고창신에 대한 이해와 인터넷 상에 올라 있는[4] 법고창신에 대한 이해를 정리한다면 대략 다음의 네 가지 뜻으로 요약된다.

첫째는 "옛것을 본받아 새것을 만들어낸다"는 것으로 이해하고 있다. 「연암 박지원의 남긴 글들을 중심으로 하여 法古創新에 대해 서술」이라는 글에서는 "당시의 이고적 창작 풍조를 신랄하게 비판하면서, 선진(先秦)양한(兩漢)의 고문을 본받되, 창작을 통하여 적극 우리의 것으로 실천하자는 '법고창신(法古創新)'의 견해를 제시하였다."[5]라고 하였다.

북한학자 유하명도 그의 「법고창신」이라는 글에서 "옛 모범에서 배

---

4) 여기에서는 주로 네이버의 '법고창신'에 대한 웹 〉 웹페이지 2007년 10월 15일 전후 검색결과를 참고하였다. 대부분의 블로그는 회원가입 후에 전문을 열어볼 수 있게 되어 일부 중요한 글들을 제외하고는 네이버 검색결과에서 보여주는 내용만을 참고하였다.

5) http://blog.daum.net/krinus1318등 여러 군데에 올라 있다.

우되 새로운 것을 창조해야 한다."고 정의하였다. 그리고 그는 이것을 박지원(1737~1805)의 미학적 견해에서 중요한 자리를 차지하는 '법고창신'의 미학사상이라 하였다. 법고창신을 하나로 묶어 이해하였을 뿐만 아니라, 옛것을 본받아 새로운 것을 창조한다는 뜻으로 이해하고 있음을 볼 수 있다.

이 글은 네이버에 올라 있는 글 가운데 상당히 전문적인 지식을 갖춘 경우의 글임에도 불구하고, 연암은 해서는 안될 것으로 지목한 법고창신에 대해 그 의미를 매우 긍정적으로 평가하고 있음을 볼 수 있다.

둘째는 법고와 창신을 나누어 이해하고 있는 경우로 다음과 같은 예에서 이것을 볼 수 있다. 다음 블로그의 http://blog.daum.net/ rhatpakl을 원래의 출전으로 밝히고 있는 네이버 싸이트의 http://blog.naver.com/donghhir45가 올린 「법고창신」이란 글의 내용을 보면, "연암 박지원은, 글이란 과거의 양한(兩漢), 또는 성당(盛唐)의 글을 무분별하게 모방·표절하는 의고적(擬古的)인 당시 문단풍조를 비판하고, 작가가 처한 현실을 배경으로 한 개성적이고 독창적인 문학을 쓸 것을 주장하였다. 그렇다고 하여 그가 고문을 전적으로 부정한 것은 아니었으니, 그는 고문을 본받되 현실에 알맞도록 창조적으로 수용하여 써야한다는 이른바 '선변(善變)의 문학'을 제시하였다. 이러한 선변의 문학을 이루는 구체적 방법으로 그는 법고창신(法古創新)과 합변지기(合變之機)를 논하였다. 법고창신은 그의 「초정집서」에서 따온 말. 그는 법고(法古)에 기울지도 않았고, 창신(創新)에 기울지도 않았다. 그는 지나친 법고와 창신을 모두 부정하고 비판하였다. 그가 궁극적으로 추구한 것은 선변을 통한 법고에 있었다. 편벽된 '법고'와 '창신', 즉 맹목적인 '법고'와 '법고'를 전혀 무시한 '창신' 모두를 비판하고는 다음과 같이 그 해결방안을 제시했다."[6]라고 하였다.

별을헤며(huk0305)의 카페에 올라 있는 「법고창신이란?」 제목의 글

에 실려 있는 해의(解義)에서는 "옛것을 법도로 새로운 것을 창조한다
는 뜻인 법고창신은 우리나라에서 만든 성어이다."라고 하고, "법고는
긍정적인 것만이 아니다. 또한 창신 또한 무조건 옳은 것이 아니다. 법
고는 말 그대로 옛 것을 모방하는 것이니 그 안에 빠져 나올 수 없게
될 수 있을 것이며, 창신은 자칫 지나쳐 기이함으로 흐를 수 있기 때문
이다."7)라고 법고와 창신의 뜻을 비교적 정확하게 이해하고 있다.

이 글들에서는 법고와 창신에 대한 연암의 주장을 비교적 균형감 있
게 이해하고 있다. 하지만 이 글의 제목도 법고창신이라 하여 하나의
성어처럼 인식하고 있는 것을 볼 수 있다. 이 밖의 대부분의 인터넷에
올라 있는 법고창신에 관한 글에는 법고창신을 하나의 성어로 이해하
고 있을 뿐만 아니라, 옛것을 본받아 새것을 창조한다는 뜻으로 이해
하고 있으며, 이것이 바로 연암의 정신이라고 생각하고 있다.

셋째는 법고이지변, 창신이능전을 아울러 이해한 경우이다. 김도련
은 "박지원은 문장의 법도를 '법고이지변'과 '창신이능전'으로 파악함
으로써 법고와 창신이 상호 표리관계를 이루는 것으로 파악하였다. 이
때 지변이 없는 법고는 의모, 방상하여 니고일 뿐이요, 능전없는 창신
은 한갓 괴탄, 음벽하여 불경에 그치게 된다는 것이다."8)라고 하여 법
고와 창신은 상호 표리관례를 이루는 서로 다른 두 개라고 하였다.

그의 이러한 주장은 또 "연암은 당시의 문풍을 크게 법고주의와 창
신주의로 파악한 것이다. 전자는 명대 전후칠자의 풍격을 배우려는 의
고적인 문학자를 주로 말한 것이고, 후자는 명말, 청초의 문집과 패관
소품의 반전통적 문학을 뜻한 것이라고 하겠다. 그런데 박지원은 이

---

6) http://blog.daum.net/rhatpakl
7) 별을 헤며(huk0305)
8) 김도련, 「연암 고문론에 대한 소고」(『한국학논총』 제4집, 국민대한국학연구소, 1981)

둘 중 어느 한 쪽도 완전한 것으로 보지 않았다. 이른바 법고자는 니고
의 병폐가 있고, 창신자는 불경하는 약점이 있다고 했다."9)라고 한 데
에서도 확인할 수 있다.

리경우의 「연암 박지원의 문론연구 : 법고·창신의 새로운 해석시
도」10)에서는 2장에서 종래 연구의 검토와 비판이란 장을 두어 1. 법고
창신을 긍정적 의미로 보는 견해에 대한 비판 2. 법고와 창신에 상호
연계성을 부여하는 데에 대한 비판 3. 법고보다 창신에 비중을 더 두
는 견해에 대한 비판을 두어 그간의 법고창신에 대한 잘못된 이해를
짚고 넘어갔다. 뿐만 아니라 3장에서는 연암의 법고·창신의 극복론
을 두어 1. 법고파와 창신파 1) 법고파-전·후칠자 2) 창신파-공안파
를 위시한 소품문가 2. 법고지변·창신능전으로서의 수용을 논하였
고, 4장에서는 지변으로서 변·진의 문학론을 두어 1. 변 2. 진 1) 작
자로서의 진-진솔 2) 금문(시의에 맞는 글) 3) 사실성 추구를 논하였다.

이현식은『연암 박지원 문장의 연구』의 제4장 고문론에서 법고창신
을 법고이지변과 창신이능전으로 나누어 각각 고문논쟁과 문체순정에
연결시켜 논하였다. 그는 고문논쟁과 법고이지변, 문체순정과 창신이
능전이란 항목을 각각 두어 이것을 논하고 있다. 그는 「연암의 위문론
연구」11)에서도 3장 본론의 기교론에서 법고이능전, 표현론에서 창신
이능전을 논한 바 있다.

넷째는 법고창신을 온고지신과 관련지어 논한 것이다. 배주영은 「「허
생전」연구: 법고창신에 주안하여」12)의 2장 법고창신의 진정한 의미와
諸用語에서 2절에 법고창신과 諸用語를 두어 1) 溫故知新, 2) 述而不

---

9) 김도련, 「고문의 문체연구」(『한국학논총』제5집, 국민대한국학연구소, 1982)
10) 국민대 교육대학원, 1990.
11) 연세대 대학원, 1986.
12) 단국대 대학원, 2005.

作, 3) 用事와 新意를 논하였는데, 이 가운데에서도 온고지신은 법고창신과 흔히 관련지어 논의가 되는 것이다.

「공사, 공단 시험대비 사자성어 (상식한자)」[13]에서도 "1. 온고지신 (溫故知新) : 옛 것을 익혀서 그것으로 미루어 새 것을 깨달음. ☞ 법고창신 法古創新"이라 하여 온고지신이 법고창신과 관련이 있음을 말하였고, 「한자성어 총정리 및 주제별 한자성어」[14]에서는 이것에서 한 걸음 더 나아가 "온고지신: 옛 것을 익혀서 그것으로 미루어 새 것을 깨달음.(=법고창신)"이라고 하여 온고지신과 법고창신을 같은 것으로 내세우고 있다.

연민이 연암의 법고와 창신에 관한 논의를 법고창신이라는 하나의 용어로 묶어 사용함으로써 법고창신을 하나로 성어로 받아들여 상당한 오해가 발생하였으며, 이것을 바로 잡으려는 적지 않은 노력이 있었음에도 불구하고 법고창신은 이후 학계와 일반인들에게 깊고도 광범위한 영향을 미쳤다.

3. 법고창신론이 학계에 미친 영향

3.1. 연암의 작품을 분석하는 데 활용됨

연민이 법고창신을 처음 언급한 것은 위에서 살펴본 바와 같이 연암의 소설을 연구하면서이다. 법고창신이 연암의 창작원리를 대표한다고 생각해서 이것을 통하여 연암의 작품을 분석하는 것은 상당한 의미

---

13) 해피캠퍼스(www.happycampus.com)에서 제공되는 글로 네이버에서는 필자를 알 수 없음.
14) 해피캠퍼스(www.happycampus.com)에서 제공되는 글로 네이버에서는 필자를 알 수 없음.

가 있을 것으로 여겨졌기 때문이다. 이러한 영향으로 법고창신은 연암
의 작품을 분석하는데 지속적으로 원용되고 있음을 볼 수 있다.

연암의『열하일기』와 그의 문학에 대해 본격적으로 연구한 김명호
는『박지원문학연구』에서 "연암은 당시의 의고적 창작 풍조를 신랄히
비판하고, '법고창신'의 명제로 요약될 수 있는 참신한 견해를 제시했
다."15)라고 하여, 법고창신이 연암의 문학적 견해를 대표하는 것임을
밝힌 바 있다.

리미경은『연암 소설연구』16)에서 연암소설분석의 기초로 그의 문학
관을 1. 法古創新 2. 以文爲戲 3. 合變知機의 세 가지로 살피고 법고
창신을 가장 중요한 문학관으로 보고 있으며, 변경환도「연암소설의
풍자성 연구」17)에서 연암의 문학론을 1) 당대 현실의 표현 2) 법고창
신 3) 합변지기로 보고 대표적인 것으로 법고창신을 들고 있음을 볼
수 있다. 신란수도「연암소설의 서술기법 연구」18)에서 연암의 문학관
으로 가. 의고풍조에 대한 비판, 나. 법고창신론, 다. 진실의 표현, 라.
자주적 문학관의 네 가지를 들고, 두 번째로 법고창신론을 들고 있음
을 볼 수 있다.

「연암 박지원의 법고창신론에 관한 고찰: 연암 박지원의 작품들을
중심으로」19)도 연암의 법고창신을 통하여 문학작품을 해명하려 한 것
인데, 이 글에서는 제2장에서 '박지원의 법고창신론의 의의'를 논하며,
2절에서 법고창신론의 의의를 논하였고, 제3장 '작품을 통하여 본 법
고창신론'에서는 1)『燕巖外集』의「方璃閣外傳」自序에서, 2)양반전,

15) 김명호,『박지원문학연구』, 싱균관내학교출반부, 2001. 24면.

16) 성균관대 교육대학원, 1987.

17) 강원대 교육대학원, 1999.

18) 중앙대 교육대학원, 1987.

19) 해피캠퍼스(www.happycampus.com)에서 제공되는 글로 네이버에서는 필자를 알
    수 없음.

3)한문수필:「一夜九渡河記」(熱河日記 중 山莊雜記), 4)廣文者傳-(방경각외전) 등의 작품에서 법고창신의 의의를 확인하려 하였다.

이처럼 소설 전체에 대한 것뿐만 아니라, 각 개별 작품의 분석에도 적용이 되고 있음을 볼 수 있다. 배주영은 「「허생전」연구: 법고창신에 주안하여」[20]하여 2장에서는 앞서 살펴본 바와 같이 자세하게 법고창신에 대하여 논하고 3장에서는 "법고창신을 통해서 본 「허생전」"이라 하여 법고창신을 통하여 허생전을 들여다보고 있다.

이밖에도 장기배가 리포트로 작성한 「연암 박지원의 법고창신과 백자증정부인 박씨묘지명 고찰」[21]에서는 연암이 그의 누이에 대해 쓴 묘지명에 연암의 법고창신 정신을 확인하고자 하였으며, 윤세형은 이에서 더 나아가 「박지원 산문의 연구: 碑誌文을 중심으로」[22]에서 연암의 비지문 전체에서 법고창신의 정신을 찾으려 하였다.

이처럼 법고창신으로 연암의 문학을 해명하고자 하는 노력은 소설과 산문의 일부인 묘지명에 그치지 않고, 연암의 시를 분석하고 해명하는 데에도 활용이 되었다. 강혜선의 「법고창신과 박지원의 燕行詩」[23]라는 것이 그것이다.

3.2. 연암의 문학사상으로서 법고창신을 내세움

연암의 문학관 내지 문학론의 내용을 한 가지로 밝히기는 쉽지 않다. 김혈조는 『그렇다면 도로 눈을 감고 가시오』[24]라는 책에서 제2장

---

20) 단국대 대학원, 2005.
21) 해피캠퍼스(www.happycampus.com)에서 제공되는 글로 네이버에서는 필자를 알 수 없음.
22) 성균관대 교육대학원, 2003.
23) 강혜선, 『한국한시연구』 3권, 한국한시학회, 1995.
24) 학고재, 1997.

학문과 문학의 길에서 법고창신을 연암의 문학관의 하나로 제시하고
있다. 박희병도『나의 아버지 박지원 : 過庭錄』25)에서 연암의 생애를
정리하여 제1부 꿈에 붓을 얻다, 제2부 세상을 경륜하다, 제3부 원칙
있는 정치를 펼치다, 제4부 법고와 창신을 통일하다, 라고『과정록』4
권의 내용을 분류하였는데, 이는『과정록』의 권1부터 권4까지의 내용
을 출생과 성장, 출세, 정치, 문학으로 나누어 설명한 것이다. 결국 4
부에서 연암이 이룩한 문학의 성과를 법고와 창신으로 요약해서 보여
준 것이라 하겠다.

조선풍으로 대표되는 그의 민족주의적 문학론을 위시하여, 참과 거
짓의 본질을 논하여 창작의 진실을 밝히고자 했던 것, 그리고 여기에
서 논의하는 법고창신의 문제 등은 연암의 문학론에서 모두 도외시하
기 어려운 것이다. 그럼에도 불구하고 법고창신을 논하는 경우에 있어
법고창신이야말로 연암의 문학과 문학론을 대표하는 것으로 이야기하
고 있음을 볼 수 있다.

송영숙은「조선후기 시평의 전개양상 : 민족의식을 중심으로」26)에
서 조선후기 시평의 대표적인 주자로 허균, 김만중, 홍만종, 이익, 박
지원, 정약용을 들고 1. 허균의 성정문학론 2. 김만중의 천기론 3. 홍
만종의 환골탈태론 4. 이익의 사실주의적 시평 5. 박지원의 시평의 법
고창신론 6. 정약용의 자주적 시관을 각각 대표적인 비평론으로 들었
다. 여기에서 보듯이 연암의 비평과 관련해서 다양한 견해를 피력하고
있음에도 불구하고 법고창신론을 대표적인 것으로 들고 있다.

어느 학생의 리포트로 보이는「연암 박지원의 남긴 글들을 중심으로
하여 법고창신론에 대해 서술함」27)에서는 법고와 창신에 대해 매우

25) 돌베개, 1998.
26) 단국대 대학원, 1995.
27) ichbinich@naver.com (저작시기: 2006.01). 상당히 잘 정리가 된 리포트로 보이지

자세히 정리하여 2장에서는 「초정집서」의 분석을 통하여 '법고'와 '창
신'의 두 개념을 설명하였고, 3장 법고창신론에서는 (1) 法古重視論,
(2) 創新自寫論으로 나누어 설명하였고, 4장은 박지원 시평의 법고창
신론으로 연암의 시평에 있어서의 법고창신론을 고찰하였다.

그는 머리말에서 "'법고창신'은 연암 박지원의 문학사상의 핵심이
다. 따라서 그의 문학론을 얘기할 때면 제일 먼저 거론되는 것이 바로
이 용어이다. 뿐만 아니라 이 용어는 연암학파의 시 경향을 단적으로
나타내는 중요한 말이기도 하다."[28]라고 하였다. 그리고 이어서 그는
"이와 같은 의미에서 본다면 '법고창신'이란 개념은 조선후기에 등장
한 문학론 가운데 상당히 중요한 의미를 지닌 것이라"고까지 하기에
이르렀다.

「박지원의 문학사상」[29]에서 "연암은 현실에 기반을 둔 진(眞)의 문
학을 강조하고 법고와 창신의 상호보완적 조화로서의 '법고창신'이란
문학창작원리를 제시한다."라고 하였으며, 또한 2장 문학관의 2절에
서 법고창신을 주장하였는데, 그는 여기에서 "연암의 창작원리는 법고
와 창신이다. 연암은 당대의 무분별한 '법고 창신'은 공자와 동시대인
으로 그 얼굴이 공자와 흡사했던 陽貨가 공자처럼 행세하는 것과 같이
'진'이 아니라 거짓에 불과하다고 하면서 연암은 스스로 문제를 제기한
다."라고 하였다. 「연암 박지원의 법고창신론에 대한 서술」[30]이란 제
목에서 볼 수 있는 바와 같이 연암의 문학정신으로 법고창신을 이야기

만, 열어볼 수가 없었음.

28) 오수경, 「燕巖學派」의 詩傾向과 朴齊家의 詩論」(『안동한문학』 제2집, 안동한문학
   회, 1991)을 인용한 것으로 보임.

29) 해피캠퍼스(www.happycampus.com)에서 제공되는 글로 네이버에서는 필자를 알
   수 없음.

30) 블로그명 : 가을향기 http://blog.paran.com/report79에서 제공된 글인데, 지금은
   이 글을 열어볼 수가 없음.

하고 있다.

이처럼 법고창신은 연암의 문학관, 창작원리를 대표한다는 생각이 일반화되어 대학생들의 리포트와 시험문제 등에도 이것에 대해 설명하는 것을 요구하는 문제 등이 인터넷에 올라 있는 것을 볼 수 있다. 이러한 것을 통하여 법고창신이란 용어가 연암문학을 대표하는 것으로 사회각층에서 광범위하게 사용하고 있음을 확인할 수 있다.

그런데 연암의 법고창신론은 단지 연암의 문학을 해명하고 그의 문학론을 대표하는 것으로만 쓰인 것을 넘어 연암과 교유를 하던 이른바 연암그룹의 문학이론을 대표하는 것으로까지 인식하는 데로 나아간 경우도 있다.

3.3. 다른 사람의 문학사상 및 작품을 설명하는데 적용함

이상에서처럼 연암그룹의 문학론을 대표하는 것으로 생각하였고 이에 따라 연암 그룹의 일원인 박제가 이덕무 등의 문학론을 검토하는 데에도 적용이 되었다. 오수경은 「법고창신론의 개념에 대한 검토: 박제가의 '시학론'과 관련하여」[31]의 2장에서 법고창신의 이론과 초정 박제가의 '시학론' 1) 18·19세기 한시사의 이해 2) '법고'와 '창신'의 두 개념: 「초정집서」의 분석을 제시하고 있다. 이학당도 「이덕무 법고창신 주장의 형성 과정 소고」[32]에서 이덕무도 법고창신을 주장하였음을 밝혔고, 그는 또 「이덕무의 문학 비평에 관한 연구 ─이진과의 논쟁을 중심으로」[33]의 IV장 이덕무의 심미의식과 비평기준에 비평의 주요 기준 가운데 하나로 1) 유아, 2) 진, 3) 취와 미, 4) 법고창신을 들고 있다.

---

31) 계명대학교 계명한문학회, 1995.
32) 『동방한문학』 29권, 동방한문학회, 2005, 263면.
33) 성균관대 대학원, 2005.

그런데 법고창신을 작가연구에 원용하는 일은 비단 연암그룹 일원의 문학을 연구하는 데에만 국한되지 않고, 이제는 한문학사에서 비중 있는 인물들과 작품들 그리고 더 나아가서는 중국의 작가를 연구하는 데에도 원용되기에 이르렀다.

법고창신론은 주로 조선후기 인물들의 문학관을 법고창신으로 설명하고 있는 경우가 많다. 박탄은 「중암 강이천의 산문 연구」[34]에서 강이천의 문학관을 법고창신의 문학관이라 정의하였으며, 임종욱도 「홍석주의 『학강산필』에 나타난 문학론 연구」[35]에서 3장 "『학강산필』에 담긴 문학론"에서 (1)성정 우위의 감인적 효용의 중시 (2)달음론과 흥관군원론의 전개 (3)조어론을 통한 법고창신을 들고 있으며, 정동우도 「완당 김정희 시문학고」에서 완당의 시문학관으로 법고창신에 대한 견해를 들고 있다.

정민도 「조선후기 고문론 연구」[36]에서 조선 후기 유신환과 그 제자들의 고문을 연구하면서 그들의 고문작법의 실제로 (1) 이·기·법의 차서와 학문의 요제 (2) '사기의 불사기사'와 법고창신 (3) '사달이이'의 작문궤절과 결구법 의 세 가지를 들고 있음을 볼 수있다.

이러한 논의가 조선후기의 인물을 연구하는 데에만 머물지 않고, 문학사로 거슬러 올라가 「김시습 법고창신」[37]이란 글에 이르면, 조선 초기 김시습의 문학정신을 설명하는 데까지 이어지고 있으며, 이종호의 「삼연 김창흡의 시론에 관한 연구」[38]에서도 연암보다도 위 시기인물인 삼연 시론의 특징적 국면으로 1. 시도원류론-학시론 2. 법고와 창

---

34) 강원대 대학원, 2001.

35) 동국대학교 한국문학연구소, 1999.

36) 한양대 대학원, 1990.

37) 해피캠퍼스(www.happycampus.com)에서 제공되는 글로 네이버에서는 필자를 알 수 없음.

38) 성균관대 대학원, 1992.

신의 논리 3. 시의 창작과 기능에 관한 견해와 함께 법고와 창신의 논리를 들고 있음을 볼 수 있다.

법고창신으로 연암의 문학관을 설명하는 것 이외에 연암의 여러 작품을 설명하던 것과 마찬가지로 작가를 설명하는 것 이외에도 작품을 설명하는 데에 법고창신을 원용하였음을 볼 수 있다. 이러한 예로 이은봉의 「창신의적 글쓰기로서의 『육미당기』연구」[39]를 들 수 있다. 그는 「육미당기」 작가의 문학관을 '법고창신'의 새로운 고문관의 수용을 첫머리에 들고 있을 뿐만 아니라, Ⅲ장의 "창신의적 글쓰기"에서는 1. 법고창신적 서사구조 2. 창신의적 글쓰기를 들고 있음을 볼 수 있다.

심경호는 이에서 더 나아가 「한국 한문산문의 발달과 한유 문장의 수용」[40]라는 글에서 당나라의 문인 한유의 산문정신을 법고창신으로 규정하고, 이 글의 4장에서 4. 한유 산문의 법고창신과 편장구조에 대한 한국 비평가의 인식 (1) 한유 산문의 법고창신에 대한 인식 (2) 한유 산문의 편장구조에 대한 인식이라 한 것을 볼 수 있다.

연암의 법고창신을 가져다가 한유의 문학관을 설명하고, 한유의 문학관을 연암을 포함한 한국의 문장가들이 한유의 법고창신을 본받았다고 하는 것은 납득하기 어렵지만, 어쨌든 이를 통해서 연암의 법고창신이 한국을 넘어 중국의 문인들의 문학을 해명하는 데까지 활용이 되었던 예를 볼 수 있다.

3.4. 서화를 설명하는 데 이용함

법첩을 보며 글씨를 배우되 자신만의 독특한 서체를 이룩해야만 살아남을 수 있는 서예분야에서는 특히 법고창신이 큰 의미를 가졌던 것

---

39) 인천어문학회, 2002.
40) 민족어문학회, 2004.

으로 보인다.

　김양동이 자신의 창작의 원천이 어디에 있는가를 밝히며 "국립현대
미술관 초대작가전에 출품하면서 명도전 모양에 법고창신이란 글을
썼지요. 그후 연암 박지원 글에서 따온 '법고이지변 창신이능전'이 내
좌우명이 됐습니다. 옛것을 본받더라도 오늘에 맞게 변화시킬 줄 알고
새것을 만들더라도 법도에서 어긋나지 않게 하라는 뜻이지요."[41]라고
한 것을 인터넷에서 볼 수 있다.

　위의 내용은 김서령 씨가 김양동 교수를 인터뷰하는 과정에서 밝힌
것인데, 김양동의 예술세계와 폭넓은 관심을 소개하고 그의 인생역전
과 인생철학을 소개하였다. 김양동은 본래 국문학을 전공하였지만, 서
예가로 일가를 이루고 특히 전각에 뛰어났다고 정평이 났다. 하지만
그의 예술세계는 여기에 머물지 않고 서예와 전각, 그리고 현대미술을
하나로 아울러 독창적인 예술세계를 이룩하였다는 것이다. 이처럼 그
의 창작정신이 그치지 않는 원천은 바로 그가 말한 법고이지변, 창신
이능전에 있다는 것이다.

　뿐만 아니라 법고창신은 서예 혹은 서예가를 연구하는 사람들이 옛
날 서예들을 분석하고 설명하는데 자주 이용하는 말이었다. 이재남
은 「백하 윤순의 서예미학사상 고찰」[42]에서 백하 윤순의 서예를 논하
는 자리 Ⅲ장에서 백하 서예의 미학적 지향 가운데 법고 지향적 중화
미를 가장 첫 번째로 꼽고 있음을 볼 수 있다.

　문정자는 이서와 이광사의 서예를 아울러 논한 「이서와 이광사의 예
술론 연구」[43]라는 논문에서 원교 이광사의 서론을 서예본질론과 법고
창신론으로 나누고, 법고창신론 안에 법고중시론, 창신자사론을 두어

---

41) http://blog.naver.com/sudony 「김서령이 쓰는 이 사람의 삶」
42) 성균관대 유학대학원, 2005.
43) 단국대 대학원, 1999.

이광사의 서예의 법고창신성을 밝혔다.

조선 후기의 우리나라 최고의 서예가인 추사를 논함에 있어 이 법고창신이라는 말은 더없이 좋은 분석의 틀로 생각되었던 것 같다. 추사의 서예를 설명하는 데에 이것이 유독 많이 활용이 되었기 때문이다.

사공홍주는 「김정희의 한송불분론과 예술세계」[44]에서 Ⅲ장에 '김정희의 법고창신론과 그의 예술정신'을 두어 1. 법고론과 2. 창신론, 그리고 3. 법고창신론을 두어 법고창신론이 김정희의 예술정신의 바탕을 이루고 있음을 말하였다.

한만평도 「추사서론 연구」[45]에서 4장 창작론에서 첫번째로 법고창신을 거론하여 창작의 제일정신으로 이야기한 바 있고, 5장 서평론에서도 1) 법고성에 대한 서평 2) 창신성에 대한 서평으로 나누어 추사의 서평의 세계를 논의하였다.

차광진은 「추사 김정희의 서예미학 연구」[46]라는 논문에서 제4장 추사의 서예미학적 구조의 3절 법고창신의 서체미감에서 1) 전 · 예서의 서체미 2) 해 · 행 · 초서의 서체미로 나누어 추사의 서체의 미감을 설명하였다.

법고창신으로 서예를 논하는 것은 연암이 속했던 조선후기의 서예가뿐만 아니라 그 이전의 서예가의 예술세계를 설명하는 데에도 활이 되었는데, 다음에서는 중국의 서예를 논함에까지 확대되어 활용이 된 것을 볼 수 있다. 김용환은 「산곡 황정견의 서예사상 연구」[47]라는 글의 Ⅲ. 산곡 서예의 형성에서 세 번째로 법고창신에 의한 자성일가를 들었다.

---

44) 계명대 대학원, 2005.
45) 원광대 교육대학원, 1998.
46) 성균관대 대학원, 2000.
47) 성균관대 유학대학원, 2005.

그리고 김은미는 「손과정 『서보』의 서예미학사상 탐구」[48]에서 IV. 『서보』의 서예미학사상 1. 서품·품격의 수양미의 첫 번째로 법고창신을 들었다.

이상에서처럼 추사의 서예를 논하고, 심지어 중국의 서예가들의 서예와 서예사상을 논함에 법고창신을 논한 것 이외에도 추사의 그림을 논하는 데에도 이것이 적용된 예를 볼 수 있다. 이호순은 「추사 김정희의 문인화 연구: 제주도 유배시기를 중심으로」[49]라는 글에서 추사의 문인화 가운데 특히 제주도 유배시기 의 문인화의 특징을 법고창신의 독창성이 있음을 논한 바 있다.

그림을 논하는 데 법고창신을 적용한 예는 여기에서 그치지 않고, 자하 신위의 그림을 논하는 데에도 빠지지 않았다. 이나영은 「자하 신위의 문인화정신 연구」[50]에서 신위의 문인화 정신을 법고창신의 서예적 문인화정신이라고 하였다.

서동형은 이에서 한 발 더 나아가 「조선 후기 서·화시 연구: 표암, 자하, 추사의 작품을 중심으로」[51]에서 강세황, 신위, 김정희의 서·화시의 법고창신성에 대해 논하였다. 그는 논문의 제4장2절 서,화시의 특성에서 첫 번째로 서화의 성정표현과 법고창신을 들어 서화시에서 법고창신을 매우 중시하였음을 드러내었다.

이처럼 서예와 서예사상, 전통문인화를 논함에 법고창신을 적용하는 것 이외에도 전각예술의 특징을 규명하는 데에까지 활용된 것을 볼 수 있다. 김성숙은 「석봉 고봉주 전각예술에 대한 연구」[52]라는 글에서

---

48) 성균관대 유학대학원, 2001.
49) 경희대 교육대학원, 2005.
50) 성균관대 유학대학원, 2005.
51) 성신여대 대학원, 1996.
52) 성균관대 유학대학원, 2005.

고봉주의 전각예술을 논하였다. 그는 Ⅲ. 석봉 전각예술 미의식의 변천에서 1. 진·한적 법고의 미, 2. 품격적 창신의 미로 나누어 법고창신이 고봉주의 전각예술에서 차지하는 위치를 설명하였다.

3.5. 기타 여러 가지 이야기하는 데에 쓰임

법고창신은 사상과 서예를 연계시켜 설명하는 데에서도 사용된 바가 있다. 김백호는 「심과 서의 체용론적 연구」[53]에서 Ⅴ. 심체서용론의 심미 구현을 1. 자연미의 서 2. 개성미의 서 둘로 나누고, 개성미의 서에서 가장 먼저 '법고창신의 실천'을 들었다. 이밖에도 인사행정제도와 그 발전방안을 논하는 데에 있어서도 이것이 언급된 것을 볼 수 있다. 「인사행정제도와 발전방안」[54]이라는 글에서 인사행정제도의 여러 가지 제도 가운데 어느 하나의 제만을 가지고 이 복잡하고 다원화된 사회를 지배할 수가 없다고 하면서, "법고창신의 정신으로 이러한 제도들의 장점- 엽관제의 민주성, 실적제의 효율성, 직업공무원제의 전문성, 그리고 대표관료제의 민주성 및 대응성- 을 최대한 살려서 조화시킬 수 있어야 할 것이다."라고 하였다.

법고창신은 이외에도 각종의 문화정책과 문화현상을 설명하는 데에도 활용이 되었다. 주강현의 「지역문화정책의 질적 전환을 꿈꾸며: 무형문화의 법고창신」[55]이라는 글에서 '우리문화의 법고창신을 위한 몇 가지 담론' '우리문화 법고창신의 소박한 성과물 몇 가지'라는 항목을 두어 법고창신과 지역문화정책의 발전방향을 제시하고 있다. 이창식은 「전통문화의 재인식과 축제의 창조성」[56]이라는 글의 결론부에서

---

53) 성균관대 유학대학원, 1999.
54) 해피캠퍼스(www.happycampus.com)에서 제공되는 글로 네이버에서는 필자를 알 수 없음.
55) 『우리문화』, 한국문화정책개발원, 2002.

"축제에 대한 법고창신의 원리와 미래"라 하여 지역 축제 활성화되기 위해서는 법고창신의 정신에 의해 창조적인 축제가 되어야 한다고 하였다. 그런가 하면 최상헌은 「전통성, 한국성 그리고 한국 현대 실내 디자인」에서는 실내디자인의 "중요한 내용은 공통적 의미로 '온고지신 (溫故知新)'과 '법고창신(法古創新)'에 해당하는 '옛 것을 익히고 나아가서 새것을 앎'과 '옛 법을 지키되 늘 새롭게 하라'의 정신이다."[57]라고 하였다.

한국해사문제연구소 2005년 6월 바다포럼의 월례세미나는 「해양문화의 현재와미래: 法古創新」[58]이란 주제로 진행됐다. 실제로 이 포럼에서는 창립이후 월례세미나 등을 통해 국가의 해양비전과 정책들에 대해 심도 있게 논의하고 있다.

한국한문교육학회의 특집기획 제23회 전국학술대회에서는 남은경이 「한문과에서의 문학교육 : 인터넷을 통한 한문과 문학과 문자 교육」이라는 글의 맺음말에서 朴趾源의 '法古創新'의 정신을 되새기며 우리 후진의 눈높이에 맞는 새로운 한문 교육을 위해서 창의적이고 다양한 시도를 해야 함을 주장하였다.[59]

김태호와 김병희는 「왕양명의 아동교육관」[60]에서 왕양명의 창의적 교육사상에 대해 옛것이 훌륭하다면 본받아 새것을 창조한다는 이른바 법고창신의 정신으로 양명의 아동교육사상을 설명하고 있다.

법고창신이 문화정책을 수립하고 설명하는 데뿐만 아니라 해양문화를 진단하는 데에까지 활용이 되고, 아동교육 등에까지 이용되는 것을

56) 관동대학교 강릉무형문화연구소, 2001.
57) 대한건축학회, 2001.
58) 한국해사문제연구소, 2005.
59) 『한문교육연구』 20권, 2003.
60) 한국교육철학회, 2005.

보면, 법고창신은 무슨 마법의 힘을 가진 말처럼 느껴지기까지 한다.

4. 법고창신론의 여파
– 새로운 패러다임으로서의 이론적 기초와 그 활용

　정보의 광장인 인터넷에는 학문영역의 정보들이 올라있기도 하지만, 현대인들의 생각과 그 생각의 방향을 가늠할 수 있는 수많은 또 다른 정보들이 수없이 많이 있다. 위에서 논의한 것들이 비교적 전공영역에 가까운 것들이었다고 한다면, 이곳에서 논의하고자 하는 부분은 모두 법고창신이라는 말이 새로운 문화창출의 패러다임으로 이해되고 적용이 된 실례들이라는 점에서 차이가 있다.

　출처를 cafe.daum.net/land6111로 밝히고 있는[61] 별을헤며(huk0305)의 카페에는 「법고창신이란?」 제목의 글이 실려 있다.

　여기에서 그는 법고창신의 자의(字意)와 의의(意義), 출전(出典), 해의(解義)로 나누어 법고창신에 대해 설명을 하였는데, 의의를 보면 "옛것을 본받아 새로운 것을 창조(創造)한다는 뜻으로, 옛것에 토대(土臺)를 두되 그것을 변화(變化)시킬 줄 알고 새 것을 만들어 가되 근본(根本)을 잊지 않아야 한다는 말이다."라고 하였다.

　이에 이은 해의(解義)에서 그는 "각설하고, 이야기하고자 하는 것은 사실 그의 문학사상에 관한 것이 아니다. 오히려 현대 사회를 살고 있는 지금의 우리에게 과연 전통이란 무엇인가를 새삼 묻고 싶었기 때문이다. 우리는 과연 이느 곳으로 향하고 있는가? 오히려 계승하여 무엇을 내놓을 것인가가 명확하지 않다면 여전히 진부함에서 벗어날 수 없

---

61) 별을헤며(huk0305)

기 때문이다."라고 한 뒤, "썩은 흙에서 지초가 나오고, 썩은 풀이 반딧
불로 변화한다."라는 말을 인용하였다. 법고창신이라는 말이 옛것을
통하여 새것을 창조해낸다는 의미로 해석하고 있음을 볼 수 있다.

그리고 이어서는 그는 "전통의 계승은 과거의 것이되 현재적 관점에
서 수용할 때 그 힘이 솟구치는 법이다. 혹시나 우리는 옛사람의 노예
가 되어있지나 않은지. 그도 아니면 다른 나라 사람의 노예가 되어있
지나 않은지. 양자의 극단을 피하고 법고창신을 부르짖은 연암 박지원
의 의미를 되새기면서 법고창신의 21세기적 의미를 다시 한 번 생각해
보는 것이다."라고 하였다.

http://blog.daum.net/kcdkcd라는 블로그에는 攸川이라는 사람이
써서 전강이라는 사람에게 준 법고창신이라는 글이 걸려 있다. 이 블
로그의 주인은 일봉이라는 사람인데, 자신을 차와 도자기, 그리고 전
통염색을 좋아한다고 하였다. 그리고 블로그 첫머리에는 바로 장미의
글 내용을 그대로 가져다가 자신의 블로그에 그대로 실었음을 볼 수
있다.

장미는 또 『다시 찾는 우리 역사』(전면개정판, 2003, 경세원)에 대한
인터넷 서평에서도 법고창신을 이용하여 「법고창신의 대한민국을 꿈
꾸며……」란 제목을 달았다. 그리고 이 책에서 가장 인상 깊었던 하나
의 단어를 들라면 바로 '법고창신'이라 하였다. 이러한 점으로 미루어
그는 법고창신에 대해 상당한 관심을 보이고 있다고 하겠다.

장미라는 이름을 사용하고 있는 사람은 법고창신에 대하여 이와 비
슷한 논의를 여러 군데에서 전개하고 있음을 볼 수 있다. "이를 빨리
알아챈 이들은 전통이라는 것을 함부로 버리지 않고 그것을 현대의 것
과 함께 잘 버무려 활용하여 바람직한 문화를 만들어냈죠. 자, 최근 양
극화라는 단어가 우리 주위를 꽤나 맴돌고 있죠? 저는 이런 예에서 보
듯 조화 속에서 주체를 잃지 않는다면 얼마든지 해결할 수 있다고 봄

니다. 디지로그. 이쯤되면 21세기의 법고창신이라 말할 수 있지 않을
까 생각해봅니다. 그리고 보면 옛 선인들, 이를 발견하여 활용하는 학
자들이 그냥 얻어진 이름이 아님을 알 수 있습니다."62)라고 하여 법고
창신을 옛것과 새것의 조화로 이해하고, 이것을 통하여 디지로그와 같
은 새로운 진보와 창조를 이룩해야 함을 말하였다.

그리고 이어서 그는 또 "디지로그도 그와 무관하지 않을 것입니다.
지금 시대는 아날로그 문화와 디지털 문화가 뒤섞여 있습니다. 둘다
사람에게 좋은 것도 있지만, 좋지 않은 것도 있습니다. 디지로그는 그
것을 조화하되 주체를 잃지 않는 내 나름의 것으로 다시 만드는, 새로
운 문화코드일 것입니다."63)라고 하였다.

그러면서 그 대표적인 예로 휴대폰의 문자쓰기 원리를 소개하였다.
"이 원리가 휴대폰의 문자쓰기 원리에 그대로 적용되었죠. 아마 들어
본 분이 많을 줄로 압니다. 휴대폰 덮개를 열고 한번 문자를 보내보
죠. '카'를 치고 싶다면? ㄱ에 해당하는 버튼을 누르고 한번 더 그 ㄱ
버튼을 누르면? 위의 원리처럼 그대로 ㅋ이 되죠. 그 다음에 ㅏ를 붙
이면 그대로 '카'가 됩니다. 휴대폰을 만든 사람은 한글의 이 원리를
잘 알고 있었을 것입니다. 600년 전의 문화와 디지털 문화는 휴대폰
으로 문자 보내기라는 것을 통해 이렇게 절묘하게 만났습니다."64)라
고 하였다.

사실 타자기의 자판이나 컴퓨터의 자판이 휴대폰보다 훨씬 일찍부
터 고안이 되어 사용되었지만, 휴대폰의 이러한 원리를 적용하지는 못
하였다. 그런데 휴대폰에서는 훈민정음 창제의 원리를 이용하여 훨씬
작은 공간에서 편리하게 모든 글자를 사용할 수 있도록 계승, 발전시

---

62) http://blog.daum.net/rhatpakl
63) http://blog.naver.com/donghhir45
64) http://blog.naver.com/donghhir45

17

킨 것을 볼 수 있다.

타자기나 컴퓨터의 자판이 자음과 모음을 결합하는 새로운 방식을 도입한 것이라면 휴대폰의 문자쓰기는 옛날의 것을 오늘날에 되살린 것이라 하겠다. 장미는 이것을 법고창신이라 이해하고 있으며, 많은 사람이 그의 글에 동조하였다. 그러나 법고창신을 단순히 옛것을 본받아 새로운 것을 만들어내는 것이 아니고, 옛것과 새것을 적절히 조화시켜야 한다고 생각을 하여 법고창신을 중용과 연결시킨 것을 볼 수 있다.

그래서 다음 글에서도 법고창신을 "'옛 것을 법으로 해서 새 것을 만들어낸다'는 뜻"으로 이해하고, "법고창신이라는 단어 속에서 우리는 중용(中鏞)을 떠올릴 수 있습니다. 우유부단과는 다른 중용. 옛 것과 새 것의 조화를 이루면서도 주체성을 잃지 않는다는 것이죠. 주체성을 잃지 않는다는 것은 끌려가지 않는다는 것이겠죠. 자기의 의지대로 나쁜 것을 걸러내고 좋은 것을 과감히 받아들여 자기 것으로 만드는 것처럼요."라고 하였다.

한국민속연구소 소장 주강현은 「전통의 법고창신, 그 참다운 의미를 되묻는다」[65]라는 글에서 "식혜의 단점은 이동성·장기 보관성 등에서 지나치게 전통적일 뿐 기동성이 없다. 항아리째 들고 다니면서 한여름에 식혜를 즐길 수는 없는 일. 어느 날 갑자기 '깡통식혜'가 등장하였다. 식혜가 깡통에 담겨지는 순간, 식혜 자신의 운명이 바뀌었다. 전통의 법고창신이 가져온 놀라운 결과이다. 식혜의 성공은 배 음료나 수정과, 대추, 심지어 쌀뜨물까지 흉내 낸 민족음료혁명을 일으켰다. 지난 2002년에는 가히 매실혁명이 일어나 식품판매대를 매실음료가

---

65) 카페 이름 : 봄눈 내리는 수업시간 http://cafe.naver.com/qhqsns 전통의 법고창신, 백석고 수업자료 2004.08.07 13:58 진둥이(qhasns)

점령하였다. 전통의 계승이란 이와 같은 것이어야 한다. 과거 전통이기 때문에 맹목적으로 이어가는 방식이 아니라 탁월한 차원에서의 자기 혁신이 이루어질 때, 전통은 그 생명력을 더욱 이어나갈 수 있는 것이다."라고 하며, 깡통식혜의 등장이야말로 전통의 법고창신이 가져온 결과를 강조하였다.

김마선 기자도 예담에서 나온 책를 소개하면서 "연암의 글쓰기 철학 가운데 법고창신(法古創新)의 정신이 인상적이다. 먼저 옛것을 정밀하게 읽어 객관적으로 관찰해 배우고(법고), 새로운 것을 수용한다(창신)는 뜻. 중요한 것은 둘간의 대립을 넘어서는 것. 이는 어설픈 타협도, 양분논리도 아닌 그 어떤 것이다."라고 하였다.

김양동의 경우와 마찬가지로 김마선 기자도 연암의 법고창신이 창작의 원동력이 됨을 말하였다. 이러한 사실은 오승철이 지은『사고 싶은 노을』[66]이라는 시집을 평하며, 변종태가 「끝나지 않은 법고창신 법고창신의 노래」라는 글에서 한 것과 마찬가지이다. 김성진은 「글쓰기에서 관습과 창의성의 관계에 대한 연구」라는 글에서 용사신의에서부터 법고창신에 이르기까지를 창의성이 있는 글쓰기의 모본으로 생각하였다.[67]

노중평은 「평산 소놀이이굿에서 법고창신과 온고이지신」[68]이란 글에서 "우리 전통문화를 생각할 때 먼저 떠오르는 말이 법고창신이라는 말과 온고이지신이라는 말이다. 법고창신은 1792년 정조의 명령으로 시행된 문체반정을 의미하는 말로, 연암 박지원의 글을 모범답안으로 하여, 항간에 나도는 패관잡기들을 단속하여, 널리 퍼지지 못하게 하자는 데에 그 의도가 있었다. 그러므로 엄격한 형식의 유교사상이 담

---

66) 변종태, 한국문연, 2004.

67) 국어교육학회, 2003.

68) 고담 노중평의 블로그 이름 : 마고지나 http://blog.daum.net/godam7777

긴 문체만을 요구하였다."라고 하였다. 소놀이굿의 현대적 의미를 조명하여 연암의 법고창신을 온고지신과 비교하여 논하였다.

그런가 하면, 전통예술 페스티벌의 이름으로 아예 '법고창신'이란 이름을 쓰기도 하였다.[69] 그 내용에서는 "1일 오후 8시 열림굿으로 문을 여는 축제는 '옛 것을 법도로 삼아 새로운 것을 창조한다'는 '법고창신'의 뜻에 걸맞게 전통의 맥을 이어온 대가들의 공연과 이를 새롭게 재해석한 젊은 예술가들의 무대로 꾸며진다."라고 하였다. 김진식이라는 도편수의 전통살림집연구소의 이름도 법고창신이라 되어 있음을 볼 수 있다.

신병주가 지은 『규장각에서 찾은 조선의 명품들』이란 책에서 지은이는 '법고창신(전통을 본받아 새 것을 창출한다)'을 규장각의 대표 정신이라 하며, "미래를 살아가는 지혜의 원천으로 삼기"를 권하였다고 한다.[70] 정조에 의해 조선의 문체를 망가뜨린 원흉으로 지목이 되어 결자해지의 차원에서 반정을 명령받았던 연암의 문학정신이 도리어 규장각을 대표하는 정신이 된 역사적 아이러니도 법고창신이란 말의 위력을 실감케 한다.

5. 맺음말

이상의 내용에서 전통시대의 한 학자의 문학에 대한 주장이 어떠한 과정을 거쳐 오늘날 어떠한 모습으로 되살아나고 있는가 하는 것을 살펴보았다.

법고창신이라는 말은 연암이 당시의 문학현실을 우려하며 해서는 안 될 것으로 분명하게 말한 것이었는데, 이것이 오늘날에는 본받아야

---

69) 연합뉴스, 2007.10.1. 17:26.
70) 『규장각에서 찾은 조선의 명품들』 신병주 지음, 책과 함께

할 매우 좋은 것으로 받아들여지고 있는 현상은 매우 재미있는 것이다. 더욱 신기한 것은 이것이 연암의 뜻과 상관없이 사용이 되면서도 매우 사회와 문화의 발전에 긍정적으로 기여하고 있다는 사실이다.

그런데 중요한 사실은 법고창신의 이처럼 전도된 채 의미 있는 것으로 사용되는 현상이, 연민선생이 뜻하지 않게 사용하였던 압축적 용어를 용어 그 자체로 받아들인 것도 흥미 있는 현상이다. 학자의 사명이 어려운 것을 풀이하고 새로운 것을 찾아내어 옛날과 오늘날을 이어주는 것임을 생각할 때, 연암의 법고와 창신에 대한 생각을 법고창신으로 묶어 소개한 연민의 공과를 이러한 작업을 통하여 확인할 수 있는 것이다.

비록 법고창신을 하나처럼 소개한 연민의 논의에 찬성할 수 없다고 그 정확한 본뜻을 소개한 경우도 있었지만, 법고창신이란 말은 연암과 연민 혹은 기타 다른 연구자의 손을 떠나 마치 마이다스의 손이 닿는 대로 금으로 변하듯 수많은 학문영역과 인터넷 상에서 새로운 모습으로 나타나는 것을 볼 수 있다.

이것은 연암의 주장과 용어가 오늘날 전통과 변화를 어떻게 조화시켜서 새로운 것을 창조해내느냐 하는 시대적 소명과 결부되어 벌어지는 것이라고 하겠지만, 그러나 중간의 연민이 아니었다면 연암의 법고와 창신에 대한 논의가 오늘날 어떻게 변해있을 지도 알 수 없다. 만약 연민이 아니었다면 연암이 주장했듯이 법고와 창신을 넘어 지변과 능전이 결합되어 지변능전이 되었을 지도 모르는 일이다.

만약 그랬다고 한다면 오늘날의 법고창신처럼 힘을 갖는 말이 되었을까 의심이 간다. 어쨌든 법고창신은 연암이 당시의 문제점을 정확하게 짚어내는 혜안과 연민의 선구자적인 연구의 결과로 오늘날 문화를 창도해가는 우리나라 고유의 성어로서 문화와 사회의 발전의 이론적 토대를 제공하고 있다. 이 점에서 연암의 공이 크지만 이에 못지않게 연민의 학자적 위업도 작지 않다고 할 수 있다.

3부

연민선생의 저작

그 고유한 특징과 세계로의 약진

"옥류산장시화(玉溜山莊詩話)"의 특성에 대하여

구지현 / 선문대

1. 들어가며

우리 시대 마지막 시화집으로 일컬어지는[1] 『옥류산장시화(玉溜山莊詩話)』는 『연세논총』에 두 차례에 걸쳐 나뉘어 실렸다. 1969년 발행된 7집에 〈서언(緖言)〉과 〈본론(本論)(其一)〉이, 이듬해 8집에 〈본론(本論)(其二)〉과 〈결어(結語)〉가 게재되었다. 저자가 서에서 밝히고 있듯이, 『옥류산장시화』 이전에 이미 『여한시화(麗韓詩話)』, 『귤우선관시화(橘雨僊館詩話)』, 『육육초당시화(六六草堂詩話)』, 『청동시화(靑銅詩話)』 등의 단편적인 시화집을 지은 바 있었으나, 이들 가운데 잘된 것 몇 개만 뽑고 원고를 다 없애버린 후 새로이 편집한 것[2]이 바로 이 『옥류산장시화』이다. 이와 같은 사실은 『옥류산장시화』의 성격을 규명하는데 중요한 단서를 제공해 준다.

조종업은 시화를 "시담(詩談) · 시의(詩議) · 시평(詩評) · 시론(詩論) · 시화(詩話) 내지 시훈(詩訓) · 시법(詩法) · 시범(詩範) · 시칙(詩則) · 시규(詩規) · 시사(詩史) · 기타 시격(詩格) · 시해(詩解) · 구도(句圖) 등의 총

---

1) 『옥류산장시화』는 조종업 편 『한국시화총편』 마지막에 실려 있다.
2) "今玆之爲 則就諸前所爲 最其稍佳者幾則 碎厥五藥 不捐其新到者 都爲一集"(『玉溜山莊詩話』 序)

칭"3)이라고 정의하였다. 따라서 시에 관한 글이라면 시화에 포함될 수 있을 것이다. 또한 우리나라 시화의 특징으로 "논시담사(論詩談事)의 혼용체(混用體)"가 많아, 책 제목으로 시화인지 아닌지 판단하는 것은 불가능함을 지적하였다.4) 조종업이 편찬한『한국시화총편』에 이『옥류산장시화』가 포함된 것은, 해석비평·인상비평·재단비평 등 전통적인 시평에서 시인이나 시에 얽힌 일화까지 "시화"라는 명명에 걸맞게 시에 관련된 이야기들이 충실하게 기재되었기 때문이다.

한편 저자 본인은 본래 시화에 걸맞는 저작인『여한시화』등을 굳이 파쇄해 버리고 "서어–본론(1)–본론(2)–결어"의 형식을 갖춘 새로운 시화집『옥류산장시화』를『연세논총』에 투고하였다. 이러한 형식은 이전 시화에서 볼 수 없는 것으로, 저자 스스로도 처음 고안하여 우리나라나 중국의 여러 사람들을 따르지 않고 마음 내키는 대로 지었다5)고 설명하였다. 이 글이 비록 한문을 사용하고는 있지만,『연세논총』의 다른 논문들처럼 '서론–본론–결론'의 형식을 갖추고 있는 것은 이전 시화와 다른 논문적인 성격을 띠고 있음을 의미한다.

이러한 이유 때문에『옥류산장시화』는 복잡한 성격을 띠고 있다. 전통적인 시화의 기법을 이어받고 있으나, 신학문의 논문 형식을 도입하였다. 한글이 일용문자로 정착된 시대에 한문이라는 문자를 사용하였다. 시화의 내용은 한자로 기록된 시가가 출현한 시기부터 현대에 속하는 저자 당대의 시인들까지 아우르고 있다.

『옥류산장시화』의 성격을 규명하는 일은 연민의 방대한 학문적인 업적의 일부분에 불과하겠지만, 시에 대한 개인적인 의견과 생각을 알 수 있다는 점에서 한 학자의 문학적 사견을 접할 수 있는 좋은 기회가

---

3) 조종업,『韓國詩話硏究』, 태학사, 1991, 20면.

4) 전게서 24면.

5) "此其微有刋案 不憂憂盲追於東中古今諸子 悠悠之所爲者也"(『玉溜山莊詩話』序)

될 것이다.

2. 『옥류산장시화』의 저작 배경

연민은 『옥류산장시화』를 게재한 같은 해 『국어국문학』지에 짧게 시화에 대한 생각을 밝혔다.[6] 이 글은 『옥류산장시화』의 〈서언(緒言)〉의 앞부분과 거의 같은 내용인데, 한문으로 쓰인 쪽이 더 자세하기는 하지만, 한글 쪽이 시화에 대한 내용을 제목을 달아 분류함으로써 대강에 좀 더 쉽게 다가갈 수 있게 하였다.

연민은 시화의 효용을 '지인론세(知人論世)'로 정리하였다. 시를 짓는 사람이 많아지자 유별(流別)이 흐릿해졌고, 사람들은 시화를 지어 '訛'와 '濫'을 방지하고, '雅'와 '邪(혹은 鄭聲)'를 판정하여 풍궤(風軌)를 바로잡고, 세변(世變)을 관찰하려 하였다. 그러나 시화는 말류에 이르면 '학소(謔笑)의 자(資)'가 되고 파한(破閑)으로 흘러 풍궤를 바로잡는 본 의도와는 거리가 멀어졌다. 그러나 세상을 관찰하는 데는 엄정한 시화이든, 해학으로 흐른 시화이든 마찬가지라는 것이다.

연민은 시의 가장 중요한 특성을 "가이관(可以觀)"으로 보았다. 따라서 시화는 이 "가이관"의 특성에 따라 세상의 변화를 읽어낼 수 있도록 해주는 자료가 된다. 그렇기 때문에 시화에 실린 작품이 꼭 고아한 작품일 필요도 없고, 등장인물이 문인이나 학사로 국한될 필요도 없다. 해학적이고 우스운 서민층의 것이 더 흥미를 돋울 수 있고, 구도(狗屠)·마짐(馬駔)이 사류(士類)와 나란히 등장할 수도 있다.

이렇듯 연민은 시화의 소재와 내용에 대해 매우 포용적인 태도를 보

---

6) 이가원, 「詩話에 대하여 -특히 「玉溜山莊詩話」를 엮으면서-」, 『국어국문학』 46권, 국어국문학회, 1969, 89~90면, 82면.

인다. 시의 효용인 "가이관", 시화의 효용인 "지인론세(知人論世)"의 측면에서 보면, 어떤 형태, 어떤 내용의 시화이든 그 시대의 모습과 인물을 보여줄 수 있다면 그 자체로 매우 가치가 있는 것이다. 이를 뒤집어 생각하면 시화 자체가 시대의 흐름에 따라 변해야 한다고 해석할 수 있다.

『옥류산장시화(玉溜山莊詩話)』의 모태가 되었던 시화로 연민은 총 5종을 꼽았다. 그 중『여한시화』는 어려서부터 22세까지 지은 시화로, 총 150칙에 걸쳐 여말부터 조선의 시인들에 관한 것이다. 무자년(1948), 즉 32세 자신의 절구에서 구절을 따와 서재의 이름을 짓고, 시화에도 이름을 붙인 것이『귤우선관시화(橘雨僊館詩話)』이다. 퇴계의 시조 〈청량산가(淸凉山歌)〉의 구절을 따와 이름을 붙인『육육초당시화(『六六草堂詩話)』,7) 명륜동의 자택 옆을 흐르는 옥류천에서 이름을 딴『옥류시화』가 여기에 포함된다. 그 외에 공초 오상순과의 인연으로『사조(思潮)』에 실었던 12칙의 시화를 묶은『청동시화(靑銅詩話)』가 있다.

연민의 시고 가운데 27세에 엮은 〈육육봉초당고(六六峰草堂藁)〉, 32세 때 엮은 〈귤우선관고(橘雨僊館藁)〉, 38세에 엮은 〈옥류산장고(玉溜山莊藁)〉가 있다. 거처와 관련하여 이름이 지어진 것을 미루어보아, 시화 역시 이 시고들과 비슷한 시기에 엮어졌다고 추측할 수 있다. 그리고 〈사조(思潮)〉 1권 3호에『청동시화』가 실렸던 것이 1958년 8월이다. 1964년 봄에 원고가 이루어졌다고 스스로 밝히고 있는 것으로 보아 약 5~6년 사이에 시화를 다시 편집하였음을 알 수 있다. 그러나 그냥 엮는 데에서 그치지 않고 새로운 시도가 이루어졌다.

연민은 「詩話에 대하여 –특히 「玉溜山莊詩話」를 엮으면서–」에서

---

7) 윗글에는 "天天草堂詩話"라고 되어있으나, 편집인의 오류로 보인다.

"7. 그 창안(刱案)"이라는 제목 아래 다음과 같이 기술하였다.

　詩話는 애초에 散漫的인 隨得隨錄이었으나 이에서는 대체로 時代의
順序로 정리하였고, 泛然히 보면 역시 散漫 그대로이지마는 상세히 살
펴보면 제대로 緒言·本論·結語의 체재가 갖추어졌다. 이것을 하나의
詩話인 동시에 韓國漢詩話에 대한 한 論攷이다.

　연민이 지적한 새로운 창안은 ①시대 순서대로 정리한 점, ②서언·
본론·결어의 체재가 갖추어진 점, 이 두 가지로 정리할 수 있다. 이러
한 시도는 말미에 밝힌 대로『옥류산장시화』를 시화에 그치지 않고 우
리 한국한시화(韓國漢詩話)에 대한 논고를 만들려는 의도에서 나온 것
이었다.

　우리나라 시화는 본래 소설, 수필, 만록 등 다양한 제목이 붙어있는
데에서도 보이듯 일목요연하게 정리된 시화를 찾아보기 어렵다. 그런
데 연민은 시화의 성격도 시대에 맞추어 변화해야 한다고 생각했고,
5종의 시화가 있었음에도 일부러 새로운 체재를 갖춘 시화를 다시 편
집했다. 그 새로운 시화를 위한 형식으로 논문의 양식을 채택했다.

　시화가 논문의 기능을 하기 위해서는 논문의 특성도 겸비해야 할 필
요가 있었다. 그렇기 때문에 연민은 다음과 같이 기술하였다.

　8. 批判과 取材의 公正
　詩話에서 가장 중요한 것은 批評과 取材의 公正이다. 만일에 親疎와
愛憎에 따라 材料 取捨에 公正을 잃었거나 또는 批評의 歪曲으로써 先
輩나 後學을 蔑視하는 일이 없어야 한다.

　9. 出典과 辨證
　하루라도 먼저 이룩된 著籍의 業績을 泯滅시켜서는 아니된다. 우리

나라 詩話는 흔히들 자기의 刱始와 前人의 出典을 밝히지 않는다. 또 수많은 誤謬와 曲評을 是正하여야 한다.

『옥류산장시화』가 갖추려고 했던 새로운 특성은 바로 이상의 두 가지이다. 기술하는 데 있어 공정성과 객관성을 획득해야 하는 것이다. 그리고 선행 시화의 출전을 밝히고 오류를 교정해야 하는 것이다. 이것이 새로운 시대의 시화에 필요한 사항으로 판단했던 것이다.

　　시화를 짓는 일은 우리나라와 중국 역대 그 종류가 번성하였지만 시사는 예전에 절대적으로 드문 것은 어째서인가? 시화라는 것은 부정한 것이든 바른 것이든 이리저리 취하여 그 기풍을 살필 뿐이지만 시사는 사관이 먼저 정립되어 하고 자료를 취하는 데 엄정함을 기필해야 한다. 그렇지 않으면 세우기 어렵다. 그런데 중국인 팽국동이 편찬한 이른바 『중한시사』라는 것은 대략 자기가 좋아하는 데 아부하는 것을 엇갈려 모아놓음을 면하지 못했다. 어떤 것은 한 집안의 부자형제를 줄줄이 늘어놓아 일컫기에도 부족하다. 왕사정의 『어양시화』는 책을 펼치자마자 머리부터 자기 집안의 왕사우, 왕사록 형제의 시를 실었지만 해될 게 없는 것은 시화의 본령에서 스스로 벗어남이 없었기 때문일 것이다.[8]

위의 글에서 연민은 시화와 시사(詩史)를 대조하여 기술하였다. 시화에 비해 시사에 요구되는 것은 "사관(史觀)의 확립"과 "취재(取材)의 엄정함"이다. 그런데 『중한시사』와 견주는 대상물로 『어양시화』를 들고 있다. 『어양시화』가 갖추고 있는 것은 『중한시사』가 갖추지 못한

---

8) "詩話之作 東中歷代 寔繁其類 而詩史 則在古絶罕 何者 話也 雜取淫雅 以觀其風而已 史則史觀先要確立 取材期於嚴正 不然 則幾乎難立矣 乃玆中國人彭國棟所編所謂中韓詩史者 類不免阿私互類 或一家父子兄弟 陳陳相因 不足稱也 王士禎漁洋詩話 開卷劈頭 首錄自家士祐士祿兄弟詩 而無傷乎者 則其無自遽離於詩話之本領也"(『玉溜山莊詩話』緒言)

"취재의 엄정함"이다. 시화이기 때문에 확립된 사관이 필요하지는 않다. 하지만 "취재의 엄정함"은 "잡취음아(雜取淫雅)"하더라도 시화가 가지고 있어야 할 본령인 것이다.

연민은 바로 시화가 전통적으로 갖추어야 할 특성과 현대 논문의 특성을 하나로 연결시켜 『옥류산장시화』를 엮었던 것이다. 형식이나 내용은 전통적인 시화의 모습을 따르고 있지만 본질적으로 "객관성과 공정성"이라는 현대 논문의 정신이 도입되었다. 이는 전 시대 시화가 더 이상 사적인 글쓰기 영역에 놓여있지 않고, 학문연구의 자료로 활용되고 있는 실정의 통찰이기도 하다.

그렇다면, 연민은 왜 한자라는 문자를 선택한 것일까? 조종업은 신채호의 『천희당시화(天喜堂詩話)』의 예처럼 국한문 혼용의 시화가 있지만, 한국어로 서술한 시화가 적은 까닭을 한시를 이야기하는 시화에 한자가 더 적절했을 것으로 추측하고 있다. 그러나 연민은 다음과 같은 대답을 〈서(序)〉에 기록해두었다.

　　하루는 '국수선생'이라고 스스로 서명한 사람이 나에게 힐문했다.
　　"자네의 이 책은 한글로 엮지 않았으니 세간에 읽을 자가 과연 얼마나 많겠는가?"
　　내가 말했다.
　　"그러면 그렇겠지만 아니라면 아니기도 하지. 과연 자네의 말 같다면 과자봉지나 책 배접으로 헛되이 쓰이더라도 아쉬울 게 없네. 그렇지 않다면 남겨두었다가 후세의 이연민을 기다리는 것 또한 괜찮지 않은가? 비록 그렇더라도 지금 해외의 문학하는 선비들이 우리 학문을 연구하려고 하면 한문을 통하는 경우가 많고 한글을 통하는 경우는 적네. 이 책이 만약 우리나라 군자들에게 버려진다면 해외의 서점들로 보낼 테니, 자네는 근심하지 말게. 나도 무엇을 근심하겠는가?"9)

연민은 한문으로 쓰인『옥류산장시화』가 전혀 읽히지 않으리라 생
각하지는 않았다. 한문이라는 도구가 이미 몇 천 년간 동아시아의 소
통 도구로 사용되었고 우리 문학의 근간을 이루고 있음을 이해하고 있
었다. 그렇기 때문에 우리나라를 벗어나 해외까지 눈을 넓혔을 뿐 아
니라 후대에 한문학이 국문학의 주요한 부분으로 다루어질 것을 예측
하고 있었던 것이다.

이러한 배경 때문에『옥류산장시화』는 새로운 시도를 하면서도 한
문으로 기록되었던 것이다.

3.『옥류산장시화』의 실제

현재까지『옥류산장시화』에 대한 연구는 없었다고 해야 할 것이다.
연민 스스로가 시화에 관해 적은 짧은 글을 제외하고 조종업이『한국
시화총편』에 엮어 넣으면서 쓴 간단한 해제가 있을 뿐이다.

조종업은『옥류산장시화』가 ①전인(前人)의 설을 인용한 것이 대부
분인 점, ②전체적으로 시사적(詩史的)인 성격을 띠는 점은 이미 전 시
대에서 흔히 볼 수 있는 것이라고 지적하고, "他人이 言及하지 않았던
새로운 것을 많이 提論"한 것을 장점으로, "詩話外의 일을 가지고 不
如己者를 排除한"것을 단점으로 꼽았다.

이렇게 평가 한 이유는 무엇보다도『옥류산장시화』를 전 세대 시화
와 같은 반열에 두고 비교하느라 연민이 말한 "창안(刱案)"이라는 면을
지나쳤기 때문일 것이다. 새로운 시도가 실제『옥류산장시화』에서 어

9) "日有自署國粹先生者 訊於走曰 子之玆編 綴之非韓 世間讀者 果有幾甫 走曰 唯唯
否否 果如子言 菓袋冊褙 空費無惜 不然 則留竢後世之李淵民 不亦可乎 雖然 當今海
外文學之士 欲究擊吾學 多由漢而尠由於韓 此若爲邦人君子之睍棄 則將瓻送于海外
列肆矣 子無虞焉 走又何愁哉"(『玉溜山莊詩話』序)

떻게 구현되고 있는지 살펴보도록 하자.

3.1. 체재의 특성-3단 구성

이전 시화와 가장 차별화되는 점은 바로 "서언-본론-결어"로 체계화된 구성일 것이다. 연민 스스로도 서문에서 "가까이 다가가 살피면 저절로 서언, 본론, 결어의 분변이 있을 것이다(然迫而審之 則自有緒言本論結語之可辨)"라고 말하였다. 비록 조종업이 "전인들의 설을 인용한 것이 대부분"이라고 지적하고 있지만, 인용을 모은 것 역시 어떤 기준에 따라 이루어진 것임을 짐작할 수 있다.

서언(緒言)은 총 22칙으로 이루어져 있다. 제1칙은 시화란 무엇인가에 대한 생각을 기술하였고, 제 2칙부터 5칙까지는 이전에 자신이 지은 시화에 관한 것이고, 6칙은 원매(袁枚)의 『수원시화(隨園詩話)』를 읽은 경험을 말하였다.

내가 시화를 짓느라 우리나라 한학자들에게 소재를 구하면 모두 막막하게 보내주는 것이 없으면서 도리어 몰래 헐뜯느라 시간이 없었다. 오직 현대시의 명가 공초와 지훈 조동탁만이 한학에 깊은 이해가 있어서 자질구레한 일이 아님을 칭찬하기도 하고 손을 꼭 잡으며 빨리 완성하라고 재촉하기도 하였다. 아아! 공초와 지훈이 어찌 시화가 어떤 것인지 몰랐으랴?[10]

각 시칙 사이에 아무 연관이 없는 듯하지만 하나로 이어보면, 6칙은 원매의 시화를 보고 2, 3, 4칙에서 소개했던 이진의 단편직인 시화가

[10] "余之爲詩話也 輒求素材於域內斯學諸家 而皆泛泛無所寄與 而乃反竊竊然詆之不暇 唯新詩名家 空超與芝薰趙東卓 深有理解於斯學 或贊其非支離事業 或摻手而欲促成之 噫 空超芝薰 豈不知詩話之爲何物也哉"

아닌 제대로 된 시화를 짓고 싶은 욕구가 생겼음을 이야기한 것이다.
위 인용문은 6칙에 이어진 7칙인데, 시화를 짓겠다고 결심한 후 실행
에 옮긴 모습을 보여준다. 그런데 같은 한학자에게 비난을 받고, 도리
어 현대 시인들에게 격려를 받는다. 한시를 짓는 이들에게조차 시화는
낡은 것으로 취급받고 있지만, 시 주변의 일을 기록하는 시화의 중요
성은 시대가 변해도 달라지지 않는 점을 이야기한 것이다. 직접적으로
말하고 있지는 않지만 7칙은 자신이 시화를 지어야하는 당위성을 강조
한 것이다.

8칙은 저자가 읽은 시화의 종류를 나열하였다. 9칙부터는 개별적인
시화집, 혹은 시선집에 대한 자신의 호오와 평가를 기록한 것이다. 19
칙까지는 자신의 시화 편력을 기록한 것이라 할 수 있다.

> 조선 홍재왕이 이렇게 말한 적이 있다. "옛사람의 문자를 가려 뽑
> 는 것은 매우 어려운데 시를 뽑는 것이 가장 어렵다. 우리나라 『국조
> 시산』, 『당률광선』, 『기아』 등의 책이 뽑는 법에 딱 맞는 것은 아니
> 지만 글을 가리는 자의 규범을 잃지도 않았다. 『기아』만이 밀도가 약
> 간 떨어질 뿐이다.[11]

위 제20칙은 전적으로 정조의 말만을 인용하고 별다른 언급이 없
다. 이는 지금까지 나열한 시선집에 관해 정조와 의견을 같이함을 드
러낸다. 그리고 방점을 두어야 하는 것은 손꼽히는 시선집 가운데 "其
吻合選法"이 없다는 점이다. 이는 앞으로 더 나은 시선집이 나올 수
있는 여지가 있음을 의미한다.

이어지는 21칙과 22칙은 근래 중국인이 지은 우리나라 시에 관한 2

---

[11] "李韓弘齋王嘗曰 揀得古人文字甚難 而選詩又最難 如我東之國祖詩刪唐律廣選箕
雅等書 未必其吻合選法 而亦不失鈔書家規範 惟箕雅差欠精簡耳"

종의 책을 소개하고 있다.

서언의 22칙은 각각 개별적인 것으로 보이지만, 각각의 시칙은 매우 밀접한 관련이 있다. 시화의 일반적 성격을 언급하고, 자신의 예전 시화를 소개한 후 『수원시화』를 읽은 경험과 현대 시인들의 태도를 이야기함으로써 현대에 한시화 편집의 당위성을 강조한다. 그리고 자신이 읽은 시화를 나열하고 평가한 후 정조의 말의 인용으로 맺으며, 더 발전된 시화가 나와야 할 필요가 있음을 역설한다. 그리고 우리나라에 시화가 없는데, 중국에서 우리 한시에 관한 책이 엮어졌음을 들어 완곡하게 우리 스스로 우리 한시에 관해 이야기해야 함을 주장하고 있는 것이다.

결국 서언은 연구논문의 서론과 같은 역할을 한다. 연구의 필요성, 기존 연구의 검토, 현재 연구상황을 제시하고 있는 것과 마찬가지인 것이다. 그렇기 때문에 서언은 인용문이 아니라 자신의 이야기로 채워져 있다.

본론은 조종업의 지적대로 시사적인 성격을 띠고 있다. 본론 〈기일(其一)〉에서는 〈공후인(箜篌引)〉을 필두로 하여 목릉성세로 일컬어지는 선조연간까지 시인에 관한 이야기를 담고 있다. 본론 〈기이(其二)〉의 서두는 다음과 같다.

내가 시화를 쓰는데 〈공후인〉, 〈황조가〉부터 조선 중엽 선조왕대까지 200자 붉은 줄 원고지를 내달리며 500장을 썼으나 흥이 여전히 다하지 않았다. 이에 이어서 광해왕대 허균, 유몽인 무리로부터 현대에 이르러 그쳤으니, 역시 인재가 무성하였다.[12]

---

12) "余著詩話 自箜篌黃鳥 迄于李韓中葉宣祖王之代 二百字朱絲欄 飄飄獵獵 垂五百葉 興猶未歇 乃繼自光海王代 許筠柳夢寅之輩 迄于現代而止 皆亦彬彬矣"

본론 〈기일〉은 앞서 연민이 나열한 시화집에서 채록한 내용들로 채
워져 있다. 앞 시대의 이야기이기 때문에 누적된 시화가 많기 때문이
다. 여기에 맞추어 본론 〈기이〉는 조선 후기의 시화들로 이루어져 있
다. 특기할 만한 사항은 뒤로 갈수록 연민 자신의 경험을 기록한 내용이
늘어나는 점이다. 전 시대의 시화를 기록하려는 의도에서 자신의 시대
인 현대까지 시화를 채록하였기 때문에, 현대에 가까워질수록 자신의
직접 경험이나 전문을 기록하는 예가 늘어난다. 그래서 본론 〈기일〉은
253칙, 본론 〈기이〉는 295칙으로 양적으로도 균형을 이루고 있다.

결어는 총 114칙으로 이루어져 있는데, 시론이나 시사 전반에 대한
다른 사람의 말을 인용해 놓은 부분이 많다. 그러나 개별적인 시나 시인
에 관한 이야기를 풀어놓았던 본론의 시화들과는 달리 시론을 전개하
기 위해 개별적인 이야기를 끌어들이는 형태로 되어 있는 시화가 많다.

시를 지을 때 대구가 정밀하지 못하면 사랑하기에 부족하고 너무 교
묘하면 역시 천하고 속된 데 이른다. 왕사정의 "꾀꼬리 울고 꽃 핀 길일
에는 가을 모임이 불쌍하고 대나무 푸른 중년에는 사공께 감사하네" 같
은 경우 그 신운은 일컬을만하지만 秋社에 謝公을 대구로 사용한 것은
정밀하지 못하다. 백거이의 "봄바람에 복사꽃 오얏꽃 핀 밤과 가을비
오동잎 지는 때라네"는 글자마다 대구를 찾아 많은 인구에 회자되었으
나 끝내 천하고 속됨을 면치 못한다. 김택영의 시에 "사방에 별이 떠 닭
이 돌아다니는 밤 온 강 눈보라 속에 말이 배에 오른다"라는 구절을 청
나라 사람이 매우 좋아하여 그를 '계동야선생'이라고 불렀다. 그러나 정
만조 홀로 눈보라와 별을 가지고 같은 시간의 풍경으로 한다면 온당치
못하다고 하였다. 사람들은 가혹한 비평이라고 하였으나 가혹한 것이
아니라 실로 혜안이다.[13]

---

13) "爲詩 對丈不精 則不足愛 而太巧 則亦涉賤俗 如王士禎 鶯花上日憐秋社 綠竹中年
感謝公 其神韻則可稱 而以秋社對謝公 不精 白居易之春風桃李花開夜 秋雨梧桐葉

위 시칙은 대구에 관한 연민의 생각을 보여준다. 시에서 대구를 쓸 때 정밀하지 못한 것도 너무 꾸며내는 것도 좋지 않다는 의견이다. 그리고 그 예로 왕사정과 백거이의 시구를 각각 들고 있다. 그리고 마지막으로 논의를 더 진전시키기 위해 김택영의 시를 예로 들었다. "星辰"과 "風雪"은 너무 꾸며댄 것도 정밀하지 못한 것도 아닌 적절한 대구로 보이지만, 실상 닭이 새벽인 줄 알고 돌아다닐 정도로 밝게 별이 뜬 밤과 눈보라가 치는 밤은 동시에 공존할 수 없다. 대구의 정밀함은 시의 진실성도 포함되어야 하는 것이다.

결어의 시칙들은 시에 대한 일반적인 논의들이 진술되어 있다. 본론의 시화들이 개별적인 사실의 나열이라면, 결어의 시화들은 개별적인 사실을 바탕으로 시에 대한 일반론을 이끌어내고 있는 것이다.

우리나라 시도의 흥기는 실로 신라 말 최고운 학사가 북쪽 중국으로 유학을 간 데서 비롯되었다. 고려시대에 이르러 진화, 정지상, 이규보, 이색, 이제현이 연이어 융성하게 하였다. 진화와 이규보 무리는 다 소동파의 한도에서 벗어나지 못했으나 유독 정지상은 농염하여 만당 이상은의 일가라고 할 만하다.…… 대한제국의 운이 다하자 영재(이건창)는 깨끗할 수는 있으나 펼치지 못했고 매천(황현)은 조금 굳건하기는 했으나 끝내 우활했다. 창강(김택영)은 변체를 잘 했지만 때로는 방울을 흔드는 작태를 면하지 못했다. 그러나 자하(신위)를 잘 배워 황현, 이건창과 나란히 일컬을 수 있는 사람은 아니다.14)

落時 字字索對 膾炙萬口 然終不免賤俗矣 金澤榮詩有四面星辰鷄動夜 一江風雪馬登舟 淸人甚喜之 呼爲鷄動夜先生 而鄭萬祖獨以爲以風雪星辰 審作一時之景 爲不穩 人以爲苛評 然非苛也 實慧眼也"

14) "我韓詩道之興 實昉於羅季孤雲學士之北游中州 而迄于麗代 陳鄭三李 繼而昌明之 灌與奎報輩 皆不出蘇長公度內 獨知常禮艶 足據晚李一家…帝韓之運汔 寧齋能潔而不敷 梅泉稍勁而終迂 而滄江頗善變矣 時猶未免搖鈴之態 然實善學紫霞 非黃李之所可並稱者也"

마지막 시칙은 위와 같이 우리나라 한시사를 정리하는 것으로 끝을 맺고 있다. 이러한 결론은 앞선 시화의 인용이 아니라, 본론에 등장한 수다한 시화와 결어의 시론을 바탕으로 도출된 것이다. 허난설헌을 평가하여 시사의 일부분에 포함시키고, 이용휴, 이가환 등 남인 계열의 문인 역시 노론 계열의 문인과 나란히 병치시킨 것, 그리고 구한말 이건창, 김택영 등의 시인으로 한시사를 완성시키는 등, 연민의 시각을 확인할 수 있다.

『옥류산장시화』의 체재는 전통적인 시화 기법을 따르는 듯이 보이지만, 실제로 살펴보면 서론-본론-결론으로 이어지는 논문의 기법을 차용하고 있다. 서언에서는 시화에 대한 정의를 필두로 하여 이전 시화를 검토하고 새로운 시화 저작의 필요성에 대해 기술하였다. 본론에서는 한자를 사용한 시대를 망라하여 구한말까지 차례로 시화를 엮어내었다. 마지막으로 결어에서는 본론을 바탕으로 하여 시에 대한 일반적 논의를 기술하고 마지막으로 우리 한시사를 일목요연하게 정리하였다. 그가 서문에서 "吾邦漢詩話之一論攷"라고 말할 수 있었던 것도 형식과 내용에서 이상과 같은 체재를 따르고 있었기 때문이다.

3.2. 시칙의 특성

연민은 시화가 갖추어야 할 덕목으로 공정한 취재(取材)와 비판(批判), 오류와 곡평의 시정을 들었다. 『옥류산장시화』는 700칙이 넘는 방대한 양으로 되어 있기 때문에 이를 일일이 검증하는 일은 쉽지 않다. 하지만 각 시칙에 이전 사람의 말과 자신의 말을 철저히 구분해 놓음으로서 출전을 분명히 하려는 태도는 전체 시칙에 일관되게 보인다. 그중에 약간의 오류가 발견되기는 하지만, 이것은 기억의 왜곡에서 오는 것일 뿐 곡평(曲評)이라고 할 수는 없는 것들이다.

3.2.1. 취재의 다양성과 공정성

『옥류산장시화』는 방대한 시화의 섭렵 후에 만들어진 것이기 때문에 『옥류산장시화』 자체가 다양한 시화집의 집대성이라고 하여도 좋을 것이다. 그렇기 때문에 취재의 다양성을 주요한 특징으로 꼽을 수 있다. 다양한 자료를 바탕 위해 시화가 엮어졌기 때문에 좀 더 입체적인 시사를 구성할 수 있다.

우선 눈에 띄는 점은 그동안 한시사에서 소외되어 왔던 여성시인에 관한 자료를 적극적으로 발굴하여 기재하면서 정당한 평가를 내리고 있는 것이다. 일례로 허난설헌을 들 수 있다. 유성룡, 허균, 정만조, 이수광, 김만중, 박지원, 신위 등 조선 전 시대에 걸친 인물들이 그녀에 대해 평하고 있다.

> 담헌 홍대용이 중국에 갔을 적에 추루 반정균과 난설헌에 대해 논한 적이 있었다. 반정균이 "귀국 경번당은 허봉의 누이인데, 시를 잘 짓는다고 이름이 나서 중국의 선시집에도 들어갔으니 어찌 다행이 아니겠소?"라고 하였다. 홍대용이 "이 부인의 시는 뛰어나지만 덕행은 그 시에서 한참 멀다오. 남편 김성립의 재주와 외모가 뛰어나지 못하였소. 그래서 '인간 세상에서 원컨대 김성립과 이별하고 지하에서 길이 두목지를 따르리'라는 시가 있으니 이를 보면 그 사람을 볼 수 있소."라고 하였다. 반정균이 말했다. "훌륭한 사람이 못난 남자와 짝이 되었으니 어찌 원망이 없겠소?"[15]

위와 같이 허난설헌을 비난하는 홍대용의 이야기가 실린 시칙도 아

---

[15] "湛軒洪大容 嘗入中國 與秋루潘庭筠 論蘭雪 潘曰 貴國景樊堂 許筠之妹 以能詩名 入中國選詩中 豈非幸歟 洪曰 此婦人詩 則高矣 其德行遠不及其詩 其夫金誠立 才貌不揚 乃有詩曰 人間願別金誠立 地下長從杜牧之 卽此可見其人 潘曰 佳人伴拙夫 安得無怨"

울러 실려 있다. 허난설헌은 뛰어난 재주 때문에 후대 유학자들에게 비난을 받았다. 홍대용조차 허난설헌의 시를 객관적으로 평가하기보다 그녀의 인품을 깎아내리려 한다. 중국인인 반정균이 오히려 허난설헌을 비호하였던 일화를 소개함으로써 그녀에 대한 평가가 얼마나 정당하지 못한지 보여주고 있다. 연민은 그녀를 마지막 시칙에서 "閨房 千載一人"으로 평하였다.

또 하나 눈에 띄는 점은 남인에 관한 시화가 꽤 보인다는 점이다. 연민은 시화를 기술함에 있어 "親疎와 愛憎에 따라 材料 取捨에 공정을 잃"으면 안 된다고 하였다. 그렇기 때문인지 남인에 관한 시화를 소개하면서 상당히 신중을 기한 것으로 보인다.

> 내게 혜환(이용휴)가 손수 쓴 〈송신사군광수지임연천〉 한 편이 있다.…넉넉하게 사실적 기풍이 있다. 청비록에 '상사 이용휴는 시에 있어 중국을 힘써 따라 압록강 동쪽의 말을 시어로 쓰는 것을 부끄러워 했다. 율격이 엄격하였고 문채가 밝고 환하여 별세계를 연 듯 가파르기가 짝이 없었다. 옛 전적을 널리 궁구하여 자구마다 근거가 있었다. 월, 로, 풍, 월의 글자를 쓰지 않았을 뿐 아니라 쓸데없는 말이라고 하였다.[16]

위는 자신이 소장하고 있는 이용휴의 시에 관한 글이다. 다른 시칙에서는 다른 이의 말을 인용하고 이에 대한 비평을 하는 것으로 마무리한다. 이용휴의 이 시는 다른 데 실려 있지 않은 것이기 때문에 그에 대해 평한 사람도 없다. 그러나 사실적 기풍이 넉넉하다는 자신의 평 뒤에 굳이 『청비록』에 나온 이용휴 시의 전반에 대한 평을 붙여 넣은

---

16) "余有惠寶手書 送申使君光洙之任漣川一篇…饒有寫實的氣風 淸脾錄云 李上舍用休 詩力追中國 恥作鴨江以東語 格律嚴苦 藻采煥曄 別闢洞天 峭絶無隣 博極塡典 字句有根 不徒作月露風花 爲無用之言也"

것은 자신의 평에 객관성을 획득하기 위한 장치로 보인다. 이렇게 남
인들의 시에 대해서는 다른 사람의 평을 삽입해 넣는 양상이 보인다.

이상의 예에서 보이듯『옥류산장시화』의 시칙들은 다양한 자료를
바탕으로 정당한 평가를 내리기 위한 노력이 엿보인다.

3.2.2. 번역에 관한 제언

『옥류산장시화』시칙 가운데 국문시가의 한역에 관련한 시화가 눈
에 많이 띈다. 연민은 이미 13세 때 퇴계선생의 시조〈청량산가〉를 한
역하였다고 한다.

> 내 선조할아버지 퇴계선생 시조에〈청량산가〉가 있는데『도산전서』
> 에 실려있다. 내가 13세 때 엄숙하게 읊조리다가 한역해서 절구 한 수
> 를 지었다. "육육봉 청량산 기이하고도 기이해/내 백구와 신선 기약을
> 하였지./백구는 믿을 수 있지만 복사꽃은 아닌가 봐./꽃은 어부 알도록
> 봄을 누설치 말아주렴."[17] 스스로 참람하다고 알고 오랫동안 감히 내놓
> 지 못했다. 나중에 익재 이제현, 자하 신위 다 이른바 소악부가 있는 것
> 을 보았다. 그 뜻을 근원해 보니 이를 넘지 않는 듯하다. 그러므로 기록
> 한다.[18]

이후〈소악부〉의 존재로 한역하는 예가 있음을 확인하긴 하였지만
애초 우리말 시가를 한시로 번역하고 싶다는 생각은 자연스러운 발로
였던 것으로 보인다.『옥류산장시화』시칙 가운데 우리말 시가가 한역

---

17) 〈청량산가〉시조는 "청량산 육육봉을 아는 이 나와 백구/백구야 헌사하랴 못 믿을손
   도화로다/도화야 떠지지 마라 어주자 알까 하노라"이다.
18) "吾先君子退溪先生時調 有淸凉山歌 載在陶山全書 余十三歲時 莊誦之餘 譯爲漢詩
   一絶云 六六淸凉奇又奇 仙期吾與白鷗爲 鷗能有信桃耶未 花莫漏春漁子知 自知僭
   越 久不敢出 後見益齋李齊賢 紫霞申緯 俱有所謂小樂府 原其義 蓋不踰是 故記之"

된 경우를 종종 발견할 수 있다. 시체도 절구나 율시 같은 형식에 얽매이기 보다는 우리말 노래 느낌이 나는 자유로운 것이다.

> 귤산이 "아이들 노래에 '달아! 달아! 밝은 달아! 이태백이 놀던 밝은 달! 태백이 고래 타고 하늘로 올라가니 뉘와 함께 밝은 달에서 노니나!' 라고 하더군." 나는 "밝은 달 주인이 어찌 태백 하나겠나? 한 푼 안 써도 살 수 있네."라고 하였다. 나 역시 한역을 한 적이 있다. "달 달 밝은 달! 이태백이 놀던 밝은 달! 저기 저기 달 가운데 계수나무 박혔으니 옥도끼로 찍어내고 금도끼로 다듬어서 초가삼간 집을 지어 양친 부모 모셔다가 천년만년 살고지고, 천년만년 살고지고!"[19]

이렇게 번역을 하면서도 원시를 연상할 수 있도록 하는 까닭은 다음과 같은 깨달음에서 기인한다.

> 우리나라 번역의 학문은 소략하고 비루하기가 더욱 심하다. 시조를 한역하거나 한시를 국역하는 데 이르면 그것이 어울리지 않음을 전혀 모르고 있다. 시조는 3장이 한 편이고 한시는 7언4구가 절구 한수이니 모두 정형시이다. 3장으로 4구를 대응시키면 한 구를 잃는 것은 이치상 면할 수 없다. 그러므로 시조를 한역한 것 가운데 가장 훌륭한 것이 세칭 자하의 〈소악부〉지만 완전히 훌륭하지는 않다고 나는 말하는 것이다. 이는 자하의 기술이 묘하지 않아서가 아니라 3장으로 4구를 대응시킨 그 음보가 당초부터 고르지 않기 때문이다.[20]

---

19) "橘山嘗曰 小兒謠云 月兮 月兮 明月兮 李太白遊明月 太白騎鯨飛上天 夫誰與遊明月 余曰 明月之主 豈一太白哉 但不用一錢買矣 余亦嘗譯之曰 月 月 明月 李太白所遊之明月 彼 彼 明月之中 印有丹桂之樹 玉斧以斫之 金斧以修之 構置草家三間 陪來兩親父母 千年萬年長壽 千年萬年長壽"

20) "我邦飜譯之學 疎陋又甚 至以時調漢譯 漢詩國譯 漫然不知其非倫 蓋時調之三章一篇 漢詩七言四句之一絶 皆定型詩也 則以三敵四 遽遺其一 理所不免 故時調漢譯之最佳者 世稱紫霞之小樂府 然余謂未盡善也 此非紫霞之術不妙也 以三敵四之其音

보통 국문시가를 대표하는 시조를 한역하는 경우 한시의 정형시인 절구를 택하는 경우가 많은데 애당초 음보가 맞지 않기 때문에 완벽하게 번역을 해낼 수 없는 점을 지적한 것이다. 한역의 경우, 〈정과정곡〉처럼 절구에 맞게 가사를 축약하거나 아예 절구의 형식에서 벗어나 원래 가사를 살려 번역할 것을 제안하였다.

뇌연 남유용의 〈신사삼결〉만이 옛 뜻을 깊이 얻었다. 그가 번역한 〈청량산가〉는 "청량산 육육봉/백구만이 아는구나/우리 백구/맑고 신실하니 어찌 나를 저버리랴/경박하여 믿기 어려운 것은 도화/도화야 도화야/다시는 골짜기 밖으로 가지 마라/바깥 손 끌어들여 지나갈까 두려워라"이다. 나도 12세에 〈청량산가〉를 한역한 것이 있는데 자하가 한 것을 모방한 것이지만 볼만한 것이 없다.[21]

자연스러운 관심에서 한역을 했던 어린 시절을 거쳐 여러 실험 끝에 국문시가는 국문시가의 맛을 살릴 수 있도록 한역하는 것이 최선의 방법이라고 결론을 내리고 있다. 이러한 탐구는 한문세대와 한글세대를 잇는 저자이기에 가능할 것이다. 두 종류의 문자 생활이 동시에 가능했기 때문에 오히려 국문시가에 대한 관심이 촉발되었던 것으로 보인다.

3.2.3. 한시사 확장의 가능성

『옥류산장시화』의 가장 큰 매력은 근세의 인물에 관한 시화가 많다는 점이다. 직접 만나기에는 시간적으로 멀지만 역사적으로는 그리 멀지 않은 인물들을 언민의 시화를 통해 읽을 수 있다.

步 當初不均也"
21) "獨雷淵南有容之新詞三闋 深得古意. 其翻淸涼山歌云 淸涼山六六峰 唯有白鷗知 我家白鷗 淸愼豈負吾 輕薄難信是桃花 桃花 桃花 更莫出洞去 恐引外客來經過 余亦十二歲時 有淸涼山歌漢譯者 皆擬紫霞之爲 而無足可觀也"

도남 조윤제 박사가 젊었을 때 '초목은 대지의 털'이라는 구를 지었
다. 61세 되는 아침 초대를 받았다. 월탄 박종화는 〈풍죽〉 한 편을 지어
보냈는데 현대시였다. 노산 이은상은 〈풍죽음〉을 지어서 화답했는데
시조였다. 무애 양주동은 송나라 사람의 시구를 빌어 시축에 썼다. 이
어 내게 시 한 수를 지으라고 재촉하여 붓을 달려 이를 지었으니 한시
이다.[22]

문학인들이 모여 시를 짓는 일은 드물지 않겠지만, 위 시칙에서 보
이듯 어떤 이는 현대시를, 어떤 이는 시조를, 어떤 이는 한시를 제각각
짓는 일은 드물 것이다. 이는 문학의 시대 교체가 이루어지는 시기의
생생한 현장이라고 할 수 있다. 상당히 낯설게 느껴지지만, 불과 삼사
십년 전인 1964년경의 일이다.

앞서 언급한 것처럼 연민은 시화가 해학이나 파한으로 흐르는 것을
비판하지는 않았다. 『옥류산장시화』에는 해학적인 일들이 연민 당대
의 인물과 얽혀 기술된 시칙을 종종 발견할 수 있다. 예전 시화에 기생
얘기가 나오듯 술집 아가씨에 관련된 일화가 기술되어 있기도 하다.

다음과 같은 시칙은 현대 시화의 현장을 보여준다.

이우성은 자호가 벽사이다. 15세 때 〈망김해무척산〉 시에 "어느 메서
긴 바람 지나갔는가? 바다안개 하루 저녁 만에 사라졌더니 수 만 수 천
우뚝한 봉우리 밖에 무척산이 구름 속으로 솟아 있구나."라고 하였다.
16세 때 우리 종씨 남계 이씨 댁 손님이 되어 금슬의 즐거움이 있었다.
"영지가 흰구름 가에 높이 솟아난 듯, 다시 연꽃이 허공에 꽂힌 듯, 사

---

22) "陶南趙潤濟博士 少時有草木大地毛之句 其六十一歲晬朝見招 月灘朴鍾和 以風竹
一篇送之 新詩也 鷺山李殷相 爲風竹吟 以和之 時調也 无涯梁柱東 借宋人句 題其軸
仍促余爲一詩 乃走筆爲此 漢詩也 其辭云 顚連吾學昔何時 賴有斯翁再樹之 菲惻芊
眠無限意 風流留與後人知"

해에 밝은 달빛 없는 곳이 없지만 남계의 밝은 달이 가장 둥그네"라는
시를 지었다. 임오년 봄 내가 살던 도산 집을 생각하여 시를 지었다.
"홀로 새해에 옛 친구 그립건만 서쪽 구름 천리 소식 아득하구나. 도산
의 눈보라에도 매화가 처음 틔자 맑은 꿈 속 자주 낙수가로 돌아가네."
매우 재기가 있다.[23]

위 인용 시칙은 벽사의 어린 시절 한시에 관한 것이다. 벽사는 국학
계의 원로였기도 했지만 어린 시절부터 틈틈이 한시를 짓는 시인이기
도 하였다. 이렇듯 연민 당대에도 한시는 계속 읽히고 지어지면서 현
대시와 공존하고 있었다. 현대시인인 오상순이나 조지훈이 『옥류산장
시화』의 가치에 대해 먼저 인정했던 것도 한시의 영역이 여전히 유효
함을 알고 있었기 때문일 것이다. 비록 연민의 한시사 기술은 김택영,
이건창, 황현 이 시대에서 끝나고 있지만, 당대의 풍경을 전달해주는
여러 시칙들은 연민 당대 한시사의 구체적 사건들과 시인들에게 대해
얘기해주고 있다.
　『옥류산장시화』는 아직 정리되지 않은 우리 한시사의 끝 무렵 자료
를 전달한다. 우리 한시사 연장의 구제적 실상을 남겨주었다고 할 수
있다.

4. 맺음말

　『옥류산장시화』은 모든 면에서 경계에 걸쳐 있는 저작이다. 시화임

---

23) "李佑成 自號碧史 十五歲時 望金海無隻山云 何處長風過 海氣一夕消 萬千螺髻外
無隻出雲霄 十六歲 爲吾宗溪南李氏館客 有琴瑟之樂 有詩云 靈芝高秀白雲邊 復有
蓮花揷半天 四海非無明月色 溪南明月最團圓 壬午春 憶我陶山舊居 有詩云 獨向新
年憶故人 西雲千里渺音塵 陶山風雪梅初動 淸夢頻回落水瀨 頗有才氣"

에도 논문적인 체재를 지향하였다. 시화이면서 시사(詩史)를 염두에 두고 지어졌다. 한글의 시대에 한문으로 저작이 이루어졌으나 한역, 국역에 관한 관심을 저변에 깔고 있다. 그리고 조선시대를 다룬 시칙은 공정한 비평을 담으려 하지만, 구한말 이후는 매우 사적인 글쓰기로 흐른다. 오히려 한말 이후를 다룬 시칙이 본연의 시화 효용성과 더 맞아 떨어지는 측면이 있다.

이 시화집 자체가 이 시대 마지막 시화이기 때문에 전 시대 시화를 집대성하는 면모를 가지고 있다. 거기에 우리 한시를 평가하고 한시사를 정리하는 특성이 더해져 있다.

애초 연민이 지향했던 논문의 형식이 여기에서 완전히 구현된 것으로 보이지는 않는다. 시화의 성격 자체가 개인적인 필기 성향이 강하기 때문이다. 그렇기 때문에 후에 『조선문학사』라는 저작이 다시 등장해야 할 필요가 생겼을 것이다.

『옥류산장시화』은 전통적인 시화보다는 좀 더 엄정하고, 문학사보다는 좀 더 개별적이고 사적인 읽을거리이다. 『시화총림』등과 같은 시화집이 우리 연구 자료로 사용되듯『옥류산장시화』도 문학적 자료가 될 수 있으면서, 동시에 이 시화가 쓰인 시기의 풍경을 읽어낼 수 있는 텍스트이기도 한 것이다. 우리 한시사를 계속 전개할 수 있는 중요한 자료라 할 수 있다.

이가원 『조선문학사(朝鮮文學史)』의 서술 양식에 대하여

이암 / 중국 중앙민족대(中央民族大)

연민 이가원 선생은 우리의 학술선배이시다. 그가 써낸 학술성과들은 그 내용상으로나 정신상으로 모두 우리의 전범이 되기에 손색이 없다. 그 중 그가 펼쳐낸 『조선문학사(朝鮮文學史)』는 더 없이 진지한 학술정신으로 우리들에게 많은 것을 제시해주고 있다.

1. 『조선문학사』의 지칭에 관하여

책이름을 한국문학사가 아니라 조선문학사라고 한데 대하여 이가원 선생은 다음과 같이 말하고 있다. "우리 겨레가 조선이란 국호를 쓴 지는 유구 몇 천 년의 역사가 흘렀다. 그 이름에는 '아침 햇빛이 선명하다'라는 뜻이 깃들어 있다. 우리 겨레는 광명한 햇빛을 유달리 사랑하였다. 몇 십만 년 전에 우리 겨레는 침울한 메골짜기나 춥고 쓸쓸한 들녘에서 햇빛을 그리워하였다. 그리하여 동으로 달려 몽고의 초원이나 중국의 광야를 거쳐 백두령봉기슭에 정착한 것이 단군이요, 거기에 한 걸음 더 재촉하여 극동 서라벌에 정착한 것이 '불거내', 곧 이른바 '붉은 해'의 신라이다. 그리하여 이 책 이름을 『조선문학사』라고 달았다는 것이다. 이제 우리 겨레의 역사를 저술함에 있어서 어떤 단대적인 국호를 쓸 수 없는 것이다. 이는 마치 저 중국이 당, 우로부터 명청에 이르기까지 수많은 국호가 없지 않았으나 통괄적으로 '중국'이라 함과 다름이 없이 당당히 '조선'이라 쓰는 것이 가장 타당하리라 생각된다." 그에 의하면 한민족은 어려운 생활 가운데서도 광명한 햇빛을 유달리 사랑하였고 바로 그러하였기 때문에 수천 년 동안 "신선한 아침 햇빛의 나라"라는 뜻의 "조선"이나 "붉은 해의 나라"라는 뜻이 담긴 "신라"라는 국호를 가진 것으로 하여 더 없는 자랑을 느껴 왔었다. 때문에 오늘의 후세들이 자기민족의 역사를 진술함에 있어서 조선이란 이름으로 제목 함이 어찌 의례당연한 일이 아니랴 하는 것이다. 보다시피 이 말속에는 뜨거운 애국 애족의 심정이 넘치고 있을 뿐만 아니라 학술적으로도 뜻깊은 의미가 내포되어 있다고 할 수 있다.

2. 『조선문학사』가 직면한 한문학과 국문학의 관계에 대하여

이 문제에 대하여 이가원 선생은 각별한 신경을 쓰고 있음을 알 수 있다. 그에 의하면 "조선문학은 오로지 조선 겨레가 산생한 문학 작품들을 이름이다." 이와 같은 생각을 기본 전제로 하여 한국 문학사상의 한문학과 국문학과의 관계에 대하여 이가원 선생은 자기로서의 생각을 갖고 있었다. 그에 의하면 "우리 문학에서 우리 겨레의 글 〈훈민정음〉이 창제되기 전에 이미 몇 천 년을 내려오는 도중에 이루어진 한철로 된 작품들을 폐기함은 실로 불가능한 일이다. 뿐만 아니라 〈훈민정음〉이 반포된 후에도 한시를 조선인의 조선시로 자인하였다. 이는 곧 정약용의 '나는 조선인이다. 달가이 조선의 시를 지으리'라는 두 글귀가 증명하고 있다. 더욱이 정약용은 조선후기 실학파 문인중의 대가이

다. 그 당시 유행되던 한편의 단가나 가사를 남기지 않은 동시에 한문
시가로 된 작품은 유례없이 풍모하였다. 그러므로 이 『조선문학사』에
서는 그 시대적 조류의 흐름과 작자의 의도에 따라 한시문을 수용, 서
술하지 않을 수 없었다." 아마도 한국 현, 당대사에 나타났던 한문의
사용을 질시하고 한문학에 대해 이러쿵저러쿵 의론하였던 경향에 대
비하여 이렇게 자기의 견해와 문학사 작성 원칙을 정확히 선포한 것인
가 싶다.

3. 애국, 애족의 심경과 정확한 민족문학사관

이가원 선생의 이러한 관점과 문학사 작성 원칙은 후에 진일보 정확
한 민족문학사관으로 승화하고 있음을 우리는 볼 수 있다. 협애한 민
족문학사관이나 무원칙한 범문학주의(凡文學主義) 사관은 우리 문학사
편찬에 있어서 아무런 도움이 없을 뿐만 아니라 도리어 큰 해가 될 것
이다. 이 문제에 있어서 이가원선생은 자못 정확한 관념을 갖고 있었
다, 그에 의하면 "민족사관을 지나치게 묵수하면 그폐가 고루, 편애함
에 흐르기 쉽게 된다. 순수한 우리 문자로만 쓰여진 것만이 우리의 문
학이다'라는 이론을 고집할 수 있다. 그렇다면 우리 조선사람의 경우
에는 우리의 순수하고 독특한 문자인 정음으로 쓰여진 작품만이 참된
우리 문학이요, 한자로 쓰여진 작품은 일체 중국의 문학으로 간주하게
될 것이다. 구체적으로 말하면 〈훈민정음〉 반포 이전의 순 한철의 고
전은 물론이요, 〈훈민정음〉 반포 이후의 심시습, 허균, 박지원, 징약
용 등의 작품이 모두 우리문학의 범주에서 제거되어야 하지 않겠는가.
그들은 정음문자로 쓰여진 작품은 한편도 남기지 못했으니 말이다."
알다시피 이가원 선생 일대의 "한글학자"들 가운데는 그렇게 생각하였

던 이들이 한두 사람이 아니었다. 그러나 세계문화발전사를 돌이켜 보면 서구나 아세아에서 선행한 다른 민족의 문자를 차용한 실례가 적지 않다. 문자는 바로 도구이기에 다른 민족들의 사회생활에 차용, 활용되는 것이 거의 통례로 되기 때문이다.

『조선문학사』를 통해 우리는 연민선생은 애국, 애족적 정신으로 충만된 분이라는 것을 충분히 알 수 있다. 이전의 문학사 연구에서는 왕왕 가야는 신라에 포함시켰고 발해는 아예 언급하지도 않았다. 그러나 연민선생의『조선문학사』에서는 가야를 하나의 고대 독립국가로 신라와 대등한 지위에 놓고 하나의 전문 장으로 취급하였다. 특히 연민선생은 고대 발해국도 하나의 전문 장으로 설정하고 여덟 개 절에 거쳐 서술하였다. 이는 한 반도 문학사 편찬에서 보기 드문 일례로서 그 속에 깃든 작자의 민족 역사문화에 대한 자부심과 애국, 애족의 단심을 역연히 보아낼 수 있다. 지금도 중국학술계들에서는 발해 문제를 놓고 당나라의 지방정권이냐 아니면 고구려유족들이 세운 조선역사상에서의 한개 고대국가이냐 하는 것에 대하여 쟁론이 분분하다. 그리고 또 연민선생은 한국 역사상에 거론되었던 기자조선문제에 대하여서도 자기로서의 독특한 견해를 갖고 있었다. 그에 의하면 역사에 기자가 조선에 오지 않았다 하더라도 이런 관념과 이에 의해 산생된 문화나 문학은 반드시 도외시해서는 안 된다는 것이다. 왜냐하면 기자 동래설관념에 의해 산생된 시나 산문들도 역시 우리민족 작가들이 쓴 문학이기 때문이라는 것이다. 기실 잘 들추어보면 기자 동래설, 기자조선에 관한 시와 산문들이 놀라울 정도로 많다.

4. 실사구시의 문학사 작성 원칙

『조선문학사』를 씀에 있어서 이가원 선생은 거시적인 안목과 미시적인 세부를 잘 파악하여 구체적인 문제는 구체적으로 대하였다. 그는 일부 소위 민중사관을 가진 문학사에서 무턱대고 하층작가들의 작품은 높이고 사회 상층 홍유들의 창작은 높은 수준임에도 폄하를 가하는 식의 작법을 배격하면서 무엇이나 실사구시적으로 문학의 역사를 반영할 것을 제창하였고 또 그렇게 하였다. 예를 들면 이전의 일부 문학사에서 조선조시기의 불합리한 신분제도하에서 신음하던 평민작가, 위항시인, 정치주류에서 배척 받은 얼자들의 창작을 주조의 지위에 놓고 홍유나 석학들의 문학은 재도의 문학이라 하여 폄하하고 푸대접하는 등 현상에 대해 못 마땅하게 생각하고 자기의 『조선문학사』에서는 이 모든 관계를 정확하게 배비하였다. 그에 의하면 중국의 선철들이 〈시경〉같은 책을 편찬함에 있어서 〈국풍〉을 앞에 놓고 〈아〉, 〈송〉류를 뒤에 놓은 것은 유가 민본사상의 견지에서 민간사정이나 하정사찰의 관념을 포섭하여 생각한 때문이지 결코 성제나 철왕들의 훈고나 웅문거편들이 그것만 못해서가 아니었다는 것이다. 그는 또 문학사를 편찬함에 있어서 결코 매개 시대의 사상이나 문화를 홀시 하여서는 안 된다고 강조하면서 공자의 "대동"사상, 묵적의 "겸애" 의식 같은 건 영원히 후세 사람들의 귀감이 될 것이라고 하였다.

연민선생이 『조선문학사』를 편찬함에 있어서 구체적인 문제는 구체적으로 파악함으로써 실사구시의 기본정신을 하냥 견지하기 위해 노력하였다는 것은 다음의 한 단락 말에서도 알 수 있다." 소선의 위항삭가들도 여러 가지 부류가 있다. 김병연의 경우 그 조부 범죄자 익순의 낙윤(落胤)으로 해학적인 어구를 썼고, 그 나머지는 거의가 양반관료, 또는 재야문사들에 아유, 풍자를 섞어 가면서 기생충적인 생활을 하였

고 유독 어무적(魚无迹) 한사람이 끝까지 저항 도피로 일관하였다. 이
제 그들의 비산(悲酸), 비속(卑俗), 기험(奇險), 뇨나(裊娜)한 잔편, 영구
가 우리 문학의 주류가 되는 한편 웅혼(雄渾), 호장(豪壯), 온유(溫柔),
완려(婉麗)한 작품을 제이의(第二義)로 전락시켜서야 어찌 공정한 조착
(藻鑿)를 지녔다 이를 수 잇겠는가." 연민선생에 의하면 같은 평민작
가, 위항시인이라 하여도 그 경우가 각기 다르고 그 진보적인 정도도
판이할 수 있으므로 각자에게 자기 정도에 맞는 학술적 평가를 해주어
야지 사실을 무시하고 평민작가, 위항시인이라 해서 다 같이 대해서는
안 된다는 것이다.

5. 민간문학을 중요한 지위에 올려놓고 서술

이가원 선생의 『조선문학사』에서 반드시 거론해야 할 또 다른 하나
의 문제는 매개 장마다 민간문학을 구체적으로 취급했을 뿐만 아니라
그 용량이나 자료와 서술이 아주 진지했음을 엿볼 수 있다. 알다시피
한국의 민간문학은 작가문학에 비해 그 역사가 더욱 오래고 양적으로
도 작가문학 못지않게 방대한 규모를 갖고 있다. 다시 말하면 한국의
민간문학은 그 역사가 유구하고 우수한 작품들이 줄을 이어 나타났으
며 어느 모로 보나 한국문학의 중요한 한개 방면으로 되기에 손색이
없다. 문제는 작가문학을 고도로 중시해 마지않는 오늘의 학자들이 과
거의 민간문학에 대해 올바른 이해와 중시가 결여한 데 있다. 하여 대
부분 문학사가들이 자기 민족의 문학사를 편찬함에 있어서 대부분 주
의력을 작가 문학에 두고 민간문학은 아예 취급하지 않거나 취급한다
하더라도 고기국의 양념에 불과하였다. 백여 년 이래의 중국문학사나
구미지구 문학사들 대부분이 그러하다고 할 수 있다. 이는 아주 어긋

난 생각으로서 한 개나라, 한 개 민족 문학의 흐름과 기본 정황을 전면
적으로 파악하는데 커다란 결함으로 되고 있다. 이와 반면에 연민선생
은 작가문학과 민간문학, 어느 것이나 고루 중시함으로 해서 독자들로
하여금 한국문학의 전모를 파악하는데 많은 도움이 되도록 하였다. 그
리하여 연민선생의『조선문학사』에서는 민간문학이 작가문학 못지않
은 편폭과 분석이 가해지고 있다. 그 구체적인 내용을 놓고 보면 민간
문학에 관한 내용들이 자못 다양하여 신화, 전설, 이야기, 민요, 민가,
동요, 동화, 우화, 지괴, 향곡, 속담, 참요, 상어, 판소리, 창가 등 민간
구두전승 혹은 문헌기록전승형태의 작품들이 수많이 담겨져 있다. 이
는 독자들이 한국 고대의 문학을 다방면으로 이해하는데 더없이 큰 도
움이 된다. 문학이론적으로 말하면 한국 고대문학의 민족적 특성과 예
술적 풍격이 이러한 민간문학을 통해 쉽게 전달된다고 할 수 있다. 그
리고 작자가 이렇게 함으로써 한국고대 작가문학이 어떻게 민간문학
에서 유즙을 섭취하였는가를 살펴 볼 수 있게 한다.

6. 내용의 다양성

  내용상의 풍부성은 연민『조선문학사』의 또 하나의 중요한 특성이
라고 할 수 있다. 연민선생의 문학사는 상, 중, 하권으로 나뉘었고 총
1,990여 페이지로 모두 24개의 장으로 되어 있다. 내용상에서 이 책은
고전문학과 현대문학을 다 같이 체계 속에 넣어 씀으로 해서 이전의
문학사 양식을 타파하고 있다. 쓰는 방식으로 보면 연민『조선문학사』
는 양식사와 사조사라는 두개의 큰 줄거리를 중심으로 하여 쓰고 있
다. 이것은 연민선생이 중국의 전통적인 문학사의식을 참조함과 동시
에 서구의 소위 사실주의, 낭만주의 사조도 분류, 도입해오므로 동, 서

방 문학사의식을 결합시켜 보려는 의도를 나타내었다. 장과 절의 체례
를 보면 역시 동·서방의 문학사의식을 충분히 체현시켰다고 볼 수 있
다. 그 중의 한개 실례로 상권의 제6장을 보면 "남북사조의 합류"라는
제목 하에 모두 15개의 절을 설정하고 있다. 구체적으로 보면 제1절에
"합류의 경과"; 제2절에 "불교의 시말"; 제3절에 "국학의 설치와 독서3
품"; 제4절에 "경학의 울흥"; 제5절에 "빈공제자와 조선 한문학의 확
립"; 제6절에 리두의 창제"; 제7절에 "사부"; 제8절에 "당체의 시가";
제9절에 "향곡"; 제10절에 "향가"; 제11절에 "격서"; 제12절에 "전설, 설
화"; 제13절에 "비지"; 제14절에 "제가의 저적"; "제15절에 "결언" 등으
로 엮어져 있다. 살펴보면 이 속에는 시대와 사조, 문체와 문헌, 작가
문학과 민간문학, 정규문학과 속문학 등으로 구성되어 동·서방 문학
의식의 합류와 문학발전상의 사실위주의 저자 본인의 주도 사상이 엿
보인다.

　그리고 또 주의해야 할 점은 연민선생의『조선문학사』에는 대량의
원시자료들을 인입, 인용하고 있는데 전 책에 장장 수천 점의 원시자
료, 문본 절록, 원문 인용과 통계수치들이 들어 있어 전체 그대로가 하
나의 자료보물고라고 해도 과언이 아니다. 이건 역사상 다른 문학사에
서는 유례가 없었던 학술의 장거라고 해도 과언이 아니다. 연민선생의
『조선문학사』는 문학의 역사를 쓰는 저자의 개인관점을 돌출히 하기
보다는 충부한 자료를 독자들 앞에 객관적으로 제시함으로 해서 독자
자신이 보고 감안, 분석을 하여 터득하게 하는 무한한 가능성을 열어
놓았는데 이건 문학사 편찬에서 오직 연민선생식의 독창성을 의미하
는 것으로 된다고 할 수 있다. 이『조선문학사』에서 연민선생은 또 대
량의 국어문학과 그 자료들을 다룸으로써 독자들로 하여금 이 한부의
문학사를 통해 한국의 근, 현대 한문학과 국문학에 대해 전면적으로
요해할 수 있게 하였다. 풍부한 자료의 제시는 독자들로 하여금 한국

문학의 발전이 얼마나 곡절적이었고 우수한 작가와 작품들이 어떻게 생존하고 창작되고 전파되어 왔는가를 더욱 똑똑히 알게 하는 기본 보증이라고 할 수 있다. 연민선생의『조선문학사』속에는 수많은 새로운 원시자료들이 새로이 등장하고 있는바 이들은 모두 한국문학사 내지는 문화사에서 더 없이 진귀한 활화석으로 될 것이다.

7. 서술의 특점

연민선생의『조선문학사』는 그 내용이 자못 풍부할 뿐만 아니라 집필 상에서도 여러가지 선명한 자기적 특점들을 갖고 있다.

1. 결구상에서 연민선생의『조선문학사』는 많은 새로운 형식을 도입함으로 해서 문학사 집필상 유례없는 실례를 개척하였다. 그 제13장을 례로 들어 보면 "정음의 수난과 성리학의 집성"이라는 표제 하에 모두 열다섯 개의 절로 구성되었는데 그 제1절은 "무오사화의 발발"; 제2절은 "정음의 대 수난"; 제3절은 "도학파와 사장파의 대치"; 제4절은 "성리학의 집대성과 유학의 문학관"; 제5절은 "사와 부"; 제6절은 "(한문)시가"; 제7절은 "악부"(사와 속악으로 분류); 제8절은 "한림별곡체"; 제9절은 "(국문)단가"; 제10절은 "(국문)가사"; 제11절은 "서독(書讀)"; 제12절은 "소설"(志怪、寓言、假傳 등으로 분류하여 다루었음); 제13절은 "비지(碑志)"; 제14절은 "제가의 저서"인데, 단편, 시문집, 시화, 시평, 잡록, 운서, 선집 등 부분으로 갈라 다루었다. 그리고 제15절은 결언이나. 이렇게 결구를 싸가시고 문세벌에 나라 분류하여 논술하였으므로 내용이 세분화되고 문제가 구체화 되었으며 자료 또한 풍부하다 보니 독자들이 조선문학사를 파악하고 배우는데 더없이 좋은 교과서로 되고 있다. 또 전 책의 체례를 보면 권두에 총서, 서, 목록, 목차가 있는

외에 매 권마다 도판목록도 안배하여 무엇이나 명료하게 배비하였다. 그리고 책미에는 "후서"라는 명목 하에 "민족정사의 편찬","문학주조의 변천","『조선문학사』를 쓸 때의 정경" 등 내용을 안배함으로써 본 책 연구대상의 변천, 편찬할 때의 심경, 심정, 민족의식 등 내용을 밝혔다. 그리고 또 관심, 관계자들의 발문7편을 붙였고 부록에서는 또 "매화로옥지도", "문체명의간석", "사작도중소음시7종", "사고일지(寫藁日志)", "협찬위원명록" 등 내용을 안배하여 독자들이 편찬당시 작자의 처지, 생각, 의난문제 해석, 배경 등에 대해 구체적으로 알게 하였다. 그 외 전 책의 색인을 보면 "성명"과 "칭호", "서명과 문체", "잡물"과 "요언", "국호"와 "지명" 등으로 나누어 배비함으로서 더없이 명료하고 편의하게 만들었다.

2. 각종 자료들을 다양하게 인용함으로써 책 전체를 읽어 보면 마치 금은보화가 가득 들어 찬 화려한 용궁에 들어간 듯한 감을 준다. 연민선생은 많은 자료를 다루면서 어떤 것은 생략하여 쓰고 어떤 것은 구체적으로 인용하였으며 또 어떤 것들은 아예 원문 전체를 가져다 놓고 있다. 특히 그 중 적지 않은 자료들은 많은 사람들이 처음 대하는 진귀한 것들이어서 사람들로 하여금 흥분에 도취되게 하는 경우가 많다. 연민선생의 『조선문학사』가 사람들에게 매력을 주는 점도 바로 여기에 있다고 생각된다.

3. 연민선생은 『조선문학사』 서술에서 구체적인 자료제시와 서술상의 간결, 명백함을 유기적으로 잘 결합함으로써 평이주도한 문풍을 잘 나타내고 있다. 그리고 또 구성과 서술에서 능란하게 흐름의 도약을 함으로써 자신의 명확한 인식과 명쾌한 사작풍격을 잘 보여주고 있다. 비록 서술이 간결하긴 하지만 그것을 통해 독자들에게 자아분석의 여지를 남겨줌으로써 작자와 독자 사이의 호동(互動)의 기회를 마련해 주고 있다.

4. 연민선생의 『조선문학사』는 한국문학의 발전과 문제점들에 대해 언제나 실제적인 자료를 통해 현상을 설명하려는 서술의 자세를 취하고 있다. 이것은 작자의 학문가로서의 기본 자세와 실증학적인 돈독한 방법론의 소유자적인 자세와 풍모를 잘 보여주고 있다.

5. 작자의 이러한 실증학적인 학문자세는 또 장마다에 고전문헌을 제시하고 도판목록까지 작성하여 제시해 놓고 있으며 또 시끄러움도 마다하지 않고 방대한 량의 "색인"도 여러 가지로 분류하여 독자들이 어려운 술어에 대해 명백히 알게 하였다. 이렇게 함으로 해서 독자들이 넝쿨을 따라 외를 찾듯이 출처를 찾고 원인을 따져보게 하였다. 이것은 뒷사람들에게 더 없이 고귀한 학문적 귀감을 남겨 놓은 것으로 된다.

8. 지켜가야 할 문학정신

한부의 문학사나 한편의 문장에서 한개 나라, 한개 민족 문학발전의 전부의 면모와 전부의 진실을 다 써낸다는 것은 불가능하지만 문학사가 그 나라, 그 민족 문학사의 사적인 진실을 반영한다는 것은 어느 정도 가능한 일일 수 있는 것이다. 아무리 해도 우리들은 역사의 본래의 면모는 완전히 환원할 수는 없다. 하지만 우리들이 한국문학사의 실제로부터 출발하여 결국 어느 정도만큼 진실하게 한국문학사의 진실을 서술할 수 있을 것인가에 대하여선 연구해 볼 수 있지 않겠는가.

어느 한개 조대기 이느 힌해, 이느 때에 이떤 일들이 발생했고 딩시에 그것이 어떤 복잡한 과정을 겪었는가 하는 것들이 문헌기록에는 왕왕 간단하게만 적혀 있다. 그러나 이 간단한 기록마저 그때 당시 기록한 이들의 주관적 경향성과 윤색이 내포되지 않았다 할 수 없으니 그

속의 진실성의 비례는 얼마나 될 것인가 하는 것은 잘 연구해 보아야 할 것이다. 하물며 더욱 많은 대량의 인물이나 사건들이 그 종적을 남기지 않았으니 우리가 오늘 알고 있는 역사의 진실이란 어느 정도의 것들인가 하는 것도 잘 음미해야 할 것이다. 문학사를 쓰는 방식과 방법론은 여러 가지가 있을 수 있지만 연민선생의『조선문학사』는 기필코 그중의 하나로, 나름대로 사회와 독자들의 환영을 받을 것이다.

연민선생의『조선문학사』를 읽어 보면 선생께서는 박학다식하시고 학술적 정열로 넘치고 있는 분이라는 것을 알 수 있다. 선생님께서 쓰신 이『조선문학사』는 벌써 여러해 전에 중국에서 번역되어 널리 알려지고 있다.

문학사를 쓰는 일도 하나의 중요한 학술활동이니 만치 쓰는 과정과 내용에 결함이나 부족한 점들이 없을 수 없다. 연민선생의『조선문학사』도 마찬가지이다. 후세에 살고 있는 우리들은 그것을 소중한 유산으로 삼고 영양을 섭취하면서 그 속에 내포되어 있는 문학의식과 학술정신을 따라 배워 따라 새로운 출발을 해야 한다고 생각된다. 연민선생은 책 "서"에서 다음과 같이 말한바 있다. "오호라! 본서는 비록 스스로 과대평가하지는 않으나 지난날 몇 종의 졸저 중에 발견된 오류를 시정하여 숙채(宿債)를 청감(淸勘)하였고 아울러 종전 제가들의 저술 중에서 우리 문학중의 거봉인 한문학을 지나치게 소홀히 다룬 것을 교정하여 발란반정(撥亂反正)의 적치(赤幟)를 분명히 하였다. 옛 학자는 '젊었을 때에는 글을 널리 읽고 늙은 후에 저술을 하는 것이 좋다.'라고 하였다. 이제 그 말이 새삼스레 느껴진다."이 말속에서 우리는 연민선생의 넓은 흉금과 부단히 탐색하는 학술정신을 역력히 읽어 낼 수 있다.

연민선생의 『한국한문학사(韓國漢文學史)』 중국어 번역 출판

리우창(劉暢) / 중국 천진외국어대(天津外國語大)

1. 들어가며

10여 년 전 지도교수인 자오지(趙季) 선생님께서 연구년(研究年)으로 한국에 와 계신 동안 서점에서 연민 이가원 선생님의 『한국한문학사(韓國漢文學史)』를 우연히 보게 된 후 애지중지하며 손에서 놓지 않으셨다. 즉시 번역에 착수하셔서 몇 년 만에 초고를 완성하셨다. 작년 5월에 지도교수님이 연민학회에 참석하셨다가 『한국한문학사』를 번역한 사실을 언급하셨다. 허권수 교수님과 허경진 교수님께서 이 번역작업을 힘껏 도와주셔서, 중국어로 번역한 『한국한문학사』가 비로소 중국(中國) 강소성(江蘇省) 봉황출판사(鳳凰出版社)에서 출판되어 세상에 나왔다.

필자는 이번 번역 사업에서 교열하는 책임을 맡았다. 10여 년 전이라면 지도교수님께서 한국한문학을 막 연구하기 시작한 단계였기 때문에 한국한문학에 관한 여러 전고(典故)를 지금과 같이 많이 알지 못했다. 그로부터 10여 년 동안 연구가 차차 깊어졌지만, 번역 초고를 고칠 기회가 없었다. 그래서 이번에 『한국한문학사』 중국어 번역본을 출

판하게 되자, 지도교수님께서 필자에게 초고와 원문을 참조하여 번역
문을 전적으로 교열하라고 말씀하셨다. 지도교수님과 필자는 연민선
생께서 한문으로 창작하신 작품들을 읽어본 적이 있어서 간결한 문풍
에 대한 인상이 깊었다. 중국 독자들이 이 번역서를 통하여 연민 선생
님께서 지으신 문장의 풍모를 엿볼 수 있게 하기 위해서, 중국어 번역
문체를 연민 선생의 문풍과 가까운 평이한 고문(古文)으로 정했다. 필
자는 최선을 다했지만 효빈(效顰)의 비웃음을 피할 수는 없을 것이다.

2. 연민선생의 『한국한문학사』의 특성

2.1. 민족성과 문학사조에 대한 소개

『한국한문학사』에서 〈서언(序言)〉은 총칙(總則)이라고 할 수 있다.
그 다음 연대의 선후 순서로 장(章)을 배열하였다. 그리고 매 장에서
배경을 소개하고 문체에 따라서 절(節)을 나누었다. 연민선생은 문학
사조가 시대에 따라 변천한 것에 대한 연구를 가장 중요시하셔서, 매
장 안에서 한 시기의 문학 상황을 개괄하면서 해당 시기의 문학사조를
강조하여 서술하셨다.[1]

예를 들면 제2장 〈北方(고구려)의 反抗意識〉의 제2절에 〈三敎의 收
入〉이라고 쓰여 있다. 제3장 〈南方의 浪漫思潮[一](삼국통일 이전의 신
라)〉의 제2절에 〈花郎思想의 流布〉라고 쓰여 있다. 제4장 〈南方의 浪

---

1) 『한국한문학사·序』, 2면 : "그리하여 이러한 課業을 進行시킴에 있어서는 여러 가지
의 工作이 必要하겠지마는 특히 위에서 論及한 바와 같이 그 時代를 따라 思潮的인
變遷의 자취를 硏究하는 것이 가장 緊한 일이 아닐 수 없었다." 번역문은 다음을 참조.
中譯本 《韓國漢文學史·原序》 : "漢文文學硏究之必要工作有很多, 但正如上文所
言, 最緊要者爲硏究不同時代下文學思潮之變遷, 而這也正是著者寫作此書之動機
所在。"

漫思潮[二](백제)〉의 제2절에도 〈三敎의 收入〉이라고 쓰여 있다. 제5장 〈南北思潮의 合流(삼국통일 이후의 신라)〉의 제1절과 제2절에 〈合流의 經過〉와 〈佛·道敎의 末弊〉라고 쓰여 있다. 제6장 〈儒·佛思潮의 交媾[一](고려전기)〉의 제2절에 〈고려의 건국과 사상의 배경〉이라고 쓰여 있다. 제7장 〈유·불사조의 교구[二](亡亂以後의 고려)〉의 제2절에 〈亂後 文人의 逃避思想〉이라고 쓰여 있다. 제8장 〈유·불사조의 성숙기(李朝初-壬辰亂의 직전)〉의 제1절에 〈外儒·內佛의 사상〉이라고 쓰여 있다. 제9장 〈復古運動과 經世文學(壬亂以後)〉의 제1절에 〈당쟁과 동란과 반성〉이라고 쓰여 있다. 제10장 〈사회문제의 발생(광해조)〉의 제1절과 제2절에 〈혁명사상의 선양〉과 〈도교·천주교의 혼합사상〉이라고 쓰여 있다. 제11장 〈낭만주의(인조반정 이후)〉는 제1절인 〈훈척의 발호와 국난〉을 통해서 문학 주조는 대체로 낭만적인데 퇴폐적인 경향이 형성된 현실 배경을 간접적으로 밝혔다. 제12장 〈사실주의(영·정 이후)〉의 제1절에 〈과학정신과 실학파〉라고 쓰여 있다.

　이로 보면 이 책은 중국에서 근년에 작성한 고대 문학사와 매우 큰 차이가 있다. 중국 고대 문학사는 시기별로 장절을 나누고 매 장은 처음부터 정치와 경제, 문화 등 사회 상황에 대해 개괄하는 것을 중시하며, 사조는 겨우 문화의 한 지류로만 파악된다. 중국 고대 문학 사상사에서 중점을 두는 것도 진정한 문학사조가 아니라 문학에서 체현한 문학비평의 관점이다. 문학이란 곧 민족의 문학이요, 인간의 문학이기 때문에 민족성과 문학사조를 종합적으로 파악하는 것은 개별 작품과 작가의 사상 경향을 이해하는 기초가 된다.

　이 점에 대해서 허경진 선생님께서 이렇게 설명하셨다. "〈한국한문학사〉는 매 장에서 배경을 소개하였는데, 각 시기의 역사적·문학적인 배경이 이 책에서 가장 중요하다. 문학사를 쓰려면 사관이 중요한데 연민선생은 민족사관을 가지고 이 책을 썼고 중국문학의 역사적인 변화를 다 알고 이 책을 썼다. 연민선생은 어렸을 때부터 한시를 지었고 20세까지 신식 학교를 다니지 않고 서당과 집안에서 가학을 전수받았기 때문에 '배경'을 잘 설명할 수가 있었다. 다른 학자들은 책을 보고 공부했지만 연민선생은 퇴계로부터 전해 내려오는 가학을 체득해서 '배경'을 설명했다. 그래서 '살아 있는 학문'이라고 말할 수 있다. 연민선생의 책에서 '배경'이 중요한 또 하나의 이유는, 40년 동안 다른 학자들보다 몇 배 많이 한문학 문헌을 읽었기 때문에 설명을 잘할 수 있었다는 점이다. 연민선생은 한문만 읽었기 때문에 많은 책을 읽었고 독서하는 속도도 훨씬 빠르고 정확했다."

그러므로 한민족의 민족성과 각 시기의 문학사조에 대한 연민선생의 심도 있는 고찰이 이 책을 읽고 배우는 이들이 깊이 생각하고 연구하는 데에 큰 도움이 될 것이다.

2.2. 다양한 원문 인용

연민선생은 『한국한문학사』를 저술하실 때 방증을 몹시 넓게 인용해서 책 내용이 매우 풍부하다. 한편으로 연민선생은 책 안에서 다양한 正史와 문학 작품을 인용할 뿐만 아니라 패관 잡담과 필기 소설도 많이 인용하였다. 반세기 전은 인터넷 검색도 편하지 않았고 『한국문집총간(韓國文集叢刊)』과 『한국역대문집총서(韓國歷代文集叢書)』도 없던 시절이었다. 연민선생의 자료 수집은 하루 이틀 사이에 이루어진 것이 아니다. 허경진 교수님께서 "연민선생은 도서관에서 필사본을 하나하나 찾아가고 도서관에 없는 자료도 널리 구하셨다. 초서로 써서 판독하기 어려운 자료도 많이 수집했다"고 하셨다. 다른 한편으로 『한국한문학사』에 있는 인용문은 대략 두 종류로 나눌 수 있다. 한 종류는 예를 든 부분(예: 某 작가의 작품 열거하기)이고 한 종류는 일반적인 문장

을 서술한 부분이다. 예를 들면 다음과 같다.[2]

　　任叔英(1576~1623)은 역시 許筠의 이른바 "後五子"의 하나인 동시에
그들의 代表的인 人物이었다. 許筠은 일찍이 任氏의 詩文에 대하여 다
음과 같이 논평하였다.[3]
　　吾謂人曰：“茂叔之四六, 過於孤雲也.”人皆怪罵之. 又語人曰：“茂
叔之文似弇州也.”人不甚訝之. 是無他, 貴遠而賤近也. 其實弇州之文
遠踵漢兩司馬, 俯視孤雲, 奚啻儀鳳於燕雀乎? 君可自信, 毋撓於人可
也.（《惺所覆瓿稿》卷二一《文部一八·與任茂叔書》）

　　연민선생은 임숙영의 시문을 직접 평가하지 않고 허균의 편지에서
임숙영을 평가한 내용을 인용하기만 했다. 사실상 임숙영의 문장이 왕
세정과 비슷하고 변려문이 최치원의 수준을 능가한다는 허균의 평가
는 연민선생의 평가이기도 하다. 인용문에서 자기의 의견을 이미 다
표현했으므로 반복해서 서술할 필요가 없었기 때문에 생략한 것이다.
그래서 한국어로 쓴 본문뿐만 아니라 한문으로 된 인용문도 같이 이해
해야 연민선생의 저작에 담긴 본의를 이해할 수 있다.

3. 번역·정리 과정에서의 중점사항

3.1. 문체의 선택

　　연민선생의 〈한국한문학사〉는 인용을 특히 중시하였다. 허권수 교
수님께서 "연민선생의 원고는 필사된 것이었기 때문에 식자공이 편집

---

2) 『한국한문학사』, 262면.
3) 번역문은 다음을 참조. 中譯本《韓國漢文學史》, 334면 : “任叔英(1576~1623)是許
　筠所謂 “後五子” 之一, 且爲其時之代表人物, 許筠曾評任氏詩文曰.”

할 때 인용문을 몰라서 오자가 많이 났다"고 하셨다. 그래서 필자는 원
문을 다시 정리한 후에 지도 교수님과 공동으로 교정하기 시작했다.
즉, 연민선생이 인용하신 책들을 최대한 많이 찾은 후, 필자가 인용한
원문을 낭독하고 지도교수님이 해당 인용문을 교정하는 방식으로 작
업을 진행하였다. 이렇게 고친 오자는 번역서에서 직접 고치고 교감기
(校勘記) 형식으로 표시하지는 않았다. 근현대 학자들이 한국어로 쓴
연구 성과를 인용한 경우에는, 번역할 때 인용된 책이 지어진 구체적
인 상황들도 고려했다. 예를 들면 김태준(金台俊)의 『조선한문학사(朝
鮮漢文學史)』를 인용한 경우, 변역과 교열 과정에서 장련괴(張璉瑰)의
한문 번역서4)를 참고했다. 이외에 한자로 표기한 한국 고전문학(예:鄕
歌)을 다시 번역할 때에는 될 수 있는 대로 옛 문체를 모방했다. 예를
들어 〈운니요(運泥謠)〉의 번역은 다음과 같다.

釋良志, 未詳祖考鄕邑, 唯現跡於善德王朝。錫杖頭掛一布帒, 錫自
飛至檀越家, 振拂而鳴。戶知之, 納齋費, 帒滿則飛還。故名其所住曰
"錫杖寺"。其神異莫測皆類此。旁通雜譽, 神妙絕比。又善筆札, 靈廟丈
六三尊天王像, 並殿塔之瓦, 天王寺塔下八部神將, 法林寺主佛三尊, 左
右金剛神等, 皆所塑也。書"靈廟", "法林"二寺額, 又嘗雕磚造一小塔,
並造三千佛, 安其塔置於寺中致敬焉。其塑靈廟之丈六也, 自入定以正
受所對爲揉式, 故傾城士女爭運泥土。風謠云：來如來如來如, 來如哀
反多羅。哀反多爭矣徒良, 功叱修叱如良來如。(《三國遺事》卷四《義解
第五·良志使錫》)

필자는 한자로 표기한 한국 고전문학에 익숙하지 않아서 지도교수
님께서 번역해 주신 초고를 바탕으로 조금 고쳐서 "來兮來兮, 于其哀

---

4) 中國社會科學文獻出版社, 1996年版.

也。于其哀兮何爲, 修功德兮速來"[5]라고 썼다. 이렇게 고친 것에 대하여 필자도 확신을 갖지 못하므로 대가(大家)들의 질정(質正)을 구한다.

3.2. 인용된 자료의 원문 열람

원서의 내용을 더 정확히 보여 주기 위해, 필자가 다시 번역할 때 연민선생께서 인용한 원전을 보기 위해 노력을 아끼지 않았다. 예를 들면 연민선생이 소설을 설명할 때 이야기의 줄거리가 특히 좋았는데 중역(重譯)된 내용을 가능한 정확히 이해하기 위해서 필자가 직접 소설 원문을 찾아서 읽어보려 했다. 예를 들어 연민선생은 〈심생전(沈生傳)〉의 주요 내용을 이렇게 개괄했다.

서울 士族의 아들 沈生이 鐘路 네거리에서 어떤 處女가 紅袱 속에 숨어 가는 것을 발견하고 그 뒤를 따라서 그 집 담장 밑에서 스무날 밤을 待機하다가 마침내 뜻을 이룩했으나, 심생의 집안에서는 이 일을 알고 심생을 北漢山의 절에서 글을 읽으라고 보냈다. 여인이 그를 연모하여 병이 깊어져 沈生에게 글을 보내 하직하고 죽었다. 심생은 이에 슬픔을 이기지 못하여 글을 버리고 武科를 보아 벼슬이 金吾郎에 이르렀으나 역시 일찍 세상을 떠났다.[6]

이 줄거리만 보면 연민선생이 개괄하려고 한 이야기의 내용을 정확히 이해하기 어려운데, 소설 원문을 읽고 나서 보면 이 줄거리가 매우 적절한 것임을 알 수 있다. 그래서 원전에 나타난 용어를 결합하여 이야기의 줄거리를 이렇게 번역하였다.

---

5) 中譯本《韓國漢文學史》, 36면.
6) 『한국한문학사』, 355면 참조.

"京華士族子沈生過鐘路路口, 適有健婢負少女蒙於紅袱者, 旋風乍起, 見得絶代顔色。沈生尾隨其後, 知得少女閨房所在, 每夕越牆伏窓下者廿日餘, 心願得遂, 女家以婿待之, 然沈家不知有此女, 疑其外宿, 命往北漢山寺做擧業。幾月餘, 女子相思成疾, 重病而逝, 臨終遺書而告沈生。沈生不禁悲傷, 投筆從武擧, 官至金吾郎, 亦早逝。"7)

또 예를 들면 이 책에는 연민선생이 번역한 원전도 있다. 이런 경우에 필자는 연민선생의 한국어 번역문을 다시 한문으로 번역하기보다 연민선생이 번역한 원문을 찾으려고 애쓰는 쪽을 택했다. 예를 들어 〈유우춘전(柳遇春傳)〉에 대해 연민선생은 이렇게 말씀했다.

그러므로 柳遇春은 "技術이 더욱 進展될수록 알아주는 자는 없다오" 하며 스스로 슬퍼하여 滑稽的인 면으로 발전되었고 人情·物態에 젖은 作者는 이 일을 目擊한 나머지에 그의 애처로운 情境을 이 한편에 유감없이 묘사하였다.8)

〈유우춘전〉을 다 읽고 연민선생이 어떤 문장을 인용하였는지 알게 된 후, 다음과 번역할 수 있었다.

"故柳遇春言'技益進而人不知', 自傷而變爲向滑稽方面發展。作者沉浸於人情物態之中, 目睹此事, 作此篇以盡寫其酸楚之情境。"9)

이밖에 연민선생이 쓰신 줄거리가 몹시 간략한 것도 있다. 예컨대 〈수성지(愁城志)〉의 경개는 이러하다.

---

7) 中譯本《韓國漢文學史》450면.
8) 『한국한문학사』374면.
9) 中譯本《韓國漢文學史》473면.

天君이 卽位한지 2年만에 主人翁이라는 老翁이 天君에게 疏를 올려서 天君이 지나치게 翰墨에만 專心함을 諫하였다. 天君은 그의 말을 잘 받아 들였으나 오히려 嘯詠에 優遊하였으므로 主人翁은 또 와서 諫하였다. 天君은 그의 말에 惻然히 느낀 바 있어서 主人翁을 半畝塘 가에 앉히고 詔文을 내렸다. 그해 8月에 天君이 無極翁으로 더불어 主一堂에 좌기하고 일을 의논하는 즈음에 哀公이란 자가 나타나서 監察官과 採廳官이 合疏를 올려 "愁"라는 것이 侵入함을 여쭈었다. 天君은 기뻐하지 않고 無極翁은 어딘지 가버렸다. 天君은 그제야 意馬를 타고 八極을 周流할 제, 主人翁의 諫함을 마나서 잠깐 지체했다. 그때 鬲縣 사람이 와서 胸海 중에 風浪이 일어남을 告했다. 천군은 곧 磊魂公 등을 派遣하여쌓고 孔方을 시켜 그의 무리 百文과 함께 穀城에 살고 있는 麴生의 아들 將軍 麴襄을 綠楊村 紅杏墻頭에서 맞아다가 雍·幷·雷 三州의 大都督과 驅愁大將軍을 除授하여 糟丘에 올라 愁城을 征服하고 그 舊址에다가 그의 湯沐邑을 設置하고 懽伯을 封하였다.

소설 원문은 다음과 같다.

天君卽位之初, 乃降衷之元年也, 曰仁, 曰義, 曰禮, 曰智, 各充其端, 率職惟勤. 曰喜, 曰怒, 曰哀, 曰樂, 咸總於中, 發皆中節, 曰視, 曰聽, 曰言, 曰動, 俱統於禮, 制以四勿. ……越二年, 有一翁, 神淸貌古, 自號主人翁, 乃上疏曰……天君將疏覽訖, 虛懷容受, 而終不能已, 意於優遊竹帛, 嘯詠今古. 主人翁又來諫曰……天君聽罷惻然, 引主人翁坐於半畝塘邊, 下詔曰:"來, 汝春官仁, 夏官禮, 秋官義, 冬官智, 暨五官七正咸聽予言. 予受天明命, 不能顧諟, 致令爾等久曠厥職, 或有不中規矩, 自以爲是, 激志高遠, 牽情浩蕩, 將有尊俎之越, 豈無佩觸之刺乎? 噫! 予一人有過, 無以汝等;汝等有過, 在予一人. 天理未泯, 不遠而復, 宜與黽勉更始, 以續初載之治, 無忝予畀負之重."僉曰:"兪."乃遂改元曰復初.
元年秋八月, 君與無極翁坐主一堂, 參究精微之餘, 忽七正中有哀公者來奏, 監察官與採廳官, 合疏曰:"伏以玉宇寥廓, 金風凄冷;凉生井

梧, 露滴叢篁。蛩吟而草衰, 雁叫而雲寒;葉落而有聲, 扇棄而無恩。華
藩岳之髮, 撩宋玉之愁。正是長安片月, 催萬戶之砧聲;玉關孤夢, 減一
圍之裳腰。潯陽楓葉荻花, 濕盡司馬之青衫;巫山蘘菊扁舟, 搔短工部之
白髮。況夜雨便入長門宮, 孤沈霜月;只爲燕子樓一人, 楚蘭香盡。青楓
瑟瑟, 湘妃淚乾;斑竹蕭蕭, 是不知愁。因物愁物, 因愁愁愁。而不知所
以愁, 又焉知所以不愁也? 且不知見而愁耶, 聽而愁耶? 實不知其故。
臣等俱忝職司, 不敢隱諱, 謹以煩瀆。"天君覽了, 便愈然不樂, 無極翁乃
不辭而去。君命駕意馬, 周流八極, 欲效周穆王故事, 被主人翁叩馬苦
諫, 而駐於半畝塘邊。

有虜縣人來報曰:"近日胸海波動, 泰, 華山移來海中, 望見山中隱隱
有人無慮千萬, 此等變怪, 甚是非常。"正嗟訝之間, 遙望數人行吟而來。
看看漸近, 只是兩箇人, 那先行的人, 顏色憔悴, 形容枯槁, 冠切雲帶,
長劍芰荷, 衣楸蘭佩, 眉攢憂國之愁, 眼滿思君之淚, 無乃痛懷王而恨上
官者耶? 尾來的人, 神凝秋水, 面如冠玉, 楚衣楚冠, 楚聲楚吟, 莫是一
生唯事楚襄王者耶? 俱來拜於君曰:"聞君高義, 特來相訪, 但天雖寬,
而君輩自不能容焉。今見君, 心地頗寬, 願借磊磈一隅, 築城爰處, 不知
君肯容接否?"君乃斂衽愀然曰:"男兒襟袍, 古今一也。吾何惜尺寸之
地, 而不爲之所乎?"遂下詔曰:"任他來投, 監察官知道;任他築城, 磊
磈公知道。"二人拜謝, 向胸海邊去了。

自是之後, 君思想二人, 不能忘懷, 長使出納官高詠《楚辭》, 更不管
攝他事。秋九月, 君親臨海上, 觀望築城, 只見萬樓寃氣, 千疊愁雲。千
古忠臣義士及無辜逢殘之人, 零零落落, 往來於其間。中有秦太子扶蘇,
曾監築長城, 故與蒙恬役硎谷坑儒四百餘人, 勿亟經始, 不日有成……碥
硠磊落, 愁恨所聚, 故名之曰愁城……於是天君自丹田渡海, 洞開四門,
御于吊古臺上。於時, 悲風颯颯, 苦月凄凄。各門之人, 含怨抱憤, 一擁
而入, 天君慘然而坐, 命管城子記其萬一……管城子聞這詩, 慨然而寫,
并將四門標榜, 陳於天君前。君纔一覽, 愁不自勝, 袖手悶默, 鬱鬱終歲。

二年春二月, 主人翁啓曰:"青陽換歲, 萬物或新, 凡在草木, 尙自忻
忻, 今君稟最靈之性, 有至大之氣, 而迫於愁城, 久不安處, 豈非可謂流

涕者乎? 但愁城植根之固, 難以卒拔。竊聞杏花村邊有一將軍, 得聖賢
之名, 兼猛烈之氣, 汪汪若千頃波, 未可量也。其漢係出穀城麴生之子,
名襄, 字太和, 深有乃父風味……願君卑辭厚幣致之座上, 尊之爵之, 則
平愁城而回淳古, 實不難也。謹以聞。"書上, 天君答曰 : "予雖否德, 只
能從諫如流, 麴將軍迎接之事, 悉委主人翁, 勉哉!"翁曰 : "孔方與彼有
素, 可以致之。"君乃招孔方曰 : "汝往哉! 善爲我辭焉, 以副如渴之望!"
孔方領命, 與其徒百文扶杖而往……卽指綠楊村裏紅杏墻頭……襄乃藏白
開靑……乃著千金裘, 騎五花馬, 起兵而來爰到雷州, 時三月十五日也。
天君乃遣毛穎往勞……　太和卽使毛穎修謝表以上……天君覽表大悅, 則
拜西州力士爲迎敵將軍, 受都督節制使。是時也日暮, 烟生風輕, 燕語
羽檄交飛, 鼓笛催興, 將軍遂登糟丘, 命朱盎候劉章曰 : "軍令至嚴, 爾
其掌之, 毋使有擊柱之驕將, 毋使有逃酒之老兵。"於是軍中肅肅, 無敢
喧嘩, 進退有序, 攻戰有法……乃泊於海口, 卽喚掌書記毛穎立成檄文曰
: "月日, 雍幷雷大都督驅愁大將軍, 移檄於愁城……"檄文到日, 早竪降
旗……將軍使佳人秦罷陣樂而班師。　天君大悅,　卽招管城子下敎曰 :
"……今乃築城於愁城, 舊址爲卿湯沐邑, 其都督三州事如故。又封於灌,
錫以三等爵爲懽伯, 賜而秬鬯一卣, 寵以前後, 鼓吹知悉。"

　연민선생이 몹시 간략하게 개괄했으므로 원전을 안 읽으면 소설의
내용을 분명히 파악하기 매우 어렵다. 그렇지만 연민 선생님의 본의는
독자들이 문학사를 통하여 더 많은 책을 보게 하려는 뜻이지 여기에
그치라는 뜻은 아니었다고 생각한다. 이에 따라 연민선생이 작성하신
원형을 유지하였고 원전을 결합하여 보완하지는 않았다.[10]

---

10) 번역문은 다음을 참조. 中譯本《韓國漢文學史》, 318면 : 天君卽位兩年, 一老翁名
　　"主人翁"者卽上疏勸靜天君不要過分專心翰墨, 天君虛懷接納, 然轉而優遊嘯詠, 故
　　主人翁又來進諫。天君听罷惻然, 引主人翁坐於半畝塘邊而下詔。同年八月, 天君與
　　無極翁坐於"主一堂", 議事之際, 有哀公者來稟, 監察官與採聽官合疏爲"愁"所侵援。
　　天君覽畢不悅, 無極翁不辭而去。天君方欲駕意周流八極, 主人翁又來進諫, 天君
　　爲之駐馬。此時, 有鬲縣人來報, 言胸海中風浪大起。天君卽遣磊魂公築"愁城", 又令

3.3. 불명확한 부분의 처리

다시 번역할 때 그다지 명료하지 않은 부분도 발견되었다. 예컨대 연민선생은 현량과(賢良科)가 "中宗 李懌(1488~1544) 28년(1533)에 설치되었다"[11]고 했다. 그렇지만 조광조(趙光祖)의 졸년이 1519년이고 金湜(1482~1520)은 1519년에 현량과에 장원 급제했다. 그런데 지도교수님께서 필자가 본 자료가 매우 적어서 중종 28년에 현량과가 없었다는 것을 실증할 수 없으며, 또 번역은 교주와 달라서 원저를 존중해야 한다고 가르쳐 주셔서, 번역서에 이 내용을 기재하지 않았다.

4. 번역 · 정리 후의 감상

이번 번역과 정리 작업을 통해 필자는 연민선생이 책에서 강조하신 점 두 가지를 실감하게 되었다. 한 가지는 "韓國의 古典文學을 통틀어 놓고 보더라도 漢字로 표기된 作品이 한글로 표기된 그것에 비하여 量的으로나 質的으로나 오히려 不及됨이 없다."[12]는 것이며, 다른 하나는 "이 한국의 '한문문학'은 중국의 그것들만을 '效嚬 · 逐臭'한 것이 아니었고 거기에는 각각 독특한 형태와 이채로운 사조가 나타나서 민족

孔方攜其徒五文找到穀城麴生之子麴襄將軍於綠楊村紅杏牆頭。乃授麴襄雍, 幷, 雷三州大都督, 驅愁大將軍, 襄遂登糟丘,克愁城。天君設湯沐邑於愁城舊址, 另封麴襄爲懽伯。

11) 『한국한문학사』, 162면.

12) 『한국한문학사 · 序』, 2면 : "이는 실로 韓國의 古典文學을 통틀어 놓고 보더라도 漢字로 표기된 作品이 한글로 표기된 그것에 비하여 量的으로나 質的으로나 오히려 不及됨이 없을 만큼 되어 있기 때문이다. 이는 물론 奇型的인 사실이긴 하지만 역시 歷史的인 實證에 비추어서 어떻게 할 수 없음도 사실이었다." 번역문은 다음을 참조. 中譯本《韓國漢文學史 · 原序》: "從韓國古典文學整體上看, 相較于韓文文學, 漢字文學作品不論是數量上還是品質上, 均無半點不及之處。此雖不合文學發展之常態, 但史實確然鑿鑿, 不容置疑。"

자주적인 '靈'과 '物'이 충분히 의존되어 있다."[13]는 것이다.

필자는 지금 교환학생 자격으로 고려대학교에서 공부하고 있다. 그런데 수업을 신청할 때 한국 문학에 비해 한문학 수업이 매우 적고, 한문학 연구에 힘을 쏟는 선생님도 많지 않은 것을 보고 놀랐다. 그리고 중국에서는 지금까지도 한국한문학이 중국 고전문학의 단순한 모방이라고 잘못 생각하고 있는 학자도 없다고 할 수 없다. 연민선생은 『한국한문학사』〈서언〉에서 한민족의 민족적 특징에 대해 서술하고, 지금 '한문학'의 정의에 따라서 향가, 이두 등 한자로 표기한 문학도 한문학의 범주에 포함시켰다. 그리고 책의 앞부분에 있는 제2장 〈북방의 반항의식(고구려)〉, 제3장 〈남방의 낭만사조[일](통삼이전의 신라)〉, 제4장 〈남방의 낭만사조[기이](백제)〉에서 특히 '고구려계의 민족'과 '신라계의 민족'과 '백제계의 민족'에 대해 썼다. 왜냐하면 한문학은 중국 고전문학과 다른 개성을 지니고 있으며, 이런 문학적인 특성을 낳은 민족의 자주성을 강조하였기 때문이다. 『한국한문학사』의 〈결어〉에서 연민선생은 "우리의 앞에는 실로 사학에 대한 과학적인 정리의 공작문제, 올바른 유산의 계승문제, 또는 전문가의 육성문제 등의 만만치 않은 과제가 남아 있다"고 하셨다. 이 과제는 지금까지도 이 학문에 진력하는 학자들 앞에 놓인 중요한 임무이다. 그러기 위해서는 한국한문학의 중요한 가치를 정확하게 깨닫고, 한국한문학이 함축하고 있는 한민족의 민족성과 개별 작자의 특성을 이해하며 특정 시기의 문

---

13)『한국한문학사·序』, 2면 : "이것이 곧 本稿를 起草한 動機였던 것이며, 그리고 이를 더듬어 내려오는 途中에 더욱이 이 韓國의 '漢文文學'은 결코 한갓 中國의 그것들만을 效嚬·逐臭한 것이 아니었고 거기에는 가다금 獨特한 形態와 異彩로운 思潮가 나타나서 民族自主的인 '靈'과 '物'이 充分히 依存되어 있음을 거듭 느끼곤 했다." 번역문은 다음을 참조. 中譯本《韓國漢文學史·原序》: 這也正是著者寫作此書之動機所在。且在索求過程中, 切忌將韓國「漢文文學」視爲中國文學的簡單翻版, 而要反復琢磨其在獨有之形態與思潮中, 充分展現出的民族自主之 "靈" 與 "物"。

학 사조와 이 사조가 어떤 사회 현실과 배경에서 나타난 것인지에 대해서도 알아야 한다. 이러한 이해를 통해서 이 학문이 발전하여 대대로 계승될 수 있으며, 또한 오랫동안 시들지 않을 수 있다.

필자는 학식이 아직 많이 부족하지만, 한국한문학과 한국어를 공부하는 과정에서 허권수 교수님과 허경진 교수님의 도움과 지지를 받아 연민선생의 『한국한문학사』의 번역 작업에 참여할 수 있었다. 그리고 두 분 교수님께서 남개대학(南開大學)에 강의하러 오셨을 때에도 많은 지도를 받을 수 있었다. 필자가 도움 받은 바가 적지 않아서 여러 가지로 감격스럽고, 또한 연민선생을 경앙(景仰)하는 감정이 가슴에 가득하다. 앞으로도 한국한문학 연구에 매진하여 반드시 배움에 성과가 있게 하여 하늘에 계신 연민선생께 위로가 되었으면 한다.

『실학연구지자(實學研究之資)』의 자료적 가치

허경진 / 연세대

『실학연구지자(實學研究之資)』는 연민 선생이 실학 연구에 필요한 자료들을 모은 10책 분량의 자료집이다. 이 자료집이 아직까지 학계에 제대로 소개되지 않았기에 우선 만들어진 과정과 그 내용을 소개하고, 그 자료적 가치와 앞으로의 활용방안에 대해 살펴보기로 한다.

1. 『실학연구지자(實學研究之資)』가 만들어진 과정

'실학연구지자(實學研究之資)'란 말뜻은 글자 그대로 '실학을 연구하기 위한 자료'이다. 책의 성격이나 집필 동기를 분명하게 밝히는 글이 서문인데, 이 자료집에는 서문이 따로 없다. 집필계획을 다 세워 놓은 뒤에 저술을 시작한 것이 아니라, 조선문학사(朝鮮文學史)를 집필하겠다고 결심한 뒤부터, 오랜 기간에 걸쳐 이에 관련되는 자료가 눈에 뜨일 때마다 베껴 써 두었기 때문이다. 그래서 자료집을 만들게 된 구체적인 동기나 그 성격이 분명하게 밝혀지지는 않았다. 그러나 연민 선생은 기회가 있을 때마다 이 자료집에 관해 언급했기 때문에, 그 과정을 간접적으로 살펴볼 수는 있다.

연민 선생은 전통적인 유학자 집안에 태어났기 때문에 어려서부터 글을 읽었다. 연민 선생은 글을 읽는 이유를 다음과 같이 설명하였다.

> 인간에 있어서 독서는 始條理인 金聲이요, 著書는 終條理인 玉振일
> 것이 아니겠는가. 나와 같이 이 세상에 태어나자 곧 外敵의 쇠사슬에
> 얽혀서 암담한 생활을 했던 불우한 학구로서는 실로 글을 읽어서 곧장
> 有用의 지위를 얻기에는 거의 절망적인 일이었던 것도 사실이다.[1]

식민지시대에 태어났기 때문에 한문을 배워도 쓸 데가 없었으니, 일
찍이 과거시험을 위한 독서가 아니라 '저서(著書)하기 위한 독서(讀書)'
로 목표를 세웠다. 어린 시절 고향 서당에서 글을 배울 때에는 한문으
로 문장을 짓기 위해 다독(多讀) · 다송(多誦) · 다작(多作)을 원칙으로
했지만, 서울로 유학오면서 글 읽는 목적과 방법이 달라졌다.

> 나는 어렸을 때부터 인간으로서 가장 고귀한 것이 著書라는 생각이
> 자꾸만 머리에 떠오르곤 하였다. 이는 내가 나의 자신을 돌보아서도 文
> 學과 宿緣이 굳게 얽혀져서 잘 가볍게 떠나지 못하게 되었음을 깨달았
> 었다.
> 그리하여 一九三九년 이후의 독서는 크게 목청을 울려서 읽는 독서
> 이기보다 著書를 하기 위해서 鈔書와 분류와 『카드』작성의 공부가 짙
> 은 讀書의 경력을 쌓기로 하였다. 文 · 史 · 哲의 수많은 著籍을 閱讀하
> 여 그 淵海같이 깊고 넓으며 叢林처럼 삼렬된 속을 스며들어 百昌을 맛
> 보고 萬彙를 뽑아내어 저술의 자료를 갖추었다.
> 어떤 논문이나 저서에도 기본적인 자료가 부족됨이 없을 만큼 되었
> 다. 때를 따라 새로 발굴된 자료만을 보충작업한다면 아니 될 것이 없
> 으리라 自負한다.[2]

---

1) 李家源, 「나의 讀書遍歷」, 『東海散藁』, 우일출판사, 1983, 245면.
2) 위의 글, 246면.

1939년부터 글 읽는 방법이 달라진 이유는 소학교나 중학교 같은 정규교육과정을 거치지 않고 명륜전문학교에 특별장학생으로 직접 입학하면서 새로운 학문세계에 눈을 떴기 때문이다. 1941년에는 서재 이름도 '희담실학지재(憙譚實學之齋)'라고 할 정도로, 실학(實學) 연구에 몰두하였다. 학자로서 망국의 설움을 씻고 힘을 기르는 방법은 실학연구밖에 없다고 생각한 것이다. 그 뒤에도 계속 한문으로 문장을 지어 독보적인 위치에 올랐지만, 조선문학사를 써야겠다는 목적에서 새로운 글쓰기 작업을 준비하기 시작했다. 그는 문학자였으므로, 실학과 조선문학사를 하나로 생각하였다. 그때부터는 목청을 크게 울려서 독서하는 것이 아니라, 저술에 이용할 자료가 눈에 뜨일 때마다 카드에 초서(鈔書)하기 위해 독서하였다. 초서(鈔書)는 전통적인 저술 방식 가운데 하나였다.

> 著書란 참 용이하지 않은 일이다. 聖神의 경지에 이른 孔子도 일찌기『述而不作』이란 말씀을 남기지 않았던가. 우리의 소위 저서란 茶山이 이른바『細瑣하고도 보잘 것 없는 學說』,『陳腐하고도 새롭지 못한 이야기』를 면치 못한 것들임을 생각할 때에 실로 우스꽝스러운 일이 아니겠는가.[3]

술이부작(述而不作)을 성현의 가르침으로 받들었던 조선시대 학자들의 저술방식에 견주어보면, 전문학교 신입생 연민 선생의 저술계획은 자신이 생각해도 보잘 것 없고 우스꽝스러웠다. 그러나 독서하는 틈틈이 저술에 필요하다고 생각되는 자료를 뽑아 카드에 베껴 썼는데, 이러한 방법은 일찍이 다산(茶山)이 두 아들에게 보낸 편지에서도 설명한 바가 있다.

---

3) 앞과 같음.

　책을 가려 뽑는[鈔書] 방법은 나의 학문에 먼저 주관이 서야 한다.
그런 뒤에라야 옳고 그름을 판단할 수 있는 저울이 마음 속에 생겨서,
여러 내용들을 어렵지 않게 취하고 버릴 수가 있다. (줄임) 언제나 책을
읽으면서 학문에 보탬이 될 만한 것이 있으면 뽑아 모으고, 그렇지 않
은 것에는 눈을 붙이지 말아야 한다. 이렇게 한다면 비록 책이 백 권이
나 있다 하더라도 열흘 공부에 지나지 않을 것이다.

　이렇게 여러 해 동안 필요한 자료를 뽑아 카드에 베껴 두었지만 진
도가 크게 나아가지 못했는데, 1956년부터 갑자기 진도가 빨라졌다.
성균관대학교 교수로 재직하며 자유당 독재를 규탄하다 김창숙 총장
과 함께 「이승만대통령 하야권고문」을 썼다는 이유로 파면당하자, 날
마다 남산 국립중앙도서관 고서실에 출근해 아침부터 저녁까지 수많
은 문집과 잡록을 뒤적이며 조선문학사 집필자료를 뽑아 베껴쓰기 시
작하였다. 당시에 파면당하면 다른 곳에 취직할 수 없었으므로, 일제
시대에 기약없이 독서하던 심정으로 다시 독서와 초서(鈔書) 작업에
들어간 것이다. 1956년 4월 18일 성균관대학교 조교수 직에서 사면한
뒤에 1958년 3월 7일 연세대학교 전임대우교수로 발령받고 이듬해인
1959년 3월 1일에 연세대학교 조교수로 발령받기까지, 3년 동안 초서
(鈔書)에 몰두하였다. 낮에는 도서관에서 카드에 쓰고, 카드가 적당히
쌓이면 밤에 명륜동 자택으로 돌아와 노트에 옮겨 썼다. 『실학연구지
자(實學硏究之資)』가 마무리되던 1960년에는 서재 이름을 '무동선관(撫
童嬋館)'이라고 했는데, 연세대학교에 부임한 뒤부터 도와준 제자의 이
름을 담은 것이다.4) 동선(童嬋)이라는 제자가 공책에 필사하는 것을
도와 주었는데, 지금도 두어 책에 동선의 글씨로 필사한 부분이 남아

---

4) 童嬋者, 淵之女弟子也. 貌如玉雪, 神如秋水, 爲余助寫實學硏究之資, 應對機警,
　筆墨姸麗, 眞天下之奇才也, 淵甚愛之.-『淵淵夜思齋文藁』, 통문관, 1967, 306면.

있다.

사륙배판 크기의 200면 조금 넘는 공책 첫 장에 목차를 쓰고, 다음 장부터 홀수는 왼쪽 어깨, 짝수는 오른쪽 어깨에 ①②③으로 면수를 썼는데, 대개 200면에서 끝냈다. 출전을 제목삼아 먼저 쓰고 한 책에서 여러 항목을 베꼈는데, 작은 제목마다 카드번호를 ①②③으로 썼다. 필사본 경우에는 그냥 옮겨 썼지만, 간본 경우에는 항목 앞, 또는 뒤에 "卷五二 雜錄 張五六"식으로 출전을 밝혔다.

같은 책이 나중에 다시 인용된 경우가 있긴 하지만, 카드에 초서(鈔書)하는 작업이 웬만큼 끝난 다음에 출전별로 분류하여 공책에 옮겨 쓰기 시작하였다. 연민 선생의 명륜동 서재에는 도서관 목록함이 몇 개 있어서 만여 장의 카드가 유형별로 들어 있었으며, 논문을 쓸 때마다 그 주제에 관련된 카드를 수십 장 꺼내어 순서별로 정리한 뒤에, 자료 앞뒤에 자신의 논지를 전개하는 방식으로 논문을 썼다.

그렇다고 해서 조선문학사, 또는 실학에 관련된 자료만 뽑아서 베껴 쓴 것은 아니다. 이따금 빈 칸에 '淵民丁巳閏二月十五日丑時生'이라는 사주(四柱)를 써놓고 풀기도 했으며, 개인적으로 만들어 사용하던 인명사전, 저서 기증자명단 등등을 써 두기도 했다. 글자 그대로 잡동산이이다. 특이한 것은 7책 200~2면에 실린 「연민호보(淵民號譜)」인데, 자신의 당호(堂號)와 자호(自號)를 포함해 150여개의 호를 기록했다. 필자는 「연민선생의 한시에 대해」라는 논문을 쓰면서 13세에 썼던 온수각(溫水閣)부터 80세에 썼던 동정용음지실(洞庭龍吟之室)까지 68개의 당호(堂號)를 소개한 적이 있는데, 이외에도 상황에 따라 수많은 호를 썼음을 알 수 있다.

2. 실학자들의 유서 집필 전통에 따른 자료의 취사 선택

연민 선생은 잡동산이라는 말을 무척 좋아하였다. 1979년에 『한국
문학연구소고(韓國文學硏究小攷)』를 간행할 때에도 책 이름을 '잡동산
이'라 할까 생각하였다. 그 머리말에서 "나에게 앞서 安鼎福은 軼聞ㆍ
奇事를 엮어 《雜同散異》라 하였"다고 전례까지 소개했지만, "너무 怪
僻할 것 같아서 이 通俗的인 것을 내세워 보았다"고 아쉬워했는데, 결
국 1987년에 간행한 문집 이름을 『잡동산이집(雜仝散異集)』이라고 하
였다. 잡다한 형식으로 썼던 글들을 모은 이 책의 서문에서 책 이름의
뜻을 이렇게 설명했다.

> 『섞으면 같고, 흩으면 다르다』는 우리말을 漢字로 바꾼다면 『襍仝散
> 異』가 된다. 이제 이 拙藁를 가론 《襍仝散異集》이라 한다. 그 내용을
> 엿보기 전에 이미 짐작할 수 있을 것이다.

연민 선생이 가장 자주 이용하던 유서(類書)는 실학자 안정복이 기
록한 53책 분량의 『잡동산이(雜同散異)』이다. 『실학연구지자(實學硏究
之資)』의 유서적 성격을 이해하기 위해, 안정복의 『잡동산이』영인본
에 실린 이이화 선생의 해제를 인용한다.

> 순암 안정복(1712~1791)이 지은 類書로 책이름이 뜻하듯이 잡다한
> 여러 가지 事項을 모은 雜記이다.
> 책이름 「雜同散異」는 한글의 「잡동사니」에서 取音하여 쓴 것으로 보
> 이는데, 이 책의 내용이 다분히 「잡동사니」와 같은 성격의 것이다.
> 五三책이라는 방대한 著述이기는 하나 未完成 또 未整理의 草稿로
> 보인다. 順菴은 많은 著述을 남겼는데, 그중에서도 東史綱目이 대표적
> 인 것으로 꼽힌다. 東史綱目은 우리 나라의 通史로 朝鮮朝 후기 史學

의 里程標가 되어 왔고 이후의 歷史學 발전에 큰 영향을 끼쳐 왔다. 東史綱目의 草稿는 一七五九年(英祖三二)에 이루어졌으며 이의 修正·補完은 一七七八年(正祖八)에 마쳤다. 무려 二十여년이 걸린 셈이다. 또 스승인 星湖 李瀷의「星湖僿說」을 스승의 부탁으로 편집·정리하였는데, 상당한 세월을 이에 쏟은 것으로 알려 졌다. 원래「星湖僿說」은 저술로서 기록된 것이 아니고 弟子들의 질문에 답한 것을 모은 단편적인 것이어서 體系가 잡혀 있지 않았다. 順菴은 이것을 번잡한 것은 削除하여 類別로 나누어 이용하기에 편리하게 하였다. 이와 같이 順菴은 자기의 著述이나 他人의 著述에도 體系를 중시하였다. 그런데도 이 책이 잡다하고 무질서하게 엮어진 것은 未完成의 것임을 알려주는 것이다. 그리고 이 책 속에 東史綱目의 序文이 수록되어 있는 것으로 보아 이 책의 著作時期는 東史綱目의 修正·補完이 끝난 뒤의 晩年, 즉 正祖年間으로 보이며「星湖僿說」과「東史綱目」에서 담지 못한 내용들을 隨錄한 것으로 짐작되는 것이다. (p.iii)

　이상에서 알아본 대로 이 책은 整理가 덜 되었으므로 저자가「星湖僿說」을 類選한 것과 같이 再編輯·分類하여 影印·刊行하는 것이 옳을 것이다. 그러나 이것은 단순한 作業이 아닌 硏究事業에 속하므로 出版社에만 미룰 수 없는 일일 것이다. 앞으로 뜻있는 學者들의 손에 의해 이 作業이 이루어졌으면 한다. (p.vi)

안정복의『잡동산이』는 체제가 갖춰지지 않아서 '잡동사니'라고 이름 붙였다. 그러나 안정복은 본디 체제가 갖춰지지 않은 학자는 아니다. 그의 스승 이익(李瀷)은 40세 전후부터 책을 읽다가 느낀 점이 있거나 흥미로운 사실이 있으면 그때그때 기록해 두었으며, 제자들의 질문에 대답한 내용도 단편적으로 모아 두었는데, 80세가 되자 집안 조카들이 정리하여 30책 3,007항목 분량의『성호사설(星湖僿說)』이라는 책을 만들었다. 그러나 이 책은 체계가 갖춰지지 않아 독자들이 찾아보기 힘들었으므로, 제자 안정복이 체계를 세우고 분류 재편집하여 독자들이 읽기 쉽고 찾기 쉽도록 10권 10책 분량의 『성호사설유선(星湖僿說類選)』을 만들었다. 안정복은 그만큼 편저(編著)에 뛰어난 학자이다. 언젠가는 자신의 유서 『잡동산이』도 체계를 세우려고 했을 것이다. 그러나 잡다한 상태로 지금까지 전해진 것을 보면 미완성의 저서이건만, 다른 유서 못지않게 널리 이용되고 있다.

그런 의미에서는 『실학연구지자(實學研究之資)』도 미완성의 저서이다. 간행되지 않고 연민 선생의 친필 상태로 전해질 뿐만 아니라, 난외(欄外)에 짧막한 제목만 붙어 있고 다른 설명은 없다. 그러나 다산(茶山)의 말을 거꾸로 인용한다면 연민 선생의 "주관이 선 뒤에 여러 책에서 가려 뽑은 것"이므로, 이제 남은 일은 안정복같은 제자가 나서서 체제를 갖춰 분류하는, 즉 유선(類選)하는 일만 남았다. 이것은 연민 선생의 몫이라기보다 그에게서 배운 제자들의 몫이라고 생각된다.

3. 『실학연구지자(實學研究之資)』의 내용과 분량

분량은 200면 공책으로 10책인데, 1면에 26자씩 17줄을 만년필로 썼다. 한 책에 88,000자이니, 모두 880,000자 분량이다.

연민 선생은 책마다 첫 장에 출전을 밝혔는데, 대략적인 내용은 별지와 같다. (별지 참조)

선생은 어린 시절에 할아버지 노산(老山) 이중인(李中寅)의 고계산방(古溪山房)에서 함께 지냈는데, 노산은 연민 선생에게 진부한 선비가되지 말라고 거듭 강조하였다. "쓸데없이 설월(雪月)이나 풍월(風月)만 읊는 문인보다는 오히려 효행이 돈독한 농사꾼이 더 나으며, 기화(琪花) 요초(瑤草)를 가꾸는 것보다 고추나 배추를 심어서 눈앞의 생리(生

利)를 얻는 것이 오히려 낫다"고 가르쳤다. 연민 선생은 이때부터 망국
의 원인을 생각하며, 가학의 연원에 따라 남인(南人) 학자들의 책을 많
이 읽었다.

『실학연구지자(實學研究之資)』제1책이 퇴계(退溪) 중심으로 시작하
여 제10권을 『정산잡저(貞山雜著)』·『혜환잡저(惠寰雜著)』·『홍재전서
(弘齋全書)』만으로 끝낸 것만 보아도, 남인 학자의 안목에서 자료를 취
사선택했음을 알 수 있다. 그러나 남인 학자의 저술만 이용한 것은 아
니어서, 책 이름 그대로 연암과 담헌을 비롯한 실학자들의 저술이 상
당히 선택되었다. 영주에 사는 서주(西洲) 김사진(金思鎭)이라는 성리
학자가 상투를 틀고도 세계정세를 파악하고 있었는데, 어린 시절의 연
민 선생에게 연암을 읽으라고 권했다. 연민 선생은 그때부터 노론 계
열의 실학자 저술까지도 읽기 시작했으며, "실학자 가운데 화(華)와 실
(實)을 겸한 학자는 연암과 다산"이라고 꼽게 되었다.

연민 선생은 성호 이익의 『성호문집』과 『성호사설』, 다산 정약용의
『여유당전서』, 담헌 홍대용의 『담헌서』, 연암 박지원의 『연암집』, 『열
하일기』 등을 주로 읽었다. 당시 유림들은 아직도 중국의 사서 삼경만
을 읽던 시대였는데, 연민 선생은 안동 서당에 들어앉아 우리나라 실
학자들의 저서를 읽던 것이다. 현대 학자들이 집필한 대부분의 문학
사는 문학작품 위주로 저술되지만, 연민 선생은 제자들에게 늘 "13경
을 바탕으로 문학공부를 하라"고 권면하였다. 그러한 기준으로 초서
(鈔書)한 결과물이 바로 『실학연구지자(實學研究之資)』10책이며, 이를
바탕으로 하여 새로운 연구성과를 반영한 선생의 마지막 저술이 바로
77세부터 2년 7개월 동안 병마와 싸워가며 집필한 『조선문학사』 3책
이다.

4.『실학연구지자(實學硏究之資)』를 연구자료로 이용한 예

연세대학교 중앙도서관 귀중본실에 소장된 홍길주(洪吉周, 1786~1841)
의 저서는『현수갑고(峴首甲藁)』8권 4책,『표롱을첨(縹礱乙幟)』16권
7책,『항해병함(沆瀣丙函)』10권 7책의 3부작으로 이루어져 있는데, 홍길
주 문장의 중요성을 인식하면서도 논문이나 저서에서 제대로 인용되지
않았다. 귀중본실에 소장되어 있기 때문에, 접근하기가 힘들었던 것이
다. 이 자료들은 최근에야 허경진의 해제 3편과[5] 박무영 등의 번역으로[6]
출판되어 널리 알려졌다. 그러나 연민 선생은 이보다 30년 전에 이미
이 저서들을 학회지에 논문으로 일부 소개되어 그 중요성이 알렸는데,
그 출전이 바로『실학연구지자(實學硏究之資)』이다.

> 《沆瀣丙函》은 아직 藁本으로, 刊行되지 않은 著籍이다. 필자가 일찌
> 기 燕巖의 文學을 硏究하는 도중에 발굴한 것으로서《實學硏究之資》
> 第四冊에 收錄된 것이다. 한 사람의 기록 중에서 특히 어떤 한 사람의
> 것을 흥미롭게 다루었다는 것은 실로 그의 思想, 또는 여러 가지에 깊
> 이 알지 못하고는 잘 되기엔 어려울 것이다. 이는 비록 짧고도 散漫된
> 기록이었으나, 이에서 燕巖의 一面을 잘 엿볼 수 있으므로 鄭重히 소개
> 하는 바이다.[7]

선생은『도서』제8호에 완당(阮堂)의 명호(名號)와 영인(鈐印) 및 관
지(款識) 220과(顆)를 소개했는데, 그 출전을 또한『실학연구지자(實學
硏究之資)』로 밝혔다.

---

5) 연세대학교 국학연구원 편,『고서해제』Ⅱ, 평민사, 2004.
6)『현수갑고』상, 하,『표롱을첨』상, 중, 하,『항해병함』상, 하, 태학사, 2006.
7) 李家源,「〈睡餘瀾筆〉중에 介紹된 燕巖」,『韓國漢文學硏究』제1집, 1979, 94면.

위에서 列擧한 阮堂의 名號 鈐印 및 款識 二百二十顆는 내 일찌기
無號 李漢福氏가 蒐錄한 九十五顆를 權輿로 삼고는, 또 옛 國學研究會
同人 石艸 申應植, 民樹 李爽求 諸兄이 언급한 몇 顆와, 茶初酒半에
문득 阮藝에 神醉한 당세 譚藝家들의 정중한 紹介와, 古肆陳舖·荒林
破塚의 殘楮와 片拓에서 스스로 過眼한 것들을 끼침이 없이 접책에 적
었던 것을 恣意로 列書하여 「實學研究之資」第六冊에 실은 것이 바로
지난 丁酉年 首夏였다.8)

이 글에서 220과를 차례로 수집해 기록한 정유년은 1957년이니, 선
생이 성균관대학교에서 파면되어 국립중앙도서관에 날마다 다니며 귀
중한 기록들을 뽑아 기록하던 바로 그 시기이다. 지금까지 완당의 인
보는 180개를 소개한 것이 가장 많았지만,9) 연민 선생은 자신이 완당
의 도장을 수십 개 가지고 있었으므로 220과를 확실하게 소개할 수 있
었던 것이다.

새로운 논문이나 저서를 발표할 때에도 물론 『실학연구지자(實學研
究之資)』가 가장 중요한 출전이었는데, 1981년 『여한전기(麗韓傳奇)』를
간행할 때에 실린 머리말에 그 예가 나타난다.

痴淵이 우리나라 漢文小說의 연구에 관심을 지닌지가 어언 半世紀
의 광음이 흘렀다. 그 사이에 발굴 내지 수집한 작품이 《實學研究之資》
를 비롯한 雜散된 藁本 속에 실려 있는 것을 뽑아서 第一次로 公開하였
으니, 이것이 곧 一九六一年 民衆書館에서 발간된 《李朝漢文小說選》
이다.

---

8) 李家源, 「阮堂金正喜名號鈐印及款識攷」, 『圖書』 제8호, 을유문화사, 1965, 38면.
9) 박혜백의 『완당인보』에 실려 있는 완당의 도인은 무려 180개나 된다. 이는 오세창이
『근역인수(槿域印藪)』를 편집하면서 완당의 도장으로 수록한 것이 70개에 불과하다
는 사실에 비추어 볼 때 얼마나 많은 양인가를 알 수 있다. ─유홍준, 『완당평전』2,
학고재, 2002, 445면.

이렇게『실학연구지자(實學研究之資)』를 바탕으로 간행된 주석서『이
조한문소설선(李朝漢文小說選)』은 20여년 동안 20여판이나 재판을 찍어
학계에 이바지했다.

이《李朝漢文小說選》에 수록된 작품은 元昊의 〈夢遊錄〉으로부터
卞榮晩의 〈施賽傳〉에 이르기까지 모두 六二편에 譯과, 注와, 解題와,
作者와, 原典의 五者가 갖추어졌고, 또 總解說이 붙여졌으므로 크게
讀者의 환영을 받은지 역시 二○년의 광음이 흐름에 따라 印版의 頻度
도 二○餘에 이르렀다.

5.『실학연구지자(實學研究之資)』 연구의 필요성

연민 선생은 안정복의『잡동산이』를 연구자료로 자주 이용하였는
데, 다음과 같은 실례를 들어 자료 정리의 중요성을 강조하였다.

> 金台俊은 일찍이 安鼎福의《雜同散異》를 이끌어서 다음과 같이 말
> 하였다.
> "《雜同散異》에는 '許筠이 南原 黃燦奉의 집에서《喬山小說》을 지었
> 다'고 하였으나 인제는 散軼하여 볼 수가 없다."-《朝鮮小說史》〈第三章
> 《洪吉童傳》과 許筠의 藝術〉
> 이제 이르러서는 비단《喬山小說》이 散軼되어 볼 수 없을 뿐아니라
> 《雜同散異》마저 散軼되어《喬山小說》에 관한 原典을 상고할 수 없게
> 되었다.10)

---

10)『朝鮮文學史』中冊, 태학사, 1997, 753~4면.

　허균이『홍길동전』외에도『교산소설』을 썼다는 기록은『잡동산이』
에만 실렸는데, 이제는 교산소설은 물론 잡동산이마저 잃어버려 원전
을 상고할 수 없게 되었다고 했다.『잡동산이』는 아세아문화사에서 '조
선총독부취조국(朝鮮總督府取調局)' 판심(版心) 용지의 등사본을 대본
으로 해서 1981년에 4책 분량의 영인본을 냈는데, 이 영인본에는『교
산소설』에 관한 기록이 없다.『잡동산이』라는 이름의 책이 여러 본 전
하는데, 어느 것이 정본인지 확실치 않다. 서울대학교도서관에 반초서
체(半草書體)로 쓴 42책 분량의 고서에 '안정복인(安鼎福印)'이라는 도
서가 찍혀 있어 저자의 수택본이라 생각되는데, '조선총독부취조국(朝
鮮總督府取調局)' 판심(版心) 용지(用紙)의 등사본이 이와 같은 내용이
라 여겨져 영인 대본으로 삼았다고 한다.11) 반초서보다는 행서로 필사
한 책이 읽기 편하기 때문이다. 영인되지 않은 어느 이본엔가 김태준
이 인용한『교산소설』이야기가 실렸을 가능성이 있지만, 1차자료를
중시하던 연민 선생 자신도 그 기록을 찾지 못해 김태준의 기록을 인용
할 수 밖에 없었다. 앞으로는『교산소설』에 관해 언급하는 학자들이
원전도 보지 못하고 논문을 쓰거나,『실학연구지자(實學研究之資)』를
인용하는 수밖에 없게 되었다.

　연민 선생은『조선문학사』상책 492~4면에「만분가」라는 제목으로
조위(曹偉 1454~1503)가 지은 가사의 원문을 소개하고 "《雜同散異》〈제
사십사책〉"이라고 출전을 밝힌 다음 원본 도판을 싣고 "안정복수적만
분가(安鼎福手蹟萬憤歌)"라고 설명까지 덧붙였다. 이 작품은 우리 문학
사에서 가장 초기에 지어진 가사이다. 그러나 현재 이 도판의 출전을
찾지 못해, 2차 자료인『실학연구지자(實學研究之資)』가 원전이 되고
말았다.

---

11) 이이화 해제, p. vi

　우리나라 한문학의 대표작 가운데 하나가 『열하일기』이다. 중고등
학교 국어시간에 배우기 때문에, 온 국민이 알게 되었다. 그러나 『열
하일기』는 정본이 아직 확정되지 않았다. 금서(禁書)로 거론되어 박지
원 생전에는 물론, 사후에도 출판될 수 없었기 때문이다. 일제시대에
친일파 거두였던 박영철이 자신의 업적으로 내세우기 위해 활자본으
로 간행했지만, 빠지거나 틀린 부분이 너무 많아서 연구자료로는 적절
치 않다. 국내에서 한글로 완역된 책도 연민 선생이 40년 전에 한 것
뿐이다. 연민 선생이 나름대로의 정본 작업을 최초로 시도하면서 번역
하였다. 그러한 작업이 가능했던 것은 박지원의 현손 박영범(朴泳範)
이 집안에 전해지던 『열하일기』 필사본과 관련 자료들을 연민 선생에
게 기증했고, 연민 선생이 그 전부터 여러 도서관에 소장된 열하일기
를 대조 분석해왔기 때문이다.

　　몇 해 동안이나 고생 끝에 여러 차례 원고를 수정해 가며 一九六二년
　《燕巖小說硏究》를 발표, 박사학위를 받았었다.
　　몇 해가 지난 후 朴老丈이 나의 書齋를 찾아 왔다. 그간 보관해 왔던
　많은 책들이 난리 중에 흩어진 것도 있고 또 계속 보관하기가 어려우
　니, 燕巖 할아버지를 연구하는 학자며, 전문가인 내가 맡는 것이 좋지
　않겠느냐는 것이었다.
　　이러한 기회가 다시는 없을 것이라는 생각에 무리를 하면서 인수하
　게 됐는데, 《燕巖集》이나 《熱河日記》에도 게재되지 않은 것들이 많이
　있었다. 그때 기증받은 것들이 燕巖書 藁本과 逸書·逸文 및 未刊된 부
　록 등이었다.
　　燕巖은 웅대하고 거침이 없는 그의 문장력으로 中國에까지 이름을
　떨치기도 했었다. 이들 중 〈楊梅詩話〉는 연암의 手寫本으로 그가 북경
　의 楊梅書街에서 兪世琦·高棫生·初彭齡·凌野·王晟·馮乘健 등 중
　국의 학자와 문답한 漢詩話의 초본이다.

燕巖은 自序에『그 談艸가 당시에 이미 많이 흩어졌으므로 급기야 돌아온 날에 행장을 점검하니, 一〇에서 겨우 三·四가 남았을 뿐이다.』라고 말하고 있는 未完成書다.

표제의 大題에는 〈孔雀館集〉으로 되어 있고 小題는 《熱河日記》라 했으나, 다시 小題는 〈楊梅詩話〉라고 기록돼 있는데, 이는 현행 《燕巖集》이나 《熱河日記》諸本 중에 모두 書目만이 남아 있는 책이다. 『元本中落漏膽入次』라는 기록을 보아서 후에 끼워 넣으려 했으나 끝내 누락된 것 같다.

三韓의 글들을 모아 적은 《三韓叢書》는 〈古文尙書〉로부터 李懷玉에 이르기까지 一백 四八종으로 돼 있다. 《千字文》순으로 기록, 상당히 방대하리라고 짐작돼지만, 지금은 〈耽羅見聞錄〉과 〈紀年兒覽〉·〈北學議〉와 〈熱河避暑錄〉 등 四권만이 남아 있고, 그 내용이 叢書인 만큼 한 사람이 지은 것은 아니다.

〈熱河避暑錄〉에는 燕巖의 손자 朴珪壽가 표제에 『避暑錄手稿半卷』이라 기록했는데, 그것은 《熱河日記》에 실려 있는 〈熱河避暑錄〉과는 다른 것이기도 하다.

그 밖에 燕巖선생의 수필본으로 〈沔陽雜錄〉이 있는데, 이는 그가 면천군수로 가 있을 때에 쓴 것으로 신변의 잡사·고사 등으로서 군수로서 백성을 다스리는 일을 손에 닿는대로 기록한 것이다. 모두 八권으로 돼있는데, 현재는 一권과 五권이 손실되고 六권이 남았으며, 더러는 남에게 대필시킨 것으로 보인다.[12]

연민 선생이 소장했던 박지원의 저술들이 단국대학교에 기증된 뒤에 아직 공개되지 않아, 전공하는 학자들도 열람할 수가 없다. 대부분의 학사들은 2차 사료를 보고 연구해왔다. 시금으로선 여러 종류의 『열하일기』 필사본에서 중요한 부분들을 뽑아 기록한 『실학연구지자(實學硏究之資)』를 참조할 수 밖에 없다. 단국대학교에 기증한 책들이 나중

---

12) 李家源, 「燕巖 朴趾源의 藁本과 逸書」, 『東海散藁』, 우일출판사, 1983, 338-340면.

에 공개되더라도, 박지원이 기록한 자료들은 체제가 없이 잡다하게 쓴 것들이라 줄거리를 잡기가 힘들다. 그때에도 『실학연구지자(實學硏究 之資)』는 여전히 중요한 자료가 될 것이다.

선생이 우리나라 시화를 정리한 『옥류산장시화(玉溜山莊詩話)』도 특별한 체제가 없었다. 1972년 을유문화사에서 118면 분량의 활자본으로 간행했지만, 787관(款)의 방대한 시화가 '序·Ⅰ.緖言·Ⅱ.本論〈其一〉·Ⅲ.本論〈其二〉·Ⅳ.結語·跋'이라는 형태로 지극히 단순하게 분류되어 있었을 뿐이다. 허경진은 이 한문 저술을 한글로 번역하면서 시기별로 나누고 작가별로 작은 제목을 붙여 출판했는데, 연민 선생은 그 머리말에서 이 번역서를 소개하며 다음과 같이 평가하였다.

> 더우기 두께가 적지도 않은 一,二一五페이지에 달하는 방대한 분량을 조금도 빠뜨림이 없이 一七四제(題)·七八七관(款)으로 나누어 정리한 그 업적은 실로 대규모(大規模)에 세심법(細心法)을 구사한 노작(勞作)이 아닐 수 없으리라.[13]

『실학연구지자(實學硏究之資)』 역시 체제가 갖춰지지 않은 채로 남아 있는 고본(藁本)이지만, 앞으로 유형별로 분류하고 크고 작은 제목으로 나누어 체제를 갖추면 많은 학자들에게 연구자료로 널리 사용되리라 생각된다.

6. 맺음말

선생은 고희(古稀)를 맞던 1986년에 이미 평생의 연구업적과 한시문

---

13) 李家源 著·許敬震 譯, 『玉溜山莊詩話』, 연세대학교출판부, 1980, p. i.

(漢詩文) 및 번역작품을 22권 분량의 전집과 색인 1권으로 정리하여 정음사에서 출판하고, 국내외 제자와 학자 및 연구기관에 무상으로 나눠 주었다. 그 이후에도 제23권 『잡동산이집(雜仝散異集)』(단국대학교출판부, 1987), 제24집 『퇴계시 역주(退溪詩譯注)』(정음사, 1987), 제25집 『퇴계학급기계보적연구(退溪學及其系譜的硏究)』(퇴계학연구원, 1989), 제26집 『벽매만고(碧梅漫藁)』(태학사, 1991), 제27집 『유연당집(游燕堂集)』(단국대학교출판부, 1990), 제28집 『삼국유사 신역(三國遺事新譯)』(태학사, 1991), 제29~30집 『퇴계전서(退溪全書)』1~2(퇴계학연구원, 1991), 제31집 『병화집(瓶花集)』(태학사, 1994), 제32집 『조선문학사 상』(태학사, 1995), 제33집 『조선문학사 중』(태학사, 1997), 제34집 『조선문학사 하』(태학사, 1997), 제35집 『만화제소집(萬花齊笑集)』(단국대학교출판부, 1998), 제36집 『유교반도허균(儒敎叛徒許筠)』(허경진 역, 연세대학교출판부, 2000) 등의 저작들이 전집으로 순서를 매김하며 간행되었다.

세상을 떠나던 해에 간행된 『유교반도허균(儒敎叛徒許筠)』까지 36책이 모두 정리되었는데, 아직까지 간행하지 못하고 친필 초고 상태로 남아 있는 저술은 『실학연구지자(實學硏究之資)』 10책뿐이다. 선생은 수많은 저술 가운데 이 책을 가장 아껴서, 77세가 되기까지는 아무에게도 내주지 않았다. 병마에 시달리며 더 이상 다른 저술이나 논문을 쓰지 못하게 되자, 필생의 과업이었던 조선문학사를 집필하기 위해 옆에서 도와주던 6명의 제자(정현기·허경진·윤덕진·전수연·민긍기·유재일)에게 복사하여 나눠 주고, 10책 분량의 원본은 2000년에 단국대학교에 기증하였다.

연민 선생의 다른 저술이 모두 출간 정리되었으니, 이제는 이 책을 영인하여 학계에 널리 소개할 때가 되었다. 『연민학지』 제11집(2004년)에 제1책이, 『연민학지』 제12집(2005년)에 제2책이 영인되어 단편적으로 소개되었지만, 앞으로는 이 책을 유선(類選)하여 후학들에게 연구자료로 제공할 필요가 있다. 『성호사설(星湖僿說)』을 『성호사설유선(星湖僿說類選)』으로 만든 방법이 그 좋은 선례이다. 이 책이 번역 출판되면, 이 책을 자료로 하여 후학들의 수많은 연구업적이 나오리라고 생각된다. 이것이 바로 선생이 생전에 22권의 전집을 학계에 무상으로 나눠 주고, 그 이후에도 14권의 저술을 전집으로 편찬한 뜻에 부응하는 길이다.

4부

연민선생의 번역과 주석

그 특징과 의의 및 학문의 전승

연민 이가원의 『퇴계시역주(退溪詩譯註)』 번역에 나타난 미의식

신두환 / 안동대

1. 문제의 제기

한시에 대한 시답잖은 논문 백편보다 잘된 번역 한 편이 훨씬 더 사람을 감동하게 한다. 연민 이가원 선생의 『퇴계시역주(退溪詩譯註)』는 사람을 감동하게 한다.

황화문명의 문자를 가지고 성장한 문화의 발상지를 제외하고, 한자 문화권에 속하는 동아시아의 다른 모든 민족문학은 어떤 식으로든 이들과 교섭을 하면서 자국문학으로 발전하게 된다. 우리나라도 동아시아 한자 문화권 속에서 중국의 문화를 다양한 방법으로 교섭하면서 우리민족문학으로 성장을 꾀하게 되었다. 이 가운데 번역의 문제가 들어 있다.

모국의 언어를 따로 가지고 있으면서 한문을 모국의 문자로 차용했던 우리나라 같은 경우는 늘 번역이 대두되고 있었고, 더군다나 우리의 고유 문자인 훈민정음과 한글이 전격으로 쓰이기 시작하면서 번역의 문제는 훨씬 더 필수불가결한 문제로 대두되어 왔다.

한자로 자기의 사상과 감정을 표현하던 시대와 한글이 전용화 되어 사용되는 시대의 문화차이에서도 번역의 문제는 강하게 대두된다. 한 문으로 창작된 과거의 문학들은 현대어로 번역되어야만 오늘날에 소통될 수 있다는 것은 누구나 인식하는 문제이다.

한문에 대한 번역은 우리 민족문학사에 지대한 공헌을 해오고 있다. 그러나 우리 문학사에서 번역의 문제는 간과되고 있는 감이 있다. 영어, 불어, 독어 등으로 된 시나 소설을 번역한 것은 문학 작품으로 인정하면서도 그 보다 훨씬 더 힘든 한문의 번역은 왜 인정하려 하지 않는가? 거기에는 다양한 문제가 있을 수 있다.

첫째, 우리나라는 오래전부터 한문이 문학의 주된 언어로 사용되어 왔고, 국한문 혼용 시대를 거치면서 누구나 자전만 가지면 할 수 있다는 가능성을 가지고 있었다.

둘째, 번역 작가 같은 전문가에 의해서 번역이 이루어지지 않고 비전문가들에 의해 무분별하게 번역이 이루어지고 있는 점이다.

셋째, 한문 세대와 국한문 혼용 세대와 한글세대가 공존해 오면서 서로의 차이를 심하게 느끼지 않았기 때문이다. 그 차이가 벌어지는 시기도 불과 몇 십 년이 되지 않기 때문에 별로 그렇게 중요성을 못 느끼고 있기 때문이다.

넷째, 한문 해독이 가능한 한문 대가들을 손쉽게 활용 할 수 있어서 한문 번역을 별로 중요하게 생각하지 않았기 때문이다. 그러나 해가 갈수록 문자의 차이에서 오는 문화지체 현상은 커지고 한문 전문가들이 점점 사라지면서 소통이 단절되자 번역의 중요성은 점점 커지게 되었다.

이제는 이 문자 혼란기인 과도기에서 우리 민족문화를 단절 시키지 않고 지속시키기 위하여 노력해온 한학자들의 공로를 생각해야 한다.

한문 번역의 공은 그 업적을 인정해야 된다. 그리고 번역도 전문가에 의해서 이루어져야 한다. 그렇다면 번역 전문가의 조건은 무엇인가? 우선 한문에 대한 폭넓은 지식을 갖추고 있어야 한다. 거기에다가 시나 문학을 충분히 감상하고 이해 할 수 있는 문학적 감수성과 작가적인 안목을 지니고 있어야 한다. 거기에다가 우리말을 아름답게 구사할 수 있는 문장력을 소유한 사람이어야 한다. 특히 한문을 직접 지어보고 한시도 직접 지어본 한문 전문작가라야 작가적 안목을 가지고 번역을 제대로 할 수 있다. 이런 자질을 갖춘 전문번역작가에 의해서 번역이 이루어져야 한다.

지금 한시번역에 종사하는 사람들은 그 자질을 한 번 점검해 보아야 한다. 그 문학작품의 성격이나 내용도 모른 체, 기존의 주석서 활용이나, 한자의 사전적 활용, 인터넷을 활용하여 남의 번역을 훔치고 흉내내면서 축자역에만 의존하면서도 번역자인 척하며 천편일률적으로 번역하고 있다.

한문 원문의 감동을 그대로 옮겨 올 수 있는 번역이 아니라면 작품을 버려놓는 것이 되고, 이것이 오역이 되고 오역은 오역을 낳고 결국 언어의 한계는 자전의 대표 뜻에 국한되는 번역이 되어 한문의 원래 작품에 들어 있는 감동은커녕 작품을 형편없이 버려놓게 된다. 한문은 자신이 없으면 번역하면 안 된다.

번역문학의 작품에 대한 위상이 제고되어야 한다. 지금 이 순간에도 어디에선가 번역되고, 읽혀지고 있는 한시 전반에 걸쳐 번역은 작가적인 안목을 고려하여 작품 자체의 올바른 번역에 힘을 기울여야 한다. 밀레의 이삭 줍는 여인의 그림이 마음에 안 든다고 일으켜 세우는 오류는 범하지 말아야 한다. 이에 한시번역의 문예미적인 고찰과 번역에 대한 연구 가치가 제기된다.

이러한 한문 번역 상황을 충분히 고려하면서 해결하려는 각고한 노력 끝에 드디어 퇴계의 한시를 번역한 『퇴계시역주』가 연민 이가원 (1917~2000)에 의하여 1987년에 간행되었다.

퇴계의 한시는 전고가 많아 훌륭한 한학자가 아니라면 해득하기가 쉽지 않았다. "퇴계시의 국역은 누구나 불가능한 일"이라 하여 번역하기를 꺼려하고 어렵게 여겨온 터였다. 연민은 "시경과 두시도 언해가 있는 데 유독 퇴계의 한시 국역만이 절대 불가능한 일이라는 의견은 있을 수 없다고 판단하고 번역은 반드시 이루어 질 수 있다고 확신했다.

연민은 "조선의 선비로서 한시를 읊었을 때엔 반드시 조선 사람으로서 조선시를 썼던 것이오, 결코 중국시를 쓸려는 의도는 없었을 것이다 그러나 반 천년의 성상이 흐른 오늘에 이르러서는 광막하고도 오묘한 한문자는 가장 읽기 어려운 문자로 되었다."라고 하면서 번역의 필요성을 제시하였다.[1]

비록 한문으로 쓰이긴 하였지만 조선 사람이 쓴 조선시를 번역할 수 없다는 것은 우리나라 한학자로서 무책임한 일이다. 더군다나 淵民에게 있어서 퇴계는 조상이다. 명색이 당대 한문의 대가로 칭송 받으면서 자기 조상의 시를 번역하지 못한다는 것은 연민에게는 자존심 상하는 일이었다. 이것은 나아가서 민족자존심과도 관련되는 문제였다.

연민은 자기의 조상인 퇴계의 한시에 대한 번역을 자기 손으로 이루려는 뜻을 오래전부터 가지고 있었다. 연민은 69년도부터 퇴계시의 번역을 시작하였다.

퇴계의 한시는 약 2200여 수가 있다. 퇴계의 문집에 실려 있는 한시는 실로 방대하여 내집 5권, 외집 1권, 별집 1권, 속집 2권으로 되어 있다. 연민은 먼저 내집 5권을 번역하여 책으로 묶으려 하였다. 70년에 이르러 4권이 거의 끝날 무렵 종중의 어른들이 원고를 서로 나누어 검토한 후에 출판에 부치는 것이 좋을 것이라고 하여 돌려 보다가 원

---

1) 이가원, 『退溪詩譯註』, 정음사, 1987. 1~3면.

고를 잃어버리는 일이 발생하였다. 이 일로 충격을 받고 작업을 포기하고 있다가 다시 연민의 나이 칠십에 내집 5권의 역주를 끝내게 된다. 총 1089마리(수)나 되는 한시를 공들여 번역한 역작이었다.[2)]

한 한시 작가의 작품을 번역함에 있어서 그 작가에 대한 충분한 이해 없이 번역을 한다는 것은 있을 수 없는 일이다. 퇴계의 한시를 번역함에 있어서 퇴계의 전 생애와 시대적인 배경을 모르고 번역 할 수 있겠는가? 퇴계시를 역주함에 있어서 단도직입적으로 말해서 누가 제일 잘 할 수 있겠는가? 이 물음을 던지면서 연민 이가원 선생을 생각한다.

퇴계시의 역주자로서 연민만큼 적당한 사람이 있었겠는가? 연민은 퇴계선생의 14대 후손으로서 퇴계의 고향에서 태어나서 퇴계선생의 유풍을 늘 듣고 자라났으며, 그 영향으로 늘 조상인 퇴계선생을 그리면서 한학에 몰두한 학자이다. 더군다나 그 일가들이 모여 사는 동네의 어른들과 퇴계의 구거지이기도 하였던 안동, 그 주변에서 성장하면서 그 보고 들은 것이 얼마이며, 퇴계의 시 속에 나오는 그 산천을 바라보고 퇴계의 글을 직접 보면서 깨우친 것이 또 얼마이겠는가? 더군다나 거기에서 퇴계를 계승하여 한문을 공부하겠다는 것을 마음에 품고 부지런히 한문을 연마한 사람에게 있어서랴!

거기에다가 타고난 문예적인 재주까지! 연민은 퇴계시를 번역할 만한 실력자로서 타의 추종을 불허한다. 그러나 주자학을 계승하여 해동의 주자로 불리는 그 깊고 오묘한 성리학자의 글을 어떻게 우리말로 쉽게 번역할 것인가? 연민은 퇴계의 시뿐만이 아니라 퇴계의 생애와 사상, 학문, 정치, 교육, 문학 등 퇴계의 전반에 대해 깊은 연구와 성찰이 있는 전문가이다. 그가 퇴계의 시를 번역하고 주석을 가하여 세상에 내어 놓은 『퇴계시역주』라는 저서는 단연 주목을 받을 만하다. 우리 국

---

2) 이가원, 『退溪詩譯註』, 정음사, 1987. 1~3면.

문학 사상 퇴계가 차지하는 위상을 생각 한다면 이것은 우리문학사에 크게 공헌하는 것이 된다.

이에 본고에서는 연민 이가원의 『퇴계시역주』를 고찰하고 분석하여, 그 번역의 위상을 제고하고 그의 번역에 나타난 미의식을 고구하여 문학적 가치를 부여하고자 한다.

2. 연민 이가원의 생애와 번역문학적 기반

이가원(李家源, 1917~2000) 선생의 자는 철연(哲淵)이고, 아호는 연민(淵民, 淵翁), 본관은 진보(眞寶)이다. 그는 1917년 4월 6일 경상북도 안동군 도산면 온혜리 353번지에서 퇴계 이황의 14세손으로, 엄격한 유교 집안에서 태어났다. 그는 6세에 한학을 배우기 시작하였고, 10세 때부터 한시를 짓기 시작하였으며, 13세 때부터는 한해에 한 고(藁)씩 시집을 만들어낼 정도의 분량이나 되는 많은 한시를 지었으며, 23세까지 한학만을 배웠다. 그 이후부터 해마다 한권의 시고를 낼 정도로 평생 동안 그렇게 한시를 지어왔다. 선생의 생애 중 이 시기는 그야말로 퇴계의 뒤를 이을 각오로 한문학습에 몰두할 때였다.

이 시기는 일제 강압기로 우리 민족의 격동기였다. 이때 배운 한학은 뒤에 고전문학을 연구하는 데 가장 큰 밑거름이 되었다. 23세 때인 1939년에 서울로 올라와 명륜전문학교(明倫專門學校)에 입학하여 한문을 수학하였고, 그 후 한국학의 발전을 위해 한문학·중문학·동양철학 분야의 수많은 고전을 알기 쉽게 번역했다. 이 시기는 일제가 우리 어문을 강력하게 탄압할 때이며 이른바 창씨개명을 요구할 때였다.

그는 명륜전문학원 재학시절부터 '사서연구회'를 만들어 〈삼국유사 新譯〉(1946)을 펴냈다. 1952년 성균관대학교 국문과를 졸업한 뒤,

1954년 동 대학 문리대 조교수와 중문학과 학과장이 되었으나 1956년 총장이었던 김창숙과 함께 이승만 정권에 항거하여 파면 당했다. 그 뒤 날마다 국립도서관에 나가 실학에 관한 자료를 찾아 자료집 〈실학 연구지자〉를 만들었다. 56년 동대학원 문학 석사. 57년 성균관 전학 (典學). 58년 중화민국 아주시단(亞洲詩壇) 지도교원(指導委員). 59년 연세대학교 문과대학 조교수, 문교부 국어심의회 위원. 60년 한국교수 협회 간사. 61년 문교부 도서번역심의회 위원, 교육과정심의 위원. 62 년 국어국문학회 이사. 63년 학교법인 성균관대학 이사. 64년 연세대 학교 문과대학 교수. 1966년 성균관대학교 이사를 지냈고, 같은 해 성 균관대학교에서 〈연암소설 연구〉로 박사학위를 받았다.

그 이후 문교부교수자격인정심사위원, 69년 중화민국 중화학술원 (中華學術院) 철사(哲士), 한국어문교육연구회(韓國語文敎育硏究會) 이 사(理事), 70년 성균관유도회총본부(成均館儒道會總本部) 위원장(委員 長), 71년 심곡서원(深谷書院) 원장, 죽수서원(竹樹書院) 원장, 국립중 앙도서관 고서위원회 위원, 75년 한국한문학연구회(韓國漢文學硏究會) 회장, 76년 도남학회(陶南學會) 이사장, 77년 국역심산유고간행위원회 (國譯心山遺稿刊行委員會) 위원장, 제1회 서전(書典)(東山房), 연세대학 교 인문과학연구소 소장, 사단법인 세종대왕 기념 사업회 편찬위원, 한국 정신문화 연구원 준비 위원회 위원, 78년 단국대학교 한한(漢韓) 대사전편찬 고문위원, 사단법인퇴계학연구원 이사, 재경진성이씨화수 회(在京眞城李氏花樹會) 회장, 80년 국립지리원(國立地理院) 지지편찬 위원(地志編纂委員), 제2회 서전(부산국제서랑), 한중화서합작전(韓中畵 書合作展, 롯데호텔). 81년 도산서원(陶山書院) 원장, 제3회 한국 현대 미술 대상전 서예심사위원, 고산 윤선도 기념 사업회 부회장, 대포서 원(大浦書院) 명예원장(名譽院長), 한국한문학교육연구회(韓國漢文學敎 育硏究會) 회장. 82년 연세대학교 문과대학 정년퇴임, 국민훈장동백장

(國民勳章冬栢章), 제2회 대한민국미술대전 심사위원, 평화통일정책자문위원회 위원, 등 민족 문화와 관련된 여러 직책을 거쳤다. 그리고 85년 제3회 서예전(아랍회관)을 할 정도로 서예에도 심취하고 있었다.

1983년 단국대학교 대학원 초대 교수가 되었고, 이후 석좌교수를 지냈다. 1986년 그동안 애써 모은 박지원의 『열하일기』 원본, 정선의 산수화 등 3만여 점의 골동품과 서화를 단국대학교 부설 퇴계학연구소에 기증했다. 86년 제4회 서예전(백악미술관), 퇴계학 연구원 원장, 87년 이가원전집간행(李家源全集刊行), 연민장학회(안동대학) 창설, 89년 퇴계학총서편간위원회(退溪學叢書編刊委員會) 위원장, 도서화합작전(陶書畵合作展, 신세계화랑), 91년 단국대학교 대학원 초빙교수, 고산 윤선도선생 기념 사업회 회장, 92년 진성이씨대종회(眞城李氏大宗會) 회장. 93년 제 5회 서예전[(덕원미술관), 대종회회관(大宗會會管) 건립기금조성(建立基金造成) 등을 지냈다.

그의 대표 저서인 『연암소설 연구』는 박지원 소설의 사회배경과 문학관을 10여 년 동안 고찰·분석하여 4년 동안 집필한 끝에 펴낸 책이다. 淵民 선생은 연암소설을 분석하여 해석하고 이를 학계에 보고함으로써 18세기 초 조선의 변환기적 지성의 문학적 성과를 확인시켰다. 한문 실력만으로 이 일이 이루어지는 것은 절대 아니다. 그것은 사적 기록으로부터 문학을 가리는 높은 감식력과 당시대 상황을 꿰뚫어 읽는 문학적 감수성이 없고는 불가능한 작업이었다. 이 저술을 통해 선생은 『마장전(馬駔傳)』, 『예덕선생전(穢德先生傳)』, 『광문자전(廣文者傳)』, 『민옹전(閔翁傳)』, 『양반전(兩班傳)』, 『김신선전(金神仙傳)』, 『우상전(虞裳傳)』, 『역학대도전(易學大盜傳)』, 『봉산학자전(鳳山學者傳)』, 『호질(虎叱)』, 『허생(許生)』, 『열녀함양박씨전(烈女咸陽朴氏傳)』 등 열두 편의 이야기를 소설 담론 형식의 작품으로 따로 떼어내어 박지원의 우수한 문학적 예술 함량을 세상에 알게 하였다.

연민 선생은 한국고전의 대표적인 작품인 『금오신화역주』(1953)와 『춘추전』 주석을 비롯하여 『구운몽』, 『열하일기』, 『서상기』 등의 작품을 역주하고 시대가 변함에 따라 해석에 문제가 생길 뛰어난 문학 작품을 뒷사람들이 쉽게 이해할 수 있도록 주석에 선생은 많은 공을 들였다.

연민은 박지원의 『열하일기』 번역작업을 시작으로 하면서 선생은 『논어』, 『아큐정전(阿Q正傳)』, 『서상기』, 『동의수세보원(東醫壽世保元)』, 『이조한문소설선(李朝漢文小說選)』 등을 번역하여 신진 학자들은 물론 많은 현대 독자들로 하여금 과거 한국의 문학유산(文學遺産)을 편히 읽게 하는 길에 큰 발자취를 남겼다.

또 학술전문서적으로는 『중국문학사조사』(1959), 『한국한문학사』(1961) 등을 포함하여 『한문학연구(漢文學硏究)』, 『한국한문학사소전(韓國漢文學史小傳)』, 『한국문학연구소교(韓國文學硏究小巧)』 등의 저서를 펴냈다.

연민은 한문교육에도 많은 공헌을 하였다. 그는 많은 한문교재들을 펴냈으며, 특히 한문 입문서인 『한문신강(漢文新講)』은 그 대표적인 저술이다. 선생이 어려서부터 배운 전통적 방법을 현대적인 교육여건에 맞추어 어문구조와 문법을 자세하게 설명한 이 저술은 한문을 배워 익힐 후학들에게 아주 귀중한 길잡이가 되어 왔다. 이 책이 나오기 전까지는 거의 황무지 상태였던 한문의 문법을 정리한 면에서도 특별한 의미가 있다.

연민 선생은 13세 때부터 한시 한문의 다양한 장르에 걸쳐 창작해온 시인이자 작가이다. 한문 및 한글로 된 그의 창작집인, 『연연야사제문고(淵淵夜思齊文藁)』, 『연민지문(淵民之文)』, 『옥류산장시화(玉溜山莊詩話)』 등의 작품이 이에 속한다. 1986년 정음사에서 『이가원전집』 22권을 펴냈다.

연민 선생의 만년의 회심작『조선문학사』3책은 당신이 세상을 떠
나기 전에 꼭 이루어 놓아야 할 저술이라 여겨 여러 제자들을 격려해
가며 3년 동안 공들여 저술한 작품이다.

그는 그야말로 평생을 민족문학을 위해 온 공을 다 들인 한국한문학
최대의 학자였다. 그만큼 그는 방대한 저술을 하였고 많은 제자들을
길러 내었다.

선생은 10대와 20대 청소년기를 가장 험한 왜정시대에 보냈고 광복
시기에 선생은 30대를 맞는다. 1946년 4월부터 '영주공립농업학교',
같은 해 7월 '김천여자중학교' 교사를 역임하였고, 1947년에서 1948년
9월 이전까지 '김천중학교 교사', '동래중학교 임시교사', '동래여자중
학교 강사'직을 두루 전전하였다.

그가 안타까워 한 것은 뛰어난 국학자이며 문학자인 김태준(金台俊)
선생이 사상적 제물로 당대의 물살에 휩쓸려 간 사정에 관해서이다.
선생은 자주 이 옛 동지이자 선배이며 스승인 김태준 선생에 대하여
회고하며 아쉬워한다. 그가 학문에만 평생 몰두할 수 있었다면 상당히
자세하고도 뚜렷한 '조선문학'의 형태가 갖추어졌을 것이라고 믿는 것
이 선생의 생각이었다.

그는 1952년 한국 전쟁 중에 '성균관대학교'를 졸업하였다. 그전부
터 1949년 8월에 '초·중등학교 교사규정에 따라 중등학교 국어과 조건
부 정교사 자격증 취득(자격증 제 872호)'을 마치고 나서 선생은 '동래공
립중학교', '부산공립중학교', '동래여자중학교', '경남공업중학교', '부
산중학교' 등의 학교에서 교사로 혹은 강사로 1945년 3월 30일까지 봉
직한다. 6.25 동란을 피난지 부산에서 겪으면서 경상도 지역 여러 학
교에서 교사로 봉직하면서 지내왔다.[3]

---

3) 淵民 이가원의 생애에 대하여는『淵民 李家源先生 八秩 송수기념 논문집』(열상고전

연민 선생의 업적을 보면 거의 평생을 한문과 관련지으며 살아왔고 그 한문 실력을 기반으로 민족문학에 상당한 관심을 가지고 살아왔다는 것을 알 수 있었다. 특히 그는 한문에 방대한 지식을 가지고 있고, 한문과 우리언어를 구사할 수 있는 작가적인 안목을 지니고 있었으며 문학적 감수성을 가지고 있었다. 그의 이러한 학문적 기반은 우리 한문학 작품을 번역하는 데는 안성맞춤이었다. 그의 이러한 번역 전문가의 자질을 가지고 번역한 『퇴계시역주』는 그의 다른 저서들과 함께 우리 문학사에 길이 빛날 업적이다. 연민 이가원 선생은 서예에도 일가견이 있는 예술인 이었다. 그의 문예적인 기질은 타고난 것이었다.

더군다나 연민은 한문공부와 노력은 일제 강점기의 우리언어말살 정책이 극도의 악랄함을 드러내던 시기에 진행된 것으로서 그가 일찍이 일제 강점기에 번역한 작품들은 우리 고유의 어조와 우리 고유의 언어를 지키고 살리고자 노력한 점에서 민족문학의 성격이 강하게 나타나고 있는 점도 주목해야 할 점이다.

3. 『퇴계시역주』 번역에 나타난 미의식 분석

김억은 "의미를 해석해 놓은 것을 번역이라 할 수 없는 이상 해석은 어디까지든지 해석에 멎을 뿐이요, 그것으로써 시가의 묘미를 전할 수는 없는 것이외다. 그뿐 아니라 해석으로는 설명을 의미케 되는 것만치 시가는 어디까지든지 설명이어서는 감동을 줄 수 없는 것이외다." 라고 히어 번역문학의 중요성을 피력하고 있다.

연구회 1997)의 정현기, 허경진 선생의 논문을 참고한 것이니 참조하기 바란다.

〈동심초〉 - 김안서 譯
꽃잎은 하염없이 바람에 지고
만날 날은 아득타 기약이 없네
무어라 맘과 맘은 맺지 못하고
한갓되이 풀잎만 맺으려는고

이 시는 당나라 기생 설도의 〈춘망사(春望思)〉 네 수 중에서 셋째
수, "風花日將老 佳期猶渺渺 不結同心人 空結同心草"를 김억이 번역
한 시이다. 독자에게는 이 시에 대한 비평 수백 편보다 잘된 번역시
한 편이 훨씬 더 낫다. 이 한시의 번역이 너무 아름다워서 김성태가
곡을 입힌 것이 우리에게 애창되는 가곡 동심초의 가사가 되었다. 위
의 번역에서 보듯 한시의 이해란 일단 해석의 문제이고, 시의 이미지
를 한국적인 것으로 변용할 수 있는 능력이었다. 이 시의 은유와 환유
의 경계를 무너뜨리고, 자유롭게 가져올 수 있는 문화 번역, 이것은 당
나라 문화의 수용과 변용이었다. 이것은 중국 한시의 한국적 이해이
다. 이것이 번역 전문가 특히 작가적인 안목이 중요하다는 점이다.[4]
  양주동은 "시란 결코 남모를 소리의 나열이나 기인문자의 점철이 아
닐 것이오 이심전심(워즈워드의 이른 바 from heart to heart)의 진실한
표현 일 것입니다. 영탄적 정서를 주로하는 시가 어찌 만인의 심금을
울리지 않을 수 가 있겠습니까?"라고 하여 시가 번역의 가능성을 제시
하고 있다.
  무애는 논어의 한 구절을 두고 원문의 구절이 오히려 쉽게 이해되고
있는데도 불구하고 유교적인 주석을 가하여 오히려 복잡하게 한 것을
두고 다음과 같이 비판했다.

---

4) 신두환, 「김억의 《詩經》 번역에 대한 일고찰」, 『한국언어문화』 24호, 한국언어문화
   학회, 2003. 29~53면.

程氏의 註는 워낙 군소리요, 공자의 당초 素朴한 표현이 그대로 고마운 말이 아닐 수 없다.   (「면학의 서」)

위의 인용문에서 보듯 무애는 『논어』에 대한 주석의 교조적인 견해에 대하여 비판하고, 쉽고 소박하고 우리의 민족 언어정서에 알맞은 의미전달의 중요성을 솔직하게 파악하여 불필요한 주석을 그대로 수용하지 않겠다는 것을 시사하고 있다. 무애 양주동은 기존의 『詩經』에 대한 번역에서도 문학의 본질인 예술의 주도성을 잃고 유학의 굴레에서 벗어나지 못한 채 굴복 당한 것에서 벗어나 대담하고 자유로운 번역을 추구하였다.

북문에 나서니   出自北門
시름은 그지없네   憂心殷殷
초라하고 가난한 살림   終窶此貧
뉘라서 알아주리   莫知我艱
두어라 하늘의 탓이니   已焉哉
일러 무삼하리오.5)   天實爲之
                                              謂之何哉
                                              「邶風·北門」

일단 이 번역 작품에서 느껴지는 가난한 선비의 한탄 이것은 원문의 이미지와 같다. 마치 조선시대 당시 한 가난한 선비가 자기의 불우한 심정을 시조의 틀로 옮겨와 읊어놓은 듯한 번역은 시조의 형식을 그대로 교십하고 있다. 특히 시조 공장의 형식인 '두어라 하늘의 덧이니 일러 무삼하리오(已焉哉/ 天實爲之/ 謂之何哉)라는 부분은 이 시 번역의

---

5) 같은 책, 24면.

압권이다.[6]

김억과 양주동의 뒤를 이어 연민도 문예 감각을 살린 번역을 시도했다. 연민도 번역에 대해서 다음과 같이 말했다. 「번역이란 참으로 쉬운 일이 아니다. 번역에 대해서는 대충 세 가지의 원칙이 있다. 이는 신(信)과 아(雅)·달(達)이다. 첫째, 원전에 믿음을 지녀야 할 것이오. 아(雅)·달(達)이 그 다음에 따라야 되는 것이다. 이는 믿음에만 중점을 둔다면 직역이 되어 아(雅)·달(達)이 어려우므로 읽기가 쉽지 않고 지나치게 아(雅)·달(達)에 중점을 두었을 경우에 흔히들 곁길로 흘러 원전의 본뜻과는 멀어지게 된다. 그러므로 어떤 이는 "번역이 창작보다 어렵다"한다. 더욱이 시는 산문과 달리 언어 밖의 뜻을 지닌 것이 대부분이기도 하려니와 언어로서도 잘 표현하지 못할 개소도 없지 않다. 이와 같이 용이치 않는 한시요, 특히 높은 학문과 문장의 경계와 깊은 철학과 사상의 내용을 잘 알아야 번역을 잘 할 수 있다」고 여겼다.[7]

한시의 역주는 누구나 할 수 있는 것인가? 한시는 그 특성상 번역을 하더라도 전고가 많아서 주석을 달지 않을 수가 없다. 한시의 역주는 전문가가 아니면 함부로 할 수 있는 것이 아니다.

한시에 대한 번역은 신중해야 하며 번역은 번역 작가의 몫이다. 한시를 한 번이라도 번역을 해보았다면 작가적인 안목의 필요성을 느꼈을 것이다.

번역은 문예 창작의 한 분야이며 문학가의 손에서 이루어지는 것이 바람직하다. 특히 시의 번역은 시의 아름다움을 최대한 살려야 하는 문예미학이다. 시어의 이미지가 서로 통하는 기발한 표현이 감동적일 수 있어야 한다. 한시의 원어적인 감동을 그대로 살릴 수 있어야 한다.

---

6) 신두환, 「양주동의 시경번역에 대한 일고찰」, 박노준 편, 『고전시가 엮어 읽기』, 태학사, 2003.

7) 이가원, 『退溪詩譯註』, 정음사, 1987. 1~3면.

훌륭한 번역은 독자에게 원 작자의 의도와 같은 감동을 전달할 수 있어야 한다. 원시에 대한 충분한 감상을 토대로 시에 대한 이미지를 충분히 소화하고 비슷한 상황을 만들어 내는 번역이어야 한다.

물론 그 전에 퇴계시에 대한 주석이나 한문식 고투의 부분적인 번역은 많이 있었겠지만 문학작품으로서 언어의 미감을 살리면서 번역다운 현대 譯을 한 사람은 淵民 선생이 최초라고 생각한다.

한시에 대한 이해는 전문가에 의해 감상되어야 한다. 원시에 대한 진실한 감상이 없으면 진실한 번역도 없다. 번역은 예술이다. 자습서 식의 주석을 통한 풀이와 문예미를 갖춘 번역은 구분되어야 한다. 다음의 번역을 참고하면서 번역의 문제에 접근하고자 한다.

> **盤陀石**
> 黃濁滔滔便隱形　　安流帖帖始分明
> 可憐如許奔衝裏　　千古盤陀不轉傾[8]

이 시는 퇴계의 유명한 작품인 반타석이다. 이 작품의 번역은 많은 사람들이 하였고 그 편린들이 인터넷에 무수히 떠돌고 있다. 그러나 시의 맛을 느낄 수가 없다. 다음은 연민의 번역이다.

> 도도한 탁류 속엔 얼굴문득 숨기더니
> 잔잔히 흐를 제야 비로소 분명하이
> 어여뻐라 이렇게도 센 물살 속에 있어
> 납자한 자은 바위 천고 까딱 아니하네[9]

---

8) 『退溪先生文集卷之三』, 詩〈陶山雜詠, 盤陀石〉
9) 이가원, 『退溪詩譯註』, 정음사, 1987, 293면.

이 번역 작품은 우선 시 전반에 우리의 전통 가락인 4음보의 음조를 살려서 한시를 우리민족의 시조로 번역하였다. 마치 한편의 시조를 읽는 기분이 든다. 조선시대 퇴계가 자기의 심정을 한시로 읊어놓은 번역은 시조의 어조에서 한자도 벗어나지 않았다. 위와 같은 칠언절구의 한시를 전체적으로 한편의 시조로 구성한 번역가의 시조 형식에 대한 장르의 교섭은 성공적이다. 번역에서 전체적인 음조미와 구성미가 뛰어나고 정연한 형태미와 시조의 형식에서 오는 균제미를 보여주고 있으며, 한 군데도 군더더기가 없는 간결한 표현을 이루어 내고 있다.

연민은 퇴계시를 역주하면서 퇴계의 시 전체를 이와 같이 번역하였다. 그 많은 한시를 모두 전통 음률인 4음보 위에 올려놓고 있다. 그리고는 우리 전통시가의 율격과 표현 형식을 교섭하였으며 시조의 언어로 제 창작하였다. 그러기 위해서 퇴계의 원시에 가까운 언어를 얼마나 찾고 단련하고 자연스럽고 아름답게 다듬었겠는가? 퇴계의 한시를 현대 역을 하면서 음조미와 향토미와 균제미와 형태미와 간결미를 깊이 고민하고 창작해낸 연민의 번역은 예술이며 여기에는 다양한 미의식이 함의되어 있음을 발견할 수 있다.

다음은 퇴계의 〈고산영매(孤山詠梅)〉를 번역한 것이다.

孤山詠梅
一棹湖遊鶴報還　淸眞梅月稱盤桓
始知魏隱非眞隱　賭得幽居帝畫看[10]

서호에 배 저으니 돌아온다 학이 알려
맑은 매화 밝은 달에 슬카장 바장였네
위야의 숨은 것이 참 숨음이 못되어서
그곳을 그림 그려 임금이 보았더라[11]

---

10) 『退溪先生文集卷之二』, 詩 〈黃仲擧求題畫十幅, 孤山詠梅〉

이 시는 칠언절구의 형식으로 된 한시를 우리의 전통 가락인 4음보 가락에 조화시켜 수용하는 번역가의 시적 구성력을 돋보이게 하는 작품이다. 실제적으로 원시의 이미지를 옮겨와서 충실한 표현을 함으로써 원시의 이미지를 몽땅 수용하고 있으며, 특히 '슬카장 바장였네'이라는 우리 시조의 어투와 음조미를 살려서 원시의 감동을 살리려고 노력하려는 번역가의 의도가 잘 파악되는 작품이다. 소박한 향토적 민요조의 가락과 예리하게 잘 다듬어진 우리말의 아름다움이 잘 조화되고 있다. 특히 옛 언어들을 살려서 시대미를 옮겨 오려고 애쓴 점이 작가의 미의식을 짐작하게 한다.

한시가 이렇게 번역되기 까지 번역가는 얼마나 많은 고민을 하였을까? 이 우리의 전통가락인 4음보 속에 녹여서 한시를 우리의 전통시가답게 번역하려는 속에서 언어를 다듬고 줄이고 거기에 적당한 언어를 찾아서 운율을 부여하는 것은 작가적인 안목이 없이는 곤란하다.

번역은 제2의 창작이다. 淵民은 그 번역의 언어 속에서 전통문화를 계승하려는 의지를 표출하고 있었다. 여기에서 전통의 미의식을 발휘하게 된다. 연민의 『퇴계시역주』 전반에는 전통의 향기가 흘러나는 시어들로 꽉 차 있다. 한시 번역가는 한문에 대한 박학다식한 실력도 갖추어야 하지만 우리말을 아름답게 그리고 사려 깊게 표현하는 언어의 구사력을 잘 갖추어야 한다.

이 번역에 나타나는 대표적인 미의식은 음조미이다. 이것은 연민이 아니면 할 수 없는 일이다. 연민은 한시 번역가이면서 동시에 한시를 창작할 수 있는 한시 작가이기도 했다. 누구에게나 흔하게 있는 재주가 아닌 이 작가적인 안목은 한시를 번역할 수 있는 위대한 능력이 된다.

다음은 『퇴계선생문집권지일(退溪先生文集卷之一)』에 실려 있는,

---

11) 이가원, 『退溪詩譯註』, 정음사, 1987, 239면.

〈과길선생려(過吉先生閭)〉란 시를 번역한 것이다.

길선생 정려를 지나면서

아침에 거닐어서 낙동강 지나갈 제	朝行過洛水
강물은 어이하여 유유히 흐르는고	洛水何漫漫
낮 되어 잠간 쉴 제 금오산을 바라보니	午憩望鰲山
메는 더욱 울창하여 서리서리 서려 있고	鰲山鬱盤盤
맑은 흐름 감돌아서 땅 속 깊이 스며들고	淸流徹厚坤
석벽은 깎은 듯이 하늘에 솟구쳤네	峭壁凌高寒
메와 물 그 사이에 동네하나 열렸으니	有村名鳳溪
그 이름을 일러 봉계라 하였도다	乃在山水間
선생께서 계오실 때 이곳에 장수터니	先生晦其中
정려를 세우실 때 임의 은전 내리셨소	表閭朝命頒
대의를 위해서야 흔들림이 있겠는가?	大義不可撓
속세가 싫어서라고 그리 말을 하지 마오	豈曰辭塵寰
조대의 높은 바람 천추에 남아 있어	千載釣臺風
오늘날 이 나라에 다시금 불어 왔네	再使激東韓
나라를 붙듦에는 이제 이미 늦었건만	扶持已無及
벼리를 세웠으니 길이길이 우뚝하리	植立永堅完
사내라 일러서는 대절이 귀함이라	丈夫貴大節
한평생 그 마음을 누구 있어 알았으리	平生知者難
아아 슬프외다 이 세속 사람들아	嗟爾世上人
저 높은 벼슬일랑 아예 사랑 말아다오12)	愼勿愛高官13)

　이 장편의 오언고시의 한시가 이렇게 우리 전통 시가로 번역된 것은 문예창작이자 예술이다. 이 시 전체를 우리의 전통가락인 4·4조의 음

---

12) 이가원, 『退溪詩譯註』, 정음사, 1987, 15면.
13) 『退溪先生文集卷之一』, 詩 〈過吉先生閭〉

률로 탈바꿈하였다. 이 번역시를 읽으면 원시에서 느낄 수 없었던 리듬감과 스피드감이 나타난다. 시가 쉽고 평담한 느낌이 든다. 균제된 호흡으로 이 시를 시답게 읽어 내릴 수 있다. 이 번역은 또 다른 한편의 민족전통의 시가이다.

원시에서는 도저히 도출될 수 없는 우리의 언어를 구사하여 반복적인 리듬을 살리고, 이미지를 옮겨오고, 작자의 의도를 의식하여, 원시의 정감을 실감나게 살린 또 다른 어투의 아름다운 시를 창조했다. '~리', '~라'라는 ~아, ~오 등의 표현에서 수 백 년의 시간적 거리를 없앤 이 번역은 현대의 시조와 비교해도 손색이 없는 명 번역으로 고전적 어투의 각운미가 드러난다. 'ㄹ'과 'ㅇ'의 시어들이 많이 사용되어 번역의 시어들이 부드럽게 표현되고 있다. 이 번역시는 淵民의 번역에 드러난 문예미를 충분히 들여다 볼 수 있는 부분이다.

연민의 퇴계시 번역에는 주석이 최대한 간략하고 알기 쉽게 되어있다. 일반 산문의 주석과는 상당히 다르다. 시를 의식한 가벼운 주석과 우리말을 최대한 사용하여 쉬운 주석을 가하고 있다, 예를 들면 이 시에 나오는 '조대'의 주는 '후한 광무제의 벗 엄광(嚴光)이 벼슬을 사양하고 낚시하던 곳이다.'는 식이다.

퇴계는 주석을 최대한 가볍고 쉽게 하려고 노력하고 있다. 잘된 번역은 주석이 필요 없어야 한다. 하지만 퇴계가 전고를 많이 사용하고 있어서 독자와의 소통을 고려하고 있다. 연민의『퇴계시역주』는 한시에 대한 우리식 읽기가 들어 있으며, 현토를 일일이 가했다.

시 전체에 흐르는 강한 리듬감과 퇴계의 원시에서 느껴지는 한시의 난해한 표현에서 연민의 번역시는 쉬우면서 자연스럽고 분명히 와 닿는 실감이 있다. 연민이 "조선시인이 쓴 한시는 조선의 시를 쓴 것이지 중국의 시를 짓고자 한 것이 아니다"는 관점을 최대한 증명해 내는 번역이다. 이 긴 한시의 난해함에서 우리의 정감에 맞는 우리언어의 사용을 확대하여 현대적인 분위기를 살리려고 노력한 점이 역력하다. 퇴계가 길재의 정려를 지나면서 얻은 자연스러운 정감을 그의 14대손 이가원이 우리의 전통 어조로써 표현하여 시적인 미감을 살리려고 노력한 점은 원문의 감동을 옮겨오는 돋보이는 번역이다.

원시 "有村名鳳溪 乃在山水間"의 번역이 "메와 물 그 사이에 동네 하나 열렸으니, 그 이름을 일러 봉계라 하였도다."로 번안이 되었다. 여기에서 놀라운 번역가의 達과 雅의 극치를 볼 수 있다. 원시의 시구를 뛰어 넘어서 음조미와 시취를 살려내는 예리한 솜씨는 보통 사람이 할 수 있는 것이 아니다.

전체적인 시의 정감을 살리기 위하여 독자를 의식한 우리 정감에 맞는 언어의 선택과 통일된 구성의 노력이 돋보이는 작품이다. 연민의 한시 번역 전반에서 느껴지는 실감의 추구는 원시를 넘어서는 미감의 표출이며 연민의 한시 번역의 특징으로 볼 수 있다.

연민은 이 시의 번역에서뿐만 아니라 한시의 번역의 전반에서 일관되게 견지하고 있는 것은, 한글 시의 번역과 한시의 조화 속에서 리듬감을 잃지 않으려는 번역가의 음조미를 위한 노력이다. 번역가의 언어의 표현미가 세련되게 드러나는 부분이다. 퇴계의 심정으로 돌아가서 퇴계가 이 시를 지을 당시의 정감과 작자의 의도를 그대로 옮겨 오려는 번역가의 노력은 독자들에게 감동을 주기에 부족함이 없다.

연민의 한시 번역에서는 작가적인 안목과 우리 언어의 아름다운 구사력, 그리고 한시에 대한 식견과 한문문화에 대한 박식함을 갖춘 번역 전문가로서 자질이 인정되고 있다. 특히 우리 고유의 어조와 우리 고유의 언어를 지키고 살리고자 노력한 점은 淵民 번역의 특징이다.

다음은 〈촉석루(矗石樓)〉라는 퇴계의 한시를 번역한 것이다.

촉석루에서

강호에 바장인지 며칠이나 되었던고	落魄江湖知幾日
예면서 읊으면서 높은 다락 오르거다.	行吟時復上高樓
공중에 뿌리는 빗발 잠간 동안 변해지고	橫空飛雨一時變
눈에 드는 저 강물은 만고 길이 흐르도다	入眼長江萬古流
지난 일은 아득하여 깃든 학이 늙어지고	往事蒼茫巢鶴老
나그네 회포 많아 들 구름 뜨는 듯이	覊懷搖蕩野雲浮
시인의 자료로선 변화가 아랑 곳가	繁華不屬詩人料
한 번 웃고 말이 없이 푸른 물가 굽어보네[14]	一笑無言俯碧洲[15]

연민은 기본적으로 한시 한구를 시조 한구에 해당하도록 번역해 내고 있다. 이 번역 역시 리듬감과 스피드감이 돌연 생겨나며 시조 투의 언어 감각이 시 전체에 물씬 풍겨온다. 한시에서 느낄 수 없었던 음시의 호흡은 단번에 리드미컬하게 읽혀 나간다. 시 전체를 구상하는 통일성 속에 시어들은 매끄럽게 닿아 있었다.

특히 '부질없이 짧은 거리를 분주히 오간다'는 뜻의 '바장이다'는 시어는 아는 사람이 드물다. 연민은 일단 우리언어에 대한 상식이 풍부한 사람이다. 칠언 율시의 대구적인 표현을 의식한 함련과 경련의 번역에서 서로 조응되는 맛은 한시의 형식을 잘 이해하고 있는 번역가의 색다른 미의식에서 나온 형식미의 조응방법이다.

연민 선생은 이 시를 번역하는 동안만은 퇴계이고 싶었을 것이다. 연민은 퇴계의 당시로 돌아가서 그 문화를 생각하면서 〈촉석루〉 시를 번역했을 것이다. 우선 연민이 이 번역에서 품은 직한 생각들을 한번 정리해 보자. 퇴계는 왜 이 시를 지었을까? 언제 무슨 계기로 이 촉석루를 지나게 되었을까? 그러면서 그는 무엇을 보고 무슨 생각을 하

---

14) 이가원, 『退溪詩譯註』, 정음사, 1987, 16면.
15) 『退溪先生文集卷之一』, 詩 〈矗石樓〉

면서 이 시를 지었을까? 그리고 나서 연민 노인은 이 시에 쓰인 한자를 한자 한자 새기면서 생각하고 또 생각 했을 것이다. 그리고 한자와 우리말 사이에서 알맞은 언어를 골라 표현미를 살리려고 고민하며 번역을 했을 것이다.

'바장인지', '예면서', '아랑 곳가' 등 지금은 잘 사용하지 않지만 사전에는 나와 있는 고투의 번역을 시도해서 시대미를 살렸다. 연민은 퇴계의 고향 안동, 예안, 온혜의 옛 언어를 생각하였고, 그 지역의 전통 언어를 구사하여 전통미를 살리려고 노력하였다.

연민은 번역에서 사용하고 있는 시어의 수가 다양하고 풍부하다. 시어의 수는 번역의 질을 제고한다. 풍부한 단어의 아름다운 구사는 번역을 쉽게 할 수 있는 원동력이 된다. 이 번역자의 의도는 그 당시 시점에서 통할 수 있는 전통과 소통할 수 있는 그 고색창연한 언어들을 찾으려고 애썼을 것이다.

'~고', '~다.' 등의 고전적 각운미는 한글식 압운을 살려, 우리 언어의 미감을 살린, 구사이다. 우리 고유의 어조와 우리 고유의 언어를 지키고 살리고자 노력한 점. 이것은 연민 번역의 특징이다. 원시와 떨어져 있었던 수 백 년의 시간적 거리를 좁혀보려는 작자의 숭고한 노력에서 번역가의 미의식을 찾을 수 있을 것 같다.

다음은 퇴계시 〈의주잡제십이절신축 압록천참(義州雜題十二絶辛丑 鴨綠天塹)〉에 대한 번역이다.

압록강의 천참
변성에 해 저물 제 난간에 홀로 비겨   日暮邊城獨倚闌
때마침 일성호가 수루위에 들려온다   一聲羌笛戍樓間
그대에게 묻노니 중원경계 어드매오   憑君欲識中原界
저 강 서녘 솟은 메를 웃으면서 가리킨다[16]   笑指長江西岸山[17]

이 시는 퇴계가 의주 지역을 지나다가 지은 시이다. 칠언 절구의 한시를 완전하게 4음보의 리듬을 주어서 시조 투로 완벽하게 옮겨왔다. 원시를 4음보의 호흡에 맞추기 위해 다듬어낸 4음보의 언어들은 안정된 형식으로 틀을 고수해 낸다. 한 자를 더 넣을 수도 없을 정도로 형태미와 균제미가 전시를 압도한다. 이 번역에 사용된 우리 고유의 시조 투가 어색하지 않고 자연스럽다. 시어가 담박하고 시조 투의 어조가 원시를 압도한다. 원시를 아무리 번역해 보아도 이런 번역시는 나오지 않는다. 원시의 감각을 살리려 원시에는 없는 '때마침', '어드매오', '저', 등의 보조 언어들을 너무나 기발 나게 사용하여 원시를 능가하는 정감을 느낄 수 있게 번역되었다. '해 저물 제', '일성호가', '수루에', '묻노니', '어드매오' 등의 시어구사에서는 한시에 시조의 옷을 입히고 단장하여, 원시에 함의 된 저 옛날의 시취를 시대를 넘어서 새롭게 태어나게 했다. 퇴계의 한시가 연민을 만나 새롭게 살아나는 순간이다. 한시에서 느낄 수 없는 생동감이 리드미컬하게 되살아난다. 번안에 가까운 창작의 지혜는 시의 정취를 백분 살리고 있다. 이것은 연민만이 가지는 타고난 능력이다.

한시의 번역은 시적 무드를 그대로 옮겨 작품의 전체적인 통일성을 고려한 번역이어야 한다. 번역가는 일차 텍스트에 충실할 의무가 있고, 우리말로 옮긴 번역에 책임을 진다. 번역을 통하여 우리글의 좋은 점을 통하게 하고 우리 문학의 모양새 안에 어쩌면 같으면서도 말이 다른 세계의 이야기를 끌어들이려 고심해야한다.

원문에 관한 이해 못지않게 역자는 언어의 장벽을 넘어선 의미와 내용을 빈틈없이 들어앉힐 목적 언어에 정통하고 있다. 새 씨앗처럼 이

---

16) 이가원, 『退溪詩譯註』, 정음사, 1987, 22면.

17) 『退溪先生文集卷之一』, 詩 〈義州雜題十二絶, 鴨綠天塹〉

국에 뿌리를 내린 말의 생명을 결정하는 것은 텍스트의 위력에 밀리지 않을 튼튼하고 실한 우리의 말과 글이 받쳐주는 아름다움의 힘이다. 원문의 해독은 눈에 안 보이는 또 하나의 텍스트로서 말이 옷을 갈아입기 전에 제대로 맵시를 낸 문화 환경에 대한 안목이다.

"번역은 문화를 번역하는 행위이다. 따라서 문학적인 감수성과 함께 문화인류학자의 자세를 요구한다." 살아있는 언어의 환경을 아는 진짜 번역은 투명하며 원문의 빛을 가로막지 않고 순수한 언어가 원문을 더욱 훤하게 밝힌다."고 발터 벤 야민은 주장했다. 어쩌면 이 말이 여기에 이렇게 절실하게 적합한가.

다음은 퇴계의 한시 〈취승정(聚勝亭)〉의 번역이다.

취승정

성중이 좋다한들 나의 풍류 다할 소냐   城中那得盡風流
물은 멀고 메는 높아 제멋대로 자유롭다   水遠山長各自由
묻노라 동편정자 경개어린 저기저곳   試問東亭收勝處
한 항아리 술 기울여 가는 임을 붙드려나[18]   一尊堪勸故人留[19]

특히 시의 번역은 시의 아름다움을 최대한 살려야 하는 문예미학이다. 시어의 이미지가 서로 통하는 기발한 표현이 감동적일 수 있어야 한다. 원시의 원어적인 감동을 그대로 살릴 수 있어야 한다. 흥미롭게 읽히는 번역의 미학은 독자에게 원 작자의 의도와 같은 감동을 쉽고 아름답게 전달할 수 있어야 한다.

한시를 하나의 전통 음조의 틀 안에 넣고 번역의 미의식을 표출한 형태미의 위력은 한 글자를 더 넣기도 어렵고 한 글자를 더 보태기도

---

18) 이가원, 『退溪詩譯註』, 정음사, 1987, 25면.
19) 『退溪先生文集卷之一』, 詩 〈義州雜題十二絶, 聚勝亭〉

어려울 정도로 시어와 시어들이 서로 끌어당기는 언어의 표면장력을
지니고 있게 하였다.

특히 전구의 "묻노라 동편정자 경개어린 저기저곳"에서 느껴지는 휴
지의 박자에서 어조의 힘을 엿보며 번역가의 자신감 넘치는 번역의 문
예미를 느낄 수 있다. 그 작품 속에 화자의 태도와 화자의 현재위치를
파악하는 것은 시에 대한 감상의 기본문제다. 시에 대한 충분한 감상
을 토대로 시에 대한 이미지를 충분히 소화하고 비슷한 상황을 만들어
내는 번역이어야 한다.

연민은 번역에서 山은 '메'로 통일 되고, '가다'는 의미는 '예는' 등,
詩作의 옛 풍습이 고스란히 묻어나오는 말뜻을 찾아 독자가 제대로 이
해할 수 있도록 문화 번역을 하고 있다. 독자를 사로잡을 수 있는 말솜
씨를 고르기 위해서도 문화의 이식 번역은 필수이다. 문화와 소통은
번역의 필수불가결한 키워드이다.

'~한들', '~소냐', '묻노라', '붙드려나' 등 원시의 번역에서 다소 매
끄럽지 못한 언어 하나라도 고전적 어조로 다듬어 오히려 그 정감과
시취를 생동감 있게 살려낸다. 때로는 성글어 보이는 고어와 현대어의
연결 속에서도 그 언어들은 투박미를 나타낸다.

퇴계가 마치 시어를 애써 꾸미지 않았듯이 연민 또한 언어의 자연스
러운 그 미감을 인식하고 시어를 골라 다듬고 있다. 퇴계시대 그 시취
의 표현미 그 미감이 그대로 번역으로 옮겨지고 있다. 사전적 축자역
보다 보기 싫은 번역이 어디 있는가?

시인 정지용은 "옥에 티나 미인의 이마에 사마귀 하나야 버리기 아
까운 점도 있겠으나 서정시에 말 한 개 밉게 놓인 것은 도저히 용서할
수 없다."라고 했다. 연민의 번역은 말 한 개 밉게 놓인 번역이 없다.

다음은 퇴계의 한시 〈유고산(遊孤山)〉의 번역이다.

고산에 놀다
십년 만에 거듭 와서 고산을 찾아드니　　　　　十年重到訪孤山
푸른 물 옛 벼랑이 눈에 들어 차가워라　　　　綠水蒼崖照眼寒
섭섭할사 그 주인은 어디러로 가고서는　　　　惆悵主人何處去
흰 구름 그 사이에는 옛터만이 남았던고[20]　　空餘基築白雲間[21]
　　　　　　　　　　　　　　　　李上舍庇遠卜居遺址宛然

　　이 시의 번역은 운율과 통일성이 돋보이는 한 편의 시조이다. 여기
에 고칠 만한 것이 있다면 '거듭'을 '다시'로 해보는 수밖에 없다. 이
견고한 형식미에 한자도 더 보탤 수가 없는 것은 이 번역시 전반을 압
도하고 있는 운율과 형태미 때문이다. 이 번역은 원시의 정감을 유감
없이 옮겨내고 있다. 번역이 불가능한 어구는 '번안'으로 대체하거나
의역 할 수밖에 없다. 이 회고적인 의식의 흐름을 사진 찍듯 묘사해
내는 번역의 미의식은 그 원시의 감동을 조금도 훼손시키지 아니 하
였다.

　　두 가지 다른 언어의 합궁이 제3의 언어를 만들어 내는데 도치된 문
학의 논리성과 작품의 시상을 충분히 이해하고 이 시의 무드를 이해해
야만 이런 번역이 가능하다. 논리성, 합리성, 객관성. 텍스트에 나오는
특이하고 독창적이며 기발한 표현을 번역하기를 포기하고 축자역을
하는 것은 원시의 뛰어난 예술성을 아무런 감정 없는 죽은 작품으로
만들어 버릴 소지도 얼마든지 있다.

　　이 시의 마지막 두 구 "惆悵主人何處去 空餘基築白雲間"에 대한 해
석은 "섭섭할사 그 주인은 어디러로 가고서는 흰 구름 그 사이에는 옛
터만이 남았던고"이다. 시조의 중장과 종장의 형식이 그대로 드러난

---

20) 이가원, 『退溪詩譯註』, 정음사, 1987, 242면.
21) 『退溪先生文集卷之二』, 詩〈遊孤山〉

다. 이것은 또 다른 시가의 예술이다. 이 번역의 장르 교섭은 매우 성공적이다. 축자역으로서는 도저히 이런 경구가 드러나지 않는다. 한시번역의 다양한 미의식은 그 한시작품의 번역을 좌우한다.

淵民은 퇴계의 한시는 우리 시가이기 때문에 우리 전통시가의 율조에 녹여도 하등 원시의 시취를 훼손하지 않는다는 강한 믿음이 있었다. 퇴계의 한시는 전통시가인 시조의 형식에 입혀도 그 원시의 감동을 생생하게 옮겨올 수 있다는 자신감이 엿보인다.

다음은 퇴계의 한시 〈청음석(淸吟石)〉의 번역이다.

청음석에서
붉디붉은 꽃떨기를 어지러이 헤치고서　　　　　亂披紅闥裏
녹파주 맨 채로 한가히 돌아오니　　　　　　　閒擔綠波回
아이들과 약속키를 이날이 저물거든　　　　　晚與溪童約
소반에 고기 받고 찾아오라 하였노라22)　　　盤擎活玉來23)
　　　　　　　　　　　　　　　　　　　　　綠波酒名

이 번역은 원시를 축자역으로 해서는 도저히 이런 번역이 나올 수 없다. 이것은 번역가의 작가적인 안목이 있어야만 번역할 수 있는 번안을 한 시이다. 이 번역은 신(信)보다는 아(雅)와 달(達)이 승한 번역이다.

특히 이 부분의 번역은 강한 리듬감으로 독자에게 기발한 감동을 주는 한편의 훌륭한 민요시인 동시에 소박한 향토적인 정감이 우러나는 한편의 아름다운 노래이다. 상징적인 시어를 사용하여 정감을 표현했으며, 형태적인 배열과 율격에 세심한 배려를 한 실감나는 번역이다.

---

22) 이가원, 『退溪詩譯註』, 정음사, 1987, 176면.
23) 『退溪先生文集卷之二』, 詩 〈淸吟石〉

시어가 소박한 정취를 자아내고 있는 점에서 이 시의 번역을 위하여 갈고 닦은 세련된 시어들이 마치 오래전부터 우리노래인 것처럼 자연스럽다.

이 시는 마치 한 폭의 병풍 속의 그림을 보는 것 같다. 이 작품은 회화적으로 묘사되었다고 판단하고 작품을 번역한 것 같다. '盤擎活玉來'가 어떻게 "소반에 고기 받고 찾아오라 하였노라"라고 번역이 되는지, 녹파주 술에 고기 안주는 더 올릴 수는 있겠으나, 필자는 잘 이해가 안갈 정도로 기발한 표현이라 어안이 벙벙하다.

다음은 퇴계의 한시 〈화도집음주이십수 여덟째(和陶集飲酒二十首 其八)〉의 번역이다.

도정절집에 실린 음주 이십 수를 화답하다. 그 여덟째

저 동산 깊은 숲에 아침 비 지나가니	園林朝雨過
온갖 나무 푸른 빛 아름답기만 하는 고야	蔥蒨嘉樹姿
느즈막 서늘바람 빈 골자기 불어 일고	晚涼生衆虛
사라지다 남은 노을 높은 가지 깃들었네	餘靄棲高枝
띠 이엉한 글집은 한양 고요만 하고	沈寥茅屋靜
기이한 동학들은 휙언하게 뚫였도다	谽谺洞壑奇
술이 비록 있다한들 홀로 마실 리 없으나	酒無獨飲理
우연히 얻은 흥취 내 뜻에 맡기어라	偶興聊自爲
도연히 한번취해 형적을 잊었으니	陶然形迹忘
어찌타 티글 굴레 다시금 얽혀드리[24]	況復嬰塵羈[25]

연민은 문예미를 갖춘 번역을 주장했으며, 우리 풍토에 맞게 옮겨오려는 번역을 시도 했다. 그의 시 정신 속에서 풍토미 가득한 민족적인

---

24) 이가원, 『退溪詩譯註』, 정음사, 1987, 130면.
25) 『退溪先生文集卷之一』, 詩〈和陶集飲酒二十首 其八〉

언어정서를 느꼈다. 유교적인 교조주의 보다는 자유분방한 현대 역을 순수한 감상주의 문학으로 옮겨왔다. 4·4조의 운율이 대부분이고, 시조 경향이 우리 민족의 정서를 대변하는 운율로 대응하고 있어, 시조와 한시의 장르상의 교섭이 치밀하게 일어나고 있다.

연민이 추구한 번역의 문예미는 후대 번역을 하려는 사람들의 귀감이 되고 있다. 연민은 충실한 주에 입각하여 현대 역을 번역하자는 주의이고, 이미지 중심의 번안에 창작성을 가미해서 번역하자는 논리이다.

우리 고유의 전통 음조를 일관되게 사용하여 시의 통일성을 구축해내고, 고투의 예스런 언어들을 찾아서 리드미컬하게 구사해내는 작가적인 안목은, 또 다른 한편의 전통시가를 읽고 있는 기분이 들게 한다. 그러면서 누구나 친근감을 느낄 수 있게 한 쉬운 번역이다. 위대한 작품은 쉬워야 한다. 이 번역은 민족문학을 의식한 독자를 위한 친절한 배려가 들어 있으며, 전통의 온기가 나는 언어들의 잔치이다.

여기에 도저히 연민이 아니면 찾아내기 힘든 전고들을 찾아서, 최대한 쉽게 전달하려고 애쓴 주석들은, 시를 이해하기 위한 또 다른 이정표들이다. 웬만한 한학자도 원시에서 느낄 수 없었던 감동을 독자들에게 번역문을 읽으면서 느낄 수 있을 정도로 원시의 감동을 그대로 전달하려고 애썼다. 이것은 또 다른 의미에서 하나의 문예 창작이며 번역의 미학이다.

연민은 우리의 시조와 칠언절구의 한시형식 사이에 일어나는 장르의 교섭과 통용은 한시 번역의 전범을 보여 줄 수 있는 중요한 문제일 수 있다. 연민은 실제로 이 번역을 형식은 다르지만 작자의 의도는 어느 정도 가져 올 수 있는 성공적인 번역 작품으로 인식하고 있었다. 원시의 언어적 구도에 얽매여 신(信)에 충실을 다하려고 하는 번역은 성공하기 힘들다는 것을 지적하면서 '신(信)과 아(雅)·달(達)의 조화로운 번역은 창작이다'라는 것을 은근히 강조하고 있는 것이다.

다음은 퇴계의 한시 〈농암(聾巖)〉의 번역이다.

농암
서편을 바라보니 바위벼랑 아름답고   西望巖崖勝
높은 정각 그 형세 날으고자 하는구나   高亭勢欲飛
풍류롭던 그 어른은 다시보기 어려웁고   風流那復覩
높은 메 우러름도 이제와선 드물어라26)   山仰只今稀27)
　　　　　　　在西翠屏東 故知中樞李先生亭館在其傍

　연민은 농암을 잘 안다. 농암의 풍류와 퇴계와 얽힌 사연 등, 농암에
대해 잘 아는 사람이 아니면 이 시를 번역할 수 없다. 이 시의 앞 구절
은 농암의 이미지를 그대로 옮겨왔다. 시는 이미지로 읽어야 한다. 먼
저 충실하게 순실한 독자적 태도를 견지하며, 예술완상자적 태도로 작
품을 읽어 낼 수 있어야 번역도 그러할 수가 있다. 역자는 시상의 분석
과 리듬과 무드 이 세 가지를 늘 고려하고 있다. 시 전체에 흐르는 번
역가의 의도적인 고시가적인 어조는, 원작자와의 수백 년 떨어진 시간
적 거리를 훌쩍 좁혀 놓았다.
　시인의 기발한 감각은 사물을 접촉함과 동시에 감성을 자극하고 그
로인해 독특한 이미지를 창출하는 시어의 변용은 이중적인 이미지를
창출하고 새로운 만남으로 사물의 인식을 독자에게 제시하며 시의 기
호를 새롭게 해석할 수 있는 시의 공간을 마련해 낸다. 시인의 눈에는
사물의 뒤틀림을 표현하고 있는 다의성을 포함시킨다. 고전시가의 역
사적인 사건이나 인물을 새로운 시각으로 그려내거나 고전을 재해석
하는 것은 작가적인 관심과 역량이 문제이다. 같은 한시더라도 해석의

---

26) 이가원, 『退溪詩譯註』, 정음사, 1987, 303면.
27) 『退溪先生文集卷之三』, 詩 〈又四絶, 聾巖〉

방향에 따라 시가의 맛이 다르게 전달된다.

이 번역시는 원시의 정경교융이 그대로 옮겨지고 있다. 고전시가 속에서 우리민족이 지나온 전 역사를 관통하는 거대한 구도는 현대에 나타난 해석하기 어려운 이미지에 대한 직접적인 설명뿐 아니라, 그것이 등장하도록 한 미학과 미의식의 진화과정, 이미지와 의식 간의 긴장이 어떻게 예술적 창조로 이어지게 되는가 하는 과정에 대한 연구의 단서를 마련하는 것은 중요한 것이다.

"훌륭한 화가는 하얀 눈을 그릴 수는 있으나 그 맑음은 그릴 수 없고 둥근달은 그릴 수 있으나 그 밝음은 그릴 수 없으며 꽃을 그릴 수는 있으나 그 향기는 그릴 수 없고 옹달샘은 그릴 수 있으나 그 졸졸 흐르는 물소리는 그릴 수 없으며 사람을 그릴 수는 있으나 그 마음은 그려낼 수 없다. (나대경의 鶴林玉露) 이것은 한마디로 이미지를 추구하는 것이다.

서경(敍景)을 노래한 한시를 번역하면서 한 수의 시조나 가사를 읊는 기분으로 이미지를 옮겨온 느낌이다. 연민은 한시의 번역을 하면서 기본적으로 우리 전통의 어조를 살리려고 애썼다. 그의 시 번역 전반에 흐르는 4음보의 가락은 우리 전통의 리듬을 살리는 음조미의 인식이 있었다.

부내 　　　　　　　　　　　　　　　汾川
부내라 하는 곳이 이상한 물 아니어라 　　汾川非異水
머리를 돌이키며 오동그늘 생각하이 　　　回首想梧陰
성긴 비 우는 소리 소소만 하는 고녀 　　摵摵鳴疎雨
가을철이 다가오자 임 생각이 가절토다[28] 　秋來戀主深[29]

在西翠屏南 實里名也 知事之胤大成所居 大成號碧梧

28) 이가원, 『退溪詩譯註』, 정음사, 1987, 303면.
29) 『退溪先生文集卷之三』, 詩 〈又四絶, 汾川〉

이 시어에서도 향토적인 정감이 묻어나고 있다. 우선 분천(汾川)을 '부내'라고 번역한다. 이것은 지명으로 그 지역에서는 지금도 부내라고 부르고 있다. 연민은 어릴 때부터 들어온 지명이었다. 이렇듯 한시는 그 지역의 지명이나 물명에 대한 고유명사를 확실하게 알지 못하면 해석이 어려워진다. 특히 이 시 전구의 '摵摵鳴疎雨'는 '색색 울리는 성긴 비소리' 쯤으로 번역 할 것 같은데 이 시의 역자는 '성긴 비 우는 소리 소소만 하는 고녀'라고 번역하여 4음보의 리듬위에 얹어놓고 지키려고 하고 있다. 우리의 향토적인 정서에 맞게 시어를 다듬고 있으며, 생동감 있게 번역해 내고 있다. '~하는 고녀' 의 옛 어투는 정겨워 보이기까지 한다. 다른 번역에서도 '日洞'은 '날골'로, '汾川'은 '부내'로, '酉谷'은 '닭실'로 번역하여 그 지역의 특유의 지명에 대한 발음을 그 지역의 정서에 맞게 번역에 수용하고 있으며 향토색 짙은 언어들로 번역을 구성하여 우리의 향토적인 정서에 맞게 시어를 다듬고 있으며, 동물이나 식물의 물명도 우리정서에 알 맞는 것을 찾느라고 고심한 흔적이 역역하다.

고산 석벽에 쓰다
날골 주인 금씨 아들을
이제도 잘 있는가 강 건너 불럿더니
갈던 밭 지아비 손 흔들 뿐 말 안 들려
구름 메를 바라보며 오랫동안 앉았노라[30]

書孤山石壁
日洞主人琴氏子
隔水呼問今在否
耕夫揮手語不聞
悵望雲山獨坐久[31]
琴聞遠

이 시는 그 당시의 문화를 의식한 문화번역이다. 퇴계 당시의 이미

---

30) 이가원, 『退溪詩譯註』, 정음사, 1987, 242면.
31) 『退溪先生文集卷之二』, 詩 〈書孤山石壁〉

지를 최대한 살리려는 이미지 번역이다. 역자는 시적 정황을 충분히
이해하고 감상하여 우리 고유의 어투로 그 옛날의 생활상을 고스란히
옮겨오고 있다. 원시의 '日洞'을 '날골'로 번역하고 있다. 이 시의 승구
'隔水呼問今在否'의 원시를 "이제도 잘있는가 강건너 불럿더니"로 한
번역은 압권이다. 시의 정황 상, 강 건너에 농사일을 하고 있는 금씨의
자손 금문원(琴聞遠)에게 '그동안 잘 있었는가?'라고 멀리서 큰 소리로
안부의 인사를 묻는 것이다. 이 시의 번역에는 묘하게도 소리의 이미
지가 살아나고 있다. 한시의 번역은 그 지역의 정서와 문화를 의식한
번역이어야 한다. 연민의 이 번역은 그 지역의 정서를 십분 이해하고
있는 문화번역이다. 이 시의 전반에는 향토색이 잘 드러나고 있다. 이
시의 번역은 언뜻 보면 좀 성글어 보이기도 한다. 그러나 번역자의 의
도는 그 당시의 문화를 인식하고 있으며 원시의 정감을 훼손하지 않으
려고 애쓰고 있다. 우리말을 자연스럽게 구사하면서 평이하게 번역하
려고 애쓴 흔적도 드러난다. '날골', '밭지아비', '메' 등의 향토 색 짙은
시어와 시조 투의 언어는 시 전체를 전통 율조인 4음보의 운율위로 옮
겨 놓아 시 전체에 운율이 흐르도록 번역했다. 이 시의 서사에 대한
통일성을 의식하고 이 번역시의 끝 구절에는 원시의 감동을 살리기 위
하여 여운을 의식하여 번역을 하고 있으며, 실제로 이 번역시에서 여
운이 느껴지고 있다.

　연님의 번역은 읽을 대상을 고려해서, 그 독자들이 원본과 똑같은
언어감각과 뜻이 느껴지도록 배려된 것이다. 원본에 대한 구독이 어
려운 만큼 독자들이 쉽게 읽을 수 있도록 독자의 언어로 해석해 놓은
것이다. 번역문이 쉽게 와 닿지 않고 온통 어려운 단어로 뒤범벅되어
오히려 원문보다 어렵다면 문제가 있다. 번역은 쉬운 문체로 되어야
한다.

4. 결론

이상으로 연민 이가원의 『퇴계시역주』에 대하여 살펴보았다. 연민은 『퇴계집』의 한시를 올바로 읽고 새롭게 해석하는 것은 물론 그 독창성과 시세계를 발견해 내면서 번역과 번안으로 하나의 광활한 지평을 열어나갔다.

그는 『퇴계시역주』의 번역을 통해서 민족의식과 전통사상으로 척박한 한 시대를 개척해나간 민족문학의 선구자였다. 투철한 민족의식으로 무장된 정신세계와 동서양을 아우르는 탁월한 문학적 소양, 고전시가의 주석과 해독의 능력을 바탕으로 퇴계의 한시를 문학작품으로 번역했다.

연민의 퇴계시 번역은 한문고전의 대중화에 공헌하였으며 고전과 현대문학의 맥을 잇는 번역으로 한시문학에 많은 영향을 미쳤다. 그는 한시를 시조의 장르로 파악하여 풍토미와 음조미를 바탕으로 실감을 추구한 점과 소박미(素朴味)와, 시대미를 가지고 그 문예미를 따져본다면 연민의 번역 작품에는 사랑할 만한 작품들이 많이 있으며, 문학으로도 본받을 점이 많다고 판단된다. 연민은 우리의 향토적인 정서에 맞게 시어를 다듬고 있으며, 동물이나 식물의 물명도 우리정서에 알맞은 것을 찾느라고 고심한 흔적이 역력하다.

그의 『퇴계시역주』에 나타나는 미의식의 특징은 다음과 같다.

풍토미– 향토적인 서사. 향토적인 풍물속, 사투리. 향토적인 자연. 지명 우리식 어투 등 향토적인 소재.

음조미– 전통 시조의 운율 4음보조의 음보율을 유지하고 있으며 전통율격을 표현하려 하였고. 시 전반을 압도하는 우리 고시가적인 어조, 반복과 변조의 기교. 현제의 시재가 배제 된 과거의 시제. 감정적 낭만적 절박한 호흡. 시조를 비롯한 우리 시가 형식의 교섭양상이 드러나고 있다.

이 번역은 유교적인 주제에 관련된 번역보다 우리 민족적인 어휘와 부분적 국면에 대한 훈고학적 미세 담론이 우세한 번역의 양상을 드러내고 있다. 연민의 한시 번역 전반에서 느껴지는 실감의 추구는 원시를 넘어서는 미감의 표출이며 연민의 한시 번역의 특징으로 볼 수 있다. 우리 고유의 어조와 우리 언어를 살리고자 노력한 점에서 민족주의 성격이 나타나고 있는 점도 주목해 볼만하다.

『퇴계집』에 실려 있는 한시는 실재 사경, 영물, 서정, 서사, 설리(設理)에 걸쳐 민족 생활사를 아름답게 표현하고 있으며 유교존숭풍토에서 지나치게 유교 일변도로 고착된 점이 없지 않다. 이에 대한 번역으로 유교경전의 도덕적인 관념의 틀을 과감히 깨고 우리의 정서에 맞는 언어 구사와 우리언어 투의 향토적인 정감 등 자유분방하고 적절한 언어적 대응논리를 살린 연민의 번역은 그 가치를 인정받아야 한다.

연민의 퇴계시 번역은 예술이다. 원시를 의식한 시행 배열의 규칙성, 한시체 특유의 대구법을 의식한 번역, 언어의 감각적인 표현을 위한 고어의 사용, 한시 특유의 이미지의 반복성 제고, 원시에서 느낀 감정의 적절한 표출 등으로 번역작품의 전체 구조를 의식화하여 원시의 내용을 예술적으로 되살려 놓았다. 시인의 감정을 의탁한 감정 이입의 수법과 실감나는 이미지는 여타의 한시 번역에서는 쉽게 찾아보기 어려운 연민만이 할 수 있는 『퇴계시역주』 번역의 특징이라고 할 수 있다.

앞으로 한시 번역 작품에 대한 연구가 번역의 문학적 질을 제고하고 연구의 지평을 확대하는 방향으로 발전하길 기대한다.

〈춘향전〉 주석서 고찰

이윤석 / 연세대

1. 서언

한국문학에서 〈춘향전〉이 차지하는 위치는 대단하다. 〈춘향전〉의 이런 위상이 어떤 과정을 거쳐 형성된 것인가에 대한 연구는 아직까지 미미한 상태이나, 장차 이 과정에 대한 정밀한 연구는 반드시 필요할 것이다. 이 글은 1957년 이가원의 완판 84장본 『열녀춘향수절가』 주석서가 간행되기까지 나온 완판 84장본 〈춘향전〉의 주석서는 어떤 것이 있었으며, 또 그 내용은 어떤 것인가를 살펴보기 위한 것이다.

완판 84장본이 〈춘향전〉의 대표적인 이본으로 자리 잡게 된 이유는, 초기 〈춘향전〉 연구자들이 완판 84장본을 가장 오래된 〈춘향전〉으로 잘못 알고 있었기 때문이다. 완판 84장본이 방각본 〈춘향전〉 가운데서도 가장 늦은 시기에 간행된 것이라는 사실은 이제 연구자들 사이에서는 상식이지만, 1950년대까지는 완판 84장본이 가장 오래된 것이라는 생각이 지배적이었다. 이렇게 완판 84장본이 〈춘향전〉 가운데 가장 오래된 중요한 이본으로 위상을 굳히게 된 또 다른 이유로는, 초기 〈춘향전〉 연구자들이 서울의 〈춘향전〉을 몰랐다는 점을 들 수 있다. 필자가 서울의 〈춘향전〉이라고 말한 것은 세책 〈춘향전〉을 말하는데, 대부분의 〈춘향전〉 연구자들은 서울의 세책 〈춘향전〉을 모르고 있었다. 최

남선은 1912년 서울의 세책 〈춘향전〉을 고쳐 써서『고본춘향전』을 냈
지만, 이『고본춘향전』의 원천을 밝히지 않았기 때문에 서울의 세책
〈춘향전〉은 연구자들의 관심을 끌지 못했다.

  통속소설을 학문적 연구대상으로 다루기 시작한 시기는 아무래도
1924년 경성제국대학이 설립된 이후로 보아야 할 것이다. 1933년에 나
온 김태준의『조선소설사』는 근대적 학문 연구방법을 대학에서 배운
세대의 연구물이다. 그런데 이 시기는 〈춘향전〉이 가장 많이 간행되고
가장 많이 읽힌 시기이다. 〈춘향전〉은 과거의 소설이 아니라, 바로 당
대에 읽히고 있던 작품이었다. 그러므로 1920~30년대에 〈춘향전〉을
연구한 연구자들은 과거의 작품을 연구한 것이 아니라 바로 당대에 읽
히고 있는 작품을 연구한 것이라고 보아야 한다. 그러나 20~30년대
연구자들 스스로는 〈춘향전〉 연구를 당대 문학 연구라고 생각하지 않
았다. 연구자들은 바로 자신들이 살고 있던 당대에 가장 많이 읽히고
있는 작품을 연구하면서도 이 연구를 고전의 연구라고 생각했다. 〈춘
향전〉 연구에서 완판 84장본이 가장 중요한 이본으로 선택된 것은 이
러한 연구태도와도 관련이 있을 것이다.

  1950년대까지 단행본으로 〈춘향전〉을 간행한 고전문학 연구자는 김
태준, 조윤제, 김사엽, 이가원 네 사람을 들 수 있다.[1] 이들 모두는 고
전문학 연구사에서 중요한 인물이다. 이들의 전공분야를 어느 한 분야
라고 국한시키기는 어렵지만, 대체로 김태준은 소설, 조윤제와 김사엽
은 시가, 이가원은 한문학이라고 할 수 있다. 그런데 이들 모두가 〈춘
향전〉에 관심을 갖고 단행본을 저술했다는 점은 흥미 있다. 1950년대

이후에 경향 각지에 대학이 많이 생겨나면서, 고전문학 강독의 교재로 〈춘향전〉이 필요했기 때문에 많은 〈춘향전〉 교재가 나온 것은 사실이다. 그러나 저명한 한국문학 연구자들이 모두 〈춘향전〉 주석서를 간행했고, 또 그 대본이 대부분 완판 84장본이라는 사실은 주목할 필요가 있다.2) 완판 84장본이 〈춘향전〉에서 확고한 자리를 차지하게 된 데는 초기 〈춘향전〉 연구자들이 완판 84장본을 주석의 대본으로 선택한 것과 관계가 있다. 그리고 이후에 〈춘향전〉 연구가 상당 부분 이들 연구를 답습했다는 점도 간과할 수 없다.

아래에서 1950년대까지 나온 완판 84장본 〈춘향전〉 주석서를 살펴보고 그 의미가 무엇인지 검토해보기로 한다. 특히 최초의 주석서이자 현대역인 조윤제의 주석서 두 종과 완판 84장본 〈춘향전〉 주석을 학문적 수준으로 올려놓은 이가원 주석서의 의미를 자세히 살펴보려고 한다.

2. 학예사본

이 책은 1939년 1월 9일 학예사에서 조선문고의 첫 번째 책으로 나온 것으로, 서계서포의 완판 84장본 『열녀춘향수절가』를 띄어쓰기만 해서 활자화한 것이다.3) 이 책에는 저자를 따로 표기하지 않았으므로, 누가 활자화 작업을 했는지 알 수 없으나, 완판 84장본을 그대로 활자화하는 것은 별로 어려운 일이 아니므로 특별히 전문가의 손을 빌릴 필요는 없었을 것이다. 이 책에는 김태준의 논문 「춘향전의 현대적 해

---

2) 중앙인서관에서 간행한 것은 최남선의 『고본춘향전』이 저본이다.
3) 틀린 글자라고 판단한 데는 괄호 안에 수정한 글자를 넣었다. 이렇게 수정한 것 가운데, '듸국쳔자'를 '(즁)국쳔자'(70면)로 고쳐 원문을 수정한 것도 있다.

석」과 윤달선의 「광한루악부(廣寒樓樂府)」가 부록으로 붙어 있다.

이 책의 예언(例言)은 임화(林和)가 썼는데, 중요한 내용을 보면 다음과 같다.[4]

一, 本 板本 表題名 「열여춘향수절가라」라는 句는 소설 서두에 붙은 제목을 그대로 부르는 것으로 恒稱 全州土板이라 하는 것인데 流布本(寫本, 板本, 活字本) 中 最古의 것이라 思惟되는 것으로 전문가 간에서 약 80년 전후의 것이 아닌가 추정한다.

吾人의 閱讀에 依하여도 木版本이 現行 流布本 中의 雄인 「고본춘향전」(新文舘)에 비하여 훨씬 전의 것임은 그 兩本 중에 나오는 衣食器玩, 기타 문장과 인용 歌詞, 形容句 등 여러 점으로 보아 명백하다. 더욱이 「고본춘향전」序章은 육당 최남선씨 자신의 加筆임을 氏의 입으로 明言한 바 있고 그 외의 부분에도 潤色이 상당한 個所에 미쳤으리라고 보아진다.

一, 그리고 文中에 아무래도 風俗上 그대로 둘 수 없는 부분은 우리가 미리 얼마씩 自削했는데, 그 부분은 아라비아 숫자로 1, 2, 3 등의 표를 했다. 다음에 自削한 부분의 字數를 本板과 연구가를 위하여 명기한다.

一, 끝으로 本 板本을 실제로 보고 연구할 篤志家를 위하여 총독부 도서관에 이와 최후에 「完西溪書舖」란 5자가 없을 뿐 완전히 동일한 一本이 있음을 들어둔다.

이 몇 가지 예언에서 알 수 있는 것은, 이 책이 나올 무렵에 고전문학 연구자들 사이에서는 완판 84장본이 〈춘향전〉 여러 이본 가운데 가장 오래된 것으로 알려졌다는 점이다. 그리고 내용 중에 외설적이라고 생각한 부분을 스스로 삭제한 것이다. 삭제한 대목은 열 군데인데, 길

---

4) 인용문의 띄어쓰기와 철자는 필자가 약간 수정했다. 이 아래도 마찬가지이다.

게는 150자, 짧게는 4자를 삭제했다. 그리고 서계서포본을 저본으로 했다는 것을 밝혔다. 이 책은 주석서는 아니지만, 전문 연구자의 연구를 부록으로 붙였다는 점에서 연구사적 의의를 갖는다고 할 수 있다.

3. 조윤제 교주본

〈춘향전〉 텍스트에 대한 본격적인 연구는 조윤제의 완판 84장본 교주에서 시작되었다고 할 수 있다. 조윤제의 교주본은 두 종이 있는데, 1939년에 박문서관에서 낸 것과 1957년 을유문화사에서 간행한 것이다. 을유문화사본은 박문서관본을 수정한 것이지만, 여기에는 「춘향전 이본고」가 부록으로 붙어 있다.

3.1. 박문서관본

이 책은 1939년 1월 31일 박문서관에서 문고본으로 간행된 것이다. 앞의 학예사본과 거의 같이 나온 것으로 보아, 이 시기에 완판 84장본에 대한 관심이 높아졌다는 사실을 알 수 있다. 〈춘향전〉 연구에서 본격적으로 이본(異本) 문제를 다룬 사람은 조윤제이다. 조윤제는 이 책을 간행하면서 서문 격인 '校註者의 말'에 〈춘향전〉의 여러 이본에 대해서 언급했다. 여기에서 조윤제가 중요하게 언급한 이본은, 경판 16장본, 완판 84장본, 그리고 『옥중화』이다. 조윤제는 경판 16장본과 완판 84장본의 차이에 대해 다음과 같이 말했다.

첫째 그 분량에 있어 거의 비교가 안될만치 차이가 심하고, 다음 그 내용에 있어 한 편은 단순히 스토리를 主로 하였는데 대하여 다른 편은 전연 歌曲을 주로 하였다. 즉 경판본은 스토리를 주로 하여 그 분량이

적고, 완판본은 가곡을 주로 하여 그 분량이 훨씬 많아졌다. 다시 그 내
용에 이르러 세밀한 비교 대조를 하여보면 더욱이 兩本의 성질이 명확
하여지겠지마는 여기서는 그 번잡을 덜고자 하거니와, 이것은 어찌하
여 그다지도 차이가 심하였는가. 兩本의 사이에는 어떠한 관련이라도
있었으리라 먼저 믿지 않으면 안 되겠으니 한 편이 다른 한 편을 抄略
하였거나 혹은 敷衍하였다 밖에 생각할 수 없으나, 만일 앞에서 말한듯
이 춘향전이 본래 스토리적 소설로부터 희곡적 소설로 변천하였다 가
정한다면 완판본은 희곡적 소설로 볼 수 있으니, 경판본은 자연 그 저
본이 될 스토리적 소설의 입장에 서지 않으면 안 될 것이다. 즉 京城지
방에서 전라도 南原을 배경으로 한 스토리적 소설이 발생한 것을 전라
도에서 다시 그 지명으로 인하여 移入하여 그것을 희곡적 소설로 발달
시킨 것이 아닌가. 그러면 경판본 춘향전은 혹은 현재 남아 있는 그 가
장 원본이 될지도 모를 것이다.(6~7면)

이와 같이 조윤제는 경판본이 완판본에 선행하는 것으로 파악했으
면서도 교주의 저본으로 완판 84장본 『열녀춘향수절가』를 선택했는
데, 여기에 대해서는 다음과 같이 말했다.

　　나의 교주본의 底本으로는 특히 완판본의 열녀춘향수절가를 택하였
　　다. 이것은 앞에서도 말한 바와 같이 원본으로는 경판본 춘향전에 있어
　　도로혀 그 가치를 볼 수가 있을지 모르나, 춘향전의 춘향전다운 점은
　　암만하여도 그 희곡적 방면에 있는 듯하고, 또 우리들 생활에 가장 깊
　　이 浸潤하여 온 춘향전도 또한 그것이 아닐까 하는 단순한 나의 愚感에
　　서 나온 것에 지나지 못하거니와(9~10면)

라고 했다. 그리고 "원본은 원래 純諺文本인 것을 나는 校註에 당하여
여러 점에 있어 그 형태를 변경하였다. 첫째 純諺文本을 諺漢文으로
고쳐 쓴 것도 그 하나의 큰 것이었거니와 또 하나는 종래 관습용의 綴

字를 될 수 있는 한 현대식의 철자로 고쳐버렸다."(10면)라는 교주자의
말에서 알 수 있듯이, 원문의 철자를 현대어로 고쳤다. 이와 같이 현대
식 철자로 고치면서, "또 원문은 나의 마음대로 대략 春香과 李道令,
廣寒樓의 結緣, 交情, 離別, 受難, 再逢 六段에 分段하여 보았다."(13
면)고 하여, 독자의 편의를 위해 상·하 두 권으로 된 원본을 6단으로
나누었다.

조윤제는 『고본춘향전』과 『옥중화』에 대해서는, "古本春香傳은 경
판본 춘향전을 최남선씨가 증보한 것이고, 獄中花는 近代小說大家 이
해조의 저작인데, 옥중화의 초판은 大正元年이니 兩 板本 춘향전 이
외에는 현재 춘향전 중 가장 오랜 것이나, 本書의 출현은 춘향전 문학
에 일대 혁명을 일으켰다."(7~8면)고 하고, 『옥중화』 이후에 나온 많은
〈춘향전〉은 모두 그 아류라고 했다. 그러나 이 『옥중화』도 "이것 역시
완판본 춘향전의 계통을 받아 다분히 그것을 飜出하여왔다"(9면)고 하
여 완판 84장본에서 나왔음을 말했다.

또 저자는 "原文中에 가끔 생략한 부분이 있을 것이데, 이것은 風紀
上 如何한 것과 또 단순한 무의미의 衍文일 것이다."(13면)라고 하여
외설적인 내용을 빼고, 또 잘못 들어간 것이라고 판단되는 대목은 본
문에서 제외하고 각주에 넣었음을 밝혔다. 저자가 풍기상 문제가 된다
고 한 대목은, 이도령과 춘향이 성관계를 갖는 부분이다. 두 군데 예를
보면 다음과 같다.

> 詰難中 옷끈 끌러 발가락으 딱 걸고서 찌여안고 진드시 누르며 지지
> 개 쓰니 발길 아래 떨어진다. (百八十字略) 그 가온대 진진한 일이야 오
> 직하랴.(68면)

> 나는 탈것 업서시니, 今夜三更 깊은밤에 春香(四十五字略) 말을삼아
> 타량이면 걸음거리 업슬소냐.(86면)

위의 두 예문 가운데 두 번째 예문의 원문 전체를 현대어로 옮기면 다음과 같다.

　　나는 탈 것 없었으니 금야 삼경 깊은 밤에 춘향 배를 넌짓 타고 흘이 불로 돛을 달아 내 기계로 노를 저어 오목섬을 들어가되 순풍에 음양수를 시름없이 건너갈 제 말을 삼아 탈 양이면 거름걸이 없을쏘냐.(35장)

저자는 이런 정도의 내용을 외설적이라고 보고 생략했다.[5] 다음으로 연문(衍文)이라고 판단한 대목을 보기로 한다.

　　道令님웬목통이요. 고함소래에 使道놀래시사 嚴問하라 하옵시니 엇지 알외잇가.(此間衍文略·註에보라) 道令님 大驚하야(49면)

저자가 연문이라고 생략한 대목을 각주에서 다음과 같이 밝혔다.

　　略한衍文=『딱한 일이로다. 남우집 늙은이는 耳聾症도 잇나니라마는, 귀 너무 밝은것도 예상일 아니로다.』글러한다 하다마는 글헐이가 웨 잇슬고.

이 대목은, 이도령이 춘향이를 보고 싶다고 크게 지른 소리가 사또 귀에 들려, 사또가 무슨 소리인지 알아오라는 장면이다. 저자가 연문(衍文)이라고 판단한 부분은, 사또의 분부에 어떻게 대답하는 것이 좋

---

5) 조윤제가 외설적이라고 삭제한 대목은 앞의 학예사본에서 삭제한 곳과 완전히 일치한다. 이렇게 두 책에 삭제한 대목이 일치하는 것으로 보아, 일정한 삭제의 기준이 있었던 것으로 보인다. 그리고 이 삭제의 기준은 아마도 총독부의 검열 기준이었을 것이다. 1957년 을유문화사본에서도 조윤제는 이 삭제한 것을 거의 그대로 유지하는데, 이때의 삭제는 검열 때문은 아니다.

겠느냐는 방자의 물음에 대한 이도령의 대답과 이 대답에 대한 서술자의 발화이다. 이 대목에서 이도령의 발화는, 방자의 물음에 대한 답변이라기보다는, 이도령의 혼잣말에 가깝다. 이도령의 혼잣말은 매우 재미있는 표현이지만, 혹시라도 이도령의 도덕성에 흠집을 낼 수도 있기 때문에, 서술자는 재빨리 이도령의 발화를 거둬들인다.

고소설에는 이런 식으로 서술자가 이야기에 개입하는 경우가 흔하다. 또 판소리를 들어보면, 창자가 이야기에 끼어들어 자신의 생각을 덧붙이는 일도 자주 나온다. 그런데 저자는 이 대목은 연문(衍文)이라고 판단했고, 이를 이야기에서 떼어내어 각주로 처리했다. 이렇게 이 대목을 연문이라고 판단한 바탕에는, 소설이라는 장르에 대한 저자의 생각이 자리 잡고 있는지도 모르겠다.

3.2. 을유문화사본6)

이 책은 1939년 박문서관본을 수정한 것에 부록으로 저자가 발표했던 「춘향전 이본고」를 그대로 실은 것이다. 저자는 이 책을 내면서 서문에서, "그러나 교주본은 소홀한 점이 너무 많았을 뿐 아니라, 뜻하지 않은 誤註도 간혹 있어 이것을 그냥 버려두는 것은 저자로서의 성의와 책임이 너무나 부족한 듯하므로 이제 약간의 수정과 修補를 가하고, 또 미비한 것은 다시 후고를 기다리면서 이것을 再公刊하려 한다."고 하여 박문서관본에 약간의 수정을 했음을 밝혔다.

저자가 말한 '약간의 수정과 수보'의 예를 몇 가지 보면 다음과 같다.

龍良護衛는 干城之將이라(16면) → 龍驤虎衛는 干城之將이라(17면)
水聲臺(23면) → 搜勝臺(22면)

---

6) 간행은 1957년 10월에 되었으나, 서문은 1954년에 썼음.

헌원氏 十勇悍과 능작대무치우탁 녹야에 사로잡고(85면) → 軒轅氏 十
勇悍과[7] 能作大霧蚩尤 逐鹿野에 사로잡고(73면)

일런포한 부지상사 어이그리 모르시요(132면) → 一年抱恨[8] 不知生死
어이 그리 모르시요(114면)

三國時孝子 → 三國時孝子. 母嗜筍 冬時筍尙未生 宗入林哀歎 筍忽迸
出(116면)

　　이상의 몇 가지 예에서 볼 수 있듯이, 저자는 박문서관본에서 잘못
된 것을 상당수 바로잡았고, 또 각주도 보충했다. 을유문화사본은 박
문서관본을 수정했다는 의미도 중요하지만, 여기에 저자가 기왕에 쓴
논문인「춘향전 이본고」를 부록으로 수록했다는 점이 큰 의미가 있다.
조선시대 대부분의 고소설처럼 〈춘향전〉도 작자와 창작시기가 밝혀지
지 않았으므로 현존하는 여러 이본 가운데 어떤 본이 선행본인지 알
수 없다. 또 맞춤법이 고정되지 않았던 시기에 전승되었으므로 그 과
정에서 많은 오류가 생겨났다. 그러므로 〈춘향전〉을 이해하기 위해서
는 이본의 연구와 텍스트에 대한 정밀한 교주 작업이 반드시 필요하
다. 그런 의미에서 을유문화사본은 〈춘향전〉 이해를 위한 기본적인 두
가지 작업이 함께 이루어진 연구라고 할 수 있다.
　　이 책에 부록으로 붙인「춘향전 이본고」는 저자가 1939년과 1940년
에『진단학보』에 발표한 것인데, 그 대체적인 요지는 박문서관본의
'교주자의 말'에 들어 있는 것과 같다. "춘향전 이본고"는 1939년까지
저자가 본 〈춘향전〉의 이본을 망라한 것일 텐데, 방각본으로 언급한

---

7) '十勇悍과'는 '習用干戈'의 잘못이다. 그런데 이 부분의 각주를 보면, "十八史略에
　軒轅乃習用干戈 以征不享 諸侯感歸之……"라고 하여 '軒轅乃習用干戈'라는 말이 있
　음을 알고 있었다. 그러나 원문의 "헌원씨십용간과능작듸무치우탁녹야의사로잡고"에
　서 '십용간과'를 '軒轅乃習用干戈'와 연결시키지를 못했다.
8) '一年抱恨'은 '一念抱恨'의 잘못임.

것은 완판 84장본과 경판 16장본 2종이고, 필사본은 고려대학교 소장본, 이명선 소장본, 저자 소장본 〈별춘향전〉 등 3종이며, 그 나머지는 『옥중화』와 『고본춘향전』을 포함한 활판본과 한문본이다. 활판본은 이 이본고를 쓰던 시기에서 멀지 않은 때에 나온 것이므로 대체로 망라되어 있고, 또 한문본도 4종이나 언급했다. 그러나 방각본과 필사본은 저자가 다루지 않은 것이 매우 많은데, 저자가 다루지 못한 이본이 〈춘향전〉 전승에서 매우 중요한 것들이다.

현재 알려진 〈춘향전〉의 방각본 이본은, 경판본으로는 35장본, 30장본, 23장본, 17장본, 16장본 등이 있고, 완판본은 84장본, 33장본, 29장본, 26장본 등이 있으며, 안성판 20장본이 있다. 또 같은 장수의 판본이라도 이판본(異板本)이 여럿 있다. 그리고 필사본 가운데 중요한 이본으로는 서울에서 세책으로 유통된 〈춘향전〉이 있다. 이들 대부분을 조윤제는 보지 못했다. 그 결과 경판 16장본에 선행하는 여러 종류의 경판 방각본이 있고, 또 이 방각본과 관련이 있는 세책 〈춘향전〉이 있다는 사실을 전혀 모르고 「춘향전 이본고」를 썼다.

조윤제의 완판 84장본 교주본의 간행과 「춘향전 이본고」는 이후의 〈춘향전〉 연구에 지대한 영향을 미치게 된다. 〈춘향전〉의 많은 이본 가운데 완판 84장본이 가장 춘향전답다는 조윤제의 발언은 완판 84장본을 〈춘향전〉 연구의 중심에 자리 잡게 했고, 완판 84장본을 주석한 것은 오랜 기간 〈춘향전〉 주석 연구가 완판 84장본에 집중되도록 했다.

4. 김사엽 교주본

이 책은 판권지를 보면, 대양출판사의 주소에 "臨時本社 大邱市三德洞"으로 되어 있어서 6.25동란의 와중에 대구에서 간행된 것임을 알 수 있다. 김사엽은 이 책의 일러두기에서 다음과 같이 말했다.

1. 이 冊의 底本은 가장 古本이라고 推定되어 있는 完板本『烈女春香守
   節歌』(完西溪書舖)이며, 이것을 되도록 읽기와 理解에 便ᄒ게 하고
   자 해서 適當히 原文을 띄어 놓았고, 순 正音文인 原文을 可能한 限
   漢字를 挿入하여 놓았다.
2. 원문을 十七段으로 分段하고 다시 이에다「成春香」「李道令과 廣寒
   樓」등의 제목을 붙인 것은 순전히 교주자의 임의로 한 것이지마는
   이 또한 독자의 편의와 또는 교재로 사용할 경우를 고려함에 지나지
   않는다.
3. 원문은 간혹 訛傳 誤記가 없지 않고, 또 難澁한 곳은 다 抄出 校註하
   였다.

이상의 일러두기에서 밝힌 바와 같이 김사엽은 원문을 현대어로 고
치지 않고 그대로 옮기기만 했다. 이것은 아마도 이 책이 대학에서 강
독의 교재로 쓰일 것을 염두에 두고 만든 것이기 때문일 것이다. 그리
고 조윤제의 교주본과 마찬가지로 원본의 상하권을 17단으로 나누고
각 단에 임의로 제목을 붙였다. 조윤제의 교주본은 원문의 철자를 현
대어로 고치고 한자로 바꿀 수 있는 것은 모두 바꿨으므로 주석의 숫
자가 적지만, 김사엽의 교주본은 원문을 그대로 옮겼기 때문에 주석의
숫자가 많아졌다. 저자는 앞서 조윤제의 주석본에서 외설스럽다고 생
략한 대목도 다 원문대로 두었고, 또 연문(衍文)이라고 했던 대목도 본
문 안에 그대로 썼다.

이 주석서는 원문을 그대로 옮겼다고 했으나 원문을 옮긴 것에 오자
(誤字)가 많다. 또 잘못된 주석도 있고, 내용을 잘못 이해해서 띄어쓰
기가 틀린 곳이 있다. 그러나 선행 조윤제의 교주본에서 잘못된 곳을
수정한 것도 있다. 김사엽은 이 책에 '춘향전 해설'이라는 글을 뒤에

실었는데, 그 내용은 당시까지 〈춘향전〉 연구 내용을 충실하게 반영한
것이다.

5. 이가원 주석본

이 책은 1957년 9월 정음사에서 간행되었다.[9] 그런데 이 책의 서례
(叙例)는 1955년 10월에 작성되었고, 이 책의 뒤에 붙은 '春香傳小綴'
은 1956년 6월인 것으로 보아, 원고는 1955년에 완성되었던 것으로 보
인다. 이가원의 주석은 대단히 정밀할 뿐 아니라, 참고한 서적의 방대
함에 있어서도 읽는 사람을 놀라게 했다. 이가원은 약 800종의 인용문
헌을 제시했는데, 이는 주석이 학문연구의 한 분야임을 분명하게 보여
준 것이라고 하겠다. 이 책의 '서례(叙例)' 가운데 중요한 것 몇 가지를
보면 다음과 같다.

- 一. 本書는 全州 木板 곧 『完西溪書舗』의 『열여춘향슈절가(烈女春香
  守節歌)』를 藁本으로 함.
- 一. 본서의 원전에는 章回의 나눔이 없이 聯綴되었으므로 이제 繙讀
  의 편의를 위하여 五十二 장회로 나누어 『셩딕퇴기(聖代退妓)』·
  『이화츈풍(梨花春風)』 등의 四字一句로 된 장회의 이름을 붙임.
- 一. 본서는 옛 철자의 원형을 墨守하여 고전적인 가치를 그대로 지니
  게 함.
- 一. 본서의 이본은 수십종에 달하므로 일일이 對勘하기는 어려우나 다
  만 梁珍泰의 『多佳書館』본은 애초에 本書와 同本으로서 翻刻 또는

---

9) 이가원의 주석서는 1986년 정음사에서 『改稿 春香傳』, 그리고 1995년에 태학사에서
『春香傳』으로 다시 나온 것이 있는데, 이 두 책은 1957년 초판의 주석을 쉽게 풀어쓴
것이다.

補版으로 인하여 小異가 없지 않으므로 注錄 중에 한 글자라도 빠짐 없이 대조하여 『梁本에는』으로서 표시함.
一. 注錄者로서 주록을 명확히 못할 때에는 반드시 『미상』 또는 『출전미상』 등으로 표시하여 遁過의 혐을 피하며 후일의 追補를 기함.

이가원의 주석서는 완판 84장본을 대본으로 했으며, 저자가 임의로 장회를 나누었다는 점에서 선행하는 교주본과 마찬가지이다. 그리고 원문의 철자를 그대로 옮기고 괄호 안에 한자를 넣은 다음 각주를 붙인 것은 김사엽의 교주본과 같다.

저자가 완판 84장본을 주석의 대본으로 선택한 것은, 당시에는 완판 84장본이 〈춘향전〉의 대표적인 이본으로 알려졌기 때문일 것이다. 그런데 주석의 대본으로 삼은 서계서포본은, 전주에서 간행해서 유통된 것이 아니라, 1949년에 진서간행회(珍書刊行會)에서 김삼불이 소장한 목판으로 간행한 것이다.[10] 이 진서간행회에서 간행한 서계서포본은 기왕의 서계서포본과 비교했을 때 자획이 떨어진 곳이 있는데, 이것은 판각한 지 오래 되었기 때문인 것으로 보인다.

완판 84장본의 교주본이 이미 두 종이나 나와 있는데, 이들과 차별이 되고 학술적으로도 의미 있는 주석서를 간행한다는 것은 쉽지 않은 일이다. 저자는 내용과 형식 두 가지 모두 선행 교주본과 차별화를 시도했다. 우선 형식적인 면에서 저자는 선행 교주본과 달리 다가서포본과 서계서포본의 다른 곳을 일일이 명시했고, 또 미상처를 분명하게 밝혔다. 서계서포본과 다가서포본은 번각 관계에 있는 것이므로 이 두 본의 글자 차이를 일일이 밝히는 것이 특별히 어떤 의미를 갖는냐고 보기는 어렵다. 그러나 두 본의 차이를 정밀하게 조사해서 제시한 것

---

10) 완판본 판목에 대해서는 전상욱이 정리한 것이 있다. 전상욱, 「방각본 춘향전의 성립과 변모에 대한 연구」, 연세대학교 박사학위 논문, 2006. 06

은 독자로 하여금 이 주석서를 신뢰하게 만드는 중요한 요인이다. 그
리고 정확한 내용을 알 수 없는 단어나 문장에 '미상'이라는 표시를 한
것 또한 이 주석서에 신뢰를 더하게 했다.

이와 같은 형식적인 문제도 중요한 것이었지만, 이 주석서가 완판
84장본 〈춘향전〉 주석의 결정판이 될 수 있었던 것은 주석의 내용이었
다. 이가원의 주석은 그때까지 나온 것은 물론이고, 그 이후에 나온 완
판 84장본의 어떤 주석서보다도 많은 양의 주석을 붙였다. 그리고 그
내용에 있어서도 가장 뛰어난 주석서이다. 한 예로 이도령을 묘사한
대목을 보기로 한다.

관도셩남너룬길의싱기잇게나갈졔취리양유ᄒᆞ던두목지의풍칠년가
시〃요부하던주관의고음이라상가자믹춘셩늬요만셩졘자슈불이라(상권
5~6장)

조윤제는 이 대목을 아래와 같이 한자를 달았다.

官道城南 널운길에 生氣잇게 나갈졔 醉來楊州하던 杜牧之의 풍칠넌
가. 시〃요부하던 주관의 고음이라. 香街紫陌春城內요 滿城見者誰不
愛라.(25면)

그리고 다음과 같이 두 군데 주석을 붙였다.

취리양유 : 원본에 「취리양유」라 하였으나 「양유」는 「양주」의 誤인
듯하다. 어느 때 두목지가 술이 취해서 수레를 타고 楊洲를 지내니 기
생들이 그 풍채에 惑하여 수레를 향해 귤을 던져 그것이 수레에 찼다
한다.
香街紫陌春城內 滿城見者誰不愛 : 岑參의 衛節度赤驃馬歌의 一節.

김사엽은 이 대목에 다음과 같이 한자를 붙였다.

　관도(官道) 성남(城南) 너룬 길의 싱기(生氣) 잇게 나갈 졔 취릭 양유
(醉來楊州?)ᄒ던 두목지(杜牧之)의 풍칠넌가. 시〃 요부하던 주관의 고
음이라. 상가자믹춘셩늬(香街紫陌春城內)요 만셩젼자슈불익(滿城見者
誰不愛)라.(19면)

그리고 두 군데 주석을 붙였다.

　醉來楊州 : 두목지가 한번은 술이 취해서 수레를 타고 양주를 지내
니 기생들이 두목지의 풍채에 혹하여 귤을 던져 수레에 가득 찰만큼 되
었더라는 일화를 이른 말.
　香街紫陌春城內 滿城見者誰不愛 : 岑參의 詩 「衛節度赤驃馬歌」의
一節.

이가원은 다음과 같이 원문에 한자를 넣었다.

　『관도 성남(官道城南)』 너룬 길의 싱기 잇게 나갈 졔『취릭 양유(醉來
楊州)』ᄒ던 두목지(杜牧之)의 풍칠(風采)넌가. 『시〃 요부(時時誤拂)』
하던 주관(周郎)의 고음이라. 『상가 자믹 춘셩늬(香街紫陌春城內)』요
『만셩젼자슈불익(滿城見者誰不愛)』라.(39면)

그리고 다음과 같이 주를 붙였다.

　官道城南 : 王勃의 [採蓮曲]에『官道城南把桑葉 何如江上採蓮花.』
　醉來楊州 : 두목이 술이 취해서 수레를 타고 양주에 지나매 기생들이
　　　그의 풍채를 연모하여 귤을 던져 수레에 가득 차게 되었다는 美話.

權以生의 [史要聚選 杜牧]에『醉過楊州橘滿車』

杜牧之 : 見前注三(3)

時時誤拂 : 李端의 [鳴箏詩]에『欲得周郎顧 時時誤拂絃』. 陳壽의 [三
國志 周瑜傳]에『瑜少精意于音樂 三爵之後 其有闕誤 瑜必知之 知
之必顧 故時人 謠曰「曲有誤 周郎顧.」』

香街紫陌春城內 滿城見者誰不愛 :『화려하게 꾸민 시가의 봄이요, 이
를 본 시민들은 사랑하지 않는 이가 없도다.』岑參의 [衛節度赤驃
馬歌]에『香街紫陌春城內 滿城見者誰不愛 揚鞭驟急日汗流 弄影行
驕碧蹄碎.』

두목지의 고사(故事)와 잠삼(岑參)의 시 「위절도적표마가(衛節度赤驃
馬歌)」는 조윤제와 김사엽의 교주본에서도 주석을 붙인 것이다. 그러
나 선행 교주본에는 시의 번역이 없이 출전과 한문 원문만을 실었는
데, 이가원은 한문 원전과 아울러 한글 번역을 붙였다. 이렇게 번역을
함께 실어놓았으므로 독자들이 그 내용을 분명히 알게 되었다.

그러나 이가원의 주석의 뛰어난 점은 그동안 알 수 없었던 내용을
찾아낸 것이다. 예를 든 본문의 "시〃요부하던주관의고음이라"는 선행
교주에서는 그 의미를 밝혀내지 못했다. 이 대목은 주유(周瑜)가 음악
에 정통했다는 것과 그의 용모가 곱다는 두 가지를 말하는 것이다. 주
유는 음악에 밝았기 때문에, 높은 벼슬을 한 후에도, 만약 누가 연주할
때 틀리면 반드시 돌아보았다고 한다. 그래서 때때로 기생들이 주유의
얼굴을 보려고 일부러 틀리게 연주했다는 고사가 있다. 이 고사를
"시〃요부하던주관의고음이라"와 연결시키기는 쉽지 않다. 당(唐)나라
이단(李端)의 시 「명쟁(鳴箏)」에 "欲得周郎顧 時時誤拂絃"이란 구절을
외우고 있어야 주유의 고사라는 것을 알 수 있다.

이와 같이 전고를 외우고 있어야 해결할 수 있는 문제 이외에, 한글
만 있는 시에 한자를 채워 넣는 것도 이가원 주석서에서 비로소 해결

된 것이 많다. 춘향의 옥중 서간에 한시 한 편이 있는데, 이 시는 다음
과 같다.

　　　　기세하시군별첩고작이동혈우동추라광풍반야우여셜ᄒ니하위남원옥
　　중퇴라

　이 시를 조윤제는 그대로 한글만 써서,

　　　　기세하시군별첩고
　　　　작이동혈우동추라
　　　　광풍반야우여설하니
　　　　하위남원옥중퇴라

라고 했고, 김사엽은,

　　　　기세하시군별첩(幾歲何時君別妾)고
　　　　작이동혈우동추(昨已同穴又同樞)라
　　　　광풍반야우여설(狂風半夜雨與雪)하니
　　　　하위남원옥중퇴(何爲南原獄中椎)라

라고 한자를 넣었다. 이가원은 다음과 같이 한자를 붙였다.

　　　　기세하시군별첩(去歲何時君別妾)고
　　　　작이동혈우동추(昨已冬節又動秋)라
　　　　광풍반야우여셜(狂風半夜雨與雪)ᄒ니
　　　　하위남원옥중퇴(何爲南原獄中囚)라

그리고 이 시의 주석에서 '去歲何時君別妾'이 이백의 시 「사변(思邊)」의 한 구절임을 밝히고, 다음과 같이 시 전체를 번역했다.

지난 해 어느 때에 임이 첩을 이별했던고
어저께 벌써 겨울철이 지내고 이제 또 가을철이 움직이는고나.
미친바람 깊은 밤에 비는 눈 같으니
무슨 까닭으로 남원 옥중의 죄수가 되었던고.

이가원의 주석서에는 그 원천이 한문인 것은 거의 빠짐없이 주석을 했는데, 어떤 것은 지나칠 정도였다. 이 주석서에는 약간의 오류가 있는데, 주로 전라도 사투리와 판소리와 관련된 것으로 선행 연구에서도 이미 있었던 것이다. 조윤제, 김사엽, 이가원은 모두 경상도 사람이므로 전라도 사투리를 잘 몰랐을 것이고, 또 1950년대까지만 해도 판소리는 경상도 사람에게는 생소한 음악이었기 때문에 판소리의 관습을 이해하지 못한 것은 어쩌면 당연한 일이라고 할 수 있다. 판소리를 잘 몰랐기 때문에 일어난 잘못에 대한 좋은 예는 조윤제가 연문(衍文)이라고 파악한 대목이다. 앞에서 본 것과 같이, 이도령이 아버지에 대해서, "딱한 일이로다. 남의 집 늙은이는 이롱증도 있느니라마는 귀 너무 밝은 것도 예상일 아니로다. 그러한다 하지마는 그럴 리가 왜 있을꼬."라는 대목을 조윤제는 잘못 들어간 것으로 보고, 이 대목을 삭제하고, '此間衍文略·註에 보라'라고 하여 각주로 표시했다. 김사엽은 이 대목 전체를 이도령의 발화로 보고 특별히 다른 언급은 하지 않았다. 그러나 이가원은 '그러한다 하지마는 그럴 리가 왜 있을꼬'를 다른 사람의 발화로 분리를 하고, "이 一節은 衍文이 아니면 上下에 脱文이 있는듯 함"이라고 각주를 붙였다. 이 대목은 판소리 창자가 소리판에서 흥을 돋우기 위해 직접 상황에 대한 설명을 하는 내용이 소설에 그대로 수용된 것이다. 이와 같이 서술자가 서사에 끼어드는 일은 판소리 계소설에서는 흔한 일이고, 또 고소설에서도 별로 낯설지 않은 기법이다. 판소리에 대한 이해가 충분치 않고, 또 고소설 연구가 아직 초보적인 단계였으므로 이러한 오류가 계속된 것으로 볼 수 있다.

완판 84장본『열녀춘향수절가』의 주석은 이가원의 주석서에서 일단 완성된 것이라고 보아도 좋다. 특히 한문구절의 주석은 이후에 나온 어떤 주석서도 이를 넘어서는 것이 없다. 그런 의미에서 이가원 주석서 이후에 나온 수많은 완판 84장본 〈춘향전〉 주석서는 모두 이가원 주석서의 보완작업이라고 하는 것이 올바른 표현일 것이다. 컴퓨터를 이용한 검색이 가능해진 요즈음에는 필요한 자료를 찾는 일이 상당히 쉬워졌다. 그러나 순전히 연구자 자신의 기억력에만 의존할 수밖에 없었던 시절의 주석 작업이 컴퓨터 시대의 작업보다 정교하게 이루어졌다는 점에서, 이가원의 〈춘향전〉 주석서는 주석 연구의 본령이란 무엇인가를 생각하게 해준다.

6. 결어

1920년대 근대적인 학문 연구가 시작된 이래 〈춘향전〉은 중요한 고전으로 떠올랐다. 초기의 연구자들은 〈춘향전〉을 과거의 작품으로 생각했지만, 〈춘향전〉이 가장 많이 읽힌 시기는 1912년『옥중화』가 나온 이후 1940년대까지이다. 〈춘향전〉이 전국적으로 읽히게 된 시기는 아마도『옥중화』를 비롯한 활판본 〈춘향전〉이 간행된 이후일 것이다. 이런 의미에서 보면, 초기의 〈춘향전〉 연구자들에게 〈춘향전〉은 당대의 작품이라고 말할 수 있다.

초기의 〈춘향전〉 연구자들이 완판 84장본을 주석의 저본으로 삼은 가장 큰 이유는, 완판 84장본이 가장 오래된 것으로 판단했기 때문이다. 그러나 완판 84장본은 완판 〈춘향전〉의 마지막 단계에서 나온 이본이고, 〈춘향전〉 이본 전체의 맥락에서 보더라도 가장 후기의 이본이다. 완판 84장본의 정확한 간행년도는 알 수 없으나, 1910년을 전후한 시기에 몇 가지 이판본이 나온 것만은 틀림없다.

서울 출신의 최남선은 세책 〈춘향전〉을 개작하여 『고본춘향전』을 냈지만, 『고본춘향전』은 『옥중화』만큼 인기를 끌지 못한다. 그리고 서울의 세책 〈춘향전〉에 대해 전혀 몰랐던 〈춘향전〉 연구자들은 『고본춘향전』의 원천이 무엇이었는지 알 수 없었다. 식민지 시기에 전국적인 규모로 확대된 출판시장에서 고소설 〈춘향전〉은 이해조가 개작한 『옥중화』가 가장 많이 읽힌다. 초기 연구자들은 『옥중화』가 완판 84장본과 관련이 있다고 생각했기 때문에, 이후에는 완판 84장본이 〈춘향전〉을 대표하게 된다. 〈춘향전〉에 대한 학문적 접근도 완판 84장본을 중심으로 이루어지게 되는 것은 말할 것도 없다. 이제까지 살펴본 초기 연구자 3명의 주석서도 모두 완판 84장본을 저본으로 이루어졌다는 사실이 이런 현상을 잘 보여준다.

1939년 조윤제부터 시작된 완판 84장본 〈춘향전〉의 주석 연구는 1957년 이가원의 주석서에서 일단 정리가 된다. 이후 숱하게 많이 나온 완판 84장본의 주석서나 현대역과 〈춘향전〉에 대한 연구는 이 주석서에 힘입은 바 크다. 〈춘향전〉 연구가 완판 84장본을 중심으로 이루어진 여러 가지 이유 가운데 하나는, 일찍이 완판 84장본의 완벽한 주석본이 나왔기 때문이기도 하다. 문학 연구는 작품의 정확한 해독에서 시작된다는 평범한 사실을 생각한다면, 고전문학 작품의 원전을 정밀하게 검토하는 일은 반드시 필요한 일이다. 그리고 뛰어난 고전 주석서는 고전의 연구를 활발하게 이끌 수 있다는 사실을 이가원의 주석서는 잘 보여준다.

연민선생과 연암소설 번역

『양반전』을 중심으로

서현경 / 연세대

1. 서론

연민 이가원(1917~2000)이 후세에 끼친 학은(學恩)을 일일이 헤아려 보면 그 무엇 하나 소중하지 않은 것이 없다. 그 중에서도 선생의 번역 사업은 나라 잃은 백성의 기억과 선학들로 물려받은 책무의식의 발로로, 배우는 자들과 일반 독자에게 실로 굉박한 문화유산을 끼쳐준 쾌사였다. 본고에서 다룰 연암소설의 번역도 그 유산의 하나이다. 돌이켜보면 특히 연민선생은 지난 세기, 나라를 잃은 백성의 삶과 한문학이 매도당하는 아픔을 지켜보면서, 모든 것이 달라진 새로운 세상에서도 제 빛을 잃지 않을, 조선의 한문 문장가들의 글을 골라 '소설'이란 새로운 이름으로 복권시켜 번역하는데 힘을 기울였다. 조선 한문학의 계승자적 입장을 견지하면서 연민선생은 이러한 작업을 더욱 확대하여 연암의 한문단편을 비롯한 제가의 글들[1]을 근대문학의 총아인 '소설'의 범주 속에 편입하여, 그 실제적 작품 세계를 나수의 사람들이 공유할 수 있도록 의도했다. 『이조한문소설선』(1961)과 같은 노작이 바로

---

[1] 연민선생 번역의 『이조한문소설선』에는 元昊의 〈夢遊錄〉으로부터 卞榮晩의 〈施賽傳〉까지 무려 62개의 작품이 수록되어 있다.

그러한 예이다. 물론 이러한 한문 작품들을 -제한적이나마 20세기의
요구에 맞게- 복권하는 문제에 대한 고민은2) 그의 스승이었던 성암
(聖巖) 김태준(金台俊, 1905~1949)의 〈조선소설사〉가 물려준 것이기도
하다. 연민선생이 연암소설로 명명하여 번역한 10개의 한문단편들은
실로 김태준이 그의 〈조선소설사〉에서 10편의 연암의 산문을 소설로
명명한 입장3)을 계승한 것이기 때문이다. 물론 연암의 한문단편들은
김태준 이전에도 번역된 바가 없는 것이 아니다. 그러나 김태준의 이
러한 문제의식에 부응하여 연암의 한문단편 10편 전부를 번역하여 공
간함으로써 대중에게 실제의 작품세계를 감상할 수 있도록 제공해 준
것은 연민선생이 처음이다. 한편 연민선생의 〈연암소설연구〉를 보면,
그가 소설로 명명한 작품들에 대한 실제 분석에서는 정작 서구적인 소
설 분석 방법의 기본적인 관심대상인 서사적인 요소들, 즉 인물이나
사건 혹은 배경을 분석하는 작업을 비교적 간략하게 처리하고 있음을
발견할 수 있다.4) 연민선생의 관심은 오히려 우언과 풍자의 관점에서
연암소설의 사상성에 집중되어 있었음을 짐작할 수 있다.

　물론 연암소설이 분단된 현실에서 북쪽에서도 번역된 바가 있기는
하다. 최근 국내출판사를 통해 정식 수입된 바도 있는 홍기문의 번역5)

---

2) 따라서 이러한 시각에서 본고는 연암의 한문단편 10편이 모두 장르상 '소설'인가
　하는 문제에 대해서는 논하지 않기로 한다. 이 문제에 대해선 졸고, 양반전 분석의
　재론(동방고전문학연구 5집, 2003. 96~97면)을 참조할 것.
3) "연암의 소설로는 『열하일기』속에 있는 「호질(虎叱)」, 「허생전」 수편과 『연암외전』
　속에 있는 「마장(馬駔)」, 「민옹」, 「김신선」, 「예덕」, 「양반」, 「광문」, 「우상」 제전(諸傳)
　과 기타 열녀함양박씨전 등이 있다."(김태준, 조선소설사, 1933년 초판, 청진서관/
　1939년 개정증보판, 학예사/ 박희병 교주, 증보조선소설사, 한길사, 1990. 169면 참조)
4) 보다 상세한 설명은 이현식의 "연암 박지원 소설 연구의 성과와 한계에 대하여"(연민
　이가원 선생의 생애와 학문, 열상고전연구회편, 2005.)에서 303~304면을 참조할 것.
5) 홍기문 역, 나는 껄껄 선생이라오, 보리 2004. 이 책에는 말거간전, 예덕 선생전,
　민 노인전, 양반전, 김신선전, 광문자전, 우상전, 허생전, 범의 꾸중, 열녀 함양 박씨전
　등의 제명으로 10편이 모두 번역되어 있다.

이 그것이다. 본고에서는 몇 편에 대하여 제한적으로 시도된 '연암소설'의 번역 사례는 일단 논외로 하고, 김태준이 명명한 연암소설 10편을 모두 번역한 번역자들의 글6)을 대상으로 실제의 번역문장들을 비교해 보고자 한다.

2. 양반전에 대한 해석 시각의 검토

본고에서는 지면의 제약과 논의의 편의를 고려해 〈양반전〉 번역을 중심으로 비교 검토함으로써 연민선생의 번역이 가진 이면적 특징을 살펴보고자 한다. 주지하는 바와 같이 번역은 글자의 옮김만을 의미하는 것이 아니다. 번역자가 작품을 어떤 시각으로 독해했는가에 따라 같은 글자도 다른 뉘앙스로 번역될 수 있기 때문이다. 바로 이 점 때문에 〈양반전〉에 대한 해석시각을 우선 검토해 보지 않을 수 없다.

우선 먼저 일찍이 연암소설을 10편으로 정식화하여 홍기문과 연민선생에게 영향을 준 김태준의 경우에는 〈양반전〉을 계급관습의 타파라는 시각으로 읽어 '돈 많은 사람'이 '양반'이라고 설명했다.

> 당시에 엄격한 계급관습을 타파코자 한 것이며, 일면으로는 돈 많은 사람이 양반이라는 봉건붕괴사상을 암시한 것이며, 전 속에 실린 양반백행은 조선 예의가 너무도 형식에만 나아가서 말세적 관습에 이르렀다고 비소한 것이다.7)

---

6) 번역대본으로 1950년대에서 60년대까지 '조선고전문학선집'의 하나로 기획된 홍기문의 번역은 본문의 차이가 거의 없으므로 박지원작품집(1)(문예출판사, 1991)을 텍스트로 하고, 연민선생의 번역(1961) 또한 본문의 수정이 거의 없어 〈이조한문소설선〉(교문사, 1984)으로, 이우성·임형택의 번역(1978)은 이조한문단편집(일조각, 1996), 신호열·김명호의 번역(2004)는 국역연암집(2)(민족문화추진회)를 대본으로 한다.
7) 김태준, 앞의 책, 175면.

한편, 연암소설 10편을 모두 번역한 바 있는 홍기문의 경우는 "兩班傳에 있어 不合理한 兩班制度를 그는 실컷 비웃"[8]는 것으로 〈양반전〉을 이해했다. 번역작업을 통하여 김태준의 구도를 잘 계승한 연민선생의 경우는 〈양반전〉에 대하여 다음과 같이 지적하였다.

> ① 兩班…그는 몹시 軟骨이었고, 屠力이어서 信天翁처럼 저절로 目前에 이르는 고기만을 먹을 뿐이었다. 그리하여 그의 害毒이 비록 人民에게 미친 것은 없으나 惰性에 의한 自立的인 矜持와 氣魄을 잃은 데에서 온갖 悲運을 招來하였던 것이 사실이었다. 李朝 封建制度 밑에서 寄生하는 소위 「士」의 階層에서는 이러한 人間型이 적지 않았던 것이다.…④ 郡守…旌善의 郡守는 대체로 從四品의 堂下官으로 맡을 수 있는 벼슬이다.…이에 나타난 旌善郡守는 몹시 세련된 官僚的인 人間型을 지닌 자인 것은 틀림없었다. ⑤ 그 동네의 부인 전곡이 紅腐할 만큼 많은 富人이었으나, 私穀으로 환자를 갚고 兩班權을 사려는 어리석은 人間이었다. 그러므로 아무런 生色도 없는 私穀 千斛만을 송두리째 낭비하고 말았다.[9]

연민선생은 〈양반전〉의 주요 인물들에 대하여 각각, 신천옹처럼 저절로 목전에 이르는 고기만을 먹을 뿐인 정선 양반을, 해독이 비록 인민에게 미친 것은 없으나 타성에 의한 자립적인 긍지와 기백을 잃은 것으로, 정선군수는 몹시 세련된 관료적인 인간형을 지닌 자가 틀림없다고 보았으며, 천민부자에 대해서는 사곡으로 환자를 갚고 양반권을 사려는 어리석은 인간으로 파악했다. 김태준과 홍기문이 계급관습의

---

8) 燕巖關係資料:四部, 한국한문학회, 한국한문학연구, 1988년. 186면 이는 朝鮮日報 1937년 7월 27일에서 8월 1일 사이에 연재된 것을 金貞煥編 〈現代文化讀本〉에 轉載한 것을 영인한 자료이다.
9) 이가원, 『연암소설연구』 1965년 초판. 을유문화사. 296~298면.

타파하는 의미나, 불합리한 양반제도를 조롱하는 시각에서 〈양반전〉의 전체적 성격에 이해의 초점을 맞췄다면, 연민선생은 기본적으로 이러한 시각을 따르면서도 군수의 인물형은 세련되게, 천민부자의 인물형은 어리석게 각각의 성격을 부여하여 파악하고 있음을 알 수 있다. 물론 이러한 연민선생의 해석 시각이 가진 개성은 다음 장에서 비교 검토할 그의 번역에 고스란히 반영된다.

한편, 본고의 번역 비교대상인 〈이조한문단편집〉의 번역자 이우성·임형택의 경우는 〈양반전〉에 대해 별도의 글을 남기지 않아 그들의 해석 시각을 직접적으로 파악하기는 어렵다. 그래서 우회적인 방법으로서, 〈이조한문단편선〉이 번역되기 얼마 전 학계에 발표된 이재수의 진전된 〈양반전〉 논의(1969)를 참조해 봄으로써 〈이조한문단편선〉(1971) 번역 당시의 학계의 상황을 살펴보고자 한다. 당시 이재수는 이가원에 의해서 긍정적으로 파악되었던 '정선군수'라는 인물에 대하여 그 행위적 허위성을 지적하는 성과를 다음과 같이 제출하였다.

兩班傳에서 郡守가 또한 重要한 人物로 登場한다. 每郡守新至 必親造其廬 而禮之라 하였는데 이는 守令이 그 地方의 兩班과 結託해야 搾取와 挾雜을 恣行할 수 있는 까닭이다. 그러므로 千石이나 되는 官穀을 不法으로 貸與하여 준 것이다. 그리고 兩班賣買의 文書作成에 있어서 郡守가 中間役割을 한 것도 不法이거니와 또 여기에는 虛僞性을 띠고 있다. 表面으로는 富人에게 好意를 뵈려 하고, 君子, 兩班, 義, 仁, 智 등 온갖 美名까지 붙여 주고 兩班이 지켜야 하는 번거로운 禮規를 羅列하였으나 이것도 富人을 愚弄하는 것에 지나지 않는다. 첫 번째 文券에 이어서 凡此百行有違 兩班持此文記 卞正于官이라 한 것을 보면 郡守는 文券을 爲하여 作成한 것이 아니라, 兩班에게 有利하도록 꾸몄다는 證據가 된다. 이를 잘못하여 「凡此百行有違 兩班持此文記 卞正于官」이라 誤讀한 것도 있으나 이렇게 해석할 경우 文記를 갖고 官家에 가서

兩班이 된 常人의 잘못을 指摘하고 卞正하도록 해야만 그 主體가 確然하고 또 여기에서 郡守의 虛僞性이 명확히 들어나고 있다.

또 이 郡守는 世態에 追從하는 奸狡한 人物이 있다. 이제까지 兩班에게 阿附하고 尊待하여 오다가 兩班이 平民이 되자 그의 態度는 突變한다. 兩班 氊笠衣短衣 伏塗謁 稱小人 不敢仰視 郡守大驚 下扶曰 足下 何自貶辱若是……雖然 私自交易而不立券 訟之端也 我與汝 約郡人而證之 兩班이 身分을 팔고 平民이 된 것을 알게 된 郡守의 兩班에 대한 呼稱은 「足下」에서 「汝」로 바뀐다. 따라서 이 呼稱을 通하여 權勢에 追從하는 人間의 心理的 弱點을 잘 描寫하였다. (행갈음=필자)[10]

끝으로 연암소설의 또 다른 번역자인 김명호의 경우는 양반전에 대해 다음과 같은 시각을 보이고 있다.

「마장전」이 비양반에 의한 양반비판이며, 「예덕선생전」이 양반의 자기비판적 성격을 띠고 있다면, 「양반전」은 이 둘을 겸하고 있는 것이다. 이 작품에 등장하는 양인부자는, 양반이면 모두 신선 같은 생활을 향유할 줄 알고 이를 동경할 만큼 어리석으나, 군수가 작성한 문서의 내용을 통해 양반의 실상이 허례허식과 무위도식의 궁사(窮士)가 아니면, 백성을 갈취하는 도신(盜臣)임을 깨닫고, 양반되기를 거부할 만큼 양식있는 인간이다. …군수의 슬기로운 조처에 의해 정선 양반은 신분 상실의 위기에서 벗어낫고, 양인 부자는 양인 부자대로 자기의 본분으로 돌아감으로써 사태가 원상 복구되도록 결말을 처리한 데서, 연암의 현실비판적 의식이 지닌 바 한계를 드러내 보인 작품이라고 할 수 있다.[11]

김명호는 〈양반전〉이 비양반에 의한 양반비판이며, 또한 양반의 자

---

10) 이재수, 『한국소설연구』, 선명출판사. 1969. 322~323면.
11) 김명호, 「연암문학과 사기」, 『박지원문학연구』, 성균관대학교 대동문화연구원. 2001. 40~41면.

기비판적 성격을 둘 다 가지고 있다고 지적하였는데, 그러면서도 연암의 비판의식에 한계가 있다고 지적하며 정선군수의 행위가 그 나름대로의 슬기로운 조처를 취한 것이었다고 독해하였다. 이는 기본적으로 연민선생의 시각의 연속선상에 놓여 있는 입장이다.

그러나 〈양반전〉의 내용을 재검토해보면 〈양반전〉에 등장하는 그 누구도 박지원이 이상적으로 생각하고 있는 진정한 의미의 양반이 아니다. 박지원이 〈연암집〉 도처에서 밝히고 있는 '각성된 사(士)의 책무의식'은 〈양반전〉의 어떤 인물에게서도 발견할 수 없기 때문이다. [12] 정선양반은 사회적 리더로서의 역할은커녕 제 앞가림도 하지 못하는 무능한 지식인이고, 정선군수는 양반의 이중성을 아주 잘 알고 있는 세속적 인물로서 양반신분의 거간을 완성시키는데 주역으로 나서는 관료일 뿐이다. 천민부자는 역시 금전으로 명예나 신분을 살 수 있다는 생각을 가진 물신적 인물이다.

3. 연민선생의 양반전 번역과 다른 번역자의 번역문 비교의 실제

위의 제 Ⅱ항에서 번역자들의 기본적인 작품 해석 시각을 검토하였음으로, 제 Ⅲ항에서는 번역의 비교에 본격적으로 들어가기로 한다. 논의의 편의를 위해 〈양반전〉의 핵심 내용인 전후의 양반매매 문서에 집중하기로 한다. 그리고 모두(冒頭)에서 언급한 바대로 10편의 연암소설을 번역한 바 있는 네 그룹의 번역자들의 번역만을 대상으로 그 실제적 양상을 비교하고자 한다. 그리고 이러한 비교작업을 통해 추출

---

12) 졸고, 앞의 글, 2003. 참조.

된 연민선생의 양반전 번역상의 특징을 정리하도록 한다.

1) 於是郡守歸府。悉召郡中之士族及農工商賈。悉至于庭。富人坐鄕
   所之右。兩班立於公兄之下。乃爲立券曰。

   홍기문 : 군수가 관가로 돌아가서 온 군안의 선비와 농사군, 공인바
   　　　　치, 장사치들을 불러서 모두 뜨락에 모아 놓았다. 그 부자는 향소
   　　　　의 오른편에 앉고 그 량반은 아전들의 아래에 섰다. 드디어 문서
   　　　　를 작성하였다.

   이가원 : 군수는 동헌으로 돌아와서 온 고을 사족과 농민, 공장이,
   　　　　장사치까지 모두를 불러 뜰에 모아 놓고 부자는 향소의 오른편에
   　　　　앉히며, 양반은 공형의 아래에 세워두고 곧 증서를 작성하기 시
   　　　　작했다.

   이우성·임형택 : 그리고 군수는 관부로 돌아가서 고을 안의 사족
   　　　　및 사농공상을 모두 불러 관정에 모았다. 부자는 향소의 오른 쪽
   　　　　에 서고 양반은 공형의 아래의 섰다. 그리고 증서를 만들었다.

   신호열·김명호 : 군수는 관사로 돌아와, 고을 안의 사족(士族) 및 농
   　　　　부, 장인, 장사치들을 모조리 불러다 뜰 앞에 모두 모이게 하고
   　　　　서, 부자를 향소(鄕所)의 바른편에 앉히고 양반은 공형(公兄)의
   　　　　아래에 서게 하고 다음과 같이 증서를 작성했다.

2) 乾隆十年九月日。右明文段。庫賣兩班爲償官穀。其直千斛。

   홍기문 : 건륭 10년 9월 ×일 상기 사람들 간에 문서를 만드는 것은
   　　　　량반을 팔아서 관가의 곡식을 갚으려는 것인데 그 값은 1,000석
   　　　　이다.

   이가원 : 건륭십년 구월 ○일에 다음과 같은 문권을 밝힘은 곧 양반
   　　　　을 팔아서 관가 곡식을 갚은 일이 생겼는데 그 곡식의 값은 '천섬'

이라 한다.

이우성·임형택 : 건륭10년 9월 일

　위의 명문은 양반을 팔아서 환곡을 갚은 것으로 그 값은 천석이다.

신호열·김명호 : 건륭(乾隆) 10년(1745, 영조 21) 9월 모일 위의 명문(明文)은 양반을 값을 쳐서 팔아 관곡을 갚기 위한 것으로서 그 값은 1000섬이다.

3) 維厥兩班。名謂多端。讀書曰士。從政爲大夫。有德爲君子。

홍기문 : 대체 량반이란 것은 이름부터 여러 가지이니 글을 읽으면 선비라고 하고, 벼슬살이를 하면 대부라고 하며, 도덕이 높으면 군자라고 한다.

이가원 : 대저 이 '양반'이란 것은 여러 가지 일컬음이 있다. 글만 읽는 이는 '선비'라 하고, 정치에 종사하는 이는 '대부'라 하고, 착한 덕이 있으면 그를 '군자'라 한다.

이우성·임형택 : 오직 이 양반은 여러 가지로 일컬어지나니 글을 읽으면 가리켜 사(士)라 하고 정치에 나아가면 대부가 되고 덕이 있으면 군자이다.

신호열·김명호 : 대체 그 양반이란, 이름 붙임 갖가지라. 글 읽은 인 선비 되고, 벼슬아친 대부 되고, 덕 있으면 군자란다.

4) 武階列西。文秩叙東。是爲兩班。任爾所從。絶棄鄙事。希古尙志。

홍기문 : 무관은 서쪽에 벌여 서고 문관은 동쪽에 자리를 잡기 때문에 량반이라고 하는 것인데 어느 쪽이나 제 소원대로 하게 된다. 비천한 일을 일체 하지 말며 옛사람을 본받고 지조를 숭상해야 하니

이가원 : 그리고 무관의 계급은 서쪽에 벌여 있고, 문관의 차례는

동쪽에 자리잡았으므로 이들을 통틀어 '양반'이라 한다. 이들 여러 가지 중에서 네 멋대로 골라잡되 다만 오늘부턴 앞서 하던 야비한 일을랑 깨끗이 잊어버리고 옛사람 아름다운 일을 본받아 뜻을 고상하게 먹어야 할 것이다.

이우성·임형택 : 무반은 서쪽에 늘어서고 문반은 동쪽에 늘어서는데 이것이 '양반'이니 너 좋을 대로 따를 것이다. 야비한 일을 딱 끊고 옛을 본받고 뜻을 고상하게 할 것이며,

신호열·김명호 : 무관 줄은 서쪽이요, 문관 줄은 동쪽이라. 이것이 바로 양반, 네 맘대로 따를지니. 비루한 일 끊어 버리고, 옛사람을 흠모하고 뜻을 고상하게 가지며,

5) 五更常起。點硫燃脂。目視鼻端。會踵支尻。東萊博議。誦如氷瓢。

홍기문 : 언제나 동이트기 전에 일어나서 류황에 불을 다려 기름불을 켜놓고는 두발꿈치로 꽁무니를 고이고 앉아 눈으로 코끝을 내려다보고 있어야 한다. 얼음판에 박통을 굴리듯이 〈동래박의〉를 죽죽 내리외워야 한다.

이가원 : 뿐만 아니라 언제나 밤이 오경만 되면 일어나 성냥을 그어 등불을 켜고, 정신을 가다듬어 눈으로 코끝을 슬며시 내려다보며, 두 발을 한데다가 모아 볼기를 괴고 앉아서 동래박의처럼 어려운 글을 서슴지 않고 외되 마치 얼음 위에 박 밀 듯하고,

이우성·임형택 : 늘 오경만 되면 일어나 황에다 불을 당겨 등잔을 켜고서 눈은 가만히 코끝을 보고 발꿈치를 궁둥이에 모우고 앉아 동래박의를 얼음 위에 박 밀 듯 왼다.

신호열·김명호 : 오경이면 늘 일어나 유황에 불붙여 기름등잔 켜고서, 눈은 코끝을 내리 보며 발꿈치를 괴고 앉아, 얼음 위에 박 밀 듯이 《동래박의(東萊博議)》를 줄줄 외어야 한다.

6) 忍饑耐寒。口不說貧。叩齒彈腦。細嗽嚥津。袖刷毳冠。拂塵生波。

홍기문 : 배고픈 것도 참고 추운 것도 견디며 가난한 사정을 입밖에
내지 말아야 한다. 우아래의 이를 마주쳐서 소리를 내며 손을 들
어 뒤통을 튕겨야 한다. 옷소매로 갓을 쓸어서 먼지를 깨끗이 털
며 옻칠이 얼른거려야 한다.

이가원 : ①아무리 배고프고 살시리더라도 이것을 잘 참되 자기 입
에선 아예 '가난타'는 말을랑 내지 않는 법이다. 그리고 ②아래
윗니를 마주 부딪치어 똑똑 소리를 내며, ③손가락으로 뒷통수를
퉁겨 코똥을 키잉하고 뀐다. ④가는 기침이 날 때마다 가래침을
지근지근 씹어 넘기고, 털감투를 쓸 때면 소맷자락으로 그를 털
어서 티끌 물결을 ⑤북신 일으키고 (밑줄·번호=인용자, 이하 동일)

이우성·임형택 : 주림을 참고 추위를 견뎌 입으로 설궁(說窮)을 하
지 아니하되 고치·탄뇌(叩齒彈腦)를 하며 입안에서 침을 가늘게
내뿜어 연진(嚥津)을 한다. 소매자락으로 모자를 쓸어서 먼지를
털어 물결무늬가 생겨나게 하고

신호열·김명호 : 주림 참고 추위 견디고 가난 타령 아예 말며, 이빨
을 마주치고 머리 뒤를 손가락으로 퉁기며 침을 입 안에 머금고
가볍게 양치질하듯 한 뒤 삼키며 옷소매로 휘양[揮項]을 닦아 먼
지 털고 털무늬를 일으키며,

7) 盥無擦拳。漱口無過。長聲喚婢。緩步曳履。

홍기문 : 세수할 때 주먹을 쥐고 비비지 말며 양치질을 할 때 너무
지나치게 하지 말아야 한다. 소리를 길게 뽑아 계집종을 부르며
신을 끌면서 천천히 걸어야 한다.

이가원 : 세수할 때엔 주먹의 때를 비비지 말 것이며, ①양치질을
하되 너무 지나치게 말 것이며, ②여종을 부를 때엔 긴 목소리로

'아무개야'하고, 걸음 걸을 때엔 느릿느릿 굽을 옮겨 신축을 딸딸
끌 것이다.

이우성·임형택 : 세수할 때 주먹을 비비지 말고, 양치질해서 입내
를 내지 말고, 소리를 길게 뽑아서 여종을 부르며, 걸음을 느릿느
릿 옮겨 신발을 땅에 끄은다.

신호열·김명호 : 세수할 땐 주먹 쥐고 벼르듯이 하지 말고, 냄새 없
게 이 잘 닦고, 긴 소리로 종을 부르며, 느린 걸음으로 신발을 끌
듯이 걸어야 한다.

8) 古文眞寶。唐詩品彙。鈔寫如荏。一行百字。手毋執錢。不問米價。
暑毋跣襪。飯毋徒髻。食毋先羹。歠毋流聲。

홍기문 : 〈고문진보〉와 〈당시품휘〉를 깨알만큼 베껴쓰되 한 줄에 백
자씩은 써야 한다. 손으로 돈을 만지지 말며 쌀값을 묻지 말며 더
워도 버선을 벗지 말며 상투바람으로 밥상을 받지 말며 국을 마
시기 전에 밥을 떠먹지 말며 무엇을 마실 때는 훌쩍거리지 말며

이가원 : 그리고 저 고문진보와 당시품휘 같은 책들을 마치 깨알처
럼 가늘게 베끼되 한 줄에 백자씩 마련할 것이요, 손엔 돈을 지니
지 말 것이며, 쌀값의 오르내림을 묻지도 말 것이며, 아무리 날씨
가 무더워도 버선을 벗지 말 것이며, 밥 먹을 때엔 맨 상투꼴로
앉지 말 것이며, 먹기가 시작되자 국물을 맨 먼저 마시어 버리지
말 것이며, 혹시 마시더라도 훌쩍훌쩍하는 흘림소리를 내지 말
것이며,

이우성·임형택 : 그리고 고문진보·당시품휘를 깨알같이 베껴 쓰되
한 줄에 백자를 쓰며, 손에 돈을 만지지 말고, 쌀값을 묻지 말고,
더워도 버선을 벗지 말고, 밥을 먹을 때 맨상투로 밥상에 ,앉지
말고, 국을 먼저 훌쩍 떠 먹지 말고, 무엇을 후루루 마시지 말고

신호열·김명호 : 《고문진보(古文眞寶)》, 《당시품휘(唐詩品彙)》를 깨
　알같이 베껴 쓰되 한 줄에 백 글자씩 쓴다. 손에 돈을 쥐지 말고
　쌀값도 묻지 말고, 날 더워도 발 안 벗고 맨상투로 밥상 받지 말
　고, 밥보다 먼저 국 먹지 말고, 소리 내어 마시지 말고,

9) 下箸毋舂。毋餌生葱。飮醪毋嗽鬚。吸煙毋輔窞。忿毋搏妻。怒毋
　踢器。毋拳毆兒女。毋詈死奴僕。叱牛馬。毋辱鬻主。
　홍기문 : 저가락을 들고 방아를 찧지 말며 날파를 먹지 말아야 한다.
　　막걸리를 마시다가 수염에 묻은 것을 빨지 말며 담배를 빨더라도
　　두 볼을 오물어뜨리지 말며 분하다고 안해를 치지 말며, 골난다
　　고 그릇을 발길로 차지 말며 주먹으로 아들 딸을 때리지 말며 종
　　들을 꾸짖을 때 죽으라고까지 꾸짖지 말며 마소를 욕할 때 기르
　　는 주인까지 욕하지 말아야 한다.
　이가원 : 젓가락을 내릴 때엔 반을 찧어 소리내지 말 것이며, ①생파
　　를 씹어서 암내를 풍기지 말 것이며, 막걸리를 마신 뒤엔 수염을
　　쭈욱 빨지 말 것이며, 담배를 탤 적엔 볼이 오목 파이도록 연기를
　　빨아들이지 말 것이요, 뿐만 아니라, 아무리 분이 나더라도 아내
　　를 치지 말 것이며, 화가 돋히었다 해도 그릇을 차서 깨뜨리지 말
　　것이며, 맨주먹으로 어린 아기를 때리지 말 것이며, ②여종 남종
　　의 잘못이 있더라도 족쳐 죽이지 말 것이며, 마소를 꾸짖되 ③팔
　　아먹은 주인을 들추지 말 것이며,
　이우성·임형택 : 젓가락으로 방아를 찧지 말고, 생파를 먹지 말고,
　　막걸리를 들이켠 다음 수염을 쭈욱 빨지 말고, 담배를 피울 때 볼
　　에 우물이 파이게 하지 말고, 화난다고 처를 두들기지 말고, 성내
　　서 그릇을 내던지지 말고, 아이들에게 주먹질을 말고, 노복을 야
　　단쳐 죽이지 말고, 마소를 꾸짖되 그 판 주인까지 욕하지 말고,

신호열·김명호 : 젓가락으로 방아 찧지 말고, 생파를 먹지 말고, 술
　　마시고 수염 빨지 말고, 담배 필 젠 볼이 움푹 패도록 빨지 말고,
　　분 나도 아내 치지 말고, 성 나도 그릇 차지 말고, 애들에게 주먹
　　질 말고, 뒈져라고 종을 나무라지 말고, 마소를 꾸짖을 때 판 주
　　인까지 싸잡아 욕하지 말고,

10) 病毋招巫。祭不齋僧。爐不煮手。語不齒唾。毋屠牛。毋賭錢。
　　홍기문 : 병을 앓는다고 해서 무당을 불러 굿을 하지 말며 제사를
　　　지낸다고 중을 불러 재를 올리지 말며 화로불에 손을 쪼이지 말
　　　며 이빨사이로 침을 뱉지 말며 소를 몰래 도살하지 말며, 노름을
　　　하지 말아야 한다.
　　이가원 : 병이 들어도 무당을 맞이하지 말 것이며, 제사를 모실 젠
　　　중을 청하여 재들지 말 것이며, 아무리 추워도 화롯 전에 손을 쬐
　　　지 말 것이며, ①남과 이야기 할 젠 침이 튀지 않게 할 것이며,
　　　소백정 노릇을 하지 말 것이며, 돈치기 놀이도 함부로 하지 않는
　　　법이다.
　　이우성·임형택 : 아파도 무당을 부르지 말고, 제사 지낸 때 중을 청
　　　해다 재를 드리지 말고, 추워도 화로에 불을 쬐지 말고, 말할 때
　　　이 사이로 침을 흘리지 말고, 소 잡는 일을 말고, 돈을 가지고 놀
　　　음을 하지 말 것이다.
　　신호열·김명호 : 병에 무당 부르지 말고, 제사에 중 불러 재(齋)를
　　　올리지 말고, 화로에 불 쬐지 말고, 말할 때 입에서 침을 튀기지
　　　말고, 소 잡지 말고 도박하지 말라.

11) 凡此百行。有違兩班。持此文記。卞正于官城主。旌善郡守押。座首
　　別監證署。

홍기문 : 이상의 온갖 행실이 량반과 틀리면 이 문서를 가지고 관가
에 들어와서 따질 것이다. 성주 정선군수가 서면하고 좌수와 별
감도 확증을 위해서 서명한다.

이가원 : 이러한 여러 가지 행위에서 부자가 한가지라도 어김이 있
을 때엔 양반은 이 증서를 갖고 관청에 와서 ①송사하여 바로 잡
을 수 있음을 증명한다. 성주 정선군수 화압/ 좌수, 별감 증서

이우성·임형택 : 이와 같은 모든 품행이 양반에 어긋남이 있으면
이 증서를 가지고 관에 나와서 변정할 것이다. 성주 정선군수 화
압. 좌수 별감 증서

신호열·김명호 : 이상의 모든 행실 가운데 양반에게 어긋난 것이
있다면 이 문서를 관청에 가져와서 변정(卞正)할 것이다. 성주(城
主) 정선 군수(旌善郡守)가 화압(花押 수결(手決))하고 좌수(座首)
와 별감(別監)이 증서(證署)함."

12) 於是通引搨印錯落。聲中嚴皷。斗縱參橫。戶長讀旣畢。富人悵然久
之曰。

홍기문 : 그 다음 통인이 관인을 꺼내어 덜컥덜컥 소리를 내가면서
가로도 찍고 세로도 찍었다. 맨 나중에 호장이 그 문서를 들고 죽
내려 읽었다. 그 부자는 한참동안이나 서운해있다가 마침내 말하
기를

이가원 : 그리고 통인이 인을 받아서 찍었다. 그 뚜욱뚜욱하는 소리
는 저 엄고 치는 소리와 부딪치게 되고, 그 찍어 놓은 꼴은 마치
북두성이 세로 놓인 듯이, 삼성이 가로질린 듯이 벌여 있다. 뒤를
이어서 호장이 증서를 한번 읽어 끝내었다. 부자는 한참 머엉하
다가 말했다.

이우성·임형택 : 이에 통인이 탁탁 인을 찍어 그 소리가 엄고 소리

와 마주치매 북두성이 종으로, 삼성이 횡으로 찍혀 있다. 부자는 호장이 이 증서를 읽는 것을 쭉 듣고 한참 머엉하니 있다가 말하였다.

신호열·김명호 : 이에 통인(通引)이 여기저기 도장을 찍는데, 그 소리가 엄고(嚴鼓) 치는 것 같았으며, 모양은 북두칠성과 삼성(參星)이 종횡으로 늘어선 것 같았다. 호장(戶長)이 문서를 다 읽고 나자 부자가 어처구니없어 한참 있다가 하는 말이,

13) 兩班只此而已耶。吾聞兩班如神仙。審如是。太乾沒。願改爲可利。於是乃更作券曰。

홍기문 : 그래 양반이 겨우 이런 정도입니까? 내가 듣기에는 량반이 신선 부럽지 않다더니 이런 정도라면 너무나 메말랐습니다. 어떻게 좀 리속이 나오도록 고쳐주십시오 라고 하였다. 그래서 문서를 고쳐 만들었다.

이가원 : 양반이 겨우 요것 뿐이란 말씀이우. 내가 듣기엔 '양반하면 신선이나 다름이 없다'더니, 정말 이것 뿐이라면 ①너무도 억울하게 곡식만 몰수 당한 것이어유. 아무쪼록 좀 더 이롭게 고쳐 주시기유. 군수는 그제야 부자의 요청에 의하여 증서를 고쳐 만들기로 했다.

이우성·임형택 : 양반이란 것이 이것뿐입니까? 나는 양반이 신선같다고 들었는데 정말 이렇다면 너무 재미가 없는 걸요. 원하옵건대 무어 이익이 있도록 문서를 바꾸어 주옵소서. 그래서 다시 문서를 작성했다.

신호열·김명호 : 양반이라는 것이 겨우 이것뿐입니까? 제가 듣기로는 양반은 신선 같다는데, 정말 이와 같다면 너무도 심하게 횡령 당한 셈이니, 원컨대 이익이 될 수 있도록 고쳐 주옵소서." 하므

로, 마침내 증서를 이렇게 고쳐 만들었다.

14) 維天生民。其民維四。四民之中。最貴者士。稱以兩班。利莫大矣。

　홍기문 : 하늘에서사람을 낼제 그 종류가 네가지인데 네 종류중에서
　　도 선비란게 가장 귀하다. 선비는 량반이라고 부르니 리속이 그
　　보다 더 큰 것은 없다.

　이가원 : 대체 하늘이 백성을 낳으실 제, 그 갈래를 넷으로 나누셨
　　다. 이 네 갈래의 백성들 중에서 가장 존귀한 이가 선비이고, 바
　　로 선비를 불러 ‘양반’이라 한다. 이 세상에선 양반보다 더 큰 이
　　문은 없음이라.

　이우성·임형택 : 하늘이 민을 낳을 때 민을 넷으로 구분했다. 사민
　　가운데 가장 높은 것이 사(士)이니 이것이 곧 양반이다. 양반의
　　이익은 막대하니

　신호열·김명호 : 하느님이 백성 내니, 그 백성은 넷이로세. 네 백성
　　가운데는 선비 가장 귀한지라, 양반으로 불려지면 이익이 막대하다.

15) 不耕不商。粗涉文史。大決文科。小成進士。文科紅牌。不過二尺。
　　百物備具。維錢之橐。

　홍기문 : 밭도 갈지 않고 장사도 하지 않으며 책권이나 좀 훑으면
　　크게는 문과에 급제하고 적어도 진사를 떼어놓았다. 문과의 홍패
　　로 말하면 길이가 두자에 지난지 못하지마는 온갖 물건이 전부
　　갖추어져 있는만큼 그야말로 돈더미이다.

　이가원 : 그들은 제 손으로 농사도 장수도 할 것 없이 옛글이나 역사
　　를 대략만 알 정도이면 곧 과거를 치러 크게 되면 문과요, 작게
　　이루더라도 진사는 떼어 놓은 것이다. 문과의 홍패야말로 그 길
　　이가 두 자도 못되어 보잘 것이 없지만 온갖 물건이 예서 갖추어

나게 되니 이는 곧 ①돈자루나 다름없다.

이우성·임형택 : 농사도 안 짓고 장사도 않고 약간 문사(文史)를 섭
렵해 가지고 크게는 문과급제요, 작게는 진사가 되는 것이다. 문
과의 홍패는 기이 2자 남짓한 것이지만 백물이 구비되어 있어 그
야말로 돈자루인 것이다.

신호열·김명호 : 농사, 장사 아니하고, 문사(文史) 대강 섭렵하면,
크게 되면 문과(文科) 급제, 작게 되면 진사(進士)로세. 문과 급제
홍패(紅牌)라면 두 자 길이 못 넘는데, 온갖 물건 구비되니, 이게
바로 돈 전대(纏帶)요,

16) 進士三十。乃筮初仕。猶爲名蔭。善事雄南。耳白傘風。腹皤鈴諾。
室珥冶妓。

홍기문 : 진사만 해도 서른살 쯤에는 첫벼슬을 하는데 조상덕에 훌
륭한 벼슬자리가 있고 더구나 남쪽 큰 고을의 군수자리도 있다.
일산바람에 귀밑이 희여지고 방울소리에 대답하는 하인목소리에
배가죽이 허예지며 집안에는 고운 기생을 두고

이가원 : 그리고 진사에 오른 선비는 나이 서른에 첫 벼슬을 하더라도
오히려 늦지 않아서 이름 높은 음관이 될 수 있고, ①게다가 훌륭한
남인에게 잘 보인다면 수령노릇을 하느라고 귓바퀴는 일산 바람에
해쓱해지고, 배는 동헌 사령들의 '예이' 소리에 살찌는 법이다. 뿐
만 아니라 ②깊숙한 방 안에서 귀개로 기생이나 놀리고,

이우성·임형택 : 진사가 나이 서른에 처음 관직에 나가더라도 오히
려 이름있는 음관이 되고, 잘 되면 남행(南行)으로 큰 고을을 맡
게 되어, 귀밑이 일산의 바람에 희어지고, 배가 요령 소리에 커지
며, 방에는 기생이 귀고리로 치장하고,

신호열·김명호 : 서른에야 진사 되어 첫 벼슬에 발 디뎌도, 이름난

음관(蔭官)되어 웅남행(雄南行)으로 잘 섬겨진다. 일산 바람에 귀
가 희고 설렁줄에 배 처지며, 방 안에 떨어진 귀걸이는 어여쁜 기
생의 것이요,

17) 庭穀鳴鶴。窮士居鄕。猶能武斷。先耕隣牛。借耘里氓。孰敢慢我。
  灰灌汝鼻。暈髻汰鬢。無敢怨呰。

　　홍기문 : 뜰아래에는 우는 두루미를 기른다. 궁한 선비로 떨어져 시
　　　골에서 지낼망정 오히려 판을 치게 된다. 먼저 이웃집 소를 끌어
　　　다가 밭을 갈리고 나중에는 동리백성을 붙들어다가 김을 매게 한
　　　다. 누가 감히 나를 괄시하랴 그의 코에 재를 붓고 상투를 풀고
　　　귀밑머리를 터트러뜨린들 감히 원망하지 못할 것이다.

　　이가원 : 뜰 앞에 쌓인 곡식은 학을 기르는 양식이다. 비록 그렇지
　　　못해서 궁한 선비의 몸으로 시골살이를 하더라도 ①오히려 무단
　　　적인 행위를 감행할 수가 있다. 이웃집 소를 몰아다가 내 밭을 먼
　　　저 갈고, 동네 농민을 잡아내어 내 김을 먼저 매게 하되 어느 놈
　　　이 감힌들 나를 괄시하랴. ②네 놈의 코엔 잿물을 따르고, 상투를
　　　범벅이며, 수염을 뽑더라도 원망조차 못하리라.

　　이우성·임형택 : 뜰에 곡식으로 학을 기른다. 궁한 양반이 시골에
　　　묻혀 있어도 무단(無斷)을 하여 이웃의 소를 끌어다 먼저 자기 땅
　　　을 갈고 마을의 일꾼을 잡아다 자기 논의 김을 맨들 누가 감히
　　　나를 괄시하랴. 너희들 코에 잿물을 디리붓고 머리 끄덩을 회회
　　　돌리고 수염을 낚아채더라도 누구 감히 원망하지 못할 것이다.

　　신호열·김명호 : 뜨락에 흩어져 있는 곡식은 학(鶴)을 위한 것이라.
　　　궁한 선비 시골 살면 나름대로 횡포 부려, 이웃 소로 먼저 갈고,
　　　일꾼 뺏어 김을 매도 누가 나를 거역하리. 네 놈 코에 잿물 붓고,
　　　상투 잡아 도리질하고 귀얄수염 다 뽑아도, 감히 원망 없느니라."

18) 富人中其券而吐舌曰。已之已之。孟浪哉。將使我爲盜耶。掉頭而
    去。終身不復言兩班之事。

  홍기문 : 그 부자는 문서가 채 끝나기도 전에 혀를 빼물고 말하기를
    "그만두시오. 그만두시오. 맹랑스럽구려. 그래 나더러 도적질을
    하란 말이요. 하고는 고만 고개를 설레설레 흔들고 가버린 다음
    에는 종생토록 다시는 량반이야기를 입밖에 내지 않았다."

  이가원 : 증서가 겨우 반 쯤 이룩되었다. 부자는 어이가 없어서 혀를
    빼면서 떨떨했다. "아이구, 그만 두시유. 제발 그만 두셔유. 참
    맹랑합니다그려. 당신들이 나를 도둑놈이 되라 하시유."하고 머
    리를 휘휘 흔들면서 달아나 버렸다. 그리고 부자는 이 뒤로부터
    는 한 평생을 다시금 '양반'이란 소리를 입에 담지도 않았다.

  이우성·임형택 : 부자는 증서를 중지시키고 혀를 내두르며 "그만
    두시오, 그만 두어. 맹랑하구먼. 장차 나를 도둑놈으로 만들 작
    정인가." 하고는 머리를 흔들고 가버렸다. 부자는 평생 다시 양
    반 말을 입에 올리지 않았다 한다.

  신호열·김명호 : 부자가 그 문서 내용을 듣고 있다가 혀를 내두르
    며, "그만두시오. 그만두시오. 참으로 맹랑한 일이요. 장차 나로
    하여금 도적놈이 되란 말입니까?" 하며 머리를 흔들고 가서는,
    종신토록 다시 양반의 일을 입에 내지 않았다.

  이상에서와 같이 번역상황의 실제적 비교를 통해서 검토해 본 결과
다음과 같은 사실들을 추출할 수 있다. 우선 연민선생의 번역중 특기
할 만한 개성을 지적하면 다음과 같다.

  우선 연민선생의 번역 중 6번 문장의 번역①과 ⑤의 경우나 7번 문
장의 ②의 사례는 "'가난타'는 말을랑 내지않는 법이다"나 "북신 일으
키고" 또한 "여종을 부를 때엔 긴 목소리로 '아무개야'하고"와 같이 입

말의 묘미를 살려 생동감있게 잘 번역된 사례를 보여준다. 다만, 6번 문장의 번역②, ③, ④와 같은 경우는 "똑똑 소리를 내"고, "코똥을 키잉하고" 뀌고, "가래침을 지근지근 씹어 넘"긴다는 번역이 연민선생 특유의 감칠맛 나는 말맛의 사례로 꼽힐만 하지만, 양반에 대해 일방적으로 부정적인 느낌이나 희극적인 이미지를 강조하고 있어, 양반전의 원문의 해당 구절을 크게 오독하게 할 우려가 있다. 왜냐하면 "叩齒彈腦"는 道家의 養生法으로 가볍게 윗니와 아랫니를 36번 부딪치고, 손바닥으로 귀를 막고 둘째와 셋째 손가락으로 뒷골을 24번 퉁기는 것을 말하고, "細嗽嚥津"는 입 안에 고이게 한 침을 가볍게 양치질하듯이 36번 하고, 이것을 3번에 나누어 삼켜서 丹田에 이르게 하는 것을 의미하기 때문이다.13) 한다. 〈熱河日記〉의 〈渡江錄〉「7월6일기」에는 연암이 스스로 "叩齒彈腦"하는 모습이 나오기도 한다.

7번 문장의 번역①도 원문의 "漱口無過"에서 "過"가 "口過", 즉 입냄새를 의미하므로, 양치질을 너무 세게 하지 말하는 번역은 오역이라 할 수 있는데, 양반의 모습을 희화시켜 번역하는데 너무 열중한 결과로 보인다. 이러한 부정적인 번역태도는 〈양반전〉을 계급관습의 타파나 양반제도의 조롱으로 독해하는 초기번역자들의 뚜렷한 시각을 강조한 결과로 보인다. 양반에 대해 부정적인 이와 비슷한 번역 사례는 9번 문장의 번역 ①, ②의 경우에서도 발견된다. 양반을 잠재적 살인자로 보아, 여종과 남종을 족쳐 죽이지 말라고 번역할 것이 아니라, 남녀 종에게 뒈지라고 욕하지 말라고14) 번역하는 것이 문맥상 타당하다.

---

13) 더 자세한 내용은 신호열·김명호, 〈국역연암집〉, 241면의 주석을 참조할 것.

14) "《연암집》 권3 수소완정하야방우기(酬素玩亭夏夜訪友記)에도 "뒈져라고 악담하다[惡言詈死]"와 같은 표현이 있다. 이덕무의 《사소절(士小節)》 권1 사전(士典) 1 언어조(言語條)에, 종에게 '뒈질 놈[可殺]' '왜 안 뒈지냐[胡不死]'와 같은 욕을 하지 말라고 하였다." 신호열·김명호, 위의 책, 같은 곳.

조금 특이한 경우이지만, 노론가문인 연암의 黨色에 대한 의식이 번역상 오해를 낳은 경우도 있다. 16번 문장의 번역중 ①의 경우가 그것이다. 원문의 "善事雄南"을 "雄南"을 잘 섬긴다는 뜻으로 보아, "훌륭한 남인에게 잘 보인다면"으로 번역할 것이 아니라, 雄南行 즉 높은 음관으로서 일을 잘 볼 수 있게 된다로 번역하는 것이 타당하다.

그러나 무엇보다도 연민선생의 〈양반전〉 해석 시각을 잘 반영하고 있는 번역사례를 꼽는다면 11번 문장의 번역①과 13번 문장의 번역①을 그 사례로 들 수 있다. 앞에서도 이미 언급하였듯이 연민선생은 정선군수를 세련된 관리로 파악했다. 그래서 연민선생은 정선군수의 행동을 11번 문장의 ①번 사례에서 볼 수 있듯, 전대미문의 양반매매 사건에 대하여 세련되게 대처함으로써 어리석은 천민의 의도를 좌절시키려는 슬기로운 조처로 읽을 수 있도록 해당원문을 번역했다. 해당원문은 "卞正于官城主"인데, 다른 번역자들이 "관가에 들어와서 따질 것이라"든가, 관청에 와서 "변정할 것"이라고 하여 다소 평범하게 번역한 것에 비해 연민 선생의 경우 "관청에 와서 송사하여 바로 잡을 수 있음"으로 번역하고 있다. 즉, 잃어버린 양반신분을 소송을 통해 되찾을 수 있는 방도를 넌지시 암시함으로써, 보기에 따라서는 강력한 무효조항으로 읽힐 수도 있도록 하였다. 또한 13번 문장의 번역①에서 천민부자가 "너무도 억울하게 곡식만 몰수 당한 것이어유"라고 항변하는 번역사례의 경우도 연민선생이 일찍이 천민부자를 어리석은 인물형으로 파악했던 인물해석시각과 정확히 조응한다. 원문은 '太乾沒'인데, '乾沒'은 "得失"을 의미한다.[15] 금전이면 명예나 신분도 살 수 있다고 생각하고 있는 천민부자는 자신이 지불한 일천석에 대한 댓가가 너무 적다며 군수에게 타산이 안 맞는다고 항의하고 있는 것인데, 번역만

---

15) "得利爲乾 失利爲沒"(〈漢書〉 59, 張湯傳 註)

읽어보면 천민부자를 순박하다 못해 어리석기까지 한 인물로 이해하
게 된다.

4. 결론

양반전 번역의 실제적 비교를 통해서 살펴본 연민선생의 연암소설
번역의 특징을 정리하자면, 그 개성이 비판과 풍자가 극명하게 드러나
도록 했다는 점, 입말의 활용을 통해 생동적인 번역을 추구했다는 점,
번역자가 파악한 인물성격에 맞게 인물형이 잘 드러나도록 번역했다
는 점, 오역과 생삽한 직역을 극복했다는 점[16] 등이다. 다만, 고전은
아무리 훌륭한 번역이 있어도 한 세대마다 반드시 새롭게 번역되어야
된다고 말씀하셨던 연민선생의 가르침을 떠올려 볼 때 연민선생의 연
암소설을 재번역을 할 시점이 올 것을 대비하여 미비한 점을 이제 성
찰할 필요가 있다고 생각하며 결론을 갈음한다.

---

16) 연민선생이 기존 번역의 오류를 시정한 사례는 매거하기 어려울 정도로 많기에 본고
    에서는 따로 언급하지 않았다. 그러나 본고에서 번역문의 실제 비교부분만 정독해도
    연민선생의 공로를 쉽게 알 수 있다고 생각한다.

연민선생과 『열하일기』 번역

서현경 / 연세대

1. 머리말

  연민(淵民) 이가원(李家源, 1917~2000) 선생은 생전에 박지원과 『열하일기』에 지대한 애정을 가졌고, 실학에 대해 즐겨 논했다. 연민 선생이 일찍이 지은 한시 〈중화대륙기행일백수(中華大陸紀行一 百數)〉에서도 중국을 먼저 기행한 연암(燕巖)과 담헌(湛軒)의 행적을 떠올리며 "실학을 즐겨 논한 내 평생(憙談實學我平生)"이라고 노래한 바 있다. 이 시는 연민선생의 『고희고(古稀藁)』에 수록된 시로서 1987년 당시 춘추 일흔 하나였던 선생의 중국기행한시이다. 말 그대로 "현대판 〈열하일기(熱河日記)〉"[1]인 셈이다.

  그런데 흥미로운 것은 같은 해 연민선생이 최루탄에 숨진 연세대 학생 이한열(李韓烈)을 애도하며 〈이수재만가삼절(李秀才輓歌三絶)〉을 짓기도 했다는 사실이다. 윤동주와 이한열의 배움터였던 대학에서 오랫동안 강의한 바 있는 연민선생은 "동주시인 웃음 띠며 맞아줄 것이오(東柱詩人含笑迎)"라며 이한열을 추도했다. 얼핏 연관을 찾기 어려운 '열하일기'와 '윤동주'와 '이한열'이 어떻게 연민선생의 관심사 속에서

---

1) 자세한 설명은 다음의 글을 참조할 것. 허경진, 淵民선생의 漢詩에 대해, 열상고전연구회편, 『연민 이가원 선생의 생애와 학문』, 보고사, 2005. 68면

하나로 공존할 수 있었을까? 연민선생의 일생을 검토해보면 그 이유를 충분히 짐작할 수 있다. 또한 격동의 한 세기를 꿋꿋하게 살아낸 연민선생의 서늘한 눈매와 꿋꿋한 저력을 아울러 알 수 있다.

　연민선생의 말년 문학사 저술이 일제강점기 민족주의 및 진보주의 진영의 국학전통의 주맥을 이어 '우리 것'의 실체를 객관화2)해내기 위한 야심찬 집짓기였다면, 선생이 평생 이룩하신 번역 작업은 그것의 내용을 채우는 길고도 외로운 작업이었다. 연민선생의 『금오신화』(현대사,1953;改刊,통문관,1959), 『구운몽』(덕기출판사,1955), 『춘향전』(정음사,1957), 『이조한문소설선』(민중서관,1961), 『연암·무문자한문소설정선』(박영사,1974), 『삼국유사』(共譯,고려문화사,1946;삼국유사新譯,태학사,1991) 그리고 『국역열하일기』 등이 바로 그것이다. 『국역열하일기』는 1, 2권의 초판이 1966년 12월 30일3)에 민족문화추진회에서 간행되었다. 그후 독자의 수요에 따라 1973년에는 대양서적에서 세 권으로 간행되었고, 1974년에는 〈도강록〉만 따로 역주본 형식의 문고판으로도 간행되기도 하였다. 한편, 1977년 11월 30일에는 『국역열하일기』의 수정 3판을, 그리고 1984년 2월 20일에는 중판을 민족문화추진회에서 각각 발행하기도 하였다.

　『열하일기』 번역을 역사적으로 따지자면, 우선 이윤재(李允宰, 1888~1943)4)를 꼽지 않을 수 없다. 그는 1939년 11월부터 1940년 12월까지 『문장』지에 『열하일기』의 〈도강록〉을 번역하여 연재하였다. 이것은 그

---

2) 심경호, 「조선문학사의 한문학서술에 관하여」, 앞의 책, 462~463면.
3) 민족문화추진회의 판권 표시에도 초판이 1966년 12월 30일에 발행되었다고 명시되어 있고, 『연민학지』 제9집 -연민 이가원 선생 서거 추도호-, '연민선생 논저목록'(연민학회, 2001, 15면)에도 1권 초판이 1966년 12월 30일에, 제2권 초판이 1969년 5월15일에 모두 민족문화추진회에서 국판으로 간행되었다고 정리되어 있다.
4) 국어학자, 언론인, 교육가. 1931년 연희전문교수가 되었고, 진단학회 창립멤버이다. 조선어학회사건으로 검거되어 잔혹한 고문을 받고 1943년 12월 8일 옥사했다.

의 사후인 1949년 5월 대성출판사에서 단행본으로 간행되기도 하였다.[5] 한편, 김성칠(金聖七, 1913~1951)은 1945년 3월까지 번역한 『열하일기』 일부 원고를 서울대 사학과 조교수가 된 이듬해인 1948년부터 1950년까지 정음사에서 5책의 문고판으로 간행했다.[6]

물론 20세기 이전에도 『열하일기』의 번역은 있었다. 학계에 보고된 바[7]와 같이, 명지대에는 『열하일기』 국역본이 소장되어 있다. 현존 명지대본은 「태학유관록(太學留館錄)」의 일부와 「환연도중록(還燕道中錄)」의 8월20일까지 일기를 번역하여 싣고 있다. 한편, 최근 언론에 밝혀진 권두환(서울대)이 발굴한 동경대본 『열하일기』도 또한 중요한 국역본이다. 동경대본은 6월24일자 「도강록(渡江錄)」의 첫머리부터 8월20일까지의 일기부 내용과 「환희기서(幻戱記序)」, 「승귀선인행우기(乘龜仙人行雨記)」, 「만년춘등기(萬年春燈記)」, 「매화포기(梅花砲記)」, 「만국진공기(萬國進貢記)」, 「어구(御廐)」, 「회자관(回子館)」, 「천녕사(天寧寺)」, 「법장사(法藏寺)」, 「약왕묘(藥王廟)」와 함께 「옥갑야화(玉匣夜話)」 부분까지의 번역이 포함되어 있다. 그러나 이들 국역본은 모두 완역이 아닌 편역이다.

그러나 『열하일기』의 완역은 분단이후에야 이루어졌다. 북에서는 1955년에 리상호가 『열하일기』를 최초로 완역[8]했고, 남에서는 1966년에 연민선생이 최초로 『열하일기』를 완역을 한 것이다. 특히, 연민

---

5) 환산 이윤재 특집편인 『나라사랑』 제13집(외솔회, 1973년)을 참조할 것.

6) 본고의 성격상 『열하일기』만을 대상으로 했다. 따라서 이석구의 『양반전』(조선금융조합연합회, 1947)이나, 이민수의 『연암선집』(통문관, 1956) 등과 같은 번역 사례는 논하지 않았다.

7) 김태준, 「(자료해제) 열하일기 한글본 출현의 뜻」, 민족문학사학회, 민족문학사연구, 2001.

8) 1990년대 들어 북에서는 『열하일기』가 '조선고전문학선집'의 하나로 다시 출간되기도 했다 한다. 리상호는 남측에 『삼국유사』의 번역자로도 잘 알려진 학자이다.

선생의 번역은 이본의 면밀한 대조작업을 거친 것으로 명실공히 최초의 전문서로서의 완역이란 점에서 커다란 의의를 가지고 있다.

주지하다시피 공구서가 갖춰지고 컴퓨터가 발달한 현재와 비교할 때 너무나 열악한 당시의 번역 도구를 감안할 때,『열하일기』의 완역은 번역자들의 타고난 성실과 박람강기가 만들어낸 일대사건에 가까웠다 하겠다. 북한 번역본의 성과와 한계에 대한 검토는 다른 기회를 기다리도록 하고, 본고에서는『국역열하일기』의 번역 양상을 면밀히 검토한 후,『열하일기』의 새 번역9)을 위해 몇 가지 사항들을 살펴보고자 한다.

2.『국역열하일기』의 특징과 가치

2.1. 국역열하일기는 풍부한 이본 비교를 거친 최초의 완역이다.

위에서 언급한 바와 같이 연민선생의『국역열하일기』는 최초의 전문완역서이다. 북한에서 일찍이 리상호가 번역한『열하일기』는 노동당의 문예정책에 따라 쉽게 읽을 수 있는 대중적인 독서물로 기획된 것이어서, 그 풍부한 어휘구사의 장점에도 불구하고, 전문서로 보기에는 매우 곤란한 점이 있다.

검토해본 결과 연민선생의『국역열하일기』는 다음과 같은 이본대비의 결과를 그 번역에 충실히 반영하였다.

---

9)『을유문화사』에서 허경진교수의 제안으로 연민선생의『국역열하일기』가 새롭게 출간될 예정이다.

1) 수택본:(24)[10]
1-1. 수택본, 일재본:(3)
1-2. 수택본, 주설루본:(1)

2) 일재본:(10)
2-1. 일재본(一齋本), 유당본(綏堂本):(1)

3) 주설루본:(33)

4) 연암수고 삼한총서본:(1)

5) 연암산방본:(1)

6) 박영철본:(8)

7) 다백운루본:(9)

8) 옥류산관본:(2)

9) 해당 이본을 적시하지 않은 경우:(13)

10) 기타 : 역자의 설명 (8)

이본대비의 구체적 양상은 분량상 발표문의 '부록'으로 돌리고, 여
기서 분명하게 밝히고자 하는 것은 9종이 넘는 이본이 국역에 참조되
었다는 사실이다. 바로 이런 노력이 번역의 엄밀성을 제고함은 물론
뒤에서 그 의의를 다룰 '연민교합본'을 탄생시킬 수 있었던 것이다.

---

10) 자세한 사례는 '부록'을 참조할 것.

2.2. 『국역열하일기』 목차상 특징

	수택본 충남대소장 (12책26권寫本)	탁연재개작본A,B 전남대소장 (12권26권寫本)	俞鎭哲藏本 (11책寫本) 광문회본 (1911년刊本)	定本	多山校合本 박영철간 (1932년간본)	淵民校合本 민족문화추진회간 (1966년간본)
1	권1 渡江錄	1冊 권1 渡江錄	권1 渡江錄	(1冊)권1 渡江錄	권11 渡江錄	渡江錄
2	권2 盛京雜識	2冊 권2 盛京雜識	권2 盛京雜識	(2冊)권2 盛京雜識	盛京雜識	盛京雜識
3	권3 馹迅隨筆	3冊 권3 馹迅隨筆	권3 馹迅隨筆	(2冊)3 馹迅隨筆	권12 馹迅隨筆	馹迅隨筆
4	권4 關內程史	4冊 권4 關內程史	권4 關內程史	(3冊)4 關內程史	關內程史	關內程史
5	권5 漠北行程錄	5冊 권5 漠北行程錄	권5 漠北行程錄	(3冊)권5 漠北行程錄	漠北行程錄	漠北行程錄
6	권6 太學留館錄	5冊 권6 太學留館錄	권6 太學留館錄	(4冊)권6 太學留館錄	太學留館錄	太學留館錄
7	권7 口外異聞	6冊 권7 還燕道中錄	권7 還燕道中錄	(4冊)권7 還燕道中錄	권13 還燕道中錄	還燕道中錄
8	권8 還燕道中錄	6冊 권8 傾蓋錄	권8 傾蓋錄	(5冊)권8 傾蓋錄	傾蓋錄	傾蓋錄
9	권9 金蓼小抄	6冊 권9 黃敎問答	권9 黃敎問答	(5冊)권9 黃敎問答	黃敎問答	審勢編
10	권10 玉匣夜話	6冊 권10 班禪始末	권10 班禪始末	(5冊)권10 班禪始末	班禪始末	忘羊錄
11	권11 黃圖紀略	6冊 권11 札什倫布	권11 札什倫布	(5冊)권11 札什倫布	札什倫布	鵠汀筆譚
12	권12 謁聖退述	6冊 권12 行在雜錄	권12 忘羊錄	(5冊)권12 行在雜錄	行在雜錄	札什倫布
13	권13 盎葉記	6책 권19 戱本名目	권13 審勢編	(6冊)권13 忘羊錄	忘羊錄	班禪始末
14	권14 傾蓋錄	7冊 권12 忘羊錄	권14 鵠汀筆譚	(6冊)권14 審勢編	권14 審勢編	黃敎問答
15	권15 黃敎問答	7冊 권13 審勢編	권15 山莊雜記	(7冊)권15 鵠汀筆譚	鵠汀筆譚	避暑錄
16	권16 行在雜錄	8冊 권14 鵠汀筆譚	권16 幻戱記	(7冊)권16 山莊雜記	山莊雜記	避暑錄補
17	권17 班禪始末	8冊 권15 山莊雜記	권17 避暑錄	(8冊)권17 幻戱	幻戱記	楊梅詩話

18	권18 戲本名目	9冊 권16 幻戲記	권18 行在雜錄	(8冊)권18 避暑錄	避暑錄	銅蘭涉筆
19	권19 札什倫布	9冊 권17 避暑錄	권19 戲本名目	(9冊)권19 口外異聞	口外異聞	玉匣夜話
20	권20 忘羊錄	10冊 권20 口外異聞	권20 口外異聞	(9冊)권20 玉匣夜話	玉匣夜話	行在雜錄
	권21 審勢編	10冊 권21 玉匣夜話	권21 玉匣夜話	(10冊)권21 黃圖紀略	黃圖紀略	金蓼小抄
22	권22 鵠汀筆譚	10冊 권22 金蓼小抄	권22 金蓼小抄	(10冊)권22 謁聖退述	謁聖退述	幻戲記
23	권23 銅蘭涉筆	11冊 권23 黃圖紀略	권23 黃圖紀略	(10冊)권23 盎葉記	盎葉記	山莊雜記
24	권24 山莊雜記	11冊 권24 謁聖退述	권24 謁聖退述	(11책)권24 銅蘭涉筆	銅蘭涉筆	口外異聞
25	권25 幻戲記	11冊 권25 盎葉記	권25 盎葉記	補遺 天涯結鄰集 楊梅詩話 金蓼小抄) 熱河行殿記 熱河太學記 段樓筆談	補遺 天涯結鄰集 楊梅詩話 金蓼小抄 熱河行殿記 熱河太學記 段樓筆談	黃圖紀略
26	권26 避暑錄	12冊 권26 銅蘭涉筆	권26 銅蘭涉筆			謁聖退述
27						盎葉記

『국역열하일기』의 목차상 특징은 '일기' 부분에서는 『열하일기』의 일반적 목차를 가다듬은 정본과 다산교합본(박영철본)의 목차를 따랐음에 반해, '필담'과 '잡록'부분에 해당하는 목차에서는 정본 목차 마련 이전의 목차들과 내용상 순서를 참작하여 새롭게 목차를 정했다는 점이다.

이를테면 '망양록-심세편-혹정필담'은 그 이본들의 차이에도 불구하고, 언제나 함께 연속되어 있는 권(卷)들이었는데, 연민선생은 그 내용에 철저하게 입각하여 '심세편-망양록-혹정필담'의 순서로 바로잡았다. 또한 기존의 『열하일기』에 누락되어 있던 자료를 대폭 보완하여 신거나 정본과 다산교합본 이후 사라졌던 편들을 다시 되살려 번역에 포함시켰다. '피서록보'와 '양매시화'가 바로 전자의 사례이고, '금료소초'가 후자의 사례이다. 그래서 『국역열하일기』는 다른 이본에 비해 비교적 풍부한 내용을 구비할 수 있게 되었다.

2.3. 『국역열하일기』의 교합본 원본텍스트로서의 가치

국역열하일기가 열하일기 연구에 끼친 공헌은 가히 절대적이라고 할 수 있겠다. 연민선생의 국역열하일기가 나온 이후에 비로소 열하일기만을 연구한 박사논문이 그것도 둘씩이나 이어진 것도 결코 우연이 아니다. 문학사에서 열하일기가 차지하는 비중을 고려할 때 본격적인 연구가 오히려 늦었다고 하겠는데, 그나마 국역열하일기의 등장으로 가능할 수 있었다. 강동엽은 그 선성을 울렸고, 이어서 김명호는 열하일기의 문체적 특징을 '백화체'와 '소설체'의 사용으로 요약하기까지 했다. 이들 연구는 영성했던 열하일기 연구에 큰 업적을 세운 노작들이다. 그러나 이들은 둘다 『열하일기』에 대한 이본 텍스트 비교를 하였음에도 20세기 이전에 연암집 혹은 열하일기의 간본은 없었다는 판단 하에 정본(定本)이 없다는 결론을 공유하고 있었고, 그 결과 1932년에 박영철이 자본을 제공하여 엮은 간본, 이른바 '박영철본'을 정본(定本)[11]인양 승인하였다. 그러나 1932년 간본은 그 자체로 오류가 있는 이본이며, 저자와의 개인적인 관계가 완전히 단절된 상황에서 이루어진 '교합본(校合本)'이다. 또한 속설처럼 자료가 가장 풍부한 간본도 아니다. 실제로 열하일기와 관련된 가장 풍부한 자료를 담고 있는 간본은 연민선생이 역주한 『국역열하일기』의 부록 원문이다. 이 자료에는 연민선생이 오랜 세월 동안 수집하고, 특히 연암 후손가로부터 기증받

---

11) 정본에 대해서는 졸고, 『열하일기 연구』(미발표)에서 자세히 다루었다.

은 진귀한 자료들을 포함하고 있다. 그럼에도 1932년 간본만이 가장 완성된 텍스트인 양 사용하는 것은 지나치게 편의적이다. 물론 정본이 없다는 기존의 판단에 따라 보다 '옛스런'문헌을 정본으로 간주하고 싶은 심정은 이해할 수 있다. 그러나 1932년과 1966년의 시간적 차이가 그다지 크지 않다. 더구나 연민선생의 간본은 연암소장가의 진귀한 자료까지 반영한 명실공히 최고의 교합본이다.

또한 열하일기 원문구두의 경우를 놓고 보더라도 연민선생의 교합본이 가지는 의미가 크다. 현재 연구자들이 접근할 수 있는 구두(句讀)가 붙어 있는 원문은 『국역열하일기』의 부록 교합본, 민추의 문집총간252번? 『연암집』, 朱瑞平의 『熱河日記』(上海書店出版社,1997)의 교점(校點), 북역 『열하일기』(보리출판사,2004)의 원문부록 교합본 정도이다.

최근에 출간된 것은 차치하고 볼 때, 북역 『열하일기』에 실려있는 원문에 구두가 없어, 연민선생의 국역『열하일기』의 원문부록인 교합본이 최초의 전문(全文) 구두(句讀)본이라 하겠다. 더구나 이후에 나온 민족문화추진회본 『연암집』 안의 『열하일기』에는 구두상 적지 않은 문제가 있기에, 연민선생의 국역『열하일기』는 부록 이상의 의미가 있음을 알 수 있다. 그러므로, 박영철의 1932년 교합본인 『열하일기』를 크게 뛰어넘은 『국역열하일기』의 부록 원문은 마땅히 정당한 평가를 받아야 하며, 정식으로 연민교합본 『열하일기』라고 명명해야 한다.

3. 연민선생의 새로운 『국역열하일기』 번역을 위한 검토점

번역은 문자를 다른 문자로 바꾸는 작업이다. 그런데 문제는 원문의 문자 함의와 번역의 문자 함의가 언제나 완벽하게 일치할 수는 없다는 데 있다. 게다가 원문이 씌여진 시대와 번역문이 읽히는 시대가 다를 경우, 혹은 원문이 대상독자로 한 계층과 번역문이 대상독자로 한 계층이 다를 경우에는 문제가 훨씬 더 복잡해진다. 동서양을 막론하고 지난 한 세기는 그 이전의 시대와 질적으로 크게 변별되는 시대였다. 세계정세의 주변국인 동아시아의 경우는 단절의 정도가 더욱 심했다. 그런데 그 단절의 벽을 넘어야 하는 것이 고전국역의 현실이다. 번역은 때때로 문자의 번역을 넘어서 문화의 번역을 의미한다. 그렇지만 고전국역자는 한문과 한글, 조선시대와 현재, 양반계급과 대중독자 사이에 놓인 깊은 골짜기에, 누구나 건널 수 있는 튼튼한 교량을 놓고자 한다. 그러나 번역가도 역사적 환경에 제약받는 존재이다. 즉, 시대를 넘어선 번역이 그만큼 어렵다는 의미이다. 리상호의 국역은 분단 이후 한반도 북쪽의 번역 수요와 학계 성향을 반영하고 있다. 그래서 리상호식의 국역이 탄생할 수 있었다. 연민선생의 국역 또한 분단 이후 남쪽의 번역 수요와 학계 흐름을 반영하고 있다. 그래서 연민선생의『국역열하일기』가 현재의 모습[12]으로 성립될 수 있었던 것이다.

대개 번역자가 번역 대상에 대해서 취하는 기본 관점에 따라, 실제 번역되는 작품의 미세한 결이 달라지는 경우가 없지 않다. 이런 의미에서 번역가의 관점은 반드시 검토될 필요가 있다. 흔히 연민선생의 박지원에 대한 관점은 실학사상, 민족주의적 요소, 반봉건성, 풍자성 등[13]으로 요약된다. 아울러 남인계 학자로서의 정체성 또한 발견된다.[14] 또한 번역대상에 대한 텍스트 교감 및 주석도 매우 신중할 필요

---

[12] 뒤에서 다시 어급하겠지만, 『국역열하일기』는 직역(直譯)을 원칙으로 하되, 전문적인 주석(註釋)을 자세하게 갖추는 방식을 취하였다. 이는 리상호의 국역과 가장 크게 다른 점이다.

[13] 허경진, 「연민 이가원 선생의 생애와 학문」, 열상고전연구회편, 『연민 이가원 선생의 생애와 학문』, 보고사, 2005. 34면

[14] 이를테면, 연민선생은 일찍이 박지원의 〈우상전〉을 두고 설명하면서 박지원이 이언진의 시에 대해 '오농세타(吳儂細唾)'라고 평가한 것을 두고 "저건 남인놈의 가는 침이

가 있다. 그래서 '문자' 및 '문화'에 대한 중립지향적 번역의 추구라는 입장에서 다음의 다섯 가지 항목을 검토하고자 한다. 즉 첫째, 면밀한 텍스트 비교의 필요, 둘째, 주석 보강의 필요, 셋째, 상세 번역의 필요, 넷째, 오역수정의 필요, 다섯째, 번역자 관점의 점검필요 등이다. 구체적인 사례는 가급적 '계승할 점'과 '극복할 점'을 균형 있게 다루고자 한다.

번역양상의 검토대상으로 연민선생의 『국역열하일기』면 모두 상관없다 할 수도 있겠지만, 이왕이면 초판의 미비점을 수정·보완하여 1977년 11월 30일에 민족문화추진회에서 발행한 『국역열하일기』(수정 3판)과 1984년 중판을 대상으로 선정했다.

3.1. 면밀한 텍스트 비교의 필요

3.1.1. 텍스트 비교의 선례

모두들 한바탕 웃었다. 그 선생님이 섭섭한 표정으로 한참 있다가, "아이들은 불가불 일찍부터 《춘추》를 읽혀야 돼. 아직 그게 무엇인지 분간을 못하므로 이 따위의 괴상한 말들을 하는 게야. 어디 한번 즉경(卽景)이나 읊어 보아라." (관내정사)

원문은 다음과 같다.

야. 너무 자질구레해서 볼 것이 없어"로 번역하였다. 그러나 '오농세타'는 심경호의 지적대로 '오농연어(吳儂軟語)'·'오농교어(吳儂嬌語)'와 마찬가지 의미로서 오(吳)땅 방언의 경청유미(輕淸柔美)함을 지적한 말이다. 이는 명말 오(吳)땅의 문학풍격이 느껴진다는 의미로 번역되어야 한다. 오농이 오땅 사람을 가르키는 사례는 이미 당(唐) 유우석(劉禹錫)의 시(詩)인 《복선사설중수별낙천(福先寺雪中酬別樂天)》이나, 송(宋) 장선(張先)의 사(詞)인 《희조천·청서당증채군모(喜朝天·淸署堂贈蔡君謨)》이나, 원(元) 장가구(張可久)의 곡(曲)인 《절계령유금산사(折桂令·遊金山寺)》에서 그 용례를 찾을 수 있다. 자세한 내용은 심경호, 앞의 글, 앞의 책, 465면을 참조할 것.

　　<u>坐者皆大笑 鄕先生憮然爲間曰 兒不可㊀不使早讀春秋 惟其不早辨</u>
<u>故乃爲此㊁怪談也 可賦卽景</u>

이는 탁연재개작본[15](전남대본)과 정본엔 삭제된 구절이다.

　【교감】
　　㊀ 연암수택본(충남대본)에는 본디 도필(倒筆)표시가 되어 있다. 원
문의 상태는 아래와 같다.

 ※연암수택본에는 원래 해당원문에 왼쪽과 같이 도필 표시가
있다. 연민선생은 번역시 이를 신중하게 반영하였고, 다산교
합본(박영철본)을 취하지 않았다.

　그밖에 "怪/恠"의 구별이 있으나 별다른 의미가 없어 따로 지적하지
않는다.

　『국역열하일기』는 이본의 원문텍스트 상태까지 충실하게 『열하일
기』 번역에 반영하고 있다. 즉, '使不'이라고 정리된 다산교합본에서
간과한 연암수택본의 도필표시를 반영하여 연민선생은 '不使'로 바로
잡았다.

3.1.2. 도강록서의 '130년'

　　숭정 17년에 [16]의종 열황제(毅宗烈皇帝)가 나라를 위하여 죽은 뒤

---

15) 졸고, 「'過庭錄' 異本 序文의 相異性에 관한 연구-전남대본 '熱河日記'의 改作 및
　　朴宗采와 관련하여-」(열상고전연구회, 『열상고전연구』 제23집, 2006년 6월)를 참고
　　할 것.
16) 의종열황제(毅宗烈皇帝) : 명의 최후 황제로서, 1635년 이자성(李自成)의 반란에
　　북경이 함락되자 자살하였다.

명이 망한 지 벌써 1백 30여 년이 경과되었거늘 어째서 지금까지 숭정
의 연호를 쓰고 있을까. 청이 들어와 중국을 차지한 뒤에 선왕의 제도
가 변해서 오랑캐가 되었으되 우리 동녘 수천 리는 강을 경계로 나라를
이룩하여 홀로 선왕의 제도를 지켰으니, 이는 명의 황실이 아직도 압록
강 동쪽에 존재함을 말함이다. (도강록서)

원문은 다음과 같다.

崇禎十七年 毅宗㉠烈皇帝殉社稷 明室亡 于今百㉡四十餘年 曷至今
稱之 淸人入主中國 而先王之制㉢度變而爲胡 環東土數千里 畫江而爲
國 獨守先王之制度

【교감】
㉠ 연암수택본(충남대소장)에는 "烈"이 없다.
㉡ 연암수택본과 탁연재개작본(전남대소장)에는 "四"로 적혀 있고, 정
　본과 다산교합본(박영철본)에는 "三"으로 되어 있다. "四"가 옳다.
㉢ 연암수택본에는 "禮"라고 적혀 있다.

한편, 『국역열하일기』는 다산교합본의 오류를 그대로 계승한 경우
도 있다. 이 경우도 그 중의 하나이다. 도강록서는 작성시기가 1873년
으로 명(明)이 망한지 140년이 되는 해이다. 새로운 번역에서는 이와
같은 오류를 극복할 필요가 있다.

3.2. 주석 보강의 필요

『국역열하일기』의 주석은 원저자의 박식만큼이나 독자를 압도할 정
도로 자세하고 대단하다. 그러나 박람강기에 의지한 주석일 경우는 검

토가 필요한 경우가 있다. 이를테면, '도(道)'에 대한 다음 대목에서 홍
명복이 『시경(詩經)』〈황의(皇矣)〉를 인용한 다음의 사례가 대표적인
경우이다.

내가 홍군(洪君) 명복(命福)수역(首譯) 더러, "자네, 길을 잘 아는가."
하니, 홍은 두 손을 마주 잡고, "아, 그게 무슨 말씀이셔요." 하고, 공손
히 반문한다. 나는 또, "길이란 알기 어려운 것이 아닐세. 바로 저 강
언덕에 있는 것을." 했다. 홍은, "이른바, '먼저 저 언덕에 오른다'(역자
주―《서경(書經)》 대우모(大禹謨)에서 나온 말이다.)는 말을 지적한 말
씀입니까." 하고 묻는다.(도강록)

원문은 다음과 같다.

余謂洪君命福㊀[首譯]曰 君知道乎 洪拱曰 惡 是何言也 余曰 道不難
知 惟在彼岸 洪曰 所謂誕先登岸耶

【교감】
㊀ 연암수택본(충남대소장)에는 "命福曰者[首譯]"으로 되어 있다. 원
문에서 해당하는 줄의 맨 끝에 있는 "者"는 글자 옆에 표시된 바와 같
이, 본디 그 앞에 있는 "曰"의 다음에 들어가야 할 도필자(倒筆字)이다.
한편, 탁연재개작본(전남대소장)과 정본에는 "命福曰[首譯]", 다산교
합본(박영철본)에는 "命福[首譯]曰"로 되어 있다. [ ]표시는 원주(原註)
를 의미한다.

3.3. 상세 번역의 필요

3.3.1. 상세 번역의 사례

진 시황(秦始皇)은 자주 흉노(匈奴)를 정벌하다가 그의 몸뚱이가 썩

은 고기가 되었고, 거란은 중원 땅을 한 번 유린하다가 몸이 소금에 절
인 제파(帝豝:역자주-요(遼)의 임금 야율덕광(耶律德光)이 죽었을 때
그 나라 사람들이 시체의 배를 잔뜩 넣은 뒤 본국으로 가져갔는데 당시
사람들이 이를 제파라 불렀다.)가 되고 말았다 합니다. 덕은 쌓은즉 저
와 같고, 악의 결과는 이와 같습니다. (나약국서)

원문은 다음과 같다.

> 秦皇數伐㉠匈奴 體化鮑魚 契丹大蹂中土 身爲帝豝 積德則如彼 稔惡
> 則若此

【교감】
㉠연암수택본(충남대소장)과 탁연재개작본(전남대소장)에는 "凶"으
로, 정본과 다산교합본(박영철본)에는 "匈"으로 되어 있다. "匈"이 옳다.
그밖에 "體/体"는 따로 지적하지 않는다.

"體化鮑魚"를 "그의 몸뚱이가 썩은 고기가 되었고", "身爲帝豝"를
"몸이 소금에 절인 제파가 되고 말았다"로 번역한 것은 난삽한 전고를
번역문만으로도 매끄럽게 이해할 수 있도록 번역한 좋은 사례이다. 새
롭게 번역될『국역열하일기』는 이러한 번역사례의 장점을 견지하고
확대하여 새로운 세대의 독자들을 이해시켜야 할 것이다.

3.3.2. 기정(沂鄭) · 영빈(潁濱)

이로부터 천백년(千百年) 뒤일지라도 몇 사람이나 다시 이곳에 걸음
을 하는지도 모르는 일이겠는데, 나의 이번 걸음에는 기정(沂鄭) · 영빈
(潁濱)의 수레 자국과 말 발자국이 모두 선하게 눈앞에 벌였으니, 아아,
슬프도다. 사람이 이 세상에 나서 아무런 질정(質定)된 일이 없음이 어

찌 이러할 줄이야 알았으리오.(환연도중록)

원문은 다음과 같다.

嗣此千百載間 未知幾人復作此行 而今吾此行也 <u>沂鄭潁濱</u>之車塵馬
跡 森然在目 噫 人生世間 其無定期若是夫

【교감】
"'迹/跡"은 따로 지적하지 않는다.

영빈(潁濱)이 소철(蘇轍)인 것이야 상식에 속한다 하겠지만, '기정(沂
鄭)'은 공구서에서 도저히 찾을 수 없는 전고이다. 사실 '기정(沂鄭)'은
한 명의 인물이 아니라, 두 사람 즉 기공(沂公) 왕증(王曾)과 정공(鄭公)
부필(富弼)이다. 이들에게는 북쪽의 거란으로 사신간 적이 있는 인물
이라는 공통점이 있다. 그래서 연암이 전고(典故)처럼 이를 한데 묶어
사용한 것이다. 그런데 이 경우는 연암만의 전고이기 때문에 새로운
번역에서는 연암만의 개인어휘록을 정리하여 반영할 필요가 있다.

3.4. 번역 수정의 필요
3.4.1. 기본 번역 수정의 사례

상삼이 다시 이어서 창(唱)하기를 청하니, 유사사가 눈을 흘기며,
"<u>채소사는가요, 더 달라게</u>" 한다. 그 청년은 손수 비파를 뜯으면서 유사
사더러 노래 계속하기를 권힌다.(관내정사)

원문은 다음과 같다.

象三㊀復請(勸之)續唱 ㊁絲絲(一妓)流眼曰 <u>買茱乎 求盆也</u> 其少年自
鼓琵琶 勸㊂絲絲(之)續唱

【교감】
㊀탁연재개작본(전남대소장)에는 "勸之"라고 적혀 있다.
㊁탁연재개작본에는 "一妓"라고 적혀 있다.
㊂탁연재개작본에는 "之"라고만 적혀 있다.

밑줄 친 부분은 원래 "채소 사는지요, 투정하게"라고 번역되어 있던
것을 중판을 간행하면서 재수정한 것이다. 생생한 상황성과 유사사의
성격이 잘 드러나게 수정한 좋은 사례이다. 새 번역에서 계승할 지침
을 얻을 수 있다.

3.4.2. '간(姦)'의 글자유희

나는, "비씨(費氏)의 여덟 용(龍 : 역자주-비취의 여덟 아들)은 모두
한 어머니가 낳으셨나요." 하자, 비는 다만 빙그레 웃을 뿐이었고, 배생
이, "아니어요. 소실 두 분이 좌우에서 도와 드렸답니다. 난 저 사람의
여덟 아들이 부러운 것보다 작은 마누라나 하룻밤 빌렸으면 그만이겠
소." 한다. 온 방안 사람들이 모두 한바탕 웃었다.(성경잡지)

원문은 다음과 같다.

余曰 費氏八龍 都是一母所乳否 費微笑 裵曰 還有兩小夫人左右夾助
吾不羨他八龍 慕渠一姦 滿堂闃笑

【교감】없음

이 경우는 처음 읽었을 때 잘 이해가 되지 않는 부분이다. 그런데 이는 부인이 셋인 것이 부럽다는 뜻에서 넌지시 세 여인의 합체자인 '간(姦)'자를 사용한 언어유희이다. 새 번역에서는 이런 부분의 원래적 뉘앙스가 반영되도록 수정하여야 할 것이다.

3.5. 번역관점의 점검필요

3.5.1. 동성애에 대한 터부

왕삼빈(王三賓)은 복건 사람으로 나이는 스물다섯이다. 그는 윤형산 (尹亨山)의 구종이거나 또는 기려천(奇麗川)의 하인인 듯싶다. 글을 잘 알며 그림에도 명수이다.

원문은 다음과 같다.

王三賓 閩人也 年二十五 似是尹亨山傔從也 或奇麗川僕也 貌美而能解書 工畵

【교감】

㊀ "貌美" 다음의 "而"는 본디 연암수택본(충남대소장)에는 없고, 탁연재개작본에서 처음으로 오른쪽에 작은 글씨로 보충되었다. 정본과 다산교합본에는 보인다.

그 밖에 "鮮/解", "畵/㐭"의 구별은 따로 밝히지 않는다.

이 대목에서 연암수택본에는 다음과 같은 글이 더 있다. 동성애의 장면이 묘사된 장면으로 연암의 수종이었던 창대가 목격한 것을 옮기는 형식을 취했다.

즉, "或奇麗川僕也"과 "貌美而能解書 工畫" 사이에 다음의 글이 있다.

昌大言 昨朝偶在明倫堂右門屏下 麗川與三賓結臂騈項 蔽槐樹立良
久 接口哳舌 如殿上繡項鷯鳩 不知有人在 屏間偸看 三賓巧呈無數淫態
再昨曉 持書徃尹大人炕 三賓在尹衾中 擧頭受書也 鵠汀僕鄂 亦似其美
童 三賓非但

【교감】
㊀ "三賓非但"에서 "非但"이 탁연재개작본에는 까맣게 지워진 흔적으
로 남아있다.

『국역열하일기』에서도 이 부분은 삭제되었다. 그런데 다른 경우 빠
진 부분을 이본대비를 통해 복원시켜 놓은 것을 미루어 연민선생께서
일부러 취하지 않으신 것을 알 수 있다. 청나라의 현실을 적나라하게
보여준 열하일기의 저작적 위상을 오늘날 고려할 때, 새 번역에서는
역시 복원하는 것이 낫겠다고 생각된다.

3.5.2. 사대주의자에 대한 민족주의적 대응

김부식(金富軾)은 다만 옛 글에 그의 성명이 전하지 않음을 애석히
여겼을 뿐이다. 대개 부식이 《삼국사기(三國史記)》를 지을 때에 다만
중국의 사서에서 한번 골라 베껴 내어 모든 사실을 그대로 인정하였고,
또 유공권(柳公權 당의 학자요 서예가)의 소설(小說)을 끌어 와서 당 태
종이 포위되었던 사실을 입증까지 했다. 그러나 《당서(唐書)》와 사마광
(司馬光)의 《자치통감(資治通鑑)》에도 기록이 보이지 않으니, 이는 아
마 그들이 중국의 수치를 숨기기 위한 것이 아닌가 싶다. 그러나 우리
본토에서는 옛날부터 전해 내려오는 사실을 단 한 마디도 감히 쓰지 못
했으니, 그 사실이 미더운 것이건 아니건 간에 모두 빠지고 말았던 것

이다.(도강록)

원문은 다음과 같다.

　　金富軾只惜其史失姓名　盖(盖)(蓋)富軾爲三國史　只就中國史書 ㊀鈔
(抄)謄一番　以作事㊁實　至引柳公權小說　以證駐㊂蹕(驛)之被圍　而唐書
及司馬通鑑　皆不見錄　則疑其爲中國諱之　然至若本土舊聞　不敢略載一
句　傳信傳疑之間　蓋闕如也

【교감】
　　㊀ 연암수택본(충남대소장)과 탁연재개작본(전남대소장)에는 "鈔"으
로, 정본과 다산교합본(박영철본)에는 "抄"로 되어 있다.
　　㊁ 연암수택본에는 이체자인 "寀"로 적혀 있다.
　　㊂ 연암수택본과 정본에는 "蹕"으로, 탁연재개작본과 다산교합본에
는 "驛"으로 적혀 있다. "彊"가 오자이다.
　　그 밖에 "盖/蓋"의 구별은 따로 밝히지 않는다.

　　학계에서 김부식의 사대주의에 대한 지적은 벌써 오래된 것이다. 그
러나 이 경우는 이른바 민족주의적 비판에 해당되지 않는 경우이다.
위 대목의 "闕如"[17]는 『논어(論語)』에서 가져온 말이다. 즉, 이 대목에

---

17) 노(魯) 애공(哀公) 10년 공자가 초(楚)를 떠나 위(衛)로 돌아와 계실 때, 공자가 자로
와 나눈 다음의 대화부분이 출전이다. "子路曰:「衛君待子而爲政, 子將奚先?」子曰:
「必也正名乎!」是時出公不父其父而禰其祖, 名實紊矣, 故孔子以正名爲先. 謝氏曰:
「正名雖爲衛君而言, 然爲政之道, 皆當以此爲先」子路曰:「有是哉, 子之迂也! 奚其
正?」迂, 謂遠於事情, 言非今日之急務也. 子曰:「野哉由也! 君子於其所不知, 蓋闕
如也.」野, 謂鄙俗. 責其不能闕疑, 而率爾妄對也. 名不正, 則言不順; 言不順, 則事
不成; 楊氏曰:「名不當其實, 則言不順. 言不順, 則無以考實而事不成.」事不成, 則
禮樂不興; 禮樂不興, 則刑罰不中; 刑罰不中, 則民無所措手足. (子路13:3)" 이와 같
은 취지는 爲政(2:18)에서 공자의 제자인 顓孫師. 즉 子張의 干祿之問에 대한 다음과
같은 공자의 답변에서도 거듭 확인할 수 있다. "子張學干祿. 子曰:「多聞闕疑, 愼言其

서 연암의 기본입장은 사대주의를 지적한 것이라기 보다는, 김부식이 사관(史官)으로서의 엄정한 태도를 취했음을 지적한 것으로 보아야 하고, 번역에도 저자의 원래 의도가 반영되어야 한다.

4. 맺음말

『열하일기』의 〈혹정필담〉에는 "일이란 당했을 때와 말할 때가 서로 같지 않은 법이요, 바둑이란 옆에서 구경하는 것이 직접 두는 것보다 훨씬 나은 것입니다.(鵠汀曰 不然不然 做時不如說時 旁局勝似當局)"이란 말이 나온다. 이 논문을 작성하는 마음 또한 그렇다. 방대한 이본 비교를 통한 남한 최초의 완역저작 『열하일기』를 두고 용훼(容喙)한다는 것 자체가 어불성설이었다. 그러나 연민선생이 세상에 끼치신 학은(學恩)에 조금이라도 보답하기 위해서라도, 새로 기획된 연민선생의 『국역열하일기』를 위한 몇 가지 검토와 제언을 감히 사양할 수만은 없는 일이기도 했다. 이것이 이 발표문의 진정한 의도이다.

餘, 則寡尤; 多見闕殆, 愼行其餘, 則寡悔. 言寡尤, 行寡悔, 祿在其中矣."

【부록】: 국역열하일기내 이본비교 반영부분 조사

* 이하 [　]표시는 원주 혹은 역주를 의미한다.

1. 수택본

1) 열상외사(洌上外史) : 연암의 별호(別號). '수택본'에는 열상외수(洌上外叟)로 되었다.

2) 유혜풍(柳惠風) 영재(泠齋) : 연암의 일계(一系)에 속하는 학자 유득공(柳得恭). 혜풍은 자요, 영재는 호이다.
   다른 본에는 영재(泠齋)라는 두 글자가 없었는데, 여기에서는 연암의 '수택본'에 의거하였다.

3) '재를 파헤치는 체하면서 그 부인을 곁눈질해 보았다.' : 이 구절은 '수택본'에 의거하였다. 다른 본들에는, "그 복식의 제도를 구경하였다."로 되었다.

4) 바둑 : '수택본'에는 투전으로 되어 있다.

5) 양곱창 곰국 한 동이 : 이 구절은 '수택본'에는 다음에 나오는 '과실 두 쟁반'의 밑에 있다.

6) '대체로 귀로 듣고 눈으로 보았다' : '수택본'에는 "애초 이 몸의 현재를 위함이다."로 되었다.

7) 가을 : '수택본'에는 이 위에 '성상 4년 경자'와 '청 건륭 45년'이라는 원주(原註)가 있으나, 여기서는 '박영철본'을 따랐다. 7/24

8) 관제(關帝) : '수택본'에는 '관공(關公)'이라 기록되어 있다.

9) 가을 : '수택본'에는 이 위에 '건륭 45년 경자'라는 한 구절이 있으나, 그를 따르지 않았다. 8/5

10) 따로 〈만방진공기(萬方進貢記)〉[〈산장잡기〉 속에 들어 있다. '수택
본'에는 없다.]를 썼다.

11) 가을 8월 : '수택본'에는 이 한 구절이 탈락되었다. 8/15

12) "옛날에는 운이란 글자가 없었으므로 균(勻)이라 했습니다." 한다.
: 균(勻) : '수택본'에는 '均'으로 되었다.

13) '성왕(成王)이 동쪽 [이 한 점은 이(夷) 자인데, 그가 나를 대하였으
므로 이를 피했다. 대체 그는 호(胡)·노(虜)·이(夷)·적(狄) 등 글
자는 모두 기휘하였다.] 을 이미 치자'에서 '동쪽' : 여러 본에 모
두 '동○'로 되어 있으나 그릇된 것이므로, 여기서는 '수택본'을 따
랐다.

14) '그 뒤에 연경(燕京)으로 돌아왔을 때 그곳 인사들과 이야기하다가
기(奇)를 아느냐고 물었으나 모두들 머리를 흔들 뿐이다. 풍병건(馮
秉健)이 홀로 분개하는 어조로, "점잖은 선비가 어찌 되놈의 새끼를
안단 말이요." 한다. 나는 또, "윤형산은 어떤 인물인가요."하고 물
은즉, 모두들 기쁜 빛으로, "그는 참으로 백락천(白樂天)과 같은 유
의 인물이지요."하였다.' : '수택본'에는 소주(小註)로 되었으나, 여
기서는 여러 본에 의하여 대문(大文)으로 하였다.

15) 오조(吳照)는 강서(江西) 사람이다. 그의 자는 조남(照南)이요, 호는
백암(白菴)이다. 그가 석호(石湖)에 놀 때 지은 시가 모두 아름다웠
다. …이하 칠언절구 여섯수 중략…조(照)의 나이는 바야흐로 30여
세였고, 거인(擧人)이라 한다. : '수택본'에서는 누락되었다.

16) 우리나라에도 역시 부씨(夫氏)·양씨(良氏) 등은 모두 탐라(耽羅)출
신이요, 또 불씨(乀氏)·궉씨(鳷氏)도 있는데, 비단 성이 드물 뿐만
아니라 글자도 역시 상고할 수 없으니 괴상한 일이다. : '수택본'에
는, "옛날 이루(離婁)의 이씨(離氏)가 있어서 감씨(坎氏)와 더불어 혼
인하고 저씨(杵氏)가 구씨(臼氏)와 더불어 짝이 되었으니, 가히 하

늘이 정해 준 배필이라." 하였다.

17) 천주당(天主堂) : 이 소제(小題)는 여러 본에는 풍금(風琴)으로 되었으나 여기에서는 '수택본'을 좇았다.

18) 양화(洋畫) : '수택본'에는 이 소제(小題) 양화가 천주당화(天主堂畫)로 되어서 목차(目次)에만 실려 있고, 원전(原典)에는 소제의 '천주당화'는 물론이요, 다음 주석과 같이 궐문(闕文)이 많았다.

19) 무릇 그림을 그리는 자가 거죽만 그리고 속을 그릴 수가 없음은 자연의 세(勢)이다.…중략…팔목이며 종아리는 포동포동 살이 쪘다. 갑자기 : '수택본'에는 첫머리의 "무릇 그림"으로부터 여기에 이르기까지가 모두 궐문(闕文)으로 되었다.

20) 구경하는 사람들이 눈이 휘둥그래지도록 놀라, 어쩔 바를 모르며 손을 벌리고서 떨어지면 받을 듯이 고개를 젖혔다. : '수택본'에는 "구경하는"으로부터 여기에 이르기까지의 한 구가 상문(上文) "천주당"의 끝에 별행(別行)으로 붙어 있었다.

21) '또 별도로 《상기(象記)》가 있다.' : '수택본'에는 이 원주가 없었다.

22) 황금대(黃金臺) : '수택본'에는 이 '황금대'의 전문(全文)이 탈락되었다.

23) 황금대기(黃金臺記) : '수택본'에는 '황금대'로 되었다.

24) 문 승상의 사당 : '수택본'에는 이 일절(一節)의 전문(全文)이 없이 곧 하문(下文) 문승상사당기(文丞相祠堂記)가 이 자리에 올라 있었다.

1-1. 수택본, 일재본

1) 일부러 담뱃불 댕기기를 핑계하여 부엌에 들어가 보니 : 이 부분은 다른 본에 빠졌고, '수택본'과 '일재본'에서만 보인다.

2) 일신수필 서(馹汛隨筆序) : '박영철본'에는 이 소제가 없었으나 '수택본' 또는 '일재본'에 모두 서(序) 자가 있으므로 이들을 따라서 이

다섯 글자의 소제를 붙였다.

3) 가을 : '수택본'과 '일재본'에는 이 위에 18년*이란 글자가 있으나 삭제됨이 옳다. 여기서는 '박영철본'을 따랐다. 7/15

1-2. 수택본, 주설루본

조(趙) : '박영철본'에는 조공(趙公)으로 되었으나 김택영(金澤榮)이 추가한 것이므로, 여기에서는 '수택본'과 '주설루본'을 좇았다. 이 후지(後識) 중 다음에 나오는 것도 이에 따랐다. ─ 趙啓遠

2. 일재본

1) 이 부분은 모든 본에 빠진 것을, '일재본'에 의거하여 보충하였다. 이는 빨리 키우는 한 방법이요, 또 이가 이는 것을 예방함이다. 여름이 되면 닭에 검은 이가 일어서, 꼬리와 날개에 붙어오르면 반드시 콧병이 생기며, 입으로는 누른 물을 토하고 목에는 가래 소리가 난다. 이것을 계역(雞疫)이라 한다. 그러므로 미리 그 꼬리와 깃을 뽑아서 시원한 기운을 통해 준다 한다.

2) '용 중에도 어질고 나쁜 것이 있는데 화룡이 가장 독하답니다. 건륭(乾隆) 8년 계해(癸亥)' : '일재본'에는 계사(癸巳)로 되었는데 그릇된 것이다.

3) "천(賤)이 아니요, 도철(饕餮)이란 철(餮) : '일재본'에는 명철(明哲)이란 철(哲)로 되었다.

4) '옷 벗고 다시 잠들어서 조반을 알릴 때 겨우 깨었다.' : '일재본'에는 이 부분이 탈락되었다.

5) 융복사(隆福寺) 또는 보국사(報國寺) : 북경 동사패루(東四牌樓) 융복사가(隆福寺街)에 있다. 보국사와 함께 골동품들을 많이 매매한

다. 보국사는 호국사(護國寺)라고도 함. 서성(西城) 호국사가(護國寺街)에 있다. '일재본'에는 홍인사(弘仁寺)로 되었다.

6) 시대(時大) : '일재본'에는, 창대(昌大)로 되었다. 7/14

7) 제법 자태가 흐른다 : 이 한 구절은 '일재본'에만 있는 것을 추록하였다. 8/14 상가집 억지문상

8) 실승사(實勝寺) : '일재본'에는 보승사(寶勝寺)로 되었다.

9) 병진(丙辰) : 이 '병진' 두 글자는 '일재본'에 의하여 추록했는데, 다른 여러 본에는 탈락되었다. 8/10

10) '도보(道甫 이조 때의 문학가 · 서예가 이광사(李匡師)의 자)가 쓴 글씨 첩 하나를 내어 보였다. 그들은 서로 살펴보더니, 이윽고 나에게, "이 글씨는 동한(東韓)에 있어서 어떤 등류(等流)에 속합니까."한다. 나는 이에 대하여 멍하니 무엇이라 대답하기 어렵기에 다만, "우연히 행장(行裝) 속에 들어왔습니다." 하고 대답하여, 스스로 옛날 조자(趙資)의 말처럼 슬쩍 피해버렸다.' : 이 한 절은 다른 본에 없던 것을 이에 '일재본'에 의하여 넣었다.

2-1. 일재본(一齋本), 유당본(綏堂本)

조군(趙君)이, "그 말 가운데는 깊은 의미가 들어 있습니다. 이 말은 애초에 이규의 어머니가 이렇게 무겁다면 비록 이규의 신력(神力)으로도 등에 업은 채 높은 재를 넘지 못했으리라는 의미였고, 또 이규의 어머니가 호랑이에게 물려갔는데, 그는 이렇게 살집이 좋은 분을 만일 저 주린 호랑이에게 주었다면 오죽 좋으랴 하는 의미죠." 하고, 설명해 준다. 나는 "세 바위들이 어씨 이처럼 유식한 문사를 쓸 줄 안난 말이오" : 나난 '일재본'과 '유당본(綏堂本)'에 있을 뿐이다.

3. 주설루본

1) 유둔(油芚) : 비를 피하기 위해 사용하는, 이어 붙인 두꺼운 기름종이. '주설루본(朱雪樓本)'에는 '유단(油單)'으로 되었다.

2) 전사가여연암서(田仕可與燕巖書) : 이 편지는 다만 '주설루본(朱雪樓本)'에 있는 것을 여기에 추록하였다.

3) 산천기략후지(山川記略後識) : 다른 본에는 이 소제(小題)가 없었으나, '주설루본'에 있으므로 이를 좇았다.

4) 김정……사람이다 : 이와 같은, 연암의 적은 그림에 대한 모든 해설은, '박영철본'에는 소주(小註)로 되었으나, '주설루본'에 의하여 별행(別行) 대자(大字)로 하였다. 다음의 것도 모두 이에 따랐다. 열상화보

5) 호질후지(虎叱後識) : 다른 '본'에는 이 소제가 없었던 것을, 이제 '주설루본'을 좇아 추록하였다.

6) 동악묘기(東嶽廟記) : 다른 본에는 모두 '관내정사'의 편말에 있었으나, '주설루본'에 의하여 여기로 옮겼다.

7) 막북행정록 서(漠北行程錄序) : 이 소제는 다른 본에는 없었으나, 이제 '주설루본'에 의하여 추록하였다.

8) 얼대인[乙大人]……의미였다 : 이 부분은 '주설루본'에 의거하였다. '박영철본'에는 '얼대인[二大人]'으로 되었다.

9) 경개록 서(傾蓋錄序) : '박영철본'에는 이 소제(小題)가 없었으나 여기에서는 '주설루본'을 따랐다.

10) 망양록 서(忘羊錄序) : '박영철본'에는 이 소제(小題)가 없으나, '주설루본'을 따라서 추록하였다.

11) 혹정필담서(鵠汀筆談序) : '박영철본'에는 본래 이 소제(小題)가 없었으나, 이제 '주설루본'에 의하여 추록하였다.

12) 도군 황제(道君皇帝 宋(宋) 휘종의 별칭)는 참으로 명사(名士)라 할 수 있어 비록 동파 선생(東坡先生)처럼 송균(松筠 송죽(松竹)과 같다) 같

은 기절은 적다 하더라도 그의 풍류와 감상하는 안목은 반드시 진(陳 송(宋)의 진사도(陳師道))·황(黃 송(宋)의 황정견(黃庭堅)) 두 분에게 양보하지 않을 것입니다."[형산은 뒤따라 필담 초기를 열람하고는 웃으면서 못하지 않는 정도가 아니라 훨씬 낫다고 하였다.] : 이 부분은 다른 본에는 없으나 '주설루본'에 의하여 보충하였다. —혹정필담

13) 중존평어(仲存評語) : 여러 본에 모두들 이 소제(小題)가 없었으나, 여기에는 '주설루본'에 의하여 추가한다. —찰십륜포

14) 반선시말후지(班禪始末後識) : 여러 본에는 이 소제(小題)가 없었으나 여기에서는 '주설루본'을 따라 추록하였다.

15) 중존평어(仲存評語) : 여러 본에는 이 소제가 없었으나 이제 '주설루본'에 의하여 추록하였다.

16) 황교문답서(黃敎問答序) : 여러 본에 모두들 이 소제(小題)가 없으나 여기서는 '주설루본'에 의하여 넣었다.

17) 황교문답후지(黃敎問答後識) : 여러 본에 모두 이 소제가 없었으나, 이제 '주설루본'에 의하여 추록하였다.

18) 중존평어(仲存評語) : 여러 본에는 이 소제(小題)가 없었으나, '주설루본'에 의하여 추록하였다.

19) 피서록서(避暑錄序) : 여러 본에는 이 소제(小題)가 없으나 '주설루본'에 의하여 추록하였다.

20) 주곤전소지(朱昆田小識) : 여러 본에 모두 이 소제가 없이 별주(別注)로 되었으나, 여기에서는 '주설루본'을 좇았다. 주곤전은 주이준(朱彝尊)의 아들인데, 자는 서준(西峻) 또는 문앙(文盎).

21) 동란섭필서(銅蘭涉筆序) : 모든 본(本)에는 이 수제(小題)가 없었으나, 여기에서는 '주설루본'에 의하였다.

22) 허생후지(許生後識) : 여러 본에 모두 이 소제(小題)가 없었으나 여기에서는 '주설루본'을 좇아서 추록하였다.— 허생후지(許生後識)1

23) 차수평어(次修評語) : 여러 본에는 모두 이 소제(小題)가 없었으나 '주설루본'을 좇아 추록하였다. 차수(次修)는 박제가(朴齊家)의 자.

24) 행재잡록서(行在雜錄序) : 여러 본에 모두 이 소제(小題)가 없었으나 여기에서는 '주설루본'을 좇아 추록하였다.

25) 반선사후지(班禪事後識) : 여러 본에 모두 이 소제(小題)가 없었으나, 여기에서는 '주설루본'을 좇아 추록하였다.

26) 동불사후지(銅佛事後識) : 여러 본에 모두 이 소제(小題)가 없었으나 여기에서는 '주설루본'을 좇아 추록하였다.

27) 행재잡록후지(行在雜錄後識) : 여러 본에 이 소제(小題)가 없었으나 여기에서는 '주설루본'을 좇아 추가하였다.

28) 금료소초서(金蓼小抄序) : 여러 본에는 이 소제(小題)가 없었으나, 여기서는 '주설루본'을 좇아 추록하였다.

29) 환희기서(幻戲記序) : 여러 본에는 이 소제(小題)가 없었으나, 여기에서는 '주설루본'을 좇아 추록하였다.

30) 환희기후지(幻戲記後識) : 여러 본에는 이 소제(小題)가 없었으나 여기에서는 '주설루본'을 좇아서 추록하였다.

31) 야출고북구기후지(夜出古北口記後識) : 여러 본에는 이 소제(小題)가 없었으나, 이에서는 '주설루본'에 의하여 추록하였다.

32) 만국진공기후지(萬國進貢記後識) : 여러 본에는 이 소제(小題)가 없었으나 이에서는 '주설루본'에 의하여 추록하였다.

33) 앙엽기서(盎葉記序) : 여러 본에는 이 소제(小題)가 없었으나, 여기서는 '주설루본'을 좇아서 추록하였다.

4. 연암수고 삼한총서본

피서록보(避暑錄補) : 이하는 연암 수고(手藁) 삼한총서본(三韓叢書本) 중에서 뽑아 넣었다.

5. 연암산방본

열하일기 서(熱河日記序)-최근에 발견된 '연암산방본(燕巖山房本)'에 실려 있으므로 이에 추가하였다.

6. 박영철본

1) 청의 황제 : '박영철본(朴榮喆本)'에는 청실(淸室)로 되었다.
2) 조장(照墻) : 병문(屛門)의 담. '박영철본'에는 향장(響牆)으로 되었다.
3) 정대광명전(正大光明殿) : '박영철본'에는 태정전(太政殿)으로 되었다.
4) 사괴공(史蒯公) : 술 이름. '박영철본'에는 사국공(史國公)으로 되었다.
5) 이는 모두 상(商)·주(周) 시대의 유물로서 상상(上賞)에 해당됩니다 : '박영철본'에는, 이 부분이 소주(小註)로 되었는데, 그릇된 것이다.
6) 병신(丙申) : '박영철본'에는 병술(丙戌)로 되었으나, 그릇된 것이다.
7) 가을 : 이 위에 '경자(庚子)'라는 두 글자가 있었으나, '박영철본'에 의하여 삭제하였다. 8/9
8) 양련진가(楊璉眞加) : 원 세조 때에 강남 석교(釋敎)의 총통이 되어서 송조의 임금과 대신들 무덤을 판 것이 백 한 곳이요, 미녀와 보물을 받은 것이 많았다. 가(加)는 '박영철본'에는 가(珈)로 되었으나 잘못되었다.

7. 다백운루본

1) 속재필담(粟齋筆談) : '다백운루본(多白雲樓本)'에는 속재야화(粟齋夜話)라 하여 성경잡지에서 각립(各立)시켰으며, 또 차례를 성경가람기(盛京伽藍記)의 다음에 두었는데 그릇된 것이다.
2) 상루필담(商樓筆談) : '다백운루본'에는 상루야화(商樓夜話)라 하여 성경잡지에서 각립시켰으나 그릇된 것이다.

3) 고동록(古董錄) : '백운루본'에는 성경잡지에서 각립시켰는데, 그릇
    된 것이다.

4) 성경가람기(盛京伽藍記) : '다백운루본'에는 이 편을 성경잡지와 각립
    시켰으나, 그릇된 것이다.

5) 산천기략(山川記略) : '다백운루본'에는 이 편을 성경잡지와 각립시켰
    으나, 그릇된 것이다.

6) 마치 연연(燕燕)·앵앵(鶯鶯)처럼 아름답다. : 이 부분은 다른 본에는
    모두, "몹시 분명하지 않다."로 되었으나, '다백운루본'을 좇았다.
    7/30

7) 환연도중록(還燕道中錄) : '다백운루본'에는 이 편이 〈진덕재야화(進
    德齋夜話)〉의 뒤에 위치하였으나, 여기에서는 '박영철본'을 따랐다.

8) 야출고북구기(夜出古北口記) : '다백운루본(多白雲樓本)'에는 도고북
    구하기(渡古北口河記)로 되어 있다.

9) 만국진공기(萬國進貢記) : '다백운루본'에는 진공만차기(進貢萬車記)
    로 되었다.

8. 옥류산관본

1) 그의 부는 애초부터 유래가 있어서 승업의 조부 에는 돈이 몇 만 냥에
    지나지 않았더니, 일찍이 허씨(許氏) 성(姓)을 지닌 선비의 은 십만
    냥을 얻어서 드디어 일국의 으뜸이 되었던 것이 승업에게 이르러서
    조금 쇠퇴된 셈이다. : 옥갑야화(玉匣夜話)로 되어 있는 여러 본에는
    이 부분이 누락되었는데, 여기에서는 '옥류산관본(玉溜山館本)' 진덕
    재야화(進德齋夜話)에 의거하여 보충하였다.

2) 허생(許生) : 여러 본에는 이 소제(小題)가 없었으나 여기에서는 '옥류
    산관본'을 따라서 추록하였다.

9. 해당 이본을 적시하지 않은 경우

1) 최유수(崔儒秀) : 어떤 본에는 최윤수(崔允秀)로 되었다.

2) 관제묘기(關帝廟記) : 구요동에 있는 관제묘를 구경한 기록이다. 어떤 본에는 요동백탑기(遼東白塔記) 밑에 있으나 그릇된 것이다.

3) 요동백탑기(遼東白塔記) : 어떤 본에는 관제묘기(關帝廟記) 위에 있었으나, 그릇되었으므로 여기로 옮겼다.

4) 소정(韶亭) : 어떤 본에는 '소정' 두 글자가 궐문(闕文)이 되었다

5) 아들 여덟 : 어떤 본에는 '아들 여덟'이 궐문으로 되었다.

6) 선문(選文) : 어떤 본에는 문선(文選)으로 되었으나 그릇된 듯하다. 《문선》에는 〈출사표〉는 있으나 〈후출사표〉는 실려 있지 않다.

7) 성경통지(盛京統志) : 지은이는 알 수 없다. 다른 본에는 《성경통지(盛京通志)》로 되었다.

8) 서번(西番)의 성승(聖僧) : 라마교 승려. 서번은 티베트를 중심한 중앙아시아 지방을 총칭해 부르는 지명. '番'은 다른 본에 '蕃'으로 된 것이 있으나 그릇되었다.

9) 왕패(王霸) : 후한 광무제(光武帝) 때의 장수. 자는 원백(元泊). 어떤 본에는 후패(侯霸)로 되었으나 그릇된 것이다.

10) 봉규(叔圭) : 어떤 본에는 봉규(封圭)로 되었으나 잘못된 것이다.

11) 사운(思運) : 자는 형중(亨仲). 어떤 본에는 '사운(思運)'이란 두 글자는 소주로 되어있다. 피서록

12) …문장이 더욱 소탕(疎宕)하고 비분(悲憤)하여 압수(鴨水) 이동에 있어서의 유수한 문자이다. 박제가(朴齊家)는 삼가 쓰다. : 어떤 본에는 이를 숭손(仲存)의 뻥어라 하였으나 질못되었다.

13) 불도징(佛圖澄) : 진(晉) 때 천축(天竺)의 명승. 어떤 본에는 불국증(佛國證)으로 되었으나 잘못되었다.

10. 기타 : 역자의 설명

1) 이제묘기⋯⋯고죽성기(孤竹城記) : 모든 본에 다 보이지 않으니 의심
   되는 일이다.

2) 승덕태학기(承德太學記) : 일문(逸文)이 되었다. '박영철본' 권지 십오
   (卷之 十五) 끝 보유(補遺) 중에도 〈열하태학기(熱河太學記)〉라는 편
   목(篇目)이 남아 있으나, 역시 일문으로 되었다.

3) 심세편(審勢編) : 이 편은 여러 본에 모두 〈망양록(忘羊錄)〉 및 〈혹정
   필담(鵠汀筆譚)〉 위에 있었으나 이제 연암의 본편 중에 말한 바에 의
   하여 이곳에 옮겼다.

4) 필경 장수 적여문(翟汝文)의 선견대로 맞았으니, [송고종 2년에 절강
   로마보도총관(浙江路馬步都摠管) 양응성(楊應誠)이 상주하기를, "고
   려를 거쳐 여진까지 가기에는 길이 심히 빠르니, 청하건대 제가 삼한
   (三韓)에 사신으로 가서 계림(鷄林)과 약속을 맺어 두 황제를 맞아 오
   겠습니다." 하매, 곧 응성을 임시 형부 상서(刑部尙書)로 삼고 국신사
   (國信使)로 임하였더니, 절강 장수 적여문(翟汝文)이 말하기를, "만일
   에 고려가 금인(金人)들과의 관계로 거절을 하거나, 또 이를 기회로
   길을 묻는다고 빙자하여 중국의 남방을 엿보게 된다면, 어떻게 대처
   할 것인가." 하였다. 응성이 고려에 이르자, 과연 적여문의 말과 같이
   대답했다고 한다.] 드디어 약한 나라로 하여금 감정을 품게 되었습니
   다. 저는 이것을 일러, 고려의 공안이 아니라 고려의 원안(寃案) : 이
   원주는 모든 본에 다 이 편의 끝에 있었으나, 여기에다 옮기는 것이
   옳을 듯하다.

5) 이어서⋯⋯보였다 : 그 그림은 여러 본에 다 있는데, 여기에서는 거의
   원형 그대로 복사하여 실었다. −천자만년수

6) 김류(金瑬)와 장유(張維) : 이 둘은 모두 조선 인조(仁祖)의 소위 반정
   공신(反正功臣). 김류의 자는 관옥(冠玉)이요, 장유의 자는 지국(持

國). '수택본'·'서울대학본'·'대만영인본(臺灣影印本)'에는 이귀(李
貴)·김류(金鎏)로 되었고, '계서본(溪西本)'·'자연경실본(自然經實
本)'·'박영철본'·'광문회본(光文會本)'·'김택영본(金澤榮本)'·'김택
영중편본(金澤榮重編本)'·'주설루본'·'국립도서관본'에는 훈척(勳
戚) 권귀(權貴)로 되었으나, 여기에서는 '일재본'·'옥류산관본(玉溜山
館本)'·'녹천산관본(綠天山館本)'에 의하였다.

7) 허생후지(許生後識) : 여러 본에 모두 이 소제(小題)가 없었으나 이에
   서는 '주설루본'을 좇아 추록하였으며, 또 여러 본에는 모두 이 편이
   없었고, 다만 '일재본'·'옥류산장본(玉溜山莊本)'·'녹천산장본(綠天
   山莊本)'을 좇아서 추록하였다. 허생후지(許生後識) Ⅱ

8) 상기(象記) : '박영철본'에는 이 편이 희본명목기(戲本名目記) 밑에 있
   었으나, 이제 '수택본'을 따라 여기에 옮겼다.

『금오신화』의 번역본 고찰

연민 번역본의 특성

이대형 / 동국대

1. 한문고전의 번역과 평가

일반적으로 번역은 불완전할 수밖에 없기 때문에 반역이라고 하지만 한편으로 번역은 낯선 언어에 갇힌 원전을 자신의 언어로 해방시키는 재창작이라는 견해도 있다.[1] 원전의 언어와 다른 언어를 사용하는 독자들에게 작품이 되도록 만드는 일은 쉽지 않은 일이요 비판 받을 소지가 많을 수밖에 없지만 가치 있는 일임을 부정할 수 없다.

한문고전을 번역하는 일은 한글이 창제되기 이전부터 시행되었다. 이두나 향찰 등 차자표기로 번역한 것인데 현재 남아 있는 것으로는 한자어를 차용한 표기체계인 이두로 번역을 한『대명률직해(大明律直解)』(1395)가 이에 해당한다.[2] 한글이 창제되고 나서는 『삼강행실도』등이 한글로 번역되었는데 공적인 번역은 대개 중국 원전들이 대상이

---

1) 발터 벤야민, 「번역자의 과제」,『발터 벤야민의 문예이론』, 민음사, 1983. 한편 벤야민의 글에 대해, '완전한 언어, 순수한 언어는 번역 행위가 궁극적으로 도달해야 할 지평선이며, 서로 다른 이디엄들이 시적 창작력의 절정을 통하여 하나로 만나는 지점이 바로 이 지평선이라고 주장하는데 이런 종말론적 기다림으로 변모한 노스텔지어는 실제 번역에 도움이 되지 않는다'는 비판이 있다. 폴 리쾨르 지음/윤성우·이향 옮김,『번역론』, 철학과현실사, 2006년, 105면.

2) 정광·윤세영,『司譯院 譯學書 冊板研究』, 고려대 출판부, 1998년, 9면 참고.

되었다.3) 소설의 경우 채수(蔡壽)의 〈설공찬전(薛公瓚傳)〉이 16세기에
국문으로 번역되어 백성들을 미혹시키므로 벌을 주어야 한다는 내용
이 중종실록에 전한다. 그 국문필사본이 이문건(李文楗, 1494~1567)
의 『묵재일기(默齋日記)』 3책의 이면에서 1997년에 발견되었다.4) 이
외 『기재기이(企齋記異)』의 〈안빙몽유록(安憑夢遊錄)〉의 국문본이 『신
독재수택본(愼獨齋手澤本)』 등에 전한다. 김만중의 〈구운몽〉은 원작
이 한문인지 국문인지 논란이 있으나 남아 있는 본 가운데 한문본이
원작에 가깝다고 보이며, 국문본은 한문을 번역한 것인데 상당히 일
찍부터 유통되었다.

한문소설 가운데 몇 작품이 다른 문헌에 비해 일찍 한글로 번역되었
지만 현대 독자들이 읽을 수 없는 고투라서 현대 독자들을 위해서는
다시 번역을 해야만 한다. 현재 한문고전의 번역을 담당할 국가기관인
한국고전번역원이 활동하고 있고 근래 한국고전번역학회가 창립되기
도 하였지만 여전히 많은 한문문헌이 번역 되지 않은 채 남아 있고,
번역이 되었다 하더라도 보완이 필요한 경우들이 많다.

일본의 경우 옛 문헌을 정리하고 번역하는 작업이 일찍부터 진행이
되어서 우리와 비교된다. 다이쇼[大正] 연간(1912~1925)에 간행된 『다
이쇼신수대장경[大正新修大藏經]』은 『고려대장경』을 모본으로 삼아,
인도의 산스크리트 경전과 팔리어 원전, 중국의 한역 경전을 비교 검
토하여 학계에 보고된 모든 경전을 수집하고 정리하여 간행한 문헌이
다. 이미 그 이전 메이지[明治]시대(1868~1911)에 『대일본교정축각대
장경(大日本校訂縮刻大藏經)』, 『대일본교정훈점대장경(大日本校訂訓點
大藏經)』, 『대일본속장경(大日本續藏經)』 등이 출간된 예가 있었기 때

---

3) 최영준·김춘희, 「漢文 古典 飜譯의 方向性을 위한 고찰」, 중국인문학회 추계 정기
   학술대회 발표문, 2007.11. 138면 등.
4) 이복규, 『설공찬전(주석과 관련자료)』, 시인사, 1997년 참고.

문에 『다이쇼신수대장경』과 같은 방대한 규모의 대장경이 편찬될 수
있었던 것이다.5) 번역의 경우에 수많은 단행본을 제외하고 전 경전을
완역한 것으로 『국역대장경』, 『국역일체경』, 『남전대장경』 등이 간행
되었고, 『국역일체경』은 1928년부터 1980년에 걸쳐 완간되어 우리 학
자들에게도 유용하게 사용되고 있다. 우리의 『한글대장경』은 1965년
부터 간행되기 시작하여 최근에 완간되었지만 보완이 필요하다고 평
가되고 있다.

우리가 옛 문헌을 정리하고 번역하는 작업이 늦은 이유는 많은 이들
이 지적한 바와 같이 학계에서 번역을 연구업적으로 인정하지 않은 풍
토 때문이다.6) 번역은 일반적으로 소논문을 쓰는 것보다 더한 시간과
공력이 요구된다. 논문은 아예 폐기되어야 하는 경우도 있지만 번역은
그렇지 않다는 견해도 있다. 공식적으로 간행되는 번역이라면 그에 합
당한 평가가 이루어져야 할 것이다. 그렇지 못한 열악한 환경 속에서
나마 한문고전이 번역되고 있는 것은 연구자들의 사명에 따른 것이며,
연민의 번역 작업은 해방 이후 번역사의 첫 페이지를 차지하고 있다
할 것이다.

2. 금오신화의 위상과 번역

한국 한문고전 가운데 『금오신화』는 일찍부터 주목을 받았다. 그 첫
번역은 연민에 의해 이루어졌으니, 그 시기는 1953년이다. 다른 한국

---

5) 윤기엽, 「일본 大正時代 佛敎界의 編纂事業」, 『한국불교학』 48, 한국불교학회,
   2007년, 562면 참고.
6) 김용옥, 『동양학 어떻게 할 것인가』, 민음사, 1984년; 박상익, 『번역은 반역인가』,
   푸른역사, 2006년 등.

한문고전 서사작품을 보자면 〈양반전〉이 1947년에 일찍 번역되었고,[7] 〈구운몽〉 교주는 1955년에 淵民에 의해 이루어졌으며, 한문소설선집은 1960년에 이루어졌다.[8] 그러므로 『금오신화』는 한국 한문고전 서사작품 가운데 20세기에 가장 먼저 한글로 번역되었던 것이다. 『금오신화』가 이렇게 주목을 받은 이유는 번역본의 발문을 통해 알 수 있다.

> 金鰲新話를 朝鮮小說의 嚆矢라 하는 데는 누구나 異議가 없는 듯하다. 그러나 漢文으로 記綴된 作品도 國文學일 수 있느냐 한다면 擧皆가 否定하려고 하는 것이 現下 學者들의 共通된 國文學槪念의 定議인 듯한데, 그러면서도 굳이 이 金鰲新話와 燕巖의 漢文小說만은 우리 古典小說의 財産目錄으로부터 除外抹殺하기를 躊躇愛惜해 하는 까닭은 묻지 않아도 이들 小說이 너무나 獨創的이요 鄕土的인 性質을 內包하고 있기 때문이다." 임진(1952) 至月(11월) 向破 李周洪[9] 志.

위 발문을 통해, 한문으로 된 문학을 국문학으로 다루는 문제에 대한 50년대 국문학계의 분위기를 알 수 있다. 일제 강점기와 시간 거리가 얼마 되지 않은 때라 문자 문제가 중요시되었기 때문에 한문으로 된 작품들에 대해 국문학으로 다루지 않으려는 경향이 팽배했는데 『금오신화』는 그 뛰어난 문학성 때문에 국문학에서 제외하지는 못하였고 일찌감치 번역본을 간행하게 된 것이다. 『금오신화』의 중요성, 그리고 그 시기에 연민 번역본이 차지했던 위상은 1952년 가을에 쓴 도남(陶

---

7) 이석구, 『양반전』, 조선금융조합연합회, 1947년.

8) 김기동·임헌도, 『한문소설선집』, 정연사, 1960년. 여기에 수록된 작품은 〈옥루몽〉, 〈최고운전〉, 〈운영전〉, 〈허생전〉, 〈호질〉, 〈양반전〉, 〈만복사저포기〉이다.

9) 이주홍(1906~1987)은 경상남도 합천 출생으로 보통학교 졸업 후 서당에서 한학을 공부하였다. 부산수산대학교(현 부경대학) 교수 역임하고, 단편소설 〈완구상〉(1937년), 〈늙은 체조교사〉(1953년), 〈지저깨비들〉(1966년), 아동소설 〈피리부는 소년〉(1957년) 등을 발표하였다.

南) 조윤제(趙潤濟)의 서문을 통해서도 알 수 있다.

金鰲新話는 일찍 우리 小說文學界에 나와 燈불이 되었고 이제 數百
年後에 그 사람을 만나 다시 그 偉大한 文學精神이 우리 文學界에 빛나
고자한다. 이 어찌 國文學界의 快報가 아니겠는가.

우리 소설사의 등불인 『금오신화』가 적합한 번역자를 만나서 다시
현재 우리 문학계에서 빛을 발할 수 있게 되었다고 하였다. 번역의 양
상으로 보자면, 축자적인 번역이 아니라 작품성을 현재 독자들에게 공
감시킬 수 있는 번역이라는 평가다.

연민의 번역이 나온 이후 『금오신화』의 번역은 여러 사람에 의해 간
행되었다. 근간에는 독자를 세분화하여 청소년을 대상으로 한 번역본
이 나오기도 하고 외국어 번역본도 간행되었다. 기존에 간행된 번역본
을 연대순으로 정리하면 다음과 같다.

이가원	현대사	단기4286[1953](정음사, 1986)
이가원·허경진	한양출판	1995(서해문집 2007)
이재호	을유문화사	1972(1994, 솔 1998)
민제	중앙출판인쇄	1982
김기동·전규태	서문당	1984
이민수	범우사	1991(2001)
김인숙	청목사	1993
전영진	홍신문화사	1995
김연호	하서출판사	1998
이기종	혜원출판사	1999
심경호	홍익출판사	2000
김인숙	청목사	2001

구인환	신원문화사	2003
류수·김주철	보리	2005
이지하	민음사	2009
김경미	웅진씽크빅	2009

-아동용

박상재	대교출판	2006 5, 6학년용
최성수	나라말	2006 중학생용
유상목	위너스초이스	2006 논술용
고정욱	염림카디널	2009 초등학생용

-외국

불가리아어로 번역[10]

3. 연민 번역본의 양상

『금오신화』의 첫 번역을 이룩한 연민은 '역주자의 말'에서 다음과
같이 언급하였다.

이 冊은 啓明本과 大塚本을 臺本으로 하였으며 兩本의 字句 標點의
訛誤된 곳은 譯者 自意로 若干의 訂正을 더하여 卷尾에 붙여 두어 讀者
의 便宜에 貢獻하려하며

---

10)『연합뉴스』2003년 4월 29일 인터넷 기사에 따르면, 대산문화재단의 해외 한국문학
연구지원을 받아 불가리아 소피아대 동양어문화센터 한국학과 최권진 교수와 소피아
카터로바 중국학과 교수가 공동 번역하여 불가리아의 세마 르쉬(CEMA РШ) 출판사에
서 발간하였다고 한다.

'계명본(啓明本)'이란 최남선이 대총본(大塚本)을 활자화하여『계명』 19호(1917년)에 게재한 것을 말한다.[11] 최근에 조선에서 간행된『금오신화』가 중국에서 발견되어 소개되었는데[12] 대총본과 몇몇 글자의 출입과 변화가 보이지만 의미상으로 거의 차이가 없다. 그러므로 연민의 번역은 여전히 유효하며, 번역의 저본을 밝힌 데서 번역자의 학문적 자세를 엿볼 수 있다.

연민 번역본의 가장 큰 장점은 시 번역이 시답다는 것이다. 시 번역이 내용 전달에 그치는 것이 아니라 우리말의 묘미와 리듬감을 살려내었다. 『금오신화』는 시가 중요한 역할을 하고 많은 분량을 차지하고 있으므로 그만큼 맛깔스런 시 번역은 연민 번역본의 장점으로 이어진다. 시 번역 가운데 위에서 말한 특징을 잘 보여주는 예는 다음과 같다.

휘영청 밝은 달밤 시름도 하도할사   可憐辜負月明宵
심경호 번역: 가련해라 달 밝은 이 밤을 허송하다니

두둥실 하염없이 바둑이나 두려면   誰家有約敲碁子
심경호 번역: 어느 집에 약속 있나 바둑돌 놓는 저 사람

위에서 비교로 제시한 심경호의 번역은 원전을 충실하게 살린 번역이다. 원문의 의미를 파악하는 데는 원문에 충실한 번역이 좋으나 시의 맛은 연민의 번역이 한층 뛰어남을 알 수 있다. 그렇지만 원문의 의미에서 벗어난다는 의혹은 감수할 수밖에 없다.

연민 번역본을 원문 및 다른 번역본과 대조해 보면 원문에 매이는

---

11) 조희웅,『고전소설문헌정보』, 집문당, 2000년, 93면 참고.
12) 최용철은 조선간본을 소개하고서 지금까지 소개된 모든『금오신화』이본을 묶어 간행하였다. 최용철,『금오신화의 판본』, 국학자료원, 2003년.

직역보다는 문맥을 살리는 의역에 비중을 두었으며 세부적으로는 축약이 가장 많고 이외에 짤막한 부연, 구문의 도치 그리고 몇몇 오역이 검출된다.

3.1. 축약

한문 글쓰기에서는 典故 사용이 일반적인데 문맥에 긴요하지 않다고 판단되는 부분에 대해 연민은 전고를 생략하고 번역하지 않는 경우가 많다.13)

擬欲<u>荊釵椎髻</u>, 奉高節於百年, 冪酒縫裳, 修婦道於一生. 自恨業不可避, 冥道當然, <u>歡娛未極</u>, 哀別遽至. <u>今則步蓮入屛</u>, <u>阿香輾車</u>, 雲雨霽於陽臺

<u>당신의 동정을 얻어</u> 백년의 높은 절개를 받쳐 술을 빚고 옷을 기워 평생 지어미의 길을 닦으려했습니다만 애닯게도 <u>숙명적인 이별을</u> 위반할 수 없아옵기 <u>한시 바삐</u> 저승길을 떠나야 하겠아오니 운우는 양대(陽臺)에 개이고14)

전고를 생략한 경우가 〈만복사저포기〉에는 많지 않지만 〈이생규장

---

13) 밑줄 그은 부분이 부연된 부분이다. 축약한 경우에는 원문에 밑줄을 그어 번역되지 않은 부분임을 표시한다. 'Ø'은 해당 번역이 없음을 표시한다.

14) 이 부분에 대해 심경호는 "몽치머리에 가시나무로 비녀를 삼은 가난한 차림이라도 좋으니 아낙으로서 낭군에게 인생 백년 동안 높은 절개를 바치고, 술 빚고 옷을 기우는 부지런한 살림살이를 하여 한평생 지어미로서의 길을 닦으려 했던 것이에요. 하지만 한스럽게도 업보는 피할 도리가 없어, 저승길은 마땅히 가야만 해요. 즐거움이 미처 극에 이르지도 않았는데 슬픈 이별의 시간이 갑작스레 닥쳐왔군요. 이제 저의 발걸음이 병풍 안으로 들어가면, 신녀 아향이 우레의 수레를 돌릴 게고, 그러면 구름과 비는 양대에서 개고 까치와 까마귀는 은하수[天津]에서 흩어질 거예요."라고 하여 원전 중심으로 번역하였다. 심경호 역, 『매월당 김시습 금오신화』, 홍익출판사, 2000년, 77면.

전〉 등에도 많이 보인다. 일례를 들면 다음과 같다.

> 竊念男女相感, 人情至重. 是以, 標梅追吉, 咏於周南, 咸腓之凶, 戒
> 於羲易 自將蒲柳之質, 不念桑落之詩, 行露沾衣, 竊被傍人之嘆. 絲蘿
> 托木, 已作媚兒之行
>
> 남녀의 서로 기뻐함은 인정의 고연이므로 옛글에도 이에 대한 찬송
> 이나 경계한 말씀이 한가지뿐만 아니었습니다. 저같이 가냘픈 몸으로
> 서 남은 일을 염려하지 않고 이런 과오를 범하게 되어 남에게 웃음을
> 입고 방탕한 행실이 더욱 나타났아오니

『시경』을 인용한 부분에서 그 내용을 줄이고 '옛글'이란 표현으로
일반화시켜 독해가 쉽도록 하였고, '媚兒之行'도 '방탕한 행실'이라고
일반화시켰다. 이렇게 〈이생규장전〉에서는 전고를 축약하거나 일반화
시켜 번역함으로써 가독성을 높이는 데 역점을 두었다.

〈이생규장전〉에서 시 한편의 번역을 들어 원문을 어떻게 번역하고
있는지 보이면 다음과 같다.

신선을 그릇 찾아 / 무릉도원 예 왔고나	誤入桃源花爛熳
Ø	多少情懷不能語
구름 같은 쪽찔머리 / 금비녀채 나직할손	翠鬟雙綰金釵低
엷고엷은 초록 적삼 / 봄철이라 새로 지어	楚楚春衫裁綠紵
Ø	東風初拆竝蒂花
빗 바람 부지마소 / 나란히 핀 이 꽃 들에15)	莫使繁枝戰風雨
선녀가 내리신다 / 소맷 자락 살랑살랑	飄飄仙袂影婆婆
Ø	叢桂陰中素娥舞

---

15) '竝蒂花'에 대해 심경호는 '연꽃'이라고 번역했는데 근거가 제시되어 있지 않다. 위의
    책, 103면.

기쁨을 다할소냐 / 시름 거듭 엿보리라	勝事未了愁必隨
함부로 새 곡조로 / 앵무새를 가르치랴	莫製新詞敎鸚鵡

위 시는 이생이 최녀의 정원으로 들어가서 읊은 시다. 원문 옆에 칸
이 비어있는 것은 그에 해당하는 번역이 없는 것을 가리킨다. 원시 한
구절을 두 구절씩으로 번역했으나 한편 세 구는 아예 번역을 하지 않았
다. 이것은 원문에 매이지 않고 번역문의 완결성에 중점을 둔 것이다.

〈취유부벽정기〉는 특히 시가 돋보이는 작품인데 원문에 충실하면서
번역을 한 경우도 있고, 축약과 부연을 가해 원문과는 차이를 보이는
번역도 있다. 두 가지 예를 차례로 보이면 다음과 같다.

오늘이 한가위라 저 달빛은 고웁고나	中秋月色正嬋娟
외로운 옛 성터를 바랠수록 슬프도다	一望孤城一悵然
기자묘 뜰 앞에는 늙은 숲이 우거 있고	箕子廟庭喬木老
단군사 벽 위에도 담장이 얽히었네	檀君祠壁女蘿緣
영웅은 자취 없어 어디로 돌아간고	英雄寂寞今何在
초목만 의희한데 몇 해나 되었더냐	草樹依稀問幾年
옛날 더욱 그립고나 둥근 달만 의구ㅎ거다	唯有昔時端正月
맑은 빛이 흘러흘러 객의 옷에 비추웁네	淸光流彩照衣邊

들판에 주은 물건 / 숙신씨의 화살이라	原逢肅愼鏃
Ø	蘭香還紫府
선녀는 용을 타고	織女駕蒼虯
문사 또한 붓을 멈춰 / 난초라 매운 향내 / 푸른 공중 풍기누나	
	文士停花筆
Ø	仙娥罷坎堠
곡조를 마친 뒤에 / 하직이란 웬말이냐	曲終人欲散
바람은 고요한데 / 놋 소리만 처량ㅎ고나	風靜櫓聲柔

　〈남염부주지〉와 〈용궁부연록〉의 경우에는 번역 양상 가운데 축약이
가장 두드러진다. 〈남염부주지〉에서 축약과 의역을 함께 보이는 예를
들면 다음과 같다.

　　而以淳厚, 故與浮屠交, 如韓之顚, 柳之巽者, 不過二三人, 浮屠亦以
文士交, 如遠之宗雷, 遁之王謝, 爲莫逆友. 一日, 因浮屠, 問天堂地獄
之說, 復疑云: “天地一陰陽耳. 那有天地之外, 更有天地? 必誑辭也.”
問之浮屠, 浮屠亦不能決答, 而以罪福響應之說答之, 生亦不能心服也
　　그러나 그의 성격이 순진한 탓으로 불교 신자들과 절친하게 지내기
도 하였었다. 어느날 그는 한 스님과 불교에 대한 문답을 시작하였었
다. 스님은 이렇게 말하였었다. 「천당(天堂) 지옥(地獄)의 설에 대하여
당신은 어떻게 생각하시오.」「예. 천지는 한 음양(陰陽)일 뿐이라 어찌
천지의 밖에 다시금 천지가 있겠오.」「명확히 말하기는 어려우나 화복
(禍福)의 갚음은 아마 있겠죠.」 그러나 박생은 그 말을 믿지 않고

작품의 도입부에서 박생이 평소 스님들과 친하다는 내용의 서술이
있는데, 여기서 옛 고사들을 인용한 서술들은 대거 생략해 버렸다.
〈용궁부연록〉에도 축약을 한 부분이 많으니 예를 들면 다음과 같다.

　　形摸郭索, 終貽婦人之笑. 趙倫雖惡於水中, 錢昆常思於外郡, 死入
畢吏部之手, 神依韓晉公之筆, 且逢場而作戲, 宜弄脚以周旋.”
　　곽삭(郭索)한 꼴은 부인들의 웃음을 끼치었오 마땅히 다리를 들어 춤
을 춰보리다.

한편 전거를 밝힘으로써 원문에 대한 충실한 주석을 가한 경우가
있다.

乃作歌曰 依山澤以介處兮, 愛呼吸而長生. 生千歲而五聚, 搖十尾而
最靈.

노래 한 가락을 불렀다. 산택을 의지하여 / 호흡으로 길이 살아 / 천
년에 열 꼬리라 모르는 것 없으리라

열 꼬리라는 부분에 대한 주석에서 '백공육첩(白孔六帖)'에 거북이와
열 꼬리 내용이 있다고 밝혔다. 다른 번역본들과 비교하면, 이재호 번
역에는 각주가 없고, 심경호 번역의 경우 출전을 밝히지 않고 그런 이
야기가 있다고만 하였다. 『백공육첩』은 당나라 때 유서로 백거이(白居
易)의 『육첩(六帖)』 30권이 있는데 '백씨육첩' 또는 '백씨경사사류육첩
(白氏經史事類六帖)'이라고도 부른다. 송나라 때 공전(孔傳)이 백거이의
것을 이어서 『후육첩(后六帖)』 30권을 지었는데 남송 말에 이를 합하
여 '백공육첩' 또는 '당송백공육첩'이라 불렀다.[16] 『백공육첩』은 실물
을 확인하기 어려운데 한편 『고금도서집성(古今圖書集成)』 '龜' 항목에
'六帖'을 출전으로 해서 "龜百歲一尾, 千歲則十尾"라는 구절이 있고 『
패문운부(佩文韻府)』 '十尾龜' 항목에는 '白帖'을 출전으로 해서 "龜百
歲一尾 千歲十尾"라고 하였다. 아마도 연민은 『패문운부』를 근거로
주석을 단 듯하다.

3.2. 부연

〈만복사저포기〉의 경우 다른 작품과 달리 부연이 많다. '天'을 '높으
신 하느님', '佛'을 '자비하신 부처님'이라고 짤막하게 수식어를 첨가하
는 경우 별 문제가 안 될 수도 있는데 길게 부연하는 대목은 논란의
여지가 있다.

---

16) 劉葉秋, 『類書簡說』, 上海古籍出版社, 1980, 44면(신승하, 『중국사학사』, 고려대출
판부, 2000, 155면에서 재인용).

독거만복사지동방(獨居萬福寺之東房), 외유이화일주(外有梨花一株), 방춘성개(方春盛開), 여경수은퇴(如瓊樹銀堆), 생매월(生每月)
야(夜), 소순낭음기하(逡巡朗吟其下). 시왈(詩曰)

　　홀로 만복사 동편 골방에서 <u>피로한 몸을 붙여 다만 운명의 신(神)을
원망하면서 하염없이 세월을 보내고 있었다.</u> 고요한 그 골방문 앞에는
배나무 한 그루가 서있었는데 때마침 한봄을 마지하여 꽃이 활짝피어
온 뜰안이 눈부시게 환하여 백옥의 세계를 이룩하였었다. 그는 언제나
달 밝은 밤이면 객회를 진정ㅎ지 못하여 나무 밑을 거닐더니 <u>하룻밤은
더욱 꽃다운 정서를 걷잡지 못하여</u> 문득 시(詩) 두 수(首)를 지어 읊었
었다.

　　원문의 경우에 감정의 토로가 절제되어 있는데 번역문에는 인물의
감정이 독자에게 쉽게 전달되도록 부연되어 있는 것을 알 수 있다. 작
품의 분위기를 번역자가 파악하여 부연한 경우에 해당한다. 번역자는
梁生의 심정을 고독과 원망의 감정으로 부각시킴으로써 독자에게 해
석의 길잡이 역할을 해주고 있는데, 이러한 번역이 옛 문헌을 현대독
자들에게 쉽게 읽힐 수 있도록 하는 장점이 되기도 하지만 원문의 문
체에서는 이탈한다는 단점도 있고 원문을 부연하다가 문맥을 잘못 파
악하여 잘못된 번역이 발생하기도 한다.

　　원문의 문체에서 이탈하는 경우는 시를 번역하는 데서도 보인다.

이슬 함초롬 저 길가에	於邑行路
초저녁에 내 가고 싶어라마는	豈不夙夜
이 어인 이슬이 많아	謂行多露
<u>그조차 소원 안되느뇨</u>	

　　원문은 석 줄 시로 되어 있는데 번역문은 넉 줄 시로 부연되어 있다.
시구의 균형을 잡고 싶은 번역자의 의도에서 나온 듯하다.

드물게 보이긴 하지만 원문을 부연하다가 문맥과 맞지 않는 내용이 삽입되는 경우도 없지 않다.

女曰: "當再會, 以盡平生之願爾"
오늘에 못다 이룬 소원은 내세에 다시금 만나기 굳게 약속하겠나이다.

위 대목은 여자가 양생과 무덤 속에서 며칠 지내다가 제삿날이 다가와 양생을 내보내면서 며칠 후 다시 만날 것을 약속하는 대목이다. 그러므로 '내세에'라는 번역은 문맥과는 어긋나는 표현이다. 제사가 끝나고 여자 혼령이 양생에게 이별을 고할 때에는 자신이 양생의 천도 덕택에 타국에 남자의 몸으로 태어나게 되었으니 감사하다는 인사와 함께 양생도 '정업(淨業)'을 닦아서 윤회에서 벗어나라는 바람을 남긴다. '내세에' 만나자는 내용은 어디에도 없는 셈이다.

3.3. 구문의 도치와 화법의 전환

〈만복사저포기〉에서 원문의 서술 순서와는 다르게 번역을 한 경우가 보인다.

遂出懷中狀詞, 獻於卓前. 其詞曰: "某州某地居住, 何氏某, 竊以蘘者, 邊方失禦 -생략-." 女旣投狀, 嗚咽數聲. 生於隙中, 見其姿容, 不能定情, 突出而言曰: "向者投狀, 爲何事也?"
곧 품속에 간직했던 축원문을 끄집어내어 삼가 불탁 위에 얹어 놓고는 다시금 흐느껴 울었다. 이 태도를 가만히 엿본 양생은 방탕한 마음을 걷잡지 못한 채 불좌 밑에서 갑자기 뛰어나와 말하였다. 「여보! 아가씨 당신은 대체 웬 사람이오며 방금 불전에 받치신 글월은 무엇입니까?」 그는 아가씨의 대답을 기다리지도 않고 곧 불전의 글월을 집어 들었다. 「**고을 **동리에 사옵는 소녀는 외람하옴을 무릅쓰옵고 부처님께 말

쓸드리옵니다. 이마적 변방이 허무러져 -생략-.」

 여자가 佛卓 위에 놓은 축원문의 내용이 원문에서는 여자의 행동에 이어 서술되고 있는데 번역문에서는 위치가 바뀌었다. 번역자는 양생의 시점에서 작품이 진행되고 있다고 판단하여, 양생이 축원문을 집어들고 보는 때에 축원문 내용을 서술하는 것이 합당하다고 여겼고 그래서 축원문의 내용을 양생의 행동에 이어 서술하고 있는 것이다. 원문은 서술시점이 온전히 일관적이지는 않은데 그것을 수정하여 번역하고 있는 것이며 이는 작품의 실상과는 어긋난다고 하겠다. 독자에게 잘 읽히도록 하기 위한 변개로 볼 수 있다.
 〈이생규장전〉의 경우에도 문장의 순서를 바꾸어 번역한 경우가 있다.

> 自取磔肉於泥沙, <u>固天性之自然, 匪人情之可忍</u>. 却恨一別於窮崖, 竟作分飛之匹鳥. <u>家亡親沒</u>, 傷殘魄之無依, 義重命輕, <u>幸殘軀之免辱, 誰怜寸寸之灰心?</u> 徒結斷斷之腐腸. 骨骸暴野, <u>肝膽塗地</u>, 細料昔時之歡娛, 適爲當日之愁寃. 今則鄒律已吹於幽谷, 倩女再返於陽間, <u>蓬萊一紀之約綢繆, 聚窟三生之香芬郁</u>, 重契闊於此時, 期不負乎前盟. 如或不忘, 終以爲好, 李郎其許之乎?
>
> 육체는 사막에 찢게 되었아오니 ①'절개는 중하고 목숨은 가벼워' ②'해골을 들판에 던졌으나' ③'혼백을 의탁할 곳이 없었습니다.' ④'고요히 옛일을 생각할 때 원통한들 어찌하겠습니까?' ⑤'당신과 그날 깊은 골짜기에 하직한 뒤 저는 속절없이 짝 잃은 새가 되었던 것입니다.' ⑥'이제 봄빛이 깊은 골에 돌아오고 인생은 이승에 다시금 태나서 남은 인연을 거듭 맺어 옛날의 굳은 맹세를 헛되이 않으려 하오니 당신은 어떻게 생각하옵나이까?'

 위 예문에서 밑줄 친 부분은 번역 되지 않았다. 문장 순서를 원문대로 하자면 ⑤, ③, ①, ②, ④, ⑥의 순으로 기술되어야 한다. 그러나 번역문대로 읽어도 원문의 의미는 전해진다. 원문의 표현을 줄여 번역하면서 번역자의 해석을 기준으로 자연스러운 연결이 이루어지도록 애쓴 듯하다.

문장 순서를 바꾸는 한편 직접화법을 간접화법으로 바꾸거나 반대로 간접화법을 직접화법으로 문체를 변화시킨 경우도 보인다. 〈이생규장전〉에서 예를 보이면 다음과 같다.

香兒! 可於房中, 賚酒果以進." 兒如命而往
향아더러 방에 가서 주과를 가지고 오라 하였다. 향아는 명령을 받고 가버렸었다.

言及家産被寇掠有無
이생은 물었었다. 「그래 모든 가산은 어찌 되었오?」

위의 두 경우는 원문의 표현을 살리는 것과 번역문처럼 하는 경우 어떤 쪽이 더 서사적 흐름에 부합한지 판가름하기가 어렵다. 변화된 이유는 번역문의 가독성을 높이기 위한 번역자의 판단에 기인한 것으로 여겨지는데 원문과 거리가 멀어진 아쉬움이 있다.

〈남염부주지〉에서는 "問天堂地獄之說"을 "천당(天堂) 지옥(地獄)의 설에 대하여 당신은 어떻게 생각하시오."라고 하여 간접화법을 직접화법으로 바꾸고, "問之浮屠, 浮屠亦不能決答, 而以罪福響應之說答之"를 "명확히 말하기는 어려우나 화복(禍福)의 갚음은 아마 있겠죠."라고 하여 간접화법을 직접화법으로 바꾸어 번역하였다.

4. 연민 번역본의 위상

발표자는 연민의 『이조한문소설선(李朝漢文小說選)』과 『여한전기(麗韓傳奇)』를 보면서 석사학위 논문을 구상하였다. 발표자만이 연민의 번역에 도움을 받은 것은 아닐 것이다. 한문 문헌에 대한 연민의 선별과 번역은 후학들에게 큰 지침이 되었고 그렇기 때문에 이렇게 그 번역을 검토하는 자리가 의의를 가질 수 있는 것이다.

『금오신화』에 대한 연민의 번역은 최초의 한글 번역이다. 번역의 저본을 명시하고 깊이 있는 주석을 더함으로써 학문적 텍스트로서 자격을 갖추는 한편 당대 독자들에게 읽힐 수 있도록 배려한 부분들이 있다.

번역의 실상을 검토해보면 〈만복사저포기〉의 경우에는 부연을 한 부분이 많고 그 외에는 축약이 많다. 〈만복사저포기〉에서는 감정이 절제된 표현들에 대해서 인물의 감정을 노출시키는 번역을 하고 있다. 그렇게 부연한 이유는 작품의 가독성을 높이고자 함이라고 생각된다. 그 외에는 대개 축약이 많은데 문맥에 불필요하다고 여겨지는 부분들 특히 전고를 활용한 부분들에 대해서 과감하게 생략하고 번역하지 않았다.

앞에서 살펴본 바와 같이 연민의 번역이 갖는 큰 장점은 한시를 번역한 부분이 시답게 되어 있다는 점이다. 한시와 일대일 대응을 이루는 번역을 하지 않고 그 의미와 분위기를 살리는 방향으로 번역을 하여 시의 흥취를 살려내고 있다. 산문의 경우에 시생략은 물론이고 간접화법을 직접화법으로 바꾼다든지, 서술의 순서를 바꾸는 등의 변화를 가져왔다. 이는 원문의 실상과는 다소 거리가 있다는 아쉬움을 남기기 시하지만, 현대 독자의 가독성을 높여주는 창조적인 번역이라 할 수 있겠다.

번역작업이 원문의 정수를 파악하여 다시 쓴 형태가 되어야 하며, 번역 글쓰기도 원본과 같은 문학적 수준에 도달해야 한다든지, 이상적인 것은 원작자가 도착어로 글을 썼다면 사용했을 방식으로 진행하는 것이라든지 하는 주장이 제기된 바 있다.[17] 이러한 주장에 부합하게 연민의 번역은 읽는 맛을 최대한 살린 작품이고 그렇기 때문에 최근에 수정 보완의 작업을 거쳐 다시 청소년용으로 간행될 수 있었던 것이다.

---

17) F.Israël, "Acts du colloque international 12-14mai 1988" Université Lyon Ⅲ. 129면(박혜주 외, 『문학번역 평가 시스템 연구』, 한국문학번역원, 2007년, 15면에서 재인용)

【부록】

연민 번역본을 검토한 세부 내역을 첨부하면 아래와 같다.

〈만복사저포기〉

부연: 獨居萬福寺之東房, 外有梨花一株, 方春盛開, 如瓊樹銀堆, 生每月夜, 逍巡朗吟其下. 詩曰 : 홀로 만복사 동편 골방에서 피로한 몸을 붙여 다만 운명의 신(神)을 원망하면서 하염없이 세월을 보내고 있었다. 고요한 그 골방문 앞에는 배나무 한 그루가 서있었는데 때마침 한봄을 마지하여 꽃이 활짝피어 온 뜰 안이 눈부시게 환하여 백옥의 세계를 이룩하였었다. 그는 언제나 달 밝은 밤이면 객회를 진정ㅎ지 못하여 나무 밑을 거닐더니 하룻밤은 더욱 꽃다운 정서를 걷잡지 못하여 문득 시(詩) 두 수(首)를 지어 읊었었다.

生袖樗蒲, 擲於佛前曰: 吾今日, 與佛欲鬪蒲戲: 소매 속에 깊숙이 간직하고 갔던 저포를 내어 불전에 던지기 전에 먼저 소원의 말씀을 진술하였다. "자비하신 부처님이시어! 오늘 저녁 제가 부처님을 모시옵고 저포 노리를 해 볼까 하옵니다.

業: 꽃다운 인연.

仙妹: 채운을 타고 내려온 월궁의 선녀

手: 백옥 같은 손으로

幽貞: 금석 같은 굳센 정절

女曰: 아가씨는 돌연 나타난 남자에게 아무 놀람도 없이 두려움도 없이 대답하였다.

女曰: "誰耶? 將非侍兒來耶?": 아가씨 문을 열고 바라보니 늘 자기를 모시고 있던 시녀(侍女)가 찾아 온 것이었다. 아가씨 기뻐 말하였다. 「의애 어떻게 예를 찾아 왔느냐?」

天:　높으신 하느님

佛:　자비하신 부처님

生曰:　그는 의아하여 말하였다.

於邑行路, 豈不夙夜, 謂行多露:　이슬 함초롬 저 길가에 / 초저녁에 내 가고 섦어라마는 / 이어인 이슬이 많아 / 그조차 소원 안되느뇨

已而女謂生曰: "此地三日不下三年. 君當還家, 以顧生業也.":　어떤 날 아가씨는 갑자기 이렇게 말하였다. 「당신은 모를 것입니다만 이 곳 사흘의 광음은 인간의 삼년과 같습니다. 가연을 맺은지 이제 잠간인듯 오래되었사오니 너무나 서운하오나 당신은 곧 인간으로 돌아가셔서 옛날의 산업을 돌보심이 어떻겠나이까?」

懷:　각자의 방탕한 정서를

白玉牀前香屑飛:　백옥상 牀은 앞에 매운 향내 나부끼곤

遂聚馬以問, 生如其前約以對:　문답이 끝나자 양반은 곧 탔던 말을 멈추고 서생에게 가까이 닿아 은잔의 얻은 경로를 물었다. 그 서생은 곧 양생이었다. 그는 사실대로 대답했더니

吾止有一女子:　내 일찍 팔자 불행하여 슬전에 오직 여식 하나이 있더니

父母試驗之, 遂命同飯, 唯聞匙筯聲, 一如人間:　그들은 양생의 말이 믿어지지 않기로 시험해볼까하여 음식을 함께 먹게하였더니 그 딸의 얼굴은 나타나지 않고 다만 시저 소리만 들릴뿐이었다.

曰: "妾之犯律:　아가씨가 말하였다. 「이제부터 당신께 차분히 말씀 드려야하겠습니다. 제가 옛 법에 위반된 것은

축약:　終守幽貞, 不爲行露之沾, 以避橫逆之禍 : 금석 같은 굳센 정

절 더럽히옴 없었건만

君但得佳匹, <u>不必問名姓若是其顚倒也</u>: 당신은 다만 좋은 배필을 얻
　　　으려는 것 뿐이겠읍죠?

殿前只有廊廡, 蕭然獨存廊盡處, <u>有板房甚窄</u>: 법당 앞에는 다만 쓸
　　　쓸한 한 채의 가개가 남아 있을 뿐이었다.

相與講歡, <u>一如人間</u>: 문득 운우(雲雨)의 즐거움을 이룩하였었다.

悔昔時抱恨, <u>蹙眉兒眠孤館.</u> : 느꺼운 옛 일을사 거듭 슬퍼 하노라

風情一發, 終不能戒. 曩者, 梵宮祈福, 佛殿燒香, 自嘆一生之薄命,
　　　忽遇三世之因緣: 정회 한번 나매 걷잡지 못하여 박명을 자탄
　　　하였더니 뜻밖에도 삼세의 인연을 만나

<u>擬欲荊釵椎髻</u>, 奉高節於百年, 釀酒縫裳, 修婦道於一生. 自恨業不可
　　　避, <u>冥道當然, 歡娛未極, 哀別遽至, 今則步蓮入屛, 阿香輾</u>
　　　<u>車</u>, 雲雨霽於陽臺: 당신의 동정을 얻어 백년의 높은 절개를
　　　받쳐 술을 빚고 옷을 기워 평생 지어미의 길을 닦으려했읍니다
　　　만 애닯게도 <u>숙명적인 이별을</u> 위반할 수 없아옵기 <u>한시 바삐</u>
　　　저승길을 떠나야 하겠아오니 운우는 양대(陽臺)에 개이고

의역:

可憐辜負月明宵: 휘영청 밝은 달밤 시름도 하도할사

誰家有約敲碁子: 두둥실 하염 없이 바둑이나 두려면

意必貴家處子, <u>踰墻而出</u>: 아마도 어떤 귀족 집 아가씨가 <u>일시의 정서를</u>
　　　걷잡지 못하여 황혼의 가약을 찾아온 것이겠지 생각하고는

魯道有蕩, 齊子翶翔: 정든 아가씨 노리려고 미친 여석 멋모르고 설렁
　　　이네

長把春愁不記年: 내 시름 그지없어 달님아 물어보자

辜負春風事已過: 봄바람 건듯 불어 베개 머리 스치누나

却喜隣家銅鏡合: 기뻐라 임의 동산 꽃다운 잔치라니

순서를 바꿈:

遂出懷中狀詞, 獻於卓前. 其詞曰: "某州某地居住, 何氏某, 竊以蘽者, 邊方失禦 –생략–." 女旣投狀, 嗚咽數聲. 生於隙中, 見其姿容, 不能定情, 突出而言曰 : "向者投狀, 爲何事也?": 곧 품속에 간직했던 축원문을 끄집어 내어 삼가 불탁 위에 얹어 놓고는 <u>다시금 흐느껴 울었다.</u> 이 태도를 가만히 엿본 양생은 방탕한 마음을 걷잡지 못한 채 불좌 밑에서 갑자기 뛰어나와 말하였다. 「<u>여보!</u> 아가씨 당신은 대체 웬 사람이오며 방금 불전에 받치신 글월은 무엇입니까?」 그는 <u>아가씨의 대답을 기다리지도 않고</u> 곧 불전의 글월을 집어 들었다. 「**고을 **동리에 사옵는 소녀는 <u>외람하옴을 무릅쓰옵고 부처님께 말씀드리옵니다.</u>」 이마적 변방이 허무러져

오역:

遂隱於几下, 以候其約: 그는 불좌(佛座) 밑에 깊숙이 앉아서 <u>그의 동정을 엿보았다.</u>

留三日: 이틀

女曰: "當再會, 以盡平生之願爾": 오늘에 못다 이룬 소원은 내세에 다시금 만나기 굳게 약속하겠나이다.

〈이생규장전〉

부연:

還時以白紙一幅: 그는 <u>학교에서</u> 돌아올 때 <u>한 계교를 생각하여</u> 흰 종

이 한 폭에다

崔氏, 命侍婢香兒: 최씨 깜짝 놀라 시녀 향아(香兒)를 시켜

女聞之, 臥病在牀,: 이 소식을 접한 최씨는 어이 없어 상위에 쓸어져

幾乎失我女子矣: 아아 잘 못했더라면 귀중한 딸을 잃을번 했구려!

李生誰耶: 얘 이생이란 누구냐 모든 것을 내게 솔직히 말하여라

女聞之, 病亦稍愈: 오랫 동안 이생을 그리워하던 최씨는 이 시를 지은 소식을 듣고 병도 점점 나아서

축약:

誤入桃源花爛熳　　신선을 그릇 찾아 / 무릉도원 예 왔고나

多少情懷不能語　　Ø

翠鬟雙綰金釵低　　구름 같은 쪽찔머리 / 금비녀채 낮직할손

楚楚春衫裁綠紵　　엷고엷은 초록 적삼 / 봄철이라 새로 지어

東風初拆竝蔕花　　Ø

莫使繁枝戰風雨　　빗 바람 부지마소 / 나란히 핀 이 꽃 들에

飄飄仙袂影婆娑　　선녀가 내리신다 / 소맷 자락 살랑살랑

叢桂陰中素娥舞　　Ø

勝事未了愁必隨　　기쁨을 다할소냐 / 시름 거듭 엿보리라

莫製新詞敎鸚鵡　　함부로 새 곡조로 / 앵무새를 가르치랴

相如欲挑卓文君, 多少情懷已十分. 紅粉墻頭桃李艶, 隨風何處落繽紛: 사랑하는 님이시어 나의 심회 아오리다. 붉은 담 윗 복숭아야 날고 난들 어디 가리

會月上東山, 花影在地, 淸香可愛: 마침 동산에 달이 떠 오르고 곳가지 그림자는 땅에 빗겼었다.

生意謂已入仙境, 心雖竊喜, 而情密事秘: 이생은 기쁜 한편 그간 비

밀이 탄로될까 염려되어

折花相戴, <u>鋪闥僻地</u>, 見生微笑: 꽃을 꺾어 머리 위에 꽂다가 이생을
　　　보고 문득 빙긋하면서

口占古風一篇曰: 시 한 편을 지었었다.

誤入桃源<u>花爛熳</u>, <u>多少情懷不能語</u>: 신선을 그릇 찾아 무릉도원 에 왔
　　　고나

一傍, 別有小室一區, <u>帳褥衾枕</u>, 亦甚整麗 帳外: 한쪽에 또 별당 한
　　　채가 있는데 매우 깨끗하고 장 밖에는

<u>女惻然而頷之</u>, <u>踰垣而遣之</u>: 최씨는 곧 그에게 돌아가기를 허락하였다.

踰垣牆, 折樹檀耳: 남의 집 원장을 뛰어넘어 다니겠지

然而彼狡童兮, 一偸賈香, 千生喬怨: 그러나 이생을 한번 여읜 뒤로
　　　원한이 쌓여서

宜速定嘉會之辰, <u>以合二姓之好, 媒者又以其言, 返告李生之父</u>, 曰:
　　　"吾亦自少:「빨리 만복의 날을 정함이 어떻겠습니까?」「예 나
　　　도 젊을 때부터」

以定花燭之期." <u>媒者又返告之李家</u>, 至是稍回其意:「화촉의 예를 치
　　　르는 것이 어떻겠습니까?」이씨 그 간절한 요청에 뜻을 돌려

自同牢之後: 이로부터

雖鴻光鮑桓: 비록 옛 날 양홍·맹광과 같은 사람일지라도

爓炙人畜. 夫婦親戚, <u>不能相保</u>, 東奔西竄, <u>各自逃生</u>: 인축을 전멸하
　　　여 가족과 친척이 동서로 분산하였다.

生竄于荒野, <u>僅保餘軀</u>. 聞賊已滅: 이생은 온 들판에 헤매다가 도둑
　　　이 이미 멸했다는 소식을 듣고

各合葬於五冠山麓, <u>封樹祭獻</u>, 皆盡其禮. 其後, 生亦不求仕官: 오관
　　　산 기슭에 합장하였었다. 예식을 마친 뒤 이생은 벼슬을 구하
　　　지 않고

倘若垂恩, 勿暴風日." <u>相視泣下數行云 :</u> "<u>李郎珍重.</u>" 言訖漸滅, 了無
    踪跡 :「만일 은혜를 거듭하시와 사체를 거두어 주시면 더욱
    감사하겠나이다.」말이 끝나자 최씨의 육체는 점점 살아져 종
    적이 없어졌었다.

旣葬, <u>生亦以追念之故</u>, 得病數月而卒 : 장사한 뒤 그도 병을 얻은 지
    수월에 세상을 버렸었다.

의역:

才色若可餐, 可以療飢腸 : 그 재주 그 얼굴은 뉘라 아니 찬탄하리

香兒! 可於房中, 賚酒果以進." 兒如命而往 : 향아 더러 방에 가서 주
    과를 가지고 오라 하였다. 향아는 명령을 받고 가버렸었다.

自取磔肉於泥沙, <u>固天性之自然</u>, 匪人情之可忍. 却恨一別於窮崖, 竟
    作分飛之匹鳥. <u>家亡親沒</u>, 傷殘魄之無依, 義重命輕, <u>幸殘軀</u>
    <u>之免辱. 誰怜寸寸之灰心? 徒結斷斷之腐腸.</u> 骨骸暴野, <u>肝膽</u>
    <u>塗地.</u> 細料昔時之歡娛, 適爲當日之愁冤. 今則鄒律已吹於幽
    谷, 倩女再返於陽間, <u>蓬萊一紀之約綢繆, 聚窟三生之香芬郁,</u>
    重契闊於此時, 期不負乎前盟. 如或不忘, 終以爲好, 李郎其
    許之乎? : 육체는 사막에 찟게 되었아오니 절개는 중하고 목숨
    은 가벼워 해골을 들판에 던졌으나 혼백을 의탁할 곳이 없었습
    니다. 고요히 옛일을 생각할 때 원통한들 어찌하겠습니까? 당
    신과 그날 깊은 골짜기에 하직한 뒤 저는 속절 없이 짝 잃은 새
    가 되었던 것입니다. 이제 봄 빛이 깊은 골에 돌아오고 인생은
    이승에 다시금 태나서 남은 인연을 거듭 맺아 옛날의 굳은 맹
    세를 헛되이 않으려 하오니 당신은 어떻게 생각하옵나이까?'

言及家産被寇掠有無 : 이생은 물었다. 「그래 모든 가산은 어찌 되
    었오?」

明日, 與生俱往尋瘞處: 이튿날 둘은 함께 옛 곳을 찾으니

三遇佳期, 世事蹉跎, 歡娛不厭, 哀別遽至: 세상 일이 하도 덧없어 세 번째의 가약도 이제 장차 끝나게 되오니 한없는 슬픔을 또 어이하오리까?

竊念男女相感, 人情至重. 是以, 標梅迨吉, 咏於周南, 咸腓之凶, 戒於羲易 自將蒲柳之質, 不念桑落之詩, 行露沾衣, 竊被傍人之嗤. 絲蘿托木, 已作娟兒之行: 남녀의 서로 기뻐함은 인정의 고연이므로 옛글에도 이에 대한 찬송이나 경계한 말씀이 한가지뿐만 아니었습니다. 저같이 가냘픈 몸으로서 남은 일을 염려ㅎ지 않고 이런 과오를 범하게 되어 남에게 웃음을 입고 방탕한 행실이 더욱 나타났아오니

干戈滿目交揮處: 난리 풍상 몇 해런고 / 옥도곤 임의 얼굴

오역:

吟罷: 술이 끝나자

〈취유부벽정기〉

축약:

我非花月之妖, 步蓮之姝, 幸値今夕: 나는 요물이 아니요 다만 좋은 저녁을 마지하여

娥亦不之甚敬, 但曰:"子亦登此." 侍兒以短屛乍掩: 그는 별로 공손한 태도도 없이 시녀를 시켜 낮은 병풍으로 잠간 앞을 가리우고

洞天福地, 十洲三島, 無不遊覽: 세계의 명승지를 빠짐없이 유람할제

生再拜稽首曰:"下土愚昧, 甘與草木同腐, 豈意與王孫天女, 敢望唱和乎?"生卽於席前, 一覽而記, 又俯伏曰:"愚昧宿障深厚, 不

能大嚼仙羞, 何幸粗知字畫, 稍解雲謠, <u>眞一奇也, 四美難具,</u>
<u>請復以江亭秋夜玩月爲題, 押四十韻, 教我."</u>: 홍생은 머리를
쪼아 경례를 드리면서 말하였다. 「하토(下土)의 우매한 백성
이 초목과 함께 썩음이 마땅함이오라. 어찌 갸륵하신 선녀님과
시를 창수할 줄 꿈엔들 기약했으리까? 그리옵고 인간의 모든
것을 청산ㅎ지 못한 저는 주시는 주식도 먹지 못하옵고 다만
글자를 대강 알 정도임으로 내려주신 시를 읊어 보오니 다시금
「강정추야완월(江亭秋夜玩月)」로써 시제를 삼아 사십운(四十韻)
을 지어 제게 가르쳐 주시는 것이 어떻겠나이까?」

의역:

原逢肅愼鏃	들판에 주은 물건 / 숙신씨의 화살이라
蘭香還紫府	∅
織女駕蒼虯	선녀는 용을 타고
文士停花筆	문사 또한 붓을 멈춰 / 난초라 매운 향내 / 푸른공중 풍 기누나
仙娥罷坎堠	∅
曲終人欲散	곡조를 마친 뒤에 / 하직이란 웬말이냐
風靜櫓聲柔	바람은 고요한데 / 놋 소리만 처량ㅎ고나

天順初: 정축(丁丑)년에(주:세조 2년 곧 단종의 승하한 해(서기 1457)다.)
東亭今夜月明多, 淸話其如感慨何: 부벽정 오늘 저녁 달빛은 더욱 밝
     다 한없는 맑은 얘기 느낌이 어떻더니

변개:

波光如練, 雁叫汀沙, 鶴驚松露: 물결은 흰 자치와 같어 청학과 기러

기의 우는 소리를 듣자

箕邑只溝婁: 기자 여기 오셨던가

〈남염부주지〉

축약:

莫不各有當行之路, <u>是則所謂道而理之具於吾心者也</u>. 循其理, 則無
　　適而不安: 모두 마땅히 행할 길이 있으니 이치를 따르면 어디
　　가더라도 통할 것이요

窮理盡性, 究此者也. 格物致知, 格此者也: 어떤 사물이라도 끼침없
　　이 연구하여 나의 지식을 넓힐 것이다.

天下之理, <u>無不著現明顯, 而理之至極者</u>, 莫不森於方寸之內矣: 천
　　하의 이치가 모두 방촌(方寸) 사이에 삼열(森列)될 것이다.

<u>生慄且答曰</u>: "某國某土某, <u>一介迂儒, 干冒靈官</u>, 罪當寬宥, 法當矜
　　恕!" 拜伏再三, 且謝搪突([扌+突]). 守門者曰 : "爲儒者: 「예
　　나라 **땅에 사는 박입니다. 모든 잘못을 용서해 주시옵
　　기 간절히 비옵니다.」「아아 그렇소. 선비란…

別施一床, <u>卽玉欄金床也</u>. 坐定, 王呼侍者進茶: 특별히 한 좌석을 정
　　한 뒤에 아이를 불러 다과를 올리니

爲此土君師, 已萬餘載矣. <u>壽久而靈, 心之所之, 無不神通, 志之所欲,
　　無不適意</u>. 蒼頡作字: 이곳의 책임을 맡은 지 벌써 만여 년이
　　나 된지라 창힐(蒼頡)이 글자를 창조할 때에

不異也. <u>士豈不見乎</u>? 先儒云: 다름 없다고 보오 옛말에

祀六神, 所以免禍, <u>皆使人致其敬也</u>, 非有形質: 육신(六神)에 제사함
　　은 재앙을 면하려하는 것이요 형질(形質)이 뚜렷하게 있어서

<u>滯鬱結</u>, 故混人物寃懟而有形. 山之妖曰魖: 요물의 신은 인물과 혼

둔되어 산에 있는 요귀는 초라 하고

鬼者, 歸根之謂也. <u>天人一理, 顯微無間</u>, 歸根曰靜: 귀란 근본으로 돌아감을 말함이라 근본으로 돌아감을 정(靜)이라 하고

如夫子修春秋, <u>立百王不易之大法</u>, 尊周室曰天王: 공자의 춘추(春秋) 에도 주(周)를 천왕(天王)이라 하였으니

當是時, 僭竊稱之者頗多, <u>如魏梁荊楚之君, 是已, 自是以後, 王者之 名分紛如也, 文武成康之尊號, 已墜地矣</u>. 且流俗無知, 以人 情相濫, 不足道: 뒤에 참람하게 왕이라 자청한 자 많고 또 속 세의 사람이 우매하여 인간의 실정은 말하지 않고

<u>士試詳其世俗之矯妄!</u>"生退席敷衽而陳曰 : "世俗當父母死亡七七之 日: 선생은 좀 상세히 얘기해주소서.」「예 속세에서는 부모가 돌아가시온 지 49일 만에

富者, 糜費過度, <u>炫燿人聽</u>, 貧者: 부자는 과도한 경비를 허비하고 가 난한 이는

使淨土變爲穢濁, <u>寂場變爲鬧市</u>, 而又招所謂十王者: 극낙 정토(淨土) 를 더럽히고 또 시왕을 초대한다 하와

且齋者, 潔淨之義, <u>所以齋不齋而致其齋也</u>. 佛者, 淸淨之稱: 재란 것은 정결(淨潔)의 뜻이요 부처는 청정(淸淨)의 뜻이요

王者, 尊嚴之號. <u>求車求金, 貶於春秋, 用金用絹, 始於漢魏.</u> 那有以 淸淨之神而享世人供養: 왕이란 존엄을 이름이라 어찌 청정 의 신으로 세속의 공양을 맛보며

<u>生又問曰</u>: "輪回不已, <u>死此生彼之義</u>, 可問否?": 「그러면 윤회의 설 에 대하여선 어떻게 보아야 하겠나이까.」

子亦命數已窮, <u>當痤蓬蒿</u>, 司牧此邦, 非子而誰: 선생도 명수(命數)가 끝났아오니 이 나라의 백성을 맡아주실 분은 선생이 아니고 누 구가 있겠나이까

天雖不諄諄以語, <u>示以行事, 自始至終</u>, 而上帝之命嚴矣: 하늘이 비
　록 묵묵히 말은 없을지라도 그 명령은 엄한 것이요

正直無私, 剛毅有斷, 著含章之質, 有發蒙之才, <u>顯榮雖蔑於身前, 綱
　紀實在於身後</u>, 兆民永賴, 非子而誰, 宜導德齊禮, 冀納民於
　至善, <u>躬行心得</u>, 庶躋世於雍熙: 정직하여 사리사욕에 치우치
　지 않사오며 굳세며 씩씩하여 결단성이 있고 재질(才質)이 유
　달한지라 모든 인민의 기대에 어김 없으리니 경(卿)은 마땅히
　도덕과 예법으로 인민을 지도할 것이오며 온 누리를 태평하게
　해주시오.

의역:

特人焄蒿悽愴, 洋洋如在耳: 다만 사람들은 귀신이 있다고 생각될 뿐
　이겠지요.

內懷悖逆, 積日至月, 則堅冰之禍起矣. 有德者, 不可以力進位: 결국
　불평이 쌓여 사건이 발생될 것이요 덕이 없이 지위를 차지할
　수는 없을 것이라.

축약과 의역:

而以淳厚, 故與浮屠交, <u>如韓之顚, 柳之巽者, 不過二三人, 浮屠亦以
　文士交, 如遠之宗雷, 遁之王謝</u>, 爲莫逆友. 一日, 因浮屠, 問
　天堂地獄之說, 復疑云: "天地一陰陽耳. 那有天地之外, 更有
　天地? <u>必誣辭也</u>." 問之浮屠, <u>浮屠亦不能決答</u>, 而以罪福響應
　之說答之, 生亦不能心服也: 그러나 그의 성격이 순진한 탓으
　로 불교 신자들과 절친하게 지내기도 하였었다. 어느날 그는
　한 스님과 불교에 대한 문답을 시작하였었다. 스님은 이렇게
　말하였었다. 「<u>천당(天堂) 지옥(地獄)의</u> 설에 대하여 당신은 어

떻게 생각하시오.」「예. 천지는 한 음양(陰陽)일 뿐이라 어찌
천지의 밖에 다시금 천지가 있겠오.」「<u>명확히 말하기는 어려우
나 화복(禍福)의 갚음은 아마 있겠죠.</u>」 그러나 박생은 그 말을
믿지 않고

〈용궁부연록〉

부연:

生問 : "此何處?" 使者曰: "此神王, 七寶之藏也.": 「예가 어디요.」「<u>자
세히는 모릅니다만</u> 상감께서 칠보(七寶)를 간직해 두셨다 하옵
니다.」

축약:

金鞍玉勒, <u>蓋黃羅帕, 而有翼者也</u> 從者皆紅巾抹額 : 금안장과 옥굴레
　　　가 훌륭하고 다른 사람들도 모두 붉은 수건으로 이마를 쌌으며

鋪茵請憩, <u>似有預待</u>. 二人趨入報之: 의자(椅子)를 내어 앉게 한 뒤
　　　그 두 사람이 들어가더니

命左右引入, 生趨進禮拜, <u>諸人皆俛首答拜</u>. 生讓坐曰: 좌우에 명하
　　　여 한생을 들어오게 하였다. 한생은 윗자리에 앉기를 사양하여

鳳枕鴛衾, <u>聳歡聲之騰沸, 不顯其德, 以赫厥靈</u>: 원앙이불과 봉황버
　　　개에 즐거웁기 짝이 없으리라

形摸郭索, 終貽婦人之笑. <u>趙倫雖惡於水中, 錢昆常思於外郡, 死入畢
　　　吏部之手, 神依韓晉公之筆, 且逢場而作戲, 宜弄脚以周旋</u>.":
　　　곽삭(郭索)한 꼴은 부인들의 웃음을 끼치었오 마땅히 다리를
　　　들어 춤을 춰보리다.

弄君山三管之奇聲, 飽<u>仙府九霑之神漿</u>: 통소 소리 쉴새 없이 / 이름

　　난 술 취하도록

淸江被網, 曾著元君之策 <u>縱刳腸以利人, 恐脫殼之難堪,</u> 山節藻梲, 殼爲藏公之珍, 石腸玄甲, 胸吐壯士之氣： 맑은 강에 그물을 입고 송원군(宋元君)의 꾀를 나타내었오 신기한 점(占)은 세상 의 보배되고 삼엄한 무기는 장사의 기사이라

乃作歌曰. 依山澤以介處兮, 愛呼吸而長生. <u>生千歲而五聚,</u> 搖十尾而 最靈： 노래 한 가락을 불렀다. 산택을 의지하여 / 호흡으로 길 이 살아 / 천년에 열 꼬리라 모르는 것 없으리라

我爲水族之長兮, 助<u>連山與歸藏</u>： 수족에서 어른이라 / 숨은이치 연구 하여

集山澤之魑魅, 聚江河之君長. <u>若溫嶠之燃犀, 慚禹鼎之罔象</u>： 메 도 까비 물 신령들 / 빠짐 없이 다 모였다

周覽許時, 不能遍見. <u>生曰：“欲還.”</u> 使者曰：“唯.” 生將還, 其門戶重 重, 迷不知其所之, 命使者而先導焉. 生到本座, 致謝於王曰： 얼마동안을 구경했으나 다 볼 수 없으므로 한생은 그만 돌아가 려하였다. 그러나 우렁찬 문들이 싸여서 나갈 곳이 막연하여 사자에게 길을 인도하라 청한 뒤 본디 있던 곳에 이르러서 용 왕께 감사의 뜻을 표하였다.

의역:

擧杯爲問, 靑天明月, 幾看醜好： 술잔을 높이 들어 / 물어보자 저기 저 달 / 진세의 온갖 태도 몇 번이나 겪어왔소

도치:

生欲搖之. 使者復止之曰：“若一搖, 則山石盡崩, 大木斯拔, 卽哨風 之橐也.”： 한생은 흔들어 보려할 때 사자는 「이것은 바람을 불

게하는 목탁이오니 만일 이걸 한번 흔들면 메의 바위가 무너지
며 큰 나무가 뽑혀지는거요.」

변개:

三人一時就坐. 生乃跼蹐而登, 跪於席邊. 神王曰："安坐." 座定: 세
　　분은 일시에 앉고 한생은 끝까지 겸양의 태도로 말석에 앉았
　　다. 좌정한 뒤

是以關雎好逑, 所以著萬化之始, 飛龍利見, 亦以象靈變之迹.: 이러므
　　로 우는 증경이(關雎) 이는 시경(詩經)에 읊었었고 나는 용은 주
　　역(周易)에 말함이라.

이가원 역주 『서상기』에 대하여

강동엽 / 강원대

1. 시작하는 말

우리 고전문학을 연구하면서 중국 문학과의 관련성을 배제하기란 쉽지 않다. 그런데도 때로는 관심의 중심에서 멀어져 있는 경우도 많을 것으로 짐작된다. 그 중의 하나가 오늘 살펴보려는 『서상기』의 경우가 아닌가 한다.

사실 이 발표의 중심은 『서상기』라는 작품 그 자체에 있는 것은 아니다. 그래도 한국의 '염정류 소설'을 이야기할 때 언제나 이 작품을 거론하는 것으로 보아 매우 중요한 의미가 있는 것은 사실이다. 더구나 연민 선생께서 이 서적을 간행할 때 곁에서 잔심부름을 한 처지에서 보면 여러 가지 감회도 있다. 특히 선생께서 '추사 언해본'에 대한 관심과 그 가치에 대하여 누누이 말씀하셨던 것으로 기억되어 오늘의 이 소략한 발표를 통하여 다른 전문 연구자에게 작은 보탬이 되었으면 하는 바람도 있다. 그래서 논의의 중심을 제목에 나타낸 것과 같이 '이가원 역주 『서상기』'에 대한 편집 방침과 출간 과정, 그리고 대역 대상 서적의 특징, 마지막으로 살펴진 몇 가지 문제점 등이다.

2. 편집 내용과 출간 과정

2.1. 편집 내용

이 책은 1974년 12월 서울 '일지사'라는 출판사에서 간행되었다. 총 321페이지의 작은 분량이며, 판형 역시 작은 형태이다(가로 12.5 × 세로 18.5). 책의 제목은 『서상기(西廂記)』이며, '阮堂譯本 및 漢文原典幷 刊'이라는 부제가 붙어 있다. 이 부제는 사실 위 책의 성격을 짐작하게 하는 내용이다.

그러니까 이 책은 일반적인 국역본이라기보다는 『서상』라는 작품을 대상으로 한 선행된 '교주본' 또는 '번역본'을 함께 수록하고 있는 점이다. 곧 현대어 역을 하면서 동시에 한문본과 기존의 국역본, 그러니까 여기서는 추사 김정희(1786~1856)의 국역본을 함께 수록하여 이 방면의 독자나 연구자에게 도움을 주고자 했다.

　　이제 이 拙譯에다 阮堂의 舊譯本과 民國 五年 掃葉山房의 石印本 『繪 圖西廂記』를 곁들여 三者를 對刊하기에 이르렀다.[1]

그리고 가능하면 원문에 가깝게 직역을 붙였다.

다만 「서상(西廂)」의 신역은 먼저 학문을 위해서였고, 다음에 일반 평민을 위하였기 때문에 난어의 산삭이나 여구(麗句)의 보탬이 없는 직역에 가까운 것임을 먼저 밝혀 둔다.[2]

그러니까 이 국역본 간행의 첫째 이유는 추사의 국역본을 학계에 알리는 것이었음을 알 수 있다. 그리고 대역에 사용된 원문은 김성탄의

---

1) 이가원 역주 『서상기』(일지사, 1974, 12), 1면, 「서」; 民國 五年에 나온 掃葉山房의 石印 『繪圖西廂記』는 〈자료 6〉 참조.
2) 위의 책, 2면.

석인본 『회도서상기』인데, 이는 추사가 국역 과정에서 선택한 원전의 내용을 현대인들에게 참고할 수 있게 한 것이다.[3] 이 부분에 대해서는 제Ⅲ장에서 다시 상세히 살필 것이다.

2.2. 간행 과정

이 작품은 1974년에 국역본으로 간행되기 전, 그러니까 『문학사상』 1973년 10월호에 소개되었다. 이때는 간단한 해설과 해제가 첨가되었으며, 소개되는 내용은 '추사 언해본'을 현대어로 바꾸면서 지문과 대화를 구별되게 했을 뿐 내용을 첨삭하거나 풀어쓰지는 않았다. 곧 '추사 언해본'의 소개에 충실하고자 한 것이며, 소개된 분량도 앞부분의 3회에 불과했다.

이 소개된 내용을 다시 정돈하여 앞에서 본 바와 같이 1974년 12월에 공간한 것이다. 그래서 『문학사상』 잡지에 소개된 내용과 번역서의 내용은 우선 형태상에서 상당한 차이가 있을 수 있다. 곧 전자가 3회분이었던 것에 비해 여기서는 전체적인 내용을 수록하였으며 잡지에 소개된 것은 언해본의 소개를 목적한 것이며, 공간한 서적은 그 서문에서 밝힌 바와 같이 내용의 첨삭을 가하지 않고 원문(언해본)에 충실하고자 했다.

3. 수록된 서적의 내용과 특징

3.1. 추사 언해본

이 책은 연민 선생이 소장하던 것으로 1973년 『문학사상』에 소개하

---

3) 위의 책, 6~7면. 『西廂記』「序」 원문 및 현대역 참조.

면서 세상에 알려지게 되었다. 연민 선생의 고증에 의하면 이 언해본
은 추사의 26세 때인 1811년에 쓰여졌으며, 찍혀진 도장이 "阮堂"으로
되어 있으나 이는 후대에 누군가 찍은 것으로 보았다.[4]

이 책은 모두 210면이며 표지는 '西床記'라 되어 있다. 앞 부분 2면
은 추사의 「서상기 서」가 있으나 추사의 친필은 아니며, 후대인 또는
동시대인의 대필이다. 그것은 서문 내용에 잘못 필사된 글자가 몇 군
데 있는 것으로도 확인할 수 있다. 연민 선생의 고증에 의하면 서문
중의 '觧曰'은 '科白'의 오류이며, '村夫'의 '村'자가 '材'로 표기된 것이
그 한 예라고 했다.[5]

언해본 『서상기』 본문은 모두 궁체로 필사되어 있으며, 매면 16행,
1행 20자로 쓰여 있다. 그리고 이 책은 15회 총 4막으로 나뉘어져 있어
서 『서상기』 원전의 회장체(回章體)를 그대로 이어받고 있다. 곧 작품
첫 장에 있는 '노부인 개춘원'이라는 소 제목이 그 첫회의 제목이다.[6]
곧 원나라 때의 희곡은 대개가 '제궁조(諸宮調)'라 하여 읽혀지기 위해
쓰여진 희곡인데 우리나라에서 말하는 희곡과는 다르다. 그리고 대개
가 제4막으로 되어 있는데 때로는 제5막까지 있는 경우도 있다.[7]

이 『서상기』 언해본은 제4막 '장생과 최앵앵의 이별 장면'으로 끝맺
고 있다.

추사가 중국의 회장(回章) 소설을 이해하고서 그 형태를 따랐다고

---

4) 『서상기』 「서」. 말미에 "時白羊(辛未)孟春 書于巽雲齋中"이라는 기록에서 1811년으
   로 추정한 것이며, 서문 말미의 '阮堂'이라는 도장은 후대인이 찍은 것으로 보았다.
   추사의 26세 때는 연경을 여행한 직후이며 이 때는 '완당'이라는 아호를 쓰지 않던
   때이기도 하다.
5) 앞의 책, 4면. 「서상기 해제」 및 〈자료 1〉 참조.
6) 추사 언해본 시작 부분 참조(〈자료 2〉)
7) 文一, 『中國古代文學辭典』(文心出版社, 1987), 「西廂記」 참조; 문선규, 『중국문학
   사』(경인문화사, 1972), 14~17면. 「희곡」 참조.

보여지며 김성탄(金聖嘆, 1608~1661)의 교주본을 참고한 점으로 보아 원전에 충실하려는 의도를 짐작할 수 있다.

〈자료 2〉에서 볼 수 있는 바와 같이 각 장이 시작될 때 그에 해당되는 명칭을 한문 원문과 함께 언해를 붙인 것 외에는 모두가 한글 궁체로 이루어졌으며, 본문의 글씨 역시 추사의 친필은 아닌 것으로 확인된다.[8] 그러니까 앞에서 본 바와 같이 언해본 앞부분에 수록된 2면의 한문으로 된 「서상기 서」와 함께 모두가 다른 사람에 의해 필사되었음을 알 수 있다.

추사 언해본은 2장이 낙장이 되었을 뿐 완전히 보존되었으며, 지금은 단국대학교 「연민문고」에 소장되어 있는 것으로 안다. 오늘 인용한 자료는 과거 번역본 출간 작업 때 마련된 자료를 사용하였다.

3.2. 김성탄 교주본 『회도 서상기』

이 서적은 현재는 귀해졌지만 구한말 이래로 우리나라에 많이 유포되던 책이다. 석판(石板) 인쇄에 의해 만들어졌으며, 인쇄 상태는 매우 양호한 편이었다. 중요한 장면을 이해시키기 위하여 그림이 삽입되었기에 '繪圖'라는 어휘를 제목 앞에 붙였다.

그리고 '제궁조' 희곡에서 나타나는 특징의 하나인 각 장면이나 표현 형태를 알려주는 '설명'이 해당되는 내용의 첫머리에 붙어 있다.[9] 이 '설명 부분'은 '국역본'의 편집 과정에서 대부분 삭제하여 언해본 내용에 맞추려고 했으나 본문의 여러 곳에서 일부 발견되는 것은 원고 정리의 착오였던 것 같다.

---

8) 유홍준, 『완당평전』 1(학고재, 2002. 2), 352~355면에서 볼 수 있는 추사가 아내에게 보낸 한글 편지(1840)와 대조했을 때 그 서체가 일치하지 않는다.

9) 이가원, 앞의 책, 13면. 한문본 내용 중에서 "仙呂賞花 時夫人唱"이나 "後鶯鶯唱" 등이 그 한 예이다.(〈자료 3〉 참조)

왜냐하면 앞에서도 잠시 지적하였으나 추사가 언해본을 만들 때 사용된 서적은 '제궁조'로 편집된 '회도서상기'였는데 비해 이것을 '회장체'의 소설로 구성한 추사의 편찬 의도와도 다른 내용이 된 결과의 하나이기 때문이다.

이 문제는 '국역 서상기' 편집이 김성탄의 '서상기'와 '추사의 언해본 서상기'를 같은 지면에서 대조하여 읽을 수 있게 하려던 의도와도 다르게 된 부분이기도 하다.

물론 추사가 택했다는 김성탄 교주본과 언해본의 내용은 상당한 차이가 있다. '제궁조'의 희곡을 소설로 옮기는 과정에 나타난 결과이기는 하나 『서상기』 서술의 생략이나 압축된 부분들이 추사의 언해본에서는 매우 구체적으로 드러나 있다는 점으로 보아 단순한 원전의 '언해'에 그치지 않았던 것으로 짐작된다.

> 내 일찍부터 이를 딱하게 여겨 널리 注釋된 여러 책을 수집하여 그 번거로운 것을 잘라내고, 중요한 것을 뽑아 正音으로써 풀이를 한 연후에 辭理가 條暢하여 한번 낭독하면 한 자리에 앉았던 뭇 사람의 입에서 奇哉를 부르지 않는 이가 없었을 뿐더러, 비록 저 시골 지아비와 장사아치에 이르기까지도 그 소리를 듣자 뜻을 알지 못하는 자 없었다.[10]

위 인용문에서 나타나는 의미는 추사의 언해본 텍스트는 기존의 여러 주석서를 참고하면서 김성탄의 주석서를 많이 참고하고 있음을 알 수 있다. 그러니까 대역에 사용된 소엽산방본(掃葉山房本)은 그 중의 하나였을 것으로 추정하며 비슷한 시기에 많이 읽혀지던 것을 채택한 것이다.

그리고 대역에 사용된 '김성탄 교주본'에 나타나는 관주와 방점은

---

10) 위의 책, 7면.

원래 김성탄이 붙인 것인데 연민 선생의 서문에는 밝혀져 있지 않지만 강조된 부분을 독자들이 대조하여 볼 수 있게 하려는 의도였던 것으로 기억된다. 이는 앞에서 잠시 언급한『문학사상』잡지에 언해본을 국역하여 소개했을 때와는 또다른 목적이 있었음을 말해주는 부분이다.

그런데 번역서를 통해서도 짐작되겠지만 선생의『서상기』에 대한 인용은 남다른 부분이 많음을 볼 수 있다. 그것은 우리의 고소설 발달사상의 의미와도 연관이 있는데 특히 '염정류 소설'의 형성과 발달 과정에 대하여 깊은 연관성을 주장하고 있는 점이다. 선생의 이 생각은 1968년『춘향전』[11] 주석서가 나올 때까지는 읽을 수 없었다. 그러다가 1969년『한문학연구(韓文學硏究)』(탐구당) 제5장 8절의 「春香歌」가 「明曲」에서의 받은 영향'에서 판소리 '춘향가'는『서상기』의 전신인『앵앵전』의 영향을 받았음을 지적한 바 있다.[12]

이 주장은 계속되어『조선문학사(朝鮮文學史)』에서『춘향전』을 조선의『서상기』라 주장하면서『서상기』가『앵앵전』에서 발전된 것과 같이『춘향전』역시『남원고사』에서 발전되었다고 한 바 있다.[13] 그러니까 연민 선생에게서『서상기』는 단순한 원대의 희곡 작품이 아닌 우리의『춘향전』의 형성·발전되어가는 과정을 이해하는 데 대단히 중요한 위치에 있다고 본 것이다. 그런 작품이 추사에 의하여 언해되었으며, 추사가 서문에서 밝힌 바와 같이,

나는 이『西廂記』로써 한편으로 기이한 구름이나 환상적인 안개로 보기도 하려니와, 또 한편으로는 이름난 꽃이나 이상한 풀을 대신함이 무엇이 나쁠 것이 있겠는가?[14]

---

11) 이가원 교주, 『춘향전』(정음사, 1968)
12) 이가원, 『韓文學硏究』(탐구당, 1969), 320면. 참조.
13) 이가원, 『조선문학사』하(태학사, 1997), 1443면. 참조.

라는 문학 정신은 연민 선생이 「해제」에서 술회한 내용과 연결된다. 곧

> 내 일찍이 阮堂의 小品을 읽다가 의심을 일으킨 바 있었다. 阮堂
> 은 하나의 金石學의 대가임에도 불구하고 그 문체가 이따금 聖嘆과
> 유사한 개소가 있는 그 점이다. 이해 이 글을 읽고서 비로소 나의 前
> 疑가 사라지는 한편 나의 육안도 耿耿한 小慧明이 없지 않음을 자부
> 하였다.[15]

라는 내용이 그것인데 이는 '김성탄'의 정신이 '김정희'에게로, 그리고
연민 선생 자신으로 이어지고 있음을 말한 것이다.

4. 추사의 언해본과 성탄의 주석본, 그리고 연민의 국역

4.1. 추사와 성탄의 거리

추사의 언해본과 김성탄의 주석본에 대해서는 앞에서 잠시 언급한
바 있다. 그런데 대역으로 정리된 두 작품의 관계는 간단하게 설명되
기 어려울 것 같다. 곧 추사가 언해의 모본으로도 사용했음직 한 성탄
의 주석본과의 거리는 상당하다. 앞에서 언급한 '제궁조' 희곡의 소설
화에서 나타날 수 있는 문제점 정도가 아니다. 그 이유는 앞으로의 연
구에서 밝혀지겠지만 우선은 이 문제를 지적하지 않을 수 없다. 왜 이
렇게 대역이 되지 않은 부분이 많을까?

이 문제점은 두 가지로 설명할 수 있을 것 같다. 첫째는 텍스트로
삼은 교주본『서상기』가 성탄본은 물론 다른 판본도 함께 참고하여 재

---

14) 이가원 역주,『서상기』 8면. 「서상기 서」
15) 위의 책, 4면.『서상기』해제.

구성(?)한 점이다.(제Ⅲ장 참조) 이 부분은 추사의 언해본이 단순한 번역의 차원이 아닌 의도적으로 짜여진 작품의 형태를 띤다는 점이다. 앞 장에서 살핀 추사의 「서상기 서」의 내용 중 일부가 그것을 짐작케 한다.

둘째는 추사가 언해 과정에 원문에서 축약되거나 생략되었을 것으로 예상되는 부분을 생각하며 첨가했을 가능성이다. 그 근거가 되는 것은 원문의 '唱'과 '대화', 그리고 해설 부분을 적절하게(?) 재배치하여 이야기를 끌어가는 방식이다. 더구나 각 장에 붙인 명칭(제1장의 "노부인 개춘원") 또한 추사가 언해 과정에서 해당 부분을 잘 나타낼 수 있는 방식으로 새롭게 붙인 명칭이다. 이쯤 되면 '언해본'이기보다 '개작'적 수준에 가깝지 않을까 한다.16)

이 때 또 하나 예상할 수 있는 것은 추사의 언해본에 후대의 특정 작가가 첨가해서 재구성했을 가능성이다. 현재 전해지는 언해본은 추사의 친필본이 아닌 것으로 보아 전사되는 과정에서 누군가 잘 정돈했을 가능성이 있지 않을까 한다. 이 문제는 추사의 친필본이 발견되면 쉽게 해결할 수 있는 문제이지만 지금으로서는 어려운 일이다.

사실 추사의 『서상기』 언해본에 관한 기록은 앞에서 본 1973년의 잡지에 소개된 경우와 1974년의 번역서 출간 외에는 어디에도 찾을 수 없다. 게다가 이 언해본에 대한 연구 또한 특별히 전개된 것이 없다.17) 『완당전집』이나 『추사집』 또는 『완당평전』 등이나 추사에 대한 연구의 선편을 잡은 후지쓰까에 이르기까지 흔적은 찾기 어렵다. 다만 추사가 언해본을 쓴 160여 년 만에 세상에 알려진 것과 같이 추사의 수고

---

16) 김성탄 주석본 첫 부분 및 언해본 첫 부분 참조(〈자료 4〉 참조)
17) 이에 대해서는 1994년 김경미의 「조선 후기 소설론 연구」(이화여대 박사논문), 2002년 한매의 「조선후기 김성탄 문학 비평의 수용 양상 연구」(성균관대 박사 논문)에서 잠시 언급한 정도이다.

본이나 당시의 기록이 나타나지 않을까 하는 기대도 갖게 된다.

4.2. 연민 선생과 「서상기」 국역

　　이제 우리나라 飜譯史를 돌이켜 보건대, 英·正代에 이르러서는 이
미 많은 중국 작품에 대한 번안 내지 직역된 것이 없음은 결코 아니었
으나, 역자의 성명이 정확히 밝혀진 것도 없거니와, 阮堂과 같은 학자
의 손에서 이룩된 소설류는 거의 絶無한 일일 것이다.[18]

　　위 인용문을 통해 보면 연민 선생이 추사의 언해본『서상기』의 의의
에 대하여 얼마나 높이 평가하고 있는가를 알 수 있다. 사실 조선후기
금석학의 대가인 추사가 중국의 소위 통속 문학인『서상기』를 언해했
다는 것은 의도와는 달리 사대부들에게 엄청난 충격이었을 것이다. 그
런대도 당당하게 자신의 성명을 밝혀 이 작품의 우수성을 주장하며 언
해본을 썼다는 것은 우리의 번역서에 큰 획을 그을 만 한 일이었다.

　　이 충격을『문학사상』에 소개되었을 때도 그랬다. 그 결과 공간(公
刊)까지 하였다. 그런데도 이후에 학계의 주목을 받지 못한 것은 35년
이 지난 지금까지도 특이한 현상이 아닐 수 없다. 이제는 소설사적 측
면이나 번역사적 측면에서도 깊이 논의되어야 할 때가 아닌가 한다.
그것이 대역서를 공간한 이유이기도 한다. 나아가 조선 후기 중국 문
학 수용의 양상이나 사대부들의 문학에 대한 인식의 한 부분을 가늠해
보는 좋은 잣대가 될 수 있을 것으로 기대한다.

---

18) 이가원 역주,『서상기』, 5면,「해제」

자료 1-1　　　　　　자료 1-2　　　　　　자료 2

5. 마무리

　이 발표는 지금까지 별 관심을 끌지 못하고 거의 묻혀 있다시피 한 연민 선생이 번역한 '추사 언해본 『서상기』'가 세상에 알려지게 된 동기와 선생이 번역서를 간행하면서 '대역서'의 방식을 택한 이유 등을 중심으로 살펴보고자 하였다.

　문제는 조선 후기를 살았던 추사가 중국의 작품을 '언해'하면서 취한 방식이다. 곧 '언해'에 그친 것이 아닌 그 방식에 의한 『서상기』의 한국적 재구성이다. 첫장 시작 부분에 나오는 "화설 당나라 덕종황제 시절에……" 등의 서술은 원전에서는 찾을 수 없는 방식이고 내용이다. 이것은 우리 고소설의 서두에서 흔히 보이는 방식임은 누구나 잘 아는 바이다.

　더구나 언해의 저본으로 사용했을 주석본이 제4막으로 되어있는 김성탄의 주석본으로 추정되지만 때로는 세5막의 형식을 띠고 있는 『明板 北西廂記』[19]도 참고한 흔적이 있는 점에 대해서도 면밀한 검토가

---

19) 『明何璧校刻西廂記』(상해고적출판사, 2005 복간) 참조(〈자료 5〉)

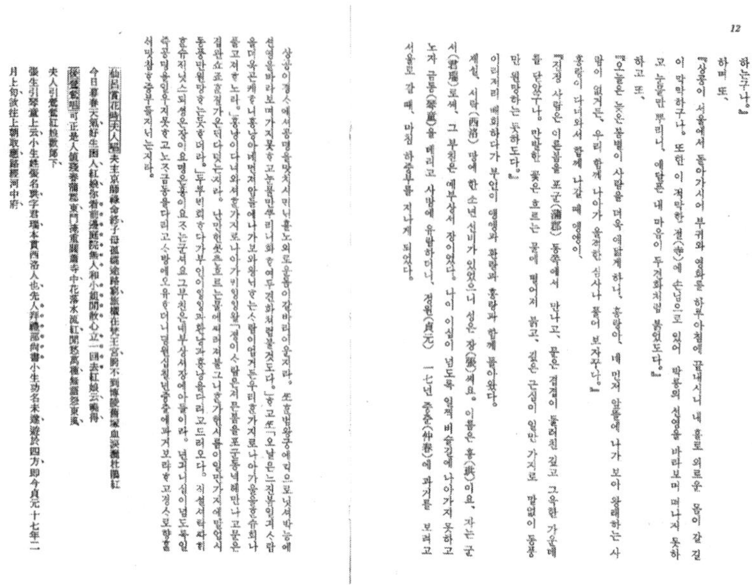

자료 3

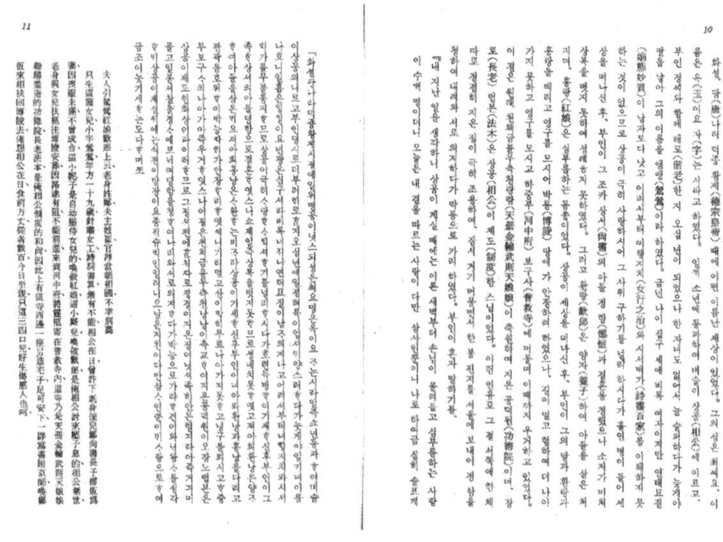

자료 4

있어야 할 것 같다. 그렇게 하는 것이 대역/번역서의 방식을 통하여 추사의 『서상기』 언해본을 세상에 알리고 싶었던 연민 선생의 뜻에도 합당한 일일 것이다. 그것은 추사가 말한 "前聖嘆 後聖嘆 同一聖嘆"의 의미와도 이어지는 일이다.

자료 5   자료 6-1

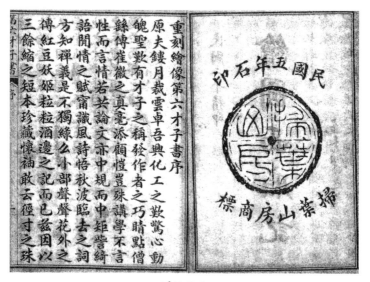

자료 6-2

연민본 『골계잡록(滑稽雜錄)』에 대하여

정명기 / 원광대

1. 들어가는 말

『골계잡록(滑稽雜錄)』을 펴낸 동기에 대해서는 연민 선생(이하 연민으로 약칭) 자신이 책의 서문에서 간단히 언급한 바 있기에 우리의 이해에 한 도움이 된다.

> 나는 나이가 어렸을 때부터 諧謔을 너무나 극성스럽게 즐겼다. 몇몇 동무들과 어울리면 아까운 시간이 흐르는 줄을 모름은 물론이요, 가끔 10여년 이상 되는 분에게도 농담을 붙이곤 하였다. 어느 날의 일이었다. 王考 老山翁께 峻嚴한 꾸중을 모셨다. (중략)
> 그러나 나는 마침내 그 버릇을 완전히 고치지 못한 채, 가끔 祖訓을 망각하고는 馬遷의 〈滑稽傳〉을 애독하였고, 또 우리나라 著籍 중에 흩어져 실려 있는 滑稽類를 耽玩하였다. 드디어 지난 一九六一年 一월부터 「月刊中央」지에 『滑稽雜錄』을 싣기 시작하여 七十一年 一二월에 이르기까지 무릇 三五回를 連載하였다. 社佳 徐居正의 『太平閑話滑稽傳』으로부터 逸名氏의 『奇聞』에 이른 十二種의 방대한 사료 중에서 三七0여 편이 精選 수록되었다. (밑줄 : 필자)

이를 통해서 연민 개인의 호기적 습성-해학을 즐기는-이, 이 책을

비교적 이른 시기에 즐간토록 한 직접적인 동기로 보여진다. 『골계잡
록』은 『고금소총(古今笑叢)』 소재 11종의 자료와 『담정총서(潭庭叢書)』
소재 「송실솔전(宋蟋蟀傳)」·「이홍전(李泓傳)」·「가련(可憐)이야기」 가
운데서 흥미 있는 골계담-성담론(性談論)-을 가려 뽑아 번역한 것인
바, 서문의 언급에 따른다면, 『골계잡록』의 간행은 우리 문학의 일견
고답적이기까지 한 세계의 이면을 과감히 표면으로 끄집어냄으로써
우리 선조들의 골계담-성담론(性談論)-에 대해 열려진 이해의 시각을
비로소 갖게 한 점만으로도 그 나름의 가치를 충분히 부여받을 수 있
다 하겠다.

　이 글에서는 먼저 『골계잡록』의 간행 의의를 그 이후 출간된 『고금
소총(古今笑叢)』 관련 서적을 통하여 그것이 이들 저작에 끼친 영향에
대해 간략히 살펴보고, 이어서 『골계잡록』 소재 이야기들에 나타난 번
역양상을 살펴보면서, 향후 우리들의 과제를 생각해보는 계기를 간략
히 언급하는 순서를 밟을까 한다.

2. 『골계잡록』의 간행 의의
– '속(이면)에서 겉(표면)으로의 끄집어 냄'

　『골계잡록』 소재 이야기들의 원 저본은 민속간행위원회에서 1958년
에 펴낸 『고금소총(古今笑叢)』으로 보여 진다. 물론 그 이전인 1947년
6월과 8월에 송신용(宋申用)이 『조선고금소총(朝鮮古今笑叢)』 제1회, 2
회 배본으로 정음사에서 각기 『어수록(禦睡錄)』, 『촌담해이』, 『어면순
(禦眠楯)』, 『속어면순(續禦眠楯)』을 펴내면서 『고금소총(古今笑叢)』 가
운데 일부의 존재가 대중들에게 알려지게 되었지만, 그것이 보다 많은
대중들의 관심을 끌게 된 것은 위의 책이 등사본의 형태로나마 간행된

이후의 일이었다.

『고금소총(古今笑叢)』소재 11종에 실려 있는 이야기들은 모두 830 화인데, 『골계잡록』은 이 가운데 약 363화(『담정총서(潭庭叢書)』소재 7화 제외)만을 번역, 수록하고 있다. 곧 『고금소총(古今笑叢)』의 발췌·번역본이라고 할 수 있는데, 이들 이야기들의 거의 대부분은 웃음과 그를 통해 당대인들에게 권계(勸誡)를 아울러 유발하고자 했던 이야기들로, 그 웃음의 기저를 이루는 바탕은 조선 후기 우리 선인들이 향유했던 '성담론'으로 생각된다. '성(性)'에 대한 이야기, 곧 '성담론(性談論)' 그것은 열려진 공간의 밝음 속에서 자연스럽게 운위하고 향유하기보다는 닫혀 있는 공간의 어두움 속에서 뭔가 조금은 더 은밀하게 향유하고, 비밀스럽게 공유해야만 하는 성질의 문학으로 오랜 세월에 걸쳐 유전되었다고 하는 것이 실상에 맞는 일이었다고 생각된다.

그러나 동방(東方) 유학(儒學)의 두 거성인 율곡(栗谷)선생과 퇴계(退溪)선생에 얽혀 있는 한 음담(淫談)의 문면은, 이 이야기 자체를 액면 그대로 받아들이기에는 많은 난관이 분명코 있겠지만, 그것은 기실 유학자들의 '성'에 대한 인식의 틀을 어느 일면으로만 폐쇄적으로 이해해서만은 아니 된다는 점을 말해주는 한 좋은 예로 여겨진다.[1]

어찌 되었든 연민의 『골계잡록』은 1962년에 간행된 조영암의 『고금소총(古今笑叢)』(379화 번역)과 더불어 우리 고전문학 유산 가운데 한동안 그 가치가 몰각되거나 애써 무시되었던 분야에 대한 새로운 관심을 촉발케 한 업적이라는 점만으로도 분명코 그 가치를 인정받을 수 있다고 본다. 이는 훗날 많은 후학들에게 이 분야에 대한 관심을 불러 일으키는 기제로 작동한 바, 차상보의 『고금소총(古今笑叢)』(전 4책, 1994), 정용수의 『고금소총·명엽지해』(1998), 박경신의 대교역주(對

---

1) 이 내용은 [자료1] 참조.

校譯註)『태평한화골계전(太平閑話滑稽傳)』(전 2책, 1998), 이월영의『고
금소총』(「골계전」·「촌담해이」·「어면순」·「속어면순」·「명엽지해」·「파수록」
6종, 1998), 이신성의『교수잡사(攪睡襍史)』(2003), 김현룡의『고금소
총(古今笑叢)』(전 5책, 2008), 김영준의『파수록(破睡錄)』(2010)·『어수
신화(禦睡新話)』·『진담록(陳談錄)』(2010), 김준형의『한국 성소화선
집』(2010) 등은 그 자장권 내에서 영향을 받아 산생한 작업들로 보여
진다. 그간 간행되었던 이들 작업 성과들을 모두 묶어 살펴보더라
도, 『고금소총』 소재 자료집들 가운데 完譯이 아직껏 이루어지지 않
은 자료들로 우리는『성수패설(醒睡稗說)』·『기문(奇聞)』 등 2종을 들
수 있다. 한편 이 가운데 김준형의 작업은 일찍이 드러나지 않았지
만, '패설(稗說)'로 지나칠 정도로 경도된 몇몇 자료집들을 새롭게 발
굴·보고하고 있다는 만으로도 여타의 성과들과 변별되는 성격을 지
닌다고 하겠다.

　연민이『골계잡록』을 번역하던 당시까지만 하더라도 이런 골계담-
'성담론(性談論)'-에 대한 시각이 오늘날과는 달리 결코 우호적인 것만
은 아니었음을 그 자신 다시 서문의 끝자락에서 다음과 같이 밝히고
있다.

　　하나는 내가 이 글을 連載하는 途中에 어떤 讀者에게서 匿名書를 보
　내온 일이다. <u>儒家의 後輩로서 치신없이 이런 猥褻的인 글을 써서는 아
　니 된다는 叱責이요, 또 하나는 出版倫理에 저촉이 있다 해서 몇십 편
　의 削除를 당한 일이다.</u> (밑줄 : 필자)

골계담-'성담론'-을 단지 외설적(猥褻的) 내용의 이야기로만 치부하
고 애써 그 존재 가치를 무시, 외면하려는 닫혀진 시각과 아울러 오늘
날까지도 그 잔영을 짙게 드리우고 있는 출판 윤리의 망령이라는 이중

제약(二重制約)으로 인하여 각기 남녀의 성기를 형상화한『어면순(禦眠楯)』소재「주장군전(朱將軍傳)」과『속어면순(續禦眠楯)』소재「관부인전(灌夫人傳)」등의 명편을 수록, 출간하지 못했던 것이 아니었을까 추론할 수 있을 뿐이지, 실제로 연민이 번역했던 작품들 가운데 어느 작품이 삭제되었는지에 대해서는 현재의 상황 아래서 자세히 알 수 없다는 점은 우리들에게 한 안타까움마저 갖게 한다.

3.『골계잡록』에 나타난 번역 양상

『골계잡록』소재 모든 이야기들에 나타난 번역 양상을 꼼꼼히 살펴보는 것은 소기의 성과를 거두기 위해서라도 마땅히 필요한 일이겠지만, 논의를 지나치게 번다하게 할 가능성이 크기에 아래에서는 그 번역 양상을 아래와 같이 대표적인 몇몇 항목으로 나누어 간략히 검토하는 것으로 논의를 대신한다.

첫째, 제명(題名) 표기(標記_의 비일관성(非一貫性)이 나타나고 있다.

『교수잡사(攪睡襍史)』만을 대상으로 살펴보더라도 이런 문제점을 어렵지 않게 확인할 수 있는 바, 곧『골계잡록』소재 이야기들의 거의 대부분은 원전에 해당하는『고금소총』소재 자료의 제목을 그대로 잉용(仍用)하는 경우보다는 해당 이야기의 내용을 잘 드러내는 것으로 여겨지는 적절한 단어를 연민 자신이 골라 재명명하고 있는 많은 경우를 통하여 쉬 확인된다.

그러나 그 명명(命名)의 기준이 무엇인지가 제대로 드러나지 않고 있다는 점은 약간의 아쉬움을 우리에게 주고도 남는다. 원전 소재 이야기들의 제목을 그대로 쓰든지, 아니면 각각의 이야기의 내용을 고려하여 일관되게 전체의 제명을 다시 명명하든지의 과정이 제대로 이루어지지 않고, 연민에 의해 그것이 극히 자의적으로 명명된 듯한 혐의가 없지 않다는 점은 한 문제라고 생각된다. 즉『교수잡사』 소재 40화 가운데 3화와 30화에서 40화까지의 12화를 제외한 나머지 이야기들은 원전의 제목과는 다른 제목으로 표기되어 있다는 점을 통하여 이 점은 확인 가능하다.

 둘째, 원문의 본문이 까닭 없이 탈락되고 있다.[2]

 고전 작품의 번역은 작업의 저본이 된 해당 원전의 문맥을 가능한 한 훼손하지 않는 가운데, 그 면모를 액면 그대로 보여주며 오류를 최대한 줄이려는 노력이 수반할 때 그 나름의 역할을 다한 것이라고 할 수 있다. 그런 견지에서만 본다면 연민의『골계잡록』은 문제가 있는 것으로 보여 진다. 많은 부분에 걸쳐 원문의 본문이 탈락된 경우를 어렵지 않게 찾아볼 수 있다는 점만으로도 그렇다고 하겠는데, 그 자세한 내용은 아래에 따로 붙인 [자료2]로 미루어 둔다.

 [자료2]의 예문은『골계잡록』에서 어떠한 이유에서인지는 분명히 알 수 없지만 해당 문면이 탈락된 경우인데 반하여, 다음 문면은 쉽게 이해가 가지 않는 경우에서 발생한 오류라 할 수 있다. 곧『기문(奇聞)』 32화「송용접신(松茸接神)」(← 61화)의 굵게 표시한 부분은『골계잡록』의 해당 원문에서도 마찬가지로 누락되어 있는데, 위의 경우들과는 달리 버젓이 그 번역이 다음과 같이 나타나고 있다. 〈앞날 체 고친 값을 받아쓰더라도 난 조금도 不平을 하지 않을 테야 하고 소리치는 것이었다. 그 親舊는 곧 그 寡婦의 집을 찾아서 곧 '덕거동'을 불렀더니, 말이 끝나지 못해서 별안간 한 物件이 突出하여 그를 때려누이고는 방망이처럼 생긴 物件이 줄곧 그의 肛門을 찌르는 것이었다. 그는 "사람 살려다오." 하고 高喊을 치는 것이었다. 체 장수가 멀리 서서 그 꼴을 바

---

 2) [자료2] 참조.

라보다가 비웃는 語調로 "만일에 그다지 모질고 毒하지 않다면 어찌 가벼이 체 고친 값을 네게 讓步하겠다고 했을꼬?"하고는 돌아보지도 않은 채 줄행랑을 쳤다.〉[3](篩商曰 "君若不信 第往其家後 篩價 君受用之 吾無他言矣." 友商卽往其家 又呼德巨動 言未畢 忽有一物 突出而攝仆友商 如鎚之物 直衝糞穴. 故友商大呼救人 篩商遠立望見 嘲笑曰 "若非如此猛毒 則吾豈讓篩價於汝乎?" 不顧而走去).

셋째, 원문 가운데 평결(『촌담해이』, 『어면순』, 『속어면순』, 『명엽지해』, 『파수록』)-[자료 3의 (가) 참조] 또는 내용의 요약 제시 부분(『진담록』)-[자료 3의 (나) 참조]이 탈락되고 있다.

평결부분을 애초부터 갖고 있지 않거나 이야기들의 요약 제시 부분을 갖고 있지 않는 자료집을 제외한 나머지 대부분의 자료집 - 예컨대 『촌담해이』, 『어면순』, 『속어면순』, 『명엽지해』, 『파수록』과 『진담록』 등-의 경우, 『골계잡록』에서는 거의 모든 이야기들에서 해당 부분이 나타나고 있지 않는 바, 이는 원전의 전 면모를 통하여 독자들에게 전달하고자 했던 작품의 총체적인 의미를 연민 자신이 의도적으로 소거하고 있는 듯하다는 점에서, 고전 작품 번역의 기준이 어떠해야 하는지를 새삼 되묻게 하는 경우로 여겨진다.

넷째, 원문의 오역이 발생하고 있다.

아주 드물기는 하지만, 다음 몇몇 번역문은 분명한 오역으로 생각되는 바, 「태평한화골계전(太平閑話滑稽傳)」 36화 〈비이몽야(非李蒙也)〉의 "士子 李蒙"을 "선비집 아들 李蒙"(선비)으로 번역하고 있는 것, 동 45화 〈비호이독(非虎而犢)〉의 "犢子漸近 牟然而啼"를 "송아지가 점차 가까이 이르자, 그는 으앙하고 울음을 터뜨렸다."('움메'하고 울었다)와 「어수신화」 19화 〈도적양반(盜賊兩班)〉의 "恐傷我目耳"를 "내 눈과 귀

---

3) 이가원,『滑稽雜錄』, 일신사, 1977, 616면.

가 다치겠구나."(내 눈이 다칠까 두렵다), 동 23화 〈십칠자시(十七字詩)〉
의 "齋宿之所 適與妓家 相近"을 "齋戒하여 합숙하는 곳이 <u>妓生 집이
라. 妓生과</u> 서로 가까웠었다."(齋戒하여 합숙하는 곳이 妓生 집과 더불어
서로 가까웠었다)와 「교수잡사(攪睡襍史)」15화 〈채편안주(荣片安酒)〉(←
24화 〈求荣安酒〉)의 "想必死矣 欲極出埋之"를 "아이가 <u>이미 곤드레만드
레가 되었으리라 생각하고는</u> 건져내려 했다"(반드시 죽었으리라 생각하
고 그 아이을 빨리 끌어내어 묻어버리려 했다), 동 34화 〈용계득관(用計得
官)〉(← 34화)의 '변지무변(邊地武弁)'을 "<u>兵房에 태어난 武弁으로서</u>"(邊
方에 태어난 武弁) 등의 경우가 그것인 바, 이런 결정적인 오류는 훗날
가능하다면 한시바삐 수정해야 할 문제라 하겠다.

　다섯째, 원문의 본문을 번역하지 않고 넘어간 경우가 나타나고 있다.
「골계잡록」에 수록된 11종의 자료집 소재 이야기들의 문면은 대부분
직·의역의 형태 아래 번역되고 있다. 그러나 이들 이야기들 가운데 많
은 부분들(비록 그 의미를 무시해도 좋다고 생각할 수도 있는 부분이겠지만)
또한 미처 제대로 된 번역이 이루어지지 않고 있다는 점을 우리는 또한
안타깝지만 확인하게 된다. 번다함을 피하기 위해서, 여기서는 「교수
잡사(攪睡襍史)」만으로 범위를 국한하여 대표적인 보기 몇몇만을 제시
한다. 21화 〈능욕삼대(凌辱三代)〉의 "卽今 三代獨兒子之辱 自此始出
云爾", 24화 〈이계위봉(以鷄爲鳳)〉의 "一鷄之價 多不過七八兩 汝旣云
俸(捧)二十兩 此非賊漢耶? 以此觀之 彼漢之給五十兩云者 豈非虛語
也, 一鷄之捧二十兩者 豈不捧五十兩乎?", "秋堂終以麈人 推捧五十
兩而出給鄕軍, 鄕軍百拜稱謝而退. 盖人之至奸 訟亦難辨 聞者傳
笑.", 34화 〈용계득관(用計得官)〉의 "武人 自此永爲心服之人, 宰亦以
力主獎用, 武人 官至統制後 爲閫帥云爾." 외에도 수많은 부분에 걸쳐
번역이 이루어지지 않고 있는 바, 해당 이야기들의 서사문면에 대한
정확한 이해를 위해서도 이러한 오류는 허용되어서는 아니 될 문제라

하겠다.

여섯째, 원문의 분명한 오류를 바로잡는 경우가 나타나고 있다.

필사본의 형태로 우리들에게 전해진 자료들은 의도적이든 비의도적이든간에 나름의 오류를 지닐 수밖에 없겠는데, 이런 현상은 「골계잡록」의 원전인 「고금소총(古今笑叢)」에서도 예외 없이 나타난다. 다음 네 경우가 이런 보기에 해당하는데, 「기문(奇聞)」 6화 〈궐서하재(厥書何在)〉의 '〈婦翁問之〉 → 〈婦翁悶之〉', 동 22화 〈호린멸촉(呼隣滅燭)〉의 '〈以爲唱家失火〉 → 〈以爲娼家失火〉', 그리고 「교수잡사(攪睡襍史)」 29화의 '〈沒計取寡〉 → 〈設計取寡〉', 동 36화 〈염상도처(鹽商盜妻)〉의 '〈房俠矣〉 → 〈房狹矣〉' 등이 그것이다. 전자의 분명한 오자를 후자에서 바로 정확히 고쳐 잡는 경우를 통하여, 연민 스스로 고전 번역의 태도를 여하히 견지해야 하는지를 몸소 보여준 좋은 경우가 아닌가도 여겨진다.

일곱째, 원문의 세주 부분이 탈락되고 있는 경우가 나타나고 있다.

「골계잡록」 소재 이야기들 가운데서는 오직 다음 두 경우만이 해당되는데, 곧 「파수록」 4화 〈삼차위지(三次爲之)〉의 '劣物(方言 좀껏), 爲之矣(方言에 허여)', 동 9화 〈진서자야(眞鼠子也)〉의 '幾里(方言 몃 이), 席子(方言 자리), 咬物(方言 물껏) 打臀(方言 때려)'에서 밑줄 친 부분이 한결같이 탈락되고 있는 점이 바로 그것으로, 좀 더 세심한 주의를 쏟았어야 좋지 않을까 싶다.

여덟째, 「고금소총」 이본에 대한 고려를 찾아볼 수 없는 경우가 나타나고 있다.

다음 문면은 「속어면순(續禦眠楯)」 8화 〈사인축객(四人逐客)〉(←32화)인데, 이 이야기의 발화 주인공은 '士·醫·僧·妓' 등 4인인 바, 「골계잡록」의 원전인 민속간행위원회 간행의 「고금소총」에는 이 가운데 '士·醫·妓' 3인의 발화 내용만 서술되고 있을뿐, 승(僧)의 다음과 같

은 발화 내용은 누락되어 있음을 볼 수 있다. 「골계잡록」 또한 위와 같
은 양상을 띠고 있음은 당연하기까지 한데, 이런 문제는 「고금소총」
이본에 대한 나름의 관심을 연민 자신이 갖고 있었다면 보다 자연스럽
게 해결할 수도 있었던 경우라는 점에서 아쉬움을 주는 것 또한 사실
이다. "僧吟曰 : "天有天堂 地有地獄 二十四齋齋佛日 韓齋柳齋皆誦
經 其餘福田來不來 吾不關"

4. 향후의 과제

「골계잡록」의 간행에 국한시켜 보더라도, 연민의 개방적(?)이고도
도전적인 시각은 오늘날까지도 여전히 유효하다. 우리 후학들은 앞으
로도 이런 진지한 유효함을 계속하여 지켜나가는 가운데, 위에서 거칠
게 살펴본 데서 확인된 「골계잡록」에서 드러나는 몇몇 문제점 등을 관
계 여러 이본들을 두루 고려하는 가운데 해당 원문 자료에 대한 주밀
한 대교(對校)·검토와 함께 보다 세심하고도 정확한 번역을 다시 시도
할 필요가 있다고 본다. 그래야만 연민본의 의미가 있다고 본다. 이 자
리를 빌어 후학들께 의한 「골계잡록」에 대한 보완 수정·간행 작업이
한시바삐 이루어져, 연민의 골계담-'성담론(性談論)'-에 대한 인식의
재평가 작업이 적극적으로 이루어지기를 희망한다.

[자료 1]

  〈선생의 밤 작란〉
  그때 당시 률곡 이이 선생(栗谷 李珥)이라는 학자님이 있었는데 문장
으로나 도덕으로나 퇴계 선생과 서로 억개를 견줄 만치 거룩한 대선생
이였습니다. 지금가지도 세상에서 퇴계와 률곡은 사상이 같으며 도학

(道學)이 숭고한 점으로 보아서 동방의 쌍벽(東方之雙璧)으로 누구나 잘 아는 거룩하신 어룬들입니다. 그럼으로 률곡 선생도 역시 몃千 명 제자를 가지고 있었습니다.

　옛날이나 지금이나 二十 내외 되는 공부하는 청년들의 작란이야 말할 것도 없지요만은 그때 률곡(栗谷) 문하에 잇는 여러 청년들 중에도 어지간히 작란꾼이 모혀 잇든 모양이올시다. 하로는 자긔네들끼리 몬지가 부엿토록 작란을 치다가 그 중의 한 사람이
　『애 - 우리 선생님은 도학이 높으시기로도 우리나라에서 제 一 고명하지만은 그러키로서니 평일에는 좀 탈속하게 구는 것이 아니라 엇지나 점잔코 위엄이 잇는지 그 앞에 가기가 무시무시하고 해서 보통 사람 같이는 보이지 않으니 그 어룬이 밤에 잠잘 적에도 과연 그러케 점잔은가 우리 언제 한번 가만이 엿을 보는 것이 어떠하냐?』
　이러한 문제를 제출하니까 여기서 저기서 손바닥을 치면서 찬성 찬성 만장一치로 가결이 되엿습니다. 그러고 나서 작란군들은 그날 밤붙어 률곡 선생의 안방 행차를 고대고대 기다리엿습니다. 어느날 밤인지 선생의 안방 행차가 과연 그네들의 눈치에 들켯습니다. 선생의 뒤를 따라 몃 사람은 숨을 죽이고 가만가만이 안으로 드러가서 안방 뒷문에다가 귀와 눈을 대이고 선생의 내외가 잠자리하는 거동을 엿보앗습니다. 그랫더니 과연 과연 거룩하신 도덕군자(道德君子)이시라. 단 두 분이 만나서 이불 속에서 노는데도 정중한 태도와 장엄(莊嚴)한 위용(威容)으로 엇지나 점잔케 구는지 밧게서 보는 작란꾼들도 별로 더 볼 자미도 없고 하니까 그냥 바로 나아와서는 그네들끼리 서로서로 주거니 밧거니 률곡 선생의 덕이 높은데 탄복(歎服)하엿습니다. 그 이튼날 그 작란꾼들은 퇴계이 제자들을 만나든 길로 바로 자기네 선생님은 내이 잠자리 하는데도 그러케 점잔케 위엄잇게 하신다는 자랑을 입에 춤이 말으도록 하엿습니다. 이 말을 들은 퇴계 선생의 제자들은 도라와서 인제 자긔네들끼리

『자– 률곡 선생은 이리이리 하신다니 우리 선생님은 어떠하신가 우리들도 한번 엿보기로 하자.』

『오냐! 그것 참 좋은 말이다!』

이러한 군호를 맞훈 연후에 역시 밤마다 선생의 동정을 살피다가 어느날 밤 퇴계의 안방 출입을 발견한 여러 청년들은 바로 안방 뒤로 도라가 뒷문에다가 침을 발러 구멍을 뚜르고 가만이 드려다 보니까 이것은 아주 률곡과 딴 판이엿읍니다.

그만 바로 뛰여 나아와서 자긔에 선생님과 률곡 선생을 비교해 보며 이리로 저리로 비평도 해 보고 하느라고 잠을 바로 자지를 못햇읍니다. 그리다가 『우리 선생님이 률곡 선생보담 점잔키는 아주 못한 것인가. 어느 편이 올타고 해야 할가?』 토론 끄테 결국 『자 – 그럴 것 없이 래일 아츰(츰)에 단도직입으로 선생님한테 무러보기로 하자.』는 것으로 결론(結論)을 마치엿읍니다.

그 이튼날 아츰에 선생이 강당에 좌정 후에 한 제자가 대표로 나아와서 자기네가 엿보앗다는 사실을 사죄(謝罪)하고 나서 률곡 선생의 그것이 올흔가? 선생님의 그것이 정당한가를 무럿습니다. 이약이를 자초지종 들은 후에 퇴계 선생은 빙■(그)레 우스면서

『응 …… 숙헌(叔獻 – 률곡의 字)은 그 뒤가 없을진저! 叔獻其無後乎』

뒤가 없을 것이란 말은 자손이 없을 것이란 말입니다. 제자들이 그 이유를 무르니까

『남녀의 교합(交合)이란 천지(天地) 간에 비(雨) 되는 이치와 한가지이라. 비가 오려면 바람이 일어나고 구름이 나려 밀고 번개불이 번쩍번쩍 우뢰가 우루루 한참 야단법석을 하다가 비가 나리는 것이며 또 이러케 해서 와야 초목곤충(草木昆蟲)과 오곡(五穀)이 되는 잘 [되는] 법이라. 풍운이 일지 않고 뢰전(雷電)이 없이 비가 되는 이치가 없으니 딸아서 五穀이 풍등하는 법은 없은즉 이치에 합당치 않고서 어찌 그 뒤가 잇슬 것인가?』

이것이 퇴계 선생의 철언(哲言)이엿엇더니 과연 률곡 선생은 혈손(血孫)이 없엇다고 합니다. –(끝)–4)

[자료 2]

1. 「太平閑話滑稽傳」

가. 10화 ← 11화/12화

孔平生不露鬐 拜監察 乘醉 落帽而露. 殿中作孔髠贊曰 銅頭不毛之地 凜
"然童"然 如鑑之明. 燭之而姸蚩自現 如磬之磨 叩之而音韻若在. 脫有利天
下之事 摩頂放踵猶可爲也 拔一毛不可能也(후반부 탈락)

나. 72화 ← 97화

庚辰武科 二千八百人 不能彎弓制馬者亦中. 瞽者行路 忽爲過騎之所觸 陷
泥濘中 大臥不起 路人曰"是何等人物耶?"人曰"服戎服腰弓矢 似是武夫."瞽
者曰"咦豎子 我知之 必庚辰武科也. 不爾 何能制馬至此乎?"(앞 부분 탈락)
拂袖而徑去 衆妾絶倒. 時人以爲元海有諷諫風(후반부 탈락).

2. 「禦眠楯」

16화 ← 17화

舅瞋目良久曰 :"出傲爾者 反乎爾 尙誰咎哉?"
史臣曰 :"待下以禮 則奉上以誠 理固然也. 巨民之待媳婦 非徒無禮. 又
從而陷之 爲其媳婦者 豈能奉之以誠而不思所以大其報乎? 然則禮者 誠
之本也."

3. 「蓂葉志諧」

가. 27화 ← 15화

兩人相顧錯愕 大噱而散 聞者捧腹.

나. 34화 ← 42화

盖誤認尙饗爲上香. 聞者大噱.

---

4) 김진구,「巨儒의 挿話」,『야담』제2권 6호, 1936. 6. 1.

다. 38화 ← 50화

父死不哭 非禮也 爾勿用此禮. 聞者絶倒.

라. 40화 ← 52화

盖嬰兒未能立[者] 匍匐而膝行故云矣 一時傳笑.

4. 「禦睡新話」

10화 ← 27화

翌朝 起坐連打腦後曰 "吾三十年行房 未見如此之切妙滋味也 吾之所
謂室人 不知婦女之應行搖本 可歎不出之甚矣"

5. 「奇聞」

가. 3화 ← 5화

厥女躍起曰 "眞良醫也" 仍爲夫婦 連生二子一女而善爲偕老云矣.

나. 32화 ← 61화

篩商曰 "君若不信 第往其家後 篩價 君受用之 吾無他言矣." 友商卽往其家
又呼德巨動 言未畢 忽有一物 突出而攝仆友商 如鎚之物 直衝糞穴. 故友
商大呼救人 篩商遠立望見 嘲笑曰 "若非如此猛毒 則吾豈讓篩價於汝乎?" 不
顧而走去.

[자료 3 (가)]

「村談解頤」 4화. 〈繫頸住持〉

太史公曰: "人[之]內多慾而外施仁義者 比其終也 鮮不敗露矣 慧能之守戒
而檢身也 似可以超色相而叅佛祖也. 卒中於烟花之巧計 禪心席徹 陷於慾
浪而不自扶 其與世之沽名矯節之類 竟至淪溺於宦海迷津者 奚異哉! 良可
笑也."

「禦眠楯」15화 〈妓第甲乙〉 ← 3화 〈韓生秉筆〉

史臣曰:"甚矣! 娼女之術也! 以韓之風流 豈下於鄕吏甲士而初利其財 委身事之 財旣盡然後 赦而逐之 則豈如是沒人情之人乎?"

「續禦眠楯」3화 〈一握再握〉 ← 7화 〈點婢鉤情〉

史臣曰: 諸婦之擯斥盧婦 初出於怒 已責人而反聞盧婢之詭辭 恐其敗露 담然畏縮 其與世人 陰爲不善 好言人過而反自取敗者 奚以異哉? 可戒也夫!

「蓂葉志諧」1화 〈妓籠方伯〉 ← 〈妓籠藏伯〉

野史氏曰:"世間最難知者 人之情僞也. 其平居[也] 談道義飾禮容 以名節自任者 不必有其實也 或混於常流 不以名節自處者 亦未必無其實也. 當其前席之論人 何其峻也? 一見尤物 便作籠中物 良可笑也. 世之不自量而徒責人者 其不爲此方伯之類(流) 幾箇人哉?"

「破睡錄」2화 〈春夢虛事〉 ← 9화

副墨子曰 噫! 娼妓賤流 豈以人道責之耶! 臂同傳舍之枕, 脣若靑帘之杯 狐媚騙人 貪財忘情 賢愚皆知. 自古番番良士‧赳赳武夫 亦多駁駁然 入于迷魂之陣 失其守操者 指不勝屈 可謂惑之甚矣

[자료 3 (나)]

1. 「陳談錄」

1화 〈石猶多矣〉 ← 2화 〈飯石〉

言 雖曰 米多 猶不如石之多矣 言不善其淅米之意也

○ 石多之言 統實之言也, 米多之言 諧謔之言也.

4화 〈三醉同行〉 ← 9화 〈三醉客〉

言 此卽沒精神者也 這彼也 猶不記俄者同行之人 以何樣而來耶? 又曰 "絶項者 不如梟首之狀 此何難之重過耶?"

○ 目前之事 猶有疑眩 徙宅而忘其妻者 誠非虛語也

20화 〈鼠耳速治〉 ← 48화 〈鼠耳〉

○ 死何畏焉而 欲親其夫耶? 若將覺悟其味 則雖云親近者必死 亦難疎遠矣. ** 이하 많은 예 줄임 **

3권 편집을 마치면서

『연민 이가원 선생의 생애와 학문』권2, 권3이 간행되었습니다. 연민 이가원 선생님의 서재에서 시작된 열상고전연구회가 편찬한 동일 서명의 책 권1이 지난 2005년에 간행된 적이 있습니다. 그리고 2017년 4월 6일 선생님의 탄신 100주년을 즈음해 그 동안의 연구들이 두 권의 책으로 모이게 되었습니다.

그 동안 연민 선생님의 생애와 학문을 학문적으로 논의한 연민학 학술대회가 15회 개최되었고, 선생님의 호를 붙인『연민학지』또한 27집의 간행을 마쳤습니다. 연민 선생님이 남기신 많은 저작과 연구 등은 후학들에게 연구의 자양이 되었고, 그러한 연구들이 집결되어 다시금 연민 선생님을 밝히게 되었습니다.

이번『연민 이가원 선생의 생애와 학문』권3은 연민 선생님의 '학술활동, 문학이론, 저작, 번역과 주석본'을 조명한 연구들을 모아 총 4부로 구성되었습니다.

1부 연민선생의 학술활동에는 고소설·퇴계시 등에 대한 연민 선생님의 문학 연구를 시작으로, 한문문법 교재인『한문신강』과 국학자로서의 연구집인『연민국학산고(淵民國學散藁)』에 관한 연구들이 실렸습니다. 선생님의 학술 활동은 문학 연구였을 뿐 아니라, 나아가 한국학을 다루는 국학 연구였습니다. 연민 선생님을 보다 넓은 영역에서 이해하는 것은 앞으로 남은 후학들의 몫입니다.

2부 연민선생의 문학이론에서는 '문이재도(文以載道)'와 '온유돈후(溫柔敦厚)'로 함축될 수 있는 연민 선생님의 문학관을 비롯해, 선생님의 악부(樂府) 및 시가(詩歌) 인식과 그 본질을 살폈습니다. 또한 선생님을 통해 현대에까지 한문학이 끊이지 않고 이어져올 수 있었다는 점에서, 선생님께서 강조하신 '법고창신(法古創新)'의 의미를 되새겨 볼 수 있습니다.

3부 연민선생의 저작에서는 책으로 간행된 선생님의 저작『옥류산장시화(玉溜山莊詩話)』, 『조선문학사(朝鮮文學史)』, 『한국한문학사(韓國漢文學史)』, 『실학연구지자(實學研究之資)』의 가치를 살폈습니다. 이 거질의 저작들에는 문학가로서, 연구자로서, 실학가로서 선생님의 면모가 역력히 드러나 있습니다. 특히 한문학사를 현대에 정리한 불후작『한국한문학사』는 2012년 중역본이 중국에서 간행되었고, 만년의 거작『조선문학사』는 해외 학자들에게도 한국문학을 연구하기 위한 기초서로서 인식되었음을 볼 수 있었습니다.

마지막으로 4부 연민선생의 번역과 주석은 퇴계시와 연암소설을 포함한 고소설 및 평소 애독하시던 골계담에 대한 역주서들을 대상으로 한 연구를 모아 놓았습니다. 연암소설에 대한 선생님의 역주와 연구들은 빼놓아서는 안 될 선생님의 업적입니다. 이를 포함해 선생님의 번역 및 주석본들은, 선현들이 이룩한 한문학의 소산들을 과거의 학문에 정체시키지 않고 오늘날의 학문으로 연결될 수 있게끔 다리를 놓아주신 작업으로 비유할 수 있습니다. 당신의 학문적 성취에 만족하지 않으시고 후학을 향한 학문의 기반을 닦아주신 그 열정이 감동스럽게 다가옵니다.

학문에 입문한지 십년이 되지 못한 저는 아쉽게도 연민 선생님을 직접 뵌 적이 없습니다. 그렇지만 다행스럽게도 지도교수이신 허경진 교수님의 연구실에 들어갈 때마다 연민 선생님의 글씨와 초상화를 마주

할 수 있었습니다. 언젠가 이처럼 시·서·화를 통해 선생님을 찾아뵙
게 될 후학까지도 염두에 두신 것일까요? 선생님의 여러 저술, 저작,
연구 활동의 많은 부분은 한문학이 현대에도 전승될 수 있도록 정리되
고 집대성된 것들입니다. 앞에서 끌어주신 선학의 노고에 부끄럽지 않
게 치열히 고민하여 온당한 학문의 시각을 찾아가는 것은 우리 후학들
의 몫입니다. 우리 후학들에게 맡겨진 과제에 힘쓰겠다는 다짐을 이
책을 통해 되새깁니다.

시인이자 문장가, 그리고 사학자이자 철학자, 번역가, 국학자셨던
선생님의 고담한 생애와 학문 세계가 이 책을 통해 조금이나마 정리되
기를 바랍니다. 세대는 다르지만 저와 같은 후학들에게도 연민 선생님
의 뜻이 전해져 학문의 길이 이어지기를 기원합니다.

2017년 3월 19일
연민학지 편집간사 조영심 올림

참고문헌

연민 선생과 고소설 | 유춘동   9

고미숙·길진숙·김풍기, 『세계 최고의 여행기 열하일기』, 그린비, 2008.
김학주, 「讀〈東廂記〉」, 『아세아연구』 8(2), 1965.
박희병, 『한국한문소설교합구해』, 소명출판, 2005.
『세계문학전집』 간행사, 민음사.
여세주, 『한문희곡 東廂記』, 푸른사상, 2005.
연민학회 편, 『연민학지』 12집, 연민학회, 2009.
_____, 『연민학지』 13집, 연민학회, 2010.
열상고전연구회 편, 『연민 이가원 선생의 생애와 학문』, 보고사, 2005.
이가원, 『이가원 전집』, 정음사, 1986.
_____ 역주, 『춘향전』, 태학사, 1995.
이가원·허경진 옮김, 『청소년을 위한 연암 박지원 소설집』, 서해문집, 2006.
이윤석, 『완판본 춘향전 연구』, 보고사, 2016.
_____ 외, 『세책 고소설 연구』, 혜안, 2003.
장효현 외, 『교감본 한국한문소설』 1~7, 고려대학교 민족문화연구소, 2007.
조만호, 「〈東廂記〉考」, 『도남학보』 16, 1997.
허권수, 『연민 이가원 평전』, 술이, 2016.

『연암소설연구(燕巖小說研究)』의 선행 연구 영향에 관한 고찰 | 이현식   20

金起東, 『國文學槪論』, 大昌文化社, 1955.
_____, 『韓國古代小說槪論』, 大昌文化社, 1956.
_____, 『李朝時代小說論』, 精研社, 1959.
金思燁, 『改稿國文學史』, 正音社, 1954.
金一根, 「燕岩小說의 近代的 性格과 新文學의 系譜」, 경북대학교 석사학위논문, 1956.
_____, 「燕岩小說의 近代的性格」, 『慶北大學校論文集-人文社會科學』 1, 1956.
_____, 「燕岩小說의 近代的性格」, 차용주 편, 『연암연구』, 계명대출판부, 1984

_____, 「「열녀함양박씨전」과 朴氏의 旌閭記攷」, 『建國語文學』 11·12합집, 건국대학교 국어국문학 연구회, 1987.

_____, 「김영동저『박지원소설연구』 서평」, 『국어국문학』 103, 국어국문학회, 1990.

_____, 「隨筆的 視覺에서 본 朴燕巖의 散文學」, 『建國語文學』 23·24합집, 건국대학교 국어국문학 연구회, 1999.

金台俊, 『增補朝鮮小說史』, 學藝社, 1939.

김하림, 「魯迅과 金台俊의 小說史 연구」, 『中國語文論叢』 22, 2002.

閔丙秀, 「朴趾源 文學의 硏究史的 檢討」, 車溶柱 편, 『燕巖硏究』, 啓明大學校出版部, 1978.

卞榮晩, 「讀寧陵誌」, 『山康齋文鈔』, 1957.

이현식, 「연암 박지원 소설 연구의 성과와 한계에 대하여-『연암소설연구』를 중심으로」, 열상고전연구회 편, 『연민 이가원 선생의 생애와 학문』, 보고사, 2005.

申基亨, 『韓國小說發達史』, 彰文社, 1960.

李家源, 「李朝傳奇小說硏究」, 『현대문학』 1-7, 현대문학사, 1955.

_____, 『中國文學思潮史』, 一潮閣, 1959.

_____, 『韓國漢文學史 : 韓國漢文學思潮硏究』, 民衆書館, 1961.

_____, 『燕巖小說硏究』, 乙酉文化社, 1965.

_____, 「李朝傳奇小說硏究」, 『漢文學硏究』, 탐구당, 1969.

_____ 편역, 『李朝漢文小說選』, 教文社, 1984.

李奭求 옮김, 「兩班傳」, 『協同』 3, 朝鮮金融組合聯合會, 1947.

_____ 옮김, 「호질」, 『協同』 5, 朝鮮金融組合聯合會, 1947.

李源周, 「燕巖小說考(1)」, 『어문학』 15, 1966.

李慧淳, 「『한국한문학사』의 의의」, 열상고전연구회편, 『연민 이가원 선생의 생애와 학문』, 보고사, 2005.

全寅初, 「中國文學思潮史·西廂記譯註·阿Q正傳新譯」, 열상고전연구회 편, 『연민 이가원 선생의 생애와 학문』, 보고사, 2005.

趙寬熙 譯注, 『중국소설사략』, 살림, 1998.

趙潤濟, 『韓國文學史』, 東國文化社, 1963.

崔益翰, 「朴燕巖의 實學思想」, 『실학파와 정다산』, 1955.

洪起文, 「朴燕巖의 藝術과 思想」, 『한국한문학연구』 11, 한국한문학회, 1988.

『견소집』

『고봉집』

『기찬연해』
『논어』『맹자』『시경』『주역』『예기』
『문심조룡』
『설월당선생문집』
『성호사설』
『언행록』
『여유당전서』
『이정유서』
『주자어류』
『통서』
『퇴계선생문집』
『퇴계전서』
『한시외전』
『해동잡록』
『회암집』
『흠정예기의소』

윤덕진, 「연민 시가 시학을 고찰함」, 『연민 이가원 선생의 생애와 학문』, 열상고전연
　　구회, 보고사, 2005.
이가원, 「도산잡영과 산수지락」, 『퇴계학보』 제46집, 1985.
＿＿＿, 「시경과 우리 문학」, 『한문학연구』, 탐구당, 1969.
＿＿＿, 「퇴계선생의 「화도집음주이십수」 초탐」, 『퇴계학의 현대적 조명』, 1987.12.
＿＿＿, 「퇴계선생의 문학」, 『한국문학연구소고』, 연세대학교출판부, 1980.
＿＿＿, 「퇴계시의 특징」, 『퇴계학보』 제43집, 1984.
＿＿＿, 『조선문학사』, 태학사, 1995.
＿＿＿, 『퇴계시역주』, 정음사, 1987.11.
조기영, 「연민의 '퇴계학'연구에 대하여」, 『연민 이가원 선생의 생애와 학문』, 열상고
　　전연구회, 보고사, 2005.
＿＿＿, 「퇴계시논고」, 『연세어문학』 제20집, 연세대학교 국어국문학과, 1987.

연민선생 『한문신강』의 특징과 현대적 의의 | 김성은　　　　　80

이가원, 『한문신강』, 『이가원전집』 7, 정음사, 1986.

김종철, 「한문문체 연구의 회고와 전망」, 『동방한문학』 제31집, 동방한문학회, 2006.
심경호, 「『조선문학사』의 한문학 부문 서술에 관하여」, 열상고전연구회 편, 『연민

이가원 선생의 생애와 학문』, 보고사, 2005.

안재철, 「학교 한문문법의 품사 분류와 그 내용에 관한 문제」, 『한문교육연구』 제17권, 한국한문교육학회, 2001.

조정업, 『한문통석』, 형설출판사, 1975.

최현배, 『우리말본』, 정음사, 1985.

施畸, 『中國文體論』, 北平: 北平立達書局, 1933.

李文沛, 「把美的旗幟揷向文章學研究領域-簡評施畸的『中國文詞學研究』」, 『江蘇師範大學學報』, 哲學社會科學版, 1984.

張天定, 「体式精嚴 注重實用-評施畸的『中國文体論』」, 『開封敎育學院學報』, 2003.

『담원국학산고(詹園國學散藁)』와
『연민국학산고(淵民國學散藁)』 비교 | 안장리　　　　　　　　　　　　95

강돈구, 「한국종교교단의 '국학운동'」, 『종교연구』 70, 한국종교학회, 2013.

국립국어원, 한국학, 표준국어대사전 http://stdweb2.korean.go.kr.

심경호, 『강화학파의 문학과 사상』 3, 한국정신문화연구원, 1995.

안장리, 「연민 이가원의 인물전 일고」, 『연민학지』 17, 2012.

_____, 「인문학적 사유를 바탕으로 한 장르변형 글쓰기」, 『동방학지』 130, 2005.6.

이가원, 『연민국학산고』, 『이가원전집』 3, 동서문화사, 1977, 25면.

이해영, 「국학연구의 어제와 오늘」, 『국학이란 무엇인가』, 한국국학진흥원, 2004.

정양완, 『강화학파의 문학과 사상』 2, 한국정신문화연구원, 1995.

정양완·심경호, 『강화학파의 문학과 사상』 1, 한국정신문화연구원, 1993.

_____·_____, 『강화학파의 문학과 사상』 4, 한국정신문화연구원, 1999.

정인보, 『담원국학산고』, 『담원정인보전집』 2, 연세대학교 출판부, 1983.

정인보 저·정양완 역, 연세국학총서 67, 『국역 담원문록』 1~3, 태학사, 2006.

회봉(晦峯) 하겸진(河謙鎭)과 연민 이가원의 문학론 고찰 | 이영숙　　　　　125

李家源, 『淵淵夜思齋文藁』

李家源, 『遊燕堂集』

李家源, 『貞盦文存』

河謙鎭, 『晦峯先生遺書』

河謙鎭, 『東詩話』

남상호, 「연민 이가원의 溫柔敦厚의 시학」, 『연민학지』 제21집, 2014.

양광석, 「古文家와 道學家의 文學觀」, 『儒教思想研究』, 2005.

윤덕진, 「연민 선생의 시가 연구」, 『淵民學志』 제23집, 2015.

윤호진, 「연민선생의 '법고창신'론이 학계에 미친 영향 및 그 여파」, 『洌上古典研究』 제26집, 2007.

李家源, 「퇴계시의 특징-온유돈후에 대하여-」, 『退溪學報』 제43집, 퇴계학연구원, 1984.

李永淑, 「晦峰 河謙鎭의 「和陶詩」와 「首尾吟」 研究」, 경상대학교 한문학과 박사학위논문, 2012.

李義康, 「俛宇 郭鍾錫 漢詩의 人格美」, 『南冥學研究』 제28집, 2009.

林熒澤, 「16세기 士林派의 文學意識」, 『韓國文學史의 視覺』, 創作과 批評史, 1984.

허경진, 「연민선생의 사회시에 대하여」, 『淵民學志』 제12집, 2009.

許捲洙, 「연민 李家源先生의 한문학 성취과정에 대한 고찰」, 『洌上古典研究』 제28집, 2008.

연민선생의 악부관(樂府觀)을 논함 | 왕샤오둔(王小盾)   150

『高麗史』.

『象村集』.

『朝鮮王朝實錄』.

『池北偶談』.

『漢書·禮樂志』.

金澤榮, 『重編韓代崧陽耆舊傳』.

南晚星(校譯), 『芝峰類說』, 乙酉文化社, 1994.

李東陽, 『李東陽集』, 長沙岳麓書社, 1984.

丁若鏞, 『與猶堂全書』.

『漢文樂府詞資料集』, 계명문화사, 1988.

이가원, 『貞盦文存』, 友一出版社, 1985.

이가원, 『한국한문학사』, 보성문화사, 2005.

趙鍾業, 『韓國詩話叢編』, 太學社, 1996.

『唐國史補·因話錄』, 上海古籍出版社, 1979.

『文鏡秘府論匯校匯考』, 中華書局, 2006.

王小盾, 「『高麗史·樂志』'唐樂'的文化性格及其唐代淵源」, 『域外漢籍研究』第1輯, 中華書局, 2005.

王小盾, 「『文心雕龍·樂府』三論」, 『文學遺産』, 2010.
趙季·劉暢(옮김), 李家源, 『韓國漢文學史』, 鳳凰出版社, 2012.

연민 선생의 시가 연구 | 윤덕진   **190**

리가원, 『조선문학사』 상권, 1995, 태학사.
_____, 『조선문학사』 하권, 태학사, 1997.
_____, 『韓文學硏究』.
_____ 찬, 『實學硏究之資』 제8권.
박두진, 『한국현대시론』, 일조각, 1970.

리가원, 「만분가 연구」, 『동방학지』 제6권, 1963.
_____, 「유가사상과 한국문학」, 『한국사상대계』 1, 성균관대학교 대동문화연구원, 1973.
_____, 「퇴계선생 시 역주」, 『퇴계학보』 3권, 1974.
_____, 「퇴계의 시가문학 연구」, 『한국문학연구소고』, 연세대출판부, 1980.
윤덕진, 「연민 시가시학을 고찰함」, 『열상고전연구』 제20권, 2004.
_____, 「가사집 『잡가』의 시가사상 위치」, 『열상고전연구』 제21집, 2005.
최유찬, 「우리 학문의 길」, 『한국문학의 관계론적 이해』, 실천문학사, 1998.

연민선생의 '법고창신(法古創新)'론이 학계에 미친
영향 및 그 여파 | 윤호진   **209**

저서 및 논문

이가원, 『연암소설연구』(을유문화사, 초판1964년)
김명호, 『박지원문학연구』, 성균관대학교출판부, 2001.
강혜선, 『한국한시연구』 3권, 한국한시학회, 1995.
오수경, 「법고창신론의 개념에 대한 검토-박제가의 '시학론'과 관련하여-」(『한문학연구』 제10집, 계명한문학회, 1999)
朴趾源, 『燕巖集』 卷1 「楚亭集序」 (민족문화추진회 홈페이지 제공)
김도련, 「연암 고문론에 대한 소고」(『한국학논총』 제4집, 국민대한국학연구소, 1981)
김도련, 「고문의 문체연구」(『한국학논총 제5집, 국민대한국학연구소, 1982)
이학당, 「이덕무(李德懋) 법고창신(法古創新) 주장의 형성 과정 소고」(『동방한문학』 29권, 동방한문학회, 2005)

네이버의 '법고창신'에 대한 웹 〉 웹페이지 2007년 10월 15일 전후 검색결과
　　http://blog.daum.net/krinus1318 외
가을향기 http://blog.paran.com/report79
고담 노중평의 블로그 이름 : 마고지나 http://blog.daum.net/godam7777
별을 헤며(huk0305)
봄눈 내리는 수업시간 http://cafe.naver.com/qhqsns 전통의 법고창신, 백석고 수업
　　자료 2004.08.07 13:58 진둥이(qhasns)
해피캠퍼스(www.happycampus.com)
ichbinich@naver.com (저작시기: 2006.01).
http://blog.naver.com/sudony 「김서령이 쓰는 이 사람의 삶」
http://blog.daum.net/rhatpakl
http://blog.naver.com/donghhir45
http://blog.daum.net/rhatpakl

"옥류산장시화(玉溜山莊詩話)"의 특성에 대하여 | 구지현　　　243

이가원, 「玉溜山莊詩話(其一)」, 『연세논총』 7집, 연세대학교 대학원, 1969.
＿＿＿, 「玉溜山莊詩話(其二)」, 『연세논총』 8집, 연세대학교 대학원, 1970.
＿＿＿, 「詩話에 대하여-특히 「玉溜山莊詩話」를 엮으면서-」, 『국어국문학』 46권, 국어국문학회, 1969.
＿＿＿ 저, 허경진 역, 『玉溜山莊詩話』, 연대출판부, 1980.
조종업, 『韓國詩話研究』, 태학사, 1991.
＿＿＿, 『韓國詩話叢編』 17, 태학사, 1996.

연민선생의 『한국한문학사(韓國漢文學史)』 중국어 번역 출판 | 리우창(劉暢)　　277

이가원, 『한국한문학사』, 보성문화사, 1998.
李家源, 中譯本『韓國漢文學史』, 中國: 鳳凰出版社, 2016.
金台俊著·張璉瑰譯, 『朝鮮漢文學史』, 中國: 社會科學文獻出版社, 1996.

『실학연구지자(實學研究之資)』의 자료적 가치 | 허경진   291

李家源, 「阮堂金正喜名號鈐印及款識攷」, 『圖書』 제8호, 을유문화사, 1965.
_____, 『淵淵夜思齋文藁』, 통문관, 1967.
_____, 「〈睡餘瀾筆〉 중에 介紹된 燕巖」, 『韓國漢文學研究』 제1집, 1979.
_____ 著, 許敬震 譯, 『玉溜山莊詩話』, 연세대학교출판부, 1980.
_____, 「나의 讀書遍歷」, 『東海散藁』, 우일출판사, 1983.
_____, 『朝鮮文學史』 中冊, 태학사, 1997.

박무영, 『현수갑고』 상·하, 『표롱을첨』 상·중·하, 『항해병함』 상·하, 태학사,
   2006.
安鼎福, 『雜同散異』, 亞細亞文化社, 1981.
연세대학교 국학연구원 편, 『고서해제』 Ⅱ, 평민사, 2004.
유홍준, 『완당평전』 2, 학고재, 2002.

연민 이가원의 『퇴계시역주(退溪詩譯註)』 번역에 나타난 미의식 | 신두환 311

李滉, 『退溪先生文集』.
李家源, 『退溪詩譯註』, 정음사, 1987, 1~303면.
신두환, 「김억의 《詩經》 번역에 대한 일고찰」, 『한국언어문화』 24호, 한국언어문화학
   회, 2003, 29~53면.
_____, 「양주동의 시경번역에 대한 일고찰」, 박노준 편, 『고전시가 엮어 읽기』, 태학
   사, 2003.
열상고전연구회, 『淵民 李家源先生 八秩 송수기념 논문집』, 열상고전연구회, 1997.

〈춘향전〉 주석서 고찰 | 이윤석   346

구자균, 『춘향전』, 민중서관, 1970.
김동욱, 「춘향전 이본고」, 『논문집』 1, 중앙대, 1955.
김사엽, 『춘향전』, 대양출판사, 1952.
김석배, 「춘향전 이본의 생성과 변모양상 연구」, 경북대 박사학위논문, 1992.12.
김현룡, 완판춘향전(84장본) 난해구 산고, 『건국어문학』 11·12, 건국대학교 국문과,
   1987.
민제, 완판춘향전의 교주상 문제점과 그 시비, 『인문학연구』 4·5, 중앙대 인문학연구

소, 1977.8.

성현경, 『이고본 춘향전』, 열림원, 2001.

오한근 편, 『열녀춘향수절가』, 조선진서간행회, 1949.

이가원, 『춘향전』, 정음사, 1957.

이윤석, 「춘향전(완판84장본) 주석의 몇 가지 문제에 대하여」, 『여성문제연구』 16,
효성여대 한국여성문제연구소, 1988.8.

전상욱, 「방각본 춘향전의 성립과 변모에 대한 연구」, 연세대학교 박사학위 논문,
2006.6.

조윤제, 「춘향전 이본고」(1)·(2), 『진단학보』 11집·12집, 진단학회, 1939·1940.

_____, 『춘향전』, 박문서관, 1939. / 『교주 춘향전』, 을유문화사, 1957.

『원본춘향전』, 학예사, 1939.

연민선생과 연암소설 번역 | 서현경   367

김태준·박희병 교주, 『증보조선소설사』, 한길사, 1990.

홍기문 역, 『나는 껄껄 선생이라오』, 보리 2004.

이가원, 『이조한문소설선』, 교문사, 1984.

이우성·임형택, 『이조한문단편집』, 일조각, 1996,

신호열·김명호, 『국역연암집』(2), 민족문화추진회, 2004.

이가원, 『연암소설연구』, 을유문화사, 1965.

이재수, 『한국소설연구』, 선명출판사, 1969.

한국한문학회, 燕巖關係資料: 四部, 『한국한문학연구』, 1988.

『박지원작품집』(1), 문예출판사, 1991.

김명호, 「연암문학과 사기」, 『박지원문학연구』, 성대 대동문화연구원, 2001.

서현경, 「양반전 분석의 재론」, 『동방고전문학연구』 5집, 2003.

이현식, 「연암 박지원 소설 연구의 성과와 한계에 대하여」, 『연민 이가원 선생의 생애
와 학문』, 열상고전연구회 편, 2005.

연민선생과 『열하일기』 번역 | 서현경   390

『나라사랑』 제13집, 외솔회, 1973.

김태준, 「(자료해제) 열하일기 한글본 출현의 뜻」, 『민족문학사연구』, 민족문학사학
회, 2001.

서현경, 「'過庭錄' 異本 序文의 相異性에 관한 연구─전남대본 '熱河日記'의 改作 및

朴宗采와 관련하여-」, 『열상고전연구』 제23집, 열상고전연구회, 2006.
열상고전연구회 편, 『연민 이가원 선생의 생애와 학문』, 보고사, 2005.

『금오신화』의 번역본 고찰 | 이대형   424

이가원 역, 『금오신화』, 현대사, 1953.
이재호 역, 『금오신화』, 을유문화사, 1972.
심경호 역, 『매월당 김시습 금오신화』, 홍익출판사, 2000.
이가원·허경진 역, 『청소년을 위한 금오신화』, 서해문집, 2007.
『연합뉴스』 2003년 4월 29일 인터넷 판.

김용옥, 『동양학 어떻게 할 것인가』, 민음사, 1984.
박상익, 『번역은 반역인가』, 푸른역사, 2006.
박혜주 외, 『문학번역 평가 시스템 연구』, 한국문학번역원, 2007.
발터 벤야민, 「번역자의 과제」, 『발터 벤야민의 문예이론』, 민음사, 1983.
신승하, 『중국사학사』, 고려대출판부, 2000.
윤기엽, 「일본 大正時代 佛敎界의 編纂事業」, 『한국불교학』 48, 한국불교학회, 2007.
이복규, 『설공찬전(주석과 관련자료)』, 시인사, 1997.
정광·윤세영, 『司譯院 譯學書 冊板研究』, 고려대 출판부, 1998.
조희웅, 『고전소설문헌정보』, 집문당, 2000.
폴 리쾨르 지음, 윤성우·이향 옮김, 『번역론』, 철학과현실사, 2006.
최영준·김춘희, 「漢文 古典 飜譯의 方向性을 위한 고찰」, 중국인문학회 추계 정기
　　　학술대회 발표문, 2007.11.
최용철, 『금오신화의 판본』, 국학자료원, 2003.

이가원 역주 『서상기』에 대하여 | 강동엽   457

이가원 소장 『西廂記』.
『明何璧校刻西廂記』, 상해고적출판사, 2005.

김경미, 「조선 후기 소설론 연구」, 이화여대 국문과 박사논문, 1994.
文一, 『中國古代文學辭典』, 文心出版社, 1987.
문선규, 『중국문학사』, 경인문화사, 1972.
유홍준, 『완당평전』 1, 학고재, 2002.
이가원, 『서상기』, 일지사, 1974.

_____, 『조선문학사』 하, 태학사, 1997, 1443면.

_____, 『춘향전』, 정음사, 1968.

_____, 『韓文學硏究』, 탐구당, 1969, 320면.

한　매, 「조선후기 김성탄 문학 비평의 수용 양상 연구」, 성균관대 국문과 박사논문, 2002.

연민본 『골계잡록(滑稽雜錄)』에 대하여 | 정명기　　　　　　　　　　471

김진구, 「巨儒의 揷話」, 『야담』 제2권 6호, 1936.6.1.

이가원, 『滑稽雜錄』, 일신사, 1977.

┃집필진 소개

유춘동(선문대학교)

이현식(서남대학교)

조기영(연세대학교)

김성은(성신여자대학교)

안장리(한국학중앙연구원)

이영숙(경상대학교)

왕샤오둔王小盾(중국 온주대학교)

윤덕진(연세대학교)

윤호진(경상대학교)

구지현(선문대학교)

이암(중국 중앙민족대학교)

리우창劉暢(중국 천진외국어대학교)

허경진(연세대학교)

신두환(안동대학교)

이윤석(연세대학교)

서현경(연세대학교)

이대형(동국대학교)

강동엽(강원대학교)

정명기(원광대학교)

연민 이가원 선생의 생애와 학문 3

2017년 4월 7일 초판 1쇄 펴냄

편저자 연민학회
발행인 김흥국
발행처 보고사

책임편집 이경민
표지디자인 손정자

등록 1990년 12월 13일 제6-0429호
주소 경기도 파주시 회동길 337-15 보고사 2층
전화 031-955-9797(대표)
    02-922-5120~1(편집), 02-922-2246(영업)
팩스 02-922-6990
메일 kanapub3@naver.com / bogosabooks@naver.com
http://www.bogosabooks.co.kr

ISBN 979-11-5516-662-8
    979-11-5516-660-4 94810 (세트)
ⓒ 연민학회, 2017

정가 28,000원